Charles Soule

STAR WARS™ – DIE HOHE REPUBLIK

Das Licht der Jedi

W0403909

Charles Soule

STAR WARS™

DIE HOHE REPUBLIK

Das Licht der Jedi

Deutsch von Andreas Kasprzak

blanvalet

Die Originalausgabe erschien 2020
unter dem Titel »Star Wars™ Light of the Jedi (The High Republic 1)«
bei DelRey, New York

Sollte diese Publikation Links auf Webseiten Dritter enthalten,
so übernehmen wir für deren Inhalte keine Haftung,
da wir uns diese nicht zu eigen machen, sondern lediglich
auf deren Stand zum Zeitpunkt der Erstveröffentlichung verweisen.

FSC
www.fsc.org
MIX
Papier aus verantwortungsvollen Quellen
FSC® C083411

Penguin Random House Verlagsgruppe FSC® N001967

1. Auflage 2021
Copyright der Originalausgabe
Copyright © 2020 by Lucasfilm Ltd. & ® or ™ where indicated.
All rights reserved.
Copyright der deutschsprachigen Ausgabe © 2021 by Blanvalet
in der Penguin Random House Verlagsgruppe GmbH,
Neumarkter Straße 28, 81673 München
Redaktion: Rainer Michael Rahn
Umschlaggestaltung: Isabelle Hirtz, Inkcraft nach einer Originalvorlage
® & ™ 2021 LUCASFILM LTD
Umschlagmotiv: Joseph Meehan
HK · Herstellung: sam
Satz: GGP Media GmbH, Pößneck
Druck und Bindung: CPI books GmbH
Printed in Germany
ISBN 978-3-7341-6289-3

www.blanvalet.de

Für Hannah, Sam, Chris und Jay,
die Star Wars genauso lieben wie ich

Lange vor den Klonkriegen, dem Imperium und der Ersten Ordnung führten die Jedi die Galaxis in ein Goldenes Zeitalter, bekannt als die Hohe Republik!

In der Galaxis herrscht Frieden unter der Regierung der glorreichen REPUBLIK und dem Schutz der edlen und weisen JEDI-RITTER.

Als Zeichen alles Guten entsendet die Republik die STARLIGHT-STATION in die Ferne des Äußeren Rands. Diese neue Raumstation soll allen als weithin sichtbarer Hoffnungsstrahl dienen.

Doch gerade als die Republik eine glanzvolle Zeit der Renaissance erlebt, erhebt sich ein Furcht einflößender neuer Feind. Nun müssen sich die Hüter von Frieden und Gerechtigkeit einer Gefahr stellen, die sie, die Galaxis und die Macht selbst bedroht ...

Es war einmal vor langer Zeit
in einer weit, weit entfernten Galaxis ...

Die Macht durchströmt die Galaxis.

Es ist die Zeit der Hohen Republik: eine friedliche Vereinigung gleichgesinnter Welten, in der alle Stimmen Gehör finden und Entscheidungen auf Grundlage von Konsens getroffen werden, nicht durch Nötigung oder Furcht. Es ist ein Zeitalter des Ehrgeizes, der Kultur, der Akzeptanz, der großen Werke. Die visionäre Kanzlerin Lina Soh leitet die Geschicke der Republik vom eleganten Stadtplaneten Coruscant aus, nahe dem hellen Zentrum des Galaktischen Kerns.

Doch jenseits des Kerns und seiner vielen friedlichen Kolonien liegt der Rand – der Innere Rand oder Inner Rim, der Mittlere Rand oder Mid Rim und dann die Grenze des Bekannten: der Äußere Rand oder Outer Rim. Die dortigen Welten bergen gewaltiges Potenzial – sofern man bereit ist, die Reise über die Hyperraumrouten auf sich zu nehmen. Das heißt aber nicht, dass dort keine Gefahren lauern. Der Äußere Rand ist ein Sammelbecken für Schurken aller Art, die auf der Flucht vor den Gesetzen der Republik sind.

Kanzlerin Soh hat ehrgeizige Vermittlungsprogramme gestartet, um die Welten des Äußeren Rands in den Schoß der Republik zu führen. Eine zentrale Rolle spielt dabei die Starlight-Station, doch bis sie in Betrieb genommen werden kann, müssen die Jedi-Ritter an der galaktischen Grenze für Recht und Ordnung sorgen. Diese Hüter des Friedens ziehen ihre unglaublichen Fähigkeiten aus einem mysteriösen, alles durchdringenden Energiefeld: der Macht. Die Jedi arbeiten eng mit der Republik zusammen und haben sich bereit erklärt, Außenposten am Äußeren Rand aufzubauen, um all jenen Unterstützung anzubieten, die sie benötigen.

Die Jedi sollen zur Anlaufstelle für die Wesen werden, die sonst nirgends Hilfe finden. Und obwohl die Außenposten keine direkte Unterstützung vom großen Jedi-Tempel auf Coruscant erhalten, sollen sie gleichzeitig all jene abschrecken, die in den Schatten Übles treiben.

Kaum jemand kann den Rittern des Jedi-Ordens die Stirn bieten …

Aber es gibt immer einige, die es versuchen.

TEIL I
DIE GROSSE KATASTROPHE

1

HYPERRAUM, *LEGACY RUN*

3 Stunden bis zum Einschlag

Alles ist gut.

Captain Hedda Casset betrachtete ein zweites Mal die Anzeigen und Schirme, die in ihren Kommandosessel eingebaut waren. Sie überprüfte immer alles doppelt. Eine Laufbahn von mehr als vierzig Jahren lag hinter ihr, und sie war überzeugt, dass sie nur so lange überlebt hatte, *weil* sie stets zweimal hinsah.

»Alles ist gut«, sagte sie, laut diesmal, damit ihre Brückenmannschaft es hören konnte. »Zeit für meinen Rundgang. Lieutenant Bowman, die Brücke gehört Ihnen.«

»Verstanden, Captain«, bestätigte ihr erster Offizier. Er stand von seinem Platz auf, um den Kommandosessel zu übernehmen, bis der Captain von dem abendlichen Spaziergang zurückkehrte.

Nur wenige Langstreckenfrachter wurden wie Militärschiffe geführt. Hedda hatte mehr als genug Raumschiffe mit fleckigen Decks, tropfenden Leitungen und Rissen in der Cockpitscheibe gesehen, und jedes Mal traf sie der Anblick wie ein Stich ins Herz. Sie selbst hatte ihre Karriere als Jägerpilotin bei den Vereinten Sondereinheiten von Malastare und Sullust begonnen und in ihrem kleinen Sektor an der Grenze des Mittleren Rands für Ordnung gesorgt. Ihre erste Maschine war ein Incom Z-24 gewesen, ein Ein-Mann-Jäger, den alle nur den *Schwirrkäfer* nannten, und ihre Einsätze hatten sich größtenteils um die Jagd auf Piraten und dergleichen gedreht. Doch im Lauf der Jahre war sie zum Kommandanten eines schweren Kreuzers aufgestiegen, einem der größten Schiffe in der Flotte. Eine gute Karriere im Dienste einer guten Sache.

Sie war mit Auszeichnung aus den VSE entlassen worden und verdingte sich seitdem als Captain für Frachtflüge bei der Byne-Gilde – ihre Version eines entspannten Ruhestandes. Doch mehr als dreißig Jahre im Militärdienst ließen Ordnung und Disziplin zur zweiten Natur werden – sie flossen praktisch durch Heddas Adern. Und darum kommandierte sie jedes Schiff, das man ihr zuwies, als würden sie in die entscheidende Schlacht gegen die Hutt-Armada ziehen, auch wenn sie in Wirklichkeit nur eine Ladung Ogruts von Welt A nach Welt B transportierten. Ihr aktuelles Schiff, die *Legacy Run*, bildete da keine Ausnahme.

Hedda stand auf und erwiderte Lieutenant Jary Bowmans zackigen Salut. Als sie sich streckte, spürte sie, wie die Knochen in ihrer Wirbelsäule knirschten und knackten. Zu viele Patrouillenflüge in winzigen Cockpits, zu viele Manöver mit hoher Zentrifugalkraft – manchmal im Kampf, manchmal einfach nur, um sich lebendig zu fühlen.

Aber das wirkliche Problem, dachte sie, während sie eine Strähne grauen Haares hinter ihr Ohr strich, *ist, dass es einfach zu viele Jahre sind.*

Sie verließ die Brücke und ging einen kurzen Korridor hinab; die Grenze zwischen dem präzisen Uhrwerk ihres Kommandodecks und der größeren, chaotischeren Welt der *Legacy Run*. Das Schiff war ein modularer Frachttransporter der Klasse A, erbaut von Kaniff Yards und mehr als doppelt so alt wie Hedda selbst. Folglich hatte das Schiff seinen Zenit längst überschritten, aber es konnte noch immer solide Leistung erbringen, solange es sorgsam gepflegt und regelmäßig gewartet wurde – und das *wurde* es. Dafür sorgte sein Captain.

Die *Run* war ein Allzweckschiff, freigegeben für den Frachttransport und auch für den Transport von Passagieren – daher auch das Wörtchen »modular« in der Klassenbezeichnung. Der Großteil des Schiffes bestand aus einem riesigen Abteil, geformt wie ein langes, dreieckiges Prisma, mit dem Maschinenraum an einem Ende und der Brücke am anderen, während der Rest für die Fracht bestimmt war. Aus dieser zentralen »Wirbelsäule« ragten in regelmäßigen Abständen hohle Metallarme heraus, an denen kleinere Module angebracht werden konnten. Insgesamt gab es Platz für 144 solcher Abteile, die ihrerseits selbst angepasst werden konnten, um alle möglichen Arten von Fracht zu beherbergen.

Die Vielseitigkeit des Schiffes gefiel Hedda. Es bedeutete, dass man nie wusste, wohin die nächste Reise ging oder welche seltsamen Herausforderungen einen erwarteten. Einmal war der gesamte Mittelteil des Hauptabteils in einen Wassertank umgewandelt worden, um einen gigantischen Säbelfisch von den Sturmmeeren Tibrins in das private Aquarium einer Fürstin auf Abregado-rae zu bringen. Hedda und ihre Mannschaft hatten das Tier sicher ans Ziel gebracht, aber es war nicht einfach gewesen – genauso wenig wie das Biest drei Zyklen später wieder nach Tibrin zurückzuschaffen, weil es krank geworden war und die Angestellten der Fürstin keine Ahnung hatten, wie man einen Säbelfisch behandelte. Eines musste Hedda der Frau trotzdem lassen: Sie hatte den vollen Frachtpreis gezahlt, um das Tier nach Hause zu schicken. Viele Wesen, vor allem Adelige, hätten den Fisch einfach verenden lassen.

Ihr aktueller Auftrag war im Vergleich dazu ein Kinderspiel. Die Frachtsektionen der *Legacy Run* waren zu 80 Prozent mit Siedlern gefüllt, die von den übervölkerten Kern- und Koloniewelten zum Äußeren Rand wollten, um dort ein neues Leben zu beginnen. Neue Möglichkeiten, neue Horizonte. Hedda Casset konnte sie verstehen. Sie war ihr ganzes Leben lang rastlos gewesen, und vermutlich würde sie es auch bis zu ihrem Tod bleiben. Jedes Mal, wenn sie aus dem Aussichtsfenster blickte, suchten ihre Augen nach etwas Neuem, Unbekanntem.

Weil sie Siedler transportierten, waren die meisten Module simple Passagierkonfigurationen mit kleinen Kabinen, deren Sitze zu Betten ausgeklappt werden konnten – welche theoretisch gemütlich genug sein sollten, um darauf zu schlafen. Jedes Abteil verfügte zudem über Sanitäranlagen, ein Gepäckfach, einen Holoschirm und eine kleine Essnische. Passagiere, die bereit waren, für ein wenig Luxus tiefer in die Tasche zu greifen, bekamen auch eine von einem Droiden bemannte Kochstation und eine abgetrennte Schlafnische – aber auf diesem Flug gab es nur wenige davon. Siedler waren sparsam. Wären sie reich, würden sie vermutlich gar nicht erst zum Äußeren Rand fliegen, um sich eine neue Zukunft aufzubauen. Der dunkle Rand der Galaxis war ein Ort der Herausforderungen, die aufregend, aber auch tödlich sein konnten. Tatsächlich sogar öfter tödlich als aufregend.

Selbst der Weg dorthin ist tückisch, dachte Hedda, als sie an einem großen Bullauge vorbeikam. Der Wirbel des Hyperraums zog ihren Blick magnetisch an, aber sie riss die Augen los, bevor der blaue Strudel sie hypnotisieren konnte. Wie leicht verlor man zwanzig Minuten, einfach weil man aus dem Fenster starrte. Man konnte dem Hyperraum nicht trauen. Er war nützlich, sicher; er brachte einen von Punkt A nach Punkt B, und er war die Triebfeder der republikanischen Expansion jenseits des

Kerns, aber niemand verstand ihn wirklich. Wenn sich ein Navidroide bei der Berechnung der Koordinaten auch nur um eine Winzigkeit verkalkulierte, war man schon nicht mehr auf der markierten Route, sondern auf einem ungewissen Weg zu einem ungewissen Ziel. So etwas konnte selbst im dichten Netz der Hyperraumstraßen nahe dem Galaktischen Kern passieren, und hier draußen, wo bislang nur eine Handvoll Routen kartografiert war ... Da musste man extra vorsichtig sein.

Hedda verdrängte den Gedanken und ging weiter. Die *Legacy Run* flog gerade auf der meistbereisten und am besten gesicherten Hyperraumroute, die zu den Welten des Äußeren Rands führte. Hier waren ständig Schiffe unterwegs, in beide Richtungen. Insofern gab es keinen Grund zu Sorge.

Andererseits hielt Captain Hedda Casset das Leben von neuntausend Passagieren in den Händen. Es war ihr Pflicht, sie sicher an ihr Ziel zu bringen – sich Sorgen zu machen, gehörte praktisch zum Job.

Sie verließ den Korridor und betrat das zentrale Abteil: ein riesiger, runder Raum, der auf Flügen wie diesem als inoffizieller Gemeinschaftsraum für die Passagiere fungierte. Kinder spielten mit einem Ball, während Erwachsene in kleinen Gruppen zusammenstanden und plauderten. Hier konnten sie sich die Beine vertreten, wenn sie der Beengtheit ihrer Kabinen in den Modulen entfliehen wollten. Der Raum hatte nur wenig zu bieten – eine gewaltige Röhre, wo mehrere Korridore zusammenliefen –, aber es war sauber; dafür sorgte die automatisierte Putzkolonne, die auf Drängen des Captains an Bord geholt worden war. Einer dieser spinnenbeinigen Droiden kletterte gerade an der Wand entlang und ging seiner Arbeit nach. Auf einem Schiff von der Größe der *Run* gab es immer irgendetwas saubergumachen.

Hedda nahm sich einen Moment, um den Blick über die Gruppen schweifen zu lassen. Sie zählte knapp zwanzig Personen unterschiedlichen Alters und unterschiedlicher Herkunftswelten. Da waren natürlich Menschen, aber auch vierarmige, pelzige Ardennianer, eine Familie von Givin mit ihren charakteristischen, dreieckigen Augen und sogar ein Lannik mit verkniffenem Gesicht, hochgebundenem Haar und großen, seitlich abstehenden Ohren – die sah man an Bord nur selten. Doch ganz gleich, woher sie stammten, sie waren alle einfache Wesen, die darauf warteten, ein neues Leben zu beginnen.

Eines der Kinder drehte sich herum.

»Captain Casset!«, rief der Junge. Er war menschlich, mit olivenfarbener Haut und rotem Haar. Hedda kannte ihn.

»Hallo, Serj«, sagte sie. »Was gibt es Neues? Alles in Ordnung hier hinten?«

Die anderen Kinder unterbrachen ihr Spiel und versammelten sich um Hedda.

»Wir könnten ein paar neue Holos gebrauchen«, erklärte Serj. »Wir haben schon alles angeguckt, was im System war.«

»Es gibt, was es gibt«, erwiderte sie. »Und hört auf, an den Sicherheitscodes herumzuspielen, um die altersbeschränkten Holos aufzurufen. Glaubt ihr, ich würde das nicht mitkriegen? Das ist mein Schiff. Ich weiß alles, was auf der *Legacy Run* vor sich geht.«

Sie beugte sich vor.

»Alles.«

Serj errötete und blickte zu seinen Freunden, die plötzlich ebenfalls schrecklich interessante Dinge auf dem Boden, an den Wänden oder an der Decke entdeckt hatten, die genau in Augenschein genommen werden wollten.

»Aber gut«, sagte Hedda, wobei sie sich wieder aufrichtete.

»Ich verstehe euch ja. Das ist ein ziemlich langweiliger Flug. Aber schon bald, wenn ihr euren Eltern beim Bestellen der Felder oder beim Aufstellen von Zäunen oder beim Abwehren von Rancors helfen müsst, werdet ihr davon träumen, wieder an Bord meines Schiffes zu sein. Also entspannt euch einfach und genießt die Reise.«

Serj verdrehte die Augen und widmete sich wieder dem improvisierten Ballspiel, das er und die anderen sich ausgedacht hatten.

Hedda grinste, dann ging sie weiter durch den Raum, wobei sie den Passagieren zunickte und hin und wieder ein wenig mit ihnen plauderte. Egal woher sie kamen oder wohin sie wollten, egal ob sie gut oder verkommen waren, während der nächsten Tage waren sie alle *Heddas* Leute. Sie liebte diese Flüge. Welche Zukunft diese Wesen auch erwartete, sie wollten zum Rand, um ihre Träume zu erfüllen, und Hedda war ein Teil davon. Das fühlte sich gut an.

Kanzlerin Sohs Republik war nicht perfekt – keine Regierung würde je wirklich perfekt sein –, aber es war ein System, in dem die Leute träumen durften. Nein, besser noch. Es förderte Träume, große ebenso wie kleine. Natürlich hatte die Republik ihre Fehler, aber ganz ehrlich: Es könnte auch viel schlimmer sein.

Heddas Rundgang dauerte über eine Stunde. Sie schlenderte nicht nur durch das Hauptabteil, sondern überprüfte auch die Ladung supergekühltes Tibanna im Frachtbereich, um sicherzugehen, dass das hochexplosive Gas richtig gesichert war (war es). Außerdem machte sie sich ein Bild von den Reparaturarbeiten am Rezirkulationssystem (sie kamen gut voran). Und sie vergewisserte sich, dass die Treibstoffreserven locker ausreichten, um sie ans Ziel zu bringen (was der Fall war).

Alles auf der *Legacy Run* war in bester Ordnung. Eine winzige, perfekt gewartete Welt in der galaktischen Wildnis, eine warme Luftblase der Sicherheit, die der Leere trotzte. Sie wusste nicht, was die Siedler erwartete, wenn sie den Äußeren Rand erreichten, aber sie würde dafür sorgen, dass sie sicher dort ankamen, um es herauszufinden.

Als Hedda auf die Brücke zurückkehrte, sprang Lieutenant Bowman vom Kommandosessel auf.

»Captain an Deck«, rief er, und die anderen Offiziere saßen schlagartig aufrechter.

»Danke, Jary«, sagte Hedda, während ihre Nummer Eins zur Seite trat und an ihre Station zurückkehrte.

Nachdem sie sich auf dem Kommandosessel zurückgelehnt hatte, überprüfte Hedda die Anzeigen auf der Suche nach etwas Ungewöhnlichem.

Alles ist gut, dachte sie.

K-TANG. K-TANG. K-TANG. Ein Alarm plärrte los, laut und aufdringlich, und die Lichter der Brücke wechselten zum Rot der Notfallbeleuchtung. Die Wirbel des Hyperraums vor den Aussichtsfenstern sahen irgendwie … seltsam aus. Vielleicht lag es an der Notfallbeleuchtung, aber sie schienen rötlich verfärbt zu sein.

Heddas Puls beschleunigte sich. Ihr Gehirn wechselte automatisch in den Kampfmodus.

»Meldung!«, schnappte sie, während ihr Blick über ihre eigenen Schirme huschte, um den Grund für den Alarm zu entdecken.

»Der Navcomputer hat den Alarm ausgelöst, Captain«, sagte der Navigator, Kadett Kalwar, ein junger Quermianer. »Da ist etwas auf der Hyperraumroute vor uns. Etwas Großes. Zusammenstoß in zehn Sekunden.«

Die Stimme des Kadetten blieb ruhig, obwohl er nicht viel älter als Serj sein konnte, und Hedda war stolz auf ihn.

Trotzdem: Was er sagte, war unmöglich. Die Hyperraumrouten waren frei. Deswegen *waren* es ja Hyperraumrouten. Hedda kannte sich nicht mit den wissenschaftlichen Aspekten aus, aber sie wusste, dass es keine Lichtgeschwindigkeitskollisionen auf festgelegten Routen geben konnte. Es war »mathematisch absurd«, um ihre Ingenieure zu zitieren.

Andererseits flog sie schon lange genug durchs All, um zu wissen, dass täglich unmögliche Dinge geschahen. Und zehn Sekunden waren bei der Geschwindigkeit, mit der die *Legacy Run* dahinraste, eine verdammt kurze Zeit.

Man kann dem Hyperraum nicht trauen, dachte sie.

Hedda Casset tippte zwei Knöpfe an ihrem Kommandosessel an.

»Festhalten«, sagte sie mit ruhiger Stimme. »Ich übernehme die Kontrolle.«

Zwei Steuerhebel klappten aus den Armlehnen des Sessels hoch, und Hedda schloss die Hände darum.

Ein letztes Mal tief durchgeatmet, dann flog sie das Schiff.

Die *Legacy Run* war kein Incom-Z-24-Schwirrkäfer und auch kein republikanischer Langträger. Sie war ein Frachter, seit mehr als hundert Jahren im Dienst, der sich mit großen Schritten dem Ende seiner operationalen Lebensspanne näherte – oder sie vielleicht schon überschritten hatte. Sie war voll beladen und hatte Triebwerke, die auf langsame Beschleunigungs- und Bremsmanöver und das Andocken in Raumhäfen oder an orbitalen Verladestationen ausgelegt waren. Mit anderen Worten: Sie war in etwa so wendig wie ein Mond.

Nein, die *Legacy Run* war kein Kriegsschiff. Nicht mal ansatzweise. Aber Hedda flog sie, als wäre sie eines.

Mit den Augen und Instinkten einer Jägerpilotin erfasste sie das Hindernis vor ihnen. Es kam mit unglaublicher Geschwindigkeit näher, und was immer es auch sein mochte, es war so groß, dass der Transporter bei einer Kollision in seine Atome zerfetzt werden würde. Die *Run* konnte nicht ausweichen. Dafür war kein Platz, und dafür war keine Zeit.

Aber Captain Hedda Casset saß am Steuer, und sie würde ihr Schiff nicht einfach untergehen lassen.

Sie neigte den linken Kontrollstick um eine Winzigkeit und drehte den rechten in einem weiten Bogen. Der große Frachter bewegte sich – mehr, als er wollte, aber sein Captain wusste, dass er der Belastung standhalten würde. Sie rasten ganz knapp an dem Hindernis vorbei – so knapp, dass Hedda glaubte, einen Windhauch an ihren Haaren zu spüren, obwohl mehrere Schichten Metall und Schilde zwischen ihr und dem Ding lagen.

Aber sie lebten noch. Keine Kollision. Die *Run* war intakt.

Turbulenzen schüttelten das Schiff, und Hedda kämpfte dagegen an. Ihre Augen waren geschlossen; sie musste nicht sehen, um zu fliegen. Sie erspürte sich einen Weg durch das Ruckeln und Zittern, während das Schiff protestierend ächzte.

»Du schaffst das, mein Mädchen«, sagte sie laut. »Wir sind ein Paar alter Schrullen, so viel ist sicher, aber unsere Zeit ist noch nicht gekommen. Ich hab mich immer gut um dich gekümmert, und das weißt du. Wenn du mich nicht im Stich lässt, tu ich es auch nicht.«

Hedda ließ ihr Schiff nicht im Stich.

Aber es ließ sie im Stich.

Das Ächzen überstrapazierten Metalls verwandelte sich in ein Kreischen. Die Vibrationen erreichten eine Stärke, die Hedda schon mehrfach erlebt hatte; es waren die Zuckungen eines Schiffes, das weit über seine Grenzen hinaus gefordert worden war – sei es nun durch große Schäden während eines Gefechts oder, wie hier, durch Manöver, denen es nicht folgen konnte.

Die *Legacy Run* war dabei auseinanderzubrechen. Ihnen blieben höchstens noch Sekunden.

Hedda öffnete die Augen und ließ die Kontrollhebel los. Sie gab Kommandos an ihrer Konsole ein, um die Schutztüren zu aktivieren, die jedes Frachtmodul im Notfall versiegeln sollten. Vielleicht, hoffte sie, hatten ein paar der Wesen an Bord so noch eine Chance. Sie dachte an Serj und seine Freunde, die im Gemeinschaftsbereich gespielt hatten, und daran, dass die zuschnappenden Schutztüren gerade sämtliche Zugänge zu den Passagiermodulen verschlossen. Hoffentlich waren die Kinder zu ihren Eltern zurückgeeilt, als die Alarme losgeplärrt hatten. Jeder, der sich jetzt noch im Hauptabteil des Frachters befand, würde nämlich in Kürze dem Vakuum des Weltraums ausgesetzt sein.

Hedda sah zu ihrem ersten Offizier hoch, und er erwiderte wissend ihren Blick. Dann salutierte er.

»Captain«, sagte Lieutenant Bowman, »es war mir eine Ehre …«

Die Brücke wurde aufgerissen.

Hedda Casset starb, ohne zu wissen, ob sie jemanden hatte retten können.

2

ÄUSSERER RAND, HETZAL-SYSTEM

2,5 Stunden bis zum Einschlag

Sensortechniker (dritter Klasse) Merven Getter war bereit. Bereit, seine Schicht zu beenden, einen Shuttle ins Zentrum des Systems zu nehmen und in die Cantina zu marschieren, die nur ein paar Straßen vom Raumhafen des Ankermondes entfernt war. Sella arbeitete dort an der Bar, und heute, da war Merven ganz sicher, würde er den Mut finden, sie um eine Verabredung zu bitten. Sie war eine Twi'lek, er war ein Mirialaner, aber was machte das schon? *Wir gehören alle zur Republik*, um Kanzlerin Sohs großen Slogan zu zitieren. Aber die Leute glaubten daran. Und Merven auch, wenn er ehrlich sein sollte. Horizonte erweiterten sich, Tabus verschwanden. Alles war möglich.

Vielleicht sogar, dass ein Sensortechniker (dritter Klasse) auf einer Überwachungsstation weit draußen am Rand des elliptischen Hetzal-Systems – welches seinerseits weit draußen am Rim lag, schmerzhaft weit von den hellen Lichtern und faszinierenden Welten des Kerns entfernt ... Nun, dass dieser Sensortechniker (dritter Klasse), der seine Tage damit verbrachte, auf Holoschirme zu starren und Vermerke über alle ankommenden und abfliegenden Schiffe zu machen, die Aufmerksamkeit einer liebreizenden, rothäutigen Dame erregte, die ihm drei Tage die

Woche ein Glas des örtlichen Biers servierte. Sella plauderte gern mit ihm, und sie kam öfter an seinem Tisch vorbei als bei den anderen Gästen ihrer kleinen Cantina. Seine Geschichten über das Leben an der Grenze des Systems schienen sie aus irgendeinem Grund zu faszinieren.

Merven selbst konnte diese Faszination nicht nachvollziehen. Wenn ein Schiff aus dem Hyperraum ins System sprang, ploppte ein Symbol auf seinem Schirm auf; wenn ein Schiff das System verließ, verschwand ein Symbol von seinem Schirm. Nichts davon war interessant. Die Flugpläne standen im Voraus fest, er wusste also in der Regel, wer kam oder ging. Er musste nur dafür sorgen, dass die Flugpläne eingehalten wurden. Und falls doch mal etwas Unvorhergesehenes geschah, sollte er andere Stellen – höhere Stellen – informieren, die sich dann um alles Weitere kümmerten.

Sensortechniker (dritter Klasse) Merven Getter verbrachte seine Tage damit, Leute zu beobachten, die irgendwo hinreisten, während er selbst auf der Stelle trat.

Aber heute würde er einen Schritt machen, ganz bestimmt. Er dachte an Sella, an ihr Lächeln und daran, wie sie ihre Lekku mit diesen kunstvollen Stoffbändern schmückte – die sie selbst herstellte, wie sie ihm erzählt hatte. Er dachte daran, wie sie ihm jedes Mal ein Bier einschenkte, wenn er die Cantina betrat, ohne dass er darum bitten musste.

Ja. Heute würde er sie zum Essen einladen. Er hatte gespart, und er kannte ein Restaurant, nicht weit von der Cantina entfernt. Und auch nicht weit von seiner Wohnung … aber eins nach dem anderen.

Jetzt musste er erst mal seine verfluchte Schicht zu Ende bringen.

Merven blickte zu seiner Kollegin hinüber, Sensortechnikerin (zweiter Klasse) Vel Carann. Er wollte fragen, ob er heute vielleicht ein wenig früher Schluss machen könnte, damit er den früheren Shuttle zurück zum Ankermond erwischte, aber sie las gerade etwas auf ihrem Datenpad. So, wie ihre Augen am Schirm klebten, war es vermutlich eine dieser Jedi-Romanzen, von denen sie so besessen war. Merven hatte selbst ein paar gelesen, und er kapierte nicht, was man daran finden konnte. Sie spielten alle auf Außenposten an den entlegenen Grenzen der Republik und waren angefüllt mit sehnsüchtigen Blicken und nicht erwiderter Liebe ... Hin und wieder gab es Lichtschwertkämpfe, aber die waren offensichtlich nur ein Ersatz für das, was die Figuren *wirklich* tun wollten. Eigentlich sollte Vel während der Arbeit keine Geschichten lesen, aber falls er sie darauf ansprach, würde sie einfach ein Fenster mit technischen Daten öffnen und so tun, als hätte sie die ganze Zeit darin geschmökert. So war das nun mal. Sie war eine Technikerin zweiter Klasse, er ein Techniker dritter Klasse, und das bedeutete: Solange er seinen Job machte, glaubte sie, dass sie ihren nicht zu machen brauchte.

Er entschied, nicht darum zu bitten, ob er früher gehen könnte. Bei Vel wäre das Zeitverschwendung. Nein, er würde den Rest seiner Schicht absitzen. Es war ja nicht mehr lange. Und dann ...

Etwas tauchte auf seinem Schirm auf.

»Nanu«, sagte Merven.

Das war seltsam. Eigentlich sollte erst in zwanzig Minuten wieder ein Schiff im System eintreffen.

Dann tauchte noch etwas auf. Mehrere Etwas sogar. Insgesamt zehn.

»Was zum ...?«, murmelte er.

»Gibt es ein Problem, Getter?«, fragte Vel, ohne von ihrem Bildschirm aufzublicken.

»Ich bin nicht sicher«, sagte er. »Ich habe hier mehrere unplanmäßige Systemeintritte, und sie reduzieren ihre Geschwindigkeit nicht.«

»Warte ... was?« Endlich legte Vel ihr Datenpad beiseite, um sich über ihren eigenen Monitor zu beugen. »Oh, das ist aber seltsam.«

Weitere Symbole ploppten auf der Anzeige auf. So viele und so schnell, dass Merven sie nicht zählen konnte.

»Sind das ... glaubst du, das könnten Asteroiden sein?«, fragte Vel mit nervöser Stimme.

»Bei dieser Geschwindigkeit? Und aus dem Hyperraum? Ich weiß nicht. Führe eine Analyse durch«, sagte Merven. »Vielleicht finden wir ja raus, was es ist.«

Keine Reaktion von Vels Station.

Er blickte hinüber.

»Ich ... ich weiß nicht, wie das geht«, stammelte sie. »Nach dem letzten Upgrade habe ich mich nicht in die neuen Systeme eingearbeitet. Du hattest ja immer alles im Griff, und ... und eigentlich bin ich ja nur hier, um alles zu beaufsichtigen, du weißt ja. Und ...«

»Schon gut.« Merven war kein bisschen überrascht. »Kannst du wenigstens die Vektoren berechnen? Diese Subroutine ist noch dieselbe wie vor zwei Jahren.«

»Ja«, nickte Vel. »Ja, das krieg ich hin.«

Er wandte sich wieder seinen Schirmen zu und begann, Befehle in die Tastatur einzugeben.

Inzwischen gab es zweiundvierzig dieser Anomalien im System, und sie alle bewegten sich nahezu mit Lichtgeschwindigkeit. Mit anderen Worten: unglaublich schnell. Viel schneller, als die Sicherheitsrichtlinien vorsahen. Sollte es sich tatsächlich um Schiffe handeln, erwartete die Piloten ein saftiges Bußgeld.

Aber Merven bezweifelte, dass es Schiffe waren. Zum einen waren sie zu klein, und zum anderen konnte er keine Triebwerkssignaturen entdecken.

Dann vielleicht Asteroiden? Felsbrocken, die irgendwie ins System geschleudert worden waren, zum Beispiel durch einen bizarren Weltraumsturm? Oder ein Kometenschwarm? Zumindest in einem Punkt war Merven sicher: Es war kein Angriff. In der Republik herrschte Frieden, und nichts deutete darauf hin, dass sich daran etwas ändern würde. Die Leute waren zufrieden. Sie lebten ihr Leben. Die Republik funktionierte.

Außerdem gab es im Hetzal-System nichts, was einen Angriff wert wäre. Es war ein langweiliger Haufen Planeten, deren Hauptwelt mitsamt ihren beiden Monden – dem Frucht- und dem Ankermond – ganz auf Landwirtschaft ausgelegt war. Da waren noch ein Gasriese und ein paar gefrorene Felsbrocken, aber im Großen und Ganzen gab es nur Bauern und das, was sie anpflanzten. Sicher, Hetzal exportierte seine Erzeugnisse über den gesamten Rand, und ein paar Ladungen fanden sogar ihren Weg in die inneren Systeme. Und dann war da noch das Bacta – irgendein Wunderheilmittel, das angeblich die Medizin revolutionieren sollte. Sie versuchten, es auf der Hauptwelt anzupflanzen, bislang aber nur mit mäßigem Erfolg. Doch selbst, wenn … Das waren nur Pflanzen. Wer interessierte sich schon für Pflanzen?

Soweit es Merven anging, hatte Hetzal nur einen nennenswerten Export, und das war die berühmte Gill-Sängerin Illoria Daze, die ihre Stimme so in Schwingungen versetzen konnte, dass sie zu sechsstimmigen Harmonien fähig war. Dieses Talent, kombiniert mit ihrem sympathischen Auftreten und ihrer inspirierenden Vergangenheit – aus tiefster Armut zu höchstem Ruhm –, hatte sie zum Liebling der gesamten Republik gemacht. Sie lebte jetzt auf Alderaan, bei all den reichen Leuten.

Hetzal hatte nichts von echtem Wert. Was gerade geschah, ergab keinerlei Sinn.

Eine weitere Gruppe von Objekten erschien auf dem Schirm, so viele, dass der Computer ihre Bahnen nicht mehr individuell verfolgen konnte. Merven verringerte die Auflösung und wechselte zu einer systemweiten Ansicht, um sich einen besseren Überblick zu verschaffen. Jetzt sah er, dass diese Dinger, was immer sie sein mochten, nicht nur aus der Hyperraum-Anflugszone in das System rasten. Sie tauchten praktisch überall auf, und einige von ihnen flogen direkt auf …

»Oh, nein«, keuchte Vel.

»Ich sehe es auch«, murmelte Merven. Und er brauchte dafür nicht mal eine Vektoranalyse.

Die Anomalien rasten der Sonne entgegen, und einige von ihnen befanden sich auf direktem Kollisionskurs mit den bewohnten Planeten und ihren Orbitalstationen. Außerdem wurden sie nicht langsamer. Bei diesem Tempo, nur knapp unter Lichtgeschwindigkeit, war es egal, ob es Asteroiden oder Schiffe oder Schokoriegel waren. Was immer sie trafen, würde in seine kleinsten Bestandteile zerfetzt werden.

Während Merven noch hinsah, prallte eines der Objekte mit einem Kommunikationssatelliten zusammen. Sowohl die Anomalie als auch der Satellit verschwanden von seinem Schirm, und die Galaxis war um eine Handvoll Weltraumstaub reicher.

Hetzal Prime war groß genug, um mehreren solchen Einschlägen standzuhalten, ohne auseinanderzubrechen, und auch die Monde würden ein paar Treffer überleben. Aber was das Leben auf ihrer Oberfläche anging …

Sella war auf dem Ankermond.

»Wir müssen von hier verschwinden«, sagte er. »Wir befinden uns mitten in der Zielzone, und jede Sekunde tauchen mehr von den Dingern auf. Wir müssen den Shuttle nehmen.«

»Richtig«, erwiderte Vel; so etwas wie Selbstbeherrschung war in ihre Stimme zurückgekehrt. »Aber erst müssen wir einen systemweiten Alarm senden.«

Merven schloss die Augen. »Natürlich. Du hast recht.«

»Der Computer braucht von uns beiden Autorisierungscodes, um den Alarm zu aktivieren«, erklärte Vel. »Auf mein Zeichen.«

Sie tippte ihre Tastatur an, und Merven tat dasselbe an seiner Station, dann wartete er. Als Vel nickte, gab er den Code ein.

Ein leiser, surrender Alarm hallte durch den Kontrollraum, und Merven wusste, dass derselbe Laut nun überall im Hetzal-System ertönte, in den Cockpits der Schrottschlepper bis hin zum Palast des Ministers auf der Hauptwelt. Vierzig Milliarden Wesen würden nun besorgt zum Himmel hochblicken, und eines von ihnen war eine liebreizende, rothaarige Twi'lek, die sich vermutlich gefragt hatte, ob ihr mirialanischer Lieblingsgast heute Abend in die Cantina kommen würde.

Merven stand auf.

»Wir haben unsere Aufgabe erfüllt. Zeit, den Shuttle zu nehmen. Eine Nachricht mit genaueren Details können wir auch unterwegs noch schicken.«

Vel nickte und stemmte sich von ihrem Sitz hoch.

»Ja. Lass uns von hier …«

Ein weiteres Objekt brach aus dem Hyperraum hervor, so nahe und so schnell, dass es praktisch schon im Moment seiner Ankunft die Überwachungsstation erreichte.

Ein Feuerball, und die Anomalie war verschwunden – mitsamt der Station, den beiden Sensortechnikern und all ihren

Zielen, Ängsten, Talenten, Hoffnungen und Träumen. Die kinetische Energie des Objekts löste alles, was es berührte, innerhalb eines Herzschlags in seine Atome auf.

3

AGUIRRE-STADT, HETZAL PRIME

2 Stunden bis zum Einschlag

»Ist das ein Fehlalarm?«, fragte Minister Ecka, während das Surren durch sein Büro hallte – beständig, drängend, unmöglich zu ignorieren. Aber genauso sollte ein Alarm ja sein.

»Sieht nicht danach aus«, antwortete Berater Daan. Er schob eine widerspenstige Haarsträhne hinter sein Ohr. »Das Signal stammt von einer Überwachungsstation am äußeren Rand des Systems. Höchste Dringlichkeitsstufe. Jeder Computer, der mit dem Hauptprozessorkern verbunden ist, gibt diesen Alarm wieder.«

»Und der Auslöser?«, fragte der Minister. »Da war keine Nachricht angehängt?«

»Nein«, sagte Daan. »Wir haben wiederholt eine Klarstellung gefordert, bekommen aber keine Antwort. Wir glauben ... dass die Überwachungsstation zerstört wurde.«

Minister Ecka überlegte kurz, dann schwenkte er seinen Sessel herum, fort von seinen Beratern, und das Holz knirschte ein wenig unter seinem Gewicht. Er blickte durch das große Panoramafenster, das die Wand hinter seinem Schreibtisch dominierte. Jenseits davon erstreckten sich bis zum Horizont die goldenen Felder von Hetzal. Auf der Hauptwelt – und mehr oder weniger auch im Rest des Systems – wurde jedes bisschen verfügbarer Fläche für den Anbau genutzt. Auf den Dächern von Gebäuden und den Terrassen von Türmen wuchs Getreide, an ihren Seiten rankten sich Rebenfrüchte empor, und in Flüssen und Seen wurden nützliche Algen und Wasserpflanzen gezüchtet. Überall schwebten Erntedroiden umher, um reife Früchte zu pflücken – zu dieser Jahreszeit waren das Honigfrüchte, Königsbeeren und Eismelonen, aber bereits nächsten Monat würde es etwas anderes sein. Für irgendetwas war auf Hetzal immer Erntezeit.

Ecka liebte diesen Ausblick. Er war überzeugt, dass es der friedlichste Ausblick in der gesamten Galaxis war. Alles war so produktiv. So korrekt. So perfekt.

Doch jetzt, wo das Surren des Alarms in seinen Ohren widerhallte, fühlte es sich plötzlich nicht mehr perfekt an, sondern eher … zerbrechlich.

»Etwas passiert da draußen«, sagte ein anderer Berater, eine devaronianische Frau namens Zaffa.

Ecka kannte sie schon lange, aber dies war das erste Mal, dass sie besorgt klang. Ihre Brauen waren zusammengezogen, während sie auf einen Datenschirm starrte.

»Eine Minenstation über dem Gasriesen ist gerade ausgefallen«, meldete Zaffa. »Im Satellitennetzwerk tun sich Lücken auf. Es ist, als würde jemand unsere Anlagen eine nach der anderen ausschalten.«

»Und wir haben noch immer keine Bilder von der Situation? Das ist Wahnsinn«, grollte Ecka.

Er richtete den Finger auf seinen Sicherheitschef, einen rundlichen Menschen mittleren Alters.

»Borta, warum wissen Ihre Leute nicht, was da draußen vor sich geht?«

Borta runzelte die Stirn. »Minister, bei allem Respekt, Sie kennen den Grund. Nach den jüngsten Einschnitten ist Hetzals Sicherheitsdient auf ein Zehntel seiner ursprünglichen Größe zusammengeschrumpft. Wir arbeiten daran, aber unsere Mittel sind beschränkt.«

»Ist es vielleicht eine Art natürlicher Anomalie? Ich meine … es kann ja wohl kaum sein, dass wir angegriffen werden, oder?«

»Im Moment können wir keine Möglichkeit ausschließen. Die Vorgänge erinnern an einen feindlichen Vorstoß, aber wir können keine Triebwerkssignaturen erfassen, und es gibt kein logisches Muster, was die getroffenen Ziele angeht. Falls es ein Angriff ist, sollten sie eigentlich zuerst unsere Defensivsysteme ausschalten, aber die orbitalen Verteidigungsplattformen sind noch immer alle einsatzfähig.«

Der Alarm wiederholte sich, und Ecka wirbelte auf seinem Sessel zu Berater Daan herum, welcher sichtlich zusammenzuckte.

»Würden Sie das bitte endlich ausschalten?! Bei dem Lärm kann ja niemand denken!«

Daan richtete sich auf und tippte seinen Datenschirm an, woraufhin das unerbittliche Surren endlich verstummte.

Einer der anderen Berater ergriff nun das Wort. Es war Keven Tarr, ein schlanker junger Mann mit rotem Haar und extrem blasser Haut. Das Technologieministerium hatte ihn hergeschickt. Ecka hatte kein Interesse an Technologie, sofern sie nicht die Ernteerträge verbesserte – im Herzen war er immer noch ein Farmer –, aber er wusste, dass Tarr ein schlaues Kerlchen war. Vermutlich würde es nicht lange dauern, bis er einen Job in einem fortschrittlicheren Teil der Galaxis fand und Hetzal verließ. Leute wie er wurden hier nicht glücklich, so war das eben.

»Ich glaube, ich kann Ihnen zeigen, was da draußen geschieht, Minister«, sagte Tarr.

Für einen Menschen hatte er lange Finger, und jetzt tanzten sie über sein Datenpad.

»Ich übermittle die Daten an den Droiden, dann kann er die Informationen für uns alle darstellen.«

Er gab ein letztes Kommando ein, anschließend zog er ein Verbindungskabel aus dem Datenpad und stöpselte es an der Zugangsbuchse des gedrungenen, sechseckigen Kommdroiden ein, der reglos in einer Ecke des Büros gewartet hatte. Jetzt leuchtete das grüne Auge der Einheit auf, und sie rollte nach vorne.

Eine Projektion erschien auf der weißen Wand gegenüber dem Panoramafenster, die speziell für diesen Zweck gedacht war. Normalerweise drehten sich Präsentationen auf der Vidwand um Ernteerträge oder um Programme zur Schädlingsbekämpfung. Jetzt hingegen war das gesamte Hetzal-System zu sehen, mit all seinen Welten und Stationen, Satelliten, Plattformen und Schiffen.

Und da war noch etwas.

Für Minister Ecka sah es aus, als würden sie von einem Schwarm allesverschlingender Insekten überrannt. Hunderte winziger Lichtpunkte pflügten mit dramatischer Geschwindigkeit durch das System, alle demselben Ziel entgegen: der Sonne. Und Hetzal Prime, der Frucht- und der Ankermond und all die Stationen, Satelliten, Plattformen und Schiffe … befanden sich direkt in ihrer Flugbahn.

»Was ist das?«, schnappte er.

»Wissen wir nicht«, antwortete Tarr. »Ich habe dieses Bild erstellt, indem ich die Signale der verbliebenen Satelliten und Überwachungsstationen kombinierte, aber immer mehr fallen aus. Was immer diese Anomalien sind, sie bewegen sich nahezu mit Lichtgeschwindigkeit, was es extrem schwer macht, ihnen zu folgen. Und wenn sie etwas treffen, dann ist das Ergebnis …«

»Unschön«, beendete General Borta den Satz für ihn.

»Apokalyptisch, wollte ich eigentlich sagen«, korrigierte Tarr. »Mehrere der Signaturen kommen direkt auf die Hauptwelt zu.«

»Können wir irgendetwas tun?«, fragte Ecka, den Blick auf Borta gerichtet. »Können wir sie vielleicht … abschießen?«

Der General breitete hilflos die Arme aus. »Früher vielleicht. Aber die Verteidigung des Systems genießt schon seit Jahren keine Priorität mehr.«

Die indirekte Anschuldigung hing schwer in der Luft, aber Ecka ging nicht darauf ein. Er hatte seine Entscheidungen auf Grundlage der damals verfügbaren Informationen getroffen, und sie waren ihm richtig erschienen. Immerhin herrschte Frieden! Überall. Also, warum Geld verschwenden, wenn es eine bessere Verwendung dafür gab? Davon ganz abgesehen: Jetzt zurückzublicken brachte sie auch nicht weiter. Es war Zeit für eine neue Entscheidung. Nach bestem Wissen und Gewissen.

Ecka zögerte nicht. So schlimm die Situation auch sein mochte, sie würde nur noch schlimmer werden, je länger sie warteten.

»Geben Sie den Evakuierungsbefehl. Systemweit. Und dann schicken Sie eine Nachricht nach Coruscant. Sie sollen wissen, was hier passiert. Sie werden uns nicht helfen können, aber immerhin sollen sie Bescheid wissen.«

Beraterin Zaffa blickte mit düsterer Miene zu ihm herüber.

»Ich weiß nicht, ob wir diese Befehle noch ausführen können, Minister«, sagte sie. »Uns fehlen die Schiffe für planetenweite Evakuierungen, und falls sich diese Objekte wirklich so schnell bewegen, bleibt uns nicht genug Zeit, um …«

»Ich verstehe, Beraterin«, erwiderte Ecka, nun mit ruhiger Stimme. »Aber wenn diese Befehle auch nur ein Leben retten können, dann müssen wir es trotzdem versuchen.«

Zaffa nickte und begann, auf ihrem Datenschirm Befehle einzugeben.

»Fertig«, verkündete sie ein paar Sekunden später. »Der systemweite Evakuierungsbefehl wurde gesendet.«

Die Gruppe betrachtete die Projektion an der Wand, die inzwischen immer wieder von statischem Rauschen durchzogen wurde. Tarrs behelfsmäßiges Netzwerk büßte immer mehr Satelliten ein, aber das Gesamtbild war noch immer klar. Es war, als hätte jemand eine Kugel ins Hetzal-System gefeuert, und es gab nichts, was sie noch tun konnten, um sich zu retten.

»Sie sollten versuchen, einen Platz auf einem der Schiffe zu ergattern«, sagte Ecka in den Raum hinein. »Ich bin sicher, sie werden innerhalb kürzester Zeit voll sein.«

Niemand rührte sich.

»Was werden Sie tun, Minister?«, fragte Berater Daan.

Ecka drehte sich wieder zu dem Fenster herum und betrachtete die goldenen Felder vor dem Horizont. Alles war so friedlich. Dass hier etwas Schlimmes passieren könnte, war ... vollkommen unmöglich.

»Ich denke, ich werde bleiben«, antwortete er. »Ich werde mich an das Volk wenden. Versuchen, es zu beruhigen. Irgendjemand muss sich um die Ernte kümmern.«

Minister Eckas Nachricht wurde überall auf Hetzal Prime und seinen beiden bewohnten Monden empfangen. Sie erschien auf Datenpads und Holoschirmen, tönte aus sämtlichen audiovisuellen Kommunikationskanälen. Die Kernaussage lautete: *Es ist nirgends sicher. Versucht zu fliehen, so weit ihr nur könnt.*

Es gab keine genauere Erklärung, was für Spekulation sorgte. Hatte es einen Unfall gegeben? Welche Katastrophe könnte so schlimm sein, dass ein gesamtes System evakuiert werden musste?

Viele Leute ignorierten die Warnung. Es hatte schon früher falsche Alarme gegeben, und manchmal klinkten sich Hacker in die Notfall-Computersysteme ein, um der Regierung einen Streich zu spielen oder anzugeben. Zwar hatte es noch nie einen Streich in dieser Größenordnung gegeben, aber in gewisser Weise machte es das nur einfacher, den Alarm abzutun. Ein ganzes System in Gefahr? Nein, das konnte nicht sein.

Diese Leute blieben in ihren Häusern, an ihren Arbeitsplätzen. Sie schalteten ihr Komms und Schirme ab und machten mit ihrem Leben weiter, weil dies einfacher war als die Alternative. Und wenn sie ab und an doch zum Himmel hochblickten und sahen, wie Raumschiffe ins All hochschossen ... Nun, dann sagten sie sich, dass die Leute an Bord Narren waren, die sich viel zu leicht in Panik versetzen ließen.

Andere erstarrten. Sie wollten sich in Sicherheit bringen, wussten aber nicht, wie oder wo. Nicht jeder hatte Zugang zu einem Schiff – tatsächlich war das für die Mehrheit der Fall. Hetzal war ein System von Landwirten; diese Leute lebten und arbeiteten auf ihren Feldern. Wenn sie mal zu einem anderen Ort in der Republik reisten, dann musste es schon ein besonderer Anlass sein, eine einmalige Gelegenheit. Jetzt sagte man ihnen, dass sie schnellstmöglich ins All entkommen sollten ... aber niemand sagte ihnen, wie.

Doch einige Bewohner des Hetzal-Systems besaßen Raumschiffe, oder sie lebten in größeren Städten mit Raumhäfen. Diese Leute schnappten sich ihre Kinder und ihre wertvollsten Habseligkeiten und rannten zu den Andockbuchten. Falls sie nur früh genug dort waren, so hofften sie, würden sie einen Platz auf einem Schiff ergattern. Aber natürlich waren sie nicht die Ersten, die auf diese Idee kamen, und sie sahen sich mit überfüllten Abfertigungshallen konfrontiert, mit langen Schlangen, und mit skrupellosen Opportunisten, die die Ticketpreise in die Höhe trieben, bis sich nur die reichsten der Reichen einen Platz an Bord leisten konnten. Die Anspannung kochte über, und schon bald brachen die ersten Schlägereien aus. Hetzal hatte natürlich Sicherheitsleute, die solche Handgreiflichkeiten unterbinden sollten, aber diese Offiziere starrten im Moment ebenso zum Himmel hoch wie der Rest, und sie fragten sich, ob sie ihre letzten Augenblicke in diesem Leben wirklich damit verbringen sollten, andere Leute in Sicherheit zu bringen. Es wäre ein nobles Ende, sicher, aber ... war es auch das, was sie wollten? Die meisten von ihnen hatten nämlich eigene Familien und eigene Zukunftsträume.

Die Ordnung brach zusammen.

Auf dem Ankermond beschloss ein gütiger Händler, die Luken seines Schiffes – mit dem er sonst das frische Getreide des Mondes zu den unersättlichen Welten des Äußeren Rands flog – zu öffnen und so viele Leute mitzunehmen, wie an Bord passten. Sein Pilot warnte ihn, dass der Frachter alt und sein Triebwerk nicht mehr das zuverlässigste war, aber der Händler ignorierte ihn. Dies war der Moment für Großmut und Hoffnung, und beim Licht, er würde so viele Leute retten, wie er nur konnte.

Als das Schiff schließlich abhob, hatte es 582 Personen an Bord, einschließlich des Händlers und seiner Familie. Der Pilot musste die Triebwerke an ihre Grenzen bringen, um auch nur vom Landefeld abzuheben. Aber der Händler wusste, dass alles einfacher werden würde, sobald sie die Atmosphäre erst hinter sich gelassen hatten. Sie mussten es nur ins All schaffen, dann würden sie überleben.

Das Schiff kämpfte sich einen Kilometer in den Himmel hoch, bevor die überbeanspruchten Triebwerke explodierten. Ein Feuerball regnete auf die Massen herab, die noch am Boden warteten, aber sie wussten nicht, ob sie sich glücklich schätzen sollten. Niemand wusste, was auf sie zukam. Minister Eckas Botschaft war schrecklich vage gewesen.

Eine zweite, ebenso vage Botschaft des Ministers war an die benachbarten Systeme und alle Schiffe in Reichweite gesendet worden: *Wir befinden uns in größter Not. Schickt Hilfe, falls ihr könnt.*

Sie wurde von Empfängern auf diversen Welten des Äußeren Rands weitergegeben: auf Ab Dalis, Mon Cala, Eriadu und vielen weiteren, die die Nachricht über das Relaissystem der Republik kernwärts weiterleiteten. So wanderte sie von den Planeten des Mittleren Rands zu denen des Inneren Rands, dann zu den Kolonien und schließlich zu den schillernden Kernwelten. Fast jeder, der sie hörte, wollte helfen – die Frage war nur, wie. Was immer im Hetzal-System geschah, es würde vorbei sein, lange bevor Unterstützung eintraf.

Trotzdem wurden Schiffe losgeschickt – größtenteils Lazarettschiffe, damit sie den Verwundeten von Hetzal Hilfe leisten könnten.

Das hieß … sofern es Überlebende gab.

»Sucht die nächstgelegenen Transporteinrichtungen auf«, sagte Minister Ecka in die Kamera des Droiden, der sein Bild und seine Worte im gesamten System übertrug. »Wir werden Schiffe schicken, um die Leute abzuholen, die keinen anderen Weg von der Oberfläche haben. Das wird eine Weile dauern, aber bleibt ruhig und friedlich. Ihr habt mein Wort, wir werden euch nicht im Stich lassen. Wir sind alle Kinder derselben Sonne. Aus demselben Holz geschnitzt. Wir werden diese Krise ebenso überleben, wie wir harsche Winter und trockene Sommer überlebt haben – indem wir gemeinsam an einem Strang ziehen. Wir alle sind Hetzal. Wir alle sind die Republik«, sagte er.

Auf ein Handzeichen hin beendete der Droide die Übertragung.

Dies war die vierte Botschaft, die er seit dem Alarm verlesen hatte, und er hoffte, dass sie die Leute beruhigen würde. Die Berichte sagten zwar etwas anderes aus – an den Raumhäfen aller drei bewohnten Welten waren Aufstände ausgebrochen –, aber was sollte er sonst tun? Er übertrug die Botschaften von seinem Büro in Aguirre-Stadt, um zu zeigen, dass er seinen Posten und sein Volk nicht im Stich ließ, obwohl er es tun könnte. Ein Zeichen der Solidarität. Zugegeben, es war nicht viel, aber besser als nichts.

Rings um ihn koordinierten seine Leute ihre eigenen Versuche, der Bevölkerung zu helfen. General Borta arbeitete mit der mickrigen Sicherheitsflotte daran, die Ordnung aufrechtzuerhalten und Leute mit Shuttles aus den Städten auszufliegen. Berater Daan hatte einige große Getreidefrachter mobilisiert, die diese Flüchtlinge dann im Orbit in Empfang nehmen würden. Die Frachter hatten ihre wertvolle Ladung ins All hinausgeblasen, sodass jeder von ihnen Platz für mehrere Zehntausend Personen bieten sollte. Natürlich würde es ziemlich eng werden, aber persönlicher Komfort war in der aktuellen Situation nebensächlich.

Die Shuttles des Sicherheitsdienstes flogen zu den Frachtern hoch, luden die Flüchtlinge ab und rasten zurück auf die Oberfläche hinab, so schnell sie konnten. Das System war alles andere als perfekt, aber es war alles, was sie in so kurzer Zeit auf die Beine hatten stellen können. Es war schließlich nicht so, als gäbe es Pläne für einen solchen Fall.

Und die Schuld dafür sah Minister Ecka bei sich selbst. Aber wie hätte er es auch wissen sollen? So etwas sollte nicht passieren ... was immer es war. Es sollte unmöglich sein. Außerdem war er nur ein Bauer, und ...

Nein, dachte er, mit einem Mal beschämt. Er war Minister Zeffren Ecka, Oberhaupt dieses gesamten Sternsystems. Es war unwichtig, ob er dieses Desaster hätte vorausahnen können oder nicht. Es war geschehen, und jetzt musste er alles tun, was in seiner Macht stand.

Während ihm dieser Gedanke noch durch den Kopf ging, blickte er zu Keven Tarr hinüber, der die ganze Zeit über weiter an seinem kleinen Netzwerk gefeilt hatte, um den Informationsfluss am Laufen zu halten. Jetzt gerade tippte der junge Mann auf drei Datenpads gleichzeitig, und mehrere Kommdroiden warfen diverse Schemadarstellungen an die Wand vor ihm. Ein Blick genügte, um Ecka zu zeigen, dass sich die Katastrophe immer weiter im System ausbreitete. Sie wussten noch immer nicht, was die Hintergründe waren, nur, dass *irgendetwas* in einer zerstörerischen Woge durch das Hetzal-System brandete. Satelliten, Raumstationen, Schiffe ... was immer den Pfad dieser Woge kreuzte, wurde vollkommen zerfetzt. Es erinnerte Ecka an die Kaufliegenschwärme, die früher über die Felder hergefallen waren, bis man ihnen auf genetischem Wege den Garaus gemacht hatte.

Er hatte so etwas selbst schon erlebt. Wenn der Schwarm kam, gab es nichts, was man tun konnte, außer den Kopf einzuziehen, zu überleben und die Felder neu zu bestellen, wenn es vorbei war.

Ecka beobachtete, wie Keven Tarr Schweiß von seiner Stirn wischte, bevor er sich wieder über den kleinen Beistelltisch beugte, der ihm als Arbeitsplatz diente.

Dann weiteten sich Tarrs Augen plötzlich, und seine Finger erstarrten über den Displays seiner Datenpads.

»Minister«, sagte er. »Ich … ich empfange ein Signal.«

»Was für ein Signal?«, fragte Ecka.

»Ich … Ich denke, es ist leichter, wenn ich es einfach durchstelle.« Da war ein seltsamer Ton in Tarrs Stimme – fassungslos oder vielleicht auch nur überrascht.

Worte knisterten durch die Luft, als einer seiner Kommdroiden die Nachricht in das Büro des Ministers übertrug. Es war eine weibliche Stimme, und sie sagte nur ein paar Worte. Aber es waren genau die Worte, die Ecka in diesem Moment am sehnlichsten hören wollte.

»Hier spricht Jedi-Meisterin Avar Kriss. Hilfe ist unterwegs.«

Genau das hatten sie gebraucht.

Hoffnung.

4

THIRD HORIZON, REPUBLIKANISCHER KREUZER DER *EMISSARY*-KLASSE

90 Minuten bis zum Einschlag

Ein Schiff sprang im Hetzal-System aus dem Hyperraum, um anschließend rasch auf konventionelle Geschwindigkeit abzubremsen. Es war in der Nähe der innersten Sonne zurückgefallen, und die Gravitationsfelder, die danach griffen, hätten ein schlechteres Schiff auseinandergerissen – vielleicht sogar dieses, wäre es nicht von einigen der besten Offiziere bemannt, die die Republik zu bieten hatte.

Das Schiff war die *Third Horizon*, und sie war eine echte Schönheit. Die Außenhaut kräuselte sich über ihrem Rahmen wie die Wellen eines silbernen Meeres, nach vorne hin spitz zulaufend, mit Türmen und zinnenartigen Einbuchten an den Flügeln, wie eine auf der Seite liegende Festung. Das Design kündete von Ehrgeiz, von Optimismus, von etwas, das so anmutig war, wie es nur sein konnte, ungeachtet des Aufwands und der Kosten.

Die *Third Horizon* war ein Kunstwerk, ein Symbol für die große Republik der Welten, die sie vertrat.

Nun starteten kleinere Schiffe aus Öffnungen in der Hülle der *Horizon*; sie wirkten wie Blütenblätter aus Silber und Gold, die von der Brise hinfort geweht wurden. Dies waren die Raumjäger des Jedi-Ordens, die Vectors. So, wie die Jedi und die Republik zusammenarbeiteten, so arbeiteten auch das große Schiff und die Jagdmaschinen zusammen. Da waren aber auch größere Raumfahrzeuge, die aus den Hangars der *Third Horizon* auftauchten: Langträger, die verlässlichen Allzweckmodelle der Republik. Sie waren ebenso für Kampfeinsätze geeignet wie für Such- und Rettungsmissionen, für Transportflüge und für so ziemlich jede andere Aufgabe, die ihrer Mannschaft aufgetragen wurde.

Die Vectors waren Ein- bis Zwei-Personen-Schiffe, denn nicht alle Jedi reisten alleine. Einige nahmen ihre Padawane mit auf Missionen, damit sie die Lehren ihrer Meister in der Praxis umgesetzt sehen konnten. Was die Langträger anging, so ließen die sich von drei Personen steuern, aber sie boten Platz für eine Besatzung von bis zu vierundzwanzig – Soldaten, Diplomaten, Ärzte oder Techniker, was immer auf ihrer aktuellen Mission benötigt wurde.

Gemeinsam mit den Vectors beschleunigten sie von der *Third Horizon* fort, um sich weiter in das System vorzuarbeiten. Jedes mit einem Ziel, jedes mit einer Aufgabe: Leben zu retten.

Auf der Brücke der *Third Horizon* stand eine Menschenfrau allein vor den Aussichtsfenstern. Hinter ihr herrschte hektische Aktivität, als Offiziere, Navigatoren und Spezialisten von den Konsolen in ihren Alkoven aus die Rettungsmission im Hetzal-System koordinierten. Der Name der Frau war Avar Kriss, und seit fast drei Jahrzehnten war sie nun schon Mitglied des Jedi-Ordens, seit man sie als kleines Kind in den großen Tempel auf Coruscant gebracht hatte. Der Tempel war gleichzeitig Schule, Botschaft, Kloster und ein Schrein der Macht – dieser Energie, die jedes lebende Wesen durchströmte. Anfangs war sie ein

Jüngling gewesen, später eine Padawan, als ihre Ausbildung voranschritt, dann schließlich eine Jedi-Ritterin und nun …

… eine Meisterin.

Dies war ihre Operation. Ein Admiral namens Kronara hatte das Kommando über die *Third Horizon* – die ihrerseits Teil einer kleinen Friedenssicherungsflotte der Republikanischen Verteidigungskoalition war –, aber die Leitung ihrer Rettungsmission im Hetzal-System hatte er der Jedi überlassen. Der Entscheidung waren keine Konflikte oder Diskussionen vorangegangen. Die Republik hatte ihre Stärken, ebenso wie die Jedi, und beide setzten sie ein, um den jeweils anderen zu unterstützen.

Avar Kriss betrachtete die Projektion des Hetzal-Systems, die ein schwebender Kommdroide auf die flache silberne Displaywand vor ihr warf. Die Darstellung war anhand von Datenquellen aus dem System und den Sensoren der *Third Horizon* selbst erstellt worden. Grüne Signaturen repräsentierten die lokalen Welten, Schiffe, Raumstationen und Satelliten. Die Schiffe der Republik – die Vectors, die Langträger und die *Third Horizon* – waren blau gehalten. Und die Projektile brennenden Todes, die mit unglaublicher Geschwindigkeit durch das System schnitten, waren rot. Noch war unklar, woher sie stammten und worum es sich bei ihnen überhaupt handelte, aber was immer hier vor sich ging, es war noch nicht vorbei.

Die Jedi hob die Hand an ihre Brust, wo eine goldene Spange in der Form des Ordenssymbols – ein glühender Sonnenaufgang – ihren langen weißen Umhang zusammenhielt. Es war eine zeremonielle Kleidung, der feierlichen Zeremonie angemessen, an der die *Third Horizon* vor Kurzem noch teilgenommen hatte. Austragungsort und Grund dieser Zeremonie war die jüngst fertiggestellte Starlight-Station gewesen. Doch jetzt, hier, inmitten eines Katastrophengebiets, wirkten die zeremoniellen Gewänder plötzlich fehl am Platz. Avar drückte auf die Spange, und der Umhang glitt als Häufchen Stoff auf den Boden hinab. Darunter kam eine weitaus schlichtere weiße Robe mit goldenen Ornamenten zum Vorschein. An einer ebenfalls weißen Hülle auf Hüfthöhe hing ein metallischer Zylinder aus silberweißem Elektrum, wie der Griff eines Werkzeugs, nur ohne das eigentliche Werkzeug. Spiralförmige Linien waren in seine Oberfläche geschnitten; sie sorgten für eine bessere Griffigkeit, dienten gleichzeitig aber auch als Dekoration, und an einer Seite endeten sie an einem kleinen Stichblatt. Avar war eine Meisterin mit dieser Waffe, aber heute würde sie sie nicht brauchen. Das Lichtschwert eines Jedi konnte Hetzal nicht retten. Das musste die Jedi schon selbst tun.

Sie ließ sich im Schneidersitz auf den Boden sinken, und ihr schulterlanges blondes Haar glitt wie von selbst über ihre Schultern nach hinten, fort von ihrem Gesicht. Anschließend verflocht sie es sich zu einem komplizierten Knoten, einem Mandala. Die Übung half Avar, ihren Geist zu sammeln, während sie die Augen schloss.

Die Jedi-Meisterin verlangsamte ihre Atmung und griff in die Macht hinaus, die sie umgab. Langsam, ganz langsam schwebte sie in die Höhe, bis sie einen Meter über dem Deck in der Luft saß.

Überall auf der Brücke drehten sich die Crewmitglieder der *Third Horizon* zu ihr herum. Einige nickten, andere lächelten schmal, aber sie alle zogen Hoffnung aus dem Anblick, bevor sie sich wieder ihren eigenen, drängenden Aufgaben widmeten.

Avar Kriss nahm nichts davon wahr. Für sie gab es jetzt nur die Macht und das, was sie ihr zeigte. Das, was sie tun musste.

Sie begann.

5

HETZAL PRIME, ORBIT UM DEN PLANETEN

80 Minuten bis zum Einschlag

Bell Zettifar spürte, wie das Schiff die oberen Atmosphäreschichten berührte. Ihr Vector hatte keinen Namen, nicht offiziell – alle Schiffe waren mehr oder weniger identisch, und theoretisch sollten sie unter den Jedi beliebig austauschbar sein –, aber er und sein Meister nahmen immer diese Maschine. Die mit der Brandspur an ihrem linken Flügel; eine Narbe von einem Flug durch einen Ionensturm. Das Muster sah ein wenig aus wie ein Strahlenkranz, darum nannte Bell das Schiff *Nova* – aber natürlich nur in Gedanken, niemals laut.

Die Vectors waren so minimalistisch, wie ein Raumschiff nur sein konnte: leichte Schilde, kaum Waffen, fast keine Computerunterstützung. Wie gut sie sich machten, lag allein in den Händen ihrer Piloten. Die *Jedi* waren die Schilde und die Waffen, und sie berechneten, was sie ihren Maschinen zumuten konnten. Vectors waren klein und wendig, und eine ganze Flotte von ihnen war ein imposanter Anblick, vor allem, wenn die Jedi ihre Manöver durch die Macht aufeinander abstimmten. Dann erreichten sie ein Maß an Präzision, zu dem kein Droide und kein normaler Pilot imstande gewesen wäre.

Sie sahen aus wie ein Vogelschwarm, oder wie Laub, das im

Wind dahintrieb, alle in die gleiche Richtung geblasen, verbunden durch ein unsichtbares Band. Bell hatte einmal eine Flugschau gesehen, anlässlich einer öffentlichen Feier auf Coruscant; damals waren dreihundert Vectors in perfektem Einklang durch die Luft geflitzt, goldene und silberne Pfeile am blauen Himmel über dem Senatsgebäude. Sie hatten sich aufgeteilt, um dann in komplexen Manövern aneinander vorbeizubrausen, so schnell und so dicht, dass einem der Atem stockte. Es war das Schönste gewesen, was Bell je gesehen hatte. Die Leute hatten es einen Reigen genannt. Einen Reigen von Vectors.

Doch jetzt flog die *Nova* allein, mit nur zwei Jedi an Bord: er selbst – Jedi-Schüler Bell Zettifar – und vor ihm auf dem Pilotensitz sein Meister, Loden Greatstorm. Das Jedi-Kontingent an Bord der *Third Horizon* hatte sich verteilt, um Orte überall im System anzufliegen. Sie hatten zu viele Ziele und zu wenig Zeit.

Bells und Lodens Ziel war der größte bewohnte Planet, Hetzal Prime. Ihre ebenso vage wie wichtige Aufgabe: zu helfen.

Als er aus dem Cockpitfenster sah, erblickte Bell die Wölbung des Planeten unter ihnen. Er war grün und golden und blau, ein wunderschöner Ort, zumindest aus dieser Höhe. Aber er vermutete, dass die Sache unten auf der Oberfläche ganz anders aussah. Am Horizont waren überall Triebwerkssignaturen von Raumschiffen auszumachen – ein Massenexodus von der Hauptwelt. Die *Nova* und eine Handvoll weiterer Vectors und republikanischer Langträger waren die einzigen Raumfahrzeuge, die auf den Planeten zuflogen.

»Wir treten in die obere Atmosphäre ein, Bell«, sagte Loden, ohne sich herumzudrehen. »Bist du bereit?«

»Ihr wisst, dass ich diesen Teil liebe, Meister«, erwiderte Bell.

Greatstorm lachte. Das Schiff ging in einen Sturzflug über. So, wie es sich anfühlte, hätte es aber ebenso gut abstürzen können.

Das Tosen des Windes drang von draußen herein, und die präzise geneigten Flügelkanten des Sternjägers schnitten so scharf wie eine Klinge durch die dichter werdende Luft.

Die *Nova* pflügte durch die oberen Atmosphärenschichten von Hetzal Prime – nein, *pflügen* war das falsche Wort. Dafür war Loden Greatstorm ein zu guter Pilot. Bei manchen Jedi wäre die Beschreibung vielleicht passend, aber nicht bei ihm. Er ließ das Schiff auf den Luftströmungen reiten, als wäre es ein natürlicher Bestandteil des Zusammenspiels von Schwerkraft und Wind über der Planetenoberfläche. Der Vector wollte fallen, also ließ er ihn. Es war aufregend, tödlich, überwältigend, und der Jäger war so entworfen, dass jede noch so kleine Vibration und jedes noch so schwache Ruckeln direkt an die Jedi im Cockpit weitergeleitet wurde. Nur so konnten sie auf die bestmögliche Weise reagieren. Bell ballte die Hände zu Fäusten, und ein verkniffenes Grinsen breitete sich auf seinem Gesicht aus.

»Das ist wirklich spektakulär«, sagte er, ohne nachzudenken. Sein Meister lachte.

»Da ist nichts dabei«, erklärte Loden. »Ich habe lediglich unsere Nase auf den Planeten ausgerichtet. Den Rest erledigt die Schwerkraft.«

Sie legten sich in eine lang gezogene Kurve, so geschmeidig wie die Windung eines Flusses, und als die *Nova* sich wieder aufrichtete, waren sie der Oberfläche des Planeten nahe genug, dass Bell erste Gebäude, Fahrzeuge und andere Details ausmachen konnte. Alles wirkte so friedlich. Nichts deutete auf die Katastrophe hin, die gerade im ganzen System um sich griff. Nichts … außer den Schiffen, die in immer größerer Zahl von der Oberfläche starteten.

»Wo landen wir?«, fragte Bell. »Hat Meisterin Kriss Euch Anweisungen gegeben?«

»Sie meinte, wir sollen nach eigenem Ermessen handeln«, antwortete Greatstorm, den Kopf zur Seite gedreht. Sein Profil war dunkel und zerklüftet wie ein Berg, und seine Twi'lek-Lekku schwangen hinter seinem Schädel hin und her, während seine Augen dem Triebwerksausstoß der fortdauernden Evakuierung folgten. »Wir sollen helfen, wie wir nur können.«

»Aber es geht hier um den gesamten Planeten. Woher sollen wir wissen, wo …«

»Das ist deine Aufgabe«, sagte Loden. »Finde ein Ziel für uns.«

»Findet Ihr, das ist der richtige Moment für eine Machtübung?«

»Es ist immer der richtige Moment für eine Machtübung.«

Loden Greatstorms Philosophie als Lehrer war denkbar einfach: Wenn Bell theoretisch zu etwas in der Lage war – auch wenn Loden es zehn- oder hundertmal besser und schneller konnte –, dann fiel diese Aufgabe grundsätzlich dem Schüler zu. »Wenn ich die ganze Arbeit mache, lernst du doch nie etwas«, wie Loden so gern sagte.

Natürlich wollte Bell nicht, dass sein Meister die *ganze Arbeit* machte, aber hin und wieder wäre es ganz schön, wenn er *etwas* täte. Der Padawan des großen Greatstorm zu sein, war eine niemals endende Herausforderung voll unmöglicher Aufgaben. Bell hatte fünfzehn seiner achtzehn Lebensjahre als Schüler im Jedi-Tempel verbracht, und es war nie einfach gewesen, aber es war nichts verglichen mit dem, was er unter Loden leisten musste. Jeden Tag wurde er bis an seine Grenzen getrieben. Wenn er doch mal so etwas wie Freizeit hatte, brach er auf seinem Bett zusammen und schlief den tiefsten Schlaf seines Lebens … bis alles wieder von vorne anfing. Aber er konnte nicht leugnen, dass er dazulernte. Er war heute in so ziemlich jeder Hinsicht ein besserer Padawan als noch vor sechs Jahren.

Bell wusste, was sein Meister von ihm erwartete. Eine weitere unmögliche Aufgabe. Aber er war ein Jedi – oder zumindest auf dem Weg, einer zu sein –, und wer die Macht auf seiner Seite hatte, für den war nichts unmöglich.

Er schloss die Augen, öffnete seinen Geist und spürte das kleine Licht in seinem Inneren, das niemals erlosch. Es brannte stets mindestens so hell wie eine Kerzenflamme, und wenn er sich konzentrierte, loderte es auf wie ein Signalfeuer. Ein paarmal hatte es sich sogar so grell wie eine Sonne angefühlt – so hell, dass er glaubte, er würde davon erblinden. Aber er hatte nie wirklich Angst. Ob es nun ein Funke oder ein Inferno war, jede Verbindung mit der Macht drängte die Schatten zurück.

Bell tauchte in das Licht ein und tastete mit seinen Sinnen nach Berührungspunkten zu anderen Leben, anderen Präsenzen innerhalb der Macht. Ganz nah nahm er eine Quelle großer Energie wahr. Im Augenblick war sie gedämpft, wie erkaltende Kohlen auf einer Feuerstelle, aber ihr wohnten gewaltige Kräfte inne, die jederzeit aufflammen konnten. Das war sein Meister, Loden. Bell schob sich an seiner Präsenz vorbei. Er suchte nach etwas anderem.

Da. Wie ein Holo vom anderen Ende der Galaxis, das nur langsam an Schärfe und Kontur gewann, zeigte ihm die Macht das Netz der Milliarden Einwohner von Hetzal Prime. Es war kein klares Bild, mehr eine Ansammlung von Eindrücken, eine Karte emotionaler Zonen, dem Flickenteppich der Getreidefelder nicht unähnlich, die gerade unter der *Nova* vorbeihuschten.

Was Bell spürte, waren größtenteils Furcht und Panik – Emotionen, die Jedi stets aus ihrem eigenen Bewusstsein zu verbannen suchten. Laut den Lehren des Tempels sollte ein echter Jedi nur dann mit Furcht in Kontakt kommen, wenn er sie in anderen wahrnahm; und das geschah ziemlich oft. Bell hatte diese Emotionen schon etliche Male gespürt, ebenso wie Liebe und Hoffnung, wie Verblüffung und all die feinen Nuancen der Freude – das gesamte Spektrum der Gefühle, das empfindsamen Wesen innewohnte.

Hier und jetzt waren diese anderen Emotionen aber stumm, erstickt unter allgegenwärtiger Furcht und Panik.

Das überraschte Bell nicht. Er hatte den Evakuierungsbefehl gehört: *»Es droht eine systemweite Katastrophe. Alle Bürger sind angewiesen, das Hetzal-System sofort zu verlassen und Sicherheitsentfernung zu erreichen.«* Keine Erklärung, keine Warnung, und dazu eine verschwiegene, aber mathematisch offensichtliche Tatsache – es gab nicht mal ansatzweise genug Schiffe, um die Milliarden Einwohner des Systems zu evakuieren. Wer würde da nicht in Panik geraten?

Mehr noch: Was sollten zwei Jedi in einer derart verzweifelten Lage bewirken, auf einer Welt, die von solch negativer Energie durchdrungen war? Aber Loden Greatstorm hatte ihm eine Aufgabe gegeben, also suchte Bell weiter mit seinen Sinnen nach einem Ort, wo sie helfen könnten.

Er spürte … einen Knoten aus Anspannung, fest zusammengezogen, kurz davor zu zerreißen … einen Konflikt, eine Frage, ein Gefühl, dass nichts so war, wie es sein sollte – ein Gefühl der Ungerechtigkeit.

Bell schlug die Augen auf.

»Nach Osten«, sagte er.

Falls es dort draußen Ungerechtigkeit gab … würden sie das Gleichgewicht wiederherstellen. Die Jedi *waren* Gerechtigkeit.

Die *Nova* legte sich auf die Seite und beschleunigte unter Lodens Kontrolle. Bells Meister ließ ihn hin und wieder fliegen –

das Schiff konnte von beiden Plätzen aus gesteuert werden –, aber einen Vector zu steuern, war beinahe eine ebenso große Kunst wie der Umgang mit einem Lichtschwert. Unter den gegebenen Umständen überließ Bell gerne Loden die Kontrollen.

Stattdessen fungierte er bei diesem Flug als Navigator, wobei er seine Verbindung mit der Macht nutzte, um seinen Meister zu dem Bereich zu lotsen, wo er diesen intensiven Konflikt gespürt hatte.

»Wir sollten jetzt direkt über der Stelle sein«, sagte er schließlich. »Was immer dort ist.«

»Ich sehe es.« Lodens Worte waren angespannt, grimmig. Normalerweise schwang immer ein optimistischer Ton in seiner Stimme mit, selbst wenn er Bell nach einer misslungenen Übung brutal kritisierte. Doch jetzt nicht. Was immer Bell gespürt hatte, er wusste, dass sein Meister es ebenfalls wahrnahm, vermutlich sogar noch intensiver als er. In der Tiefe unter dem kreisenden Vector drohte Wesen der Tod … sofern sie nicht bereits gestorben waren.

Bells Schirm zeigte ihm einen von Mauern umgebenen Komplex, vielleicht hundert Meter unter ihnen, groß, aber nicht riesig – vermutlich eher das Anwesen einer reichen Familie als eine Regierungseinrichtung. Eine Menschenmenge hatte sich vor der Mauer zusammengedrängt und versuchte, das Tor aufzubrechen. Ein kurzer Blick, und Bell wusste, warum.

Im Innern des Komplexes stand ein Raumschiff. Es sah aus wie eine Vergnügungsjacht und war groß genug für zwanzig bis dreißig Passagiere plus Mannschaft. Und falls die Passagiere ihren persönlichen Komfort hintanstellten, hätten vermutlich sogar zehnmal so viele Wesen an Bord Platz. Das Schiff musste von außerhalb des Anwesens sichtbar sein – seine Hülle ragte über die Mauern auf –, und die Leute vor dem Tor hofften offensichtlich, damit von der Oberfläche zu entkommen.

Die bewaffneten Wachen, die auf der Mauer postiert waren, schienen das jedoch anders zu sehen. Während Bell noch hinsah, feuerte eine von ihnen mit ihrem Blaster in die Luft – zum Glück nur ein Warnschuss, aber die Zeit der Warnungen würde bald vorbei sein. Die Anspannung innerhalb der Menge wuchs immer weiter, und man musste kein Jedi sein, um das zu sehen.

»Warum lassen sie die Leute nicht rein?«, fragte Bell. »Dieses Schiff würde fast allen von ihnen Platz bieten.«

»Finden wir es heraus«, sagte Loden.

Er legte einen Schalter auf seiner Kontrolltafel um, woraufhin die Cockpithaube nach hinten in die Hülle der *Nova* zurückglitt. Anschließend blickte der Jedi-Meister mit einem Lächeln zu seinem Schüler nach hinten. Der heulende Wind zerrte an seinen Lekku und an Bells verfilzten Zöpfen.

»Wir sehen uns unten«, rief Loden. »Vergiss nicht. Die Schwerkraft nimmt dir den Großteil der Arbeit ab.«

Dann sprang er aus dem Schiff.

6

HETZAL-SYSTEM, REPUBLIKANISCHER LANGTRÄGER *AURORA IX*

75 Minuten bis zum Einschlag

»Halten Sie das wirklich für eine gute Idee, Captain?«, fragte Unteroffizier Innamin, den Finger auf seinen Monitor gerichtet. Der Bildschirm zeigte grob den Pfad einer der Hyperraumanomalien, während sie auf das Zentrum des Systems zuraste. »Ich weiß, wir müssen dieses Ding abschießen, bevor es einschlägt und jemanden tötet. Aber unsere Zielcomputer können die Flugbahn nicht berechnen. Die Anomalie bewegt sich einfach zu schnell. Selbst im besten Fall stehen die Chancen, das Ding zu treffen, eins zu drei.«

Captain Bright schüttelte den Kopf, und seine Tentakel kratzten über seine Schultern. Er wusste, er sollte Innamin dafür tadeln, dass er seine Befehle infrage stellte. Der Junge machte das ständig. Er war jung, zumindest für einen Menschen; nur knapp zwanzig Jahre, aber trotzdem glaubte er immer, alles besser zu wissen. Normalerweise ließ Bright es ihm durchgehen. Das Leben war zu kurz und ihr Langträger zu klein, um unnötige Spannungen an Bord zu provozieren. Außerdem war eine nachdenkliche Frage hin und wieder ja noch keine Insubordination.

Eins zu drei, dachte er. Er wusste nicht, was er erwartet hatte, aber ... ein wenig besser hätten die Chancen für eine erfolgreiche Mission schon stehen dürfen.

Sein Langträger, Rufname *Aurora IX*, war ein hochmoderner, brandneuer Bautyp aus den republikanischen Schiffwerften auf Hosnian Prime. Per se mochte es kein *Schlachtschiff* sein, aber es war alles andere als wehrlos: Es verfügte über mehrere, gleichmäßig verteilte Waffensysteme, die einen Angreifer mit Blasterfeuer, Raketen und Nahverteidigungsmaßnahmen zurückdrängen konnten. Darüber hinaus war es eine wahre Augenweide. Bright erinnerte das Design an die Hammerfische, die er auf seiner Heimatwelt Glee Anselm gejagt hatte – ein breiter, stumpfer Schädel über einem schlanken Körper, der in eine elegante Schwanzflosse überging. Keine Frage, dieses Schiff war ein ebenso anmutiges wie knallhartes Biest ... aber es war nicht allmächtig. Ihr Ziel war aus dem Hyperraum geschossen wie ein rot glühendes Projektil aus einem Kugelwerfer, und auch jetzt raste es noch nahezu mit Lichtgeschwindigkeit durch das Hetzal-System. Die *Aurora IX* konnte keine Wunder vollbringen.

Das konnten nur die Jedi.

Und die waren im Moment offenbar anderweitig beschäftigt.

»Sechs Raketen abfeuern«, befahl Bright.

Innamin zögerte.

»Das sind alle Raketen, die wir haben, Sir. Sind Sie sicher ...«

Bright nickte in Richtung von Innamins Schirm. Ein roter Pfeil zeigte an, dass ihr Ziel – das Projektil – auf direktem Kollisionskurs mit einem größeren grünen Symbol war: eine solare Kollektorstation in der Mitte zwischen den drei Sonnen von Hetzal. Das Geschoss war noch immer ein gutes Stück entfernt, aber mit jeder Sekunde kam es näher.

»Die Anomalie fliegt direkt auf diese Solarfarm zu, die laut den Daten von Hetzal Prime sieben Personen an Bord hat. Wir können sie nicht rechtzeitig erreichen, um eine Evakuierung durchzuführen, aber unsere Raketen sind schnell genug, um das Geschoss abzufangen. Wenn die Chancen eins zu drei stehen, dann verdoppelt sich die Wahrscheinlichkeit, falls wir alle sechs abfeuern. Das ist zwar immer noch nicht perfekt, aber ...«

Das dritte Mitglied der Brückenmannschaft, Fähnrich Peeples, kräuselte seinen Rüssel, als wollte er etwas einwerfen, aber Bright hielt ihn mit einer Handbewegung zurück und sprach weiter:

»Ja, Peeples, ich weiß, dass das mathematisch nicht ganz korrekt ist. Aber im Moment interessiere ich mich hauptsächlich für folgende Gleichung: Wenn wir sechs Raketen abfeuern, könnten wir sieben Leben retten. Also werden wir genau das versuchen.«

Die Zielsysteme der *Aurora IX* wirkten plötzlich gar nicht mehr so hochmodern, als sie sich abmühten, dem tödlichen roten Punkt zu folgen, der über die Schirme auf die Solarfarm zukroch – und auf die sieben Personen, die ohne Fluchtmöglichkeit darauf gefangen waren. Der Langträger raste ebenfalls mit Höchstgeschwindigkeit auf die Station zu, um die Flugzeit ihrer Raketen zu verringern; rein theoretisch war es eine faszinierende Problemstellung, das Wechselspiel von Flugbahn und Beschleunigung und Physik abzuschätzen, und es stimulierte Brights eigene dreidimensionale Instinkte, die er sich während seiner Jugend unter Wasser angeeignet hatte. Aber dann schüttelte er den Kopf, und einmal mehr schabte der Wust blassgrüner Tentakel, der hinten aus seinem Schädel wuchs, über seine Uniform. Er durfte sich nicht ablenken lassen, solange dort draußen Menschen um ihr Leben bangten.

»Raketen ... sind abgefeuert«, meldete Innamin.

Sofern sie alle Daten richtig in die Zielsysteme eingegeben

hatten, lag nun alles an den Sensoren der Raketen. Falls sie Glück hatten, würden alle sechs ihr Ziel finden. Es war nicht unmöglich.

Die Brückenmannschaft starrte gebannt auf den Schirm, wo kleine Symbole die sechs Raketen, die Anomalie, ihr eigenes Schiff und die Kollektorstation darstellten, die reglos im Zentrum der acht heranrasenden Signaturen hing.

Dann verschwand die erste Rakete vom Schirm. Ansonsten blieb alles unverändert.

»Rakete eins hat ihr Ziel verfehlt«, sagte Innamin unnötigerweise.

Zwei weitere Signaturen verschwanden. Bright schüttelte den Kopf, bevor Innamin eine weitere überflüssige Meldung machen konnte.

»Wir haben alle Augen, Unteroffizier«, sagte er.

Die nächsten beiden Punkte erloschen. Blieb noch eine Rakete. Der Rest der Sensordarstellung änderte sich nicht.

Als die letzte Rakete detonierte, war sie nicht mal in der Nähe der näher kommenden Anomalie. Auf der Brücke machte ein mehrstimmiges Seufzen der Verzweiflung die Runde.

»Wie sieht es mit den Laserkanonen aus?«, fragte Bright, obwohl er die Antwort bereits kannte.

»Tut mir leid, Sir«, sagte Fähnrich Peeples, seine Stimme ein hohes, näselndes Quieken. »Nicht mal der beste Kanonier der Galaxis würde das Ding treffen, und ich komme gerade so unter die besten zehn.«

Bright stieß den Atem aus. Peeples' Spezies hatte einen eigentümlichen Sinn für Humor; es ging weniger um die Scherze selbst – die waren in der Regel gar nicht mal so übel –, aber er wählte grundsätzlich den falschen Moment für seine Sprüche.

»Danke, Fähnrich«, brummte Bright.

Die Kollektorstation war inzwischen auf dem Sichtschirm erkennbar – eine große, spillerige Konstruktion, ähnlich den Federkorallen in Brights Heimatmeer. Hunderte langer Arme ragten von der zentralen Kugel fort, in der die Mannschaft lebte und arbeitete. Jeder der Arme war mit Kollektoraugen besetzt, und sie rotierten träge blinkend, während sie das Licht der drei Sonnen in sich aufsaugten, die den Welten des Systems zu ihren ungewöhnlich langen Anbauperioden verhalfen. Das Sonnenlicht wurde dann mittels innovativer Technologie zu den Getreidewelten geleitet – ein beeindruckendes System, das der Stolz von ganz Hetzal war.

Die Station selbst bot einen eleganten Anblick; sie sah aus, als wäre sie organisch gewachsen – und vielleicht war dem sogar so. Angeblich konnte auf den Welten von Hetzal jede Getreideart der Galaxis wachsen. Vielleicht galt das ja auch für Raumstationen. Bright konnte jedenfalls nicht behaupten, dass er je etwas Vergleichbares gesehen hätte.

Dann war da plötzlich ein heller Lichtblitz. Nicht mal Brights große dunkle Augen, von der Evolution entworfen, um in den lichtlosen Meerestiefen von Glee Anselm Details zu erkennen, konnten sehen, wie die Anomalie heranraste. Im einen Moment war die Station noch da, intakt und funktionstüchtig; im nächsten war sie zerstört, ein brennendes Wrack, dessen zerschmetterte Kollektorarme langsam durchs All davondrifteten.

Die zentrale Kugel war noch intakt, aber Flammen züngelten über ihre Oberfläche; der lautlose Tanz von Feuer in der Schwerelosigkeit. Während Bright noch hinsah, erloschen sämtliche Lichter mit einem letzten Flackern.

Er hob die Hand an seine Stirn und blinzelte langsam.

Dann drehte er sich zu seiner Mannschaft herum.

»Wir wissen nicht, ob die Leute auf dieser Station tot sind«, sagte er, wobei er von einem betroffenen Gesicht zum anderen blickte.

»Ich würde gerne einen Rettungsversuch starten, aber« – an dieser Stelle deutete er auf den Sichtschirm, wo die brennende, zerstörte Station langsam heranwuchs, als die *Aurora IX* näher kam – »sie könnte jeden Moment in sich zusammenbrechen. Oder explodieren. Oder implodieren. Was auch immer. Der Punkt ist, sollten wir angedockt sein, wenn es passiert, dann sind wir auch tot.«

Er tippte einen seiner Tentakel mit der Fingerspitze an.

»Ich bin ein Nautolaner, aber das konnten Sie sich bestimmt schon denken. Grüne Haut, große schwarze Augen – was sollte ich sonst sein? Was Sie aber vielleicht nicht wussten, ist, dass diese Tentakel Pheromone anderer Wesen aufschnappen, was mir Einblicke in ihr emotionales Befinden gibt. Darum weiß ich auch, dass Sie … Angst haben.«

Peeples kräuselte seinen Rüssel, aber dann geschah ein Wunder: Er erkannte, dass dies nicht der richtige Moment für einen Scherz war, und klappte den Mund wieder zu.

»Ich kann Ihre Furcht verstehen«, fuhr Bright fort, »aber wir haben eine Pflicht. Ich weiß das, und Sie wissen es ebenfalls. Wir müssen versuchen zu helfen.«

Innamin und Peeples blickten erst einander an, dann wieder ihren Captain.

»Wir gehören alle zur Republik, richtig?«, sagte Innamin.

Bright entblößte seine Zähne zu einem Grinsen. »So verhält es sich in der Tat, Unteroffizier.«

Er nickte Peeples zu.

»Fähnrich, bringen Sie uns näher ran.«

7

HETZAL-SYSTEM, ÜBER DEM FRUCHTMOND

70 Minuten bis zum Einschlag

Drei Jedi-Vectors und ein republikanischer Langträger rasten auf einer Kreisbahn um den orange-grünen Ball des Fruchtmondes von Hetzal herum, der in der ganzen Galaxis für seine Erzeugnisse bekannt war. Vier Milliarden Wesen lebten und arbeiteten dort, und in weniger als dreißig Minuten würden sie alle tot sein, falls die vier Jedi und die beiden republikanischen Offiziere das Objekt, das direkt auf den Mond zuflog, nicht zerstören oder irgendwie umlenken konnten.

Diese Anomalie war eine der größeren, größer sogar als der Langträger, und sie befand sich auf Kollisionskurs mit dem Hauptkontinent des Trabanten. Aufgrund ihrer Geschwindigkeit würde sie beim Aufprall einen großen Teil der Mondoberfläche zerschmettern, und eine Schockwelle aus Hitze, Feuer und Staub würde den Rest blank scheuern. Jegliches pflanzliche, tierische und intelligente Leben würde ausgelöscht werden.

Vorausgesetzt, der Mond bricht nicht einfach auseinander, wenn er getroffen wird, dachte Te'Ami, während sie ihr Schiff in einer präzisen Kurve zur Seite zog. Die Jedi in den beiden anderen Vectors vollführten parallel das gleiche Manöver, wobei sie sich ebenso auf ihre Verbindung in der Macht verließen wie auf ihre Hände an den Kontrollen.

Eine völlige Zerstörung des Fruchtmondes war nicht ausgeschlossen. Der Aufprall des Objektes würde eine gewaltige Energiewelle freisetzen – als würde ein mächtiger Hammerschlag den kleinen Planetoiden treffen. Welten erschienen unverwüstlich, wenn man darauf stand, aber Te'Ami hatte schon vieles gesehen und erlebt. Die Galaxis scherte sich nicht darum, was man für unverwüstlich hielt; wenn sie etwas zerstören wollte, dann zerstörte sie es einfach.

Die kleine Flotte bewegte sich mit unglaublicher Geschwindigkeit auf die Anomalie zu. Meisterin Kriss auf der *Third Horizon* hatte ihrer Mission oberste Priorität zugewiesen, und Te'Ami konnte verstehen, warum. Immerhin ging es hier um vier Milliarden Leben.

In ihrem Geist konnte sie Avar spüren – es war keine direkte Verbindung, eher ein vages Bewusstsein ihrer Präsenz. Meisterin Kriss hatte ein Talent, das selbst unter Jedi selten war: Sie konnte die natürlichen Bande zwischen Machtbenutzern wahrnehmen und verstärken, sie fast schon zu einer Art Kommunikationsnetzwerk ausbauen. Zugegeben, es war keine exakte Kommunikation, eher ein Austausch von Eindrücken, aber es war dennoch nützlich, vor allem in einer Situation wie dieser, wo hundert Jedi versuchten, ein Sternensystem zu retten.

Und es hatte noch einen anderen Nutzen: Es zeigte ihnen, dass sie nicht allein waren. Ob sie nun scheiterten oder Erfolg hatten, sie stellten sich der Herausforderung gemeinsam.

Wir werden nicht scheitern, sagte Te'Ami sich. Sie streckte einen langen grünen Finger aus und legte einen der Schalter an ihrer Konsole um. Das Komm piepte.

»Republikanischer Langträger, es ist Zeit. Übertragen Sie mir die Kontrolle über Ihre Waffensysteme.«

»Verstanden«, erklang die Antwort vom Piloten des Langträgers, Joss Adren. Seine Frau, Pikka, war die Kopilotin. Te'Ami kannte keinen der beiden persönlich; sie wusste nur, dass sie zur Crew der *Third Horizon* gehörten und sich freiwillig gemeldet hatten, als der Kreuzer das System erreicht hatte und das Ausmaß der Katastrophe offensichtlich geworden war. Admiral Kronara hatte den Adrens den Langträger zugewiesen – sie mussten alles in ihrer Macht Stehende tun, um zu helfen, da hatte es keinen Sinn, ein Schiff im Hangar stehen zu lassen. Auf dem Weg zum Fruchtmond hatten die beiden ein wenig über das Komm geplaudert, vermutlich um Nervosität abzubauen. Te'Ami schloss aus ihren Worten, dass sie als Vertragspiloten auf der Starlight-Station gearbeitet hatten und jetzt nach Ende ihrer Dienstzeit eigentlich auf dem Rückweg zum Kern waren.

Sie schienen das Herz am rechten Fleck zu haben. Te'Ami hoffte nur, dass sie auch Talent hatten. Diese Mission würde nämlich alles andere als einfach werden.

Ein gelbes Licht blinkte an der Konsole auf, dann wurde daraus ein stetes Glühen.

»Kontrolle über die Waffensysteme wurde übertragen«, vermeldete Joss.

»Danke«, sagte sie, während sie einige weitere Schalter umlegte und die Hände dann rasch wieder um den Steuerbügel legte. Vectors konnten tückische Maschinen sein – ihre Steuerung war unglaublich sensibel, was bedeutete, dass man mit ihnen unglaubliche Manöver durchführen konnte; es bedeutete aber auch, dass man ganz schnell vom Kurs abkommen konnte, wenn man nicht aufpasste.

»Also gut, Freunde«, sagte Te'Ami. »Seid Ihr bereit?«

Die Antworten erreichten sie über den Kanal, der nur den Jedi vorbehalten war.

Als Erstes polterte die tiefe Stimme von Mikkel Sutmani aus dem Lautsprecher, und die Bordsysteme übersetzten sie umgehend in Basic. »Alles bereit«, erklärte Mikkel. Er war der ausgeglichenste Ithorianer, den sie je kennengelernt hatte. Kein Mann vieler Worte, dafür aber ein Mann der Tat.

»Wir sind auch bereit«, meldete Nib Assek, die dritte und letzte Jedi ihrer kleinen Staffel. Ihr Padawan, Burryaga Agaburry, sagte nichts, aber das überraschte Te'Ami nicht weiter. Er war ein junger Wookiee, der Basic zwar verstehen konnte, aber nur Shyriiwook sprach. Nib beherrschte seine Sprache ziemlich gut – sie hatte sie eigens gelernt, damit sie Burryaga als Schüler annehmen konnte. Es war nicht leicht, mit einem menschlichen Sprechapparat die Knurr- und Brülllaute der Wookiees zu formen, aber sie brachte eine durchaus ansehnliche Imitation zustande. Te'Ami und Mikkel hingegen verstanden kein Wort beziehungsweise kein Grollen von dem, was Burryaga sagte.

Trotzdem, falls Nib Assek sagte, dass sie und ihr Padawan bereit waren, dann waren sie auch bereit.

»Nutzen wir die Macht«, sagte Te'Ami. »Gemeinsam. Vereint.«

Sie streckte ihre Sinne nach dem tödlichen Meteor aus – oder was immer es war, die Scans ließen noch immer keine eindeutige Identifizierung zu –, der durch das All auf sie zuraste. Da! Sie konnte ihn spüren, spürte auch, wie er die Schwerkraft entlang seines Pfades verzerrte. Einen Moment lang dachte sie darüber nach, wo das Objekt gewesen war, wo es sich jetzt befand, wo es in ein paar Minuten sein würde.

Genauer gesagt: Wo es sein würde, wenn die Waffensysteme der Vectors und des Langträgers ihn mit vereinter Feuerkraft treffen würden.

Ein solcher Schuss ließ sich nicht mithilfe von Computern berechnen. Das ging nur nach Gefühl, durch die Macht, und alle Jedi mussten vollkommen synchron agieren.

»Ich habe das Ziel«, erklärte sie. »Können wir anfangen?«

Die anderen Jedi antworteten nicht, aber das wäre auch überflüssig gewesen. Sie konnte ihre Zustimmung durch die Verbindung spüren, die Meisterin Kriss aufrechterhielt. Das war schneller und effektiver, als das Komm zu benutzen.

»Dann lasst uns zu Speeren werden«, sagte sie – ein ritualisiertes Sprichwort ihrer Spezies, der Duros.

Da sie in diesem entscheidenden Moment die Hände nicht vom Steuer nehmen wollte, griff Te'Ami auf die Macht zurück, um das Lichtschwert von ihrem Gürtel zu lösen. Sein Griff bestand aus einer dunklen Keramikbeschichtung, und es hatte ein stark geschwärztes Stichblatt. Die Klinge leuchtete in hellem Blau, wenn sie aktiviert wurde. Nach jahrelangem Einsatz war die Waffe zerkratzt und pockennarbig, und dicht unter dem Stichblatt gab es einen unansehnlichen, dunklen Fleck, wo sie eine Komponente wieder hatte festschweißen müssen. Falls es im Orden ein noch hässlicheres Lichtschwert gab, hatte Te'Ami es zumindest noch nicht gesehen.

Aber es reagierte noch, wenn sie es aktivierte, und der Kyberkristall in seinem Inneren war so rein und stabil wie am ersten Tag – dem Tag, als sie ihn auf Ilum gefunden hatte.

Könnte Te'Ami den Griff ersetzen, falls sie es wirklich wollte? Natürlich. Viele Jedi überarbeiteten ihre Waffen regelmäßig, entweder um sie ihren sich wandelnden Kampftechniken anzupassen, um technologische Innovationen zu integrieren oder einfach nur aus ästhetischen Gründen; selbst bei Lichtschwertern gab es so etwas wie Mode.

Te'Ami hatte jedoch kein Interesse an so etwas. Ihr Lichtschwert mochte hässlich sein, aber es war eine perfekte Reflexion einer universellen Wahrheit: Ganz gleich, wie das Äußere wirkte …

… im Innern gab es immer Licht.

Das Schwert schwebte durch das enge Cockpit und kam mit einem leisen, ungemein befriedigenden Klacken auf einer kleinen Metallplatte neben den Kontrollen zu liegen. Sofort vibrierte ein tiefes Summen durch die Hülle des Sternjägers, als seine Waffensysteme hochgefahren wurden, und ein zweiter, kleinerer Bildschirm leuchtete auf, ebenso eine neue Reihe von Knöpfen, die im selben Blau glühten wie Te'Amis Schwertklinge. Die Waffen eines Vectors konnten nur durch einen Lichtschwertschlüssel aktiviert werden; so war sichergestellt, dass Nicht-Jedi die Schiffe nicht missbrauchen konnten und dass ihre Waffensysteme nur auf wohlüberlegte Weise eingesetzt wurden.

Ein weiterer Vorteil war, dass das Energielevel der Schiffslaser durch einen kleinen Regler am Steuerbügel eingestellt werden konnte. Schließlich musste nicht jeder Schuss tödlich sein. Manchmal sollten sie einen Feind kampfunfähig machen oder ihn einfach nur warnen. In diesem Fall jedoch mussten die Kanonen auf maximale Leistung eingestellt sein. Sie mussten diese Hyperraumanomalie in Weltraumstaub verwandeln, und dafür mussten die drei Vectors und der Langträger alles geben, was ihre Waffensysteme bieten konnten. Eine koordinierte, vernichtende Kanonade.

Es würde funktionieren. Es musste funktionieren. Vier Milliarden hilflose Leben auf dem Fruchtmond hingen davon ab.

Te'Ami streckte erneut die Sinne aus, um zu überprüfen, ob ihre Kameraden bereit waren. Da war etwas … in dem Machtfaden, der zu Nib Asseks Maschine führte. Furcht, beinahe schon … Panik.

»Nib, ich spüre …«, begann Te'Ami, aber bevor sie den Satz beenden konnte, ertönte auch schon die Antwort.

»Ich weiß«, sagte Nib. Ihre Stimme war ruhig, höchstens ein wenig betreten. »Es ist Burryaga. Er hat Mühe, seine Emotionen zu beherrschen. Ich glaube, es ist der Stress der Situation. All die Leben, die wir in unseren Händen halten.«

»Ist schon gut, Kleiner«, meldete sich Mikkels raue, übersetzte Stimme aus dem Komm. »Du bist nur ein Padawan, und wir verlangen dir zu viel ab. Te'Ami, wir können den Schussvektor doch sicher auch ohne ihn berechnen, oder?«

»Ja«, sagte sie. »Und Burry, du musst dich nicht schämen. Betrachte es lediglich als Gelegenheit zu lernen.«

Sie griff mit der Macht hinaus und bog die Verbindung zwischen den Jedi sanft von Nib Asseks Padawan fort. Der Wookiee blieb stumm, aber sie konnte noch immer das Durcheinander von Emotionen in ihm spüren. Er hatte keinen Grund, sich zu schämen, wie sie gesagt hatte. Jeder Jedi fand seinen eigenen Weg, und manche brauchten ein wenig länger als andere.

»Fangen wir an«, drängte Nib, um die durch ihren Schüler verursachte Verzögerung wettzumachen. »Uns läuft die Zeit davon.«

»Allerdings«, murmelte Te'Ami.

Sie schob die Daumen auf dem Steuerbügel nach oben, wobei sie den Regler für die Waffenenergie auf Maximum stellte, dann platzierte sie ihre Daumen über den Feuerknöpfen.

Das Objekt, das auf den Mond zuraste. Wo es gewesen war. Wo es sich jetzt befand. Wo es sein würde.

Die anderen Jedi waren bereit. Sie würden im selben Moment feuern wie Te'Ami, und dank der verbundenen Systeme würde auch Joss' und Pikkas Langträger perfekt in den Reigen mit einstimmen. Jeder Schuss würde genau auf denselben Punkt in der Schwärze des Alls zurasen.

Vier Milliarden Wesen. Es war Zeit. Te'Ami schloss die Finger fester um den Steuerbügel.

Da dröhnte plötzlich ein Heulen aus dem Kommsystem, laut und beharrlich. Te'Ami erschrak, und wäre sie keine Jedi-Ritterin gewesen, hätte sie vermutlich unbeabsichtigt die Feuerknöpfe gedrückt. Aber sie *war* eine Jedi-Ritterin, und sie hielt ihre Daumen ruhig.

Sie brauchte einen Moment, um zu begreifen, was sie hörte. Das waren keine Schreie, sondern Worte. Auf Shyriiwook. Burryaga sagte etwas, was sie nicht verstehen konnte, und zwar laut und eindringlich, geradezu verzweifelt. Seine Emotionen loderten einmal mehr in der Macht auf – die gleiche Mischung aus Sorge und an Panik grenzender Furcht.

»Burryaga, es tut mir leid, ich verstehe kein Shyriiwook. Ist alles in Ordnung? Uns läuft die Zeit davon. Wir müssen feuern.«

»Nein«, sagte Nib Assek mit scharfer, nachdrücklicher Stimme. Im Hintergrund setzte sich das Heulen und Grollen ihres Padawan fort. »Wir dürfen nicht angreifen.«

»Was redet Ihr da?«, schnappte Mikkel. »Wir haben keine andere Wahl.«

»Burryaga erklärt es mir gerade. Die Emotionen, die wir von ihm aufgeschnappt haben – das waren nicht seine eigenen. Er hat sie gespürt. Er musste erst seinen Geist öffnen und seine eigene Furcht überwinden, aber jetzt versteht er es.«

»Bitte, Nib, sag uns, *was* er versteht«, drängte Te'Ami.

Ein langes, bedauerndes Gurren drang aus dem Komm, gefolgt von einer Pause.

»Das Objekt«, begann Nib schließlich. »Das Objekt, das wir

zerstören sollen, um den Mond zu retten. Es ist nicht einfach nur ein Felsbrocken. Es ist ein Trümmerteil. Von einem *Schiff* …«

Te'Ami ließ ihre Hände vom Steuerbügel sinken.

»Es ist voller Leute«, beendete Nib den Satz. »Und sie leben noch.«

8

AGUIRRE-STADT, HETZAL PRIME

65 Minuten bis zum Einschlag

Die Macht sang für Jedi-Meisterin Avar Kriss, ein Chor, der die Gesamtheit des Hetzal-Systems umfasste, das ständige, widerstreitende Auf und Ab von Leben und Tod. Sie kannte dieses Lied nur zu gut, denn sie hörte es ständig, ganz gleich, wo sie war. Hier und jetzt war die Melodie der Macht jedoch aus dem Rhythmus, die disharmonischen Klänge von Tod und Grauen und Verwirrung dominierten. So viele Wesen, die starben oder ihr bevorstehendes Ende fürchteten.

Doch in dieses Lied verwoben hörte sie auch Mut – die Präsenz der Jedi, der tapferen Offiziere der Republik und der heldenhaften Einwohner von Hetzal selbst, die alle verfügbaren Mittel ergriffen, um die Bevölkerung dieser Welten zu retten.

Die *Third Horizon* war nicht weit vom Anwesen des Ministers in Aguirre-Stadt gelandet, der Hauptstadt von Hetzal Prime. Die Republik koordinierte ihre Bemühungen mit der Regierung von Hetzal, um dafür zu sorgen, dass die Evakuierung möglichst geordnet ablief, um die näher kommenden Projektile zu erfassen und um auf jede nur erdenkliche Weise zu helfen.

Avar Kriss war noch immer auf der Brücke des Schiffes, diente noch immer als Verbindungspunkt für alle Jedi innerhalb des

Systems, als Leiter, damit sie die Präsenz, die Position und die Emotionen der anderen spüren konnten. Manchmal strömten auch ungebeten Worte und Bilder in ihren Geist, aber größtenteils war es nur dieses Lied, das Avar sang und das ihr gleichzeitig vorgesungen wurde.

Mit dem Gesang ging eine Woge von Informationen einher. Avar wusste, dass gegenwärtig dreiundfünfzig Jedi-Vectors im Hetzal-System aktiv waren. Sie wusste, welche Jedi welche Planeten ansteuerten – Bell Zettifar, Loden Greatstorms vielversprechender Padawan, raste beispielsweise gerade mit Höchstgeschwindigkeit zur Oberfläche von Hetzal Prime herab.

Und Elzar Mann, Avars ältester und bester Freund innerhalb des Ordens, befand sich mit seinem Vector – einer Ein-Mann-Version des Sternjägers – in der Nähe der drei Sonnen. Er arbeitete meist allein, und wenn er doch Gefährten auf einer Mission akzeptierte, dann waren es meist Avar selbst und Stellan Gios. Das lag hauptsächlich an Elzars ... ja, was eigentlich? Unzuverlässigkeit war nicht das richtige Wort. Er war ein Tüftler, sofern man diesen Begriff auf Jedi-Techniken anwenden konnte. Er wollte die Macht nie zweimal auf dieselbe Weise benutzen.

Zum Glück hatte er gute Instinkte, und er verzichtete in der Regel auf riskante Experimente, wenn viel auf dem Spiel stand. Angetrieben wurde er bei seinen Versuchen von dem Wunsch, die Grenzen dessen auszuloten, was der Orden über die Macht wusste, und gelegentlich erzielte er dabei außergewöhnliche Ergebnisse.

Aber manchmal scheiterte er auch, hin und wieder sogar auf spektakuläre Weise. Wie gesagt, normalerweise nahm er sich zurück, wenn etwas auf dem Spiel stand, aber hundertprozentig sicher konnte man sich bei Elzar nie sein ... weswegen einige Mitglieder des Ordens lieber einen Bogen um ihn machten. Vermutlich war es auch einer der Gründe, warum er noch immer ein Jedi-Ritter war und kein Meister. Sie wusste, dass Elzar sich darüber ärgerte, dass er das für ungerecht hielt. Wenn er den anderen nicht vorschrieb, wie sie nach Einheit mit der Macht zu streben hatten, warum sollte er sich dann ihrer Kritik beugen? Er wollte einfach nur dem Pfad folgen, den er vor sich sah.

Avar konnte Elzars Forscherdrang ebenso wenig verstehen wie die meisten Jedi, aber sie verlangte keine Erklärung von ihm. Das war wohl der Hauptgrund, warum sie so gut miteinander auskamen, schon seit ihren Tagen als Jünglinge im Jedi-Tempel auf Coruscant. Sie waren gemeinsam durch die Ränge des Ordens aufgestiegen, sie und Elzar und Stellan. Während ihrer Ausbildung waren sie praktisch unzertrennlich gewesen.

Sie wandte ihre Gedanken von Elzar Mann ab und lauschte erneut der Macht. Sie spürte die Jedi – einige auf den Welten des Systems, andere in ihren Vectors und wieder andere auf Raumstationen oder zivilen Schiffen, nie weit entfernt von den achtundzwanzig Langträgern, die die *Third Horizon* abgesetzt hatte.

Das Geflecht von Verbindungen innerhalb der Macht zeigte Avar sogar, dass weitere Jedi auf dem Weg hierher waren. Sie antworteten auf Minister Eckas Notruf, obwohl sie sich weit von Hetzal entfernt befanden. Am nächsten war noch Meisterin Jora Malli, das zukünftige Oberhaupt des Jedi-Kontingents auf der jüngst fertiggestellten Starlight-Station, die gemeinsam mit ihrem Stellvertreter herbeiraste – Meister Sskeer, einem hünenhaften Trandoshaner. Auch Stellan Gios war von seinem Tempelaußenposten auf Hynestia gestartet, als hätte er ihre Gedankenverbindung gespürt. In einem geliehenen Schiff raste er gerade durch den Hyperraum. Und da waren noch viele andere.

Avar schickte ihnen einen dankbaren Gruß, dann öffnete sie sich allen Jedi, egal, wie nah oder weit von Hetzal entfernt sie waren. Distanzen waren in der Macht bedeutungslos, und vielleicht hatte jemand ja eine hilfreiche Idee.

Bislang war die Zahl der Opfer noch relativ gering, ihr Echo nur unmerklich lauter als das normale Rauschen des Gezeitenwechsels zwischen Leben und Tod, der jede größere Ansammlung von Wesen umgab. Doch das konnte sich jeden Moment ändern. Sie wussten noch immer nicht, was hier eigentlich vor sich ging; nichts an der Situation fühlte sich natürlich an. Avar hatte noch nie von etwas Derartigem gehört: eine so große Anzahl von Projektilen, die ohne Vorwarnung aus dem Hyperraum auftauchten und ein System bedrohten.

Sie wollte sich nicht vorstellen, was geschehen wäre, falls die *Third Horizon* nicht gerade eine nahe gelegene Betankungsstation angeflogen hätte. Oder falls ihre Führung durch die Starlight-Station heute Morgen nicht endlos in die Länge gezogen worden wäre; die Verwaltungsleiterin der Station, eine aufdringliche Bith namens Shai Tennem, hatte darauf bestanden, den Gesandten der Jedi und der Republik jedes noch so unbedeutende Element der Konstruktion zu zeigen, was ihren geplanten Abflug um mehrere Stunden hinausgezögert hatte – sehr zum Missfallen von Admiral Kronara. Aber wären sie pünktlich gestartet, wäre die *Third Horizon* bereits tief im Hyperraum gewesen, als Minister Ecka seinen Notruf absetzte – zu weit entfernt, um rechtzeitig ins Hetzal-System zurückzukehren.

Ohne die übereifrige Bith müsste sich Hetzal dieser Apokalypse jetzt allein stellen.

Das Lied der Macht.

Das, was Avar selbst spürte, setzte sich mit den Meldungen, die sie von den Deckoffizieren der *Third Horizon* erhielt, zu einem groben Bild der Katastrophe zusammen, mit all ihren großen und kleinen Schauplätzen.

Über Hetzal Prime reparierte ein Techniker der Republik gerade ein Evakuationsschiff, das auf der Flucht von dem Planeten einen Maschinenfehler erlitten hatte.

Nahe dem zweitgrößten Gasriesen des Systems feuerten zwei Vectors ihre Waffen ab, und eine der Anomalien platzte auseinander.

Ein Langträger holte alles aus seinen Triebwerken heraus, um eine beschädigte Raumstation am Rand des Systems zu erreichen. Doch die Maschinen überhitzten … mit katastrophalen Folgen. Avars Atem stockte, als das kalte, dunkle Gefühl über sie hinwegspülte.

Und über dem Fruchtmond spürte sie ganz deutlich – zumindest so deutlich, wie es in dieser angespannten Situation möglich war –, dass eine Jedi-Ritterin namens Te'Ami zu einer schrecklichen Erkenntnis über die Natur dieses Desasters gelangte.

»Nein«, hauchte Avar. Die Vehemenz von Te'Amis Reaktion ließ ihre eigenen Emotionen aufwallen, und das Lied der Macht in ihrem Geist wurde leiser und unklarer.

Nimm dich zusammen, ermahnte sie sich. *Du wirst gebraucht.*

Avar Kriss bändigte ihre Gefühle und konzentrierte sich auf die andere Jedi. Im Geiste stellte sie sich Te'Amis Gesicht vor – grüne Haut, ein hoher, kuppelförmiger Schädel, große rote Augen … Danach war es ganz leicht, ihre mentale Botschaft zu entwirren. Und mit einem Mal wirkte alles ganz offensichtlich. Avar dehnte ihr Bewusstsein durch das System aus, weiter als jemals zuvor.

Ich muss sie alle erfassen, dachte sie. *Kein einziger darf mir entgehen.*

Sie öffnete die Augen und schwebte nach unten, bis ihre Füße wieder das Deck der *Third Horizon* berührten. Nachdem sie so lange reg- und wortlos in der Luft gehangen war, blickten die Brückenoffiziere erschrocken zu ihr herüber.

Alle bis auf Admiral Kronara. Er sprach gerade mit Kanzlerin Lina Soh, die sich auf einer Notfallfrequenz von Coruscant gemeldet hatte. Ihre grazilen, runden Züge füllten eine der Kommwände des Schiffes. Sie wirkte so zierlich, so zerbrechlich – auch wenn dieser Eindruck täuschte. Kronara hingegen hatte ein Gesicht, das so hart wirkte, als würde jeder Hammer daran zerbrechen. Hart und entschlossen – und dieser Eindruck täuschte definitiv *nicht*. Gekleidet war er in die Uniform der Republikanischen Verteidigungskoalition, hellgrau mit blauen Einsprengseln. Die Kappe hatte er aus Respekt vor dem Amt der Kanzlerin unter den Arm geklemmt.

Die Auflösung der Übertragung war niedrig, sodass alle paar Sekunden statische Störungen wie Wellen über Lina Sohs Gesicht huschten – aber angesichts der Entfernung bis Coruscant überraschte es Avar nicht weiter.

»Dem Licht sei Dank, dass Ihr Schiff gerade in der Nähe war, Admiral«, sagte Kanzlerin Soh. »Wir haben Rettungsschiffe losgeschickt, sobald wir die Botschaft erhielten, aber selbst das hat eine Weile gedauert. Ihr wisst ja, wie unzuverlässig die Kommrelais am Äußeren Rand sind.«

»Ja, Kanzlerin«, erwiderte Kronara. »Wir wissen, Sie tun, was Sie können. Wir machen hier Fortschritte, aber es ist trotzdem mit einer großen Zahl von Opfern und schweren Schäden an essenziellen Systemen zu rechnen. Ich werde Minister Ecka mitteilen, dass Sie Unterstützung schicken. Er wird es sicher zu schätzen wissen.«

»Natürlich, Admiral. Wir gehören alle zur Republik.«

Avar trat hinter Kronara, als er die Übertragung beendete. Er blickte neugierig über die Schulter, aber ihre Augen waren auf den Bildschirm gerichtet, der den Status ihrer Bemühungen anzeigte: die Position aller Schiffe, Jedi und Republikoffiziere in Grün, die Welten von Hetzal in Blau und die Anomalien in Rot. Ein Kaleidoskop von Leben, Hoffnung und Verzweiflung.

Avar tippte mehrere der roten Objekte mit der Fingerspitze an, wodurch sie hervorgehoben und mit weißem Rand versehen wurden. Als die Jedi fertig war, waren ungefähr zehn der Projektile markiert.

Anschließend trat sie von dem Schirm zurück und ließ den Blick über die Brückenmannschaft schweifen. Sie wirkten verwirrt, aber sie warteten höflich auf eine Erklärung.

»Ich sage es nur ungern, meine Freunde«, begann sie, »aber diese Mission wurde gerade noch viel komplizierter. Wir haben eine neue Aufgabe.«

Admiral Kronaras wettergegerbtes Gesicht wurde noch ein wenig verkniffener als üblich. Avar beschloss, es nicht persönlich zu nehmen.

»Soll das heißen, unsere aktuellen Missionsparameter gelten nicht mehr?«, fragte er.

»Nein«, versicherte sie ihm. »Wir müssen noch immer tun, weswegen wir hergekommen sind – verhindern, dass diese Fragmente das Hetzal-System zerstören. Aber das ist nicht länger alles.«

Sie deutete auf das Display, wo die hervorgehobenen roten Punkte der Sonne entgegenrasten.

»Die Anomalien, die ich hier markiert habe, enthalten Lebewesen. Wir müssen sie ebenso retten wie die Bewohner dieses Systems.«

»Also eine Rettungsmission innerhalb einer Rettungsmission.«

»Richtig, Admiral«, bestätigte Avar.

Ein Chor fassungsloser Stimmen wurde laut, als die Offiziere erkannten, dass all die Fortschritte, die sie bislang gemacht hatten, nur das Vorspiel für eine viel größere Herausforderung waren.

»Wie kann das sein?«

»Wie viele Leute? Wer sind sie?«

»Soll das heißen, das sind Schiffe? Ist das hier eine Invasion?«

Der Admiral brachte die Stimmen mit einer Handbewegung zum Verstummen. »Meisterin Kriss, wenn Ihr sagt, dass diese Dinger Lebewesen an Bord haben, dann wird dem auch so sein. Aber wie sollen wir sie retten? Diese Objekte bewegen sich unglaublich schnell. Wir können sie kaum mit unseren Zielsystemen erfassen, und jetzt sollen wir sie … abfangen?«

Avar nickte. »Ich weiß selbst noch nicht, wie wir das bewerkstelligen sollen, aber ich hoffe, einem von Ihnen fällt etwas ein. Zuallererst müssen wir daran glauben, dass eine Rettung möglich ist. Diese Leben sind ebenso wertvoll wie die Leben der Einheimischen. Falls der Wille der Macht dagegen ist, dann möge es so sein, aber ich werde nicht akzeptieren, dass wir sie aufgeben, ohne es zumindest versucht zu haben.«

Sie beschrieb mit ihrer Hand einen großen Kreis, der den gesamten Bildschirm umfasste.

»Das ist alles, was wir haben. Die hetzalianischen Schiffe sind mit der Evakuierung beschäftigt, uns bleiben also nur die Vectors, die Jedi, die sie fliegen, und die Langträger samt ihrer Besatzung. Finden Sie einen Weg. Ich weiß, Sie können es. In der Zwischenzeit werde ich die Jedi informieren. Vielleicht hat ja die Macht eine Antwort für uns.«

Die Brückenoffiziere wechselten einen Blick, dann machten sie sich hektisch an die Arbeit, um zehn vollkommen unmögliche Rettungsmissionen zu planen.

Avar Kriss schloss die Augen und schwebte in die Luft hoch. In ihrem Geist hörte sie ein Lied von Gefahr und Mut und Opfern. Ein Lied von Jedi, die ihren Eid erfüllten und der Galaxis als Hüter von Frieden und Gerechtigkeit dienten.

Das Lied der Macht.

9

HETZAL PRIME

60 Minuten bis zum Einschlag

Bell fiel. Er hatte gehofft, dass er in die Tiefe gleiten würde, aber nein: Er fiel. Dem Beispiel seines Meisters folgend, war er aus dem Cockpit der *Nova* gesprungen, dem Boden tief unter ihnen entgegen. Natürlich hatte er solche Manöver im Tempel etliche Male geübt, aber dort waren immer ein paar weiche Matten ausgelegt, für den Fall, dass ein Padawan sich nicht ausreichend konzentrieren konnte, um seinen Sturz mithilfe der Macht abzubremsen.

Hier und jetzt gab es keine Sicherheitsmaßnahmen. Er befand sich in den Fängen der Schwerkraft, und die ließ sich nicht aufheben, nicht einmal durch die Macht (obwohl Bell vermutete, dass Meister Yoda dazu in der Lage wäre, wenn er sich vollkommen konzentrierte). Aber die Macht konnte einen abbremsen und den Aufprall abfedern. Wenn man es richtig anstellte, setzte man so sanft auf dem Boden auf wie ein Blatt oder eine Schneeflocke.

Doch in Bells Fall … schien die Macht anderweitig beschäftigt zu sein. Sie wollte jedenfalls nicht auf seine Aufforderung reagieren, und als ihm der Boden mit erschreckender Geschwindigkeit entgegensprang, verlor er jeglichen Fokus. Bell riss die Arme hoch und öffnete den Mund zu einem Schrei. Als Jedi wusste er, dass er seinem Tod würdevoll begegnen sollte, und das hier war so würdelos, wie man es sich nur vorstellen konnte. Bell Zettifars Laufbahn als Padawan würde damit enden, dass er wie eine überreife Frucht auf dem Boden zerplatzte und …

Er zerplatzte nicht.

Sein Fall verlangsamte sich, dann drehte er sich in der Luft, bis seine Füße wieder nach unten zeigten, und er setzte so sanft auf wie ein Blatt oder eine Schneeflocke.

»Du brauchst mehr Übung«, rief sein Meister aus einigen Metern Entfernung. Sein Grinsen war ihm deutlich anzuhören.

Bell öffnete die Augen, und da stand er, Jedi-Meister Loden Greatstorm, eine Hand erhoben, ein breites Lächeln auf den Lippen.

»Sieht so aus«, sagte Bell.

»Es sieht nicht nur so aus«, korrigierte Loden, wobei er den Arm wieder senkte. »Aber daran werden wir arbeiten.«

Er blickte zur *Nova* hoch, die ungefähr hundert Meter über ihnen vom Autopiloten im Kreis gelenkt wurde, während sie auf die Rückkehr der Jedi wartete.

»Es war nicht sehr hoch«, sagte Loden. »Du hattest kaum Zeit nachzudenken, bevor der Boden näher kam. Es war nicht dein Fehler, Bell. Aber keine Sorge. Wenn wir wieder auf Coruscant sind, werfe ich dich vom höchsten Häuserturm, den wir finden. Sicher brauchst du nur mehr Zeit, um mit der Macht in Kontakt zu treten. Einige dieser Türme sind Tausende Stockwerke hoch. Da könntest du minutenlang in die Tiefe stürzen.«

»Das klingt nach einer wundervollen Idee, Meister«, erwiderte Bell.

»Nicht wahr?«, grinste Loden.

Bell drehte sich zu dem Anlass für ihren Sprung und ihr Hiersein herum. Hunderte wütender Hetzalianer drängten sich vor den Mauern des Anwesens, das die beiden Jedi von ihrem Vector aus gesehen hatten – dem Zuhause dieses reichen Geschäftsmanns oder Unterhaltungskünstlers. Über dem Rand der hohen, stachelbesetzten Mauer konnte man die anmutige Wölbung des Raumschiffs erkennen, das auf dem Rasen des Anwesens stand.

Die versammelten Wesen hatten alle Minister Eckas Evakuierungsbefehl gehört, und sie wussten, dass jenseits der Tore ein Weg in Sicherheit wartete. Die Wachen oben auf der Mauer sahen aber nicht so aus, als wollten sie irgendjemanden hereinlassen; sie hielten durchschlagskräftige Blastergewehre, die zwar nicht *direkt* auf die panische Menge gerichtet waren, aber doch in ihre ungefähre Richtung. Falls die Situation sich weiter aufheizte, würde es Tote geben. Viele Tote.

Die Hetzalianer hatten sich zu Bell und Loden herumgedreht. Kein Wunder: Zwei Jedi, die vom Himmel fielen – so etwas erregte selbst in dieser Situation Aufmerksamkeit. Loden schritt auf die ihm am nächsten stehende Gruppe zu, zwei Männer und eine Frau, die einen dick eingewickelten Säugling auf dem Arm hielt. Sie waren verängstigt, angespannt, am Rande der Verzweiflung, und Bell brauchte nicht mal die Macht, um das zu spüren.

»Guten Tag«, sagte Loden. »Mein Name ist Loden Greatstorm. Ich bin ein Mitglied des Jedi-Ordens, und das ist mein Schüler, Bell Zettifar. Wir sind gekommen, um zu helfen. Was geht hier vor sich? Warum lässt man Sie nicht auf das Schiff?«

Einer der Männer blickte zu den Wachen auf den Mauern des Anwesens hoch, bevor er sich wieder Loden zuwandte.

»Weil das Schiff der Familie gehört, die in dem schicken Haus jenseits des Tors lebt. Den Ranorakis. Sie bezahlen diese Wachen, um dafür zu sorgen, dass niemand außer ihnen von hier abfliegt. Wahrscheinlich packen sie gerade in aller Ruhe ihre Seidensöckchen ein, während der Rest von uns hier draußen wartet.«

Die Frau fügte mit vor Furcht schriller Stimme hinzu:

»Alle anderen Schiffe sind bereits gestartet, und sie werden nicht wiederkommen. Das ist der einzige Weg fort von diesem Planeten. Minister Ecka ließ es so klingen, als …«

Loden streckte die Hand aus und berührte das Gesicht der Frau, woraufhin sie sich postwendend entspannte.

»Sie müssen sich keine Sorgen machen«, sagte der Jedi in einem leisen, aber eindringlichen Tonfall, den Bell nur zu gut kannte. Er benutzte die Macht, um seinen Worten Gewicht zu verleihen und das Chaos und die Verzweiflung zu durchdringen. »Konzentrieren Sie sich auf Ihre Familie, auf Ihr Kind. Ich kümmere mich um den Rest.«

Die Frau nickte. Sie brachte sogar ein Lächeln zustande.

»Komm, Padawan.« Loden marschierte mit entschlossenen Schritten auf das Tor zu. Er blickte nicht zurück, um sich zu vergewissern, dass sein Schüler ihm wirklich folgte, aber das war auch nicht nötig. Wo Loden hinging, da ging auch Bell hin – wenn in diesem Fall auch nur, um zu sehen, was sein Meister vorhatte.

Als die Hetzalianer erkannten, wer sie waren, machten sie den Jedi bereitwillig Platz. Die beiden trugen noch immer die zeremoniellen Gewänder, die sie für die Einführungszeremonie auf der Starlight-Station angelegt hatten: weiche Stoffe, weiß und golden, mit vereinzelten farbigen Akzenten und langen Umhängen, zusammengehalten von goldenen Spangen in der Form des Ordenssymbols. Bei Einsätzen im Feld trugen sie normalerweise schlichtere Roben, bisweilen sogar Rüstungen, je nach Mission und Schauplatz, aber es war keine Zeit gewesen, sich umzuziehen. Sie waren mit ihrem Vector losgerast, kaum, dass die *Third Horizon* das System erreicht hatte.

Aber vielleicht gereichte ihnen das jetzt zum Vorteil. Jeder, der sie sah, würde sofort erkennen, dass er es mit Jedi zu tun hatte. Das allein reichte manchmal schon, um ein Problem zu lösen. Zudem wusste Bell, dass er und Loden auch abseits ihrer Kleidung einen beeindruckenden Anblick boten – ein Mensch und ein Twi'lek, beide hochgewachsen und dunkelhäutig, beide mit Lichtschwertern an der Hüfte ... die ganze Autorität des Jedi-Rates hallte in ihren Schritten wider.

Ein Raunen ging durch die Menge wie Wellen über einen Teich, und die wütenden Rufe verstummten, bis die Jedi schließlich durch völlige Stille marschierten. Alle Augen hingen gebannt an ihnen. Offenbar war Bell nicht der Einzige, der wissen wollte, was sein Meister vorhatte.

Loden trat vor das Tor, dann legte er den Kopf in den Nacken, um zu den Wachen aufzublicken, die links und rechts darüber auf der Mauer postiert waren. Aus diesem Winkel sah es weniger wie ein Privatanwesen aus, mehr wie eine kleine Festung. Bell fragte sich, was diese Familie, diese Ranorakis, wohl beruflich machten, dass sie so viele Sicherheitsleute einstellen mussten. Er zählte mindestens zwei Dutzend Männer und Frauen auf den Mauern, und er war sicher, dass im Innern noch mehr warteten.

»Halt, Meister Jedi«, rief eine der Wachen, aber ihre Stimme klang nicht unfreundlich. »Euch können wir leider auch nicht hereinlassen. Außerdem sieht es aus, als hättet Ihr Euer eigenes Schiff. Warum steigt Ihr nicht wieder an Bord und kehrt zu den Kernwelten zurück? Das hier ist Privatbesitz.«

»Ich bin noch immer vor dem Tor«, erwiderte Loden. »Welche Autorität Sie auch haben mögen, sie gilt sicher nur *innerhalb* dieser Mauern, oder?«

Die Wache hob ihr Gewehr und lehnte es gegen ihre Schulter, dann spuckte sie aus – einen kleinen Batzen Schleim, der mit einem leisen Klatschen auf dem Boden vor der Mauer landete.

»Wie Ihr meint«, sagte der Mann.

»Ich höre, Sie wollen diesen Leuten keinen Platz auf diesem Schiff gewähren, obwohl das Oberhaupt des Planeten den Befehl zur Evakuierung gegeben hat.«

»Korrekt.«

»Aber die meisten von ihnen würden an Bord Platz finden. Vielleicht sogar alle, wenn wir uns was einfallen lassen.«

»Es ist nicht mein Job, sie an Bord zu lassen, Jedi. Mein Job ist es, sie draußen zu halten.«

»Dann sollten Sie vielleicht einen Karrierewechsel in Betracht ziehen«, entgegnete Loden.

Seine Stimme war wie immer freundlich, aber Bell kannte die Bedeutung dieses speziellen Tonfalls. Er strich seinen Umhang zur Seite, sodass der glänzende Lichtschwertgriff an seinem Gürtel zum Vorschein kam.

Ohne den Kopf zu drehen, hob Bell die linke Hand und drückte die Spitze von Daumen und Zeigefinger zusammen – ein wortloses Signal zwischen ihnen, das so viel bedeutete wie: *Nein. Nicht.*

Bell zwang sich, seine Muskeln zu entspannen.

Der Leiter der Sicherheitsleute wirkte unbeeindruckt, ja fast schon amüsiert.

»Was habt Ihr vor, Meister Jedi? Wollt Ihr mit Eurem Lichtschwert ein Loch in die Mauer schneiden? Oder glaubt Ihr, Ihr könnt es mit uns allen aufnehmen?«

Bells Meister legte den Kopf schräg, und das Lächeln in seiner Stimme krümmte nun auch seine Mundwinkel. »Wenn es nicht anders geht.«

Die Miene der Wache änderte sich. Jegliche Belustigung verschwand, ersetzt durch … Verwirrung. Einen Hauch von Beunruhigung.

»Öffnen Sie das Tor«, sagte Meister Greatstorm. »Ich versichere Ihnen, es ist für alle die beste Option – für die Leute hier draußen ebenso wie für Sie und Ihre Freunde da oben.«

Die Wache starrte Loden an, und Loden erwiderte den Blick. Bell wusste, wie die Sache enden würde, und er konnte ein triumphierendes Schmunzeln nicht unterdrücken, auch wenn er wusste, dass eine solche Reaktion eines Jedi nicht würdig war.

Loden hatte weder sein Schwert vom Gürtel genommen noch einen Gedankentrick eingesetzt. Er hatte lediglich ein paar wohlüberlegte Worte benutzt, und jetzt …

»Öffnet das Tor«, rief die Wache in resignierendem Tonfall.

»Danke«, sagte Loden.

Anschließend drehte er sich zu Bell herum.

»Wir werden noch ein paar Minuten bleiben«, sagte er, »um sicherzugehen, dass hier alles glattläuft. Dann starten wir wieder und sehen nach, ob es einen anderen Ort gibt, wo wir uns nützlich machen können, in Ordnung?«

»In Ordnung«, nickte Bell.

Plötzlicher Lärm hinter ihnen ließ beide Jedi herumwirbeln. Was sie hörten, waren Blasterschüsse und Schreie, aber sie konnten nichts sehen, dafür war die Menge zu dicht gedrängt.

»Hoch«, rief Loden, dann sprang er zur Mauerkrone hinauf, wo er direkt neben dem verblüfften Wachkommandanten landete.

Bell katapultierte sich ebenfalls auf den Wehrgang, und von diesem erhöhten Blickpunkt aus konnte er zwei Speeder sehen, ausgestattet mit schweren, aufmontierten Blastern, die hinter den Flüchtlingen aufgetaucht waren und nun direkt in die Menge feuerten.

Banditen, fuhr es ihm durch den Kopf, *gekommen, um sich das Schiff der Ranorakis mit Gewalt zu holen.* Natürlich. Die Kriminellen von Hetzal Prime waren sicher ebenso verzweifelt wie alle anderen, aber sie waren besser bewaffnet.

Und nun griffen sie eine wehrlose Menge an, um sich einen Weg in das Anwesen zu bahnen und das Raumschiff zu kapern.

»Zieh dein Schwert«, sagte Loden Greatstorm im Befehlston.

Das Lächeln war aus seiner Stimme verschwunden.

10

HETZAL-SYSTEM, ÜBER DEM FRUCHTMOND

50 Minuten bis zum Einschlag

»Wir schaffen das nicht, das ist unmöglich«, sagte Joss Adren, gegenwärtig der kommandierende Offizier des republikanischen Langträgers *Aurora III*. »Das verfluchte Ding einfach nur abzuschießen, wäre schon schwierig genug.«

Er starrte die Anzeigen an: Hier war sein eigenes Schiff, da die drei Jedi-Vectors, die ihn begleiteten, und dort die große Hyperraumanomalie, die durchs All auf sie zuraste und angeblich lebende Wesen in ihrem Inneren trug – wie auch immer das möglich sein sollte. Ach ja, und dann war da noch der dicht besiedelte Mond, den die Anomalie in ungefähr zwölf Minuten treffen und vermutlich auslöschen würde. Das war mindestens ein Problem zu viel, um es in dieser kurzen Zeit zu lösen.

Als er sich freiwillig gemeldet hatte, den Langträger zu übernehmen und bei der Evakuierung zu helfen, hatte er das hauptsächlich getan, weil er eines der tollen neuen Schiffe der Republik testen wollte. Er hatte diesen Bautyp noch nie geflogen, und angeblich bot er dem Vorgängermodell gegenüber einige tolle Verbesserungen.

Nicht, dass er nicht auch gern helfen wollte … aber jetzt lag das Leben unzähliger Wesen in seiner Hand. Unzählige Wesen, die ihn feiern würden, falls er Erfolg hatte. Unzählige Wesen, deren Hinterbliebene ihn verfluchen würden, falls er scheiterte.

Aber zunächst fluchte er erst einmal selbst. Zweimal, dreimal, viermal.

»Das ist nicht wirklich hilfreich«, sagte seine Kopilotin, Pikka Adren, gegenwärtig erste Offizierin der *Aurora III* und auf ewig Kommandantin seines Herzens.

»Jetzt sag nicht, dass das keine nachvollziehbare Reaktion ist«, brummte er.

Pikka blickte ihn konzentriert und mit einem Hauch von Verärgerung an. Sie hatte helle Augen, dunkles, lockiges Haar und dunkle Sommersprossen auf ihren unwesentlich helleren Wangen – und sie war wunderschön. Im Vergleich zu ihr sah er aus wie ein Maschinenblock, dem jemand einen runden Kopf aufgesetzt hatte, und das wusste er auch. Sein Haar war immer kurz geschoren, weil er keine Lust hatte, sich Gedanken um eine Frisur machen zu müssen. Joss Adren vermutete, dass er auch ein paar gute Eigenschaften hatte, andernfalls hätte er nie jemanden wie Pikka an Land gezogen … aber was immer es war, sein Aussehen gehörte ganz sicher nicht dazu.

»Ich kann deine Frustration verstehen, Liebling«, sagte sie. »Aber ich würde trotzdem gern versuchen, diese Leute zu retten.«

»Das würde ich auch gern, Pikka«, entgegnete Joss. »Aber ich glaube nicht, dass es möglich ist.«

Die Mission hatte mit der Vorgabe »suchen und zerstören« begonnen. Das Ziel war eines der mysteriösen Projektile, die im Hetzal-System aufgetaucht waren; es bewegte sich rasend schnell, aber es war unbewaffnet, und es schien seine Flugbahn nicht zu ändern. Sie mussten es also nur in seine Einzelteile sprengen, bevor es den Mond erreichte – eine schwierige, aber nicht unmögliche Aufgabe.

Doch dank Te'Ami und der drei anderen Jedi, die diese Mission leiteten, wussten sie nun, dass sich Personen im Innern des Objekts befanden. Lebende Personen.

Der Zerstören-Teil des Auftrags war also plötzlich vom Tisch ... zumindest bis sie einen Weg fanden, diese unbekannten Personen zu retten. Wenn und falls ihnen das gelang – und das war ein verdammt großes *Falls* –, würden sie das Ding aber immer noch in die Luft jagen müssen, weil es sich auf direktem Kollisionskurs mit dem Fruchtmond des Systems befand.

Eine knifflige Mission hatte sich in eine unmögliche Mission verwandelt, und der knifflige Teil steckte immer noch mit drin.

Joss seufzte, dann ließ er den Blick über die Systeme der *Aurora III* schweifen.

Ein Langträger verfügte über alle möglichen Fähigkeiten, Waffen und Werkzeuge – es war ein ziemlich beeindruckendes Schiff, das musste er offen zugeben. Es gab nicht viel, was man damit nicht erreichen konnte. Und darüber hinaus hatten sie ja auch noch drei Vectors und vier Weltraummagier. Was *deren* Fähigkeiten anging, war Joss sich nicht so sicher. Jedi beherrschten allerlei Tricks, sicher. Aber was konnten sie in *dieser* Situation ausrichten?

Während er diesen Gedanken nachhing, war er sich schmerzhaft der Tatsache bewusst, dass das Fragment – oder das Schiff, oder was immer es sein mochte – mit jeder Sekunde weiter auf den Mond zuraste. Und wenn es ihn erreichte, würden alle an Bord und alle auf der Oberfläche sterben.

Also, was konnten die Jedi tun?

Es war stets ein beeindruckender Anblick, wenn sie mit ihren Lichtschwertern herumfuchtelten, außerdem konnten sie hoch springen und schnell rennen – aber nicht hoch oder schnell genug, um ein Objekt einzuholen, das beinahe ebenso schnell war wie das Licht.

Was sonst noch? Sie konnten weise dreinblicken – das schien ihre Lieblingsbeschäftigung zu sein.

Sie konnten Dinge mit ihren Gedanken bewegen.

Sie konnten …

Moment mal, fuhr es Joss durch den Kopf.

Er blickte Pikka an. »Die Magnetklammern«, sagte er in dem Wissen, dass keine weitere Erklärung nötig war. Sie verstand immer, worauf er hinauswollte – das war einer der Gründe, warum sie so gut zusammenarbeiteten, beruflich wie privat.

»Vielleicht«, murmelte sie nachdenklich. »Mit welchen Kabeln sind sie ausgestattet?«

»Egarianische Seide«, antwortete Joss. »Sie haben erst vor Kurzem alle Langträger damit ausgestattet und die alten Duralegierungen ausgemustert.«

»Das ist gut. Egariaseide hat eine höhere Dehnfestigkeit und variable Elastizität – je mehr Elektrizität man hindurchjagt, desto steifer wird sie. Wenn wir die Kabel an dem Objekt anbringen könnten und dann langsam die Elastizität verringern …«

»Genau. Langsam genug, dass die Kabel nicht reißen.«

Pikka nickte und trommelte mit den Fingern auf die Konsole, während sie angestrengt nachdachte.

»Aber wir würden das Ding niemals mit den Klammern erwischen. Die sind groß, träge … und viel zu ungenau. Man soll damit Wracks zurück ins Dock ziehen, keine beweglichen Ziele erfassen. Schon gar nicht, wenn sie sich *so* schnell bewegen.«

»Ich weiß«, erwiderte Joss, »aber mir ist da gerade etwas eingefallen.«

Er aktivierte das Kommsystem.

»Meisterin Te'Ami?« Joss war nicht sicher, ob die Duros wirklich eine Jedi-Meisterin war oder eine Jedi-Ritterin, oder ob sie irgendeinen anderen Rang innerhalb des Ordens bekleidete. Er nannte sie grundsätzlich alle Meister. Es war immer besser, jemanden zu hoch einzustufen als zu tief. Joss wusste nicht, ob Jedi beleidigt sein konnten, und er hatte nicht vor, es herauszufinden.

»Ja, Captain Adren?«, meldete sich die Jedi. Obwohl sie sich gerade einigen unmöglichen Problemen gegenübersah, war ihre Stimme kühl und vollkommen ruhig.

»Ich habe vielleicht eine Idee. Aber erst muss ich Euch etwas fragen. Ihr ... könnt doch Dinge mit Euren Gedanken bewegen und so, richtig?«

Eine kurze Pause.

»Wir zehren von unserer Verbindung mit der Macht, aber ja, wir können Objekte bewegen.«

»Und wenn sie sich bereits bewegen ... könnt Ihr sie dann auch anhalten?«

Eine weitere Pause, länger diesmal.

»Ich glaube, ich weiß, worauf Sie hinauswollen, Captain, aber wir sind keine Götter. Wir können etwas so Schnelles nicht einfach zum Stillstand bringen.«

»Das meine ich gar nicht.« Jess blickte Pikka an und verdrehte vielsagend die Augen, was ihr ein Grinsen entlockte. »Wir haben etwas an Bord, das das Ding abbremsen könnte, aber es ist nicht leicht zu bedienen. Um es einzusetzen, müssten wir unsere Geschwindigkeit an die des Fragments anpassen, und wir wissen ja alle, wie schnell es sich bewegt. Allein, parallel dazu zu gehen, würde den Triebwerken alles abverlangen und uns fast sämtlichen Treibstoff kosten.

Falls Ihr das Ding also zumindest ein *klein wenig* abbremsen könntet, sagen wir, fünf Prozent ... oder selbst wenn es nur ein Prozent ist ... dann würde es einen großen Unterschied machen. Bei diesen Geschwindigkeiten könnte selbst die kleinste Verlangsamung die nötige Treibstoffersparnis bedeuten.«

»Einen Moment«, sagte Te'Ami, dann wurde es still am anderen Ende der Leitung. Joss vermutete, dass sie sich gerade mit den anderen Jedi besprach und ihre Meinung einholte.

Mit einem Zischen erwachte das Komm wieder zum Leben.

»Wir werden tun, was wir können«, erklärte die Jedi.

»Ausgezeichnet«, brummte Joss, dann kam ihm ein Gedanke, und er beugte sich noch einmal zum Komm vor.

»Oh, und könntet Ihr vielleicht versuchen, das Fragment zusammenzuhalten, während Ihr es verlangsamt?«

»Ich verstehe nicht.«

»Wir wollen es mit unseren großen Magnetklammern greifen, und wir wissen nicht, wie stabil es ist. Wir wissen ja nicht mal, *was* es ist. Es könnte also auseinanderbrechen. Falls Ihr das irgendwie verhindern könntet, wäre das ... gut.«

Eine lange Pause.

»Und das ist die beste Idee, die Ihnen eingefallen ist?«

»Es ist die *einzige*, die mir eingefallen ist, Jedi-Meisterin. Falls wir das Ding mit den Klammern zu fassen bekommen, werden wir es langsam, Stück für Stück abbremsen. Wir konnten keine Triebwerkssignaturen an dem Ding entdecken; es ist wie ein Geschoss aus einem Kugelwerfer. Oder als hätte jemand einen Stein geworfen. Wenn wir ausreichend dagegenhalten, sollte es ziemlich schnell an Tempo verlieren. Es sei denn ... Wie gesagt, es könnte bei dem Manöver auseinanderbrechen. Aber darum werdet Ihr Euch jetzt ja kümmern.«

Es folgte die bislang längste Pause.

»Also gut, Captain ... wir werden tun, was wir können.«

»Großartig«, seufzte Joss.

Er schaltete das Komm aus und blickte Pikka an.

»Die Weltraummagier wirken nicht sonderlich begeistert von deinem Vorschlag«, bemerkte sie.

»Pfft!« Er winkte ab. »Die werden schon noch begeistert sein, wenn es funktioniert.«

»Wird es denn funktionieren?«, fragte sie. »Was, wenn das Ding auseinanderbricht? Oder wenn die Kabel reißen und wir quer durchs All katapultiert werden? Oder wenn wir das Ding überhaupt nicht mit den Klammern zu fassen bekommen?«

»Na ja«, sagte Joss.

Er drückte den Schubregler ganz nach oben, und der Langträger machte einen Satz nach vorne. Jede Oberfläche im Cockpit vibrierte unter der Energie der tosenden Triebwerke.

»Es gibt nur einen Weg, das rauszufinden.«

11

HETZAL-SYSTEM, INTERPLANETARER RAUM

40 Minuten bis zum Einschlag

In einer Reihe bewegten sich vier Schiffe mit ungefähr fünfunddreißigtausend Personen an Bord von Hetzal Prime fort. Sie suchten sichere Distanz zu dem Hagel tödlicher Projektile, der im System aufgetaucht war und mit jeder Minute größere Verwüstung anrichtete. Von den äußersten Winkeln bis zu den Gasminen in der Nähe der drei Sonnen, denen Hetzal seine endlosen Wachstumsperioden verdankte – überall herrschten Panik und Zerstörung.

Zwei der Schiffe waren Passagierkreuzer, die beiden anderen Frachter, welche für die Dauer des Notfalls in Transporter umgewandelt worden waren. Die Kreuzer wären zwar zu größerer Geschwindigkeit imstande, aber die vier Captains hatten beschlossen zusammenzubleiben, damit sie einander falls nötig helfen könnten, während sie zum Rande des Systems pflügten.

In Minister Eckas Evakuierungsbefehl war von »minimaler Sicherheitsentfernung« die Rede gewesen, aber das war eine schrecklich vage Vorgabe. Darum hielten sich die Captains an das Republikschiff, das zu Beginn der Katastrophe im System eingetroffen war. Von Hetzal Prime aus koordinierte es die Rettungsbemühungen, und es versorgte flüchtende Schiffe mit

Koordinaten und einem steten Strom an Daten. Nur dank dieser Informationen wussten die Captains, welchen Pfad die gefährlichen Anomalien durch das System nahmen und in welcher Richtung sie Sicherheit finden könnten.

Nach dem, was ihre eigenen Instrumente ihnen zeigten, sollten sie bald aus der Gefahrenzone heraus sein. Darüber hinaus gab es leider nur wenige handfeste Informationen. Die Republik und ihre Jedi schienen an einer Art Plan zu arbeiten, aber niemand kannte die Details, und niemand wusste, wann es wieder sicher wäre, zu ihrer Heimatwelt zurückzukehren. Vorausgesetzt, dass es überhaupt möglich war. Schließlich konnte nicht ausgeschlossen werden, dass die Situation dauerhaft war und sie nie wieder Fuß auf Hetzal Prime setzen konnten.

Diese Befürchtung sollte sich bewahrheiten – wenn auch anders, als die Captains es sich vorstellten.

Innerhalb eines Wimpernschlags verschwanden die Schiffe. An ihrer Stelle erblühten Kugeln aus Feuer, Gasen, zerfetztem Metall und den molekularen Überresten Tausender Lebewesen. Eines der Projektile war direkt in ihrer Flugbahn aus dem Hyperraum aufgetaucht, und weil die Schiffe sich so eng zusammengedrängt hatten, durchbohrte es sie alle, eines nach dem anderen – wie ein Spieß eine Reihe von Fleischstücken. Danach existierten die Schiffe nicht mehr.

Auf der *Third Horizon* hörte Jedi-Meisterin Avar Kriss das plötzliche Schweigen all dieser Seelen, die der Macht für immer verloren gegangen waren, und sie presste die Lippen zusammen.

Aber sie lauschte weiter. Irgendetwas stimmte nicht; da war ein falscher Ton in der Melodie der Macht. Sie versuchte zu begreifen, was sie da hörte, was sie fühlte, auch wenn ihre Sinne bereits bis an die Grenzen ihrer Belastbarkeit strapaziert waren. Es herrschte zu viel Chaos im Hetzal-System, zu viele Dinge, die gleichzeitig geschahen, und ihr Geist konnte sie nicht alle verarbeiten. Sie versuchte, der Macht die Antwort auf ihre Frage zu entlocken, aber so funktionierte das nicht. Anstatt die Macht zu drängen, musste sie sich ihr öffnen und annehmen, was immer sie ihr offenbarte – und wann immer sie es ihr offenbarte.

Avar verlangsamte ihre Atmung und ihren Herzschlag, und die Ruhe kehrte in ihr Bewusstsein zurück. Einmal mehr suchte sie den falschen Ton ... und während sie noch damit beschäftigt war, traf das erste Projektil die Oberfläche von Hetzal Prime. Es schlug auf dem Meer ein und zerstörte Tausende Quadratkilometer Algenfarmen. Wasserdampf brodelte in die Atmosphäre hoch, und Tsunamis donnerten gegen die Küsten. Es gab Opfer, aber nur Hunderte, nicht Tausende oder Millionen, denn die Farmen waren größtenteils automatisiert oder droidenbemannt. Sicher würden weitere Leben enden, wenn die Wellen die Küsten trafen, aber es hätte schlimmer sein können, viel schlimmer. Das Hyperraumfragment war klein gewesen, und der Ozean hatte es stark abgebremst; es hatte die Kruste des Planeten nicht durchschlagen.

Ein neuer, hässlicher Ton im Lied der Macht ... aber auch nicht schlimmer als die anderen Noten der Verzweiflung und des Schmerzes, die sie hörte. Nein, was sie suchte, war etwas anderes.

Es war ein *fehlender* Ton. Da war ein Loch, mitten in ihrer Wahrnehmung. Etwas, was sie nicht hören konnte, und die Macht wollte sie darauf aufmerksam machen. Doch der Ansturm der anderen Eindrücke – die Anomalien, die Furcht der Lebewesen, die in den größten Projektilen gefangen waren, die Bemühungen ihrer eigenen Ordensbrüder und -schwestern, das Geflecht des Lebens innerhalb des Systems ... Es war alles so komplex, so ablenkend.

Was übersah sie nur? Sie hatte das unangenehme Gefühl, dass all ihre Bemühungen hier bedeutungslos sein würden, wenn sie es nicht herausfand.

Avar Kriss öffnete ihren Geist, so weit sie nur konnte.

Und sie lauschte.

12

SOLARFARM 22-X, REPUBLIKANISCHER LANGTRÄGER AURORA IX

35 Minuten bis zum Einschlag

»Jetzt, Unteroffizier«, befahl Captain Bright, und Innamin aktivierte die Löschsysteme. Eine Linie grünen Schaumes stob aus den Mündungen, die unter der Brücke des Langträgers angebracht waren, und klatschte gegen den von Flammen umzüngelten Andockring der demolierten Sonnenfarm.

Kaum dass das Feuer gelöscht war, steuerte Bright das Schiff vorwärts. Anzudocken war nicht einfach. Die Station hatte starken Schaden genommen, als das Hyperraumprojektil durch ihre äußeren Arme gedonnert war, und seitdem trudelte die gesamte Kollektorfarm unkontrolliert durchs All. Die Überreste der Solararme, die Stützstreben und das große zentrale Mannschaftsmodul verfügten alle über externe Düsen, die immer wieder gezündet wurden, um die Drehbewegung zu kompensieren, aber welches Droidengehirn dieses System auch kontrollierte, es schien nicht zu begreifen, dass sich die Masse der Station durch den Verlust so vieler Arme drastisch verringert hatte.

Jede Neigungskorrektur, jeder Dampfstrahl, der aus den Manövrierdüsen ins All hinausleckte, machte die Situation nur noch schlimmer. Die zentrale Kugel, in der die Besatzung lebte und arbeitete, vibrierte wie ein Stock wütender Insekten. Mit der *Aurora IX* daran anzudocken, ohne das Schiff, die Station oder beides zu zerstören, verlangte nach größtem Pilotengeschick.

Zum Glück war Captain Bright ein Meister seiner Zunft.

»Die Station hatte eine siebenköpfige Besatzung«, sagte er, als die Andockschleusen versiegelt waren. »Sie ist nicht groß, aber es gibt mehrere Orte, wo man sich verstecken kann. Sie antworten nicht auf unsere Kommsprüche, was bedeutet, dass sie entweder verletzt sind oder die Kommunikationssysteme bei der Kollision mit dem Objekt zerstört wurden. Darum werden wir alles durchsuchen müssen. Wir teilen uns auf, und jeder übernimmt ein Deck. Wenn ihr Überlebende findet, bringt sie zurück zur Luftschleuse. Falls ihr dabei Hilfe braucht, ruft den Droiden.«

Er nickte in Richtung des silbernen Zylinders, der in aufrechter Position vor dem Eingang der Brücke schwebte; seine abgerundeten Enden wiesen zum Boden und zur Decke. Man nannte dieses Modell einen Pillendroiden – ein simples Design mit einem großen, runden Kristallauge und einem Lautsprechergitter an der Vorderseite. Er sah vielleicht nicht so aus, aber er war durchaus in der Lage, die Mannschaft effektiv zu unterstützen. Bright hatte die Einheit schon in Aktion erlebt. Unter ihrem schlanken Äußeren waren mehrere ausfahrbare Werkzeugarme verborgen, die Trümmer von eingeklemmten Opfern schieben und sogar einfache Notfalloperationen durchführen konnten. Ein praktisches Maschinchen, vor allem in einer Situation wie dieser.

»Gehen wir«, sagte Bright, dann drückte er den Knopf, der die Luftschleuse der *Aurora IX* öffnete.

Eine Woge glühend heißer Luft wallte aus der beschädigten

Station herein, geschwängert vom Geruch chemischen Qualms, geschmolzenen Plastoids und überhitzten Metalls.

»Die Station brennt also nicht nur«, kommentierte Fähnrich Peeples, und sein Rüssel bebte dabei fast ebenso heftig wie die Solarfarm selbst. »Sie stinkt auch noch so, als hätte sie Pharphar zum Mittagessen gehabt.«

»Ich kann es auch riechen, Peeples – meine Tentakel sind fast genauso sensibel wie Ihre Nase. Setzen Sie einfach Ihre Maske auf und atmen Sie flach. Wir haben hier eine Aufgabe zu erledigen.«

Die drei teilten sich auf und drangen in die Station vor. Der Rauch wurde dichter, und trotz der sichtverbessernden Technologie ihrer Schutzbrillen mussten sie schnell erkennen, dass eine visuelle Suche nichts bringen würde. Also begannen sie, laut zu rufen, während sie die Decks absuchten, und alle paar Schritte blieben sie stehen und lauschten.

Bright war schon beinahe sicher, dass die Mannschaft der Station tot sein musste, als hinter einer umgestürzten Kontrollkonsole plötzlich eine zittrige Stimme ertönte.

»Bitte … Ich bin hier …«

Er ging auf dieses Geräusch zu und entdeckte eine dunkelhäutige Menschenfrau, die mit dem Rücken gegen die Wand gelehnt auf dem Boden saß. Von einer Wunde unter ihrem Haar rann Blut über ihr Gesicht. Neben ihr lag ein zweites Mannschaftsmitglied, augenscheinlich bewusstlos. Die Frau hatte den Kopf des Mannes auf ihren Schoß gebettet, schien ihm aber ansonsten nicht helfen zu können.

»Ich bin von der Republik«, erklärte Bright. »Mein Name ist Captain Bright. Keine Sorge, Ma'am, wir werden Sie beide in Sicherheit bringen. Wie heißen Sie?«

»Sheree«, antwortete sie mit kraftloser Stimme. »Das ist

Venn. Ich … bin nicht sicher, ob er … Er hat sich schon seit einer Weile nicht mehr bewegt.«

»Machen Sie sich deswegen jetzt keine Gedanken, Sheree. Haben noch weitere Mitglieder Ihrer Crew überlebt?«

»Ich weiß es nicht«, ächzte sie. »Wir verloren den Kontakt mit den anderen, als … alles in Flammen aufging. Die Komms der Station sind ausgefallen.«

Dachte ich's mir doch, fuhr es Bright durch den Kopf.

»Innamin, Peeples. Ich habe hier zwei Überlebende. Einer ist zu schwer verletzt, dass man ihn bewegen könnte. Ich werde den Pillendroiden rufen und sie an Bord des Langträgers bringen lassen. Hatte einer von Ihnen schon Glück?«

Während er sprach, tippte er gleichzeitig die Fernbedienung an seinem Gürtel an, um den Rettungsdroiden zu seiner Position zu rufen. Hoffentlich würde die Maschine etwas für den Bewusstlosen – Venn – tun können. Und selbst, falls nicht … Die Krankenstation der *Aurora IX* war für alle möglichen Notfälle ausgerüstet.

Sein Komm knisterte.

»Noch keine Überlebenden, Sir«, meldete Innamin, seine Stimme von statischem Rauschen durchzogen – offenbar verursachten die Schäden an der Station Interferenzen. »Aber wir haben noch ein anderes Problem.«

»Raus damit«, brummte Bright. Er beobachtete, wie der Rettungsdroide lautlos in den Raum schwebte, dann gab er Sheree mit einer Handbewegung zu verstehen, dass er seine Suche fortsetzen würde. Sie nickte mit schmerzverzerrter, aber dankbarer Miene.

»Hier auf der untersten Ebene sind alle wichtigen Systeme der Station untergebracht«, fuhr Innamin fort. »Energie, Lebenserhaltung und so weiter. Ein Glück, dass ich mir zuerst den Hauptreaktor angesehen habe. Er ist schwer beschädigt und instabil. Falls er nicht repariert wird, fliegt hier alles in die Luft.«

Verflucht, dachte Bright. Er hatte nicht erwartet, dass der Rettungseinsatz einfach sein würde, aber das? Das war eine Herausforderung ganz neuer Größenordnung.

»Wie viel Zeit bleibt uns noch?«, wollte er wissen.

»Ganz ehrlich, Sir, hätte ich das Sagen, würde ich sofort den Befehl zum Rückzug geben. Das Ding kann jede Sekunde hochgehen.«

»Können Sie irgendetwas tun, um den Reaktor zu stabilisieren? Zumindest so lange, bis wir unsere Suche abgeschlossen haben? Ich habe zwei Überlebende gefunden – sicher gibt es noch weitere.«

Innamin hatte eine Ausbildung als Ingenieur. Von den drei Mannschaftsmitgliedern der *Aurora IX* war er der einzige, den man auch nur in die Nähe eines defekten Reaktors lassen konnte. Das bedeutete aber auch, dass er der Einzige war, der den Schaden richtig einschätzen konnte. Falls er sagte: *Tut mir leid, aber ich kann nichts tun, wir sollten sofort verschwinden,* dann musste Bright sich an seinen Rat halten, egal ob es nun stimmte oder nicht. Man könnte ihm nicht mal einen Vorwurf machen. Innamin war jung; für ihn gab es noch viel, wofür es sich zu leben lohnte.

»Ich werde es versuchen«, seufzte der Unteroffizier. »Vielleicht kann ich uns ein paar weitere Minuten verschaffen.«

Eine Woge des Stolzes stieg in Bright hoch.

»Wir gehören alle zur Republik«, sagte er.

»Wir gehören alle zur Republik«, erwiderte Innamin.

»Wir sind alle *tot,* wenn wir uns nicht beeilen«, meldete sich Fähnrich Peeples vom oberen Deck zu Wort. »Ich habe hier einen weiteren Überlebenden. Schwer verwundet. Schicken Sie die Pille hoch.«

Im selben Moment lief ein Ruck durch die Station, ein kurzer, harter Stoß, als hätte jemand mit einem hundert Meter langen Durastahlhammer gegen die Außenhülle geschlagen. Birth verlor das Gleichgewicht und konnte sich gerade noch abfangen, bevor er in die Trümmer einer Konsole stürzte. Er war sicher, dass es der Reaktor war, dass sie innerhalb des nächsten Herzschlags verdampfen würden – drei Möchtegernhelden, von einer katastrophalen Explosion verschluckt, gemeinsam mit den Personen, die sie hatten retten sollen. Doch der Moment verstrich, und er hatte noch immer ein Deck unter den Füßen und eine Wand neben sich. Die Station war nach wie vor intakt. Bright beschloss, den Zwischenfall als Mahnung zu betrachten, dass sie schnellstmöglich von hier verschwinden mussten.

»Verschaffen Sie uns ein wenig Zeit, Unteroffizier«, sagte er, während er sich wieder aufrichtete. »Und Fähnrich Peeples, ich schicke den Droiden hoch, sobald er meine beiden Überlebenden auf die Krankenstation gebracht hat. Ich suche hier so lange weiter.«

Seine Augen huschten von einer Seite zur anderen, während er durch die Räume hastete und im trüben Rauch nach organisch aussehenden Umrissen Ausschau hielt.

»Und beim Licht … *beeilen Sie sich*! Alle beide!«

13

HETZAL PRIME

30 Minuten bis zum Einschlag

Die beiden Jedi, Bell Zettifar und Loden Greatstorm, Schüler und Meister, sprinteten auf die Speeder der Banditen zu. Die Klingen ihrer Lichtschwerter surrten und knisterten in der Luft, während sie rannten – ein Geräusch wie kein anderes in der Galaxis. Für Bell kündete es von Können, von Training, von Konzentration, von der Wahl des letzten Mittels und von der Kunst der Jedi.

Lichtschwerter waren dazu gedacht, Konflikte zu beenden. Sie sollten keine unnötigen Wunden schlagen, und in den bedauerlichen Fällen, in denen es keine Alternative zum Tod des Gegners gab, sollten sie schnell töten. Ein Lichtschwert würde nie mehr Schaden anrichten, als sein Träger beabsichtigte. Bei einem Lichtschwert gab es keinen Kollateralschaden.

Das Summen der Klinge rief all diese Gedanken gleichzeitig in Bell wach. Er vermutete, dass die Banditen, auf die sie zustürmten, dem Geräusch eine gänzlich andere Bedeutung beimaßen. Für sie klang es vermutlich nach … Konsequenzen.

Die Kriminellen sahen sie näher kommen – und wie auch nicht? Bell vermutete, dass das ebenfalls ein beabsichtigtes Element der Lichtschwerter war: Sie waren hell, sie leuchteten, man konnte sie nicht ignorieren. Das Geräusch und das Licht sollten den Feind warnen, ihm Gelegenheit geben, einen Kampf zu vermeiden, denn das war der erstrebenswerteste Ausgang.

Diese verdorbenen Wesen schienen leider nicht so zu denken. Verdorben ... das war das richtige Wort. Wer in eine Menge hilfloser Wesen feuerte, um sich einen Weg auf ein fremdes Anwesen freizuschießen und ein Raumschiff zu stehlen ... das war Verdorbenheit in ihrer reinsten Form.

Es waren ungefähr zwanzig Banditen, gleichmäßig auf die beiden Speeder verteilt. Beide Fahrzeuge waren mit schweren Blasterkanonen am Heck ausgestattet, und nun schwenkten sie in Richtung der Jedi herum, begleitet von einem durchdringenden Summen, als die Waffen Energie für die nächste Salve sammelten.

»Warum hat die Macht uns zu diesem Kampf geführt?«, fragte Loden.

»Zum Wohl von Leben und Licht«, antwortete Bell.

Die Speederkanonen eröffneten das Feuer und spien einen dichten Strom von Blasterstrahlen, ein überwältigendes, zuckendes, blitzendes Chaos, untermalt vom Jaulen des Todes.

Es gab viele Jedi-Künste, die Bell noch nicht gemeistert hatte. Darum trieb Loden ihn ständig an; er nutzte jede Gelegenheit, ihn zu trainieren und seine Fähigkeiten zu festigen. Er war ein Padawan, und vermutlich würde er es noch eine ganze Weile bleiben. Aber der Lichtschwertkampf ... der war ihm von Anfang an leichtgefallen.

Loden und Bell wehrten jeden einzelnen Blasterschuss ab. Die Partikelstrahlen waren tödliche, dicke Stränge aus hochenergetischem Licht, die unglaublich schnell durch die Luft schnitten, aber den Lichtschwertern – und der Macht – konnten sie nichts anhaben. Die meisten der Schüsse lenkten die Jedi nach oben in den Himmel ab, aber ein paar warfen sie wohlplatziert auf die Speeder zurück. Dabei mussten sie sich nicht erst absprechen; Bell übernahm das linke Fahrzeug, Loden das rechte, beide durch die Macht über die Wahl des anderen im Bilde. Die Blasterstrahlen prallten mit lautem Knistern von ihren Klingen ab.

Die aufmontierten Kanonen explodierten und verwandelten sich in verbogene, rauchende, halb geschmolzene Trümmer. Die Banditen, die die Geschütze bemannt hatten, starben. Bell konnte es spüren, obwohl er ganz darauf konzentriert war, sich selbst und alle um ihn zu beschützen; er nahm es auf dieselbe Weise wahr, wie er dank Meister Kriss' Bemühungen auf der *Third Horizon* auch die anderen Jedi im System wahrnehmen konnte.

Die Kanonen waren zerstört, aber sie waren nicht die einzigen Waffen im Arsenal der Banditen. Handfeuerwaffen eröffneten von den rauchenden Speedern aus das Feuer – Energiegewehre mit Streueffekt und Blasterpistolen. Doch auch sie konnten Loden und Bell nicht aufhalten, während sie unbeirrbar und mit wirbelnden Klingen weiterrannten.

Eine Splittergranate surrte aus der Abschussröhre, die einer der Banditen in den Händen hielt. Er zielte direkt auf eine Traube flüchtender Zivilisten. Loden Greatstorm griff mit der Macht hinaus, ohne auch nur die Schritte zu verlangsamen, und die Flugbahn der Granate beschrieb einen jähen Rechtsknick; ihre horizontale Bewegung verwandelte sich in eine vertikale, und sie explodierte harmlos mehrere Hundert Meter über dem Boden. Splitter scharfen Metalls, die Dutzende Wesen in blutige Fetzen gerissen hätten, regneten stattdessen auf die Getreidefelder jenseits des Ranoraki-Anwesens nieder.

Bell spürte die Abscheu seines Meisters vor den Methoden der Angreifer, und beinahe taten sie ihm leid.

Dann sprangen die beiden Jedi in die Luft. Sie vollführten mehrere Saltos, während sie aufstiegen, und wehrten dabei weiter Blasterstrahlen ab. Eines musste man den Banditen lassen: So selbstsüchtig und verkommen sie auch waren – sie konnten zielen. Nicht dass es einen Unterschied gemacht hätte.

Bell landete auf dem linken Speeder, Loden auf dem anderen, als hätten sie es im Voraus besprochen. Endlich erkannten die Banditen die Gefahr; sie sprangen aus den Fahrzeugen und rannten in das Durcheinander der Menge – doch bevor sie untertauchen konnten, hatten die Jedi bereits die Hälfte von ihnen entwaffnet, entweder durch gut gezielte Lichtschwerthiebe oder indem sie ihnen mithilfe der Macht die Gewehre aus den Händen fegten.

»Verflucht«, rief Loden, als die verbliebenen Banditen in der Menge verschwanden. »Einige von ihnen sind noch immer bewaffnet. Vielleicht nehmen sie Geiseln. Wir müssen sie sofort aufhalten.«

»Ich weiß, Meister, aber wie …«

Ein Knall, dann sah Bell einen Moment lang nur noch grelles, blendendes goldenes Licht. Seine Nase füllte sich mit dem Geruch überhitzter, ionisierter Luft. Die Hitze, das Licht, die Farbe – eine Lichtschwertklinge. Ein Blasterstrahl, der einen Moment später ein Loch in Bells Stirn gebrannt hätte, jaulte harmlos gen Himmel.

Sein Meister hatte ihm gerade das Leben gerettet.

Bell blickte an Lodens Klinge vorbei zu den Ranoraki-Wachen hoch, die nach wie vor ihre Posten über dem noch immer verschlossenen Tor einnahmen. Sie hatten ihre Gewehre erhoben … und feuerten direkt auf die Jedi.

»Narren«, presste Loden hervor.

»Was tun sie?«, rief Bell, während er seine eigene Klinge hochriss, um einen Blasterstrahl abzuwehren. »Ich dachte, wir hätten eine Übereinkunft mit ihnen.«

»Sie haben uns wohl nicht richtig verstanden«, grollte Loden. »Sie glauben, solange wir durch die Banditen abgelenkt sind, können sie uns ausschalten.«

»Das ist Wahnsinn«, protestierte Bell. »Bei allem, was gerade geschieht, wollen sie gegen uns *kämpfen*?«

»Sie haben Angst. Darum versuchen sie, in einer unkontrollierbaren Situation zumindest ein klein wenig Kontrolle zu gewinnen.«

Mehrere Schüsse zuckten aus der Menge hervor; die verbliebenen Banditen witterten ihre Chance und kämpften sich einen Weg zum Tor frei. Die Szene löste sich in Chaos auf – in eine ausgewachsene Schlacht –, als mehrere Flüchtlingsfamilien das Feuer erwiderten. Augenscheinlich hatten sie ihre eigenen Waffen mitgebracht, um sich in einem Notfall verteidigen zu können.

Doch mit jedem Moment rückte eine andere, viel größere Katastrophe näher. Je länger diese Leute auf dem Planeten blieben, desto groß war die Wahrscheinlichkeit, dass sie alle ihr Leben verlieren würden, wenn eine Anomalie die Oberfläche traf. Tatsächlich sah es aus, als hätte es den ersten Einschlag bereits gegeben.

Weit im Westen stieg eine gigantische Säule dunklen Rauchs in den Himmel empor, die sich pilzförmig ausbreitete, sobald sie die obere Atmosphäre erreichte. Entsetztes Stöhnen hallte durch die Menge der Flüchtlinge. Große schwarze Wolken am Horizont waren nur selten ein gutes Zeichen.

»Das muss enden«, erklärte Loden.

»Ich weiß ...«, sagte Bell. »... aber wie?«

Sein Meister blickte zu den Kämpfenden hinüber, dann hoch

zum Himmel, wo die *Nova* noch immer langsam im Kreis flog. Oder vielleicht hielt er auch nach feurigen Schweifen Ausschau, die aus dem All herabstachen, um das Schicksal des Planeten zu besiegeln. Dagegen konnte kein Lichtschwert etwas ausrichten, ganz egal, wie gut sein Träger auch war.

Wie sich herausstellte, schätzte er die Lage ab. Und er entwarf einen Plan.

»Schüler«, sagte Loden. »Schütze mich.«

Ohne abzuwarten, wie sein Padawan den Befehl interpretierte, deaktivierte Loden sein Lichtschwert. Bell konnte gerade noch rechtzeitig einen Blasterstrahl abwehren, der sich seinem Lehrer ansonsten durch die Brust gebrannt hätte.

Jetzt sind wir quitt, Meister, dachte er.

Loden schloss die Augen und hob seinen Arm, mit der Handfläche nach außen, dann spreizte er die Finger wie die Strahlen eines Sterns.

Das war alles, was Bell noch sah, ehe er vor seinem Lehrer in Verteidigungsposition ging und sich darauf konzentrierte, die Blasterstrahlen mit seinem Lichtschwert zu den Wachen auf der Mauer zurückzulenken.

Kein Schuss wird durchkommen, dachte er. *Ich werde meinen Meister schützen.*

Hinter seinem Rücken spürte er ein Zusammenfließen der Macht, dann wurden acht Gestalten aus der Menge der Flüchtlinge in die Luft hochgeschleudert – die verbliebenen Banditen. Die meisten ließen vor Schreck ihre Waffen fallen, aber ein paar feuerten noch kurz in die Luft – ohne irgendetwas zu treffen –, bevor auch ihnen die Gewehre aus den Händen gerissen wurden. Jetzt konnten sie nur noch ihre Wut hinausbrüllen und mit den Gliedern strampeln.

Ehrfurcht erfüllte Bell. *Das* war die Macht der Jedi. Und eines

Tages könnte vielleicht auch er so etwas tun. Nein, nicht vielleicht. Ganz bestimmt.

Selbst die Ranoraki-Wachen stellten das Feuer ein, als die Angreifer in die Luft hochschwebten, höher und höher, erst drei Meter, dann fünf, dann zehn … und dann fielen sie in die Tiefe, wie Felsen, die man über den Rand einer Klippe geworfen hatte. Anderthalb Sekunden lang schrien sie noch, dann landeten sie auf dem Boden, und die Schreie verwandelten sich in schmerzerfülltes Ächzen.

Sie waren nicht tot – das hätte Bell gespürt. Aber sie würden heute niemanden mehr umbringen.

Jubel wurde in der Menge laut, aber die beiden Jedi achteten nicht darauf. Sie wollten kein Lob. Sie hatten nur eingegriffen, weil es das Richtige war.

»Danke, Bell«, sagte Loden.

»Gern geschehen, Meister.«

Loden hob den Griff seines Lichtschwerts und deutete damit auf das Tor des Anwesens, das noch immer geschlossen und verriegelt war. Sein Blick bohrte sich in die Augen des Wachkommandanten.

Dann zündete er das Lichtschwert, und im selben Moment, als die Lanze aus Feuer und Licht hervorschoss, wurden die Flügel des Tors mit einem ohrenbetäubenden Donnern nach innen gefegt. Die schweren Metallplatten knallten so hart gegen die Innenseite der Mauer, dass sie beinahe aus ihren verstärkten Angeln sprangen.

»Verstehen Sie *jetzt*?«, rief Loden den Wachen zu. Die Flüchtlinge strömten derweil auf das Anwesen, dem Raumschiff entgegen.

Einen Moment lang starrte der Wachkommandant zu ihnen hinab, dann wandte er sich Loden zu und ließ sein Gewehr fallen. Die anderen Wachen entlang der Mauerkrone taten es ihm nach.

Loden senkte sein Lichtschwert. Er lächelte, als er Bell einen Seitenblick zuwarf.

Dann folgte für Meister und Schüler ein Moment plötzlicher Verunsicherung.

»Habt Ihr das gespürt?«, fragte Bell. »Es kam von Meisterin Kriss auf der *Third Horizon.*«

»Ja«, nickte Loden. »Etwas stimmt nicht.«

14

DIE *THIRD HORIZON*

25 Minuten bis zum Einschlag

Avar Kriss stand auf der Brücke der *Third Horizon* vor der großen Projektionswand, die noch immer das Hetzal-System zeigte. Nachdem sie anfangs einfach nur reagiert hatten, waren sie nun dabei, die Situation unter Kontrolle zu bekommen. Seit mehreren Minuten waren keine neuen Fragmente aus dem Hyperraum aufgetaucht, und was die anderen anging, so waren viele bereits auf die ein oder andere Weise ausgeschaltet worden.

Avar lauschte noch immer dem Lied der Macht, darum wusste sie, dass weitere Jedi das System erreicht hatten und ihre Fähigkeiten einsetzten, um zu helfen.

Während sie die Darstellung betrachtete, sah sie, wie Jora Malli und Sskeer in ihren Jägern ein komplexes Manöver durchführten, unterstützt von zwei republikanischen Langträgern, und ein weiteres Fragment explodierte, Sekunden bevor es in einen Transporter mit mehreren Tausend Flüchtlingen an Bord hineinrasen konnte.

»Das wäre geschafft«, meldete Jora über das Komm; sie klang vollkommen gelassen.

»Danke, Meisterin Malli«, sagte Admiral Kronara, der zu

Avars Linker stand. »Ich … ich war nicht sicher, ob Ihr es noch rechtzeitig schaffen würdet.«

»Danken Sie der Macht, Admiral«, erwiderte Jora, »und Ihren Leuten. Wir haben das gemeinsam geschafft. Falls Sie mich jetzt entschuldigen würden, es gibt hier draußen noch mehr für Sskeer und mich zu tun.«

Etwas stimmt nicht, dachte Avar. Sie spürte es, ganz tief in ihren Knochen, aber sie konnte nicht erkennen, woher dieses Gefühl rührte.

»Eine Übertragung von Coruscant, Admiral«, rief einer der Brückenoffiziere. »Es ist Kanzlerin Soh, Sir. Sie bittet um einen Lagebericht.«

»Stellen Sie sie durch, Lieutenant. Ich bin sicher, sie wird sich über die guten Neuigkeiten freuen.«

Kronara drehte sich lächelnd zu Avar herum. Es war kein feierliches Lächeln – dafür waren zu viele Wesen in diesem System gestorben, außerdem wussten sie noch immer nicht, was diese Katastrophe ausgelöst hatte –, aber er war augenscheinlich der Auffassung, dass sie gute Arbeit geleistet hatten. Obwohl alles so schnell geschehen und niemand vorbereitet gewesen war, hatten sie durch Können, Geschick und beherzte Improvisation ein Desaster abgewendet; vom militärischen Standpunkt aus war das ein ideales Ergebnis.

»Ich möchte es ganz gewiss nicht verschreien«, sagte Admiral Kronara, »aber ich glaube, das Schlimmste haben wir überstanden.«

Sie sollten es wirklich nicht verschreien, dachte Avar. Die Macht sang noch immer in ihrem Kopf, und in der Mitte dieser Lieder klaffte eine große schwarze Lücke. Etwas, was keiner von ihnen sah.

Der Admiral trat an die Kommunikationsstation, um mit der

Kanzlerin zu sprechen, aber Avars Augen blieben weiter auf die Projektionswand gerichtet.

Was übersehe ich hier?, fragte sie sich. *Was nur?*

Etwas stach ihr ins Auge: eine der Hyperraumanomalien, tief im Systeminneren, nicht weit von der größten der drei Sonnen entfernt.

Avar winkte den nächststehenden Brückenoffizier heran, dann deutete sie auf das Display.

»Das da«, fragte sie, den Finger auf die Anomalie nahe der Sonne gerichtet, »was ist das, Lieutenant?«

Der Offizier blickte auf die angezeigte Stelle. »Eines der Fragmente, Meisterin Kriss«, antwortete er. »Es hat keine Lebensformen an Bord, und glücklicherweise können wir es mehr oder weniger ignorieren.«

»Es ignorieren? Wieso«

Er tippte sein Datenpad an, woraufhin eine gepunktete Linie auf der Projektionswand den Kurs des Objekts anzeigte. Es würde in einem kurzen Bogen durch das Systeminnere rasen und dann in der Sonne verschwinden.

»Wie Ihr sehen könnt«, erklärte der Lieutenant, »wird es mit dem Stern kollidieren und verdampfen. Was ein Glücksfall für uns ist – wir haben nämlich keine Schiffe in der Nähe. Das Objekt ist tief im System aus dem Hyperraum gefallen, während die meisten unserer Schiffe andernorts im Einsatz sind.«

Avar zog die Brauen zusammen.

»Da ist etwas. Etwas an dieser Anomalie. Die Macht hat meine Aufmerksamkeit darauf gelenkt, und ich muss herausfinden, warum. Können Sie sie irgendwie identifizieren?«

Der Offizier zögerte und blickte mit zusammengekniffenen Augen zu der Darstellung hoch, als hätte er vielleicht etwas übersehen.

»Unsere Sensoren erfassen keine Details, dafür sind wir zu weit entfernt«, sagte er. »Aber ich kann die hetzalianischen Behörden kontaktieren. Vielleicht haben sie Satelliten in der Nähe, die uns genauere Informationen liefern können.«

»Bitte«, drängte Avar ihn. »Und beeilen Sie sich.«

Der Offizier nickte und ging zur Kommunikationskonsole hinüber.

Dafür kehrte Admiral Kronara, der gerade seine Unterhaltung mit der Kanzlerin beendet hatte, an Avars Seite zurück. »Was gibt es, Jedi-Meisterin?«, wollte er wissen.

»Ich weiß es noch nicht, Admiral«, gestand Avar. »Aber ich vertraue auf die Macht.«

»Das tun wir alle«, nickte Kronara.

»Wie geht es der Kanzlerin?«

»Ich würde sagen, sie ist erleichtert. Es war kein angenehmer Tag, aber sie weiß, dass es viel schlimmer hätte kommen können. Sie hatte einige Fragen, die ich noch nicht beantworten kann – über den Ursprung der Anomalien, über das Risiko einer Wiederholung, solche Dinge. Sie denkt an die langfristigen Konsequenzen.«

»Das ist ihre Aufgabe«, bemerkte Avar. »Welche Schritte wird sie wohl ergreifen?«

»Wenn ich raten müsste ... Sie hat Angst, dass es eine Art Angriff gewesen sein könnte. Ich weiß, das klingt unwahrscheinlich, aber es ist nicht ausgeschlossen. Feinde machen ihre Absichten nur selten im Voraus bekannt.«

»Sie benutzen normalerweise auch keine Gebilde voller Lebewesen als Raketen, Admiral. Oder glauben Sie, dass sie so etwas wie Invasionstruppen darstellen?«

»Ich werde nicht vorgeben, Antworten zu haben, Meisterin Kriss. Vielleicht ist es tatsächlich eine bizarre Taktik, die wir noch nicht verstehen. Der wichtige Teil ist, dass wir hier sind, um die Lage unter Kontrolle zu bringen, und …«

»Sir, Meisterin.« Der Lieutenant war zurück, und sowohl der Admiral als auch die Jedi drehten sich zu ihm herum. Er war bleich, und Avar konnte spüren, dass er am Rande einer Panik stand. Es war, als hätte ihm jemand den Boden unter den Füßen weggezogen.

»Wir haben unsere Sensordaten mit den Informationen der hetzalianischen Satelliten abgeglichen, die Minister Eckas Büro in Aguirre-Stadt uns geschickt hat«, meldete er. »Der technische Leiter dort ist ein gewisser Keven Tarr, und er hat es irgendwie geschafft, das Satellitennetzwerk trotz der Schäden durch die Hyperraumobjekte aufrechtzuerhalten. Ich weiß nicht, wie im Einzelnen er das zuwege gebracht hat, jedenfalls ist das eine wirklich beeindruckende Leistung …«

»Lieutenant, bitte«, sagte Admiral Kronara. »Kommen Sie zum Punkt.«

Der Offizier nickte und setzte neu an.

»Tarr hat alle verfügbaren Mittel eingesetzt, um die Anomalie zu scannen, auf die Meisterin Kriss durch die … äh, durch die Macht aufmerksam gemacht wurde. Es stellte sich heraus, dass es eine Art Frachtmodul ist, und es muss irgendwie beschädigt worden sein. Es leckt nämlich. Nur ein wenig, aber doch stark genug, dass Tarr mit seinem Netzwerk eine spektrografische Analyse durchführen konnte.«

Der Lieutenant atmete tief ein.

»Es ist flüssiges Tibanna. Das Modul ist voll damit. Und es fliegt direkt auf einen Stern der R-Klasse zu.«

Admiral Kronara reagierte auf eine Weise, die Avar nicht von ihm erwartet hatte: Er fluchte.

»Ich nehme an, das ist schlecht«, sagte sie.

Der Admiral starrte einen langen Moment mit zusammengepressten Kiefern zur Projektionswand hoch.

»Ganz ehrlich?«, brummte er.

Dann drehte er sich zu ihr herum.

»Es könnte nicht schlimmer sein.«

15

HETZAL-SYSTEM, ÜBER DEM FRUCHTMOND

20 Minuten bis zum Einschlag

Drei Jedi-Vectors flogen in Formation über und neben dem republikanischen Langträger, der von Joss und Pikka Adren gesteuert wurde. Te'Ami hatte sich rechts neben das Schiff gesetzt, Mikkel Sutmani auf seine linke Seite, und Nib Assek und Burryaga waren darüber positioniert. Sie hatten ihre Maschinen bis an die Grenze ihrer Belastbarkeit beschleunigt und jagten dem Projektil nach, das in wenigen Minuten auf dem Fruchtmond einschlagen und Milliarden Leben auslöschen würde – jene auf dem Mond ebenso wie jene an Bord der Anomalie.

Sie waren bis auf wenige Kilometer an die Anomalie herangekommen. Es hatte sie zwar den Großteil ihres Treibstoffs gekostet, aber nun befanden sie sich in Schlagdistanz. Ihre Sensoren hatten das Objekt inzwischen als modulares Passagierabteil identifiziert, die Sorte, die man an Frachtschiffen anbringen konnte, um sie kurzzeitig in Personentransporter umzuwandeln. Es verfügte über seine eigene Lebensversorgung und Bordbatterien, sogar über eigene Hyperraum-Feldemitter, die an die Navigations- und Triebwerkssysteme des Mutterschiffs gekoppelt waren. Im Moment fungierte es mehr oder weniger als übergroße Rettungskapsel, nur eben ohne die Triebwerke, mit denen es seinen Kurs korrigieren oder abbremsen könnte. Das erklärte zwar, warum die Anomalie Personen an Bord hatte, nicht aber, warum es ohne jede Vorwarnung im Hetzal-System aus dem Hyperraum hervorgeschossen war.

Te'Ami hatte eine Theorie. Vor ihrem geistigen Auge sah sie ein Schiff auf der Reise durch den Hyperraum: einen Frachter, bestückt mit Modulen für unterschiedlichste Ladung – Rohstoffe, Treibstoff ... und Passagiere. Vermutlich Siedler, die sich auf den spärlich bewohnten Welten des Äußeren Rands ein neues Leben aufbauen wollten. Dann war irgendetwas mit diesem Frachter geschehen. Vermutlich brach er noch im Hyperraum auseinander, und all die Trümmer fielen gleichzeitig in den Normalraum zurück. Dass es an der Grenze des Hetzal-Systems geschah, war nur ein unglücklicher Zufall.

Bei den meisten Projektilen handelte es sich um leblose Metallbrocken, aber unter ihnen waren auch ein paar Passagierabteile, und falls ihre Schilde richtig funktionierten, waren die Wesen in ihrem Innern noch am Leben. Sie konnten ihren trudelnden Flug durch das All jedoch nicht abbremsen, und nun warteten sie, erfüllt von der schrecklichen Angst und Panik, die Burryaga gespürt hatte. Sie warteten auf den sicheren Tod, denn sie wussten, dass keine Hilfe kommen würde.

Doch Hilfe *war* gekommen. Die Jedi und die Republik waren hier, und sie würden die Leben dieser Wesen retten, ebenso wie sie die Leben auf dem Fruchtmond retten würden.

»Jetzt«, sagte Te'Ami. Der Befehl wurde gleichzeitig an Nib, Mikkel und Burryaga und an Joss und seine Kopilotin Pikka übertragen. Der Moment war gekommen, und jeder hatte seinen Part zu übernehmen.

Die Jedi hatten ihren Plan besprochen, aber nur kurz. Rein äußerlich betrachtet war die Aufgabe ganz einfach. Sie streckten ihre Sinne aus, ertasteten das Passagierabteil und wandten all ihre Energie und ihr Können auf, um seine Natur so gut es ging zu erfassen: jede Oberfläche, jede Strebe, jedes Kabel, und das Wichtigste von allem: die Leben im Innern, die sie retten wollten.

Anschließend schlangen sie die Macht um das dahinrasende Fragment wie ein Lasso. Te'Ami hatte einmal ein Rodeo gesehen, auf einer Welt namens Chandar's Torheit. Zweck dieser Aktivität war es, wilde Tiere mithilfe langer Seile oder Kabel zu bändigen. Die tapferen Narren, die an dem Rodeo teilnahmen, warfen den Kreaturen ihre Lassos über den Kopf, dann sprangen sie auf deren Rücken und ritten sie, bis sie abgeworfen wurden oder die Tiere sich schließlich beruhigten.

Die meisten beendeten ihren Auftritt mit einem vier oder fünf Meter weiten Flug durch die Luft und einer Landung im Staub – und diese Landung war meist unsanft.

Hier war es ganz ähnlich – sie warfen das Lasso der Macht über das Passagierabteil –, aber die Chancen auf eine sanfte Landung standen noch schlechter. Die Jedi zogen die Macht um den rasenden Metallblock zusammen und stemmten sich gegen seine Bewegung. Te'Amis Atem entwich mit einem *Ffffh* aus ihrer Lunge. Sie saß noch immer im Cockpit ihres Vectors, flog noch immer mit derselben Geschwindigkeit wie vor einer Sekunde … aber es fühlte sich nicht so an. Ihr war, als wäre sie in den leeren Raum hinausgerissen worden, als würde sie völlig hilflos hinter dem Passagiermodul hergezogen.

Es schien vollkommen ausgeschlossen, dass die vier Jedi das Objekt in irgendeiner Form abbremsen könnten – aber sie mussten es versuchen. Joss Adren hatte sich klar ausgedrückt: Bereits eine einprozentige Verlangsamung konnte den Unterschied machen.

»Bremst … es ab …«, brachte sie zwischen zusammengepressten Zähnen hervor. Sie konnte fühlen, wie sich Öl in den Säcken entlang ihrer Rippen sammelte – die instinktive Reaktion ihres Körpers auf extreme Anspannung. Es war ein evolutionäres Überbleibsel, ein Verteidigungsmechanismus aus einer Zeit, als Duros noch regelmäßig zum Abendessen für die Raubtiere ihrer Heimatwelt geworden waren. Der bittere Geruch des Öls füllte das Cockpit.

»Ich versuche … es …«, zischte Mikkel, und trotz des Übersetzungsgeräts war die Anstrengung in seiner Stimme deutlich zu hören. Te'Ami fragte sich, wie Ithorianer wohl auf Stress reagierten. Vermutlich nicht, indem sie große Mengen grässlich stinkenden Öls produzierten.

»Captain Adren«, sagte sie. »Wir haben unser Möglichstes getan. Falls Sie es riskieren wollen, ist jetzt der Moment.«

»Verstanden, Jedi-Meisterin«, antwortete Joss. Auch er klang angespannt. »Vergesst nicht, es wäre gut, wenn Ihr das Modul zusammenhalten könntet. Das könnte ein holpriger Ritt werden.«

»Wir werden unser Bestes tun.«

»Also gut. Ich feure die Klammern in drei … zwei …«

Vier Metallzwingen schossen vor der Formation ins All hinaus, dem Passagierabteil entgegen.

Dampf leckte aus dem Modul – entweder war es austretendes Kühlmittel, oder das Lebenserhaltungssystem hatte ein Leck. In jedem Fall erzeugte es eine dichte Dunstwolke um das Objekt, und die Magnetklammern verschwanden darin. Aber fanden sie auch Halt? Die dicken silbrigen Seile rollten weiter von den Spulen ab, welche sie einsetzen wollten, um das Modul zu verlangsamen … dann spannten sich drei von ihnen, während das vierte Seil im All erschlaffte und sich in Bogenlinien zusammenzog.

»Drei Klammern haben Halt gefunden. Mit einem besseren Ergebnis hätten wir nicht rechnen dürfen. Wir werden jetzt den Schub umkehren. Macht euch bereit.«

Durch die Macht konnte Te'Ami das komplexe Netz der Verbindungen spüren: zwischen dem Langträger und dem Modul, zwischen der Macht und den Jedi, zwischen dem Modul und der Macht, und zwischen den verwirrten Überlebenden an Bord des Abteils. Sie hatten keine Ahnung, was um sie herum geschah; als sich die Klammern an der Außenhaut festgesetzt hatten, musste es für sie geklungen haben, als würde ein Riese dem Modul einen Tritt verpassen.

Te'Ami wünschte, sie wäre ein wenig zuversichtlicher. Der Langträger aktivierte seine Düsen und fiel hinter der Formation zurück. Die langen, dicken Seile dehnten sich, wurden dünn, dann noch dünner, bis sie mit bloßem Auge nicht mehr zu erkennen waren. Captain Adren hatte erklärt, dass die Seide, aus denen die Seile bestanden, bis fast auf molekulare Ebene gedehnt werden konnte, ohne an Reißfestigkeit zu verlieren. Die Taue würden halten. Was das Modul anging, mit dem sie verbunden waren ... da war Te'Ami sich nicht so sicher.

»Es wird auseinanderbrechen«, sagte Nib Assek. Burryaga heulte unglücklich im Hintergrund.

»Nein, wird es nicht«, sagte Mikkel. »Das werden wir nicht zulassen. Haltet ... es einfach zusammen.«

»Hört auf, darüber zu reden, und tut es«, schnappte Te'Ami.

Der überlastete Kasten aus Metall, Plastoid und Kabeln schien nicht in seiner gegenwärtigen Form weiterexistieren zu wollen. Er hatte schon zu viel durchlitten, und er wusste es; er wollte sich auflösen, dem Gewicht und der Hitze entfliehen und sich in einen Schwarm viel kleinerer Trümmer verwandeln, die alle auf ihren eigenen Flugbahnen davontrudeln konnten.

Und ohne die Jedi hätte er auch genau das getan. Sie nutzen die Macht, um das Modul in einem Stück zu halten; die Schlingen, mit denen sie es zuvor abgebremst hatten, wurden nun zu Klemmen, um seine Stabilität zu wahren.

Doch es sah nicht so aus, als würde es langfristig funktionieren. Da kam einfach zu viel zusammen, nicht zuletzt der Umstand, dass die erschöpften Jedi ihre Vectors mit Höchstgeschwindigkeit fliegen mussten, um nahe genug an dem Passagierabteil zu bleiben und die Verbindung aufrechtzuerhalten.

Und in ihrem Hinterkopf lauerten Ablenkungen, denn andernorts im System ballte sich eine neue Krise zusammen. Ein wachsendes Gefühl des Entsetzens breitete sich durch Avar Kriss' Netzwerk aus – aber dafür hatten sie jetzt keine Zeit. Sie mussten sich auf ihre eigene Krise konzentrieren.

Das Modul vor ihnen neigte sich zur Seite, wie ein Haufen Steine, kurz bevor er auseinanderfällt, und Te'Ami öffnete den Mund zu einem Ächzen extremer Anstrengung. Sie hatte sowohl geistig als auch körperlich ihre Grenzen erreicht. Der Zug des Moduls lastete noch immer schwer auf ihr, und sie wusste, würde sie jetzt loslassen oder ihren Griff auch nur ein klein wenig lockern, dann würde ihr Vector in Fetzen gerissen. Es ging inzwischen nicht mehr nur um die Leben der Insassen oder der Bewohner des Mondes … Jetzt, wo sie nahe genug war, dass sie das Objekt mit bloßen Augen vor sich sehen konnte – und es mit jeder Sekunde größer wurde –, ging es auch um ihr eigenes Leben.

Te'Ami verbannte diese Gedanken aus ihrem Geist, stattdessen schloss sie die Augen und ließ sich von der Macht lenken. Mehrere Sekunden fühlte sie noch Chaos, Erschöpfung, Anspannung, dann ließen diese Eindrücke endlich nach. Nur ein kleines bisschen … aber das machte alles einfacher. Wie Captain Adren gesagt hatte, manchmal konnte ein Prozent schon den Unterschied ausmachen.

Aus einem Prozent wurden zwei, dann vier, und schließlich verschmolzen all die widerstreitenden Kräfte zu einem zusammenwirkenden System.

Das Modul wurde langsamer, während sich der Langträger über ihm gegen seine Kabel stemmte. Noch langsamer. Und dann kam er endlich zum Stillstand.

»Ha!«, drang Captain Adrens Stimme aus dem Komm. »Ich hätte nicht gedacht, dass das wirklich funktioniert.«

»Das hätten Sie uns auch früher sagen können«, sagte Mikkel. Nicht mal das Übersetzungsprogramm konnte die Erschöpfung in seiner Stimme überdecken.

»Wir haben kaum noch Treibstoff«, meldete Joss, als hätte er die Bemerkung nicht gehört. »Noch ein paar Sekunden, und wir hätten die Triebwerke runterfahren müssen. Allein hätten wir das nicht geschafft. Danke, Jedi.«

»Wir hätten es ebenso wenig allein geschafft«, erwiderte Te'Ami. »Nicht zu vergessen, dass es Ihre Idee war – ob Sie nun an ihren Erfolg geglaubt haben oder nicht.«

Pikka Adren ergriff das Wort. »Dann können wir jetzt unsere Raumanzüge anlegen und da rübergehen. Vielleicht gibt es ja einen Weg, die Passagiere rauszuholen. Falls nicht, müssen wir sie zur nächsten Station ziehen und sie dort andocken lassen. Aber zumindest können wir ihren Verletzten helfen. Und so, wie sie hin und her geschleudert wurden, gibt es davon sicherlich einige.«

»In Ordnung«, sagte Te'Ami. »Danke. Wir melden der *Third Horizon* derweil, wie wir das Modul abgebremst haben. Ich bin sicher, das wird den anderen Rettungsteams weiterhelfen.«

Sie lenkte den Vector näher an das Passagiermodul heran. Es hatte Bullaugen an seinen Seiten, und dahinter konnte sie Gesichter sehen. Wesen aller Spezies und Altersgruppen, und alle lebten sie noch. Te'Ami spürte, wie ihre Furcht nachließ und ersetzt wurde durch …

Ein alarmierendes Zittern rann durch das systemweite mentale Netzwerk, das Avar Kriss nach wie vor aufrechterhielt. Auch diesmal waren es keine Worte, sondern Gefühle, aber hätte man sie übersetzen können, würde die Botschaft folgendermaßen lauten: »Jedi. Ihr werdet gebraucht. Jetzt sofort!«

Irgendetwas war schrecklich schiefgelaufen.

16

SOLARFARM 22-X

10 Minuten bis zum Einschlag

Die Station bäumte sich auf, und Captain Bright wurde gegen eine Wand geschleudert. Der Aufprall war hart, und hätte er nicht im letzten Moment eine Stützstrebe zu fassen bekommen, hätte er sich dabei vermutlich den Schädel eingeschlagen.

Der Pillendroide, der nur ein paar Meter vor ihm durch den brennenden Korridor schwebte, schien die Erschütterung überhaupt nicht zu bemerken – andererseits hatte er ja auch keinen Kontakt mit dem Deck. Er hing in der Luft, sorglos wie eh und je, und auf der Krankentrage, die zwischen seinen Werkzeugarmen gespannt war, trug er einen bewusstlosen, winzigen Anzellaner, dessen Blut eine Spur violetter Tröpfchen hinter dem Droiden zurückließ.

Sie waren auf dem Rückweg zur *Aurora IX*; der Anzellaner war das siebte und letzte Besatzungsmitglied der Solarfarm – sie hatten alle geborgen. Ihre Aufgabe hier war vollbracht, und so unglaublich es schien, es hatte keine Todesopfer gegeben. Jetzt mussten sie nur noch weit genug von der Station fort, bevor sie in die Luft flog. Was nicht mehr lange dauern konnte, wenn er den immer häufiger und drängender werdenden Meldungen vom Maschinendeck glauben konnte.

Bright hob sein Kommlink.

»Unteroffizier Innamin. Was bei den Sonnen war das? Hatten Sie nicht gesagt, dass Sie die Station stabilisieren können?«

»Was ich gesagt habe«, erwiderte Innamin, wobei sein Tonfall zwischen Verärgerung und schierer Panik schwankte, »ist, dass ich sie *nicht* stabilisieren kann. Der Reaktor wird hochgehen, und es gibt nichts, was sich daran ändern lässt. Wir müssen von hier verschwinden.«

»In Ordnung«, grollte Bright. »Ich habe das letzte Mitglied der Besatzung. Wir sind in dreißig Sekunden beim Langträger. Kommen Sie hoch, dann können wir von hier verschwinden.«

Der Pillendroide hatte die Luftschleuse erreicht, wo Fähnrich Peeples wartete; Bright hatte ihm aufgetragen, die anderen verletzten Crewmitglieder der Solarfarm in der Krankenstation der *Aurora IX* unterzubringen. Seine rüsselartige Schnauze kräuselte sich, als er den Anzellaner erblickte.

»Ooh«, machte er. »Was haben wir denn da für ein süßes Baby?«

Er nahm das verletzte Wesen auf die Arme und wiegte es an seiner Brust. Die Krankentrage des Droiden klappte sich auf ruckartige Weise zusammen, und die Werkzeugarme verschwanden dann wieder in seinem Chassis.

»Verdammt, Peeples, das ist kein Baby. Bringen Sie ihn auf die Krankenstation und sorgen Sie dafür, dass alle gut festgeschnallt sind. Wir müssen los, und es könnte etwas unsanft werden.«

Peeples blinzelte mit allen neunzehn Augen, und Brights Tentakel verrieten ihm, dass der Fähnrich frustriert war, vermutlich weil sein Captain ihm den Spaß verdorben hatte. Aber er drehte sich gehorsam um, den Anzellaner noch immer auf seinen Armen.

Dann blickte er noch einmal über die Schulter.

»Übrigens, es kam ein neuer Befehl von der *Third Horizon* rein«, sagte er. »Es wurde eine vollständige Evakuierung des Systems ausgerufen. Alle Schiffe sollen die nächstgelegenen Hyperraum-Sprungpunkte ansteuern und Hetzal verlassen.«

»Haben sie auch gesagt, warum? Da werden nämlich viele Leute hier zurückbleiben.«

Peeples zog die Schultern hoch – oder zumindest vollführte er diese krampfartige Bewegung, die bei seiner Spezies als Schulterzucken durchging –, dann marschierte er davon, das kleine, bewusstlose Wesen noch immer in seinen Armen wiegend.

Die Station erzitterte erneut, und ein Feuerball raste durch den Korridor. Bevor Bright auch nur realisierte, was geschah, schnellte der Pillendroide mit einer Geschwindigkeit vor, die seine sonst so träge Anmut Lügen strafte. Er schob sich zwischen das Inferno und den Captain, klappte seine Seitenfächer auf und sprühte aus winzigen Düsen Löschschaum auf die Flammen. Sie erstarben augenblicklich, und alles, was Bright erreichte, war eine schwache Hitzewoge.

Er ließ den angehaltenen Atem entweichen und blies die Backen auf, als ihm bewusst wurde, wie knapp er dem Tod gerade entronnen war. Er tätschelte den Zylinder des Pillendroiden.

»Danke, Kumpel.«

Der Droide gab zwei kurze Piepslaute von sich. Bright konnte Binär nur mit einem Übersetzer verstehen, aber er interpretierte die Antwort als ein stoisches »Ich tue nur meinen Job, Sir«. Die Einstellung gefiel ihm.

Anschließend hob er wieder sein Kommlink. »Innamin! Wo zur Hölle sind Sie? Wenn Sie nicht gleich hochkommen, lasse ich Sie hier zurück!«

»Was das angeht«, ertönte die Antwort. Sie klang nicht länger verärgert oder panisch, sondern … schicksalsergeben?

»Ich kann nicht weg. Jemand muss alle paar Sekunden eine Sequenz an der Reaktorkontrollkonsole eingeben, um Kühlflüssigkeit in den Kern zu injizieren. Wenn ich aufhöre, wird das Ding sofort in die Luft fliegen. Ich habe versucht, den Prozess zu automatisieren, aber die Prozessoren sind beschädigt. Ich …« Seine Stimme wurde brüchig.

»Nein, wir holen Sie da raus«, entgegnete Bright. »Ich bring den Pillendroiden mit. Wenn Sie ihm die Sequenz zeigen, kann er sie eingeben, während wir von hier verschwinden.«

»Captain … Sie sollten gehen. Hier runterzukommen und mich zu holen, wird eine Weile dauern und …«

»Halten Sie den Mund, Mann!«, donnerte Bright.

Er deutete auf den okularen Sensor des Droiden und bedeutete der Einheit mitzukommen, dann sprintete er auf die nächstgelegene Deckleiter zu.

Er kletterte nach unten, so schnell er konnte, und eilte auf den Reaktorraum zu. Innamin blickte auf, als Bright hereinstürmte; sein Gesicht war schweißbedeckt, und er sah aus, als würde er vor lauter Erleichterung gleich ohnmächtig werden.

»Reißen Sie sich zusammen«, wies Bright den Unteroffizier an.

Einmal mehr bebte die Station, und diesmal hörte sie nicht wieder auf.

»Wir haben nicht genug Zeit«, beharrte Innamin.

»Das weiß ich auch«, sagte Bright. »Jetzt zeigen Sie dem Droiden die Sequenz.«

»Man muss sie eingeben, wenn die Anzeige in den roten Bereich geht«, erklärte Innamin. Praktischerweise dauerte es nur ein paar Sekunden, bis eben dieser Fall eintrat. Hastig tippte er fünf Tasten auf der Konsole an, und der Strich auf der Anzeige ruckte um ein paar Zentimeter zurück – nicht in den grünen

Bereich, aber in den orangefarbenen. Das musste wohl reichen.

Es war keine komplizierte Sequenz. Bright hatte die Tastenfolge nur einmal gesehen, und selbst er konnte sie wiederholen. Der Droide hatte sie sich augenscheinlich ebenfalls eingeprägt, denn er schwebte vor, um Innamins Platz einzunehmen und auf die nächste Gelegenheit zu warten, um die Befehle einzutippen.

»Los jetzt«, drängte Bright seinen Untergebenen. »Kehren Sie an Bord des Langträgers zurück.«

»Kommen Sie denn nicht mit?«

»Ich will sichergehen, dass der Droide es richtig macht«, erklärte er. »Gehen Sie einfach. Helfen Sie Peeples. Nur das Licht weiß, was er da oben treibt.«

»Danke, Captain, ich … ich weiß das zu schätzen.«

»Wir gehören alle zur Republik«, sagte Bright.

Innamin nickte, dann rannte er aus dem Reaktorraum und den Gang entlang zur nächsten Deckleiter.

Bright wandte sich wieder dem Pillendroiden zu. »Also gut, du wundervolle Maschine. Zeig mir, dass du es begriffen hast.«

Die Anzeige rutschte in den roten Bereich, und der Droide drückte schnell und sicher auf die fünf Tasten. Die Anzeige sackte zurück – wenn auch nicht so weit wie beim ersten Mal, stellte Bright fest –, und das Zittern der Solarfarm wirkte nicht mehr ganz so selbstzerstörerisch.

»In Ordnung, die Station gehört dir«, sagte Bright. »Ich verschwinde jetzt. Es war schön, mit dir gearbeitet zu haben.«

Diesmal antwortete der Droide nicht, aber Bright beschloss, das als resignierte Zustimmung zu werten. Er wirbelte herum und verließ den Raum auf demselben Weg, den Innamin genommen hatte. An der Leiter angekommen, setzte er den Fuß auf die unterste Sprosse.

Es wird funktionieren, dachte er, was aber mehr Wunsch als wirkliche Überzeugung war.

Und dann spürte er es, oder genauer: Seine Tentakel spürten es. Selbst in einer so verschmutzten Umgebung konnten sie noch Pheromone aus der Luft schnappen. Da war noch ein anderes Wesen an Bord. Es lebte, und falls Brights Rezeptoren ihn nicht täuschten, litt es starke Schmerzen.

Er folgte der Spur der Pheromone, und da, hinter einem Pult, entdeckte er einen männlichen Twi'lek, blutend, bewusstlos und voller Schnitte und blauer Flecken. Er trug die Uniform der Station, und Bright war nicht sicher, ob er einfach zu gut verborgen gewesen war, oder ob Innamin seine Suche frühzeitig abgebrochen hatte, um sich um den beschädigten Reaktor zu kümmern. Aber machte es wirklich einen Unterschied?

Bright beugte sich vor und versuchte, den Twi'lek in eine aufrechte Position zu ziehen. Seine Muskeln ächzten, aber der Bewusstlose war schwer wie ein Sack Prisht-Früchte, und er rührte sich nicht.

Nein, dachte Bright. *So wird das nichts.*

Er gab sich einen Moment – aber wirklich nur einen –, um über sein Leben nachzudenken, über die Dinge, die er getan hatte, und über die Dinge, die er noch hatte tun wollen. Er dachte an die Republik und die Werte, für die sie stand. Er dachte an seinen Eid, dieser Republik und all ihren Bürgern zu dienen.

Dann rannte er zurück in den Reaktorraum.

»Ich übernehme«, rief er, während er den Pillendroiden aus dem Weg schubste und sich an der Kontrollkonsole aufbaute. Anschließend deutete er mit dem Daumen über die Schulter.

»Du hast einen Patienten, ungefähr neun Meter links von der Deckleiter. Bring ihn aufs Schiff. Sofort.«

Der Droide rotierte auf seiner Achse und surrte davon.

Bright tippte die Kommandosequenz ein, der Balken auf der Anzeige sank nach unten … aber noch weniger als beim letzten Mal.

Er aktivierte sein Kommlink.

»Innamin, sind Sie an Bord?«

»Ja, Captain«, ertönte die Antwort. »Aber wo sind Sie? Sie sollten doch direkt hinter mir sein.«

»Eine kleine Planänderung«, sagte Bright. »Ich schicke den Pillendroiden mit einem weiteren Verletzten hoch.«

»Wir haben doch schon alle sieben Crewmitglieder.«

»Tja, es waren wohl acht«, erwiderte der Captain.

»Aber der Reaktor …« Innamin brach ab. Bright konnte förmlich hören, wie die Gedanken des Jungen rasten. Er hatte begriffen, wie diese Sache enden würde.

»Sobald der Droide an Bord ist, starten Sie. Haben Sie verstanden? Sie werden nicht warten. Verlassen Sie das Gravitationsfeld des Systems und machen Sie den Sprung in den Hyperraum. Kehren Sie zur *Third Horizon* zurück, falls möglich. Falls nicht, dann nehmen Sie Kurs auf Coruscant. Es scheint, als würde die Sache überall im System aus dem Ruder laufen, nicht nur hier.«

»Aber Captain, vielleicht …«

»Nein! Solange wir zusammen geflogen sind, habe ich immer ein Auge zugedrückt, Innamin. Ihre Aufmüpfigkeit, Ihre Scherze … Ich dachte mir immer, das Leben ist zu kurz, und das Schiff ist zu klein. Aber damit ist jetzt Schluss. Das Leben *ist* kurz, Unteroffizier, verdammt kurz. Ich habe Ihnen einen Befehl gegeben, und wenn Sie ihn nicht befolgen, werde ich Sie vor ein Tribunal stellen lassen.«

Lange drang nur Schweigen aus dem Komm. Sie wussten beide, dass es eine leere Drohung war, aber darum ging es nicht. Als Innamin schließlich sprach, war seine Stimme gedämpft.

»Ich sehe den Droiden. Er hat den Verletzten dabei. Ein Twi'lek?«

»Richtig.«

Bright gab einmal mehr die Sequenz ein. Die Anzeige rutschte nach unten, aber nur noch um eine Winzigkeit.

Das Beben und Zittern der Station hatte die Stärke eines Erdbebens erreicht. Die Solarfarm war dabei, sich selbst in Stücke zu reißen.

»Los, Innamin!«

»Wir … sind gestartet, Captain. Ich kehre jetzt die Schubleistung um. Wir sollten innerhalb von ein paar Sekunden den Sicherheitsabstand erreicht haben.«

»Gut«, brummte Bright.

Die Anzeige war wieder im roten Bereich, also gab er die Sequenz ein. Diesmal rührte sich der Balken nicht.

Bright seufzte.

»Captain, wir sind in sicherer Entfernung«, meldete Innamin. »Wir gehören alle zur Republik.«

»Verdammt richtig«, sagte Bright. »Wir gehören alle …«

Hitze und Licht und dann … nichts mehr.

17

HETZAL PRIME, *THIRD HORIZON*

4 Minuten bis zum Einschlag

»Jedi-Meisterin, seid Ihr sicher, dass dies die richtige Entscheidung ist?«, fragte Admiral Kronara.

Avar Kriss konnte seine Sorge spüren. Er war ein guter Kommandant, und obwohl sie rein technisch nicht zu seiner Mannschaft gehörte, fühlte er sich für ihre Sicherheit verantwortlich. Vermutlich glaubte er, dass er sie zu einem sicheren Tod verdammen würde, falls er ihrem Vorschlag nachkam.

»Ganz sicher, Admiral«, sagte sie. »Wir haben so viele Flüchtlinge aufgenommen, wie wir nur konnten.«

Sie blickte sich im Hangar um. Es stimmte. Allein in diesem Raum drängten sich Hunderte Wesen zusammen, denen nichts geblieben war außer den Kleidern an ihrem Leib; niemand hatte Gepäck mit an Bord bringen dürfen. Der verfügbare Raum auf dem riesigen Kreuzer war allein für die Rettung von Leben bestimmt, nicht für die Rettung von Eigentum. Doch selbst jetzt saßen noch Wesen auf der Oberfläche des Planeten fest. Admiral Kronara und seine Mannschaft hatten ihr Bestes gegeben, aber die *Third Horizon* hatte nur eine begrenzte Kapazität, und falls sie noch mehr Gewicht an Bord nahmen, könnten sie nicht mehr abheben. Dann würde niemand gerettet werden.

»Diese Leute haben Angst«, sagte Avar. »Ich kann es spüren. Sie müssen sie in Sicherheit bringen.«

Kronara wagte einen letzten Versuch, sie umzustimmen. »Aber falls Ihr scheitert, werdet Ihr sterben.«

»Dessen bin ich mir bewusst, Admiral, aber da sind Milliarden Leben auf Hetzal Prime, die keinen Fluchtweg gefunden haben.« Sie deutete zum offenen Himmel, der jenseits der Ausstiegsrampe zu sehen war.

Das Schiff hatte den Raumhafen verlassen, nachdem es möglichst viele Flüchtlinge an Bord genommen hatte, und nun schwebte es hundert Meter über den Getreidefeldern außerhalb von Aguirre-Stadt.

»Falls wir es nicht versuchen«, fuhr Avar fort, »werden sie ganz sicher sterben. Jeder Einzelne von ihnen.«

»Aber könnt Ihr sie wirklich retten? Ich habe noch nie gehört, dass jemand so etwas bewerkstelligt hat – nicht mal eine Jedi.«

Avar lächelte ihm zu.

»Mit der Macht ist nichts unmöglich«, erklärte sie. »Bitte fliegen Sie jetzt mit der *Third Horizon* ab. Ich habe hier noch zu tun, und Kanzlerin Soh muss umgehend erfahren, was wir hier gesehen haben. Es reicht nicht, ihr am Komm davon zu berichten. Nichts von alldem hätte geschehen sollen. Etwas stimmt nicht, das spüre ich. Der Hyperraum ist … das einzige Wort, das mir einfallen will, ist *krank*.«

»Wir Ihr wünscht, Jedi-Meisterin«, nickte der Admiral. »Aber Ihr solltet diesen Bericht selbst abgeben. Ich verstehe noch immer nicht, warum Ihr Eure Aufgabe nicht auch vom Weltraum aus erledigen könnt. Zugegeben, ich weiß nicht viel über die Macht, aber ich weiß, dass sie über große Entfernungen hinweg funktioniert, und auf dem Schiff wärt Ihr zumindest in Sicherheit, falls …«

In Avar Kriss' Augen war es der beste Weg, eine Diskussion zu gewinnen, sie gar nicht erst zu führen. Also sprintete sie kurzerhand zum Ende der Rampe und sprang in die leere Luft hinaus. Das Schiff schwebte über einem Feld mit blauem Getreide, das sie nicht kannte – sie wusste nur, dass es hübsch aussah. Sie benutzte die Macht, um ihren Sturz abzubremsen, dann vollführte sie einen Salto und landete leichtfüßig auf der gepflügten Erde zwischen zwei Reihen der blauen Ähren.

Als sie aufblickte, war die *Third Horizon* nur noch ein rasch schrumpfender Punkt am Himmel. Admiral Kronara hatte sich geschlagen gegeben und verließ nun auf schnellstem Wege das System. Gut. Sie hatten nicht viel Zeit.

Konzentrier dich, wies Avar sich an. Sie hatten in der Tat nicht viel Zeit, und ihre Aufgabe hier war praktisch unmöglich.

Ein Tank suprагekühlten, flüssigen Tibannas von der Größe eines mittelgroßen Raumschiffs raste direkt auf eine der drei Sonnen des Hetzal-Systems zu, einen Klasse-R-Stern. Wenn er dort einschlug, würden die hochexplosive Natur der Substanz und die intensive Hitze der Sonne – in Verbindung mit ihrer einzigartigen, stickstoffreichen Zusammensetzung – zu einer Kettenreaktion von Explosionen führen. Die Sonne würde sich kurzzeitig ausdehnen und fast auf das doppelte ihrer normalen Größe anschwellen. Die dabei freigesetzte Strahlung würde das gesamte System zum Kochen bringen. Hetzal würde innerhalb eines Wimpernschlages ausgelöscht.

Es sei denn … die Macht nutzte ihre Werkzeuge – die Jedi –, um das zu verhindern.

Kronara würde nie verstehen, warum sie auf dem Planeten bleiben musste; er konnte die Macht nicht berühren. Aber für Avar war der Grund ganz einfach: Hetzal Prime war ein Planet des Lebens. Die Macht war überall präsent, selbst in den entlegensten, kältesten Winkeln des Alls. Avar konnte ihr Lied hören, und hier, auf diesem Feld, umgeben von dem lebenden Getreide, das die Bauern Hetzals voller Liebe angepflanzt hatten, war es besonders laut. Laut und lieblich.

Hier musste sie weder Zeit noch Konzentration aufwenden, um eine tiefe Verbindung mit der Macht herzustellen. Hier war sie überall von ihr umgeben.

Avar Kriss hob ihr Kommlink und stellte es so ein, dass es nur sendete, nicht empfing. Sie wusste, dass ihre Nachricht bei den anderen Jedi im System Fragen aufwerfen würde, und einige dieser Jedi standen über ihr. Jora Malli war sogar ein Mitglied des Rats – sie hatte zwar vor, ihren Sitz zu räumen, um ihre Mission auf der Starlight-Station anzutreten, aber noch war sie ein Ratsmitglied. Rein technisch könnte sie Avar also befehlen, ihren Plan aufzugeben.

Nicht, dass sie es tun würde – zumindest glaubte Avar es nicht –, aber trotzdem: Warum das Risiko eingehen?

Sie dachte an Elzar Mann, der sich ständig über seine Anweisungen hinwegsetzte. *Es ist besser, um Vergebung zu bitten als um Erlaubnis*, war praktisch sein Credo.

Er wird das hier genießen, fuhr es ihr durch den Kopf, während sie zu sprechen begann.

»Meine Freunde, hier spricht Avar Kriss. Ich bin auf der Oberfläche von Hetzal Prime. Ihr wisst, dass ich Euren unermüdlichen Einsatz zur Rettung dieses Systems beobachtet habe. Ihr habt Unglaubliches vollbracht. Dennoch wird bald etwas geschehen, etwas Schreckliches, und nur, indem wir zusammenarbeiten, können wir es verhindern.

Eine der Hyperraumanomalien hält direkt auf die größte Sonne des Systems zu … und sie ist gefüllt mit flüssigem Tibanna. Wie mir erklärt wurde, würde der Einschlag eine

Kettenreaktion auslösen, die alles in diesem System vernichtet.

Es liegt an uns, diesen Tank auf eine neue Bahn zu lenken. Wir müssen die Macht um Hilfe bitten. Ich kann nicht garantieren, dass es funktionieren wird, und jedem, der bleibt, droht der sichere Tod, falls wir scheitern. Die *Third Horizon* ist gerade dabei, das System zu verlassen. Wer gehen möchte, hat jetzt noch Gelegenheit anzudocken. Ich wünsche Euch das Beste.«

Avar wartete. Obwohl sie den Empfänger ihres Komms stummgeschaltet hatte, verriet ihr das Lied der Macht, dass keiner der Vectors in Richtung der schnell beschleunigenden *Third Horizon* abgedreht hatte. Sie hatten alle beschlossen zu bleiben. Die Jedi standen ihr bei.

»Dann lasst uns beginnen«, sagte Avar.

Sie ließ ihr Komm sinken; von nun an waren Worte überflüssig.

Über ihre Verbindung mit den anderen Jedi weihte sie sie in ihren Plan ein. Jeder würde ihre Gedanken auf seine eigene Weise empfangen, als Reihe von Eindrücken, die sie hoffentlich alle richtig interpretierten. Nicht dass der Plan sonderlich komplex wäre.

Da ist ein großes Objekt, das sich wahnwitzig schnell bewegt. Es ist sehr schwer, und wir müssen seine Flugbahn ändern. Also werden wir alle mit der Macht danach greifen und im selben Moment am selben Punkt dagegen drücken, damit es nicht in die Sonne rast.

Einfach … aber trotzdem unglaublich schwierig. Das All war weit, und sie musste das Handeln zahlreicher Jedi koordinieren und verhindern, dass ihre Bemühungen sich gegenseitig aufhoben; oder dass sie die Macht auch nur einen Augenblick zu früh oder zu spät einsetzten. Aber sie beschwerte sich nicht darüber. Das war nun mal die Aufgabe.

Avars Lichtschwert löste sich von ihrem Gürtel und schwebte in die Luft hoch, getragen von der Macht, bis der Griff auf Höhe ihres Gesichts und die Stichplatte auf Höhe ihrer Augen war. Das Schwert aktivierte sich mit einem scharfen Zischen, und die hellgrüne Klinge stach in den blauen Himmel hoch. Ihr Schein färbte das blaue Getreide ringsum.

Die Waffe begann sich zu drehen, ganz langsam, wie die Flügel einer Windmühle, wobei sie ein tiefes, dumpfes Summen von sich gab. Avar atmete – ein, aus –, und die Klinge drehte sich schneller. Das Geräusch, mit dem sie durch die Luft schnitt, veränderte sich; aus dem tiefen Summen wurde ein höherer, angenehmerer Laut. Schon bald rotierte das Lichtschwert so schnell, dass seine Klinge nur mehr als grüner Schirm aus Licht mit einem metallisch glänzenden Mittelpunkt zu erkennen war.

Avar verschloss ihre Augen vor dem prächtigen Anblick. Sie musste nicht sehen – sie musste nur *hören*. Ihr Lichtschwert war mehr als eine Waffe. Hier und jetzt war es ein Instrument.

Die Note, die die Klinge spielte, wurde heller. Anstelle des Knisterns und Summens, das so typisch für Lichtschwertkämpfe war, ertönte nun ein reines, transparentes Surren.

Avars Bewusstsein war eins mit dem Lied des Schwerts, und sie passte die Geschwindigkeit seiner Rotation an, bis sie synchron war mit …

Ja, dachte sie. *Ich höre es.*

Während sich das Lied der Klinge in Harmonie mit dem allumfassenden Chor der Macht fortsetzte, weitete sich Avars Wahrnehmung aus. Einen Moment später umfasste sie das gesamte System und alles, was sich darin befand, insbesondere die Jedi, von denen jeder auf seine ganz eigene Weise mit der Macht verbunden war.

Was sie als Lied hörte, sah Elzar Mann als tiefes, endloses, stürmisches Meer. Für den Wookiee Burryaga war es ein riesiger Baum mit tiefgreifenden Wurzeln und himmelhohen Ästen. Douglas Sunval seinerseits nahm die Macht als riesiges, komplexes Uhrwerk wahr, dessen Zahnräder aus unendlich vielen Materialen bestanden, von Kristall bis hin zu Knochen. Bell Zettifar tanzte mit dem Feuer. Loden Greatstorm tanzte mit dem Wind.

Dies war nicht das simple Netzwerk, das sie zuvor aufgebaut hatte. Es ging viel tiefer. Die Jedi waren die Macht, die Macht war die Jedi, und Avar Kriss konnte sie alle berühren, ganz gleich, wie jeder Einzelne sich die Macht verständlich machte.

Doch nun musste sie erst einmal ihr Ziel finden. Sie wusste, dass das Modul auf die Sonne zuflog, aber es war nicht einfach, sich darauf zu konzentrieren. Jetzt, wo so viele Jedi in ihrem Geist sangen, dröhnte die Symphonie der Macht ohrenbetäubend laut. So viele Wesen, so viel Leben. Jede Ähre in dem Feld ringsum trillerte wie eine Flöte.

Irgendwo in dieser Musik verbarg sich das Modul mit dem flüssigen Tibanna, das ihrer aller Untergang werden könnte. Es sang kein eigenes Lied, aber in gewisser Weise machte es das noch auffälliger. Ein Schweigen, eine Pause, eine Lücke von genau der richtigen Länge und Größe.

Da, dachte sie.

Sie hatte es erfasst, ganz eindeutig. Es war ... wieder fort. Sie hatte es nicht festhalten können.

»Verflucht!«, sagte sie laut, und das gesamte Lied geriet ins Stocken. Beinahe wäre es sogar verstummt.

Die Anomalie war Avar entglitten, und nun fand sie sie nicht wieder – nicht in dem Chaos, welches das gesamte System erfasst hatte. Es war, als würde man auf einer windumtosten Wiese eine ganz bestimmte Blume sehen, dann die Augen schließen, sich einmal im Kreis drehen und anschließend versuchen, exakt diese Blume wiederzufinden.

Die Zeit zerrann zwischen ihren Fingern, Sekunden zerrieselten ins Nichts, aus dem sie nie wieder zurückkehren würden. Avar musste es finden. Sie musste ganz einfach ... sie durfte nicht versagen. Dies war ihre Aufgabe. Niemand anderes konnte ...

Nein. Was hatte sie vorhin gesagt?

Nur, indem wir zusammenarbeiten, können wir es verhindern ...

Sie hatte die Jedi zu einem Netzwerk verbunden, alle zogen am selben Strang. Jeder von ihnen war auf seine eigene Art mit der Macht verbunden – anders, aber nicht weniger stark als sie selbst.

Avar Kriss bat um Unterstützung, und Avar Kriss erhielt Unterstützung.

Letztlich war es Estala Maru, die die Anomalie entdeckte. Avar konnte es durch die Macht sehen, auf dieselbe Weise, wie Maru es sah: Für sie war die Tibanna-Bombe ein Licht im Fenster eines kleinen Hauses in einer endlosen, nächtlichen Stadt. Sobald Estala sie gefunden hatte, mussten die anderen Jedi nur in dieselbe Richtung gelenkt werden, und Sekunden später hatten sie es alle erfasst.

Nun war wieder Avar an der Reihe.

Sie dehnte ihr Bewusstsein aus und schätzte ab, wann die Bombe die Sonne treffen würde – ihnen blieb kaum noch Zeit. Die Hitze der Sonne ließ bereits Dampf von der vorderen Spitze des Moduls aufsteigen. Sie mussten schnellstens handeln.

Da ist ein großes Objekt, das sich wahnwitzig schnell bewegt.

Es ist sehr schwer, und wir müssen seine Flugbahn ändern.

Wir werden alle mit der Macht danach greifen und im selben Moment am selben Punkt dagegen drücken.

Avar Kriss zeigte den Jedi, was sie tun sollten, anschließend griffen sie vollkommen synchron in die Macht hinaus. Keiner von ihnen schonte sich. Sie handelten mit disziplinierter Verzweiflung und legten all ihre Kraft in diese Aufgabe.

Wir werden es bewegen.

Nicht weit vom Fruchtmond entfernt verlor Te'Ami das Bewusstsein, und gelbes Sekret rann aus ihrem Mund.

Wir werden es bewegen.

Eine Gruppe von fünf Vectors, die in enger Formation flog, verlor die Kontrolle, weil ihre Piloten zu sehr auf die Tibanna-Bombe konzentriert waren. Zwei der Schiffe kollidierten, bevor sie wieder ihre Formation einnehmen konnten, und die drei Jedi an Bord dieser Maschinen starben einen feurigen Tod.

Wir werden es bewegen.

Jetzt, dachte Avar.

Überall im System beschworen die Jedi die Macht. Einige schlossen dafür die Augen, andere hoben die Arme, einige standen, andere saßen meditierend da, und wieder andere schwebten über dem Boden. Viele waren allein, aber einige wurden von anderen Mitgliedern des Ordens begleitet, oder sie wurden von kleinen Gruppen anderer Wesen umringt, die spüren konnten, dass gerade etwas unglaublich Wichtiges geschah, auch wenn sie selbst nicht für die Macht empfänglich waren.

Dutzende Jedi agierten in perfektem Einklang.

Die Galaxis summte. Eine unsichtbare Hand griff nach der Tibanna-Bombe und stieß sie zur Seite, behutsam, aber präzise, als würde man jemandem ein Ei zuwerfen und hoffen, er würde es fangen, ohne dass die Schale zerbrach.

Avar lauschte.

Sie hatten es geschafft. Sie hatten den Kurs der Tibanna-Bombe geändert.

Aber sie hatten auch versagt.

Der Tank hatte sich nicht weit genug bewegt. Er würde noch immer die Sonne treffen, und während sie das noch erkannte, spürte sie bereits, wie sich die Flüssigkeit im Innern des Moduls erhitzte und einer Explosion entgegenblubberte, die ein noch viel größeres Inferno auslösen würde.

Noch einmal, wies sie die Jedi an – oder zumindest diejenigen, die sie noch hören und ihr antworten konnten. Viele waren nach der Anstrengung des ersten Versuchs ohnmächtig geworden, was bedeutete, dass die verbliebenen Jedi eine noch viel größere Leistung vollbringen mussten.

Wie müssen es noch einmal versuchen.

Avar konnte im Lied der Macht die Erschöpfung all ihrer Mitstreiter aus dem Orden spüren, dieser Helden, die geblieben waren, um Leute zu retten, welche sie nie kennengelernt hatten und welche vermutlich nie wissen würden, welche Opfer in ihrem Namen gebracht worden waren. Doch das war jetzt unwichtig.

Sie spürte, wie die Jedi ihre letzten Reserven mobilisierten, sich aufrafften und ihren Fokus erneuerten.

Mehr noch, sie spürte, dass weitere Jedi ihren Geist ebenfalls nach Hetzal ausstreckten – von Coruscant und überall in der Galaxis. Sogar Yoda, wo immer er gerade mit seiner Gruppe von Jünglingen stecken mochte; sein großes, weises Bewusstsein sang seinen eigenen Part im Chor der Retter, eine Stimme aus purem Licht, die unvorstellbar schön war und das krude Fleisch seiner körperlichen Erscheinung Lügen strafte.

Avar hätte es kaum für möglich gehalten, aber wie sie schon dem Admiral erklärt hatte: In der Macht war nichts unmöglich. Ihr großer Orden stand ihr bei, ebenso wie sie den anderen beistand, und die Macht war mit ihnen allen.

Wir werden es bewegen.

Ein weiterer Augenblick, eine weitere, kolossale Kraftanstrengung.

Sie spürte, wie die Jedi die Worte zusammen mit ihr aussprachen, jeder auf seine eigene Weise, durch seine eigene Interpretation der Macht. Nein, nicht *sprachen.* Sangen. Intonierten.

Wir werden es bewegen.

Mehr Jedi verschwanden aus ihrer Wahrnehmung – die meisten brachen zusammen, wo sie saßen und standen, andere trudelten mit ihren Vectors davon. Ein paar von ihnen schafften es, wieder die Kontrolle zu gewinnen, andere verschwanden für immer. Rohmar Montgo. Lio Josse.

Jedi-Ritter Rah Barocci auf dem Fruchtmond taumelte und stürzte von dem Farmturm, wo er gerade dabei gewesen war, einer Familie zu helfen, deren Tochter durch den Stress der Evakuierung einen Anfall erlitten hatte. Die Tochter war inzwischen wieder ruhig, die Gefahr gebannt, aber Rah fiel zwanzig Stockwerke in die Tiefe und erholte sich nicht schnell genug, um sich noch zu retten.

Mit jedem Jedi, den sie verloren, wurde die Aufgabe schwieriger.

Elzar Mann stand allein auf einem Felsvorsprung über einer Farm, wo das neue Wunderheilmittel Bacta angebaut wurde. Auch er spürte die Anstrengung, die Trägheit der Tibanna-Bombe, die sich nicht bewegen lassen wollte.

Für Mann war die Macht ein bodenloses Meer, in dem alles Leben schwamm, hell an der Oberfläche, dann immer dunkler, je tiefer man tauchte – aber doch alles Teil desselben großen Ozeans. Er ließ sich von den Strömungen nach unten tragen, tiefer als je zuvor, und er sah und spürte Dinge, die ihm bislang völlig fremd gewesen waren. Das Meer kannte keine Grenzen, und da war noch so viel, was er nicht erforscht hatte. Neue Kraft durchströmte ihn, und die Schwere wich aus seinem Geist. Er stellte diese Energie in den Dienst seiner Ordensbrüder, gab ihnen alles, was er geben konnte.

Wir werden es bewegen.

…

…

Und es wird nicht die Sonne treffen.

Die Tibanna-Bombe trat in die äußere Protosphäre des größten Sterns von Hetzal ein. Einen Moment – einen langen Moment – verstummte das Lied der Macht, und Avar Kriss hörte nichts außer Stille.

Dann wirbelte das Fragment von der Sonne fort. Es hatte nur ihre äußerste Schicht berührt, und obwohl es rot glühte, war es noch intakt. Nun bewegte es sich auf einem Kurs, der es aus dem System tragen würde, ohne dass es Schaden anrichtete.

Das Lied setzte mit einem Crescendo wieder ein.

Jedi-Meisterin Avar Kriss fiel inmitten des blauen Getreidefeldes auf die Knie. Einen Moment später landete auch ihr Lichtschwert auf der weichen Erde, nunmehr wieder deaktiviert.

Avar gönnte sich ein wenig Zeit, um einfach nur zu atmen. Zwei tiefe Atemzüge, dann drei. Dann hob sie ihr Kommlink.

»Danke«, sagte sie.

Weder Avar Kriss noch einer der anderen Jedi im Hetzal-System wusste, dass die Ereignisse dieser Minuten im ganzen Äußeren Rand übertragen wurden. Das Signal fand sogar seinen Weg zu den inneren Welten der Republik, wenn natürlich auch mit leichter Verzögerung – das galaktische Kommunikationsnetzwerk hatte schließlich seine Grenzen. Es war Keven Tarr im Büro von Minister Ecka, der dieses Signal sendete. Obwohl er Gelegenheit gehabt hatte, mit der *Third Horizon* zu flüchten, war er in Aguirre-Stadt geblieben, um seinen Beitrag zu leisten.

Ursprünglich war das Signal nur ins Büro der Kanzlerin auf Coruscant übertragen worden, damit Lina Soh und ihre Berater während der finalen Phase in Echtzeit Informationen sammeln konnten.

Doch dann hatte Keven Tarr eine Entscheidung getroffen: Falls dies wirklich die letzten Minuten von Hetzal sein sollten – seiner Heimat und der Heimat von Milliarden anderer –, dann sollte dieser prächtige Ort nicht unbemerkt untergehen. Also änderte er die Einstellungen, überschrieb die Sicherheitscodes und sendete das Signal über jeden Kanal und jedes Relais, sodass jedes Ohr und jedes Auge in der Galaxis das Geschehen mitverfolgen konnten.

Auf technischer Ebene war das eine fast ebenso beeindruckende Leistung wie der Kraftakt der Jedi.

Und so beobachtete die gesamte Galaxis, wie das Schicksal von Hetzal entschieden wurde. Zahllose Wesen hielten den Atem an, als die Jedi ihre Kräfte vereinten, um diese Welten zu retten, die sie noch nie besucht hatten. Eine kleine Gruppe tapferer Personen riskierte ihr Leben, um andere durch ihre einzigartige Gabe vor dem sicheren Tod zu bewahren.

Ein entsetztes Keuchen erklang auf Tausenden Planeten, als der erste Versuch scheiterte. Viele bezweifelten, dass sie es schaffen könnten. Einige wandten den Blick ab, um nicht mitansehen zu müssen, wie die Sonne mit einem Lichtblitz explodierte und Milliarden empfindungsfähiger Wesen untergingen.

Andere hingegen konnten den Blick nicht abwenden, und sie sahen, was geschah. Die Sonne explodierte nicht. Die Hetzalianer wurden nicht ausgelöscht.

Überall in der Galaxis erklang erleichterter, freudiger Jubel. Sicher, jene, die in der Dunkelheit lebten, rümpften die Nase, weil sie gehofft hatten, dass die Jedi versagen und sterben würden ... aber das war nur eine kleine Minderheit.

Die Republik achtete und feierte das Leben und jene, die es schützten.

Dies war ein Triumph.

Das Licht hatte obsiegt, zumindest an diesem Tag.

Es war vorbei.

18

Es war nicht vorbei.

Im Ab-Dalis-System, das ein Stück weiter an derselben Hyperraumroute lag, wo die *Legacy Run* ihr Ende gefunden hatte, tauchten sieben Fragmente dieses Schiffes aus dem Hyperraum auf, knapp hinter dem allgemeinen Rücksprungpunkt.

Einer dieser Trümmer – er war weder der größte noch der kleinste – hatte einmal zu den Aufbauten des gewaltigen Frachters gehört: Es war ein mächtiger Durastahlträger, an dem ein großer Brocken der Schiffshülle hing.

Die Teile bewegten sich knapp unter Lichtgeschwindigkeit, aber keines von ihnen wies Triebwerkssignaturen oder Spuren elektronischer Aktivität auf, und weil sie jenseits des Rücksprungpunkts auftauchten – wo ankommende Schiffe in den Normalraum zurückfielen –, erfassten die Sensoren und Warnsysteme sie erst, als es bereits zu spät war. Doch selbst wenn man sie sofort entdeckt hätte … Diesmal war kein republikanischer Kreuzer voller Jedi in der Nähe, der die Katastrophe hätte abwenden können.

Alle sieben Fragmente folgten der Ekliptik des Systems, aber Ab Dalis hatte weniger bewohnte Planeten als Hetzal, und sie waren weiter voneinander entfernt. Hier gab es endlos viel leeren Raum, und im Vergleich dazu waren die Projektile winzig.

Sechs von ihnen rasten durch das System und verließen es wieder, ohne irgendetwas zu treffen.

Dann war da noch der Durastahlträger. Er streifte die am dichtesten besiedelte Welt, eine sumpfige Einöde, unterbrochen nur von stadtgroßen Fabriken, von Slums für die Arbeiter und hier und da von den Türmen derer, die den Profit einstrichen. Das Fragment wurde beim Aufprall in seine Atome zerlegt, aber die Schockwelle machte all diese Fabriken und Slums und Türme dem Erdboden gleich.

Knapp zwanzig Millionen Wesen verloren ihr Leben.

Das war der erste Einschlag.

Intermezzo

DIE NIHIL

Ab Dalis. Es war nie ein sonderlich anziehender Ort gewesen, stets in wirbelnde bräunliche Wolken gehüllt, als würden die Sümpfe auf der Oberfläche versuchen, der Schwerkraft des Planeten zu entfliehen. Doch jetzt sah es noch schlimmer aus als üblich. Durch den orbitalen Einschlag war eine gewaltige Wolke verdampften Wassers und Schlamms entstanden, und die Ionisierung dieser Wolke ließ unheilvolle Gewitterstürme durch die Atmosphäre brodeln.

Es sah aus, als hätten sich die Tore der Hölle geöffnet.

Ein Konvoi aus sechs Frachtern verließ den verwüsteten Planeten. An Bord befanden sich die Angestellten von Garello Technologies – einem mittelgroßen Forschungs- und Produktionskonzern, der seinen Hauptsitz im Keftia-Sektor hatte – und ihre Familien. Ebenfalls an Bord waren einige der wertvollsten Forschungsdaten des Unternehmens, außerdem Datenbanken und Maschinen. Personal und Ressourcen waren auf die sechs Raumschiffe geladen worden, um sie in Sicherheit zu bringen, bis sich die Situation auf Ab Dalis beruhigt hatte. Die Rettungsmission war eine gewaltige Kraftanstrengung, die Garello innerhalb kürzester Zeit – seit dem Einschlag waren nur ein Tag und ein Nacht vergangen – auf die Beine gestellt hatte.

Die anderen Schiffe des Konzerns hatte der Vorstandsvorsitzende, Larence Garello, der Regierung zur Verfügung gestellt, aber um die Evakuierung seiner Leute und seiner Daten wollte er sich selbst kümmern. Er war einer der größten Arbeitgeber in diesem System, und er wollte sichergehen, dass sämtliche Angestellten den Eindruck gewannen, dass die Firma immer auf sie aufpasste – und dass sie auch nach diesem Desaster noch in der Lage war, Ideen und Produkte zu entwickeln.

Larence wusste, dass die anderen Konzerneigner von Ab Dalis vermutlich die Nase über ihn rümpften, weil er solche Mühen auf sich nahm, um sein Personal kurzfristig vom Planeten fortzubringen, aber das interessierte ihn nicht. Diese Oligarchen und Billionäre sorgten sich mehr um die Durastahlträger ihrer Fabriken als um die Leute, die darin arbeiteten. Larence war reich, sicher, aber nur weil seine Angestellten so gute Arbeit leisteten. Also würde er sich verflucht noch mal auch um sie kümmern. Um jeden einzelnen von ihnen.

Der Konvoi hielt auf den äußeren Rand des Systems zu, wo er warten würde, wie sich die Situation weiterentwickelte.

Doch bevor die Schiffe ihr Ziel erreichen konnten, stießen sie auf etwas Ungewöhnliches.

Es sah aus wie ein Sturm, oder genauer wie eine Sturmwolke: ein riesiger blaugrauer Wirbel im All, dicht und unheilvoll … und direkt auf der Flugbahn des Konvois. Schwache Lichter flackerten in seinen Tiefen, wie Glutfliegen im Morgengrauen über den ab-dalisianischen Sümpfen.

Das vorderste Schiff des Konvois war die *Arbitrage* unter dem Kommando von Odabba, einem Shistavanen mit schwarzem Fell. Er war ein erfahrener, zuverlässiger Captain, der schon seit über zehn Jahren für Garello Technologies arbeitete. Er ließ die Wolke scannen, aber die Sensoren lieferten keine Informationen, also ordnete er an, dass alle Schiffe ihren Kurs ändern und einen Bogen um das unbekannte Phänomen machen sollten. Vorsicht war besser als Nachsicht.

Doch für Vorsicht war es bereits zu spät.

Die Sturmwolke begann zu glühen, dann zuckte ein mächtiger Energieblitz aus ihrem Zentrum hervor. Er peitschte an der *Arbitrage* vorbei und traf eines der anderen Schiffe, die *Maree's Diligence*, benannt nach Larence Garellos Mutter.

Das Schiff glühte kurz, eingehüllt in phosphoreszierendes Feuer, dann wurde es dunkel. Die Bordbeleuchtung, die Positionsleuchten, die Triebwerke – alles fiel aus, und die *Maree's Diligence* begann leblos vom Rest des Konvois fortzutreiben.

Captain Odabba gab Befehl, dass die anderen Schiffe ihre Schilde hochfahren und sich auf einen Kampf einstellen sollten, aber es waren Frachter, keine Schlachtschiffe. Ihre einzige Bewaffnung bestand aus ein paar leichten Laserkanonen, und weil sie so überstürzt zu ihrer Rettungsmission aufgebrochen waren, hatten sie auch keine Jägereskorte dabei.

Ein weiterer Blitz aus der Wolke, dann noch einer – man konnte sie nicht anders als als Blitze bezeichnen, gewaltige Energieentladungen von einer Größenordnung, die sich jedem Vorstellungsvermögen entzog –, und beide fuhren sie in den Konvoi. Garellos Frachter hatten ihre Schilde inzwischen hochgefahren, weswegen sie im Gegensatz zur *Maree's Diligence* nicht völlig manövrierunfähig wurden, aber ihre Verteidigungssysteme nahmen schweren Schaden.

Die Blitze hatten das Innere der Wolke erhellt, und einen Moment lang hatten die Mitglieder des Konvois gesehen, womit sie es wirklich zu tun hatten. Schiffe. Viele Schiffe.

Als wäre der dritte Blitzschlag ein Signal gewesen, stießen die Angreifer wie ein rasender Schwarm aus der Wolke hervor. Es waren hässliche, kantige Schiffe, aus deren Außenhaut scheinbar willkürlich Metalldornen hervorragten. Sie sahen aus wie Werkzeuge, eigens gemacht, um jemanden damit zu Tode zu prügeln. Der Größe nach mussten die meisten von ihnen Ein- oder Zwei-Personen-Fahrzeuge sein, aber da waren auch größere Vehikel, und im Zentrum der Wolke hing eine noch viel gewaltigere Silhouette. Sie war mindestens ebenso groß wie das größte Schiff des Konvois, aber es war kein Frachter; es war ein grausam wirkender Kreuzer, entworfen für Krieg und Zerstörung.

Was all diese Schiffe gemein hatten, ungeachtet ihrer Größe oder Form, waren die drei hellen Streifen an ihren Seiten, wie eine Kriegsbemalung. Und da war noch etwas: Sie alle hatten einen seltsamen Aufsatz an ihren Triebwerken, ein halbmondförmiges Metallgitter, aus dem grünes Feuer hervorleckte.

Die Frachter des Konvois eröffneten das Feuer, aber verglichen mit der Bedrohung, der sie sich gegenübersahen, wirkten ihre Laserstrahlen mickrig und kränklich.

Schon bald hatte sich die Lage unter den Angestellten von Garello Technologies und den Crewmitgliedern des Konvois herumgesprochen. Die hoffnungsvolle Stimmung nach der Evakuierung wich Panik und Schrecken. Sie hatten die Blitze gesehen. Sie hatten die Insignien an den Schiffen gesehen. Sie wussten, wer sie angriff.

Die Nihil.

Captain Odabba gab den Befehl, zu wenden und zurück nach Ab Dalis zu fliehen. Er wusste, dass es sinnlos war, aber nicht so sinnlos, wie zu kämpfen, und vielleicht würden es ja zumindest ein oder zwei Schiffe in Sicherheit schaffen.

Die Nihil. Noch vor einem Jahr war dieser Name für Larence Garello und seine Angestellten völlig bedeutungslos gewesen. Doch während der letzten Monate hatte er entlang des Äußeren Rands eine unheilvolle, ominöse Bedeutung angenommen. Es war wie eine Plage oder wie ein wildes Tier, vor dem es kein Entkommen gab.

Die Nihil waren Plünderer, Diebe, Mörder, Entführer. Sie tauchten wie aus dem Nichts auf, und es gab keinen Ort, wo sie nicht zuschlagen konnten: im All, auf Planeten, in Städten, in der Wildnis. Sie bewegten sich wie Phantome und mordeten wie Monster. Ob sie wirklich Monster waren oder sich nur so verhielten, blieb weiterhin unklar. Es gab kaum Fakten über die Nihil, dafür umso mehr Fragen.

Doch alles, was man wirklich über sie wissen musste, war: Sie nahmen sich, was sie wollten, und zerstörten den Rest. Hin und wieder hörte man vielleicht Geschichten über jemanden, der eine Begegnung mit den Nihil überlebt hatte, aber Geschichten über jemanden, der sie erfolgreich zurückgeschlagen hatte? Nein, solche Geschichten hatte noch niemand gehört.

Eine Gruppe feindlicher Schiffe umzingelte die flugunfähige *Maree's Diligence*. Wie sie um das Schiff herumschwirrten, wirkte chaotisch, aber irgendwie auch koordiniert – es erinnerte an geflügelte Insekten, die hektisch um eine Leiche kreisten und doch nie miteinander zusammenstießen.

Dann feuerten die Brisenschiffe der Nihil Projektile ab. Es waren aber keine Blasterstrahlen oder Raketen; sie sahen mehr aus wie Harpunen, und sie bohrten sich tief in die Außenhaut des schild- und schutzlosen Frachters.

Nun drehten sich die Schiffe der Nihil um 180 Grad, sodass ihre Triebwerke auf die *Maree's Diligence* zeigten. Lange Feuersäulen zuckten aus ihren Schubdüsen, als die Angreifer an den Kabeln zerrten, die sie mit dem Frachter verbanden.

Auf der Brücke der *Arbitrage* konnte Larence Garello das Geschehen nur entsetzt beobachten. Er dachte an all die Leute auf diesem Schiff. Es waren Tausende …

Familien. Er hatte seinen Arbeitern gesagt, sie sollten ihre Familien mitnehmen. Er hatte ihnen gesagt, dass er auf sie aufpassen würde.

Die *Maree's Diligence* brach auseinander.

Sie explodierte nicht, abgesehen von einem kurzlebigen Feuerball hier und da. Vermutlich lag es daran, dass die meisten Systeme nach dem ersten Schlag der Nihil deaktiviert waren. So wurde sie lediglich in ein paar Dutzend Teile zerrissen. Kleinere Objekte und Trümmerteile wirbelten ins All davon, sobald die inneren Korridore und Räume dem Vakuum ausgesetzt wurden. Larence Garello, Vorstandsvorsitzender von Garello Technologies, wusste, dass es sich bei einigen dieser Objekte um seine Leute handelte.

»Weiterfeuern!«, rief Captain Odabba seiner Brückenmannschaft zu. »Ich habe Ab Dalis um Hilfe gebeten, und sie werden alles herschicken, was sie entbehren können. Wir müssen nur durchhalten.«

Larence hatte keine militärische Erfahrung, aber selbst in seinen Ohren klangen diese Worte hohl. Ab Dalis war von einer planetenweiten Katastrophe heimgesucht worden. Die Regierung war korrupt und ineffizient, nachdem sie über Generationen hinweg den Wünschen von Oligarchen und Billionären nachgekommen war. Selbst wenn sie könnten, würden sie vermutlich keine Schiffe entsenden.

Ein weiterer Schuss der Blitzwaffe barst aus dem großen Kreuzer der Nihil hervor – dem Kriegsschiff im Zentrum der

Wolke. Er traf einen der anderen Frachter, der sofort leblos auf die Seite rollte, ebenso wie die *Maree's Diligence* vor ihm. Die verbliebenen Mitglieder des Konvois wussten, dass dieses Schiff in Kürze ebenfalls auseinandergerissen würde, damit die Aasfliegen der Nihil es plündern konnten.

Die ersten feindlichen Jäger schwirrten bereits um den flügellahmen Frachter herum, dann feuerten sie ihre Kabel ab ... aber diesmal geschah etwas anderes. Vielleicht war der Reaktor des Frachters nicht völlig deaktiviert, oder es hatte irgendeine Fehlfunktion gegeben, aber das Schiff explodierte. Ein Mahlstrom aus weißem Licht verschlang den Frachter und den Schwarm der Nihil um ihn herum. Larence Garellos Herz blutete für die Leute, die er verloren hatte, aber gleichzeitig fühlte er eine grimmige Genugtuung. Zumindest hatten sie ein paar der Mistkerle mit ins Grab genommen.

»Wir werden geentert«, sagte Captain Odabba, seine Stimme ein tiefes Knurren, während er den Blick über die Alarme und Gefahrenanzeigen auf seiner Konsole schweifen ließ. »Ich werde den Waffenschrank entriegeln. Wir haben nicht genügend Gewehre für alle, also bekommen nur Leute mit Militärerfahrung eines. Der Rest von euch ... findet etwas, was ihr als Waffe benutzen könnt.«

Damit verließ er seine Kommandokonsole und rannte in den hinteren Teil der Brücke, wo die Handvoll Blastergewehre des Frachters verstaut war.

Doch ehe er auch nur fünf Schritt gemacht hatte, explodierte die Brückentür nach innen, als hätte ein Riese sie aufgetreten. Sie schlitterte über das Deck und begrub eine von Captain Odabbas Offizierinnen unter sich. Die Klatooinianerin war tot, bevor sie auch nur einen Laut von sich geben konnte.

Drei weiße Kanister wurden vom Korridor hereingeworfen.

Als sie auf dem Boden landeten, platzten sie auseinander und füllten die Brücke mit blaugrauem Gas. Es war, als wären sie in dichtem Nebel gefangen ... oder in einer Sturmwolke.

Larence Garello versuchte, den Atem anzuhalten, aber der Schock der jüngsten Ereignisse ließ sein Herz rasen, und er war nicht mehr so jung, wie er es einmal gewesen war. Sein Mund schnappte nach Luft, nur war es keine Luft, die in seine Lunge strömte, und das Gift entfaltete beinahe sofort seine Wirkung.

Als die ersten Nihil auf die Brücke marschierten, sah er sie nur noch als verschwommene Schemen. Doch obwohl seine Augen ihn im Stich ließen, konnte er ihre Masken erkennen, und er wusste, wer so etwas trug, der wollte, dass die Galaxis ihn als Monster betrachtete.

Larence Garello nahm einen letzten, brennenden Atemzug. Er würde wohl nicht zu den wenigen Glücklichen gehören, die eine Begegnung mit den Nihil überlebten.

TEIL II
DIE PFADE

19

CORUSCANT, MONUMENTPLATZ

Linah Soh legte ihre Handfläche auf den rauen Fels von Umate, dem höchsten der Manarai-Berge. Der Gipfel befand sich zwanzig Meter über ihrem Kopf, der Fuß des Berges 5 216 Stockwerke unter ihr, am Grund des Stadtplaneten Coruscant. Dies war der höchste Punkt, an dem man die ursprüngliche Topografie des Planeten noch sehen konnte. Weiter unten war die Struktur des Nertges vollkommen ins Stadtbild integriert, ein Bienenstock aus Tunneln und Rampen und Hallen, in dem der Fels unter Durastahl und Permakret verborgen lag. Tatsächlich konnte man diesen Bereich kaum von anderen Teilen des Planeten unterscheiden. Aber hier hatte ein kleines Stück Wildnis überlebt.

Wesen aus allen Teilen der Republik besuchten den Monumentplatz, um Umate zu sehen und um zu tun, was Lina Soh gerade tat: seine Oberfläche zu berühren und einen Moment lang in sich zu gehen. Ein dunkler Ring um die Basis des Gipfels zeigte, dass im Lauf der Generationen zahllose Personen dieses kleine Ritual vollzogen hatten. All diese Wesen, all dieses Leben, all diese Perspektiven. Dabei schien Umate für jeden eine andere Bedeutung zu haben: Die einen sahen darin ein Symbol der Beharrlichkeit, andere die Unverwüstlichkeit der Natur im Angesicht der modernen Galaxis, und wieder andere wollten auf dieser künstlichen Welt einfach nur etwas Natürliches bestaunen.

Und für Lina Soh, die Kanzlerin der großen Republik, deren Licht so viele Welten erhellt und zu einem erleuchteten Bündnis vereint hatte, in dem nichts unmöglich war? Für sie war Umate eine Erinnerung daran, dass man immer eine Wahl hatte.

Die Stadtplaner hätten den Berg während der jahrtausendelangen Geschichte von Coruscant wieder und wieder einebnen können, aber Generation um Generation hatte sich dagegen entschieden. Stattdessen hatten sie unabhängig voneinander, jede für sich, die Wahl getroffen, diesen einen Ort zu bewahren. Coruscant hatte im Lauf der Zeit viele politische Systeme beherbergt, von brutalen Imperien bis hin zu uneingeschränkten Demokratien, aber sie alle hatten beschlossen, den Umate in seiner ursprünglichen Form zu bewahren, auch wenn der Monumentplatz mit jedem Jahrhundert weiter nach oben gewandert war, als der Stadtlandschaft neue Ebenen hinzugefügt wurden.

Fortschritt war unausweichlich und notwendig, aber er durfte nicht das einzige Ziel einer Gesellschaft sein. Umsicht war ebenso wichtig. Das war die Wahl.

Kanzlerin Soh trat von dem Berg zurück, woraufhin Matari und Voru ihre großen Köpfe hoben und vortraten. Die mächtigen, anmutigen Tiere hatten ihre Stimmung gespürt und wussten, dass sie bereit war, diesen Ort zu verlassen. Sie waren beide Targone – Zwillinge, einer rot und männlich, einer gelb und weiblich, beide größer als Lina, mit dichtem Fell und buschigen Ohren – und nun nahmen sie ihre übliche Position ein, einer links der Kanzlerin, die andere rechts von ihr. Die riesigen Katzen begleiteten sie überallhin und fungierten als ihre Wachen, ihre Gefährten und hin und wieder sogar als Probepublikum; Lina redete oft laut mit ihnen, wenn sie an Ideen oder Plänen arbeitete. Targone verfügten über ein ungewöhnliches Maß an Empathie – ungewöhnlich vor allem für eine Spezies von Raubtieren. Matari und Voru konnten ihre Worte zwar nicht verstehen … aber sie verstanden ihre emotionale Reaktion. Darüber hinaus waren sie vollkommen loyal. Und als jemand, der in der Welt der Politik lebte, schätzte Lina Loyalität mehr als alles andere.

Um den Gipfel des Umate herum war die Oberfläche von Ebene 5 216 in eine Grünanlage verwandelt worden, wobei man großen Wert darauf gelegt hatte, die Blumen und Bäume anzupflanzen, die vor zahllosen Jahrtausenden am Fuß des Berges gewachsen waren, damals, als die Oberfläche von Coruscant noch sichtbar und zugänglich gewesen war. Niemand konnte wirklich sagen, wie gut die Landschaftsdesigner die Vorlage umgesetzt hatten, aber es war definitiv ein herrlicher Ort.

Normalerweise wimmelte es auf dem Monumentplatz vor Touristen; die Schlange derer, die den Umate berühren wollten, reichte nicht selten bis zum Eingang des Parks am Senatshügel. Jetzt hingegen war der Bereich leer, geräumt vom coruscantischen Sicherheitsdienst. Lina hätte dieses Treffen auch in ihrem Büro abhalten können oder an irgendeinem anderen Ort auf dem Planeten, aber sie mochte den Park. Es war einer ihrer Lieblingsplätze, weil sie sich hier mit dem Rest der Republik verbunden fühlte. Für den Sicherheitsdienst war es natürlich ein Albtraum – hier im Freien könnte man sie theoretisch aus der Luft angreifen (obwohl Lina sicher war, dass Matari und Voru im Notfall einen Weg finden würden, einen Speeder abzuwehren). Sie selbst hatte keine Angst vor einem Attentat, egal ob aus der Luft oder am Boden. Dies war der Nabel der Kernwelten, und überall in der Republik herrschte Frieden … na schön, abgesehen von vereinzelten regionalen Streitereien. Trotzdem. Sie fühlte sich auf dem Monumentplatz so sicher wie in ihrem eigenen Bett.

Hoffentlich bilde ich mir das nicht nur ein, fuhr es ihr durch den Kopf, als sie an die *Legacy Run* und die möglichen Konsequenzen der Katastrophe dachte.

Norel Quo, ihr wichtigster Berater, wartete in respektvollem Abstand. Der Koorivar war ein Albino, was bei seiner Spezies überaus selten war.

»Sind Sie bereit, Kanzlerin?«, fragte er.

»Ja, Norel«, antwortete Lina. »Ich hoffe, niemand ist wütend, weil es ein wenig länger dauert. Ich komme nur noch so selten hierher, und angesichts der Unterhaltung, die uns bevorsteht, dachte ich mir, es kann nicht schaden, wenn ich mich vorher ein wenig sammle.«

»Sie sind die Kanzlerin der Republik«, erwiderte Norel. Er passte seine Schritte den ihren an, während sie den Berg hinter sich ließen und tiefer in den Park vordrangen, ebenso wie die blau gekleideten Wachen, die ringsum eine Formation bildeten. »Sie werden warten.«

Der Pfad beschrieb einen Bogen um eine Gruppe Billian-Bäume herum, deren Trichterstämme in der abendlichen Brise pfiffen. Dahinter lag die kleine Lichtung, wo sich eine Gruppe der mächtigsten Wesen von Coruscant – und somit der gesamten Republik – versammelt hatte. Vier von ihnen waren Jedi: der Quermianer Yarael Poof und die Togruta Jora Malli, beide Mitglieder des Rates; außerdem Mallis getreuer Mitstreiter, der einschüchternde Trandoshaner Sskeer; und Meisterin Avar Kriss, die bei der Rettungsmission nach dem Unglück der *Legacy Run* eine tragende Rolle gespielt hatte. Des Weiteren waren da Senator Izzet Noor von Serenno, der den Großteil der Systeme im Äußeren Rand vertrat; Jeffo Lorillia, Linas Transportminister;

und zu guter Letzt Admiral Pevel Kronara von der Republikanischen Verteidigungskoalition, der Organisation, die von einer Vielzahl von Welten gegründet, finanziert und ausgerüstet worden war, um die seltenen regionalen Konflikte zu beenden, mit denen die Truppen der betreffenden Welten selbst nicht fertigwurden. Kronara war nicht der Kommandant der RVK, aber er war eines ihrer ranghöchsten Mitglieder, und er wusste mehr über das Thema dieser Besprechung als sonst einer der Anwesenden.

Ein paar Wachen des coruscantischen Sicherheitsdienstes hatten sich diskret am Rand der Lichtung aufgestellt, und ein auf Hochglanz polierter, kupferfarbener Servo-Droide hielt sich ebenfalls in Bereitschaft.

Die sieben Wesen hatten sich leise unterhalten, aber sie verstummten, als die Kanzlerin näher kam. Lina ging direkt auf Avar Kriss zu, streckte lächelnd die Arme aus und nahm die Hände der Jedi in ihre eigenen, während sie ihr in die Augen blickte. Avar wirkte erschöpft, aber das war kein Wunder, wenn man bedachte, was sie vor Kurzem erst durchgemacht hatte.

»Meisterin Kriss, im Namen der gesamten Republik danke ich Euch für alles, was Ihr dort draußen im Hetzal-System geleistet habt. Ihr und die anderen Jedi habt Milliarden Leben gerettet, ganz zu schweigen von der größten Nahrungsmittelquelle am Äußeren Rand.«

»Wir gehören alle zur Republik, Kanzlerin«, erwiderte Kriss, wobei sie ebenfalls schmal lächelte. »Wir haben getan, was wir konnten.«

»Es ist inspirierend und symbolhaft für das, was diese Republik sein kann. Wenn wir einander helfen, dann können wir alle gemeinsam wachsen und Erfolg haben.«

Lina ließ die Hände der Jedi los, wobei sie sie mit einem weiteren Lächeln bedachte, dann wandte sie sich dem Rest der Gruppe zu.

»Ich habe entschieden, die Sperrung des Hyperraums um Hetzal fürs Erste auf weitere fünfhundert Parsec auszuweiten.«

Senator Noor stieß einen leisen Pfiff aus. Er war ein hochgewachsener, hagerer Mensch, gealtert, aber noch immer lebhaft. Sein Kopf war kahl, abgesehen von einer einzelnen weißen Strähne, die er so lang hatte wachsen lassen, dass sie nun den Kragen seiner hellgrünen Robe berührte.

»Damit würde der Verkehr in diesem Teil des Rands zum Erliegen kommen, Kanzlerin. Wissen Sie, wie viele Schiffe normalerweise diese Routen benutzen? Handel, Transport …«

»Es soll ja auch nicht ewig so bleiben, Senator. Aber es tauchen immer noch willkürlich Trümmer aus dem Hyperraum auf. Wie viele haben wir bislang gezählt?«

Admiral Kronara winkte dem Servo-Droiden, und er projizierte eine Karte des Äußeren Rands in die Luft, mit Hetzal als Mittelpunkt. Das System war rot eingefärbt, ebenso wie einige andere Systeme. Sie bildeten einen groben Kreis rings um die Stelle, an der die *Legacy Run* zerstört worden war. Ein zweiter, hellerer Kreis umgab diesen Bereich – bis dorthin waren die Hyperraumrouten aktuell gesperrt.

»Fünfzehn nach dem neuesten Stand, Kanzlerin«, antwortete Admiral Kronara. »Aber es könnten natürlich noch mehr sein; nicht jedes Fragment der *Legacy Run* schlägt auf einem Planeten ein. Wir gehen jedenfalls davon aus, dass weitere Teile unbemerkt aus dem Hyperraum aufgetaucht sind.«

»Und wir wissen noch immer nicht, was die Katastrophe ausgelöst hat?«

»Noch nicht«, brummte Minister Lorillia in akzentbehaftetem Basic. »Meine Analysten haben noch nie etwas Derartiges gesehen – aber wir arbeiten an dem Problem.«

»Theoretisch«, sagte Lina, »ist es also möglich, dass ein weiteres Schiff auf dieselbe Weise zerstört wird, wenn es durch den Hyperraum fliegt.«

Der Transportminister nickte unwillig. Er war ein Muun, der direkt zum Punkt kam und Unsicherheit nicht ausstehen konnte. Sein Ziel – das Ziel seines gesamten, galaxisumspannenden Ministeriums – war es, für effiziente Raumhäfen und pünktlichen Fracht- und Personenverkehr zu sorgen. Die Vorstellung, dass es ein Problem mit dem Hyperraum geben könnte, diesem Transportsystem, das noch immer so viele Fragen aufwarf und ohne das es die Republik überhaupt nicht geben würde ... Nun, Lina vermutete, dass diese Vorstellung Jeffos schlimmster Albtraum war.

»Ich will keine Wiederholung dieser Katastrophe riskieren. Darum habe ich die Routen geschlossen, und sie werden geschlossen bleiben, bis wir mehr wissen«, sagte Lina.

Lorillias schmale Lippen zuckten, während er die Hände hob und die Spitzen seiner langen Finger aneinanderlegte. Lina klopfte ihm ermutigend auf die Schulter. »Schon gut, Jeffo. Ich weiß, das macht Ihren Job tausendmal schwieriger, aber Sie werden alle Unterstützung bekommen, die ich Ihnen bieten kann. Ich hoffe, Sie sehen ein, dass die Sperrung notwendig ist. Wir haben schon genug Einschläge, auch ohne dass weitere Schiffe auseinanderfallen.«

Sie deutete auf Kronara und Avar Kriss.

»Und es können nicht immer Jedi oder Helden der Republik zur Stelle sein, um das Schlimmste abzuwenden.«

Minister Lorillia nickte knapp und straffte die Schultern. »Natürlich, Kanzlerin. Sie können auf mich zählen. Ich werde einen Weg finden, den Frachtverkehr am Laufen zu halten.«

Lina nahm sich einen Moment, um im Geiste die jüngsten Berichte Revue passieren zu lassen, dann drehte sie sich zu den Mitgliedern des Jedi-Rates herum, die bislang aufmerksam zugehört, sich aber eigener Kommentare enthalten hatten.

»Habt Ihr vielleicht noch etwas hinzuzufügen?«, fragte sie.

»Wir können nur sagen, dass die Ereignisse nicht von Machtbenutzern ausgelöst wurden, jedenfalls nicht direkt«, antwortete Yarael Poof, wobei sich der Kopf des Quermianers auf seinem langgezogenen Hals hin und her wiegte wie eine Blume im Wind. »Wir sind nicht allwissend, aber bislang haben wir keine dahingehenden Hinweise gefunden.«

»Ich war im Hetzal-System«, fügte Jora Malli an. Die zierliche Frau, die eine der weiß-goldenen Roben des Tempels trug, tippte immer wieder mit dem Finger gegen einen ihrer wunderschön mit Stoff umflochtenen Kopfschwänze, der auf ihre Brust herabhing. Die Togruta waren eine überaus anmutige Spezies. Ihre Montralhörner und Kopfschwänze bildeten einen natürlichen Kopfschmuck, und ihre Gesichtsfärbung – in Joras Fall orangefarbene Haut mit leuchtend weißen Markierungen – erinnerte an einen Maskenball. Lina wusste, dass diese Eigenschaften evolutionär bedingt waren; die Farben hatten der Tarnung, die Hörner der Verteidigung gedient. Aber die Kombination verlieh den Togruta eine natürliche Autorität, wenn sie mit den anderen Spezies der Galaxis interagierten. Und ob nun bewusst oder nicht, Jora Malli wusste, diesen Effekt voll und ganz auszunutzen.

Lina war der Frau bislang nur ein paarmal begegnet, aber sie hatte den Eindruck, dass Jora eine gewisse, für einen Jedi völlig untypische Ungeduld an den Tag lebte. Sie ging Probleme gern direkt an und probierte lieber mehrere Ansätze aus, bis einer funktionierte, anstatt erst alles zu analysieren und sich dann auf einen Handlungsansatz festzulegen. Mit anderen Worten: Sie war lieber aktiv als passiv.

Vermutlich hatte der Jedi-Rat sie genau deswegen damit beauftragt, das Jedi-Kontingent auf der neuen Starlight-Station im Äußeren Rand anzuführen. Die Station sollte die erste Anlaufstelle für alle Hilfesuchenden in diesem gewaltigen Abschnitt der Galaxis werden. Malli würde sich die Entscheidungsgewalt mit einem Admiral der RVK und einem Territorialadministrator der Republik teilen, wobei wichtige Schritte per Mehrheitsbeschluss entschieden wurden. Was sie dort erwartete, war ein endloser Strom an Problemen und Verhandlungen – tausend Dinge, die alle gleichzeitig erledigt werden wollten. Es war die perfekte Aufgabe für Jora Malli.

»Sskeer und ich trafen erst ein, nachdem die Tragödie bereits begonnen hatte«, fuhr Malli fort, »aber hätte jemand die Macht eingesetzt, um die *Legacy Run* zu zerstören, dann hätten wir oder einer der anderen Jedi im System es sicherlich gespürt. Insbesondere Meisterin Kriss. Sie war praktisch von Beginn an mit der Macht verbunden.«

Sskeer zischte zustimmend.

Senator Noor machte einen Schritte nach vorne, um sich in Linas Blickfeld zu schieben, eine leicht aggressive Bewegung, bei der Matari und Voru die Ohren an den Schädel anlegten. Der Senator schien es nicht zu bemerken – entweder das oder er hielt es für völlig ausgeschlossen, dass die Tiere jemanden von seinem Rang angreifen würden.

»Kanzlerin, ich muss noch einmal fragen«, sagte Noor. »Wie lange wollen Sie die Hyperraumrouten sperren? Nicht alle Welten im Äußeren Rand können sich selbst versorgen. Milliarden Wesen bekommen Nahrung und lebenswichtige Güter über diese Routen.«

»Ich habe nicht vor, sie verhungern zu lassen, Senator«, entgegnete Lina mit einem Anflug von Verärgerung. »Ich habe bereits eine Krise, und ich werde sicher keine zweite provozieren, um die erste zu beenden. Ich möchte nur die Wahrscheinlichkeit einer weiteren Katastrophe minimieren, bis wir wissen, womit wir es hier zu tun haben. Falls nötig werde ich die Lieferung von Notfallgütern durch den Hyperraum autorisieren.«

Sie blickte Kronara an.

»Und Sie müssen diese Sperrung durchsetzen, Admiral. Können Sie und die anderen RVK-Kommandanten Kreuzer an allen umliegenden Hyperraumbojen aufstellen? Ich will nicht, dass irgendjemand diesen Teil des Navigationsnetzwerks unerlaubt wieder aktiviert. Solange es keine Navigationsaktualisierungen gibt, wird niemand die Routen benutzen.«

»Das wird die größte Mobilisierung des letzten Jahrhunderts, Kanzlerin ... aber wir schaffen das.«

»Danke«, sagte Lina.

Sie machte zwei Schritte auf das Hologramm zu, bis sie direkt vor der Karte der Outer-Rim-Territorien stand.

»Wir müssen diese Sache schnellstmöglich aufklären. Das Hauptziel ist natürlich, noch mehr Tod und Zerstörung zu verhindern. Außerdem habe ich große Pläne für diesen Teil der Galaxis, wie Sie ja alle wissen. Die Republik soll dort nicht länger als ein weit entferntes Ideal gelten, das nur fassbar wird, wenn hin und wieder mal eine Delegation in die Region fliegt oder wir die Steuern eintreiben. Die Starlight-Station wird die Republik dort präsent machen. Sie wird zeigen, dass wir bei den Bürgern sind und sie unterstützen, von Bundoki bis Bastion.«

Kanzlerin Soh deutete mit dem Zeigefinger in die Karte hinein, und ein glühendes, sternförmiges Symbol leuchtete auf. Es befand sich mehr oder weniger in der Mitte der Region, die durch die Hyperraum-Katastrophe beeinträchtigt war.

Die Starlight-Station.

Nach langen, schwierigen Bauarbeiten war sie endlich fertiggestellt, eine mächtige Raumstation, die eine Vielzahl von Aufgaben erfüllen sollte: eine Botschaft der Republik und falls nötig auch als Festung; ein Symbol der Sicherheit, das Plünderer und Piraten aus der Region vertreiben sollte. Ein Außenposten der Jedi – tatsächlich sogar das größte Kontingent von Jedi-Rittern außerhalb des Tempels auf Coruscant –, die von dort aus forschen, lehren und lauschen würden. Ein kulturelles Sammelbecken, das die Schönheit der verschiedenen Welten in diesem Sektor zelebrieren würde; ein Kommunikationsknotenpunkt, der die Qualität und die Geschwindigkeit von Übertragungen innerhalb der Region um das Zehnfache verbessern würde. Die mordernste medizinische Einrichtung am ganzen Äußeren Rand – so modern, dass die Überlebenden der Desaster im Hetzal- und im Ab-Dalis-System bereits auf der Starlight-Station behandelt wurden, obwohl die Station noch nicht offiziell eröffnet worden war.

Kanzlerin Soh hatte Pläne für eine Große Erneuerung, die alles von Infrastruktur bis Kultur abdecken würde. Das Programm sah den Ausbau und die Überholung von Kommrelais überall in der Galaxis vor, die groß angelegte Kultivierung von Bacta, Verhandlungen über neue Verträge zwischen den Quarren und den Mon Calamari, eine Bildungsmesse für mehr Verständnis und Toleranz und zahlreiche weitere technologische und soziale Innovationen. Aber die Starlight-Station und die anderen angedachten Basen des Netzwerks ... sie stellten das Kronjuwel von Linas Großer Erneuerung dar. Sie würden ihr Vermächtnis sein. Sie würden die Republik aus dem Kern an den

Rand bringen und sie in eine wirklich galaktische Einheit verwandeln.

Das Programm war natürlich überaus kostspielig, und das nicht nur in Bezug auf Credits, sondern auch was politisches Kapital anging. Selbst in einem Zeitalter der Erleuchtung und des Friedens, in dem der Handel blühte und die Staatskassen gut gefüllt waren, gab es jene, die lieber am Status quo festhielten. Ihre Ansicht: Die Lage mochte im Moment blendend sein, aber das konnte sich ganz schnell ändern, also warum Credits investieren, die man später vielleicht noch braucht? Die Republik war riesig, und eine absolute Übereinstimmung zu erreichen war praktisch ausgeschlossen. Wenn drei Leute mit demselben Problem konfrontiert waren, entwickelten sie nicht selten drei völlig unterschiedliche Lösungsansätze. Wenn man das nun mit drei Billionen multiplizierte ... dann hatte man einen groben Eindruck davon, wie es war, eine galaktische Regierung zu führen. Doch Lina hatte einen Weg gefunden, und zwar nicht, in dem sie leere Versprechen machte oder Drohungen aussprach oder die Macht ihres Amtes missbrauchte. Nein, sie zeigte den Welten der Republik einfach auf, was möglich war, wenn sie alle am selben Strang zogen. Wie viel besser alles sein könnte. Dies war ein einzigartiger Moment in der Geschichte der Galaxis, und sie mussten ihn ergreifen und den Weg des Fortschritts wählen. Nur so würden der Friede und der Wohlstand, den sie heute genossen, noch viele, viele Generationen anhalten.

Die Starlight-Station stand sinnbildlich für alles, was Lina sich von der Republik erhoffte, und die Mitglieder des Senats wussten das. Falls sie damit Erfolg hatte, würde der Rest ihrer Pläne viel leichter umzusetzen sein. Doch falls sie scheiterte ...

»Ich werde nicht unnötig Leben aufs Spiel setzen«, erklärte

die Kanzlerin, »aber Sie alle wissen, wie wichtig es ist, dass die Eröffnungszeremonie für die Starlight-Station wie geplant stattfindet.«

Als Jora Malli das Wort ergriff, war ihre Stimme sanfter als zuvor. »Ich war erst kürzlich auf der Station«, sagte sie. »Sie ist fertig, abgesehen von ein paar kosmetischen Arbeiten hier und da. Eine kleine Verzögerung sollte den Zeitplan nicht beeinträchtigen.«

Sie deutete auf Avar.

»Meisterin Kriss hat die Station ebenfalls besucht, unmittelbar vor dem Untergang der *Legacy Run.* Sie hat an der großen Führung teilgenommen und den Bereich für die Jedi inspiziert. Welchen Eindruck hattet Ihr, Meisterin Kriss?«

»Es ist, wie Ihr sagtet, Meisterin Malli«, antwortete die andere Jedi. »Ich bin keine Expertin, aber Verwaltungsleiterin Tennem meinte, die Eröffnungszeremonie könnte planmäßig stattfinden, und sie schien mir nicht der Typ, der zu Übertreibungen neigt. Ohne die Blockade würde es nur noch wenige Wochen dauern, den letzten Feinschliff anzubringen.«

»Also gut«, sagte Lina. »Dann wollen wir uns mal dem Kernproblem zuwenden. Ich habe da noch ein paar Fragen.«

Sie hob die Hand und begann, diese Fragen an ihren Fingern abzuzählen.

»Wie viele Fragmente sind von der *Legacy Run* noch übrig? Könnten noch weitere Fragmente Passagiere an Bord haben, und falls ja, besteht noch eine Möglichkeit, diese Wesen zu retten? Sie sind alle Bürger der Republik, und falls wir ihnen helfen können, dann müssen wir es tun. Außerdem: Können wir irgendwie berechnen, wo die verbliebenen Fragmente auftauchen? Und, das Wichtigste von allem …«

Sie schloss ihre Finger zu einer Faust.

»Was ist mit der *Legacy Run* passiert, und warum? Ist der Hyperraum sicher, oder ist das hier nur der Anfang?«

Niemand erwiderte etwas darauf. Sie waren schlau genug, sich nicht in Spekulationen zu ergehen.

»Ich bitte Sie alle, dieser Frage auf den Grund zu gehen. Sie vertreten die Politik, das Militär und natürlich die Jedi. Einige von Ihnen waren sogar Zeugen des *Legacy-Run*-Desasters. Gemeinsam sollten Sie mehr als genug Erfahrung, Autorität und Kontakte haben, um herauszufinden, was geschehen ist und wie wir eine Wiederholung verhindern können. Ich stelle Ihnen die Ressourcen der Republik und meines Büros zur Verfügung. Bilden Sie Ihre eigenen Gruppen, ziehen Sie hinzu, wen immer Sie für geeignet halten. Die Starlight-Station soll in dreißig Tagen eröffnet werden, und ich würde gerne einen Triumph der Republik feiern können, wenn es so weit ist. Denn falls dieser Teil der Galaxis noch immer gesperrt ist, wenn die Station in Betrieb geht, dann stellt das unsere Fähigkeit infrage, die Bürger der Republik zu beschützen. Betrachten Sie das also als Ihre Frist. Bis zur Eröffnungszeremonie müssen wir Ergebnisse haben. *Finden Sie einen Weg*, meine Freunde. Ich habe volles Vertrauen in Sie.«

Kanzlerin Lina Soh ließ die Hände an ihre Seiten sinken und strich durch das Fell von Matari und Voru, um in der Wärme und Gegenwart der Tiere Zuversicht zu suchen. Anschließend blickte sie zwischen den Bäumen zum Gipfel des Umate hoch, knapp zwanzig Meter über ihren Köpfen. Einst hatte der Berg diesen Teil des Planeten dominiert, der König des gesamten Manarai-Gebirges. Jetzt war er nur noch ein kleiner Felskeil, winzig im Vergleich zu seiner Umgebung. Er ragte aus der Oberfläche einer Welt heraus, welche ihn fast vollkommen verschluckt hatte.

Aber nicht ganz. Der Umate war noch da, weil Generation um Generation die Wahl getroffen hatte, den Berg in seiner reduzierten Form zu bewahren – ein greifbares Beispiel dafür, dass eine Gesellschaft ihr Erbe über den Fortschritt stellen konnte.

Doch für die Kanzlerin hatte der Umate noch eine andere Bedeutung, auch wenn sie diese niemals öffentlich nennen würde; schließlich lief sie dem Geist von Optimismus und Hoffnung und unbegrenzten Möglichkeiten zuwider, der ihre Regierung – und mehr noch die Republik selbst – definierte.

Nichts war so groß, dass es nicht verschluckt werden konnte. Nichts war so stark, dass es nicht in die Knie gezwungen werden konnte. Nichts war so groß, dass es nicht unbedeutend werden konnte. Weder ein Berg noch die Republik.

»Ich neige nicht zu grimmigen Prognosen«, sagte die Kanzlerin, ihre Augen noch immer auf den Gipfel des Umate gerichtet, »aber falls sich die Lage noch weiter verschlimmert und wir nicht länger den Hyperraum benutzen können, dann war es das mit der Republik.«

Ihr Blick wanderte vom Umate zum nächtlichen Himmel hoch. Coruscant war ein Stadtplanet, wo zu jeder Uhrzeit Lichter brannten. Deshalb konnte man selbst in tiefster Nacht nur eine Handvoll Sterne sehen. Ein paar schwach flimmernde Punkte, voneinander getrennt durch weite Flächen dunkler Leere.

»Dann gibt es nur noch Welten, allein in der Finsternis.«

Raumschiff aus dem Schrott wieder zusammenzubauen, der aus dem gesamten System zusammengetragen worden war.

Und im Großen und Ganzen war das auch ihre Aufgabe. Man hatte die verbliebenen Trümmer eingesammelt, die während der Katastrophe in Hetzal aus dem Hyperraum gestürzt waren. Um sie zu finden, war ein gewaltiges Netzwerk von Satelliten und Beobachtungsstationen zum Einsatz gekommen; der Großteil davon war während des Unglücks beschädigt worden, aber ein offensichtlich brillanter Einheimischer namens Keven Tarr hatte alles wieder instand gesetzt. Der blasse, schweigsame junge Mann stand im Moment nur einen Meter links von Elzar – und er war nicht der Einzige. Eine ganze Gruppe hatte sich auf dem Beobachtungsdeck der *Third Horizon* versammelt, um die Arbeiten zu beobachten. Wortlos starrten sie durch das Fenster zu den Überresten des zerstörten Raumschiffes hinaus.

Es war nicht viel übrig geblieben. Die Baudroiden taten ihr Bestes, aber etliche Teile der *Legacy Run* waren durch Kollisionen mit Objekten im Hetzal-System zerstört worden ... oder einfach durch das System gerast und auf Nimmerwiedersehen im Raum verschwunden, bevor sie eingesammelt werden konnten. Viele Trümmer waren auch in anderen Systemen aus dem Hyperraum aufgetaucht – bislang gab es achtzehn bestätigte Fälle. Sofern möglich, hatte man diese Teile hergebracht, aber es konnten noch immer Dutzende von ihnen im Hyperraum umherdriften, die nur darauf warteten, ausgespuckt zu werden, damit sie in einem anderen Teil des Äußeren Rands für Chaos und Zerstörung sorgen konnten. Deshalb ja auch dieses Rekonstruktionsprojekt: um abzuschätzen, wie viele Teile noch übrig waren.

Und wie schlimm diese Sache noch werden konnte.

Elzar fiel auf, dass eines der kleineren Trümmerstücke von

seinem Platz wegtrieb. Vermutlich wegen des Antigrav-Triebwerks des Droiden, als dieser wieder fortschwebte. Elzar machte eine unmerkliche Handbewegung, und das Teil glitt wie an einer Schnur gezogen an seinen Platz zurück.

Er spürte den Blick von Jedi-Meisterin Avar Kriss auf sich, die rechts von ihm stand. Natürlich hatte sie es gespürt, als er die Macht benutzte; das war ihre Gabe, eine von vielen. Sie nannte es das Lied, und sie hörte es immer.

Elzar zwinkerte ihr zu, und sie verdrehte die Augen, aber ihre Mundwinkel krümmten sich zu einem schmalen Lächeln.

Sie glaubte, dass er die Macht oft leichtfertig und für belanglose Zwecke einsetzte, das wusste Elzar, aber er konnte ihre Ansicht nicht nachvollziehen. Wenn man die Macht benutzen konnte, dann *sollte* man sie auch einsetzen. Es war schließlich nicht so, als könnte sie zur Neige gehen. Wo Avar ein Lied hörte, sah Elzar ein Meer, endlos tief und weit. Die Macht hatte keinen Anfang und kein Ende. Also, warum sie nur in besonderen Situationen einsetzen? Man konnte sie nicht aufbrauchen.

Und ganz ehrlich: Wem würde es schaden, wenn Jedi-Ritter Elzar Mann einem überforderten Baudroiden mit einem kleinen Machtstoß half?

Das musste sicher auch Avar einsehen. Sie würde es natürlich nicht zugeben, aber ihr Lächeln verriet ihm alles, was er wissen musste.

»Wie viel von der *Legacy Run* haben wir hier?«, fragte Jeffo Lorillia, der Verkehrsminister der Republik. Der arme Mann wirkte schrecklich angespannt. Ein Muskel an seiner endlos hohen Stirn zuckte schon seit mehreren Minuten unkontrolliert. Nicht dass Elzar ihn nicht verstehen konnte; Lorillias Aufgabe war es, sicheren und verlässlichen Verkehr in der Republik zu gewährleisten, und jetzt hatte die Kanzlerin ihre Hyperraumblockade im Äußeren Rand um weitere fünfzig Parsec ausweiten lassen, nachdem es nahe Dantooine einen weiteren Trümmerschauer gegeben hatte.

Keven Tarr blickte auf sein Datenpad.

»Ich habe hier die Baupläne des Schiffes«, erklärte er, »und dazu die Frachtlisten mit allem, was an Bord war. Ausgehend davon würde ich sagen, wir haben ungefähr ein Drittel. Sie glauben vielleicht, ein mehr oder weniger vollständiges Schiff zu sehen, weil ihr Gehirn den Umriss, den wir hier zusammengefügt haben, vervollständigt ... aber in Wirklichkeit haben wir längst nicht alles.«

Elzar fand eher, dass es wie der Geist eines Schiffes aussah, aber das behielt er für sich. In einem System, in dem so viele Wesen gestorben waren, hätte sich die Bemerkung geschmacklos angefühlt. Ab Dalis hatte es natürlich noch schlimmer erwischt – zwanzig Millionen Tote auf der Hauptwelt, das war eine unvorstellbare Tragödie –, aber das hieß nicht, dass Hetzal nicht auch einen schrecklichen Preis gezahlt hatte. Und so, wie es klang, würden andere Systeme am Rand dieses Schicksal noch teilen.

»Dann könnte es also noch ewig so weitergehen«, stöhnte Senator Noor. Der Repräsentant des Äußeren Rands wusste ebenso um die Konsequenzen der Hyperraumsperrung wie Minister Lorillia. Diese Welten galten für viele bereits als hinterwäldlerisch, und wenn der Verkehr dorthin zum Erliegen kam ... nun. Die Galaxis war groß. Wie leicht war es da, einen Sektor zu vergessen.

»Das wissen wir nicht, Senator«, sagte Avar. »Die Ermittlungen haben gerade erst begonnen.«

Senator Noor warf ihr einen scharfen Blick zu. »Und bis sie abgeschlossen sind«, zischte er, »werden die armen, notleidenden Völker des Äußeren Rands, deren Leben von diesen Handelsrouten abhängt, an den Rand des Chaos getrieben. Ich habe bereits erste Berichte über Panikkäufe auf mehreren Welten gesehen, und die wirtschaftlichen Auswirkungen werden mit jedem Tag schlimmer.«

Er deutete zu den Überresten der *Legacy Run* hinaus, die im scheinwerfererhellten Vakuum hingen.

»Warum sind wir überhaupt hier? Es ist ein zerstörtes Frachtschiff. Und? Wir müssen herausfinden, was passiert ist und wer dafür verantwortlich ist!«

»Dann glauben Sie also nicht, dass es ein Unfall war, Senator?«, fragte Elzar. »Sondern ein Angriff?«

Noor warf die Hände in die Luft.

»Welche Schlüsse soll ich denn sonst ziehen? Hetzal ist das landwirtschaftliche Herz des Äußeren Rands. Vielleicht wurde irgendein Planet weiter kernwärts ja neidisch auf die blühende Wirtschaft hier, und er beschloss, unsere Nahrungsmittelversorgung zu zerstören. Oder vielleicht waren es die Selkath, die wütend sind, weil unser Bacta sie aus dem Geschäft zu drängen droht. Ich weiß nur, dass weder die Republik noch die Jedi irgendetwas tun, um die Schuldigen zu finden. Und Sie ... starren einfach ins All? Was tun Sie überhaupt hier? Sie gehören nicht zum Komitee der Kanzlerin!«

»Senator, ich versichere Ihnen, dieser Mann starrt nicht einfach nur ins All«, sagte Avar. »Darf ich Ihnen Jedi-Ritter Elzar Mann vorstellen? Er war während der Katastrophe hier im System. Er hat mitgeholfen, den Tibanna-Tank von der Sonne fortzulenken. Ohne seine Bemühungen würde Hetzal nicht länger existieren.«

»Wir haben alle unseren Teil beigetragen«, murmelte Elzar, aber tief drinnen freute er sich über das Lob von Avar. Dutzende

Jedi hatten in jenem entscheidenden Moment zusammengearbeitet – das hieß, vermutlich sogar Tausende, wenn es stimmte, was Avar ihm erzählt hatte –, und dennoch wusste sie genau, welchen Beitrag jeder einzelne geleistet hatte.

»Natürlich«, gab sich Senator Noor kleinlaut. »Und wir wissen Eure Bemühungen zu schätzen ... aber ich bleibe dabei: Uns läuft die Zeit davon. Vergessen Sie nicht, dass die kostbare Starlight-Station der Kanzlerin leblos da draußen herumtreibt und auf ihre Eröffnung wartet. Was, wenn *sie* von einem der Trümmer getroffen wird? Ich wette, dann würden Sie endlich etwas unternehmen.«

Elzar Mann drückte dem Senator die Hand auf den Mund. Über seinen Fingern weiteten sich die schockierten Augen des Mannes.

»Schhhh«, machte Elzar. »Wir unternehmen bereits etwas, das versichere ich Ihnen. Auch wenn Sie es vielleicht nicht sehen. Die Macht kündigt ihre Aktionen nicht groß an – sie agiert einfach.«

Er ließ die Hand wieder sinken. Der Senator war so fassungslos, dass ihm die Worte fehlten – genau das war Elzars Hoffnung gewesen –, und die anderen Anwesenden wirkten nicht weniger überrascht als Noor.

Manchmal musste man die Leute daran erinnern, dass sie nur Leute waren, ganz gleich wie wichtig und einflussreich sie auch sein mochten.

Dieses Ziel hätte sich vermutlich auch durch einen Gedankentrick erreichen lassen; Noors Geist machte einen ziemlich schwachen Eindruck, ähnlich wie der der meisten Politiker. Aber Avar hätte das nicht gebilligt, und Elzar wusste es. Normalerweise hätte ihn das nicht abgehalten, denn sie beide waren langjährige enge Freunde, was bedeutete, dass sie auch mal unterschiedlicher Meinung sein oder sogar streiten konnten, ohne dass ihre Beziehung langfristigen Schaden nahm. Aber hier und jetzt … lag die Sache ein wenig anders.

Weil sie während der *Legacy-Run*-Katastrophe eine so tragende Rolle gespielt hatte, war Avar vom Rat ausgewählt worden, die Untersuchung der Hyperraumaustritte zu leiten. Das war eine große Verantwortung, und wen hatte sie für diese Ermittlungen als ihren Partner ausgewählt? Niemand geringeren als Jedi-Ritter Elzar Mann.

Warum sie das getan hatte? Elzar glaubte, die Antwort zu kennen. Sie kannten sich schon lange, sie arbeiteten gut zusammen, und er beherrschte zahlreiche Machttechniken, einschließlich einiger äußerst obskurer Varianten … aber das war nicht der eigentliche Grund. Es gab viele Jedi, die ebenso für diese Aufgabe geeignet wären wie er. Nein, Avar hatte ihn gewählt, weil ein Erfolg bei dieser Mission ihm zu dem verhelfen könnte, was er sich am meisten wünschte – in den Rang eines Jedi-Meisters aufzusteigen. Als Meister konnte man seine eigenen Studien verfolgen und nach seinen eigenen Regeln mit der Macht interagieren. Tatsächlich wurde das sogar von Meistern erwartet. Es klang absolut paradiesisch, aber bislang war Elzar dieses Paradies leider verschlossen geblieben. Doch falls er die Zerstörung der *Legacy Run* aufklärte und dem Rat zeigte, dass seine Methoden dem Orden zum Vorteil gereichen konnten? Nun, das würde einen großen Unterschied machen.

Mit anderen Worten: Avar Kriss hatte ihn zu ihrem Partner bestimmt, weil sie ihm helfen wollte … und er wollte ihr keinen Grund geben, diese Entscheidung zu bereuen.

Darum also keine Gedankentricks. Nun, zumindest nicht, wenn es einen anderen Weg gab.

»Ich bin sehr gut darin, Probleme vorherzusehen, Senator«,

erklärte Avar. »Und mein Kollege hier, Elzar Mann, ist gut darin, sie zu lösen. Meistens findet er einzigartige Wege, um das zu tun – Wege, die andere gar nicht wahrnehmen. Ich versichere Ihnen, wir werden dieses Rätsel lösen. Wie Sie schon sagten, uns läuft die Zeit davon.«

Nach diesen Worten blickte sie ein weiteres Mal zu den Überresten der *Legacy Run* hinüber.

»Wie ich das sehe, haben wir zwei Hauptprobleme, die alles andere einschließen. Zuerst einmal sind da die Hyperraumaustritte. Wir müssen sicherstellen, dass es keine Wiederholung der Ereignisse von Hetzal und Ab Dalis gibt.

Zweitens: Wir müssen herausfinden, was diese Austritte auslöst – und was unter Umständen auch die ursprüngliche Katastrophe ausgelöst hat. Ich glaube, diese Trümmer können uns dabei helfen. Natürlich ist es nur eine Vermutung – ich bin keine Forensikerin. Aber ich weiß, dass selbst die kleinsten Überbleibsel wichtige Informationen preisgeben können, wenn man sie richtig analysiert. Und wir analysieren sie richtig, nicht wahr?«

»Ja«, sagte Minister Lorillia. »Die Techniker aus meinem Ministerium studieren gerade die Daten, und mit jedem Trümmerstück, das wir finden, lernen wir mehr. Bislang haben wir aber noch nichts Handfestes. Ich glaube außerdem, dass es einen anderen Weg gibt, um uns ein besseres Bild zu verschaffen.«

Er deutete auf einen Vidschirm in der Ecke, der einen detaillierten Bauplan der *Legacy Run* in ihrer ursprünglichen, intakten Form anzeigte.

»Diese Frachterklasse verfügt über ein spezielles Flugschreibersystem. Extrem stabil und gut abgeschirmt, um sogar ein katastrophales Unglück zu überstehen. Es könnte uns verraten, was in den letzten Sekunden vor der Zerstörung der *Legacy Run* geschah.«

»Daran habe ich auch schon gedacht, Minister, aber die Droiden haben den Flugschreiber noch nicht gefunden«, sagte Keven Tarr nach einem Blick auf seine Notizen. »Er könnte irgendwo anders aufgetaucht sein – oder er befindet sich noch immer im Hyperraum.«

»Wir können also nur warten und hoffen, dass er gefunden wird«, seufzte Lorillia.

»Nun«, begann Keven, »ich habe mir da etwas überlegt. All die Satelliten, die sich während des Unglücks zu einem Netzwerk verbunden haben, sollten das Sonnensystem in Echtzeit absuchen und die Flugvektoren der Trümmer möglichst genau verfolgen – und natürlich auch weitere Fragmente erfassen, wenn sie aus dem Hyperraum auftauchen. Was sie dabei aufzeichneten, sieht in etwa so aus.«

Er hob sein Datenpad und drückte die Projektionstaste, worauf eine größere Darstellung des Systems in der Luft erschien. Lange, dünne Linien zogen sich durchs Hetzal-System, alle auf einer leicht geneigten Kurvenbahn, mit den drei Sonnen als ihrem Endpunkt.

»Wir haben alle Informationen über die Ereignisse hier«, fuhr Keven fort, »und wenn ich es mit den Daten über die achtzehn anderen Hyperraumaustritte kombiniere …«

Er tippte das Datenpad ein paarmal an, und das Bild veränderte sich. Jetzt zeigte es einen großen Teil des Äußeren Rands, mit weiteren Linien hier und da – insgesamt achtzehn Gruppen, dazu der erste Austritt im Hetzal-System.

»Es gibt da ein Muster. Ich habe es noch nicht gefunden, weil mir die nötigen Ressourcen fehlen, aber falls ich genug Droiden zur Verfügung habe, vorzugsweise Navigationsdroiden – die sind darauf programmiert, Hyperraumrouten zu berechnen –, dann könnte ich vielleicht ermitteln, wo es zu weiteren Austritten gekommen ist … oder noch kommen wird. Wir könnten den Flugschreiber finden, das heißt, sofern er nicht zerstört wurde.«

Danach herrschte erst einmal Schweigen.

»Das ist … beeindruckend«, sagte Elzar schließlich. »Sie sollten sich sofort an die Arbeit machen.«

Keven zog die Schultern hoch. »Das würde ich ja gern, aber … ich kann nicht.«

»Wieso?«

»Das sagte ich doch gerade. Ich brauche Droiden.«

»Hier sind überall Droiden, nehmen Sie doch die.« Senator Noor deutete durch das Aussichtsfenster zu den Baudroiden hinaus.

»Aber ich brauche mehr.«

»Wie viele denn?«

»Falls ich Navigationsdroiden bekomme – die neuesten Modelle –, dann, ähm … sagen wir, zwanzig- oder dreißigtausend. Wie gesagt, sie sind auf diese Art von Berechnungen spezialisiert. Bei normalen Droiden, zum Beispiel älteren Flottenmodellen, bräuchte ich deutlich mehr. Hunderttausend mehr. Und ganz gleich, welche Sorte wir benutzen, wir müssen sie miteinander verbinden, damit es funktioniert. Wir haben hier schließlich ein ziemlich großes Problem zu lösen.«

Weiteres Schweigen.

»Die Kanzlerin sagte, uns stehen all ihre Ressourcen zur Verfügung, nicht wahr?«, fragte Avar.

»Ja, aber Zehntausende Navigationsdroiden … das ist … hmm.« Minister Lorillia schürzte die Lippen, während er die Sache überdachte. »Viele dieser Modelle werden direkt in Schiffe eingebaut. Die könnten wir ziemlich schnell herholen, aber … hmm. Die Republik kann so viele Schiffe nicht entbehren. Vielleicht, falls wir uns direkt an die Hersteller wenden … hmm.«

»Dann verlieren Sie besser keine Zeit«, sagte Elzar. »Je früher wir anfangen, desto früher finden wir den Flugschreiber. Und wenn sich zukünftige Austritte so wirklich vorausberechnen lassen, könnten wir außerdem viele Leben retten.«

Avar ergriff das Wort: »Vergessen wir nicht, was die Kanzlerin noch gesagt hat. Es wäre vorstellbar, dass dies kein einmaliges Problem bleibt. Dass es eine tiefergehende Störung des Hyperraums gibt. Diese Frage müssen wir ebenfalls ergründen, nur weiß ich leider nicht, wo wir da anfangen sollen.«

»Wenn Sie mehr über den Hyperraum lernen wollen, kenne ich die richtigen Leute«, warf Senator Noor ein. »Sie leben nicht mehr hier draußen – sie sind an den Mittleren Rand gezogen, als ihre Familie das große Geld gemacht hat –, aber ich kann sie kontaktieren.«

»Wen meinen Sie?«, wollte Elzar wissen.

»Den San-Tekka-Clan.«

»Der Name sagt mir etwas … die Hyperraum-Millionäre?«

»Sie bevorzugen den Ausdruck Entdecker. Zugegeben, sie sind ein exzentrischer Haufen, aber niemand weiß mehr über den Hyperraum als sie. Falls das Problem dort liegt, können sie Euch vermutlich weiterhelfen.«

»In Ordnung«, nickte Avar. »Minister Lorillia, Sie arbeiten mit Keven Tarr an dem Droidenproblem. Elzar und ich treffen uns derweil mit den San Tekkas und sehen, ob wir von ihnen mehr erfahren können. Wir sollten aber in engem Kontakt bleiben. Wie der Senator schon sagte …«

Sie blickte zu den Trümmern hinaus, die einmal die *Legacy Run* gewesen waren.

»… uns läuft die Zeit davon.«

21

IRGENDWO IM RAUM

»Wer sind wir?«, brüllte Pan Eyta. Seine ohnehin schon tiefe Stimme dröhnte aus seiner breiten Brust, verstärkt und verfälscht durch die Maske auf seinem Kopf. Sie stellte eine verzerrte Version seines eigenen dowutinischen Gesichts dar, mit einem breiten Stirnwulst und Hörnern am Kinn. Seine Worte hallten laut über das Meer von Gestalten hinweg, die ihn von der anderen Seite des Tisches aus anstarrten. Die meisten von ihnen trugen ebenfalls Masken, die sich in ihrem Aussehen und ihrer Funktion aber mitunter stark unterschieden. Insgesamt waren es ein paar Tausend, die von vielen Welten in der Galaxis stammten, aber durch ihr Verlangen vereint wurden, zu *nehmen* und *töten* und zu *verschlingen.*

»DIE NIHIL!« Die Antwort donnerte ihm entgegen wie eine Sturmwoge.

»Was reiten wir?«, rief Lourna Dee, wobei sie die geballte Faust in die Höhe reckte. Der nackte Arm darunter war schlank, mit Muskeln wie Drahtseile. Sie was eine Twi'lek, ungefähr vierzig Jahre alt, spindeldürr, mit grüner Haut von der Farbe von Sumpfwasser. Ihre Lekku wirkten wie ausgetrocknet und hingen als knochenweiße Stränge hinter ihrem Schädel herab. Gekleidet war sie in eine Lederrüstung, hergestellt aus der Haut eines Kelldrachen, und eine passende Maske. Das Einzige, was die Einheitlichkeit ihrer Kleidung störte, war ihr nackter Arm und der Dolch mit der langen Klinge, der an ihrer Hüfte hing.

Lourna stand neben Pan Eyta auf der erhöhten Plattform in der Großen Halle der Nihil, vor ihnen ein langer Banketttisch, der mit üppigen Speisen und hochprozentigem Alkohol beladen war. Im Rest der Halle, zwischen den Feuersäulen, welche die Dunkelheit der ewigen Nacht zurücktrieben, waren Dutzende weiterer Tische aufgestellt, die sich unter dem Gewicht von Speisen, Getränken und Drogen bogen. Von allem war so viel vorhanden, wie die Anwesenden sich nur erträumen konnten.

»DEN STURM!«, intonierten die Nihil.

Nun brüllte der dritte der drei anwesenden Orkane seine Frage in die Menge. Es war Kassav, ein alter Weequay, dessen Haut aussah wie sonnenverschrumpeltes Fleisch. Er trug nur eine Fellkappe, eine Lederhose und seine eigene Maske – eine dünne Platte gehämmerten Metalls mit Schlitzen für seine Augen, seine Nase und seinen Mund. Eine grässliche Parodie eines echten Gesichtes.

»Wer führt uns?«, donnerte er.

»DAS AUGE!«, erschallte die Antwort, anschließend drehten sich die Nihil zu einer anderen Plattform herum, ein wenig niedriger als die der Orkane, wo eine einzelne Person an einem leeren Tisch saß.

Marchion Ro.

Auch er trug eine Maske, aber sie war anders als alle anderen. Einzigartig, selbst in der großen Halle der Nihil. Sie bestand aus leicht trübem Transparistahl, in den ein großes Symbol hineingeätzt war, eine primitive, kantige Ansammlung von Wirbeln und Linien, die einen planetenverschlingenden Supersturm darstellten. Das Auge dieses Sturms befand sich genau dort, wo Ros Gesicht war. Seine Kleidung war schlicht – schwarze Lederhose und -jacke, darunter ein ärmelloses weißes Hemd und enge Lederhandschuhe, an den Knöcheln gepolstert. Er hatte lange Glieder, und wo seine Haut sichtbar war, hatte sie die Farbe von grauem Schiefer. Waffen trug er keine, zumindest keine sichtbaren.

Marchion neigte den Kopf und blickte in die Leere hinaus, die sie alle umgab. In weiter Ferne flackerten unheimliche Lichter, die das gesamte Farbspektrum abdeckten. Die Nihil nannten diesen Ort den Niemandsraum, und nur sie wussten, wie man hierhergelangte – über Hyperraumrouten, die noch in keiner galaktischen Datenbasis verzeichnet waren. Routen, die Marchion Ro und vor ihm sein Vater abgesteckt hatten.

Die Große Halle der Nihil hatte weder Wände noch eine Decke, nur unsichtbare Vakuumschilde, die eine Kuppel aus atembarer Luft formten, und eine breite, mehrere Hundert Meter lange Durastahlplatte als Boden. Es sah aus – und es fühlte sich auch an –, als würden sie im großen Nichts dahintreiben.

Die Symbolik war offensichtlich und alles andere als ein Zufall. Im Innern herrschten Licht und Leben. Draußen Kälte, Leere und der Tod.

»Was sehe ich?«, sagte Marchion Ro. Seine Stimme war leise, ein Wispern anstelle eines Brüllens. »Was sieht euer Auge für die Nihil?«

»WAS IMMER WIR WOLLEN!«, lautete die ohrenbetäubende Antwort, die postwendend erklang. Jede Stimme rief, so laut sie nur konnte, voller Hunger und Überzeugung und Freude.

Marchion blickte zu Pan Eyta hinüber und nickte. Der Dowutin war hier der Zeremonienmeister. Das hünenhafte Wesen rückte den Kragen seines schnittigen Lederanzugs zurecht, dessen blasstürkise Farbe seine eigene gelbe Haut ganz besonders zu Geltung brachte.

»Richtig«, sagte Pan. »Was immer wir wollen. So wie in Ab Dalis. Wir haben kurzen Prozess mit diesem Konvoi gemacht. Wir haben ihre Schiffe bis auf die Knochen auseinandergerissen. Wir haben alles mitgenommen, was sie hatten. Und dank der Regel der Drei bekommt jeder, der mit mir gekämpft hat, einen Teil von der Beute. Bei den Nihil muss niemand hungern.«

Pan Eyta deutete von der Plattform aus in die bizarre Wildnis des Niemandsraums hinaus, zu der Stelle, wo die Leere von einer mächtigen Flotte unterbrochen wurde. Marchion Ro ließ den Blick über die Schiffe schweifen, mit denen sie hergekommen waren. Keine zwei waren identisch, denn sie spiegelten alle bis zu einem gewissen Grad den Geschmack und die Kultur ihrer Besitzer wider. Was sie aber gemein hatten, war die brutale Ästhetik und die grün glühenden Halbkreise der Fährtentriebwerke – einem navigatorischen Wunderwerk, das die Gruppe Marchion und seinem Vater verdankte.

Die Schiffe der Nihil, egal ob groß oder klein, sahen aus wie geballte, dornenbesetzte Kampfhandschuhe, die ihrem Opfer den Schädel einschlagen und ihm all seine Wertsachen rauben würden. Sie zeichneten sich alle durch scharfe Kanten und einen generellen Mangel an Symmetrie aus, von den kleinen, jägerartigen Angriffsfliegern über die größeren Wind- und Sturmschiffe bis hin zu den mächtigen korvettengroßen Kreuzern der Orkane: Kassavs *New Elite*, Pan Eytas *Elegencia* und Lourna Dees ... nun, sie hatte ihr Schiff einfach nach sich selbst benannt.

Deutlich größer und unheilvoller als sie alle war aber Marchion Ros fliegende Festung, die hinter der Nihil-Flotte hing wie ein lauerndes Raubtier. Ihre widerhallenden Korridore waren das einzige Zuhause, das er hatte. Seine *Gaze Electric.*

»Darum sind wir heute alle hier«, fuhr Pan Eyta fort. »Darum feiern wir. Wir fliegen zusammen, und wir sterben zusammen, und wenn wir zurückkommen, dann ernten wir zusammen unseren Lohn.«

Pan deutete auf Lourna Dee und Kassav.

»Außerdem muss ich den anderen Orkanen danken. Mein Orkan zeichnete für den Überfall verantwortlich, aber Lourna Dee und Kassav haben uns mit ihren Mannschaften unterstützt. Also werden sie auch ihren Anteil bekommen.«

Er nahm einen schweren Kelch mit würzigem Wein vom Tisch, den er erst der Menge und dann Marchion Ro entgegenreckte.

»Auf das Auge der Nihil, das uns die Pfade gewiesen hat. Ohne es hätten wir es nicht geschafft.«

Pan Eyta legte den Kopf in den Nacken, anschließend hob er seine Maske an und leerte den Kelch. Wein tropfte platschend auf den Boden. Die Menge johlte zustimmend, und auch Marchion Ro machte eine anerkennende Handbewegung in Richtung der jubelnden Nihil.

»Aber wisst ihr …«, fuhr Pan fort, nachdem er den Kelch abgestellt hatte. »Es hätte noch besser laufen können. Da waren sechs Frachter in diesem Konvoi, und wir haben nur fünf erwischt.«

Seine Stimme nahm einen enttäuschten Ton an, und er schüttelte den behelmten Kopf.

»Eines ist explodiert, gerade als wir es aufrissen. Was immer wir uns hätten nehmen können … ist jetzt nur noch heißer Staub.«

Er hob den Arm und schwenkte ihn von einer Seite der Großen Halle zur anderen.

»Wo ist der Sturm, der für diesen Frachter zuständig war?«

Ein Raunen ging durch die Menge, und Köpfe drehten sich hin und her, um zu sehen, wer die Verantwortung für den Fehler übernehmen würde. Mehrere lange Sekunden vergingen, aber schließlich wurde der Druck zu groß, und der Mann stand auf. Seiner minimalistischen Kleidung nach zu schließen gehörte er zu Lourna Dees Orkanzug. Seine Spezies war schwer einzuschätzen, aber er hatte eine große Maske mit geschwungenen Hörnern über den Ohren, schmalen, weißen Schlitzen für die Augen und einem Filter über Nase und Mund – die meisten Nihil trugen solche Atemgeräte, ein Schutz gegen die diversen chemischen Waffen, die sie bei ihren Überfällen einsetzten. Außerdem prangten drei gezackte weiße Linien auf seinem Oberteil, die seinen Rang innerhalb der Organisation anzeigten.

»Aha«, sagte Pan Eyta. Er drehte sich zu Lourna Dee um. »Sieht aus, als wäre er einer von deinen. Hast du was dagegen, wenn ich …«

»Nur zu«, winkte Lourna ab. Ihre Stimme war absolut gefühllos – sie gab nur selten preis, was hinter ihren eisblauen, eiskalten Augen vor sich ging. »Sein Name ist Zagyar.«

»Zagyar!«, donnerte Pan Eyta, wobei er seinen ausgestreckten Finger auf den Mann richtete. »Komm mit dem Rest deiner Mannschaft hierher. Deine Winde und Brisen und Stürme.«

Zagyar nickte der Gruppe an seinem Tisch zu, und sie erhoben sich ebenfalls. Es waren sieben Männer und Frauen, deren Masken die gleichen weißen Augenschlitze hatten wie die ihres Anführers, auch wenn sie sich sonst stark voneinander unterschieden. Die Winde hatten zwei gezackte Streifen auf ihrer Kleidung, die Brisen nur einen. Nun traten sie geschlossen vor, und die anderen machten ihnen den Weg frei, damit sie zu Pan Eyta und den anderen auf die Plattform hochsteigen konnten.

»Was ist passiert, Zagyar?«, fragte Pan. »Warum haben wir ein Sechstel unserer Beute verloren?«

Der Sturm versuchte nicht, die Verantwortung von sich zu weisen. Er sprach ruhig und sachlich, ohne Lügen, ohne Auslassungen. Dafür respektierte Marchion Ro ihn.

»Eine meiner Brisen, ein Mädchen namens Blit, verschätzte sich bei ihrem Harpunenschuss. Sie traf einen der Treibstofftanks des Frachters. Mehr brauchte es nicht. Kabumm.«

»Ich dachte mir schon, dass es etwas in der Art war. Und ist sie hier, diese Brise?«

»Nein. Blit starb bei der Explosion, gemeinsam mit dem Großteil meiner Crew. Diese sieben sind alle, die noch übrig sind. Zwei Winde und fünf Brisen.«

Zagyar deutete auf seine Leute.

»Ich verstehe«, brummte Pan. »Aber jemand muss für diesen Fehler bezahlen. Jeder hier hat Beute verloren, als das Schiff explodierte. *Ich* habe Beute verloren.«

Er deutete auf Marchion Ro, der noch immer an seinem eigenen Tisch saß, ungefähr einen Meter unterhalb der Orkane.

»Das *Auge* hat Beute verloren. Darum muss Wiedergutmachung geleistet werden. Für die Nihil.«

Auch jetzt zeigte Zagyar weder Furcht noch Zorn. Er antwortete nur mit klarer, ehrlicher Stimme. Ro konnte sehen, warum der Mann die Position eines Sturms erlangt hatte – das schaffte man nicht einfach so. Um bei den Nihil im Rang aufzusteigen, musste man tun, was immer nötig war, um Erfolge zu erzielen – und dafür zu sorgen, dass andere keinen Erfolg hatten.

»Die Brise, die den Fehler gemacht hat, bezahlte mit ihrem Leben. Das sollte etwas wert sein.«

»Es ist besser als nichts … aber diese Brise ist nicht hier. Du und dein Team, ihr tragt alle die Verantwortung. Einer von euch hätte Blit helfen können. Habt ihr aber nicht, also muss jemand den Preis zahlen. Ich überlasse dir die Entscheidung.«

Zagyar zögerte, dann blickte er seine Leute an, einen nach dem anderen. Ihre Masken machten es unmöglich, ihre Reaktion abzuschätzen.

Ein Chor von Stimmen erhob sich. Aus dem hinteren Teil des Raumes rollte er nach vorne, bis jeder Nihil die gleichen drei Worte skandierte.

»Zahlt den Preis!«

»Zahlt den Preis!«

»Zahlt den Preis!«

Zagyars Mannschaft versteifte sich. Sie wechselten kurze, verstohlene Blicke, um zu sehen, ob jemand den ersten Schritt machen würde. Blaster waren in der Großen Halle verboten, aber sie hatten alle ihre Dolche, und ihre Hände bewegten sich langsam auf die Griffe zu.

»ZAHLT DEN PREIS!«

Marchion Ro drehte den Kopf und sah zum Rand der Halle hinüber, wo eine Linie aus glühenden blauweißen Lichtern die Grenze zwischen Leben und Wärme auf der einen Seite und kalter Leere auf der anderen markierte. Er hasste diese kleinen, theatralischen Spielchen, in denen sich Pan und Lourna und Kassav so gern ergingen, Brisen und Winde und Stürme gegeneinander aufzuwiegeln.

Die Nihil kämpften alle unter demselben Banner, und sie alle nutzten die Pfade, die Marchion ihnen geschenkt hatte, aber damit endete die Ordnung. Der Rest war Chaos. Jeder schielte auf seinen eigenen Vorteil, jeder Orkanzug wartete nur darauf, einen anderen zu sabotieren. Die kleinste Provokation, die kleinste Chance auf Profit, und die Nihil gingen einander an die Kehle.

Die Pfade konnten sie an jeden Ort in der Galaxis tragen, aber sie erkannten das Potenzial nicht. Der Einzige, der das tat, war das Auge. Doch es war nicht so, als hätte das Auge auch die Kontrolle. Jeder Orkanzug hatte sein eigenes Oberhaupt – seinen eigenen Orkan –, und Marchion Ro hatte nur bedingt Einfluss auf ihre Entscheidungen. Nach jedem Überfall, bei dem seine Pfade zum Einsatz kamen, bekam er einen Anteil der Beute ... aber das war auch schon alles.

Das Auge konnte sehen ... aber es konnte nicht handeln.

Kampfgeräusche drangen an Marchion Ros Ohren, aber er drehte sich nicht um. Er wusste, jemand zahlte gerade den Preis.

Als er wieder hinsah – ebenso, wie alle anderen Nihil –, wurde Zagyars Mannschaft gerade vom Rand der Plattform gezerrt. Sie schrien und flehten, klagten die Ungerechtigkeit des Urteils an und pochten auf ihre Loyalität. Marchion Ro wusste nicht, wer ausgewählt worden war; womöglich hatte Zagyar sich auch selbst gemeldet. Es war unwichtig. Alle hatten die Lektion verstanden.

Jeder Nihil musste einen Beitrag leisten. Entweder, man machte die Organisation reicher, oder man machte sie stärker. Und ein Weg, sie stärker zu machen, bestand nun mal darin, das Schwache herauszuschneiden.

Eine Gestalt trieb in die Leere des Niemandsraums hinaus. Sie bewegte sich noch – aber nur kurz.

Pan Eyta baute sich wieder vor der Menge auf, die Arme in einer Geste ausgebreitet, die alle Nihil miteinschloss, ebenso wie die Festtische, den Alkohol, die Todesstäbchen, die Türme von Ekstasenpulver und Rauschfeuer.

»Jetzt amüsiert euch, meine Freunde«, sagte er. »Ihr habt es euch verdient.«

Marchion Ro erhob sich hinter seinem Tisch, als die Nihil ihre Feier fortsetzten. Falls ein paar unter ihnen unglücklich über die

Bestrafung waren, verbargen sie es hinter ihren Masken, hinter großen Mengen Alkohol und geschnupftem Pulver. Musik ertönte, laut und metallisch, als würde jemand in einem komplexen Rhythmus Stahl hämmern.

»Wir müssen reden«, sagte Marchion Ro, nachdem er vor die drei Orkane getreten war.

Kassav zog die Brauen zusammen. »Wir feiern gerade, Marchion. Hast du Pan nicht gehört? Entspann dich doch einfach.«

Marchion Ro starrte den Mann drei Sekunden lang an.

»Wir müssen reden«, wiederholte er dann. »Es ist wichtig, und ich würde es gerne tun, solange wir alle am selben Ort sind – und bevor ihr drei euch heillos betrinkt.«

Die Orkane blickten einander an. Keiner von ihnen wirkte sonderlich enthusiastisch.

Lourna Dee zuckte mit den Schultern. »Na schön, Marchion. Gehen wir nach hinten.«

Marchion Ro verließ die erhöhte Plattform und ging zum anderen Ende der Großen Halle. Dort befanden sich die Luftschleuse und die Andockringe, aber auch ein paar kleinere Räume, die ein gewisses Maß an Privatsphäre boten. Die beiden Droidenwachen, die am Eingang standen, neigten ihre Köpfe, als Marchion und die Orkane vorbeimarschierten. Die Wachen waren weit über zwei Meter groß, hatten eine mattschwarze Oberfläche, und anstelle von vereinfachten Gesichtszügen glühten die drei Blitzkeile der Nihil in schneidenden Blauweiß auf ihren Gesichtsplatten. Sie trugen keine Waffen, aber sie brauchten auch keine; ihre Glieder und Körper waren mit scharfen Dornen besetzt, ihre Hände zu ewigen Fäusten geballt, geschmiedet aus schweren Legierungen, welche Knochen und Gewebe mühelos zu Brei prügeln konnten.

Nachdem sie die Droiden passiert und die Tür hinter sich geschlossen hatten, drehte sich Marchion zu Kassav, Lourna Dee und Pan Eyta herum. Jeder von ihnen hatte das Kommando und die uneingeschränkte Befehlsgewalt über einen Orkanzug – eine der drei großen Divisionen der Nihil.

»Eine gute Feier«, sagte Kassav.

Er war stets der Erste, der den Mund aufmachte, das war so sicher wie der nächste Sonnenaufgang. Entweder hasste er Stille, oder er hatte den krankhaften Drang, immer im Mittelpunkt zu stehen.

Marchion Ro nahm seine Maske ab und fuhr sich mit der Hand durch das lange, dunkle Haar, um es zu entwirren. Obwohl die Orkane sein Gesicht schon oft gesehen hatten, änderte sich die Stimmung in dem Raum schlagartig. Sein Aussehen schien diesen Effekt auf die meisten Wesen zu haben – seine schiefergraue Haut, seine vollkommen schwarzen Augen, sein kantiger, dürrer Körperbau ... Die meisten Wesen in der Galaxis dachten instinktiv an ein Raubtier, wenn sie jemanden von Marchions Spezies erblickten.

»Eine gute Feier, sagst du, Kassav?«, fragte er. »Ich sehe nur, dass es eine *große* Feier ist. Viele neue Gesichter da draußen – in allen drei Sturmzügen.«

»Wir brauchen immer frisches Blut«, entgegnete Pan Eyta. Seine Stimme war so tief, dass einige Silben in den Unterschallbereich sackten, was seiner Stimme ein waberndes Vibrato verlieh. »Brisen finden ständig Leute, die sich uns anschließen wollen, und wenn sie genug unter sich vereinen, steigen sie zu Winden auf. Irgendwann vielleicht sogar zu Stürmen, wenn sie sich geschickt anstellen. So war es schon immer, und das weißt du auch. Schon seit den Tagen, als dein Vater noch das Auge war.«

Marchion Ro war ziemlich sicher, dass eines der drei Wesen,

die nun vor ihm standen, der Mörder seines Vaters war. Der Mörder von Asgar Ro, dem Hüter der Pfade und Auge der Nihil, dessen Position Marchion nach seinem Tod geerbt hatte. Er wusste jedoch nicht, welcher der Orkane die Klinge gehalten hatte, und er war nur das Auge. Sie waren die Bosse, mit Tausenden Soldaten unter ihrem Kommando; er hingegen hatte nur eine echte Verbündete, und die würde ihm in einem Kampf nicht wirklich nützen.

»Ich weiß, wie die Organisation funktioniert, Pan«, grollte er. »Aber die Pfade sind nicht unerschöpflich. Wenn wir zu viele Leute haben, verteilen wir uns vielleicht zu weit. Wir müssen die Sache langsamer angehen.«

»Das wird niemandem gefallen«, bemerkte Lourna Dee. »Wir halten uns nicht zurück. Wir sind die Nihil.«

Marchion tippte mit dem Zeigefinger gegen seinen Helm.

»Ich bin die Quelle der Pfade, und ich sage, wir müssen in dieser Phase vorsichtiger sein. Das ist alles.«

»Geht es schon wieder um die Republik?«, fragte Pan Eyta. »Das hatten wir doch schon. Wir wissen, dass sie ihre Starlight-Station in Betrieb nehmen, das heißt aber nicht, dass sie gegen uns vorgehen werden. Sie glauben, wir sind ein kleiner Fisch, darum haben sie uns bislang ignoriert. Außerdem haben sie hier nicht mal Militär. Und davon ganz abgesehen: Was können sie uns schon anhaben, solange wir die Pfade haben?«

Der Dowutin rückte erneut seinen Anzug aus poliertem, türkisfarbenem Leder zurecht. Pan hatte einen ganz eigenen Geschmack. Alles war sorgsam ausgewählt, von seiner Kleidung bis hin zu den Speisen, die er aß, und der Musik, die er hörte. Die meisten Nihil in seinem Orkanzug waren so. Von Beginn an hatte Pan das Vorrecht gehabt, seine Brisen als Erster auszuwählen, und Gleiches gesellte sich eben gern zu Gleichem.

In gewisser Weise spiegelten alle Sturmzüge ihre Anführer wider. Pans Leute waren präzise Planer. Kassavs Gruppe war chaotisch und impulsiv; seine Stürme und Winde und Brisen jagten stets dem nächsten Raubzug hinterher, der nächsten verrückten Geschichte, mit der sie in der Großen Halle angeben konnten – obwohl sie dort meistens so berauscht waren, dass sie kaum noch klar reden konnten. Lourna Dees Gruppe ging vergleichsweise subtil und durchdacht vor, wobei sie ihre Absichten geheim hielten, bis das Ziel erreicht war. Zudem waren ihre Leute auch die Grausamsten unter den Nihil.

»Es geht nicht nur um die Starlight-Station, sondern auch um die Sache mit der *Legacy Run* im Hetzal-System«, erklärte Marchion. »Der fortwährende Trümmerregen sorgt überall am Rim für Verwüstung. Meine Kontaktleute in der Republik meinen, die Regierung würde die Sache sehr ernst nehmen. Sie haben eine offizielle Untersuchung gestartet … und sogar die Jedi hinzugezogen.«

»Jedi.« Kassav bleckte seine scharfen, kleinen Zähne. »Ich wollte schon immer mal einen Jedi umbringen. Das wäre die Art Geschichte, die keiner so schnell vergisst!«

Marchion wusste, dass Kassav noch nie einem Jedi begegnet war. Marchion Ro natürlich ebenso wenig, aber seine Familie schon, und er hatte in seiner Jugend viele Geschichten gehört. Schon eine Handvoll Ritter reichte, um die besten Pläne zu durchkreuzen. Sie … hatten besondere Fähigkeiten. Dabei ging es nicht nur um die Macht. Es war der Orden selbst. Er verlieh ihnen Zuversicht, eine Struktur, die Bereitschaft, sich ganz dem Gemeinwohl zu widmen und ihr Licht in der Galaxis zu verbreiten. Das machte sie furchtlos und stark. Marchion hatte keine Angst vor den Jedi, aber nur ein Narr würde ignorieren, dass sie eine ernst zu nehmende Bedrohung darstellten.

»Du kannst gern versuchen, sie zum Kampf herauszufordern, Kassav«, brummte er. »Sag uns nur vorher, wer deinen Platz als Orkan übernehmen soll, nachdem sie dich in Scheiben geschnitten haben.«

Er machte eine Pause, bevor er weitersprach, und ließ den Blick von einem zum nächsten wandern. Seine kalten, dunklen Augen verfehlten ihre Wirkung nicht. Die Stille verwandelte sich in Anspannung, während er sie anstarrte. Keiner von ihnen würde es wagen, ihn herauszufordern – zumindest nicht öffentlich. Aber er wusste, sollten sie direkten Zugriff auf die Pfade erlangen, würden sie nicht zögern, ihm den Kopf abzuschneiden. Darum hütete er dieses Geheimnis ja auch so gründlich.

»Was mir Sorge bereitet, ist Folgendes«, begann Marchion. »Ihr führt eure Sturmzüge größtenteils unabhängig voneinander. Eure Gruppen verüben überall entlang des Äußeren Rands Raubzüge. Kanzlerin Soh hat eine Hyperraumblockade befohlen, und mit jedem Trümmerregen wird das Sperrgebiet größer. Unsere Schiffe sind zurzeit die einzigen, die sich hier noch frei bewegen können – wegen der Pfade. Aber was, falls die Republik oder die Jedi auf ein Nihil-Schiff stoßen und herausfinden, wozu wir imstande sind? Wir wollen weder den Orden auf den Fersen noch die Republikanische Verteidigungskoalition.«

Er schüttelte den Kopf.

»Ich weiß, dass die Republik hier keine Armee stationiert hat. Aber das ist unwichtig. Wir sind nicht groß genug, um es mit ihr aufzunehmen, selbst wenn sie nur einen RVK-Kampfverband schicken. Sie würden uns auslöschen. Darum schlage ich vor, dass wir die Köpfe einziehen. Bis auf Weiteres keine neuen Operationen. Keine Pfade. Wenn eure Leute ein Problem damit haben, sagt ihnen, das Auge sieht eine besondere Gelegenheit in der Zukunft. Ein neues Ziel.«

»Sieht das Auge denn wirklich ein neues Ziel?«, hakte Lourna Dee nach.

»Mein Blick ist immer nach vorn gerichtet, Lourna«, erwiderte er. »Das weißt du doch.«

Kassav und Pan Eyta wechselten einen Blick.

»Die Nihil verhalten sich nicht so«, brummte Kassav.

»Lass uns doch darüber abstimmen«, schlug Marchion vor.

»Dann stimme ich dafür, dass diese Sache ein Riesenhaufen Bantha-Poodoo ist«, grollte Kassav. »Die Nihil ziehen nicht die Köpfe ein. Wir müssen weiter den Sturm reiten.«

»Ich glaube, ich teile Marchions Ansicht«, sagte Pan Eyta. »Gönnen wir uns eine kleine Pause. Nur ein Weilchen. Wir könnten die Zeit nutzen, um zu planen, Strategien zu entwickeln … und zu überlegen, wie wir vorgehen, falls die Republik wirklich anfängt, in unserem Territorium herumzuschnüffeln.«

»Pfft«, machte Kassav. »Natürlich. Du und deine Leute, ihr habt euch ja auch gerade in Ab Dalis die Taschen gefüllt. Ihr habt für eine Weile genug zu essen. Aber was ist mit dem Rest von uns?«

»Vielleicht hättest du uns mehr von deinen Leuten zur Unterstützung mitgeben sollen, Kassav«, konterte Pan. »Oder soll ich ernsthaft glauben, dass du nur einen Wind und seine Einheit entbehren konntest? Nein, nein. Ich bin für eine Pause. Vielleicht mache ich sogar einen kleinen Urlaub … besorge mir Karten für die Oper auf Cato Neimoidia.«

Ein angewiderter Laut drang aus den Tiefen von Kassavs Kehle.

Damit war die Abstimmung beendet, denn egal, welche Option Lourna Dee wählte, stand es maximal zwei gegen zwei, und bei Entscheidungen, die die Pfade betrafen, wurde jedes Unentschieden zu Gunsten des Auges aufgelöst, das war eine langjährige Tradition. Lourna Dee hätte sich natürlich früher zu Wort melden können, aber es überraschte Marchion nicht, dass sie gewartet hatte; sie machte gern ein Geheimnis aus ihren Gedanken. Er war nicht sicher, ob das nun ein pathologisches oder taktisches Verhalten war – oder eine Mischung aus beidem.

»Damit ist es entschieden«, sagte sie nun. »Aber ich möchte vorher trotzdem noch eine Operation vorschlagen.«

»Oh?«, machte Marchion Ro mit leiser Stimme.

Pan Eyta und Kassav wirkten auch nicht enthusiastischer. Orkane konnten die Überfälle ihrer eigenen Mannschaften autorisieren, ohne die anderen zu konsultieren, aber sobald ein Plan den Einsatz der Pfade verlangte, musste offiziell darüber abgestimmt werden. In der Regel lehnten die beiden anderen Orkane das Unternehmen ab, weil für sie dabei weniger Beute abfiel. Das bedeutete, dass Marchion meist der entscheidende Faktor war. Als Auge war er der Hüter der Pfade, und wenn es darum ging, wie sie genutzt werden sollten, wog seine Stimme am schwersten. Er konnte nicht behaupten, dass ihm das System nicht gefiel.

»Ich habe eine neue Gruppe in meinem Orkanzug«, fuhr Lourna fort. »Sieben Brisen unter einem Wind. Sie kamen mit einem sehr interessanten Vorschlag zu mir. Sie haben auf einem Minenplaneten eine Siedlerfamilie entdeckt, die sehr reiche Verwandte hat. Meine Leute wollen sie entführen und ein Lösegeld erpressen. Ich halte es für einen guten Plan.«

»Nein, Lourna. Wir haben doch gerade erst abgestimmt. Keine Operationen, bis Gras über die Hetzal-Sache gewachsen ist.«

Sie machte einen Schritt auf ihn zu, ihr schmales Gesicht entschlossen, ihr Blick durchdringend.

»Vertrau mir, Marchion, es wird ein Kinderspiel. Der Planet heißt Elphrona. Es gibt dort keine nennenswerten Sicherheitskräfte, und die Familie lebt praktisch mitten im Nirgendwo. Leichte Beute.«

Marchion blieb stumm, was Lourna offenbar als Aufforderung betrachtete weiterzusprechen.

»Der Wind hat um die Benutzung der Pfade gebeten. Du weißt schon, nur für alle Fälle. Ich weiß, wir stehen unter großem Druck, aber diese neue Gruppe hat großes Potenzial. Ich möchte ihnen eine Chance geben, sich zu beweisen und in meinem Orkanzug aufzusteigen. Und wie gesagt ... diese Sache wird sich für uns lohnen.«

»Elphrona«, murmelte Marchion. »Es gibt einen Jedi-Außenposten auf diesem Planeten.«

»Ach wirklich?« Lourna Dees Tonfall machte klar, dass sie das bereits gewusst hatte.

Marchion verstummte erneut. Die Nihil waren nicht nur eine Bande von Plünderern; davon gab es Tausende entlang des Äußeren Rands. Nein, sie waren etwas Besonderes ... weil sie die Pfade hatten. Sie verliehen den Nihil ihre Macht. Sie erlaubten es ihnen, den Hyperraum auf eine Weise zu benutzen, zu der sonst kein Schiff in der Galaxis in der Lage war. Anstatt sich an festgelegte Sprung- und Rücksprungpunkte halten zu müssen, konnten sie mehr oder weniger von jeder beliebigen Stelle in den Hyperraum eintreten. Das galt auch für Mikrosprünge, für Sprünge zu Koordinaten innerhalb von Gravitationsfeldern ... Kurzum: Die Schiffe der Nihil konnten einfach so auftauchen und wieder verschwinden, jederzeit und überall, wie Phantome. Kein Verteidigungssystem war ihnen gewachsen.

Die Pfade machten die Nihil zu dem, was sie waren, aber sie rührten von einer einzelnen, einzigartigen Quelle, die nicht unerschöpflich war. Und Marchion hatte ihr in jüngster Zeit viel abverlangt, um das Wachstum der Nihil voranzutreiben … und um seine eigenen Pläne zu unterstützen. *Die Legacy-Run*-Katastrophe war nicht der einzige Grund, warum er eine Pause vorgeschlagen hatte.

Aber Lourna Dees Vorschlag … hatte Potenzial.

Es gab keinen Grund, eine offizielle Abstimmung abzuhalten. Lourna war offensichtlich dafür, und falls Marchion Ro sie unterstützte, würde die Stimme des Auges dafür sorgen, dass sie ihren Plan umsetzen konnte.

»Also gut«, sagte er. »Schick mir den Plan und eine Liste mit allem, was ihr braucht, dann werde ich die Pfade für euch öffnen. Aber tut nichts, was diese Jedi auf den Plan rufen könnte, hörst du? Schnappt euch die Familie und verschwindet wieder.«

»Danke«, gurrte Lourna Dee noch, bevor sie den Raum verließ. Wie immer sagte sie gerade so viel, wie absolut nötig war.

Kassav und Pan Eyta sahen erst einander an, dann Marchion Ro.

Schließlich zuckte Pan mit den Schultern und folgte Lourna Dee zurück zum Festgelage in der Großen Halle.

Doch Kassav rührte sich nicht vom Fleck.

Marchion setzte seine Maske wieder auf.

»Das musst du mir jetzt erklären, Ro«, knurrte der Weequay. »Du gewährst Lourna Dee eine Mission, du gibst ihr die Pfade, aber Pan und ich sollen die Köpfe einziehen? Ich habe auch Mäuler zu stopfen, weißt du? Da sind tausend Leute in meinem Orkanzug, und keiner von ihnen wird sich freuen, wenn er das hört. Wie wäre es, wenn ich dir auch ein paar gute Ideen präsentiere, und du wählst eine davon aus, die ich durchziehen kann? Du bekommst auch einen Anteil … ein volles Drittel für das Auge, so wie immer. Würde dir das nicht gefallen?«

Sie traten in die Große Halle hinaus, und die dornenbesetzten Wachdroiden neigten einmal mehr ihre Köpfe, als das Auge und der Orkan vorbeigingen.

Marchion ging zum Rand der Plattform hinüber, Kassav weiterhin dicht hinter ihm. Als er stehen blieb, waren seine Stiefelspitzen nur Zentimeter von den blauen Leuchten entfernt, die den Rand des Vakuumschildes markierten.

»Dein Vater hätte so etwas nicht getan«, brummte Kassav. »Die Pfade verschließen? Nein, niemals. Nicht Asgar Ro. Er war kein Feigling.«

Marchion Ro stand vollkommen reglos.

»Mein Vater ist tot, Kassav«, sagte er. »Ich bin jetzt das Auge. Du kannst mit deinem Orkanzug machen, was immer du willst, aber ich kontrolliere die Pfade. Wenn dir das nicht passt, kannst du ja versuchen, mich auszuschalten und meinen Platz einzunehmen. Nur zu. Aber ich muss dich warnen ...«

Er deutete in die Leere hinaus.

»... das hat seinen Preis.«

22

ÄUSSERER RAND, ELPHRONA-AUSSENPOSTEN

»Worauf wartest du?«, fragte Loden.

Bell schob sich näher an den Rand der Klippe heran und spähte nach unten. Es war inzwischen das fünfte Mal, und der Boden sah noch immer genauso weit entfernt aus wie zuvor. Er blickte zu seinem Meister zurück, der die Arme vor der Brust verschränkt hatte. Er lächelte, aber es fühlte sich mehr an wie ein missbilligendes Stirnrunzeln.

Nun mach schon, sagte dieses Lächeln. *Oder willst du etwa den Rest deines Lebens ein Padawan bleiben*?

Der Jedi-Orden unterhielt in allen dünn besiedelten Sektoren der Republik Außenposten, um neue Regionen zu erforschen, aber auch um all jene zu unterstützen, die auf diesen ungezähmten Welten Hilfe brauchten. Die Außenposten waren natürlich nicht so groß wie ein richtiger Tempel; in der Regel beschränkte sich das Kontingent auf drei bis sieben Jedi, oft mit den unterschiedlichsten Hintergründen. Zeit an einem solchen Außenposten zu verbringen war ein normaler Teil der Padawan-Ausbildung, und genau deswegen hatte es Bell hierher nach Elphrona verschlagen. Er und Loden waren schon seit einer ganzen Weile hier, auch wenn sie den Planeten hin und wieder für besondere Anlässe verlassen hatten, zum Beispiel um an der Führung auf der Starlight-Station teilzunehmen, was sie mitten in die *Legacy-Run*-Katastrophe hineinkatapultiert hatte. Eigentlich hätten sie danach mit der *Third Horizon* nach Coruscant zurückkehren sollen, doch dann hatte Kanzlerin Soh den Hyperraum in der Region gesperrt, und bis sich das änderte, würden Bell und Loden hier im Außenposten bleiben.

Der Rat glaubte, dass die Jedi während der Krise dringend im Äußeren Rand gebraucht wurden. Bislang hatte sich aber nichts am Leben im Außenposten verändert – was im Fall von Jedi-Padawan Bell Zettifar bedeutete, dass sein Meister bei dem, was er »Ausbildung« nannte, weiterhin unmögliche Dinge von ihm verlangte.

Der Wind frischte auf und drängte Bell vom Rand der Klippe zurück. Er atmete den einzigartigen Duft von Elphrona ein: heißes Metall und Staub.

Der Orden legte seine Außenposten oft so an, dass sie sich perfekt in die natürliche Umgebung und die Kultur des jeweiligen Planeten einfügten. Der Außenposten auf Kashyyyk war beispielsweise ein Baumhaus. Auf Mon Cala war es ein riesiges Floß aus Koralit, an dessen Seiten Seetang herabhing, während es von den Strömungen dahingetragen wurde.

Elphrona war eine trockene Welt aus Schiefer und Lehm. Die Oberfläche wurde fast vollständig von langgestreckten Gebirgszügen bedeckt. Größtenteils bestanden sie aus Eisen und anderen metallhaltigen Mineralien, und die magnetischen Felder des Planeten hatten sie zu geschwungenen Mustern geformt. Vom Orbit aus sah es wunderschön aus, als hätte ein Kalligraf den Planeten mit einem unvorstellbar großen Pinsel bemalt. Am Boden hingegen ... Nun, am Boden sah es genauso aus, wie man sich eine große Kugel aus staubigem Metall vorstellte.

An diesem unwirtlichen Ort hatten die Jedi ihren Außenposten auf einem Berghang erbaut, oder genauer: Sie hatten ihn in den Berghang hineingehauen. Eine Flanke des Eisenberges war mit Laserschneidern in einen säulenverzierten Eingang verwandelt worden, flankiert von den Statuen zweier riesiger Jedi-Ritter mit einsatzbereit erhobenen Lichtschwertern. Sie trugen Kapuzen und Roben nach einem Schnitt, der aus einer längst vergangenen Ära stammte. Und über dem Eingang prangte das Symbol des Ordens: die nach oben geneigten Schwingen, aus deren Mitte ein Speer aus Sternenlicht in die Galaxis hinausstrahlte.

Bell konnte nicht behaupten, dass er Elphrona liebte – er wäre viel lieber auf Mon Cala, wo die Luft nach Meer und Leben roch und nicht einfach nur nach Rost –, aber der Außenposten gefiel ihm. Er war gleichzeitig einfach und majestätisch, genauso wie die Jedi es sein sollten.

Es war früher Morgen, und das erste Licht des Tages ließ das Elektrum des Jedi-Symbols leuchten, als würde es in Flammen stehen. Von der Spitze der Klippe hatte man einen herrlichen Ausblick darauf. Es war wirklich perfekt.

Jedi-Padawan Bell Zettifar versuchte es zu genießen, bevor er sich zu seinem Meister herumdrehte. Er würde Jedi-Ritter Loden Greatstorm einfach erklären, dass er für die heutige Prüfung nicht bereit war, dass er lieber noch ein wenig über die Techniken lesen wollte, bevor er *völlig grundlos von einer Klippe sprang.*

»Ich glaube an dich«, hörte er Lodens Stimme ein paar Meter hinter sich.

Bell spürte, wie sein Meister die Macht beschwor, dann war da plötzlich eine unsichtbare Hand zwischen seinen Schultern ... und sie schubste ihn grob nach vorne, über den Rand des Abgrunds hinaus.

Dreißig Kilometer von alldem entfernt befand sich Ogdens Hoffnung, eine vergleichsweise große Siedlung, erbaut auf den Hoffnungen und zusammengehalten durch die Träume jener, die die mineralischen Schätze des Planeten in persönlichen Reichtum umwandeln wollten. Schon seit hundert Jahren wurde auf Elphrona Bergbau betrieben, und selbst nach all dieser Zeit trotzte die Regierung noch den Bemühungen der großen galaktischen Konzerne, die Abbaugebiete aufzukaufen. Ein Gittermuster teilte die gesamte Planetenoberfläche in Quadrate ein, und niemand – weder Familien noch Unternehmen – durfte mehr als vier dieser Quadrate besitzen.

Das bedeutete, dass ein Großteil des Planeten noch unerforscht war, und niemand vermochte zu sagen, welche Schätze unter seiner Oberfläche schlummerten. Bislang waren allerlei seltene Mineralien entdeckt worden: Aurodium und Platin und einmal sogar die Ader eines bis dato unbekannten Kristalls. Elphrona war eine planetengroße Schatzkammer, und irgendwie gehörte sie jedem, der hier lebte. Es war ein Ort der Möglichkeiten, wo alle Siedler die gleiche Chance auf Erfolg und Freiheit hatten. Insofern war der Name Ogdens Hoffnung gut gewählt. Kanzlerin Soh verwies in ihren Ansprachen gerne auf Elphrona als Beispiel für den Geist der Republik. Das Leben hier war hart, aber im Großen und Ganzen war es gut.

Der Wunsch nach diesem guten Leben hatte auch eine Familie aus dem dicht bevölkerten, wohlhabenden Kern hierhergeführt. Sie hatte zwei nebeneinanderliegende Abbaugebiete gekauft, mit dem Gleiter ungefähr eine Stunde von Ogdens Hoffnung entfernt – länger, wenn man unterwegs in einen Roststurm geriet –, und darauf mithilfe ihrer Droiden eine Heimstatt errichtet. Die erste Version war ein grober, hässlicher Block aus Permakret, kaum mehr als ein Bunker zum Schutz vor Sonne und Wind, aber im Lauf der Zeit wollten sie daraus ein richtiges Heim machen, mit mehr Zimmern, mehr Fenstern, einem Gewächshaus, einem zweiten Stockwerk und all den kleinen Details, die ein Haus in ein Zuhause verwandelten. Und während sie daran arbeiteten, gruben sie auch in den Boden hinab, um zu sehen, welche Schätze sich unter ihren Füßen verbergen mochten.

Eigentlich hätte die Familie ihre Droiden einsetzen können, um den Großteil der Arbeit zu verrichten, aber deswegen waren sie nicht nach Elphrona gekommen, also leistete jeder seinen Beitrag. Die Kinder wurden von ihren Droidenlehrern unterrichtet. Die Eltern arbeiteten und planten und hielten an ihrer Überzeugung fest, dass dies die richtige Entscheidung für sie und ihre Familie gewesen war.

Jedenfalls bis die Mutter namens Erika eines Morgens von dem Schaufeldroiden aufblickte, den sie gerade reparierte, und unweit ihres Hauses eine seltsame Wolke erblickte. Sie hatte noch nie etwas Derartiges gesehen. Zum einen hing die Wolke dicht über dem Boden, wie eine Nebelschwade ... aber Elphrona war eine trockene Welt. Es gab Wasser, ja, aber es zirkulierte in unterirdischen Flüssen und Kanälen tief unter der Oberfläche, und Regen fiel nur ein paarmal pro Jahrzehnt. Es konnte also kein Nebel sein.

Darüber hinaus sah diese Wolke ... merkwürdig aus. Sie schimmerte in einem metallischen Blau, wie eine Sturmwolke, nur hatte Erika keine Sturmwolken mehr gesehen, seit sie vor ein paar Jahren von ihrer Heimatwelt hierhergezogen war. Außerdem schien sie sich zielgerichtet zu bewegen – direkt auf das Haus zu.

»Ottoh«, rief Erika nach ihrem Mann, der nur ein paar Meter entfernt damit beschäftigt war, ihre kleine Herde von Steelees zu füttern. Die langbeinigen Tiere drängten sich aufgeregt um den Trog, wie jeden Morgen, wenn es etwas zu fressen gab. »Was ist das da?«

Ottoh drehte sich herum, dann erstarrte er. Im Gegensatz zu seiner Frau hielt er sich über die Geschehnisse in der Galaxis auf dem Laufenden – er hatte sich nicht ganz von den Nachrichten der Republik abgekoppelt. Dementsprechend kannte er die Geschichten, und er wusste, was es bedeutete, wenn eine Sturmwolke auf ein Haus, eine Fabrik oder eine Familie zukroch.

»Hol Bee«, sagte er, während er den Sack mit Futter fallen ließ. »Ich suche Ronn. Wir müssen ins Haus und alles verriegeln. Sofort.«

Erika stellte keine Fragen, und sie zögerte auch nicht. Sie waren hier viele Kilometer von jeglicher Hilfe entfernt, und im Äußeren Rand steckte selbst eine gute Welt voller Gefahren. Also rief sie nach ihrer Tochter und rannte auf das Haus zu.

»Ronn!«, brüllte Ottoh, ohne die Augen von der Wolke zu nehmen. »Komm ins Haus! *Jetzt gleich*!«

Im Innern der näher kommenden Wolke ließen sich inzwischen vage Gestalten ausmachen. Es waren ungefähr zehn, und auch wenn er keine Details erkennen konnte, wusste Ottoh genau, wen er da vor sich hatte. Wie gesagt, er kannte die Geschichten über die unvorstellbar grausamen Plünderer, die aus dem Nichts auftauchten und ebenso spurlos verschwanden. Die nichts zurückließen außer Zerstörung und der Angst, dass sie wiederkehren könnten.

Die Nihil.

Bell griff in die Macht hinaus. Er wusste, dass er den Sturz als Jedi überleben konnte, weil er seinen Meister schon viele Male in ähnlichen Situationen gesehen hatte – zuletzt auf Hetzal Prime, aber auch im Training. Loden konnte wie ein Stein in die Tiefe fallen und dann im letzten Moment abbremsen, um federleicht zu landen. Es war nicht so, als könnte er fliegen – soweit Bell wusste, konnte das kein Jedi, der nicht mit Flügeln auf die Welt gekommen war –, aber es war auch nicht wirklich ein Sturz.

Er wusste also, dass es möglich war, und er wusste, dass Loden Greatstorm es ihm zutraute, andernfalls hätte er nicht die Macht benutzt, um ihn von einer obszön hohen Klippe zu werfen – oder zumindest hoffte Bell das. Er war sicher, dass der Jedi-Rat nicht einfach so über einen versehentlichen Padawan-Mord hinwegsehen würde ... andererseits könnte Loden sich vermutlich mit dem Argument rechtfertigen, dass der Orden keinen Nutzen für einen Padawan hatte, wenn dieser nicht mal etwas so Simples wie einen kontrollierten Fall beherrschte.

All diese Gedanken rasten während der ersten Sekunde seines Sturzes durch Bells Kopf. Danach schaffte er es endlich, sich zu konzentrieren, auch wenn es nicht leicht war. Er fand die Flamme der Macht in seinem Inneren und tastete sich durch sie an die Luftströmungen heran, die um sein Gesicht peitschten und seine Filzlocken hin und her wirbelten. Loden hatte ihm ganz genau erklärt, wie sich dieses Manöver sicher absolvieren ließ, aber als es darum ging zu erklären, *wie* es funktionierte, war er schrecklich vage geblieben.

Ganz allgemein lief es darauf hinaus, nach den Aufwinden zu greifen und sich daran zu orientieren, bevor man sich mit der Macht gegen den näher kommenden Boden stemmte. Die Kombination dieser beiden Elemente sollte einen so weit abbremsen, dass man sicher aufsetzen konnte. Beim Training im Tempel hatte Bell das auch schon mehrfach geschafft, aber da war die Fallhöhe nicht so selbstmörderisch gewesen, und ein Repulsorkissen hatte verhindert, dass er sich ernsthaft verletzen konnte.

Jetzt stürzte er von einer Klippe und blickte Dutzenden Knochenbrüchen entgegen – sofern er *überhaupt* überlebte –, und mit einem Mal waren Meister Lodens Anweisungen wie weggewischt. Er wusste, die eigentliche Herausforderung war nicht die Beherrschung der Macht, sondern die Beherrschung seiner Furcht. Das war stets die größte Prüfung eines Jedi.

Und er war im Begriff, daran zu scheitern. So hoch, wie die Klippe war, konnte ihn vermutlich nicht mal Loden Greatstorm auffangen. Bell schloss die Augen. Die Furcht strömte auf ihn ein, aber er versuchte nicht, dagegen anzukämpfen. Er zog sich in sich selbst zurück, suchte nach Ruhe und hoffte, dass er sofort sterben würde, anstatt noch weiter Qualen zu leiden, nachdem er auf den gezackten Felsen am Fuß der Klippe aufgeschlagen war.

Plötzlich heulte der Wind nicht mehr an ihm vorbei.

Er öffnete die Augen und erblickte den Boden, ungefähr einen Meter unter sich. Dann fiel er. Die Landung war hart, aber das war nichts verglichen mit dem, was ihn erwartet hätte, wäre der Sturz nicht unterbrochen worden.

Er rollte sich ächzend auf den Rücken, als ein Schatten über ihn fiel.

»Du musst den Dreh unbedingt rauskriegen«, sagte Indeera Stokes. »Sonst lässt Loden dich irgendwann noch wirklich in den Tod stürzen.«

Sie streckte eine Hand aus, und Bell ließ sich von der Jedi auf die Beine helfen. Indeera war eine Tholothianerin, deren dunkle Haut nur ein paar Nuancen heller war als seine eigene. Anstelle von Haaren hatte sie elegante, tentakelartige Auswüchse, und ihre Augen waren so blau, dass sie förmlich zu glühen schienen – so wie bei allen Vertretern ihrer Spezies, denen Bell bislang begegnet war. Ihre Lederkleidung wirkte zerkratzt und abgenutzt, abgesehen von dem weißen Jedi-Symbol an ihrer Schulter. Über derselben Schulter hing auch der Gurt aus einem gelben, netzartigen Gewebe, an dem sie ihr Lichtschwert befestigt hatte. Darüber hinaus trug sie einen dunklen Nanofolien-Schal um den Hals, der bei Roststürmen als Maske fungieren konnte und sich auch sonst in so ziemlich jede Form bringen ließ.

Neben Indeera stand eine kleine vierbeinige Kreatur, ihr Fell ein Flickenteppich aus Schwarz, Weiß und Grau, mit vereinzelten roten und orangefarbenen Einsprengseln hie und da: eine Aschehündin – eine der einheimischen Spezies von Elphrona. Sie machte ein paar Schritte nach vorne und stupste Bells Hand mit der Schnauze an. Der Padawan kam der Aufforderung nach und kraulte das Tier hinter den Ohren, woraufhin es genüsslich gurrte.

»Hallo, Ember«, sagte Bell. »Ich freu mich auch, dich zu sehen.«

Nachdem er die Aschehündin ein letztes Mal gestreichelt hatte, wandte er sich wieder Indeera zu.

»Hat Loden Euch gebeten, mich aufzufangen?«, fragte er, wobei er sich den Staub von seiner eigenen Lederkleidung klopfte. Ursprünglich war sie mal strahlend weiß gewesen, doch Monate des Trainings hatten daraus ein fleckiges, abgewetztes Braun gemacht.

»Ja«, bestätigte Indeera. »Aber mach dir nichts draus. Niemand wird als perfekter Jedi-Meister geboren.«

Sie hielt ihm seinen Lichtschwertgriff hin. Bell hatte nicht mal gemerkt, dass die Waffe von seiner Seite verschwunden war. Hastig nahm er sie und hakte sie wieder an seinen Gürtel.

»Das sagt sich so leicht …«, murmelte er.

Loden hatte von Anfang an gewusst, dass er scheitern würde.

»Ich weiß einfach nicht, warum er sich so auf diese Übung versteift«, seufzte er. »Es ist doch wohl offensichtlich, dass ich es nicht kann.«

»Nun, eines Tages könntest du wirklich von einer Klippe fallen, und als dein Lehrer muss er dir zeigen, wie man so etwas überlebt. Jedi fallen ständig irgendwo runter. Darauf muss man vorbereitet sein.«

Indeera wandte sich dem Pfad zu, der zurück zum Außenposten führte.

»Komm. Porter macht gerade Frühstück. Ein Neun-Eier-Eintopf. Er meinte, er hätte sogar ein paar Steinpaprika gefunden.«

»Glaubt Ihr, Loden lässt mich essen, bevor er mich wieder von der Klippe wirft?«

»Ich lege ein gutes Wort für dich ein«, versprach sie. »Niemand sollte mit leerem Magen sterben.«

»Oh, wie gütig von Euch«, grinste Bell.

Dann folgte er ihr den Pfad entlang, und Ember trottete an seiner Seite dahin.

Ottoh hob das Reflexfernrohr an sein Auge. Die Infraroteinstellung des Geräts erlaubte es ihm, Wärmesignaturen selbst durch Wände hindurch zu sehen – was gut war, denn die Nihil hatten sämtliche Überwachungskameras der Heimstatt zerstört; die Monitore in ihrem Schutzraum zeigten nur noch knisternde Statik.

Zum Glück waren nicht alle Elemente ihres teuren Sicherheitssystems so ineffektiv. Die automatischen Sicherheitsgitter aus verstärktem Durastahl funktionierten wie erwartet: Sie hatten sich vor jede Tür und jedes Fenster geschoben, um die Familie im Innern des Hauses zu schützen. Das Problem war nur, dass sie ohne die Kameras so gut wie blind waren.

Alles, was Ottoh hatte, war das Fernrohr mit seiner Infraroteinstellung. Es zeigte ihm die Nihil als violett-rote Umrisse, gekrönt von bizarren, missgestalteten Schädeln. Er hatte schon Hunderte fremder Spezies gesehen, aber nie etwas Derartiges, und er vermutete, dass sie Helme und Masken trugen. Das deckte sich nicht nur mit den Geschichten, die er gehört hatte, es passte auch zu dem Gerücht, dass sie Gas benutzten, um ihre Opfer kampfunfähig zu machen. Leider machte dieses Wissen sie nicht weniger Furcht einflößend. Sie sahen aus wie Monster, die aus dem Nichts über ihre Heimstatt hergefallen waren.

Und ganz sicher setzten sie auch ihr Gas ein, selbst wenn das Fernrohr es nicht erfasste. Die Steelees lagen jedenfalls reglos in ihrem Pferch, entweder bewusstlos oder tot, und es sah nicht aus, als wäre irgendjemand in ihre Nähe gekommen.

»Wird die Versiegelung das Gas draußen halten?«, fragte Erika, der offensichtlich die gleichen Gedanken durch den Kopf gingen.

»So steht es jedenfalls in der Garantie. Der Schutzraum soll regulärem Blasterfeuer und jeglichen chemischen Stoffen und Strahlungswaffen standhalten.«

»Und Sprengstoff?«, fragte seine Frau. »Was, falls sie Sprengstoff mitgebracht haben?«

Ottoh antwortete nicht darauf.

»Nun, was immer sie dabeihaben, ich bin bereit für einen Kampf«, fuhr sie fort, und jetzt setzte er doch sein Fernrohr ab, um zu ihr hinüberzublicken.

Erika hob das Datenpad, auf dem sie getippt hatte, und zeigte ihm die Elemente ihres Plans.

»Der Speeder – was hältst du davon?«

»Hmm«, brummte Ottoh. »Zumindest würde es uns ein wenig Zeit verschaffen. Vielleicht sieht sogar jemand die Explosion – oder die Nihil verschwinden, wenn sie auf Schwierigkeiten stoßen.«

Diesmal war es seine Frau, die stumm blieb.

»Hattest du schon Glück, Ronn?«, rief er zu seinem Sohn hinüber. Ronn war dreizehn Jahre alt und verhielt sich normalerweise auch so, aber jetzt, wo das Leben seiner Familie auf dem Spiel stand, waren Aufsässigkeit und Launenhaftigkeit vergessen, und er tat genau, was man ihm aufgetragen hatte.

Nämlich das Kommlink der Familie zu benutzen, um Hilfe aus Ogdens Hoffnung anzufordern. Ihre Tochter, die neunjährige Bee, kauerte trostsuchend neben ihm, in den Armen den Plüsch-Varactyl, den sie eigentlich schon seit Jahren nicht mehr angefasst hatte, soweit Ottoh wusste.

»Ich kriege kein Signal, Papa. Ich bin die Wetterwarnungen durchgegangen, und offenbar gibt es einen heftigen Roststurm zwischen hier und Ogdens Hoffnung. Wahrscheinlich stört er die Übertragung.«

»Versuch es weiter, Sohn«, sagte Ottoh. »Deine Mutter wird uns ein wenig mehr Zeit verschaffen.«

Ein lauter Knall ertönte über ihnen – keine Explosion, sondern das Geräusch von Metall auf Metall. Ottoh hob rasch sein Fernrohr, und was er sah, waren vier Nihil, die vor der Vordertür des Hauses standen. So, wie sie sich positioniert hatten – zwei auf einer Seite, zwei auf der anderen –, schienen sie etwas zu halten, aber was immer es war, das Objekt war im Infrarotspektrum nicht zu erkennen. Vermutlich ein Rammbock aus Durastahl.

»Sie versuchen, die Tür einzuschlagen«, erklärte Ottoh.

Ein weiterer Knall.

»*Jetzt*, Erika!«, schnappte er.

Seine Frau drückte eine Taste auf ihrem Datenpad.

Ottoh konnte sehen, wie in der Werkstatt unfern des Haupthauses vier Bergbaudroiden aus ihrem Schlafmodus erwachten. Ihre Umrisse wurden von dem Fernrohr in Gelb- und Grüntönen dargestellt, weil sie eine andere Art von Wärme abgaben als die Nihil, aber sie waren deutlich erkennbar.

Die Droiden verließen die Werkstatt und rollten schneller werdend über den Hof. Es waren schwere Industriemaschinen, laut und mächtig, entwickelt, um Löcher in harten Grund zu schlagen und die Erdbrocken dann abzutransportieren. Es war ausgeschlossen, dass die Nihil sie nicht bemerkten, auch wenn das Gas vermutlich noch immer dicht in der Luft hing und die Droiden zumindest optisch tarnte, während sie sich aufteilten: Zwei hielten auf die Gruppe an der Tür zu, die anderen näherten sich dem Speeder.

Ottoh konnte nicht umhin, das Geschick seiner Frau zu bewundern. Sie hatte die autonomen Funktionen der vier Droiden überschrieben und ließ sie mit einer Geschwindigkeit dahinrollen, für die sie eigentlich nicht programmiert waren, aber trotzdem hielt jeder in einer geraden Linie auf sein Ziel zu. Und alles, worauf sie bei dieser komplexen Aufgabe zurückgreifen konnte, waren vier Bildfenster auf ihrem winzigen Datenpad.

»Gut, Erika … du schaffst das!«

»Sei still. Ich muss … mich konzentrieren«, sagte sie mit angespannter Stimme.

Wie nicht anders zu erwarten, hatten die Nihil die Droiden entdeckt, und sie eröffneten das Feuer – sowohl die vier an der Vordertür als auch eine Gruppe von sechs weiteren Plünderern, die sich um den Speeder versammelt hatten. Das Fernrohr stellte ihre Blasterschüsse als grellweise Linien dar.

Die Bergbaudroiden waren dafür gebaut, schweren Einschlägen und extremen Temperaturen zu widerstehen, aber sie waren nicht unverwüstlich. Einer von ihnen blieb stehen, dann noch einer.

»Schneller, Erika! Sie legen die Droiden lahm!«

Seine Frau sagte nichts, warf ihm nur einen schneidenden Blick zu. Sie steuerte die Einheiten von ihrem Datenpad aus; sie war also die Erste, die mitbekam, wenn einer von ihnen ausgeschaltet wurde. Er wusste, dass sie keine Statusmeldungen von ihrem Ehemann brauchte. Aber es war das Einzige, was er tun konnte. Und irgendetwas *musste* er tun.

Hinter sich hörte er die Stimme seines Sohnes, der hastig in das Kommlink sprach. Ronn hatte tatsächlich jemanden erreicht! Es gab einen kleinen Sicherheitsdienst in Ogdens Hoffnung, finanziert aus einem Gemeinschaftsfonds der Siedler. Ihre Station war gar nicht weit entfernt. Falls seine Familie noch ein klein wenig länger durchhalten könnte ...

Der dritte Droide kam zum Stillstand, und heiße grüne Funken sprühten aus der Stelle, wo eben noch sein Kopf auf seinem Hals gesessen hatte.

Nur eine Einheit war noch übrig, und Ottoh beobachtete gebannt, wie sie dahinrollte. Als sie dem Schuss eines Nihil auswich, staunte er einmal mehr über das Fingerspitzengefühl seiner Frau. Welches Genie war in der Lage, so schnelle Manöver aus einem Bergbaudroiden herauszukitzeln? Nun, offensichtlich das Genie, das er geheiratet hatte.

Der Droide steckte einen Treffer ein, und sein Vormarsch verwandelte sich in ein langsames Rollen.

»Verdammt!«, entfuhr es seiner Frau.

»Ist er hin?«, fragte Ottoh.

»Nein«, antwortete Erika mit kalter, sicherer Stimme. »Ist er nicht.«

Er hörte, wie ihre Fingerspitzen hektisch auf dem Datenpad tippten, und was immer sie auch tat, um die Energiereserven umzuleiten, es funktionierte. Der letzte Droide machte einen Satz nach vorne und beschleunigte wieder. Die Nihil nahmen ihn weiter unter Beschuss, doch die Einheit ließ sich durch nichts aufhalten. Sie verlor erst einen Arm, dann den anderen, und die Hälfte ihres Kopfes war auch schon fort ... aber sie blieb nicht stehen.

Sie erreichte den Speeder, und Ottoh riss gerade noch rechtzeitig das Fernrohr von seinem Auge fort, bevor das weiße Licht ihn blenden konnte. Ein mächtiger Knall drang von draußen herein, kein *Bumm*, sondern ein *BUMM*, und diesmal war es definitiv eine Explosion.

Die Bergbaudroiden waren Industriemaschinen. Manchmal mussten sie graben, manchmal sortieren und Abraum fortschaffen ... und hin und wieder mussten sie auch Löcher in dichtes metallisches Gestein stanzen. Dafür waren sie mit kleinen Sprengstoffkügelchen ausgestattet. Und wie es klang, hatte Erika gerade das gesamte Magazin des Droiden in den Speeder gejagt.

»Hmm«, brummte sie in zufriedenem Ton. »Wie viele hab ich erwischt, Liebling?«

Ottoh hob das Fernrohr und spähte nach draußen. Die Szene hatte sich vollkommen verändert: Der Speeder der Nihil war verschwunden, ebenso der Droide; an ihrer Stelle glühten heißes, verbogenes Metall und züngelnde Flammen. Er pegelte die Helligkeit herunter und suchte nach ... Da! Vier Umrisse in der Nähe des Feuers. Keiner von ihnen rührte sich noch. Aber die beiden anderen hatten überlebt und schleppten sich langsam von dem Wrack fort, und die Gruppe mit dem Rammbock eilte hinüber, um ihnen zu helfen. Sie waren leider durch das Haus größtenteils von der Explosion abgeschirmt gewesen.

»Nicht genug«, sagte Ottoh. »Aber unsere Chancen stehen trotzdem besser.«

Er senkte das Fernrohr wieder und blickte zu seinem Sohn hinüber, der gerade in gütigem Tonfall auf Bee einredete.

»Konntest du Ogdens Hoffnung erreichen?«, fragte Ottoh. »Du hast doch mit jemandem geredet. Ist Hilfe unterwegs?«

Ronn hob den Kopf. Seine Miene war grimmig.

»Ich habe den Sicherheitsdienst von Ogden erreicht, Papa«, sagte er. »Ich hab ihnen erklärt, was hier geschieht. Der Mann am anderen Ende hat mir viele Fragen gestellt, aber als ich sagte, dass es die Nihil sind, wurde er plötzlich still. Danach ... meinte er nur noch, dass wir zu weit weg sind und dass sie es nicht rechtzeitig herschaffen würden. Er ... hat gesagt, dass es ihm leidtut, aber es klang, als hätte er einfach nur Angst. Ich habe versucht, ihn noch mal zu erreichen, aber niemand antwortet mehr.«

»Feiglinge«, zischte Erika.

Von draußen hallte ein dumpfer Laut in den Schutzraum, als etwas Schweres gegen die Vordertür donnerte. Dann ertönte eine Stimme.

»Das hättet ihr nicht tun sollen«, sagte sie, tief und mit seltsamer Betonung. »Wir wollten euch einfach nur mitnehmen.«

Bäng!

»Aber jetzt werden wir euch wehtun!«

»Möchtest du einen Nachschlag?«, fragte Porter Engle mit einem Blick auf Bells leere Schale. »Der freie Fall muss ja richtig hungrig machen.«

Loden, der auf der anderen Seite des Tisches saß, lachte leise, aber Bell störte sich nicht daran. Früher oder später würde er schon noch lernen, einen Sturz abzubremsen, und selbst wenn nicht … das war kein Grund, eine zweite Portion von Porters Neun-Eier-Eintopf zu verschmähen.

Porter Engle war eine Legende. Er gehörte seit mehr als dreihundert Jahren zum Jedi-Orden, und inzwischen war der rundliche Ikkrukki mehr Bart als Mann. Er hatte in den meisten Hauptdisziplinen der Jedi eine langjährige Laufbahn absolviert – Lehrer, Forscher, Diplomat, Krieger –, und die Geschichten, die über ihn erzählt wurden, hätten allein schon ausgereicht, um ihm einen Platz in den Annalen des Ordens zu sichern. Beispielsweise hatte er nur noch ein Auge; das andere hatte er vor langer Zeit im Kampf verloren, und die lange Narbe auf dieser Seite seines Gesichtes erzählte ihre ganz eigene Geschichte. Doch jetzt, wo er sich dem Ende seiner Lebensspanne näherte, schien er seine neueste und letzte Bestimmung gefunden zu haben: als Koch. Der Eintopf enthielt wirklich neun verschiedene Eiersorten, aber vier von ihnen hielt Porter geheim; vermutlich waren sie entweder zu selten oder zu widerlich, als dass er sie öffentlich machen wollte. Doch welche Zutaten auch immer er verwendete, es *schmeckte.*

Bell spürte, wie Ember sich unter dem Tisch rührte. Sie lag quer über seinen Stiefeln, und die Wärme ihres Körpers war selbst durch das dicke Leder zu spüren. Die Hündin war nicht dumm – ihre Chancen, ein oder zwei Happen abzubekommen, standen bei keinem anderen Jedi auf Elphrona so gut wie bei Bell Zettifar.

Das Tier war eines Tages einfach am Eingang des Außenpostens aufgetaucht, ausgemergelt, zitternd und mit einer entzündeten Wunde am Hinterbein.

Indeera hatte die Wunde behandelt, Porter hatte sie gefüttert, Bell hatte ihr einen Namen gegeben, und Loden hatte ihr erlaubt zu bleiben. Um es mit seinen Worten auszudrücken: Die Macht hatte ihnen ein neues Teammitglied geschickt. Das war eine clevere Art, die Regeln des Ordens zu modifizieren, denn diese warnten vor emotionalen Bindungen. Aber wenn man sich um eine Kameradin kümmerte, dafür sorgte, dass sie sicher und zufrieden und satt war, und dass ihr Fell immer schön gebürstet wurde … na ja, dann war das etwas anderes. Und Regeln hin oder her, inzwischen hatten die Jedi des Elphrona-Außenpostens die Aschehündin alle ins Herz geschlossen.

»Ja, bitte«, sagte Bell, wobei er seine Schale hochhielt. »Es schmeckt heute wieder köstlich.«

»Das liegt an den Steinpaprika«, erklärte ein zufriedener Porter. Er füllte die Schale mit einer weiteren Kelle des dickflüssigen gelben Eintopfs. »Ich habe ein paar auf dem Markt gefunden, schön hart und frisch.«

Wenn ein Jedi-Veteran im Alter den Wunsch und die Fähigkeit verlor, eine aktive Rolle im Orden zu spielen, dann konnte er sich an einen Ort seiner Wahl zurückziehen. Die meisten blieben im Tempel auf Coruscant, wo es Unterkünfte für alle älteren Mitglieder gab. Hier konnten sie den Rest ihrer Tage verbringen, wie immer es ihnen beliebte. Porter Engle hatte einen anderen Ansatz gewählt; er hatte darum gebeten – ja, darum *gebeten* –, nach Elphrona versetzt zu werden. Er schien entschlossen, sich trotz seines Alters möglichst nützlich zu machen, und es gab keinen Ort, an dem die Galaxis mehr von seinen dreihundert Jahren Jedi-Erfahrung profitieren konnte als an einem Außenposten.

Hier konnte an jedem beliebigen Tag eine Vielzahl von Herausforderungen auf einen Jedi warten. Vielleicht musste er einen Streit schlichten. Oder ein Dorf vor Räubern schützen. Oder Kriminelle zur Rechenschaft ziehen. Oder Kinder unterrichten. Oder medizinische Hilfe leisten. Oder die Macht einsetzen, um den Einheimischen zu helfen. Natürlich verlangte nicht jedes

Problem nach einem Jedi, aber wenn sich die Lage doch so weit zuspitzte, dann waren die Leute in der Regel froh, auf einer Außenpostenwelt zu leben.

»Die Starlight-Station ist bald bereit für ihre Einweihung«, sagte Loden, während Bell sich über seine zweite Portion Eintopf hermachte.

»Ja, in ein paar Wochen«, nickte Indeera. »Aber nach der Hyperraumsperrung der Kanzlerin könnte sich das verschieben.«

»Hmm ... wollen wir es nicht hoffen«, brummte Porter Engle. Er setzte sich ans Kopfende des Tisches. »Nicht, dass es ein Weltuntergang wäre, wenn sie nicht pünktlich ihren Betrieb aufnimmt, aber ich weiß, wie wichtig es für die Pläne der Kanzlerin ist, dass alles reibungslos abläuft. Und ich würde die Station auch gerne mal sehen. So, wie es klingt, muss sie wunderschön sein.«

»Das ist sie«, bestätigte Loden. »Findest du nicht auch, Bell?«

»Absolut prächtig«, sagte Bell. »Es gibt eine Biosphären-Zone, wo Besucher die Atmosphären verschiedener Planeten im Äußeren Rand erleben können. Den Dschungel von Dantooine, die Eisebenen von Mygeeto ... Ich fand es toll.«

Loden ließ den Löffel in seine leere Schale fallen.

»Es geht darum, die Vielfalt der Welten hier draußen zu zeigen«, erklärte er. »Die dargestellten Biosphären werden regelmäßig ausgetauscht, sie zeigen neue Umgebungen und Tiere ... ein sehr ehrgeiziges Projekt.«

Jetzt ergriff Indeera das Wort, aber ohne die Augen von ihrem Datenpad zu nehmen.

»Die gesamte Raumstation ist ein ehrgeiziges Projekt. Und es soll noch viele weitere geben. Ich habe gelesen, dass die Kanzlerin ein ganzes Netzwerk solcher Stationen geplant hat.«

»Das hat man uns auch bei der Führung erzählt«, nickte Bell.

»Lina Soh und ihre Große Erneuerung.« Porter Engle lächelte. »Sie gefällt mir. Ich kann mir keinen besseren Moment für ein solches Netzwerk vorstellen – es wird die Galaxis enger zusammenbringen. Ich weiß noch, vor ein paar Jahrhunderten, als die Galaxis sich beinahe selbst zerfleischt hätte … damals waren alle nur mit ihrem eigenen Überleben beschäftigt. Jetzt, in dieser Zeit des Wohlstands, sollten wir unbedingt die Gelegenheit nutzen und etwas Bedeutungsvolles für die Zukunft aufbauen.«

»Glaubt Ihr, der Orden schließt seine Außenposten, wenn weitere Stern-Stationen in Betrieb genommen werden?«, fragte Bell.

»Ich will es nicht hoffen«, erwiderte Porter, dann lehnte er sich zurück und verschränkte die Hände hinter dem Kopf. »Mir gefällt es hier. Jeder Tag ist ein wenig anders. Man lässt die Dinge auf sich zukommen, hilft denen, die es nötig haben … das ist kein übles Leben.«

Er winkte dem Servodroiden zu, der sogleich herbeirollte und den Tisch abräumte. Sie saßen im Speisesaal des Außenpostens, einem gemütlichen Raum mit niedriger Decke. Er war eines von acht Zimmern, die rings um die runde Haupthalle angeordnet waren; daneben gab es noch Schlafräume, die Küche, einen Lagerraum, einen Hangar und einen Übungsraum fürs Lichtschwerttraining, alles durch die zentrale Halle verbunden – so, wie alles Leben durch die Macht verbunden war. Ein passender Vergleich, denn in den Boden des großen Raumes war riesengroß das Symbol des Jedi-Ordens eingraviert.

»Apropos«, fuhr Porter fort, »was steht heute denn auf dem Programm?«

»Ich werde mit meinem Vector in die südliche Hemisphäre fliegen«, erklärte Indeera. »Ein paar Bergarbeiter sind dort auf eine Essurtanium-Ader gestoßen. Ich habe dieses Mineral noch nie gesehen; angeblich soll es seltene Eigenschaften besitzen und sogar ein wenig machtreaktiv sein. Vielleicht kann ich ihnen ja eine Probe abkaufen, damit wir es hier untersuchen können.«

»Ihr solltet Bell mitnehmen«, schlug Loden vor.

»Warum, damit sie mich aus dem Cockpit werfen kann?«, fragte Bell.

»Du bist sehr weise, mein Padawan«, sagte Loden.

»Nun, ich für meinen Teil werde jetzt erst mal den Abwasch machen«, verkündete Porter. »Und was habt Ihr vor, Loden?«

»Ein Chromanten-Nest macht einer Siedlung im Norden Schwierigkeiten. Ich dachte mir, ich biete ihnen mal meine Hilfe an.«

»Können Sie nicht einfach einen Kammerjägerdroiden benutzen?«, fragte Indeera.

»Vermutlich«, gestand Loden. »Aber vielleicht habe ich einfach *Lust*, gegen ein paar Hundert Chromanten zu kämpfen.«

Bell schüttelte den Kopf. Er hätte auch nichts dagegen gehabt, gegen hundert Chromanten zu kämpfen, aber das behielt er für sich. Seine Tagesaufgabe war bereits entschieden: Er würde wieder mal aus einem Vector springen, und es gab nichts, was er daran ändern konnte.

Ein tiefes Pfeifen aus der Haupthalle ließ die vier Jedi die Köpfe drehen. Das Signal zeigte eine eingehende Nachricht des Notfallsystems des Außenpostens an. Loden tippte die Kontrolltafel an, die in die Mitte des Tisches eingelassen war, und übertrug die Nachricht in den Speisesaal. Die Stimme, die daraufhin ertönte, war gedämpft, aber voller Nervosität.

»Äh, Jedi, hier ist … nein. Ich nenne meinen Namen besser nicht. Aber da ist eine Familie, die ungefähr dreißig Kilometer südlich von der Stadt ein Haus hat. Mann, Frau, zwei Kinder. Die

Blythes. Ich habe zufällig ihren Hilferuf an den Sicherheitsdienst von Ogdens Hoffnung aufgeschnappt. Offenbar werden sie gerade von … von den Nihil angegriffen. Der Sicherheitsdienst will sich da nicht ranwagen. Ich glaube, sie haben Angst. Hätte ich vermutlich auch. Diese Geschichten, die man über die Nihil hört … Aber die Person, die den Notruf abgesetzt hat … das war ein *Kind.* Es klang nicht gut. Vielleicht könntet Ihr ihnen ja helfen? Ich schicke Euch die Koordinaten. Wie gesagt, ich will nichts mit der Sache zu tun haben … oder mit den Nihil. Aber ich dachte, Ihr solltet es wissen.«

Damit endete die Nachricht.

Ember spürte die Anspannung, die den Raum plötzlich erfüllte. Von ihrem Platz unter dem Tisch stieß sie ein leises, hustendes Geräusch aus; es klang, als wäre jemand mit einem Stiefel auf ein Stück Kohle getreten.

»Die Nihil«, murmelte Indeera.

»Die Familie«, sagte Porter Engle.

Seine Stimme war mit einem Mal schrecklich kalt, und als Bell zu dem älteren Mann aufblickte, sah er nicht den ungezwungenen, bärtigen Ikkrukki-Koch und Erfinder des Neun-Eier-Eintopfs, den er so gut kannte. Nein, was er nun sah, war der Jedi-Ritter, der einst unter dem Namen Klinge von Bardotta berühmt gewesen war.

»Gehen wir«, sagte Loden.

23

MITTLERER RAND, NABOO

Avar Kriss stützte die Arme auf das aufwendig verzierte Steingeländer und blickte über den See hinweg zu der kleinen, bewaldeten Insel, in deren Mitte sich ein flacher Hügel erhob. Eine Ansammlung kleiner Häuser mit orangefarbenen Dachziegeln drängte sich am Ufer zusammen, aber ansonsten schien die Insel unberührte Natur zu sein.

»Varykino«, sagte Elzar Mann, als er neben Avar trat.

Sie blickte zu ihm hoch. Er sah gut aus, fröhlich. Seine dunklen Augen leuchteten, und ein Grinsen erhellte sein Gesicht, aber das konnte auch an dem Getränk in seiner Hand liegen, irgendeinem grünen Zeug, das in einer Glasschale serviert wurde. Avar wusste nicht, was es war, aber wie sie Elzar kannte, handelte es sich vermutlich um den feinsten Tropfen aus dem Vorrat ihrer Gastgeber. Und nach dem, was sie über ihre Gastgeber wusste, musste das wirklich ein *sehr* feiner Tropfen sein.

»Var-was?«, fragte sie.

»Varykino«, wiederholte er, wobei er mit seinem Glas auf die Insel deutete. »So heißt dieser Ort. Ein Zufluchtsort für Künstler, an dem kreative Außenseiter zusammenleben und tiefgründigen Gedanken nachhängen. Es gibt da diesen Dichter, einen Mann namens Omar Berenko. Ich höre, er soll brillant sein.«

Elzar fuhr sich mit der Hand durch sein dunkles, kurz geschnittenes Haar, das von Natur aus leicht wellig war.

»Vielleicht sollten wir uns auch hier zur Ruhe setzen, wenn wir zu alt sind und der Orden keine Verwendung mehr für uns hat«, sagte er. »Ich hätte nichts dagegen, meine Tage mit entspannter Reflexion zu verbringen. Wer weiß, vielleicht finden wir sogar einen Weg, mit der Macht Fische zu fangen.«

Er nahm einen Schluck von seinem Getränk und zog beeindruckt die Brauen hoch.

»Solange wir nur immer genug von diesem Zeug haben. Beim Licht, ist das gut!«

»Lasst mich mal versuchen«, bat Avar, und er reichte ihr die Schale.

Sie nippte an dem Alkohol, und der würzige, angenehme Geschmack ließ ihre Zunge prickeln.

»Da kann ich Euch nicht widersprechen«, gestand sie. »Es ist köstlich. Aber mäßigt Euch. Wir haben hier noch etwas zu erledigen.«

Nach einem letzten Schluck stellte Elzar die Schale auf dem Geländer ab. Sofort schwebte ein goldschimmernder Servodroide herbei, um es mitzunehmen. Anschließend zog er sich wieder zurück, aber nur ein paar Meter, um bereit zu sein, sollten die beiden Jedi noch etwas brauchen.

»Sind deine Besitzer inzwischen da?«, fragte Avar den Droiden. »Wir warten schon seit einer ganzen Weile.«

»Ich weiß, Meisterin«, erwiderte die Einheit in einem fröhlichen Tonfall. »Master Marlowe und Master Vellis müssen sich um eine wichtige Angelegenheit kümmern, aber sie haben mich kontaktiert, und sie werden in Kürze hier sein. Falls Ihr möchtet, könnt Ihr Euch so lange hinsetzen.«

Der Droide deutete mit seinem langen, dünnen Arm zu einer Sitzecke auf der anderen Seite der Terrasse: Plüschsofas und Stühle, vor einem niedrigen Quarztisch voller Erfrischungen platziert. Avar vermutete, dass Elzar sich dort seinen Drink geholt hatte. Alles hier kündete von enormem Wohlstand – kein Wunder, schließlich konnten sich nur die reichsten Familien der Galaxis ein Anwesen im Seenland von Naboo leisten –, aber das Dekor und die Anordnung des Mobiliars wirkte eher geschmackvoll als prahlerisch. Die Besitzer dieses Hauses versuchten nicht zu beeindrucken; jede Entscheidung war mit einem Auge für einfachen, aber einheitlichen Stil getroffen. Alles fügte sich perfekt in die natürliche Umgebung ein … was natürlich auf eine ganz eigene Weise beeindruckend war.

Wie um diesen Eindruck noch zu unterstreichen, blies eine leichte Brise über die Terrasse, und die Millablumen, die an Ranken von dem Vordach herabhingen, schwangen hin und her. Ihr Duft liebkoste Avars Sinne, und ihre Schönheit ließ das Lied der Macht anschwellen.

Da konnte man beinahe vergessen, dass sie hier waren, um Nachforschungen über einen noch immer fortschreitenden, galaktischen Notfall anzustellen. Die entspannte Reflexion musste wohl wirklich bis zu ihrem Ruhestand warten. Kurz dachte sie darüber nach, wie es wohl wäre, ihren Lebensabend mit Elzar Mann zu verbringen – auch wenn sie das natürlich nie zugeben könnte; Elzar würde sie noch in Jahren damit aufziehen.

Zwischenzeitlich hatte sich im Ringlite-System eine neue Tragödie abgespielt. Weitere Trümmer der *Legacy Run* waren aus dem Hyperraum aufgetaucht, und Tausende Wesen hatten ihr Leben verloren. Nur den heldenhaften Bemühungen des lokalen

Sicherheitsdienstes war zu verdanken, dass die Opferzahlen nicht noch größere Dimensionen erreicht hatten. Kanzlerin Soh hatte den Sperrbereich daraufhin noch einmal ausgeweitet – ein nötiger Schritt, auch wenn Senator Noor dagegen protestiert hatte. Mit jedem dieser Zwischenfälle wuchs der Druck, das Rätsel zu lösen.

Und ihr Treffen heute könnte der Schlüssel sein.

Als hätten sie Avars Gedanken gelesen, tauchten genau in diesem Moment zwei Männer am Rand der Terrasse auf. Marlowe und Vellis – der Erbe des San-Tekka-Imperiums und sein Ehemann.

Beide waren blass, hatten blondes Haar und blaue Augen, aber damit endeten die Gemeinsamkeiten. Vellis' Gesicht sah aus, als hätte man es aus Granit gemeißelt, während Marlowes Züge viel weicher wirkten. Trotzdem war ihre gegenseitige Zuneigung offensichtlich, und ebenso wie ihr Zuhause strahlten auch sie entspannten, unaufdringlichen Wohlstand aus.

Avar wunderte sich, was Marlowes Vorfahren wohl davon halten würden, was aus der Familie geworden war. Die San Tekkas hatten ihr Vermögen als galaktische Routensucher vor ungefähr einem Jahrhundert gemacht; damals waren sie ein Haufen hartgesottener Entdecker gewesen, die neue Wege durch die galaktische Wildnis suchten, wie einst planetare Forscher Routen durch gefährliche Gebirgszüge gesucht hatten. Die Erkundung des Hyperraums war nicht weniger abenteuerlich gewesen; viele, die sich daran versucht hatten, waren für immer im Nichts zwischen den Welten verschwunden, ohne jede Hoffnung auf Rettung oder Wiederkehr. Doch die San Tekkas hatten ein besonderes Talent gehabt, und die Galaxis verdankte ihnen viele der schnellsten und kürzesten Hyperraumverbindungen. Diese Routen hatten sie anschließend an Händler, Regierungen und

Unternehmen verkauft. Ein paar hatten sie auch für sich selbst behalten und mit Hyperraum-Zollsystemen ausgestattet, über die man die nötigen Navigationsdaten herunterladen konnte. All diese Einnahmen hatten sich über Jahrzehnte hinweg addiert, und heute gehörten die San Tekkas zu den reichsten Familien der Galaxis. Sie schickten aber noch immer Entdecker in die Tiefen des Raums hinaus – die nun aber den seriöseren Titel Hyperraumvermesser trugen –, um lukrative neue Routen zwischen den Sternen auszuloten.

Die Galaxis war riesig, und die Leute sehnten sich immer nach schnelleren und sicheren Reisemöglichkeiten.

»Willkommen in unserem Heim«, sagte Marlowe, wobei er Avar die Hand hinhielt. »Es ist uns eine Ehre, Jedi als Gäste begrüßen zu dürfen.«

Sie schüttelte seine Hand, und Elzar tat das Gleiche bei Vellis.

»Bitte, lasst uns doch Platz nehmen.« Marlowe deutete auf die Sitzgarnitur. »Der Servodroide meinte, Ihr hättet bereits den Attar probiert – der gehört auch zu meinen Favoriten. Aber da ist noch mehr, was Ihr unbedingt probieren müsst. Nur falls Ihr möchtet, natürlich.«

»Danke«, sagte Avar.

Die Gruppe setzte sich, und Kriss streckte ihre Sinne in die Macht aus, um den Gemütszustand ihrer Gastgeber zu erfassen: Sie waren vollkommen entspannt. Nicht dass Avar etwas anderes erwartet hätte. Die San Tekkas hatten ein wunderschönes Anwesen am See, die Liebe ihres Lebens neben sich und genug Credits für tausend Lebensalter – *natürlich* waren sie entspannt.

»Senator Noor hat uns schon mitgeteilt, dass Ihr diese grässlichen Katastrophen am Äußeren Rand untersucht«, sagte Marlowe, während er ein Glas mit roter Flüssigkeit füllte und es dann Vellis reichte. »Ich bin zwar nicht sicher, was das mit uns zu tun hat, aber falls wir helfen können, werden wir es natürlich tun. Allein schon um Izzets Willen. Er ist ein alter Freund, und wir wissen, dass am Äußeren Rand große Verantwortung auf ihm lastet.«

»Am Äußeren Rand stehen gerade alle unter großem Druck«, bemerkte Elzar mit einem harten Unterton in der Stimme.

»Natürlich«, sagte Vellis hastig. »Wir gehören alle zur Republik.«

»Die Hyperraumaustritte sind eine ernste Bedrohung, und wir arbeiten an einem System, um vorauszuberechnen, wo sie als Nächstes auftreten«, erklärte Avar.

»Oh, wirklich? Wie interessant«, sagte Marlowe. »Und wie wollt Ihr das bewerkstelligen?«

»Es gibt da einen genialen Systemanalysten vom Technologieministerium auf Hetzal Prime. Er versucht, ein Netzwerk von Navigationsdroiden aufzubauen ... Er will ihre Prozessoren vernetzen und sie mit den Daten über die ursprüngliche Katastrophe und alle bisherigen Austritte füttern. Ein Erfolg ist aber nicht garantiert. Vor allem da wir zunächst genug Droiden auftreiben müssen, um diese komplexen Berechnungen durchzuführen.«

Marlowe und Vellis wechselten einen Blick – eine wortlose Kommunikation, die vor Avar verborgen blieb.

»Da können wir vielleicht wirklich helfen«, sagte Vallis anschließend. »Wir haben einige geschützte Algorithmen, die wir benutzen, um den wahrscheinlichsten Verlauf von Hyperraumrouten zu errechnen. Falls Euer Analytiker auf Hetzal möchte, können wir ein paar unserer Navilatoren ... unserer Hyperraumspezialisten hinschicken, um ihm beim Aufbau seines Systems zu helfen.«

»Normalerweise behalten wir unsere Geschäftsgeheimnisse lieber für uns«, fügte Marlowe hinzu, »aber wenn Leben auf dem Spiel stehen …«

»Vielen Dank«, sagte Avar. »Das ist überaus großzügig. Wir werden den Kontakt mit dem Analysten herstellen – sein Name ist Keven Tarr. Ich bin sicher, er wird jede Hilfe begrüßen, die er bekommen kann.«

»Aber das ist nicht der eigentliche Grund unseres Hierseins«, schob Elzar nach.

»Oh?« Marlowe zog seine schmalen Augenbrauen nach oben.

»Es geht nicht nur darum, die Trümmer abzufangen. Wir müssen auch sicherstellen, dass es keine zweite *Legacy-Run*-Katastrophe geben wird, und dafür müssen wir herausfinden, was sie ausgelöst hat. Ihre Familie weiß mehr über den Hyperraum als sonst irgendjemand – oder zumindest war das Senator Noobs Einschätzung. Haben Sie vielleicht irgendwelche Theorien?«

»Nun, wir haben die Berichte im HoloNetz gelesen, aber die enthalten kaum Details. Habt Ihr vielleicht genauere Informationen?«

Elzar zog einen Datenchip unter seiner Robe hervor und reichte ihn Vellis. »Das ist alles, was wir bislang haben. Die Leute vom Transportministerium der Republik haben die Trümmer studiert, und ausgehend von den Bruchmustern hat sich die *Legacy Run* während des Fluges in ihre Bestandteile aufgelöst.«

»Eine Kollision?«, fragte Marlowe.

»Nein«, sagte Avar. »Es scheint eher, als hätte das Schiff ein Manöver durchgeführt, bei dem seine Außenhülle über Gebühr belastet wurde. Das ist natürlich alles stark vereinfacht, aber offenbar hat sich das Schiff selbst in Stücke gerissen.«

Vellis und Marlowe schwiegen einen langen Moment, und

Vellis stellte sein Glas ab, obwohl er noch nicht daran genippt hatte.

»Ich bin sicher, Ihr wisst das bereits, aber der Punkt beim Hyperraumreisen ist, dass man *nicht* manövrieren muss. Die Routen sind frei; da gibt es nichts, womit man zusammenstoßen könnte. Solange man sich an die Berechnungen hält, sind Kollisionen ausgeschlossen.«

»Das ist allgemein bekannt«, erwiderte Elzar. »Aber irgendetwas *ist* da draußen geschehen, und jetzt sterben und leiden Leute überall am Äußeren Rand. Darauf zu pochen, dass es unmöglich ist, ändert nichts an den Fakten.«

Er deutete auf den Datenchip, den Vellis noch immer in der Hand hielt.

»Wir gehen ein paar möglichen Szenarien nach. Sie finden alle Informationen dazu auf dem Chip. Unsere erste Vermutung war, dass es ein Pilotenfehler gewesen sein könnte, aber der Captain der *Legacy Run* war eine Frau namens Hedda Casset, ehemals beim Militär – eine hochdekorierte Veteranin. Es ist schwer vorstellbar, dass sie einen so gravierenden Fehler begehen würde. Alle Berichte deuten darauf hin, dass sie konzentriert und ausgeglichen war.«

»Eine Meuterei?«, mutmaßte Marlowe.

»Aus welchem Grund?«, konterte Avar. »Das Schiff war voller Siedler, ein Routineflug vom Kern zu den Territorien am Äußeren Rand. Sie hatten auch keine ungewöhnliche und extrem wertvolle Fracht an Bord.«

»Da draußen im tiefen Raum können die seltsamsten Dinge mit der Psyche eines Wesens geschehen«, sagte Marlowe. »Es gibt mehr als genug solcher Geschichten in unserer eigenen Familienhistorie. Man verfällt dem Wahnsinn, bevor man es auch nur merkt.«

»Das mag sein«, entgegnete Elzar. »Aber dies war ein Flug, wie er täglich stattfindet, auf einer vielbenutzten Route. Die Beamten des Transportministeriums haben einige der geretteten Überlebenden befragt, und niemandem von ihnen ist irgendetwas Ungewöhnliches aufgefallen. Eine Meuterei ist somit höchst unwahrscheinlich.«

»Vielleicht hatte das Schiff eine Fehlfunktion«, überlegte Vellis.

»Nicht ausgeschlossen, aber ebenfalls unwahrscheinlich«, erklärte Avar. »Die *Legacy Run* war ein altes Schiff, aber wie die Wartungsprotokolle zeigen, hat Captain Casset sie in erstklassigem Zustand gehalten. Die letzten Wartungsarbeiten fanden nur zwei Flüge vor der Katastrophe statt.«

»Momentan gehen wir davon aus, dass ihnen etwas auf der Hyperraumroute entgegengekommen ist und sie auszuweichen versuchten«, fügte Elzar an.

»Ausgeschlossen.« Marlowe schüttelte den Kopf. »Ich habe es Euch doch gerade gesagt: So funktioniert der Hyperraumverkehr nicht.«

Avar spürte das Aufflackern eines Impulses in Elzar. Es war keine bewusste Nachricht, aber doch ein Signal, das sie sofort verstand. Sie kannten einander schon sehr lange, waren gemeinsam Jünglinge im Tempel gewesen und später dann Padawane. Das hatte in der Macht ein festes Band zwischen ihnen entstehen lassen, und oft verstanden sie einander, ohne dass auch nur ein Wort nötig war.

Doch *hätte* Elzar Worte benutzt, um auszudrücken, was sie gerade von ihm empfing, dann hätte er vermutlich gesagt: *Er lügt.*

Elzar war besser darin, Betrug und Täuschung zu spüren als Avar. Was ihre eigene Gabe anging – dieses instinktive Verständnis der Macht und der Art, wie sie alles Leben in der Galaxis berührte –, so gab es vermutlich keinen anderen Jedi im Orden, der an sie herankam, abgesehen von Meister Yoda vielleicht. Aber wenn es darum ging, Wesen zu verstehen? Nun, da war Elzar der Experte. Avar bezweifelte, dass er überhaupt die Macht dazu brauchte.

Hier und jetzt setzte er aber doch eine Jedi-Technik ein: etwas, was die Meister eine Gedankenberührung nannten; er selbst bezeichnete es als Gedankentrick – in seinen Augen war das die ehrlichere Bezeichnung. Er hob zwei Finger in einer unauffälligen Bewegung und berührte Marlowe San Tekkas Bewusstsein mit der Macht. Nun würde Marlowe tun, was immer Elzar als Nächstes sagte.

Avar wusste, dass der Geist ein Werkzeug des Lichts war, trotzdem widerstrebte es ihr, direkten Einfluss auf die Gedanken einer anderen Person zu nehmen. Elzar hatte keine solchen Vorbehalte; er betrachtete diese Technik als Möglichkeit, um den Geist eines Wesens zu öffnen – um ihm Klarheit zu schenken, sodass es den Willen der Macht spüren konnte. Oder anders ausgedrückt: um der Wahrheit auf die Sprünge zu helfen.

Avar schickte ihren eigenen Impuls durch das Band zwischen ihnen, eine Botschaft, so direkt und klar, dass er sie sofort verstehen musste.

Nein.

Elzar drehte sich herum und blickte sie an. Obwohl seine Miene ausdruckslos blieb, konnte Avar mühelos darin lesen. Das unmerkliche Zucken seiner Mundwinkel sagte: *Na schön, du hast mich erwischt,* dann wandte er sich wieder den San Tekkas zu und ließ von Marlowes Geist ab.

»Sind Sie wirklich sicher, dass eine Kollision ausgeschlossen ist, Vellis?«, fragte Avar. »Könnte es nicht sein, dass ein Objekt irgendwie im Hyperraum gefangen bleibt, sagen wir, ein altes Schiff oder ein Asteroid …?«

Vellis schüttelte energisch den Kopf. »Der Hyperraum ist nicht wie der Normalraum. Sobald ein Schiff – oder etwas anderes – hineinspringt, kann es nichts anderes mehr berühren. Es steckt praktisch in einer Blase der Raumzeit. Soweit wir wissen, führt jeder Sprung durch eine eigene, einzigartige Dimension. Da gibt es keine Interaktion.«

Avar wusste, sie würde sich den Rest ihres Lebens an diese Worte erinnern, wann immer sie durch den Hyperraum reiste. Der Sprung in die Lichtgeschwindigkeit war für sie zu etwas Alltäglichem geworden; und jetzt hörte sie, dass sie tatsächlich jedes Mal einen Schritt weg von allem Vertrauten machte, eine Reise in eine neue Dimension, in ein neues Universum antrat. Bei dieser Vorstellung kam sie sich plötzlich schrecklich klein und unbedeutend vor. Das gleiche Gefühl hatte sie manchmal auch bei der Macht, ungeachtet ihrer Ausbildung und Erfahrung; denn so wunderschön das Lied der Macht war, so gewaltig und endlos war es auch. Das konnte einen schon mal verunsichern.

Ein weiterer Impuls von Elzar: *Er lügt.* Und wieder lautete ihre Antwort: *Nein.*

»Sei dem, wie es sei«, sagte sie laut. »Die *Legacy Run* ging unter, gemeinsam mit den meisten Personen an Bord, und Millionen sind seitdem durch ihre Trümmer gestorben. Die San Tekkas haben mehr Zeit mit der Erforschung des Hyperraums verbracht als sonst jemand in der Galaxis. Haben Sie je von etwas Vergleichbarem gehört?«

»Nein«, antwortete Marlowe knapp, und diesmal spürte Avar kein Signal von Elzar.

Stattdessen fragte der Jedi: »Sie glauben also nicht, dass das Problem im Hyperraum liegt?«

»Wir werden uns die Daten ansehen«, erwiderte Vellis, wobei er den Datenchip hochhielt, »aber im Moment kann ich es mir nicht vorstellen. Ich bezweifle, dass es eine Wiederholung des *Legacy-Run*-Unglücks geben wird. Unsere Familie beschäftigt sich seit über hundert Jahren eingehend mit dem Hyperraum, und ausgehend von diesem Wissen ...«

»... war es ein einmaliger Zwischenfall«, beendete Marlowe den Satz.

Avar stand auf, und Elzar folgte ihrem Beispiel, obwohl er dabei seine Überraschung verbergen musste.

»Danke«, sagte sie. »Wir wissen wirklich zu schätzen, dass Sie Ihre Experten ins Hetzal-System schicken, um Keven Tarr zu helfen. Wir müssen jetzt unseren nächsten Termin wahrnehmen ... aber können wir uns noch einmal an Sie wenden, falls wir weitere Fragen haben?«

»Natürlich«, sagte Marlowe, der sich ebenfalls erhoben hatte. »Wie gesagt, es ist eine Ehre und ein Privileg, die Jedi und die Republik zu unterstützen.«

Eine letzte Runde Höflichkeiten, dann verließen Avar und Elzar das San-Tekka-Anwesen. Der Langträger, der sie nach Naboo gebracht hatte, wartete auf einem Landefeld direkt vor den Toren.

»Sie haben etwas verborgen«, murmelte Elzar. Sein Ton war offen, aber sie spürte seine Frustration – eine Emotion, die sie öfter von ihm aufschnappte. Er wollte immer noch ein wenig mehr erreichen, immer noch ein Stück weiter greifen.

»Daran zweifle ich nicht, Elzar. Sie sind Geschäftsleute. Aber wir wissen nicht, wie relevant die Dinge waren, die sie zurückgehalten haben. Die San Tekkas machten jedenfalls keinen böswilligen Eindruck. Im Gegenteil ... sie bieten uns einige ihrer am besten gehüteten Geheimnisse an, um Leben zu retten.«

Elzar erwiderte nichts darauf, aber sie spürte seine zähneknirschende Zustimmung in der Macht.

»Lasst uns jetzt erst mal unsere Ermittlungen fortsetzen. Falls nötig können wir ja zurückkommen und weitere Fragen stellen. Wir haben hier Fortschritte gemacht, also seid zufrieden.«

»Na ja«, brummte Elzar, während er auf den Langträger zuging. »Der Drink war gut.«

Der Wind wehte über die Terrasse, während Marlowe und Vellis San Tekka wortlos nebeneinandersaßen. Sie blickten über den See hinweg zur Insel Varykino, wo exzentrische Genies sich vom Rest der Welt abschotteten und Kunstwerke hervorbrachten, die außerhalb ihres kleinen Eilands vermutlich nie jemand zu Gesicht bekommen würde.

»Du weißt, nach wem das klang, oder?«, fragte Vellis schließlich.

Er hob das Weinglas und kratzte mit dem Fingernagel über seinen Rand, bevor er es wieder auf dem Quarztisch abstellte.

»Nein, nein«, entgegnete Marlowe. »Sie kann unmöglich noch am Leben sein. Ist dir klar, wie alt sie inzwischen sein müsste?«

»Ich hoffe, du hast recht«, murmelte Vellis. »Um ihretwillen. Bei allen Göttern ...«

Die Sonne spiegelte sich auf den Wellen des Sees, und die beiden Männer dachten an die Geschichte ihres Clans zurück. An den Ursprung ihres gewaltigen Reichtums ... und an die große Tragödie, mit der alles angefangen hatte.

»Ich hoffe, du hast recht.«

24

HYPERRAUM, *GAZE ELECTRIC*

Marchion Ros Flaggschiff flog durch den Hyperraum – aber nicht so, wie andere Schiffe durch den Hyperraum flogen. Sein Kurs war nicht vorprogrammiert, es raste nicht stur von einem Sprungpunkt zum nächsten, immer schön einer fest definierten Hyperraumroute folgend. Nein, die *Gaze Electric* ging tiefer und höher, beschrieb unmöglich enge Kurven, drang wieder und wieder in neue Bereiche des Urraums vor, fernab aller bekannten Pfade. Die Route, der sie folgte, war nirgends verzeichnet und unmöglich zu rekonstruieren.

Kontrolliert wurde dieser Kurs von Mari San Tekka, und Marchion Ro ließ ihr dabei freie Hand – sie hatte die Navigationssysteme des Schiffes ganz für sich. Bisweilen wurde der Flug ein wenig holpriger, manchmal sogar geradezu beängstigend, aber wen kümmerte das? Mari genoss diese Reisen, denn sie erlaubten es ihr, Theorien zu prüfen und neue Ideen auszuarbeiten.

Solange sie die *Gaze Electric* steuerte, war sie ganz ruhig. Sie fühlte sich wohl, und ganz gleich, wie oft Marchion ihr einen bestimmten Pfad vorgab – sie wurde nie müde oder frustriert, während sie das Schiff ans Ziel lenkte.

Jetzt gerade blickte Marchion durch ein Aussichtsfenster in

die bizarre, unwirkliche Landschaft hinaus, welche sie durchquerten. Es sah aus, als würden sie durch einen Schneesturm fliegen, nur dass es Blumen anstelle von Schneeflocken waren, und dass ihre Blütenblätter aus grellem grünem Licht bestanden. Es war wunderschön und gleichzeitig erschreckend.

Es war eine völlig andere Erfahrung, als auf normale Weise durch den Hyperraum zu fliegen. Da sprang man auf eine Route, folgte ihr eine Weile durch unendliche, wirbelnde Leere und tauchte dann wieder im Normalraum auf.

Doch unter Maris Kommando bewegte sich das Schiff wie ein Insekt mit rastlos schlagenden Flügeln; es huschte von Blüte zu Blüte und änderte immer wieder seine Richtung, ohne sich dabei um die Gesetze von Trägheit, Beschleunigung und Verlangsamung zu scheren.

Diese Fähigkeiten hatten jedoch ihren Preis, sowohl was die Belastung des Schiffes als auch den Treibstoffverbrauch anging. Glücklicherweise war die *Gaze Electric* mit einem speziellen Pfadantrieb ausgestattet, um der Beanspruchung standzuhalten. Es war das erste seiner Art, das in seinem Aussehen zwar den Triebwerken der anderen Nihil-Schiffe ähnelte, aber deutlich verbessert und viel leistungsfähiger war. Nur dank dieser Technologie konnten die Nihil die Pfade in Navigationsdaten übersetzen – Daten, die konventionelle Systeme als unmöglich ablehnen würden. Mit anderen Worten: Die Triebwerke waren der Schlüssel zum Erfolg der Gruppe, dem heutigen ebenso wie dem zukünftigen.

Marchion nannte das mächtige Schiff schon sehr lange sein Eigen, und davor war es im Besitz seines Vaters gewesen. Und so wie einst der Vater stapfte nun auch der Sohn durch die leeren Korridore, die für ganze Tausendschaften konzipiert waren, aufgrund von Zeit und Verrat aber nur noch eine Handvoll Wesen beherbergten. Marchion hatte keine Heimat; er und sein Vater hatten ihren Planeten schon vor langer Zeit hinter sich gelassen. Dieser Kreuzer kam für ihn also einem Zuhause am nächsten, genauso wie Mari San Tekka für ihn einer Familie am nächsten kam.

Er blickte zu ihr hinab. Mari lag in einer versiegelten, länglichen Kapsel mit durchsichtiger Oberseite. Mehrere Kabelstränge schlängelten sich von dort zu der Energieversorgung im Boden und zu großen Tanks, in denen diverse medizinische Chemikalien blubberten, während ihr Inhalt in die Kapsel gepumpt wurde. Im Grund war es ein übergroßer Heiltank, gebaut, um Maris Sicherheit und Wohlbefinden zu garantieren ... sofern man diese Dinge bei einem Wesen ihres Alters noch garantieren konnte.

Mari war in Trance versunken, wie immer, wenn sie das Schiff flog. Ihre Augen huschten hierhin und dorthin, als sie ihren Kurs durch das Labyrinth des Hyperraums plante – ein Labyrinth, das nur sie sehen konnte. Kein anderes Wesen besaß dieses Talent, und kein Navigationsdroide kam auch nur ansatzweise an sie heran. Wenn Droidengehirne einen Weg durch den Hyperraum berechneten, griffen sie auf die etablierten Routen zurück, wohingegen Mari die Wege *zwischen* diesen Routen fand. Es war eine Mischung aus Instinkt und unterbewusster mathematischer Analyse, die nicht einmal sie selbst wirklich erklären konnte.

Natürlich hatte Marchion sie danach gefragt – viele Male sogar –, genauso wie sein Vater vor ihm, und davor seine Großmutter. Falls es eine Möglichkeit gäbe, Mari San Tekkas Gabe zu erlernen, dann wären die Möglichkeiten wahrlich grenzenlos. Mari hatte es versucht, aber es war, als wollte man die Sterne zählen. Je weiter man kam, je genauer man hinsah, desto mehr tauchten auf. Manche Dinge ließen sich einfach nicht definieren.

20

HETZAL-SYSTEM, *THIRD HORIZON*

Der Baudroide legte ein Trümmerteil ab, und seine Werkzeugarme rückten das kleine Metallfragment in den richtigen Winkel. Woher der Droide wusste, wo das Teil in dem Meer aus Trümmern hingehörte oder welche Funktion es einmal erfüllt hatte – das war eine Frage, die vielleicht ein moderner Motivatorschaltkreis beantworten konnte, nicht aber Elzar Mann. Für ihn sah das verkrümmte Stück Durastahl genauso aus wie all die anderen.

Doch die Droiden schienen zu wissen, was sie taten. In dem abgesteckten Teil des Raums, der in das Licht mächtiger Scheinwerfer getaucht war, nahm allmählich der Umriss eines Schiffes Gestalt an – das Wrack der *Legacy Run*. Ungefähr ein Dutzend Baudroiden war damit beschäftigt, Trümmer herbeizutragen und sie wie Puzzleteile zusammenzusetzen. Der Frachter, der die Teile hergebracht hatte, schwebte neben der *Third Horizon*, knapp außerhalb des Scheinwerferlichtes. Von dort wanderten die Metall- oder Plastoidfragmente eins nach dem anderen an ihren Platz in der Rekonstruktionszone. Bei manchen Trümmern handelte es sich um ganze Abteile, bei anderen um einzelne Drähte. Es sah aus, als würden die Droiden versuchen, das

Oder weitergeben.

Wenn Mari San Tekka starb – und dieser Tag lag nicht mehr in weiter Ferne, auch wenn die beste medizinische Technologie der Galaxis eingesetzt wurde, um ihre Lebensspanne zu verlängern –, dann würden die Pfade mit ihr sterben. Alles, was die Nihil über die anderen plündernden Banden des Äußeren Rands erhob, alles, was es ihnen erlaubt hatte, ihr kleines Reich aufzubauen … würde sich in Nichts auflösen.

Marchion drückte einen Knopf an der Außenseite von Maris Kapsel und fragte: »Kannst du uns zurückbringen, Mari?«

Die alte Frau ignorierte ihn, und die *Gaze* machte einen weiteren Satz nach vorne. Marchion stemmte die Füße gegen das Deck, ohne bewusst darüber nachzudenken. Die meisten Leute konnten sich kaum auf den Beinen halten, wenn Mari San Tekka das Schiff durch den Hyperraum steuerte, aber er hatte Erfahrung darin; schließlich flog er schon mit ihr, seit er ein Kind gewesen war.

»Mari?«, wiederholte er.

Keine Reaktion. Der Hyperraum raste vor den Aussichtsfenstern vorbei, und Maris Augen folgten seinem Verlauf, suchten nach den Pfaden, die allein sie sehen konnte.

Marchion Ro zog die Brauen zusammen. Er drückte einen zweiten Knopf auf der Kontrolltafel der Medikapsel, und Maris Körper verspannte sich schlagartig, als ein leichter Stromschlag durch sie hindurchzuckte.

Er wünschte, sie würde ihn nicht dazu zwingen. Die Frau war zerbrechlich, und er wusste nicht, wie viele Stromstöße sie aushalten konnte. Ihr Arzt, ein rundlicher Chadra-Fan namens Uttersond, beschrieb Mari San Tekkas Herz gerne als Papierlaterne.

Leider hatte er keine Zeit, sie weiter in ihren Gedanken dahintreiben zu lassen. Die Nihil brauchten Pfade, und Marchion Ro musste ihnen diese Pfade liefern, aber tatsächlich stammten sie von dieser alten Frau, die er so lange schon am Leben hielt und pflegte – der Frau, von der seine gesamte Zukunft abhing. Und sie? Sie wollte einfach nur sein Schiff kreuz und quer durch die Galaxis steuern, anstatt …

Er drückte ein zweites Mal den Knopf, und Maris Körper verkrampfte sich.

… ihm zu geben …

Noch einmal.

… was er …

Und noch einmal.

… *wollte.*

Mari San Tekka erschlaffte in ihrem Meditank, dann begann ihr Körper plötzlich zu zittern und zu zucken. Ihr Mund klappte auf, Speichel tropfte auf ihr Kinn, und ihre Augen rollten nach oben.

Ein Alarm ging los, ein tiefes, beharrliches Piepsen, das unweigerlich Doktor Uttersond auf den Plan rufen würde, es sei denn … Marchion Ro tippte die Kontrollen an, und der Alarm verstummte.

Er beugte sich über die Kapsel und beobachtete, wie Mari San Tekka ihren Anfall durchlitt. Der Tank leitete seine eigenen Notfallprozeduren ein: Kleine Roboterarme mit Injektionsnadeln wurden aus den Seiten ausgefahren, um in die vorstehenden Adern der stockdürren Armen der Frau zu stechen; flache Metallsonden schoben sich unter ihre Robe, um ihr Herz zu stimulieren …

Vielleicht ist das das Ende, überlegte Marchion. *Alles, was ich getan habe, all diese Jahre der Planung … es könnte hier und jetzt enden.*

Der Gedanke übte eine perverse Faszination auf ihn aus. Er beobachtete Mari San Tekkas zitternden, winzigen Körper und fragte sich, ob dies der Tag wäre, an dem sein Leben eine völlig neue Richtung nahm.

Sein Finger verharrte über dem Alarmknopf für Uttersond. Er wusste nicht, was der dämliche Arzt tun konnte – ob er *überhaupt* etwas tun konnte –, aber er war gerade im Begriff, ihn doch zu rufen, als Mari San Tekka plötzlich hustete, ein hartes, bellendes Geräusch. Danach entspannte ihr Körper sich.

Sie schlug die Augen auf und blickte sich verwundert um. Als sie Marchion erkannte, breitete sich ein Lächeln auf ihrem Gesicht aus, so breit und gütig und offen wie das eines Kindes.

»Marchion, hallo«, krächzte sie. »Habe ich mich wieder gehen lassen? Es tut mir leid. Du weißt ja, wie ich bin, wenn wir diese Reisen unternehmen. Es gibt einfach so viel zu sehen.«

Ihr Zeigefinger zuckte auf der Kontrolltafel unter ihrer Hand, und Marchion spürte, wie die *Gaze* aus dem Hyperraum zurückfiel.

»Schon gut, Mari. Alles in Ordnung.«

Mari neigte den Meditank nach oben, bis er fast senkrecht stand und sie auf Augenhöhe mit Marchion war. Das Alter mochte ihren Geist umnebelt haben, aber ihre Augen waren klar und fokussiert. Der Anblick von Marchions tiefschwarzen Augen schien sie kein bisschen zu beunruhigen.

»Aber diesmal hat es sich gelohnt. Ich habe einen neuen Pfad zwischen Pasaana und Urber gefunden. Das sollte die Flugzeit um ein Drittel verkürzen, vielleicht sogar um mehr. Dafür werden wir einen fürstlichen Preis bekommen, nicht wahr?«

Mari San Tekka war in eine Familie von Hyperraum-Routensuchern hineingeboren worden, aber irgendetwas war mit ihr geschehen, während sie mit ihrer Familie die interstellare Wildnis erforscht hatte. Es hatte ihren Geist verändert, ihre Augen für Dinge geöffnet, die sonst niemand sehen konnte – die Pfade. Von ihrem sechsten Lebensjahr an hatte sie diese Gabe zum Wohle ihrer Familie eingesetzt, hatte ihr zu Ruhm und Reichtum verholfen ... aber dieser Ruhm hatte einen Preis gefordert.

Marchion Ros eigene Familie hatte Mari San Tekka geraubt. Eine Entführung – irgendein anderes Wort zu benutzen, wäre eine Lüge. Sie hatten sich ihre Gabe zunutze gemacht, um die Dinge zu finden, die sie damals gebraucht hatten, und dann ... hatten sie sie einfach behalten. Sie hatten ihr Geschichten erzählt, damit sie zufrieden und kooperativ blieb, und sie von Generation zu Generation weitergegeben, bis sie schließlich auf die *Gaze Electric* gekommen war.

Mari San Tekka schien zu glauben, dass sie noch immer als Routensucherin arbeitete. Manchmal hielt sie Marchion Ro für ihren Vater, oder für dessen Vater, oder für ihren Großvater, oder für ihren Sohn, oder für ihren Entführer oder für ihren Geschäftspartner. Ihr Zeitgefühl hatte im Lauf der Jahrzehnte gelitten, ihr Geschick beim Finden neuer Hyperraumrouten aber nicht. Und sie suchte nicht nur die Pfade, die Marchion für die Überfälle der Nihil brauchte; sie hatte ein ganzes Netzwerk neuer, geheimer Wege quer durch die Galaxis erschlossen, vom Tiefkern bis hin zum Wilden Raum. Sie schien zu glauben, dass Marchion Ro diese Routen an die Republik verkaufte (oder welche Regierung in ihrem Kopf gerade die Galaxis beherrschte). Das war die einzige Konstante, ganz gleich, welche Identität sie Marchion gab.

Tatsächlich benutzte Marchion diese neuen Routen aber nicht, stattdessen speicherte er sie in der zentralen Datenbank der *Gaze Electric*. Eines Tages könnten sie ihm von großem Nutzen sein ... aber bevor dieser Tag kam, mussten erst noch viele Vorbereitungen getroffen werden.

Es machte Mari San Tekka glücklich, wenn sie das Gefühl hatte, sich nützlich zu machen, und wenn sie glücklich war, konnte man sie leichter beeinflussen. Also sagte Marchion:

»Vielen Dank, Mari. Das war sehr gut. Du kannst die Daten in den Computer eingeben, dann leiten wir sie gleich an die Käufer weiter. Du bist großartig.«

Mari lächelte mit einem Mal verschämt. Sie war so ... *rein.* So *unwissend.* Marchion hasste es, von jemandem wie ihr abhängig zu sein.

»Wie kommt dein Plan voran?«, fragte sie. »Dieses große Vorhaben, das du verfolgst. Machst du Fortschritte?«

Marchion hatte der Frau Dinge verraten, die er sonst keinem lebenden Wesen anvertrauen würde. Er hatte es getan, weil er ihre Expertenmeinung brauchte ... oder zumindest redete er sich das ein. Das war erträglicher als die Einsicht, dass er sonst niemanden hatte, dem er es erzählen konnte.

Er dachte über ihre Frage nach. Die Pfade – und Mari – waren sein Erbe, an ihn weitergegeben von seinem Vater, Asgar Ro. Asgar war weder der Gründer der Nihil gewesen noch hatte er je über sie geherrscht. Ebenso wie Marchion hatte er als ihr Auge fungiert. Das klang bedeutend, aber in Wirklichkeit erfüllte das Auge nur eine Funktion. Es leistete einen Dienst, wenn auch einen einzigartigen, und dafür wurde es von den wahren Oberhäuptern der Nihil, den Orkanen, bezahlt. Fürstlich bezahlt.

Asgar Ro hatte den Nihil die Pfade aber nicht allein wegen der Credits angeboten. Er hatte ein anderes Ziel verfolgt: Rache für seine Familie und viele andere. Doch er hatte nicht lange genug gelebt, um dieses Ziel zu erreichen, und nun lag die Aufgabe bei seinem Sohn.

Ehe Marchion das Werk seines Vaters vollenden konnte, musste erst eine grundlegende Veränderung stattfinden. Die

Nihil mussten aufhören, eine chaotische Bande egoistischer, blutdurstiger Krimineller zu sein. Bis vor Kurzem hatte Marchion Ro das noch für unmöglich gehalten … aber jetzt *musste* er einen Weg finden, und zwar schnell. Nach Jahrhunderten der Vernachlässigung hatte die Republik nämlich beschlossen, nun eine aktivere Rolle im Äußeren Rand zu spielen. Sie baute eine riesige Raumstation, die Starlight-Station, und das, was sie die Große Erneuerung nannte, bezeichnete Marchion als Große Unterdrückung.

Die Nihil mussten wachsen, bevor es zu spät war und die Republik den Äußeren Rand ihren Gesetzen und Regeln unterwarf. Und den Jedi. Die durfte man natürlich nicht vergessen.

»Mein Plan … entwickelt sich«, beantwortete er Maris Frage. »Es gibt ein paar Hindernisse, und die nächsten Schritte erfordern großes Fingerspitzengefühl. Das ist eine gefährliche Phase für mich. Um ehrlich zu sein, hatte ich gehofft, dass du mir dabei helfen könntest.«

Mari hob eine zerbrechliche Hand, und ihr Lächeln verblasste.

»Oh, du willst Pfade. Muss ich wirklich? Ich habe mich völlig verausgabt, um diese neuen Routen zu finden … Ich bin müde. Kann ich es nicht später machen? Nach einem kleinen Nickerchen?«

Verpass ihr einen Stromschlag, fuhr es Marchion durch den Kopf. *Oder besser noch, verpass ihr hundert, bis sie in dieser elendigen Kapsel verbrennt.*

Laut sagte er: »Nein. Ich wollte nur, dass du dir etwas ansiehst. Oh, und der Koch hat dein Lieblingsessen gemacht – wir können es herbringen lassen, falls das hilft.«

Mari seufzte.

»Na schön, Marchion«, murmelte sie. »Wenn es wirklich so

wichtig ist. Weißt du, dein Vater hat nie so viel von mir verlangt. Ich vermisse ihn.«

Marchions Finger bewegte sich auf den Knopf zu, der einen weiteren Stromschlag durch den Meditank schicken würde. Er hatte nicht vor, in Asgar Ros Fußstapfen zu treten. Mari San Tekka und die Orkane erinnerten ihn gern daran, dass er nie an seinen Vater heranreichen würde, aber das war unwichtig. Sein Vater war *tot*.

Marchion atmete tief ein und ballte die behandschuhten Finger zu einer Faust.

»Danke, Mari«, sagte er. »Es geht um Folgendes …«

Er zog einen Datenchip aus seinem Gürtel und steckte ihn in das Lesegerät an Maris Meditank. Hellblaue Informationen leuchteten auf der Innenseite des Deckels auf, eine Lawine aus Datenzeilen, die die letzten Sekunden der *Legacy Run* auf ihrem unglückseligen Flug durch das Hetzal-System nachzeichneten. Mari San Tekkas Augen fokussierten sich, während sie las, und Marchion Ro wusste, dass ihr kein noch so kleines Detail entgehen würde.

»Oh, je«, sagte sie. »Dieses arme Schiff. Was für eine Tragödie.«

»M-hm«, machte er. »Und das ist nicht alles. Teile des Frachters tauchen überall im Äußeren Rand aus dem Hyperraum auf. Mir geht es um eines dieser Teile – die Sektion der Brücke, auf der sich der Flugschreiber befindet. Die Republik sucht danach, weil sie hofft, so mehr über den Hergang des Unglücks zu erfahren.«

»Ich verstehe«, sagte Mari, die Augen weiter auf die vorüberscrollenden Daten auf der Innenseite der Kapsel gerichtet.

»Sie wollen eine große Maschine bauen – ein Netzwerk aus zusammengeschalteten Navigationsdroiden –, um zu berechnen, wo die fehlenden Trümmer der *Legacy Run* aus dem Hyperraum kommen werden. Ich möchte nur wissen, ob das möglich ist. Kann man das wirklich voraussagen?«

Mari zögerte nicht. Sie lachte, ein überraschend volltönender Laut. Marchion hatte keine Ahnung, woher dieses Volumen stammte; ihr Brustkorb sah aus, als würde er in sich zusammenfallen, wenn man ihn nur mit dem Finger anstieß.

»Natürlich, du Dummerchen. Ich könnte dir gleich jetzt sagen, wo jedes einzelne Trümmerteil dieses Schiffes auftauchen wird. Es würde nicht mal lange dauern. Aber ... ich bin müde.«

Marchion erstarrte. In diesem Augenblick sah er alles ganz klar vor sich: jeden Schritt, den er tun musste, um sein Ziel zu erreichen. Natürlich gab es noch immer Unwägbarkeiten – Optionen, Möglichkeiten, Dinge, auf die man sich nicht vorbereiten konnte –, aber das waren nur kleine Verästelungen im Laufe eines großen Pfades, und am Ende dieses Pfades lag, wovon er schon sein ganzes Leben träumte.

Das Kommlink summte, und er nahm es von seinem Gürtel.

»Ja?«, fragte Marchion.

»Sie hatte einen weiteren Anfall«, plärrte Doktor Uttersonds quietschende Stimme aus dem Gerät. »Ich habe es auf dem Monitor gesehen.«

Selbst wenn der Chadra-Fan auf seinen üblichen, schulmeisterlichen Ton verzichtete, blieb seine Stimme unglaublich irritierend.

»Es geht ihr gut«, wiegelte Marchion ab.

»Nein, Sir, bei allem Respekt, es geht ihr *nicht* gut. Sie muss sich ausruhen. Keine weiteren Pfade – mindestens eine Woche lang. Sie ist empfindlich und muss erst wieder zu Kräften kommen.«

»Vielen Dank, Doktor. Ich habe verstanden.«

»Wirklich, Sir? Manchmal habe ich nämlich Zweifel, ob Sie …«

Marchion unterbrach die Verbindung. Als er sich wieder Mari San Tekka zuwandte, betrachtete sie mit einem unschuldigen Lächeln eine Simulation des Trümmerregens im Hetzal-System.

»Es wäre wirklich schön, wenn du helfen könntest, Mari«, sagte er. »Ich muss mich jetzt um ein paar Dinge kümmern, aber ich komme später wieder. Könntest du vielleicht gleich anfangen? Ich lasse dir dein Essen bringen, dann kannst du dich stärken, während du arbeitest.«

Die alte Frau antwortete nicht, aber sie machte eine wedelnde Handbewegung, woraufhin der Meditank in eine horizontale Position zurücksank. Sie würde sich des Problems annehmen. Sekunden später war Mari wieder in Trance, und ihr Geist wandelte über die gewundenen Pfade, die nur sie begreifen konnte.

Marchion Ro verließ den Raum und ging zur Brücke der *Gaze* hoch. Die Mannschaft des Schiffes bestand fast ausschließlich aus Droiden; der Rest waren Leute außerhalb der Nihil-Organisation, die er im Geheimen angeheuert hatte. Er vertraute weder den Stürmen noch den Winden, und erst recht nicht den Brisen. Selbst den Orkanen blieb der Zugang zu seinem Schiff verwehrt. Niemand wusste, woher die Pfade stammten, und sollte irgendjemand es herausfinden, wäre Marchions Leben keinen Credit mehr wert. Jeder konnte einen Meditank am Laufen halten.

Die Brücke war ein majestätischer Raum, ganz aus dem Stamm eines riesigen Wroshyr-Baums geschnitzt, welcher von Kashyyyk importiert und mit atemberaubender Finesse von Kunsthandwerkern bearbeitet worden war. Marchion ging zu seinem Kommandostuhl hinüber, ohne die Deckmannschaft eines Wortes zu würdigen, dann tippte er einen Knopf an, und rings um seinen Platz ploppte eine Reihe von Holoschirmen auf, die gleichzeitig als Kommdisplays fungierten.

Ein weiterer Knopfdruck, und Kassav, Pan Eyta und Lourna Dee erschienen auf den Displays.

»Lass mich raten, du hast Angst vor den großen, bösen Jedi und willst uns keine Pfade mehr geben«, grollte Kassav, wie immer der Erste, der den Mund aufriss, und der Letzte, der ihn wieder zumachte.

Pan Eyta und Lourna Dee blieben stumm.

»Ich habe keine Angst vor den Jedi, Kassav. Aber ich bin kein Idiot, darum sehe ich in ihnen eine ernsthafte Bedrohung. Sie könnten alles zerstören, was wir aufgebaut haben.«

Kassav sah aus, als wollte er noch mehr sagen, also beeilte Marchion sich weiterzusprechen.

»Ich weiß, es gefällt keinem von euch, dass wir uns unauffällig verhalten müssen, anstatt weitere Raubzüge durchzuführen. Aber erinnert ihr euch noch an die neue Gelegenheit, von der ich euch erzählte – das neue Ziel? Nun, der Moment ist gekommen, es in Angriff zu nehmen. Ich werde euch dreien eine Liste von Koordinaten geben. Dort werden weitere Trümmer der *Legacy Run* austreten. Seht, wo sie landen, durchsucht die Einschlagstelle und schaut, ob ihr etwas Nützliches findet. Aber es gibt einen Haken: keine Pfade diesmal. Nur die normalen Taktiken und Techniken.«

Lourna und Pan schwiegen weiterhin, aber er konnte sehen, wie sie überlegten. Sie versuchten abzuschätzen, inwiefern diese neue Aufgabe ihnen nützen oder schaden könnte, was für ein Spiel Marchion hier spielte, ob sie versuchen sollten, seine Meinung zu ändern … oder ob nun letztendlich der Tag gekommen wäre, an dem sie ihn umbringen und die Pfade für sich selbst beanspruchen würden – eine Eventualität, für die sie sicher schon seit Jahren Pläne schmiedeten.

Ausnahmsweise grollte nicht mal Kassav gleich drauflos.

Sicherlich gingen ihm die gleichen Dinge durch den Kopf wie den beiden anderen.

»Na hör sich einer das an«, sagte er schließlich. »Wir machen die ganze Arbeit, und du stellst uns nicht mal Pfade zur Verfügung? Also schön. Aber ich finde, dann sollte die Verteilung anders ablaufen. Ich sage, das Auge bekommt diesmal kein Drittel der Beute. Wie wäre es mit … zehn Prozent? Das scheint mir angemessen.«

Marchion bedachte ihn mit einem Lächeln, das nicht wirklich ein Lächeln war.

»Wenn du die Trümmer nicht durchsuchen willst, fein. Dann bleibt mehr für Pan Eyta und Lourna Dee. Es sei denn, ihr seid auch nicht interessiert. Das ist eure Entscheidung. Aber falls ihr die Informationen des Auges nutzt, dann zahlt ihr dafür auch den vereinbarten Preis – oder ihr werdet nie wieder Zugriff auf die Pfade erhalten. Die Regel der Drei gilt immer.«

Kassav war alles andere als zufrieden, aber Marchion ignorierte sein Grollen.

»Die Republik versucht ebenfalls, diese Trümmeraustritte vorauszuberechnen«, sagte er. »Mit anderen Worten, sie könnten jederzeit dort auftauchen, also setzt eure besten Leute darauf an. Es muss ganz schnell gehen. Plündert die Einschlagstellen und verschwindet. Vielleicht könnt ihr die Informationen über die bevorstehenden Einschläge auch verkaufen … aber tut es anonym und lasst das Geld auf unsere Schattenkonten überweisen. Das ist das Wichtigste: Egal, was ihr tut, es muss unauffällig geschehen. Die Republik darf nicht herausfinden, dass jemand weiß, wo diese Trümmer aus dem Hyperraum kommen. Andernfalls könnte es sie direkt auf unsere Fährte locken, und niemand hier will sich mit den Jedi herumschlagen.«

Er beugte sich vor.

»Haben das alle verstanden?«

Die Orkane nickten, und Marchion Ro beendete die Übertragung. Kurz dachte er nach, dann drückte er einen Knopf an der Armlehne seines Kommandostuhls.

»Bringt der alten Dame ihr Essen«, sagte er.

25

ELPHRONA

Ein Knall ließ das Fahrzeug erzittern. Bell hörte, wie Indeera eine gepresste Verwünschung entfloh, aber sie wurden nicht langsamer. Falls überhaupt schienen sie eher noch schneller zu werden, und das Heulen der Triebwerke nahm einen schrillen Ton an.

Neben Bell drehte Ember nervös den Kopf, und er streichelte die Aschehündin. Das Fell fühlte sich unter seinen Fingern mal wärmer an, mal kälter, je nachdem, welche Farbe es hatte.

»Schon gut, Mädchen«, sagte Bell. »Indeera hat nur etwas gestreift. Sonst ist alles gut.«

Sie benutzten ein Vehikel, das Valkeri Enterprises eigens für die Jedi entwickelt hatte – einen Vanguard, das landgebundene Gegenstück zum Vector. Oft wurde es auch V-Rad genannt, obwohl es nicht immer auf seine Räder angewiesen war, um ein Ziel zu erreichen. Jedi-Außenposten waren standardmäßig mit mindestens einem Vanguard ausgestattet, und da diese Basen in den unterschiedlichsten planetaren Umgebungen errichtet wurden, hatte man die Fahrzeuge so konzipiert, dass sie jedem Terrain gewachsen waren. Die Räder konnten gegen einen Kettenantrieb ausgetauscht werden, und falls die Landschaft selbst dafür zu zerklüftet war, gab es noch eine Repulsorliftfunktion. Da sich der Innenraum vollständig versiegeln ließ, konnten Vanguards sogar als Amphibien- oder Unterwasserfahrzeuge eingesetzt werden. Sie konnten praktisch alles außer fliegen, was auf Elphrona kein Nachteil war; die starken magnetischen Felder des Planeten machten den Einsatz von Flugmaschinen in vielen Regionen geradezu unmöglich.

In seiner Ästhetik war der Vanguard stark an den Vector angelehnt: schlanke, gerade Linien, jede Wölbung und Kante in ein stimmiges, geometrisches Ganzes integriert. Hinter dem Fahrerbereich – wo gegenwärtig Indeera Stokes und Loden Greatstorm saßen – befand sich ein großer Mehrzweckraum mit genug Platz für Passagiere oder Ausrüstung. Vanguards mochten weniger anmutig sein als Vectors, aber wie ihre fliegenden Verwandten waren auch sie ganz auf die Jedi ausgelegt. Die Waffensysteme ließen sich nur durch einen Lichtschwert-Schlüssel aktivieren, und viele der Kontrollen waren mechanischer Natur, damit man sie im Notfall durch die Macht kontrollieren konnte und nicht auf elektronische Systeme angewiesen war.

Natürlich würde kein Jedi die Macht für etwas einsetzen, was er ebenso gut von Hand tun konnte, aber die Tatsache, dass man aus der Entfernung die Luke eines Vanguard öffnen, seine Waffen benutzen oder das Fahrzeug in Bewegung setzen konnte, hatte schon viele Leben gerettet. Bell glaubte nicht, dass er diese Dinge tun könnte, und er war nicht mal sicher, ob Loden ganz ohne Übung dazu in der Lage wäre. Indeera hingegen ... vielleicht. Sie hatte von ihnen allen das größte technische Talent, darum saß sie in der Regel auch am Steuer, wenn die Jedi irgendwohin fuhren – wie heute.

Indeera hatte die direkteste Route zu ihrem Ziel gewählt – eine gerade Linie quer über eine niedrige Hügelkette. Es gab zwar eine Straße, die vom Außenposten nach Ogdens Hoffnung und dann weiter zu den größeren Abbauzonen führte, aber es war ein gewundener, weiter Weg –, und falls sie dem Notruf glauben konnten, der im Außenposten eingegangen war, dann hatten sie keine Zeit zu verlieren. Diese Route mochte ruppiger und holpriger sein … aber sie würde sie schneller ans Ziel bringen, insbesondere mit Indeera am Steuer.

Der Vanguard erreichte die Kuppe des letzten Hügels.

»Rauch«, sagte Loden.

Bell drehte sich herum, um durch die Windschutzscheibe des Vanguard zu spähen. Er sah sofort, was sein Meister meinte: Weit vor ihnen kräuselte sich eine Säule aus dunklem Rauch in die Höhe, was bislang durch die Hügel vor ihren Blicken verborgen geblieben war.

»Wenn das nicht die Blythe-Heimstatt ist, muss es direkt nebenan sein. Glaubt ihr …«, begann Indeera.

»Ja«, nickte Loden. »Nach dem, was wir gehört haben, sind die Nihil Zerstörer. Sie nehmen sich, was sie wollen, und verwüsten den Rest. Außerdem benutzen sie bei ihren Angriffen gerne Gas – vielleicht ist es ja das, was wir hier gerade sehen.«

»Für mich sieht es eher nach einem Feuer aus«, entgegnete Indeera. »Übernehmt das Steuer, Loden. Ich werde einen der Veils nehmen und mich in der Umgebung umsehen.«

»In Ordnung. So können wir von mehreren Seiten eingreifen, falls die Nihil noch dort sind … oder falls sie irgendwelche Überraschungen zurückgelassen haben«, sagte Loden.

Indeera nickte, dann stand sie vom Fahrersitz auf, während Loden das Lenkrad auf seine Seite herüberzog. Der Vanguard wurde ein wenig langsamer.

Die Jedi eilte durch das Passagierabteil nach hinten, vorbei an

Porter Engle, der schweigend auf seinem Platz saß und mit seinem einzelnen Auge ins Nichts starrte.

Nach außen hin wirkte der Ikkrukki ruhig, aber Bell spürte die brodelnde Energie in seinem Inneren. Der gut gelaunte Koch – Erfinder diverser leckerer Gerichte und nützlicher Sprichwörter – war in den Hintergrund getreten, und an seiner Stelle erwachte nun ein schlummernder Vulkan, angefüllt mit unvorstellbarer Macht. Der alte Jedi hatte den Geist seines früheren Selbst beschworen – die Version von Porter Engle, über die Padawane sich heute noch Geschichten erzählten; die Version von Porter Engle, vor der sich Plünderer, die schutzlose Siedler überfielen, besser in Acht nehmen sollten.

»Alles in Ordnung, Porter?«, fragte Bell.

»Ja«, antwortete der alte Jedi, ohne ihn anzusehen.

Bell beschloss, ihn in Ruhe zu lassen. Es war nicht so, als hätte er Angst vor ihm – sie waren schließlich beide Jedi. Aber … er war nicht sicher, ob es ihm gefiel, einem Geist gegenüberzusitzen.

Indeera hatte inzwischen das Heck des Vanguard erreicht, wo zwei Veil-Speeder auf einem Gerüst fixiert waren, einer über dem anderen. Wie alle Fahrzeuge, die Valkeri Enterprises für den Orden baute, waren auch die Speeder für Machtbenutzer ausgelegt, und dementsprechend minimalistisch waren die schlanken Maschinen auch. Sie bestanden aus wenig mehr als einem Sitz, den man auf einen hohlen Duralium-Rahmen geschnallt hatte, mit einem einzelnen Repulsor und vier flügelartigen Klappen, die aus seinen Seiten ausgefahren wurden – praktisch ein fliegender Stock. Aber wenn man wusste, wie man einen Veil fliegen musste, dann war er unglaublich schnell und wendig. Eine Handvoll talentierter Fahrer konnte einen ganzen Zug schwer gepanzerter Fahrzeuge ausschalten und das Blasterfeuer des Feindes mit ihren Lichtschwertern zurückwerfen.

Davon ganz abgesehen machte es wahnsinnig Spaß, Veils zu fahren, und Bell machte gerne Spritztouren durch die Hügel und Täler um den Elphrona-Außenposten, wenn Loden ihm ein paar Stunden Freizeit zugestand – nicht, dass das oft geschah.

Indeera hob einen der Veils von seiner Halterung, dann trat sie nach dem Schalter für die hintere Luke des Vanguard. Die Luke klappte auf, und eine Woge metallisch schmeckender Luft heulte in das Abteil.

»Seid vorsichtig«, rief Indeera Bell noch zu, dann sprang sie nach draußen. Die Flügel des Veil klappten auf, neigten sich im Wind … und der Speeder raste davon.

Bell schloss die Luke wieder, dann ging er an dem weiterhin schweigsamen Porter vorbei in den vorderen Teil des Vanguard und setzte sich auf den Platz, den Indeera gerade geräumt hatte. Ember legte sich zwischen sie, und Loden nahm eine Hand vom Steuer, um den Kopf der Aschehündin zu tätscheln. Seine Augen blieben aber fest auf das Terrain vor ihnen gerichtet.

Jenseits der Windschutzscheibe konnte man inzwischen den Ursprung der Rauchsäule sehen: ein brennendes Gebäude im Zentrum einer kleinen, einstmals einladenden Heimstatt – das Zuhause einer Familie von Schürfern.

Loden brachte den Vanguard zum Stehen, als sie noch hundert Meter von den Flammen entfernt waren. Er sah zu seinem Schüler hinüber. »Kannst du irgendwelche Überlebenden spüren?«

Bell griff in die Macht hinaus. Nichts. Nur kalte Leere. »Nein«, sagte er.

»Ich auch nicht«, brummte sein Meister. »Aber wir müssen trotzdem nachsehen. Vielleicht übersehen wir jemanden – oder es gibt Hinweise darauf, was geschehen ist. So oder so, wir werden der Sache auf den Grund gehen.«

Loden öffnete die Tür auf seiner Seite der Fahrerkabine. Bell stieg ebenfalls aus, und hinter ihm sprang Ember auf den Boden hinab. Einen Moment später erschien Porter, die Hand locker auf dem Griff des Lichtschwerts an seinem Gürtel.

Bell fiel auf, dass er den alten Mann noch nie mit gezückter Waffe gesehen hatte.

Loden hob sein Kommlink. »Wir sind bei der Heimstatt der Blythes, Indeera. Sieht aus, als hätten die Nihil ein Feuer gelegt. Wir werden uns umsehen. Wie ist Euer Status?«

»Ich bin auf einem Hügel ungefähr einen halben Kilometer entfernt. Falls etwas passiert, kann ich innerhalb einer Minute da sein. Im Moment sehe ich nichts, aber ich melde mich, falls ich irgendetwas entdecke.«

»Gut«, sagte Loden, dann hakte er das Kommlink wieder an seinen Gürtel. »Gehen wir. Aber langsam.«

Er machte ein paar Schritte auf das brennende Gebäude zu. Gegenüber davon befand sich ein Pferch, wo mehrere verängstigte Steelees mit den Hufen scharrten, ihre Augen weit offen, ihre Nüstern gebläht. Porter hob die Hand.

»Ruhig, Freunde«, flüsterte er, und sofort begannen die Tiere sich zu entspannen. Ihr aufgestelltes Fell glättete sich, und sie kamen in der Mitte des Pferches zusammen.

»Ein zerstörter Speeder.« Loden deutete auf ein rauchendes Wrack unweit des Hauses. »Da sind auch Leichen. Und ein paar Arbeitsdroiden ... durch Blasterfeuer zerstört. Es sieht so aus, als hätte die Familie die Droiden benutzt, um sich zu verteidigen. Leider hatten sie keinen Erfolg – oder zumindest nicht genug Erfolg.«

Porter rief ihnen etwas zu. Er war zum Pferch der Steelees hinübergegangen und stand nun über einen Fleck aufgewühlter Erde nahe dem Tor gebeugt.

»Die Nihil haben ein paar der Steelees genommen, nachdem sie ihren Speeder verloren haben. Die Spuren im Staub hier zeichnen ein ziemlich genaues Bild. Sechs Leute, vier Gefangene.«

Er richtete sich auf, und sein Gesichtsausdruck wirkte eisig genug, um das Feuer zu löschen.

»Zwei davon Kinder.«

Bell sah sich das Haus genauer an und entdeckte etwas Seltsames an der Tür. Es sah aus, als hätte jemand etwas darauf gemalt …

Er trat näher. Die Tür war mit drei gezackten Linien markiert. Die Hitze der Flammen war brutal, aber Bell machte trotzdem einen weiteren Schritt. Das Symbol war faszinierend, auf eine primitive, urtümliche Weise, und er wollte sichergehen, dass er keine Details übersah.

Ember bellte, laut und schneidend – eine eindeutige Warnung.

Bell blieb stehen und drehte sich zu der Aschehündin herum.

»Was ist denn, Mädchen?«, fragte er, aber dann sah er, wovor Ember ihn warnen wollte. Vier Linien aus aufgeworfener Erde kamen auf ihn zu, und sie bewegten sich unglaublich schnell.

Maulwurfsminen, konnte Bell gerade noch denken, dann tat er zwei Dinge gleichzeitig:

Erstens: Er schubste Ember mit der Macht nach hinten – wobei er versuchte, möglichst behutsam zu sein, aber sein Hauptziel war, die Aschehündin aus der Gefahrenzone zu bringen; welchen Schaden sie auch durch den Stoß nehmen würde, es war nichts verglichen mit den Folgen einer Explosion. Und zweitens: Er sprang senkrecht nach oben und nahm dabei sein Lichtschwert vom Gürtel.

Die Maulwurfsminen waren entworfen, um dicht unter der

Oberfläche auf ihr Opfer zuzurasen, dann in die Luft hochzuschießen und anderthalb Meter über dem Boden zu explodieren, wo der Ring aus horizontalen Schrapnellen, Flammen und Hitze maximalen Schaden anrichten konnte. Es waren tödliche, grausame Waffen; die meisten Leute merkten nicht mal, dass sie überhaupt angegriffen wurden, bevor sie starben.

Zwei der Minen brachen aus der Erde hervor, dunkelgraue Zylinder mit malmenden Mäulern voller Getriebe an einem Ende – das war das Geheimnis ihrer rasenden Fortbewegung: Sie saugten Erde an und stießen sie hinter sich explosionsartig wieder aus. Bell, der gerade den höchsten Punkt seines Sprungs erreicht hatte, griff mit der Macht nach den Minen und schleuderte sie möglichst weit in die Luft hoch – eine Reflexhandlung, die das Schlimmste hoffentlich abwenden konnte.

Die zwei verbliebenen Minen waren noch immer unter der Oberfläche. Ihre primitiven Elektrogehirne schienen nicht sicher, wohin ihre Beute so plötzlich verschwunden war.

Ein lauter Donnerschlag ertönte, eine Sekunde später gefolgt von einem zweiten, als die beiden Minen in der Luft detonierten.

Die Hitzewelle erfasste Bell, schmerzhaft – aber nicht tödlich.

Er war nun wieder im Fallen begriffen, und als er sah, dass eine der Maulwurfsspuren direkt unter ihm endete, richtete er seinen Körper auf diesen Punkt aus.

Im selben Moment, als er landete, rammte er sein Schwert in den Boden, sodass die Klinge eine der verbliebenen Minen aufspießte. Einen Herzschlag später katapultierten sich die beiden letzten Sprengkörper in die Luft. Bell reagierte, ohne nachzudenken, ganz auf die Führung der Macht vertrauend … und schnitt die Mine auf ihrem höchsten Punkt in zwei Hälften.

Erst als die beiden Teile harmlos auf dem Boden landeten, wagte Bell es, sich umzublicken.

Loden und Porter hatten mit ganz ähnlichen Angriffen zu kämpfen, und sie begegneten ihnen auf äußerst unterschiedliche Weise. Loden nutzte die Macht, um die Minen frühzeitig aus dem Boden zu reißen und sie in den Himmel hochzuwirbeln, sodass sie harmlos über der Rostebene explodierten. Porter hingegen war in geduckte Kampfhaltung gegangen und hielt sein Lichtschwert im rückhändigen Griff.

Wann immer eine Mine vor ihm aus der Erde hochschoss, schnitt er sie in Stücke. Es war das gleiche Manöver, das Bell gerade absolviert hatte, aber während der Padawan nicht mal sagen konnte, wie er es eigentlich gemacht hatte, wiederholte Porter die Aktion Mal um Mal, ohne dass sich auch nur ein Muskel in seinem Gesicht rührte. Seine hellblaue Klinge blitzte, Metall fiel in den Staub, und der Ikkrukki blieb unversehrt.

Bell und Loden starrten ihn fasziniert an. Sie waren beide gute Schwertkämpfer, Loden vielleicht sogar erstklassig. Aber das hier? So etwas hatten sie noch nie gesehen. Nicht im Jedi-Tempel, nicht bei Meister Yoda oder Zaviel Tepp, nicht mal beim alten Arkoff. Bell wollte sich gar nicht vorstellen, wie es war, Porter Engle im Kampf gegenüberzustehen.

Es war eine atemberaubende Demonstration von Geschick, und keiner der beiden konnte den Blick davon losreißen. Darum sahen sie nicht, wie sich eine weitere Mine unter den Vanguard grub, dann aus der Erde hochschoss und sich zerstörungswütig in die Luft jagte. Die Explosion sprengte das Fahrzeug in zwei Hälften, und Bell und Loden konnten ihren Aufprall gerade noch durch die Macht abfedern, als die Schockwelle sie von den Beinen riss.

»Alles in Ordnung?« erklang Indeeras drängende Stimme. »Loden! Porter! Meldet Euch! Was bei den Sonnen geht da unten vor sich? Woher kommen all diese Explosionen?«

Loden rollte sich ächzend auf den Rücken und zog sein Kommlink vom Gürtel.

»Wir sind in Ordnung, Indeera«, sagte er. »Die Nihil haben uns eine kleine Überraschung hinterlassen, das ist alles. Maulwurfsminen. Es scheint jetzt vorbei zu sein, aber wir haben den Vanguard verloren.«

»Falls sie Minen gelegt haben, dann sind sie nicht mehr dort«, schlussfolgerte Indeera. »Sie sind entkommen.«

»Das denke ich auch«, nickte Porter, als er herüberkam. Das Lichtschwert hing wieder an seinem Gürtel. »Vermutlich wartet in einer der Transitzonen ein Schiff auf sie. Die magnetischen Felder sind hier ungewöhnlich stark ausgeprägt, also kann es keine Möglichkeit gegeben haben, ohne missliche Umstände neben dem Haus runterzugehen und die Familie unbehelligt an Bord zu zerren. Sie mussten demnach in einem sicheren Bereich landen und dann wieder herfahren. Aber dann jagte die Familie ihren Gleiter in die Luft, und ihnen blieb nichts anderes übrig, als die Steelees zu nehmen und zu ihrem Schiff zurückzureiten.«

»Wie sollen wir sie jetzt noch einholen?«, fragte Bell, nachdem er sich vom Boden hochgestemmt hatte. »Das V-Rad ist hinüber.«

»Es sind noch immer einige Steelees übrig«, schlug Porter vor. »Ich könnte sie satteln, und wenn wir sie durch die Macht überzeugen, uns zu helfen, werden sie alles geben, um ihre Besitzer zu retten. Dann holen wir diese Monster vielleicht noch ein, ehe sie die Familie vom Planeten fortschaffen.«

»In Ordnung«, sagte Loden. Er hob erneut sein Kommlink.

»Indeera, wir verfolgen die Nihil – hier sind Tiere, auf denen wir reiten können. Fliegt Ihr derweil zum Außenposten zurück und holt einen Vector. Es könnte sein, dass wir ihnen ins All folgen müssen.«

»Verstanden«, bestätigte Indeera. »Möge die Macht mit Euch sein.«

Loden steckte das Kommlink weg und ging zu den Überresten ihres Vanguard hinüber. Die beiden Hälften des Fahrzeuges lagen mehrere Meter voneinander entfernt – und ein Meer aus Scherben und Trümmern dazwischen. Vor den Überresten der Fahrerkabine blieb der Jedi wieder stehen.

»Was tut Ihr?«, fragte Bell.

»Die internen Systeme des Vanguard sind speziell gegen Angriffe geschützt. Theoretisch kann man tausend Löcher hineinschießen, und die Räder drehen sich trotzdem weiter. Nun, dieses arme V-Rad wird natürlich nirgendwo mehr hinfahren – zumindest nicht so bald. Aber vielleicht kann es uns noch nützlich sein …«

Er streckte die Hand aus, und eine lange Metallplatte an der Vorderseite des zerstörten Vanguard begann zu vibrieren.

»Hilfe mir, Padawan«, sagte Loden. »Das Ding sitzt ziemlich fest.«

Bell hob seine Hand, und das geschwärzte Stück Metall löste sich ruckartig vom Rest des Fahrzeugs. Nachdem es klappernd auf dem Boden gelandet war, beugte Loden sich über die entstandene Lücke und spähte ins Innere des Vanguard.

»Hmm«, machte er. »Sieht intakt aus.«

Er machte eine knappe Bewegung mit der Hand, dann schloss er sie zur Faust, und Bell hörte das Geräusch sich verbiegenden und reißenden Metalls aus dem Motorraum – als würden mehrere kleine Teile über Gebühr strapaziert werden und dann zerbrechen.

Anschließend griff Loden durch das Loch und zog eine Metallröhre hervor, ungefähr einen Meter lang, an ihrem Ende eine Art Gitterkorb, in dem ein kompaktes Energiemodul ruhte.

Kabel spannten sich und rissen, als er die Komponente ins Freie zerrte.

Bell beobachtete neugierig, wie sein Meister die nunmehr lose herabhängenden Kabel zu einer Schlinge verknotete und sich die Röhre samt Gitterkorb über die Schulter hängte. Das Ende der Röhre ragte nun neben seinem Kopf empor.

»Uff«, ächzte Loden. »Ganz schön schwer.«

Er sah zu Bell herüber und bemerkte den fragenden Blick seines Schülers.

»Nur für alle Fälle«, erklärte der Jedi-Ritter mit einem Grinsen.

Porter kehrte gerade von dem Pferch zurück, in den Händen die Zügel von drei silbernen Steelees, die er beruhigt und gesattelt hatte.

»Versucht, in der Macht eine Verbindung mit ihnen herzustellen. Das sind gute Tiere, aber wir werden ihnen alles abverlangen. Ihr müsst ihnen klarmachen, wie wichtig das alles ist.«

Bell war nicht sicher, was Porter damit meinte, aber er würde es schon noch herausfinden – spätestens wenn er von seinem Steelee abgeworfen wurde und im Staub sitzen blieb.

Er schob den Fuß in den Steigbügel und schwang sich auf den Rücken des Tieres – nicht so elegant, wie er gehofft hatte, aber immerhin war er im Sattel, und das war ja die Hauptsache. Das Steelee schien das anders zu sehen. Unzufrieden mit seinem unerfahrenen Reiter wieherte er und schüttelte den Kopf, dann stampfte er mit dem Fuß auf, um seinen Unwillen unmissverständlich klarzumachen. Wo der Huf auf den Boden donnerte, flogen Funken.

»Welche Richtung, Bell?«, fragte Loden, der bereits auf seinem eigenen Steelee saß.

Bell griff in die Macht hinaus und suchte nach Furcht, Schmerz, Zorn. Es dauerte nicht lange, bis er fündig wurde – und die Stelle war nicht so weit entfernt, wie er befürchtet hatte. Es gab noch eine Chance.

Er deutete mit dem Arm. »Hier lang.«

Und sie ritten los.

26

PANACEA, REPUBLIKANISCHE LAZARETTFREGATTE DER *SALVATION*-KLASSE

»Ich weiß nicht, ob das gerechtfertigt ist, Meisterin«, sagte Burryaga. »Wir haben nur unsere Pflicht erfüllt.«

Er sprach auf Shyriiwook, und soweit er wusste, war seine Meisterin, die Jedi-Ritterin Nib Assek, die einzige Person in einem Umkreis von einem Parsec, die ihn verstehen konnte. Aber niemand sollte denken, dass er sich beschwerte oder dass er nicht hier sein wollte; dies war schließlich ein feierlicher Anlass. So feierlich, dass sie beide ihre Tempelroben trugen. In Burryagas Fall war das nur ein ärmelloser Überwurf und eine azurblaue Schärpe, aber Nib war von Kopf bis Fuß in erhabenes Weiß und Gold gekleidet. Ihr graues Haar hatte sie zu einem Dutt hochgebunden, und ihre Stiefel und ihr Lichtschwert waren auf Hochglanz poliert.

»Es geht nicht um uns, Padawan«, erklärte sie. »Wir sind hier, damit diese Leute mit der Sache abschließen können. Wir sollen ihnen Frieden schenken. Darum wollen sie uns treffen. Jetzt komm. So schlimm wird es schon nicht werden.«

Die beiden Jedi standen am Eingang eines kathedralenartigen Raums mit hoher Decke, der den gesamten Mittelteil der *Pana-*

cea einnahm – eines riesigen Hilfsschiffs, Teil der ersten Phase von Kanzlerin Sohs Großer Erneuerung. In den Jahren seit seiner Fertigstellung war das Schiff in diversen Konfliktzonen, Katastrophengebieten und bei Seuchenbrandherden zum Einsatz gekommen, ein sichtbarer Beweis dafür, dass die Republik für ihre Bürger da war, besonders für die armen und schwachen. Zuletzt war die Fregatte im Hetzal-System gewesen, um die Überlebenden der *Legacy-Run*-Tragödie zu versorgen.

Die zentrale Halle der *Panacea* wurde Aussichtsdeck genannt. Unter normalen Umständen war die Decke der riesigen Transparistahlkuppel durchsichtig, sodass man sehen konnte, was draußen vor sich ging. Doch aus Rücksicht auf die Patienten, die gegenwärtig hier untergebracht waren, hatte man die Kuppel abgedunkelt, nur hie und da schien warmes gelbes Licht von oben herab. Im Hintergrund wurden beruhigende Laute abgespielt: gurgelndes Wasser, das Rauschen von Wind in den Bäumen. Die Psychologen des Schiffes hatten die Farbpalette, die Geräuschkulisse und die Atmosphäre eines idyllischen Planeten nachempfunden – die Art Planet, auf der die Siedler der *Legacy Run* sich ein neues Leben hatten aufbauen wollen. Doch dann war ihr Transporter in einem schrecklichen Moment aus Feuer und Schrecken auseinandergebrochen, und sie selbst waren aus dem Hyperraum in eine Katastrophe geschleudert worden, die noch immer nicht ausgestanden war.

Burryaga hielt sich über den Fortgang des Desasters genau auf dem Laufenden. Er war dabei gewesen, als das Unheil begonnen hatte, und er hatte mitgeholfen, die Situation im Hetzal-System unter Kontrolle zu bekommen, darum fühlte er eine gewisse Verpflichtung, was diese schreckliche Situation anging. Er wollte sich weiter nützlich machen, wo er nur konnte, bis diese langwierige Katastrophe endlich ausgestanden wäre. Unter anderem las er die täglichen Berichte, die das Büro der Kanzlerin über den Status der Krise herausgab. In letzter Zeit konzentrierten sich diese Berichte auf die wachsenden Unruhen im Äußeren Rand; die immer weiter um sich greifende Hyperraum-Blockade machte sich allmählich bemerkbar, und nicht alle Einheimischen reagierten mit Verständnis. Doch auch die Trümmerschauer waren immer wieder Thema. Bislang waren einundzwanzig davon erfasst worden, und der letzte hatte eine orbitale Schiffswerft über Dantooine zerstört ... gerade als dort eine gewaltige Hilfslieferung für die notleidenden Systeme im Äußeren Rand vorbereitet wurde.

Nib Assek ging auf die Mitte des Aussichtsdecks zu, wo sich eine Gruppe von knapp dreißig Personen versammelt hatte. Die Besatzung der *Panacea* hatte Erfrischungen bereitgestellt, und die meisten der Leute hielten Getränke in den Händen, während sie sich leise unterhielten. Es sah aus wie eine Feier ... aber es war keine.

Dies waren die Überlebenden der *Legacy Run*, die Burryaga entdeckt hatte – die Insassen des Passagiermoduls, das er Nib, Te'Ami und Mikkel Sutmani um ein Haar zerstört hätten. Sie waren hier zusammengekommen, um ihre Retter zu treffen. Es war eine Chance für sie, sich persönlich zu bedanken, aber auch eine Chance, einen Schlusspunkt unter diese schreckliche Episode zu setzen. Burryaga verstand das, trotzdem erfüllte ihn die Sache mit Unbehagen. Man dankte einem Jedi nicht dafür, dass er ein Jedi war.

Joss und Pikka Adren, die verheirateten Piloten des Langträgers, schienen keine derartigen Vorbehalte zu haben. Sie wirkten vollkommen entspannt, während sie mit den Passagieren der *Legacy Run* plauderten. Nicht, dass Burryaga etwas dagegen hatte; die beiden waren ein wichtiger Teil der Rettungsmission gewesen, und es freute ihn, dass sie hier waren – in erster Linie, weil er sich so mehr im Hintergrund halten konnte.

Er betrachtete die Überlebenden. Die Macht zeigte ihm die seltsame Anspannung, die sie in sich trugen: eine Mischung aus Bedauern, Scham, Freude und Erleichterung. Vermutlich, weil sie noch lebten und so viele andere gestorben waren.

Nib ging zu einem jungen Paar hinüber und umarmte beide, einen nach dem anderen. Als sie von der Frau zurücktrat, machte sie eine knappe Handbewegung in Burryagas Richtung: »Auf in den Kampf!« – eines ihrer privaten Signale zwischen Meisterin und Schüler.

Burryaga rückte seine Schärpe zurecht und trat mit einem Seufzen vor. Das Gewicht des Lichtschwerts an seiner Seite schenkte ihm zumindest etwas Mut. Es war genauso auf Hochglanz poliert wie Nibs Waffe, aber es schimmerte in einem anderen Farbton, denn es war aus dem Bernstein des weißen Wroshyr-Baums auf der Wookiee-Heimatwelt Kashyyyk geschnitzt, mit einer besonders breiten Stichplatte aus Elektrum am Ende. Natürlich rechnete er nicht damit, dass er an diesem Ort eine Waffe brauchen würde, aber das Signal »Auf in den Kampf!« wirkte trotzdem ziemlich passend. Seine Meisterin wusste, wie sehr er solche Anlässe hasste. Keiner dieser Leute konnte ihn verstehen; manchmal war das ein Vorteil, denn wenn niemand mit ihm redete, hatte er mehr Zeit, um zuzuhören und nützliche Informationen zu sammeln. Hier gab es jedoch keine strategischen Gespräche zu belauschen. Dies war eine rein soziale Veranstaltung.

Was nicht hieß, dass er nicht trotzdem zuhören würde. Avar Kriss hatte Nib nämlich gebeten, die Überlebenden der *Legacy Run* rücksichtsvoll über die Katastrophe zu befragen. Meisterin Kriss konnte selbst nicht hier sein; sie war mit Elzar Mann unterwegs, um ihre eigenen Nachforschungen anzustellen. Aber sie vermutete, dass einige der Passagiere verdrängte Erinnerungen hatten, die möglicherweise wieder an die Oberfläche gebracht werden konnten, jetzt, wo ein wenig Distanz zwischen ihnen und dem Unheil lag. Doch nach diesen Erinnerungen zu suchen, würde Burryaga schön seiner Meisterin überlassen. Zum einen, weil er es nicht übers Herz bringen konnte, Leute unter solchen Umständen zu befragen. Zum anderen, weil sie ihn ja sowieso nicht verstanden.

Vielleicht, wenn die *Panacea* einen Übersetzerdroiden an Bord gehabt hätte, aber nein: Da waren nur Therapiedroiden mit ihren großen Augen und ihren weichen Bewegungen und eine Handvoll umherschwebender Pillendroiden. Schließlich war das ja ein Lazarettschiff.

Burryaga ging zu drei Leuten hinüber, die sich mit gedämpften Stimmen unterhielten – ein mimbanesisches Pärchen und eine Menschenfrau. Sie wirkten traumatisiert, nur ein Schatten ihrer selbst, und sogar die rote Haut und die riesigen, pupillenlosen Augen der Mimbaner waren seltsam blass. Er konnte es verstehen. Es musste sich wie eine Ewigkeit angefühlt haben, während sie in diesem Passagiermodul durchs All gerast waren, erfüllt von dem sicheren Wissen, dass sie sterben würden. Burryaga hob die Hand und winkte zum Gruß.

»Hallo«, sagte er auf Shyriiwook, dann wartete er auf die altbekannte Reaktion aus ratlosen Blicken und Kopfschütteln.

»Meister Jedi«, sagte der Mimbaner auf Basic. »Es ist eine Ehre, Euch zu treffen. Wir sind endlos dankbar für alles, was Ihr getan habt.«

»Natürlich, mein Herr«, erwiderte Burryaga. »Aber Sie müssen sich nicht bedanken. Alles Leben ist wertvoll, und wir gehören alle zur Republik.«

Weitere verständnislose Blicke. Er unterdrückte ein Seufzen.

»He, Burry«, sagte da eine Stimme hinter ihm, und er drehte den Kopf.

Es war Joss Adren, der neben seiner Frau stand, beide mit Gläsern in den Händen und vollkommen entspannt. Wie machten sie das nur? Vielleicht lag es an den Getränken. Die beiden Piloten kamen zu der kleinen Gruppe herüber.

»Ihr habt ihn vielleicht nicht verstanden«, sagte Joss, »aber das hier ist Burryaga. Er ist der Grund, warum ihr alle noch am Leben seid.«

»Äh, Liebling, ich bin sicher, es gibt eine bessere Art, das auszudrücken.« Pikka stieß ihn mit dem Ellbogen an. Für eine Menschenfrau war sie gar nicht so klein, aber neben ihrem Ehemann wirkte sie winzig; Joss Adren sah aus wie ein Baumstamm mit einem Kopf am oberen Ende.

»Aber es stimmt«, beharrte er. »Wir waren schon im Begriff, euch in Sternenstaub zu verwandeln ... Ich meine, wir wussten nicht, dass ihr an Bord wart. Wir dachten, es wäre nur ein weiteres Trümmerteil, und wir wollten sichergehen, dass es nirgendwo einschlägt. Aber dann meldete sich plötzlich Burryaga hier über das Komm und brüllte uns was vor. Er hat euch da drinnen gespürt und uns aufgehalten.«

Er grinste.

»Aber es war knapp. Ich meine, *richtig* knapp. Eine Sekunde später, und ...«

Pikka boxte ihm gegen den Arm.

»Autsch«, jammerte Joss.

»Komm, Liebling«, sagte sie und führte ihn davon.

Die drei Überlebenden starrten Burryaga an. Mit einem Mal war ihm schrecklich heiß, und am liebsten hätte er tief durchgeatmet, aber er wusste, dass viele Wesen das bei einem Wookiee als bedrohliche Geste interpretierten. Wegen der scharfen Zähne und so …

»Stimmt das?«, fragte die Mimbanerin. »War es wirklich so knapp?«

Er nickte, und ihre Gesichter wurden sehr nachdenklich. Burryagas Verlegenheit wuchs weiter. Sie starrten ihn an, als wäre er eine Art …

Er beschloss, den Rückzug anzutreten, und ging zum Buffet hinüber, nicht zuletzt, weil er wirklich Hunger hatte – was nicht ungewöhnlich war. Sein Fell war noch immer hell, größtenteils goldbraun, hatte nur hier und da dunklere, mahagonifarbene Strähnen. Er steckte noch immer mitten in den Wachstumsjahren. Dementsprechend ließ er keine Gelegenheit aus, um zu essen.

Der lange Tisch war gut gefüllt – dafür hatten die Droiden der *Panacea* gesorgt –, aber schon der erste Blick zeigte ihm, dass es nur Käse, Brot, frisches Gemüse und Obst, Soßen, Dips und Süßigkeiten waren. Kein einziges Stück Fleisch weit und breit. Wookiees konnten fast alles essen, aber im Moment brauchte Burryaga eine Stärkung, die Karotten und Pipfrüchte allein nicht bieten konnten.

Trotzdem … es war besser als nichts. Also belud er einen Teller mit Speisen und begann, seinen Hunger zu stillen. Vielleicht würde ihn ja niemand ansprechen, wenn sie sahen, dass er den Mund voll hatte.

Während er sich über eine hellgrüne Frucht hermachte, die er noch nie zuvor gekostet hatte – sie schmeckte gar nicht mal schlecht –, ließ Burryaga den Blick durch den Raum schweifen, über diesen seltsamen Empfang, der in der Simulation einer Waldwiese mitten im Weltall abgehalten wurde. Die Teilnehmer hatten sich auf mehrere kleine Grüppchen verteilt. Hier unterhielt Nib sich angeregt mit einer Familie, dort war Joss gerade dabei, ein paar lächelnden Gestalten eine Geschichte zu erzählen. Pikka hielt die Hand einer Frau und lauschte mitfühlend ihren Worten.

Burryagas Gedanken wanderten zu den beiden *anderen* Jedi, die an der Rettung dieser Leute beteiligt gewesen waren: die Meister Te'Ami und Sutmani. Wie hatten sie es geschafft, sich vor diesem Treffen zu drücken? Er zerbiss das Fruchtgehäuse samt den Körnern und schluckte.

Als er sich wieder dem Buffettisch zuwandte, um eine der Käsesorten zu probieren, fiel ihm eine Gestalt auf. Ein Menschenjunge mit roten Haaren stand ein wenig abseits, am Rande des weißen Bodens, und starrte schweigsam zum gelben Licht der Kuppeldecke hoch. Einer der Therapiedroiden versuchte, mit ihm zu reden, wobei die Farbe seines breiten, fröhlichen Gesichts langsam von einem warmen, angenehmen Pastellton zum nächsten wechselte. Burryaga war kein Experte, was die Altersbestimmung anderer Spezies anging, aber er schätzte das Kind auf ungefähr zehn Jahre, vielleicht ein wenig älter.

Der Junge reagierte nicht auf den Therapiedroiden, obwohl sich die hilfsbereite Maschine alle Mühe gab, ihn in ein Gespräch zu verwickeln. Er starrte nur in die Höhe und hing seinen Gedanken nach.

Burryaga stellte den Teller ab und schlurfte in die Richtung der beiden. Gleichzeitig streckte er seine Sinne in die Macht aus. Was er fühlte, war eine tiefe Trauer in dem Jungen, vermischt mit Schuldgefühlen ... wegen etwas Schrecklichem, Gewaltigem. Niemand in seinem Alter sollte von derartigen Gefühlen gequält werden.

Er trat neben das Kind. Seine Augen waren hohl, wie tiefe Gruben in seinem Gesicht.

»Ich bin Burryaga«, sagte Burryaga, die Hand an seine Brust gehoben, obwohl er wusste, dass der Junge ihn nicht verstehen konnte, anschließend deutete er zu ihm herab. »Und wie heißt du?«

Die Gesten waren universell, offensichtlich, und das Kind lächelte traurig.

»Serj«, erklärte er. »Serj Ukkarian.«

Burryaga winkte in Richtung der anderen Überlebenden, einen fragenden Ausdruck auf dem Gesicht.

Serj blickte hinüber – ein zögerlicher, langer, trauriger Blick, als würde er unter den Anwesenden nach etwas suchen, von dem er bereits wusste, dass es nicht da war. Nein, nicht *etwas*. Jemanden.

Anschließend schüttelte er den Kopf.

Burryaga beugte sich vor und nahm den Jungen in die Arme. Er wusste nicht, warum das nicht schon längst jemand getan hatte. Wenn jemand litt, dann musste man tun, was immer man konnte, um ihn zu heilen.

Und wenn jemand verloren war, dann musste man ihn finden.

Der Wookiee tat sein Bestes, um Serj mit der Macht zu trösten. Er konnte ihn nicht von seiner Trauer erlösen, aber er konnte ihm ein wenig von seiner Last nehmen, damit die Bürde erträglicher wurde.

Serj stand zunächst starr da, aber dann entspannte sein Körper sich langsam, und er konnte einen Teil von dem Schmerz loslassen, den er mit sich herumschleppte. Burryaga spürte, wie der kleine Körper in seinen Armen zu beben begann, und er wusste, dass der Junge weinte.

»Ich war's«, sagte Serj, seine Stimme gedämpft durch Burryagas Fell. »Es ist alles meine Schuld. Ich habe mich in die Brückensysteme gehackt, weil Captain Casset sich für so schlau hielt. Ich wollte ihr zeigen, dass sie nicht halb so viel weiß, wie sie vielleicht glaubt ... Da war dieses Holovid, das ich auf die Brückenschirme projizieren wollte, aber als ich im System war, sah ich ... ich sah ... und dann brach das Schiff auseinander, und ich war in Abteil acht, aber meine Eltern waren in Abteil zwölf, und man hat sie immer noch nicht gefunden, und ich glaube ... ich glaube ...«

Die Worte lösten sich in Schluchzen auf. Burryaga hielt ihn eine lange Zeit in den Armen.

Aber der Junge war noch nicht fertig, und der Wookiee hörte ihm aufmerksam zu, während er vor sich hin stammelte. Erst als Serj sich alles von der Seele geredet hatte, ließ Burryaga ihn schließlich los und trat zurück.

»Du«, sagte er, wobei er dem Kind sanft gegen die Stirn tippte, »hast nichts Falsches gemacht.«

Er hob die Faust und spreizte ruckartig die Finger, um eine Explosion anzudeuten, dann schüttelte er sanft den Kopf und lächelte Serj an.

»Du hast nichts Falsches gemacht«, wiederholte er.

Das Kind sprach vielleicht kein Shyriiwook, aber es verstand trotzdem.

Anschließend führte Burryaga Serj zu Nib Assek hinüber, die gerade mit einer Gruppe von Überlebenden plauderte.

»Ihr solltet Euch das anhören, Meisterin«, brummte er.

Sie blickte fragend zu ihm hoch.

»Das ist Serj Ukkarian«, erklärte Burryaga, wobei er die Schulter des Kindes tätschelte. Es wirkte schrecklich nervös, was aber nur verständlich war – die ganze Aufmerksamkeit einer Jedi-Meisterin auf sich zu wissen, konnte schon einschüchternd sein. »Er befürchtet, dass er durch das Unglück seine Familie verloren hat, und wir sollten alles in unserer Macht tun, um ihm zu helfen.«

Nib Assek nickte.

»Natürlich«, bestätigte sie. »Alles in unserer Macht.«

Ihr Ton war respektvoll, aber auch ein wenig neugierig. Sie verstand nicht ganz, warum er mit dem Jungen zu ihr gekommen war, schließlich hatte fast jede Person auf dem Aussichtsdeck eine traurige Geschichte zu erzählen.

»Serj hat sich unmittelbar vor der Katastrophe Zugriff auf die Brückensysteme der *Legacy Run* verschafft«, führte Burryaga aus. »Er wollte der Kommandantin einen Streich spielen, nichts Ernstes, aber als er sich in das System einklinkte, konnte er kurz sehen, dass etwas auf das Schiff zukam – das muss der Auslöser des Desasters gewesen sein.«

»Faszinierend«, murmelte Nib, wobei sie ganz bewusst nicht in Serjs Richtung blickte, um ihn nicht zu erschrecken. Sie konnte seine Anspannung und Verwirrung genauso deutlich fühlen wie ihr Schüler – na ja, vielleicht nicht genauso; Burryagas außergewöhnliche Empfänglichkeit für Emotionen war seine größte Stärke in der Macht. Aber die Gefühle des Jungen loderten so hell wie ein brennender Baum in der Nacht – selbst ein Jüngling an seinem ersten Tag im Tempel hätte sie wahrgenommen.

Nachdem sie ein paar Sekunden nachgedacht hatte, ging Nib auf ein Knie, sodass sie auf Augenhöhe mit dem Jungen war.

»Burryaga hat erzählt, dass du sehr tapfer warst«, sagte sie.

Serj antwortete nicht.

»Er erzählte auch, dass du etwas gesehen hast, als du dich in die Systeme der *Legacy Run* gehackt hast. Wir wollen verhindern, dass noch mehr Trümmer Schaden anrichten und dass es je wieder so ein Unglück gibt. Ich weiß, es ist eine schmerzhafte

Erinnerung, aber kannst du mir sagen, was du gesehen hast, Serj? Kannst du es mir beschreiben?«

Serjs Augen waren hohl und abwesend, als er die Jedi anblickte.

»Blitze«, murmelte er. »Es sah aus wie drei Blitze.«

27

ELPHRONA

»Alles wird gut«, sagte Erika, wobei sie ihren Kindern fest in die Augen blickte – erst der kleinen Bee, dann Ronn.

Ronn war älter, nur noch ein paar Jahre davon entfernt, ein echter Erwachsener zu sein, aber in diesem Augenblick sahen sie beide aus wie verängstigte Kinder, die die Aufmunterung und Ermutigung ihrer Eltern brauchten.

Die Nihil, die mit ihnen in dem Wagen saß, schnaubte.

»Ja«, zischte sie. »Für uns.«

Wie die anderen trug sie eine Maske, aber ihre Arme verrieten sie als Trandoshanerin: Sie wirkten zu lang für ihren Oberkörper, mit grüner, schuppiger Haut und gekrümmten weißen Klauen an den Händen. Eine gezackte Linie aus blauer Farbe zog sich von der Stirn bis zum Kinn über ihre Maske, und neben dem Gewehr in ihren Händen hatte sie außerdem noch eine Blasterpistole an ihrem Gürtel. Nur das Licht wusste, welche Waffen sie sonst noch am Körper trug.

Erika und ihre Familie würden sie nicht überwältigen können, selbst wenn es allen vieren gelingen könnte, sich von den Fesseln zu befreien, mit denen ihnen die Arme hinter dem Rücken gefesselt waren. Sie waren nur zwei Schürfer mit ihren Kindern, und Ottoh war nur halb bei Bewusstsein; er hatte einen brutalen Schlag auf den Kopf abbekommen, als die Nihil sie aus ihrem Haus gezerrt hatten.

Nein, nichts würde gut werden.

Aber so etwas sagte man seinen Kindern nicht.

»Verliert nicht den Mut«, wisperte Erika.

Sie fuhren über einen Feldweg, der sich zwischen zwei felsigen Hängen dahinzog, links Eisen, rechts Magnit. Das Feld, das die beiden Mineralien generierten, war einer der Gründe, warum Schiffe in diesem Teil von Elphrona nicht fliegen konnten – und der Grund, warum die Nihil sie nicht bereits vom Planeten fortgebracht hatten. Nach dem Verlust ihres Speeders hatten sie beschlossen, der Liste ihrer Verbrechen auch noch Viehdiebstahl hinzuzufügen, indem sie fünf der Steelees aus der Blythe-Herde für ihre Flucht nutzten.

Zwei der Tiere hatten die Entführer vor einen Repulsorwagen gespannt, auf dessen Ladefläche sie nun die Geiseln transportierten. Drei weitere Steelees trabten nebenher, jeder mit einem Nihil auf dem Rücken. Aber sie waren keine erfahrenen Reiter, wie Erika voller Verachtung feststellte; sie saßen krumm im Sattel und verlagerten ihr Gewicht völlig falsch, außerdem rammten sie den Tieren immer wieder die Fersen in die Seiten, um sie anzutreiben. Sie hatten keine Ahnung, dass die Tiere doppelt so schnell dahingaloppieren würden, wenn sie sich nur richtig hinsetzten.

Und Erika hatte nicht vor, es ihnen zu verraten. Je langsamer sie vorwärtskamen, desto besser. Jemand war ihnen auf der Spur, und je länger es dauerte, bis die Nihil ihr Schiff erreichten, desto besser standen die Chancen, dass dieser Jemand sie einholte.

Ronn hatte es als Erster bemerkt: Er saß mit dem Rücken in

Fahrtrichtung, was bedeutete, dass er den Bereich hinter ihnen besser im Blick hatte als die anderen.

Vor ein paar Minuten hatte er Erikas Bein mit seinem Stiefel angestoßen, dreimal in rascher Folge. Also hatte sie zu ihm hinübergeblickt und lautlos das Wort *Was?* geformt.

Er war reglos sitzen geblieben, aber seine Augen hatten sich zur Seite bewegt, zu dem Weg hinter ihnen, dann wieder zu ihr und dann noch einmal zu dem Weg.

Anschließend hatte er Bee den Arm um die Schulter gelegt und laut gesagt: »Nicht weinen, Bee, diese dumme Echse wird dir nichts tun.« Das brachte ihm einen Tritt von der Trandoshanerin ein, aber er gab keinen Laut von sich. Mein tapferer, tapferer Sohn, dachte Erika. Sein Ablenkungsmanöver erlaubte es ihr, unbemerkt nach hinten zu spähen, und es dauerte nicht lange, bis sie sah, was auch Ronn gesehen hatte: Funken auf dem Weg hinter ihnen.

Nicht wirklich nahe, aber auch nicht wirklich weit entfernt. Seitdem hatte Erika jede günstige Gelegenheit genutzt, um wieder nach hinten zu blicken, und jedes Mal waren ihre Verfolger ein Stück näher.

Die Funken waren unverkennbar: Steelee-Hufe auf metallischem Fels. Wilde Steelee-Herden bei Nacht zu beobachten, gehörte zu den beeindruckendsten Naturschauspielen auf Elphrona. Ihre eigenen Reittiere ließen ebensolche Funken aufstieben, und der Lärm ihrer Schritte – ein hartes, kurzes *Tschkk* – half glücklicherweise, die Geräusche zu überdecken, die die Reiter hinter ihnen verursachen mussten.

Drei, dachte Erika. Sie konnte noch keine Details erkennen, aber es sah nach drei Reitern aus, Seite an Seite.

Niemand sonst schien ihre Verfolger bislang bemerkt zu haben. Die trandoshanische Wache war ganz auf ihre Gefangenen konzentriert, und die anderen Nihil hatten ihre liebe Mühe, überhaupt im Sattel zu bleiben. Die einzige Richtung, in die sie blickten, war starr geradeaus.

Erika warf Ronn einen fragenden Blick zu, und er kniff ein Auge zu, was sie als Äquivalent eines Achselzuckens interpretierte. Er wusste also auch nicht, wer hinter ihnen war. Keiner von ihnen hatte vergessen, dass Ogdens Hoffnung sich geweigert hatte, ihnen Hilfe zu schicken.

Konnte es sein, dass der Sicherheitsdienst der Siedlung doch noch den Mut gefunden und eine Einheit losgeschickt hatte? Aber nein, sie würden Speeder benutzen, keine Reittiere.

Es ergab keinen Sinn – aber es war ein Funke der Hoffnung, und davon gab es im Moment nicht viel.

Sie riskierte einen weiteren Blick, nur um zu sehen, ob die Gruppe näher gekommen war, und diesmal ließ ihr Glück sie im Stich. Die Wache bemerkte ihren Blick und drehte ebenfalls den Kopf. Das reichte schon. Ihre Verfolger waren inzwischen nicht mehr zu übersehen: Die Funken, die zu beiden Seiten ihrer Steelees aufflackerten, ließen es aussehen, als würden sie auf einer Straße aus Flammen reiten.

Die Nihil richtete sich auf der Ladefläche auf und rief dem Rest ihrer Bande zu: »Wir haben Ärger! Da ist jemand hinter uns, und sie kommen schnell näher! Sieht aus wie drei …«

Und dann zeigte sich, dass Ottoh nicht wirklich benommen gewesen war, sondern nur so getan hatte. Er hatte sich an seiner Hoffnung festgeklammert und auf einen Moment wie diesen gewartet, und nun klickte er scharf mit der Zunge, einmal, zweimal, dreimal. Es war ein überraschend lautes Geräusch, und die fünf Steelees, die Erikas Ehemann mit viele Liebe trainiert hatte, gehorchten dem Kommando ohne Zögern.

Sie gruben ihre harten Hufe in den Boden und blieben stehen.

Das organomagnetische Feld der Hufe, das es ihnen erlaubte, die steilsten Berghänge von Elphrona zu erklimmen, erlaubte es ihnen auch, innerhalb eines Herzschlags aus vollem Galopp – oder in diesem Fall einem mittleren Trab – zum Stillstand zu kommen.

Aber auf Kräfte wie Moment und Trägheit hatte das Feld keinen Einfluss. Drei der Nihil wurden aus ihren Sätteln nach vorne geschleudert, und was die trandoshanische Wache anging ... Sie war in der schlechtesten Position, die man sich in so einer Situation nur vorstellen konnte – sie stand ohne sich abzustützen auf einem rasch dahingleitenden Repulsorkarren. Dementsprechend wurde sie nach vorne katapultiert, als hätte man sie aus einer Kanone geschossen.

Einen Moment später ertönte ein hartes, dumpfes Geräusch, irgendwo zwischen einem Knall und einem Klatschen, als etwas Hartes auf etwas noch Härterem landete.

Erika sah nicht, was das Geräusch verursacht hatte – sie und der Rest ihrer Familie wurden gegen die vordere Wand der Ladefläche gewirbelt, wo sie als Durcheinander aus Armen, Beinen und zukünftigen blauen Flecken liegen blieben –, aber sie war ziemlich sicher, dass es ein trandoshanischer Schädel war, der mit dem Eisenfels Bekanntschaft geschlossen hatte.

Auf Nimmerwiedersehen.

»Ist jemand verletzt?«, ächzte Erika.

»Ich bin okay«, sagte Bee. Zähes kleines Mädchen.

»Meine Hand tut weh, aber ich glaube nicht, dass es was Schlimmes ist«, meldete sich Ronn.

»Es tut mir leid, dass ich euch nicht warnen konnte«, stöhnte Ottoh, während er sich aus dem Durcheinander befreite. »Es hätte nicht funktioniert, wenn es sie nicht überrascht hätte. Jetzt schaut her und macht es mir nach.«

Er rollte sich auf den Rücken, dann zog er die Beine an die Brust und streckte die Arme hinter dem Rücken, so weit es nur ging, um seine Füße unter den Handschellen hindurchzuschieben. Danach war er zwar immer noch gefesselt, aber zumindest hatte er die Hände jetzt vor sich.

Erika begann, das Manöver zu imitieren. Falls sie ihre Hände benutzen konnten, konnten sie sich vielleicht befreien oder zumindest fliehen.

Da donnerte ein Gewehrkolben auf Ottohs Kopf hinab, und er brach zusammen, seine Augen trüb und blicklos. Er lebte noch, aber Erika wusste, dass er die Benommenheit diesmal nicht nur spielte. Er würde sich so schnell keine Überraschungen mehr für ihre Entführer einfallen lassen.

Die Nihil waren zwar gestürzt – ein paar von ihnen ziemlich schmerzhaft –, aber sie waren noch immer da, und sie hatten noch immer ihre Waffen. Und sie waren unglaublich wütend. Der Kerl, der ihren Ehemann geschlagen hatte, hob sein Gewehr, um es ein zweites Mal niedersausen zu lassen. Noch so ein Treffer würde Ottoh ganz sicher den Schädel brechen.

Erika ließ sich nach vorne fallen, sodass sie auf ihrem Ehemann landete und ihn mit ihrem Körper vor dem Hieb schützen konnte.

»Nein!«, schrie sie.

Der Gewehrkolben traf sie an der Seite, und der Schmerz kam so schnell und so hart, dass sie sich gequält zusammenrollte. Aber besser sie als Ottoh.

»Weg da, oder du bist auch tot«, grollte der Nihil, seine Stimme tief und akzentbehaftet.

Jemand anderes packte den Kerl und zog ihn zur Seite. Erika hatte Mühe zu atmen, aber sie konnte ihre Entführer weiterhin hören.

»Wir sollen sie nicht umbringen.«

»Asaria ist tot. Hörst du, *tot*!«

Asaria, dachte Erika. *Was für ein hübscher Name.*

»Diese dummen *Bauern* haben bereits die Hälfte unserer Gruppe getötet, Dent.«

»Aber nicht genug«, wisperte Ronn irgendwo neben ihr.

»Dafür müssen sie bezahlen.«

»Ich sagte *Nein*. Wenn einer von ihnen stirbt, kostet uns das fünfundzwanzig Prozent unseres Anteils. Vergiss die Leute, die wir verloren haben – das heißt nur, dass mehr für uns übrigbleibt. Das einzige echte Problem, ist, dass wir den *Gleiter* verloren haben. Den müssen wir abbezahlen, also wage es ja nicht, einen von ihnen zu töten. Wir brauchen jeden Credit, den wir kriegen können. Außerdem bin ich ein Wind. Du bist nur eine Brise. Also tu gefälligst, was ich sage.«

Ein langer Moment der Stille folgte. Erika wusste, das Leben ihres Ehemanns – vielleicht sogar das Leben ihrer ganzen Familie – hing davon ab, wie viel Respekt diese Brise vor einem Wind hatte, was immer das auch bedeuten mochte.

»Also gut«, zischte der erste Nihil, und sie konnte hören, wie er davonmarschierte.

Erika atmete langsam aus.

»Ottoh«, flüsterte sie.

Keine Antwort. Sie zwang sich zu glauben, dass er noch lebte. Sie würde die Hoffnung nicht aufgeben. Nicht jetzt. In der Ferne war das Geräusch klappernder Hufe zu hören. Ihre Verfolger kamen immer näher.

»Wir müssen diese Kerle töten, wer immer sie sind«, erklärte der Anführer der Nihil – der Wind – dem Rest seiner Truppe. »Egga, Rel, klettert auf die Hänge. Findet einen Platz, von wo aus ihr die Schlucht im Blick habt. Mack, Buggo und ich werden mit der Familie zum Schiff weiterreiten. Schaltet sie aus, wenn sie hier durchkommen.«

Erika lauschte, während der Plan in die Tat umgesetzt wurde. Sekunden später setzte sich der Wagen ruckartig wieder in Bewegung, und sie wurden rasch schneller.

Doch jetzt war keine Wache mehr bei ihnen auf der Ladefläche, also konnte Erika das Manöver vollenden, das ihr Mann ihr gezeigt hatte. Sie schob ihre Beine unter den Handschellen hindurch, und nun hatte sie ihre Hände vor sich. Sofort beugte sie sich vor, um Ottohs Puls zu fühlen – gleichmäßig und kräftig. Er war bewusstlos, aber vielleicht war das auch alles. Jetzt, wo sie sich um ihren Ehemann gekümmert hatte, wandte Erika sich ihren Kindern zu. Sie küsste Bee auf den Kopf und nahm Ronns Hände.

»Ihr seid beide so tapfer. Wir sind unglaublich stolz auf euch.«

»Geht es Papa gut?«, fragte Bee.

»Er wird schon wieder. Mach dir darüber jetzt keine Sorgen. Bleib einfach ruhig und halte dich bereit. Wenn ich ein Kommando gebe, musst du genau tun, was ich sage. Jetzt macht erst mal den Trick nach, den Papa uns gezeigt hat. Wie ein kleines Würmchen. Du schaffst es, ganz sicher. Du auch, Ronn.«

Sie beobachtete, wie die beiden sich auf den Rücken rollten und die Beine anzogen.

Und was jetzt?, dachte sie.

Sie musste einen Weg finden, ihren bewusstlosen Ehemann und ihre Kinder zu retten und …

Da fielen ihr die anderen Reiter wieder ein. Vielleicht war die Rettung ja schon ganz nah.

Sie griff nach der Seitenwand der Ladefläche und zog sich hoch, um nach hinten zu blicken. Ja, da waren sie. Ottohs Trick mit den Steelees hatte geholfen, die Distanz noch weiter zu verringern. Jetzt waren sie nicht mehr als fünfhundert Meter hinter dem Wagen.

Erika konnte erkennen, dass es sich um erfahrene Reiter handelte. Sie ritten schnell, und sie ritten gut – im Gegensatz zu den Nihil.

Sie wollte ihnen zurufen und sie vor der Falle warnen, in die sie gerade hineingaloppierten, aber sie würden sie nicht hören, außerdem wollte sie nichts tun, was ihre Entführer zu dem Entschluss bringen könnte, dass fünfundsiebzig Prozent ihrer Belohnung auch noch genug waren.

Dann geschah etwas.

Drei Finger aus Licht glühten in den Händen der Reiter hinter ihnen auf, einer golden, einer blau, einer grün, und schlagartig wurde Erika bewusst, wer diese Leute waren.

»Beim Licht«, keuchte sie. »Das sind Jedi.«

28
HYPERRAUM, *NEW ELITE*

»Seid ihr bereit, den Sturm zu reiten?«, rief Kassav.

Er hielt einen Zylinder mit Furor, hellblau und schimmernd, mit einer schmalen Öffnung an einem Ende, so entworfen, dass so ziemlich jede Art von Atmungsorgan die Droge inhalieren konnte. Egal ob man eine Nase, einen Rüssel, Spaltöffnungen, einen Schnabel oder einfach nur ein Loch im Gesicht hatte, jeder konnte einen Furor-Applikator benutzen. Was gut war, denn sein Orkanzug setzte sich aus den unterschiedlichsten Spezies zusammen.

Die Mannschaft der *New Elite* hob ihre eigenen Inhalatoren, ein erwartungsvolles Grinsen auf ihren Gesichtern. Musik ließ jede Oberfläche vibrieren; lauter, dröhnender Trümmerpunk, so benannt, weil jedes Instrument aus dem neu geschmiedeten Schrott abgestürzter Raumschiffe bestand.

Kassav nahm einen tiefen Zug und … *Peng*! Sein Gehirn fing Feuer. Alles wurde schärfer, heller. Es gab nichts, was er nicht tun konnte. Seine Mission war ein Kinderspiel. Er würde Erfolg haben.

Seine Mannschaft folgte seinem Beispiel, wobei ein paar das Furor in die Gasfilter ihrer Masken pumpten, anstatt den Inhalator unter ihren Helm zu schieben. Ein netter Trick, der die Wirkung noch verstärkte. Kassav sah die Energie, die in ihnen hochbrodelte, diese Spannung, dieses Hochgefühl, diesen Rausch, der alles glühen und surren und prickeln ließ. Anschließend ließ er seinen leeren Inhalator auf den Boden fallen und grinste.

»Fühlt sich gut an, oder?«, brüllte er, und Speichel stob von seinen Lippen. »So fühlt es sich an, ein *Nihil* zu sein!«

Seine Leute johlten. Einige zuckten im Rhythmus der Musik, andere zuckten einfach so.

»Also gut, genießt es ein wenig, aber dann nehmt die Dämpfer. Wir werden bei dieser Sache einen klaren Kopf brauchen. Schließlich wollen ja wir den Sturm reiten, und nicht der Sturm uns.«

Um mit gutem Beispiel voranzugehen – das musste jeder Anführer ab und an tun –, griff Kassav in seine Tasche und zog eine kleine, orangefarbene Pille hervor. Er hielt sie in die Höhe, damit die gesamte Mannschaft sie sehen konnte, dann nahm er sie in den Mund und biss zu. Beinahe sofort nahm der Furor-Rausch eine neue, wogende Qualität an, wie Wellen auf sturmgepeitschter See. Diese Wogen waren riesig, mächtig, und man musste sich definitiv konzentrieren … aber man konnte sie reiten.

Es erinnerte ihn an den Hyperraum, zumindest ein wenig. Nicht den normalen Hyperraum, sondern die seltsamen Routen, auf die Marchion Ros Pfade sie führten. Apropos … Kassav blickte aus dem Aussichtsfenster der Brücke, wo sich endlose Ringe aus vielfarbigem Licht zu einem Tunnel vereinten, brodelnd und peitschend und immer nur einen Wirbel davon entfernt, sich selbst zu verschlingen. Das hatte sicher alles eine Begründung, aber er war nicht schlau genug, um sie zu verstehen.

Genau genommen wusste Kassav so gut wie nichts, was die Pfade anging. Marchion Ro behielt seine Geheimnisse für sich, und sein Vater vor ihm hatte es genauso gehalten. Schon oft hatte Kassav davon geträumt, dem Auge einen Blaster – oder besser noch die Klinge eines Messers – unters Kinn zu halten, damit er endlich den Mund aufmachte, aber die Ros waren nicht dumm. Das hieß: *Asgar* war nicht dumm gewesen. Er hatte gewusst, wie wertvoll die Pfade waren, und dass alle sie haben wollten. Marchion Ro war zwar nicht sein Vater, nicht mal ansatzweise, aber er hatte all die Sicherheitsvorkehrungen seines alten Herrn geerbt. Die *Gaze Electric*, diese verfluchten Wachdroiden … Es war nicht leicht, an das Auge heranzukommen. Und Marchion hatte klargemacht, dass die Pfade auf ihre eigene Weise geschützt wurden. Falls er starb, würden auch sie sterben. Sagte er zumindest. Den Tod seines Vaters hatten die Pfade jedenfalls überlebt. Andererseits hatte Marchion keinen Sohn, an den er das Familiengeschäft weitergeben könnte.

Aber es waren nicht nur Raumschiffe und Killerdroiden, die das Auge beschützten. Es war auch die Struktur, die sein Vater den Nihil aufgezwungen hatte, als er vor vielen Jahren mit den Pfaden zu ihnen gekommen war. Davor war die Gruppe viel kleiner gewesen, kaum mehr als eine Piratenbande. Sie hatten ihre Aktivitäten auf seinen winzigen Teil des Äußeren Rands beschränkt, in der Nähe von Thulls Schleier und Belsavis, und sich mit kleinen Überfällen über Wasser gehalten. Dann war eines Tages Asgar Ro aufgetaucht, und er hatte ihnen die Pfade angeboten … im Austausch gegen ein Drittel der Beute, und zwar bei allen Operationen, bei denen die Pfade zum Einsatz kamen. Aber das war noch nicht alles: Er hatte auch ein Mitspracherecht verlangt.

Wenn ein Raubzug die Pfade erforderte, mussten alle drei Orkane und das Auge erst darüber abstimmen, und falls es keine eindeutige Entscheidung gab, dann zählte die Stimme des Auges doppelt. Damals hatte das nicht nach einer großen Sache geklungen, aber heute wusste Kassav, dass es mit jeder Abstimmung einen Keil zwischen ihn, Pan Eyta und Lourna Dee trieb, und dass sie alle versuchen mussten, die Gunst des Auges zu gewinnen, damit sie auf seine Pfade zugreifen durften. Theoretisch könnten sie sich natürlich zusammentun und Marchion den Kopf abschneiden, aber es gab inzwischen einfach zu viel böses Blut zwischen ihnen. Kassav konnte es kaum ertragen, mit Lourna Dee und Pan Eyta im selben Raum zu sein, geschweige denn, sich den Thron mit ihnen zu teilen.

Marchion stand allein, und eigentlich sollte er vollkommen hilflos sein – aber das war er nicht. Das System, das sein gerissener Vater eingeführt hatte, schützte ihn. Es war frustrierend … aber es funktionierte.

So gut sogar, dass Kassav einige von Asgars Ideen für seinen eigenen Orkanzug übernommen hatte.

In der Hierarchie des Orkanzugs hatte er drei Stürme unter sich: Gravhan, Dellex und den Nassen Dud. Sie alle wollten seinen Platz, aber sie würden nie zusammenarbeiten, um ihn loszuwerden, weil dann keiner von ihnen der Orkan wäre; sie wären noch immer drei Stürme, die sich die Macht teilen mussten. Ja, das war ein kluges System.

Alle drei Stürme standen gerade mit Kassav auf der Brücke der *New Elite*, und sie hatten gemeinsam mit ihm Furor inhaliert. Er wusste nicht, ob sie auch alle ihren Dämpfer genommen hatten oder ob die Winde und Brisen unter ihnen es getan hatten … aber das war in Ordnung. Ein kleiner Rausch war nicht verkehrt. Darum waren die meisten von ihnen doch zu den Nihil gekommen. Solange sie taten, was man ihnen befahl, sollte es kein Problem sein.

Und sie *würden* tun, was er ihnen befahl. Das war die andere

Eigenschaft, die das System der Nihil auszeichnete, auch wenn sie so tief verborgen war, dass man sie nur wahrnahm, wenn man an der Spitze der Organisation stand.

Oberflächlich betrachtet ging es bei den Nihil um Freiheit, darum, sich der Kontrolle durch galaktische Systeme und Regierungen zu entziehen: durch die Republik, die Hutts und alle anderen. Es ging darum zu tun, was immer man wollte, wann immer man es wollte. Das lockte die Leute an. Der Ritt auf dem Sturm.

Aber wenn man erst mal ein Nihil war, dann hatte man noch immer einen Stiefel im Nacken. Man spürte ihn nur seltener, wegen des Furors und der Gelage und des Nervenkitzels, sich einfach zu nehmen, was man wollte. Man musste immer noch tun, was der Boss von einem verlangte, oder der Boss seines Bosses, andernfalls bekam man keinen Anteil von der Beute, so legte es die Regel der Drei fest. In solchen Fällen bekam man oft nur eines, nämlich eine Vibroklinge in den Hals, und dann wurde man aus der Luftschleuse der Großen Halle geworfen. Jeder musste sich an die Regeln halten, jeder musste seinen Beitrag leisten. Na ja, jeder außer Marchion Ro und den Orkanen – Kassav, Lourna Dee und dem prahlerischen Primitivling Pan Eyta. Merkte der Kerl überhaupt, wie lächerlich er aussah? Ein Dowutin, der versuchte, elegant auszusehen? Ha!

Die Nihil stellten nur eine weitere Form von Kontrolle dar, ein Uhrwerk, dazu konzipiert, Credits für die Köpfe der Organisation zu schaufeln.

Wirklich, ein gutes System.

Kassav musterte seine Mannschaft, die oberste Riege seines Orkanzugs. Gravhan, der Nasse Dud, Dellex, deren organisches Auge vom Furor glänzte – sie hatte den Dämpfer definitiv *nicht* genommen –, und hinter ihnen ihre jeweiligen Teams.

»Das Ganze wird folgendermaßen ablaufen«, verkündete Kassav. »Wir werden diese Trottel so richtig ausnehmen. Sie werden uns so viel Geld zahlen, dass im gesamten System keine fünf Credits mehr übrig bleiben. Wir werden alles nehmen, was sie haben, und sie werden nett Danke sagen.«

Das gefiel der Mannschaft. Er hörte freudiges Lachen und zustimmende Worte.

»Das System, in dem wir aus dem Hyperraum springen, heißt Eriadu. Die Hyperraum-Blockade der Republik hat die Leute hier hart getroffen, und viele von ihnen hungern. Angeblich ist es schon so schlimm, dass die Gouverneure eine Revolte fürchten. Sie stecken also bis zum Hals in Schwierigkeiten, und sie wollen nicht noch mehr Probleme. Perfekt für uns.

Wenn wir ankommen, muss alles ganz schnell gehen – wegen der zeitlichen Abfolge des Trümmerregens. Stürme, habt ihr alle eure Mannschaften instruiert? Weiß jeder, was er zu tun hat?«

»Ich kann nicht für diese beiden Witzfiguren sprechen, Kassav, aber meine Winde und Brisen kennen den Plan«, sagte Gravhan, wobei er mit dem Finger über einen seiner Hauer strich. Er war ein Chevin und bestand größtenteils aus einem riesigen Schädel mit faltiger grauer Haut und ein paar Strähnen langen blonden Haars auf dem Schädel. Er wirkte langsam und bedächtig, und vielleicht war er das auch, aber Kassav hatte einmal gesehen, wie er mit bloßen Händen einen Wachmann in zwei Hälften gerissen hatte. Sie hatten damals eine Bank in einer winzigen Siedlung überfallen, auf irgendeinem abgelegenen Eisplaneten. Gravhan hatte den Kerl einfach gepackt und ... na ja, falls Kassavs Orkanzug so etwas wie ein Motto hätte, wäre es vermutlich: *Stärke gewinnt.* Gravhan war das perfekte Beispiel dafür. Der tote Wachmann konnte es bezeugen. Beide Hälften von ihm.

»Meine Leute sind ebenfalls bereit, Boss«, sagte Dellex. »Ich habe sie heißgemacht, seit du den Plan erklärt hast.«

»Da bin ich sicher«, nickte Gravhan, und ein paar seiner Brisen lachten – diejenigen, die zu dumm waren, um zu erkennen, dass man Dellex nicht zur Feindin haben sollte.

Kassav kannte die Frau schon lange Zeit, und irgendwann hatten sie sogar mal eine Liebelei gehabt. Darum wusste er, dass sie sich für abgrundtief hässlich hielt und all ihr Geld deswegen in schicke, kybernetische Verbesserungen steckte. Sie machte sich hübscher, ein glänzendes Körperteil nach dem anderen. Aber all das Metall wirkte sich auch auf ihre Persönlichkeit aus. Sie mochte attraktiver werden, aber sie wurde auch kälter. Kassav hatte das sichere Gefühl, dass man die kichernden Brisen in Gravhans Meute eines Morgens mit eingeschlagenem Schädel in ihren Kojen finden würde.

Doch das war nicht sein Problem. Es gab nie einen Mangel an neuen Brisen.

»Wir sind bereit«, sagte der Nasse Dud von seinem Platz an der Hauptkonsole des Schiffes, wobei er den Daumen in die Höhe reckte.

Manchmal glaubten die Leute, der Nasse Dud hätte diesen Namen, weil er ein Gungan war ... aber das war nur ein Grund. Früher war er regelmäßig von Kopf bis Fuß mit Blut verschmiert gewesen, wenn er von einem Überfall zurückkehrte. Regelrecht durchnässt. Das war oft genug passiert, um ihm diesen Spitznamen einzubringen, und da er noch niemanden umgebracht hatte, der ihn so nannte, schien es ihm wohl zu gefallen. Das war oft der einzige Gradmesser, um abzuschätzen, ob ihm etwas gefiel oder nicht.

Der Nasse Dud war außerdem ein Hacker, und ein verdammt guter obendrein. Er klinkte sich schon in Computersysteme ein, seit er ein Kind war, und auch jetzt nutzte er dieses Talent in seiner Freizeit noch für allerlei grausame Spielchen.

Auch das war nicht Kassavs Problem.

»Dann fangen wir an«, rief er.

Die *New Elite* sprang aus dem Hyperraum ins Eriadu-System. Die Scanner fingen nur leichten Raumverkehr auf – kein Wunder. Wegen der Blockade hatte der Planet in letzter Zeit kaum noch Treibstofflieferungen erhalten. Der Mangel an Schiffen bedeutete auch, dass die Überwachungssatelliten des Systems die Nihil sicher schon erfasst hatten, aber das war in Ordnung. Sie wollten sich schließlich nicht verstecken. Falls die Eriaduaner dumm genug waren, ein paar Patrouillenschiffe loszuschicken ... nun, dann würden Dellex und Gravhan zum Zuge kommen. Ihre Kanoniere waren erstklassig.

»Nasser Dud ... jetzt.« Kassav deutete auf seinen Lieutenant.

Dud machte sich mit fliegenden Fingern an die Arbeit. Er verschaffte sich Zugriff auf das Kommunikationsnetzwerk des Systems und überschrieb alle Zugangscodes und Sicherheitsmaßnahmen, die ihm dabei im Weg standen, bis er schließlich die gesuchte Verbindung fand.

Er drückte eine letzte Taste, dann zeigte er erneut den hochgestreckten Daumen.

»Du bist drin, Bossmann«, quakte er.

Eine Stimme hallte aus den Lautsprechern der Brücke, kratzig, zischend und eisig. Die Stimme einer mächtigen Person, die es gewohnt war, dass ihre Befehle prompt ausgeführt wurden.

»Wer ist da? Dieses Kommnetzwerk ist nur für autorisiertes Personal bestimmt«, donnerte Mural Veen, gegenwärtig die planetare Gouverneurin von Eriadu. »Und was zur Hölle soll diese ... Musik?«

Ups!, dachte Kassav.

Er tippte auf die Konsole, und der Trümmerpunk wurde zu einem leisen Wispern im Hintergrund.

»Guten Tag, Gouverneurin«, sagte er anschließend. »Ich bin Ihr neuer bester Freund.«

Schweigen am anderen Ende der Verbindung. Sie wartete ab, um zu hören, was er wollte.

»Sie haben vielleicht mitbekommen, dass ein Schiff am Rande Ihres Systems aus dem Hyperraum aufgetaucht ist. Das bin ich, und alles, was Sie über mich wissen müssen, ist, dass ich Kanzlerin Sohs Hyperraum-Blockade durchbrechen kann, auch wenn alle Welt es für unmöglich hält. Dieses Detail sollten Sie für die Dauer unseres Gesprächs im Hinterkopf behalten: Ich kann Dinge tun, die sonst niemand tun kann.«

»Lassen Sie mich raten«, sagte die Gouverneurin. »Sie haben sich durch die Blockade geschlichen und wollen uns jetzt zu einem lächerlichen Wucherpreis Vorräte verkaufen? Tut mir leid, ich lasse mich nicht erpressen.«

»Das wird sich noch zeigen, meine Dame.« Kassav legte die ganze Betonung auf die letzten Worte, was einigen Nihil auf der Brücke ein Lachen entlockte. Sie beobachteten die Unterhaltung so gebannt, als wäre es das beste Holodrama, das sie je gesehen hatten.

»Aber ich muss zugeben«, fuhr er fort, »dass Sie uns für einfache Schmuggler halten, kränkt mich ein wenig. Wir sind viel mehr als das.«

»Und was zur Hölle sind Sie?«, fragte sie.

»Erwähnte ich doch schon. Ihr neuer bester Freund. Mehr noch – Ihr Retter.«

Stille.

»Ich weiß vielleicht nicht, wer Sie sind, aber ich weiß, wo Sie sind«, sagte Mural schließlich. »Meine Leute haben Ihre exakte

Position festgelegt. Ich werde dieses Gespräch jetzt beenden und einen Sicherheitskreuzer losschicken, um Sie in Gewahrsam zu nehmen. Dann können Sie mir Ihre Pläne von einer Zelle auf Eriadu aus erzählen. Vielleicht drücken Sie sich dann ja klarer aus. Versuchen Sie nicht, Widerstand zu leisten, oder wir jagen Ihr Schiff in die Luft.«

»Sind Sie sicher, dass Sie es auf die harte Tour machen wollen?«, fragte Kassav in hämischem Ton.

»Ganz sicher. Auf Wiedersehen. Ich habe keine Zeit für Ihre Spielchen.«

»Da stimme ich Ihnen zu«, erwiderte er. »Drei große Trümmer von der *Legacy Run* fliegen nämlich auf Ihr System zu. Sie werden bald hier sein. Wir wissen, wo und wann sie aus dem Hyperraum auftauchen. Und wenn Sie uns bezahlen, werden wir sie sogar aufhalten.«

»Was reden Sie da? Niemand kann die Hyperraumaustritte vorausberechnen.«

»Und niemand kann durch den Hyperraum in den Äußeren Rand fliegen.«

»Ich habe genug gehört. Wir schicken einen Kreuzer los. Sie können diese Unterhaltung dann mit meinen Verhörbeamten fortsetzen.«

»Wenn ein Schiff näher kommt, verschwinden wir … und Sie werden den Tod von Milliarden Wesen verantworten.«

Kassav grinste. Das gedämpfte Furor-Hochgefühl wurde mit jeder Sekunde besser. Es war, als würde er fliegen, mit ausgebreiteten Armen auf dem Wellenkamm der Droge dahingleiten, allmächtig und unbesiegbar. Er wusste, dass sein Plan gut war. Er hatte die Liste der Trümmeraustritte studiert, die Marchion Ro den Orkanen gegeben hatte, und diese Gelegenheit war ihm sofort ins Auge gestochen. Eine Gelegenheit, so gut, dass er ganz vergessen hatte, sie Marchion oder den anderen gegenüber zu erwähnen. Ups. Wie dumm von ihm.

Diese Beute würde nicht nach der Regel der Drei aufgeteilt werden.

Kassav erkannte, dass er der kurz angebundenen Gouverneurin noch gar nicht seine Forderung gestellt hatte. Er musste sich wirklich mehr konzentrieren.

»Gouverneurin, es ist ganz einfach. Sie geben uns fünfzehn Millionen Credits, und niemand muss sterben. Ich kann die Trümmer aufhalten und das Leben Ihrer Bürger schützen. Und ich werde es Ihnen sogar noch leichter machen …«

Er hob einen Finger, und der Nasse Dud sendete Kassavs verschlüsselte Bankdaten. Sie würden es Veen erlauben, das Geld direkt auf ein von ihm – nicht von den Nihil, sondern allein von *ihm* – kontrolliertes Konto im Schattennetz zu überweisen. Rückverfolgung ausgeschlossen.

»Sie sind ja verrückt«, schnaubte die Gouverneurin.

»Sie zweifeln an mir? Verständlich. Aber lassen Sie mich Ihnen helfen.«

Er hob den zweiten Finger, und der Nasse Dud übermittelte eine zweite Nachricht.

»Was Sie gerade erhalten haben, sind die Koordinaten, an denen das erste Trümmerteil auftauchen wird. Ist gar nicht weit von meinem Schiff entfernt. Wir haben uns diesen Platz nicht zufällig ausgesucht, wissen Sie?«

Kassav hob den dritten Finger und schwenkte seinen Arm in Gravhans Richtung herum. Der Sturm nickte und schickte seine Kanoniere an ihre Station.

»Es ist nur noch eine Frage von Sekunden …«, fuhr Kassav derweil fort.

Ein Teil der unglücksseligen *Legacy Run* brach dreißig Lichtsekunden von der *New Elite* entfernt in den Normalraum, genau dort, wo Marchion Ro es vorausgesagt hatte. Welche geheime Form von Hyperraummagie er auch angewandt haben mochte, um die Routen aller Fragmente in Erfahrung zu bringen – sie würde Kassav nun mehrere Millionen Credits einbringen.

Er linste zu den Projektionen an der Vidwand hinüber. Das Fragment war bereits erfasst und anvisiert. Es sah aus wie ein Frachtmodul, und es war intakt. Angeblich hatten einige dieser Dinger Passagiere an Bord – Siedler, die an Bord des Schiffes gewesen waren, als es in die Luft flog.

Aber das war auch nicht sein Problem.

»Feuer«, befahl Kassav.

Gravhans Team war gut. Die Waffensysteme der *New Elite* feuerten eine konzentrierte Salve von Laserstrahlen und Torpedos ab, und mehr als die Hälfte von ihnen traf das Ziel. Das Modul löste sich in seine Atome auf und verschwand von der Vidwand. Perfekter Treffer. Natürlich hatten sie schon im Voraus gewusst, worauf sie zielen mussten, und alles genau geplant ... aber trotzdem: Es sah wirklich beeindruckend aus.

»So.« Kassav drehte sich zum vorderen Aussichtsfenster um. Irgendwo dort draußen, in der Nähe der fernen Sonne, rang Gouverneurin Mural Veen vermutlich gerade mit ihrer Fassung. »Jetzt wissen Sie, dass ich keine Spielchen spiele. Zwei weitere Austritte stehen unmittelbar bevor, der erste in ... neunzig Sekunden. Sie haben die Kontodaten. Zahlen Sie oder tragen Sie die Konsequenzen.«

»Sie sind ein Bastard«, zischte Veen.

»Könnte sein«, lachte Kassav. »Ich habe meinen Vater nie gekannt, ebenso wenig wie meine Mutter. Nicht dass es einen Unterschied macht. Wo man herkommt, ist unbedeutend. Es zählen allein die Entscheidungen, die wir in unserem Leben treffen. Zum Beispiel die Entscheidung, vor der Sie nun stehen.«

Die Sekunden verstrichen. Kassav blickte zum Nassen Dud hinüber, aber der Gungan schüttelte den Kopf. Noch keine Überweisung. Also gab Kassav ihm das Signal, die nächsten Daten zu senden.

»Was sie gerade erhalten haben, sind die Koordinaten des zweiten Trümmeraustritts«, erklärte er laut. »Sie hätten das verhindern können, Gouverneurin. Vergessen Sie das nicht.«

Ein weiteres Fragment der *Legacy Run* wirbelte aus dem Hyperraum, so schnell, dass niemand darauf reagieren konnte.

Eriadu hatte nur einen nennenswerten Export: Lommit, ein Mineral, das zur Herstellung von Transparistahl genutzt wurde, jener Legierung, aus der die Aussichtsfenster, Bullaugen und Cockpithauben von Raumschiffen bestanden. Als Kanzlerin Soh ihre Blockade errichtet hatte, waren die Frachter, die das Lommit aus dem System transportieren sollten, mit vollen Laderäumen sitzen geblieben. Seitdem warteten sie an einer Raumstation unweit des nächstgelegenen Sprungpunkts.

Das Trümmerstück bohrte sich durch eines der Schiffe, und es explodierte augenblicklich. Die Schockwelle zerstörte den Großteil der Station und vier weitere Frachter; der Rest konnte noch rechtzeitig seine Schilde hochfahren.

»Autsch«, sagte Kassav. »Das waren mindestens hundert Opfer … und dann das ganze Lommit. Was wird das Ihr System kosten, Gouverneurin? Jede Menge Geld, nicht wahr? Sie sind jetzt noch schlechter dran als vorher. Und vergessen Sie nicht, ein weiteres Trümmerstück ist unterwegs hierher. Ihnen bleiben ungefähr vier Minuten. Diesmal werden nicht nur ein paar Hundert sterben, sondern Milliarden. Vielleicht erwischt es sogar Sie selbst, wer weiß? Sie haben die Kontodaten. Warten Sie nicht zu lange.«

»Das ist durch und durch verkommen«, schnaubte die Gouverneurin. »Ich hoffe, das ist Ihnen klar.«

Kassav drehte sich zu seinen Leuten um und verdrehte die Augen. Mehr Gelächter.

»Sie lachen?«, dröhnte die ungläubige Stimme aus dem Komm. »Finden Sie das etwa *komisch*?«

»Ja, Gouverneurin. Es *ist* komisch. Wir sind nicht verkommen – wir machen nur Geschäfte.«

»Sie schicken uns diese Trümmer, ist es nicht so? *Sie* lenken sie. Das ist die einzige Erklärung.«

»Ist das wirklich von Belang? Die Zeit läuft, Gouverneurin. Noch zwei Minuten.«

Um ehrlich zu sein, wurde Kassav inzwischen selbst ein wenig nervös. Sie mussten sich beeilen, um das dritte Fragment rechtzeitig abzufangen ... und sie *mussten* es abfangen, wenn der Trick beim nächsten Mal noch funktionieren sollte. Kassav war nicht mal sicher, ob er überhaupt zu den Nihil zurückkehren würde, wenn diese Sache klappte. Und warum auch? Er hätte dann fünfzig Millionen Credits in der Tasche, einen loyalen Orkanzug hinter sich und eine Liste mit weiteren Hyperraumaustritten, die er nutzen konnte.

Ja, Marchion Ro war nicht halb so schlau wie sein Vater; Asgar hätte nie so wertvolle Informationen herausgerückt. Wie unglaublich leichtsinnig. Offenbar sah das Auge mehr in den Nihil, als sie eigentlich waren – nämlich eine Bande von Kriminellen. Und wenn Kassav etwas über Kriminelle wusste, dann, dass man ihnen nicht trauen konnte.

Er war das perfekte Beispiel dafür.

Neunzig Sekunden.

»Gouverneurin, Ihnen läuft die Zeit davon.«

»Sie sind ein Monster.«

»Sie sind auch eins, wenn Sie Ihre Leute nicht retten.«

»Na schön.« Veen spuckte die Worte förmlich aus. »Das Geld wird gerade überwiesen.«

Er blickte zum Nassen Dud hinüber. Sobald der Gungan den Daumen hochreckte, winkte Kassav Dellex zu, und sie fuhr die Triebwerke für den Mikrosprung hoch, der sie in Feuerposition bringen würde.

Gravhans Kanoniere machten sich ebenfalls an die Arbeit und bereiteten die Salve vor, die das Fragment zerstören und ihnen Unmengen von Geld einbringen würde.

»Eins sollen Sie wissen«, tönte die Stimme der Gouverneurin aus dem Lautsprecher. »Ich habe unsere Unterhaltung an Senator Noor weitergeleitet, und er wird sie im gesamten Rand publik machen. Wir haben außerdem ihr Schiff gescannt und in unseren Datenbanken einen Treffer gefunden: die *New Elite* unter dem Kommando von Kassav Milliko – ich nehme an, das sind Sie. Nun, Meister Milliko, Sie haben Ihr Geld … aber Ihre Probleme fangen gerade erst an.«

»Probleme? Was für Probleme? Wir retten hier Leben. Wir sind die *Guten*, Gouverneurin.«

Er gab sich selbstsicher, um die Nihil, die jedes Wort mithörten, nicht zu beunruhigen, aber in Wirklichkeit war ihm ein wenig mulmig zumute. Vielleicht hatte er die Sache doch nicht bis zum Ende durchdacht. Aber sei's drum. Jetzt ließ sich daran nichts mehr ändern.

Er nickte Dellex zu. »Los.«

Sie nickte, und das Schiff machte den Sprung. Es würde knapp werden; so knapp, dass Gravhans Kanoniere noch in derselben Sekunde das Feuer eröffnen müssten, in der sie auf der anderen Seite des Systems wieder auftauchten. Aber das war in Ordnung. Sie würden es schaffen.

Sie schafften es nicht. Der dritte Austritt ereignete sich genau wie erwartet, und der Trümmer raste auf Eriadus bewohnten Mond zu – Bevölkerung: eins Komma zwei Milliarden. Genau wie erwartet. Die Kanoniere feuerten die Waffen ab, genau wie geplant …

Aber sie schossen ins Leere. Die *New Elite* hatte ihren Mikrosprung falsch berechnet. Ihre Laserstrahlen und Torpedos gingen meilenweit an dem Fragment vorbei.

Kassav erkannte sofort, was passiert war. Er blickte zu Dellex hinüber, und so, wie sie ihn anstarrte, wusste sie es ebenfalls.

»Boss, ich … es muss einen Fehler bei den Navberechnungen gegeben haben. Ich weiß nicht, wie das passieren konnte.«

Kassav hatte da einen Verdacht. Dellex' organisches Auge glänzte noch immer vom Furor, und er war sicher, dass sie keinen Dämpfer genommen hatte. Bei Sprungberechnungen konnte schon die kleinste Unachtsamkeit große Auswirkung haben. Dank ihrer kybernetischen Komponenten war in solchen Dingen normalerweise Verlass auf Dellex, aber diesmal …

Das Fragment der *Legacy Run* schlug auf dem Mond ein. Jeder auf der Brücke konnte es beobachten, denn es wurde groß und kristallklar auf die Vidwand projiziert. Eine gigantische Trümmerwolke brodelte von der Oberfläche hoch, und eine Schockwelle breitete sich über die kleine Welt aus, begleitet von Feuerbällen und diesen dunklen Wolken, die man nur bei wirklich großen Explosionen sah. Es erinnerte ein wenig an einen Sturm.

Eine Stimme drang aus dem Komm, die vor dem Hintergrund des erschrockenen Schweigens auf der Brücke umso lauter klang. Keiner der Nihil lachte noch.

»Dafür werden Sie bezahlen«, sagte Gouverneurin Mural Veen. Kassav hatte noch nie einen so eisigen Tonfall gehört. »Ich schwöre, Sie werden dafür bezahlen. Die Bewohner von Eriadu sind Jäger. Sie und all die Monster sind jetzt unsere B …«

Kassav tippte auf eine Taste an der Konsole, und die Stimme verstummte.

Anschließend ließ er den Blick über seinen Orkanzug schweifen. Er wusste genau, was sie dachten.

Eins Komma zwei Milliarden Wesen.

Sei's drum.

Das war nicht sein Problem.

»Bring uns hier weg«, befahl er.

»Wohin?«, fragte Dellex, ihr Ton ungewöhnlich kleinlaut.

Kassav überlegte. Die Eriaduaner kannten seinen Namen. Sie kannten sein Schiff. Er hatte ihr Geld, aber er bezweifelte, dass die Gouverneurin leere Drohungen ausgestoßen hatte. Sie schien ihm nicht der Typ, der einfach vergab und vergaß. Er brauchte Schutz. Er brauchte eine größere Gruppe. Er brauchte …

»Zurück zu den Nihil«, sagte er resigniert.

29

HETZAL-SYSTEM, ANKERMOND

Keven Tarr blickte über das Plateau hinweg. Der Anblick war atemberaubend.

Siebenundfünfzigtausendachthundert und siebzehn Navigationsdroiden, zu einer gewaltigen Einheit zusammengeschaltet. Es waren die unterschiedlichsten Modelle, unterschiedlichsten Formen und Größen, von neuen, kompakten Einheiten mit Beinen oder anderen Bewegungssystemen bis hin zu Prozessoreinheiten, die man aus Schiffen ausgebaut hatte – ein wahrlich beeindruckendes Sammelsurium.

Die Beschaffung der Droiden war eine Herausforderung gewesen – die Keven ohne Minister Lorillias heroische Bemühungen nicht bewältigt hätte, das musste er selbst zugeben. Lorillia hatte diese Droiden wirklich aus allen Winkeln der Galaxis herbeischaffen lassen. Aber sie zusammenzuschalten war beinahe ebenso schwierig gewesen. Der Plan war, ihre Prozessoren parallel zu schalten und sie in Gruppen zu unterteilen, sodass sie an mehreren Problemen gleichzeitig arbeiten konnten. Keven hatte das System von Grund auf selbst entworfen, aber es praktisch umzusetzen, hätte Monate gedauert – Monate, die sie nicht hatten. Darum hatte er nach der Planungsphase und der Beschaffung der Droidenkomponenten ein Team von Ingenieuren gebraucht, das sich mit positronischer Architektur und Netzwerkstrukturen auskannte … ein *großes* Team.

Im Hetzal-System gab es eine Handvoll solcher Experten, aber längst nicht genug. Die San Tekkas hatten ein Dutzend ihrer Navilatoren geschickt – Männer und Frauen mit seltsamen Implantaten, welche sich rund um ihre kahl geschorenen Schädel wanden und es ihnen erlaubten, komplexe Berechnungen mit droidengleicher Präzision anzustellen; im Gegensatz zu Droiden konnten sie aber auch die konzeptuellen Sprünge machen, zu denen nur ein organisches Bewusstsein in der Lage war. Doch so nützlich sie auch sein mochten, die Navilatoren allein waren nicht genug, um das Droidennetzwerk rechtzeitig fertigzustellen. Um die nötigen Ressourcen zu mobilisieren, waren einmal mehr Minister Lorillia, Senator Noor und ihre diversen Verbündeten und Kontakte nötig gewesen. Und sie hatten sich wirklich selbst übertroffen. Keven arbeitete heute mit Systemanalysten von Byss und Kuat und noch weiter entfernten Welten. *Wir gehören alle zur Republik* – Kanzlerin Sohs Slogan hatte nie wahrer geklungen.

Keven wusste nicht, wie viele Gefallen und Credits es gekostet hatte, um all das auf die Beine zu stellen, aber es interessierte ihn auch nicht wirklich.

Er wollte das Netzwerk nur endlich aktivieren.

Es verfügte über drei zentrale Knotenpunkte, und diese Sektionen wiederum verfügten über eigene Unterknoten. Jede Sektion würde einen anderen Teil der Berechnungen übernehmen: Sektion eins sollte auf Grundlage der verfügbaren Daten eine Computersimulation der ursprünglichen Katastrophe erstellen; Sektion zwei sollte alle bislang bekannten Hyperraumaustritte in einem Modell zusammenfassen; und Sektion drei – bei Weitem der komplexeste Abschnitt – sollte einen speziellen Algorithmus entwickeln, um vorauszuberechnen, wo die nächsten Trümmer auftauchen würden.

Diese dritte Sektion war der Knackpunkt. Die beiden anderen arbeiteten nur mit Daten, die bereits bekannt waren, aber Nummer drei musste die Zukunft vorhersagen.

Falls ich das hinkriege, dachte Keven, *macht mich das praktisch zu einem Jedi.*

Aber natürlich glaubte er das nicht wirklich. Ein paar echte Jedi standen jetzt gerade neben ihm – die beiden, die geholfen hatten, die Unterstützung der San Tekkas zu sichern, Avar Kriss und Elzar Mann. Sie schienen wirklich nette Leute zu sein, aber Keven hatte so rein gar nichts mit ihnen gemein. Avar war der stille, selbstsichere Typ, der Inbegriff der Kompetenz, und Elzar sah aus, als hätte man ihn aus einem Holodrama gepflückt: olivfarbene Haut, dunkles, welliges Haar ... ein wirklich attraktiver Mann.

Nein, da hatte Keven Tarr vermutlich mehr Ähnlichkeit mit einem Droiden oder einem der Navilatoren (obwohl er zum Glück nicht diese bizarren Implantate tragen musste). Er mochte Systeme und Regeln, und die Systeme und Regeln innerhalb dieser Systeme und Regeln. Denn im Grunde ließ sich alles auf diese beiden Komponenten herunterbrechen: Systeme. Und Regeln.

Das galt für Personen, das galt für Droiden, und es galt für die gesamte Galaxis. Je tiefer man in diese Systeme vordrang, oder je besser man ihre Regeln verstand, desto mehr konnte man bewirken. Darum war Keven auch so schnell in Hetzal aufgestiegen, bis hin zu seinem aktuellen Posten im Technologieministerium – und er war noch nicht mal fünfundzwanzig Jahre alt. Als Kind hatte er herausgefunden, dass vier bestimmte Getreidesorten durch eine komplexe Wechselwirkung miteinander interagierten, und dass eine Insektenart, die regelmäßig als Ungeziefer abgetötet wurde, in Wirklichkeit gar kein Ungeziefer war, sondern eine symbiotische Partnerspezies dieser Getreidearten. Wenn man die Pflanzen einfach auf demselben Feld wachsen ließ, anstatt sie zu trennen, und man das vermeintliche Ungeziefer am Leben ließ, verbesserte das die Ernte nicht nur quantitativ, sondern vor allem auch qualitativ. Davon abgesehen würde zweimal im Jahr eine Hybridfrucht heranreifen, die nur durch die Interaktion aller vier Getreidearten entstehen konnte.

Dieses kleine Projekt hatte ihm alles verschafft, was er je gewollt hatte: Zugriff auf größere und effektivere Systeme, die er erlernen konnte. Die hetzalianischen Behörden betrauten ihn mit immer wichtigeren Projekten, vom Erstellen eines Rotationsalgorithmus für Getreidefelder bis hin zu einem Wetterkontrollsystem, und die Arbeit daran war zutiefst erfüllend und befriedigend. Das Einzige, was ihn frustrierte, war, wie langsam die Dinge bisweilen vorangingen – trotz seiner Position im Technologieministerium. Er konnte sich nicht einfach auf ein neues Projekt stürzen, wenn er wollte, und viel zu oft brauchte er die Erlaubnis der Regierung, um überhaupt etwas zu tun.

Aber so funktionierte das System nun einmal. Keven wusste, er könnte auch ein erstklassiger Hacker sein, der sich in geschützte Computerkerne einklinkte und wertvolle Informationen verkaufte. Aber er glaubte an das Gesetz und die Republik, und er hatte vor langer Zeit beschlossen, dass er nur mit wirklich bedeutsamen Systemen arbeiten würde, wenn er sich den Zugang auf ehrliche Weise verdiente, durch Talent und Hingabe.

Nun war er am Ziel seiner Träume angelangt. Er konnte sich kein größeres System vorstellen als das, welches er hier aufgebaut hatte.

Er, Keven Tarr, war im Begriff, den Hyperraum zu hacken.

Eine sanfte, kühle Brise berührte sein Gesicht und wehte dann weiter, über das Plateau und die Droiden. Ein gutes Omen.

Keven blickte zu den anderen Anwesenden hinüber, die sich mit gedämpften Stimmen auf der Beobachtungsplattform unterhielten. Es wäre ihm lieber gewesen, den ersten Test seiner Maschine ohne Publikum durchführen zu können, nur für den Fall, dass irgendetwas schiefging. Aber diese Sache war zu wichtig, die Zeit drängte zu sehr, und die Republik hatte zu viel in dieses System investiert. Viele mächtige Leute hatten beschlossen, Kevens Plan zu unterstützen, und sie alle wollten dabei sein, wenn sich herausstellte, ob dieser Plan all den Aufwand wert war.

Senator Noor und seine Beraterin, Jeni Wataro. Minister Lorillia. Minister Ecka. Dann natürlich die beiden Jedi. Und Marlowe und Vellis San Tekka – die unglaublich hilfsbereit gewesen waren, wenn er ehrlich sein sollte. Neben zwölf ihrer Navilatoren hatten sie Keven auch Hyperraum-Modellierprogramme zur Verfügung gestellt, die weit über alles hinausgingen, worauf er sonst Zugriff hatte. Die Rechtsabteilung ihrer Firma hatte ihn unzählige Vertraulichkeitserklärungen unterzeichnen lassen, und er hatte sich verpflichten müssen, die Technologie nicht für andere Zwecke zu nutzen, aber das war nur normal. Tatsächlich überlegte er, ob er den San Tekkas eine langfristige Zusammenarbeit vorschlagen sollte, wenn diese Sache durchgestanden wäre. Hetzal mochte seine Heimat sein, aber er war bereit, zu neuen Ufern aufzubrechen. Er hatte hier alles erreicht, was er erreichen konnte. Jetzt zog es ihn zu größeren, komplexeren Systemen.

Aber das wäre natürlich alles hinfällig, falls sein Netzwerk nicht funktionierte. Wenn man sagte, dass man etwas *versu-*

chen würde, interpretierten die Leute das gerne so, dass man etwas *tun* würde, und wenn man das ersehnte Ziel nicht erreichte, wurde das als Versagen betrachtet. Und natürlich bekam man die gesamte Schuld an diesem Versagen aufgebürdet. Es war nicht gerade fair, vor allem weil noch niemand versucht hatte, mithilfe eines riesigen Computernetzwerks aus zusammengeschalteten Droidengehirnen die Zukunft vorherzusagen. Aber so funktionierte das nun einmal, in jeder Gesellschaft der Galaxis, und Keven Tarr würde nie mächtig genug sein, um *diese* Regeln zu ändern.

Seine Situation war binär: Erfolg oder Niederlage. Er hatte alles getan, was er tun konnte, und der Rest lag nicht mehr in seinen Händen.

Keven hob sein Kommlink. »Ist die letzte Gruppe von Droiden verlinkt?«

Ein Knistern – bei so vielen Droiden auf so engem Raum ließen sich Störungen nicht vermeiden. Man konnte es sogar in der Luft schmecken ... als würde man mit der Zungenspitze neues Metall berühren.

»Es fehlt nur noch einer«, antwortete Chief Innamin von der Republikanischen Verteidigungskoalition. Bis vor Kurzem war er noch Unteroffizier Innamin gewesen, aber sein heroischer Einsatz während der *Legacy-Run*-Krise hatte ihm eine Beförderung eingebracht. Er und ein weiteres Mitglied seiner alten Mannschaft, Peeples – damals ein Fähnrich, heute ein Lieutenant –, hatten beschlossen, nach der Katastrophe im Hetzal-System zu bleiben und zu helfen, wo sie nur konnten. So wollten sie das Opfer ihres Captains, eines Mannes namens Bright, ehren, der während eines Rettungseinsatzes auf einer Raumstation gestorben war.

Es gefiel Keven, dass die beiden Offiziere ihre Talente in den

Dienst einer guten, noblen Sache stellten. Noch wichtiger war ihm aber, dass Innamin eine Ingenieursausbildung hatte, die hier auf dem Ankermond von besonderem Nutzen war. Er war praktisch der Kopf ihres kleinen Gespanns, auch wenn der Lieutenant eigentlich den höheren Rang innehatte. Es schien Peeples aber nicht zu stören; er hatte sogar angeboten, mit Innamin den Dienstrang zu tauschen – was der Chief mit einem tiefen Seufzen abgelehnt hatte. In jedem Fall waren diese beiden gerade dabei, die Verbindungen in dem Subknoten herzustellen, der den fünften Hyperraumaustritt analysieren sollte.

Insgeheim – auch, wenn er das niemals laut aussprechen würde, egal unter welchen Umständen – wünschte Keven, dass es mehr Trümmerschauer gegeben hätte. Jeder Austritt war ein Datenpunkt, und bislang hatten sie neunundzwanzig davon gezählt. Nicht schlecht – eine ziemlich umfassende Grundlage für eine Analyse –, aber je mehr Informationen seine Maschine hatte, desto besser. Er würde nämlich nur diese eine Chance bekommen … aus mehreren Gründen.

Nicht zuletzt, weil es etwas gab, was er bislang für sich behalten hatte. Keiner dieser netten Leute, die ihm geholfen hatten, die seltenen und wertvollen Maschinen für sein Netzwerk zu organisieren, wusste davon.

Keven blickte unauffällig zu Jeffo Lorillia hinüber, dem Transportminister der Republik, der nur ein paar Schritte entfernt auf der Beobachtungsplattform stand und sich mit Senator Izzet Noor unterhielt. Sein langes Gesicht wirkte heute ungewöhnlich lebhaft. Lorillia hatte zahllose Gefallen einfordern und gewähren müssen, um in so kurzer Zeit so viele Navigationsdroiden zusammenzubekommen. Tatsächlich hatte er so viele Droiden aus anderen Systemen abgezogen, dass es dort ebenfalls zu Einschränkungen im Frachtverkehr kam. Der Äußere Rand stand unter Hyperraum-Quarantäne, die Auswirkungen dieser Operation waren in der gesamten Republik spürbar.

Falls Kevens Algorithmus perfekt funktionierte, würden sie wissen, wo die nächsten Trümmer aus dem Hyperraum auftauchen würden, und dann könnten sie die Blockade beenden … aber dass es funktionierte, war alles andere als sicher. Er hatte nur siebenundfünfzigtausend Droiden, obwohl er idealerweise doppelt so viele benötigt hätte. Die Berechnungen, die sie durchführen mussten, würden darum doppelt so lange dauern, und es war gut möglich, dass sie das System überforderten. Eine so große Belastung über einen so langen Zeitraum … Keven war nicht sicher, wie viele dieser sündhaft teuren elektronischen Gehirne den Prozess überleben würden. *Das* war es, was er Minister Lorillia und den anderen verschwiegen hatte. Wenn das Netzwerk hochgefahren wurde, würde es sehr hungrig sein, und es würde diesen Hunger mit Navigationsdroiden stillen.

Doch es war die einzige verfügbare Lösung. Er hatte es versuchen müssen – obwohl er genau wusste, was ihm bevorstand, sollte er scheitern. Das war der Schritt, den alle großen Persönlichkeiten wagen mussten.

»Peeples! Nimm die Hände da weg! Was machst du da … Oh, warte. Das ist eine gute Idee.« Chief Innamins Stimme klang dumpfer, als hätte er sich von seinem Komm weggedreht, aber einen Moment später war sie wieder laut und klar. »Wir sind bereit, Meister Tarr. Alle Verbindungen sind hergestellt.«

»Danke, Chief – und nennen Sie mich Keven. Räumen Sie das Gebiet und rufen Sie auch alle anderen Teams zurück, die Sie noch da draußen sehen. Verlassen Sie das Plateau und kommen Sie zur Beobachtungsplattform.«

»Hmm? Wieso?«

»Rufen Sie einfach alle zurück, in Ordnung?«

Keven hob ein Datenpad – die zentrale Steuereinheit für das gesamte Netzwerk – und sandte ein Stoßgebet zur Vinmutter, der Schutzheiligen der Region Hetzal Prime, wo er aufgewachsen war. Dann drückte er die Taste und aktivierte das System.

Am anderen Ende der Beobachtungsplattform schirmte Senator Izzet Noor das Gesicht mit der Hand vor der Sonne ab, als die gewaltige Armee miteinander verbundener Navigationsdroiden zum Leben erwachte. Es klang wie ein Insektenschwarm; eigentlich war es mehr ein Gefühl als ein Geräusch, eine Vibration an der Grenze des bewusst Wahrnehmbaren. Auch Noor hatte ein Gebet auf den Lippen, aber bei ihm war es nicht an die Vinmutter gerichtet, sondern mehr ein allgemeines »Komm schon, komm schon, komm schon«.

Überall im Äußeren Rand drohte offene Rebellion. Die Kanzlerin hatte Hilfslieferungen zu Welten genehmigt, die besonders stark unter der Hyperraum-Blockade litten, aber das Leben dort war trotzdem alles andere als normal, und eine Lieferung Notfallrationen hin und wieder reichte nicht, um die wachsende Unzufriedenheit einzudämmen.

Falls Keven Tarrs verrückter Droidenplan nicht funktionierte, würde er Kanzlerin Soh bitten müssen, die Hyperraumrouten wieder zu öffnen, ganz gleich, welche Gefahren dort noch lauern mochten. Der Schaden, der den Bewohnern des Äußeren Rands entstand, wog schwerer als das Risiko einer zweiten *Legacy-Run*-Katastrophe, und selbst die Kanzlerin würde das irgendwann einsehen müssen.

»Kaum zu glauben, findest du nicht auch?«, wandte Noor sich an Jeni Wataro, seit zehn Jahren seine Beraterin und engste Vertraute. Die Chagrianerin hatte blaue Haut und dicke, in Hörner auslaufende Tentakel, welche seitlich an ihrem Hals herab auf ihre Brust hingen. Sie war für Noor unersetzlich, und das in mehr als nur einer Hinsicht. Soweit es ihn betraf, war eine chagrianische Beraterin ein Segen für jeden Politiker.

»Wie meinen Sie das, Senator?«, fragte Wataro.

Noor deutete vage in Richtung des riesigen Droidennetzwerks, das auf dem Plateau vor ihnen versammelt war.

»*Das hier*, Wataro. Mach die Augen auf. Wir haben so viel Geld in diese Sache gepumpt, und niemand weiß, ob es überhaupt funktioniert. Ich verstehe nicht, warum wir nicht einfach die Hyperraumrouten öffnen können.

Und weißt du, was das Beste von allem ist?«, fuhr er fort, wobei er sich ganz zu ihr umwandte. »Jemand anderes da draußen ist offensichtlich schon in der Lage, die Bahn der Trümmer vorauszuberechnen, wenn das stimmt, was wir von Eriadu gehört haben.«

Wataro nickte.

»Warum halten wir an diesem dämlichen Droidenplan fest, wo Admiral Kronara und die RVK einfach Jagd auf die Kerle machen könnten, die Eriadu erpressen wollten?« Jetzt hatte Noor sich in Rage geredet. »Dieser Kassav … ich glaube, das war der Name, den Gouverneurin Veen benutzte. Wir suchen ihn und zwingen ihn, uns zu verraten, wo die nächsten Hyperraumaustritte stattfinden. Ganz einfach.«

Er blickte mit zusammengezogenen Brauen zu dem Droidennetzwerk hinüber. Die anfängliche Vibration hatte sich in ein tiefes, unangenehmes Summen verwandelt, aber es war noch immer mehr Gefühl als Geräusch, und Noor spürte es tief in seinen Knochen.

»Ich respektiere die Entscheidungen der Kanzlerin natürlich, aber ich wünschte wirklich, sie wäre offen für eine andere Strategie«, brummte er.

»Vielleicht sollten Sie bei der nächsten Wahl gegen sie antreten«, schlug Jeni vor.

Das machte sie immer: diese passiv-aggressiven Bemerkungen, weil er die Heuchelei der Kanzlerin anprangerte, ohne je wirklich etwas zu unternehmen. Sie wusste, dass er sich niemals zur Wahl stellen würde.

»Vielleicht mache ich das ja, Wataro – vielleicht mache ich das«, grollte er. »Wart's nur ab.«

Der große Bildschirm, der auf dem Beobachtungsdeck aufgestellt worden war, zeigte eine grobe Simulation des *Legacy-Run*-Unglücks, auf das Zehnfache der eigentlichen Geschwindigkeit beschleunigt. Keven Tarr, die Jedi, der Senator und die anderen Vertreter der Republik und der lokalen Regierungen beobachteten mit ernster Miene, wie sich die Katastrophe entfaltete. So viele Wesen waren an jenem Tag gestorben. Es hätten natürlich noch viel mehr sein können, aber es war dennoch eine Tragödie, und niemand sprach während der Simulation ein Wort.

Keven blickte auf sein Datenpad hinab, das ihn mit den wichtigsten Informationen versorgte, insbesondere mit dem Status seines Navigationsdroiden-Netzwerks. Alle 57 708 Prozessoren waren mit unvorstellbar komplexen Kalkulationen an der Grenze ihrer Rechenleistung beschäftigt. Falls es Probleme gab, müsste Keven nur ein paar Tasten drücken, und alle drei Hauptknoten würden sich auf die Berechnungen eines speziellen Unterknotens, einer kleineren Gruppe oder eines einzelnen Droiden konzentrieren. Das Netzwerk arbeitete wie ein riesiges Gehirn, mit Neuronen, Nervenzellen und so weiter.

Die Anzeigen verrieten auch, mit welcher Geschwindigkeit jeder Knoten, jede Einheit und jeder Droide operierte – das war nützlich, im Moment aber nebensächlich für Keven. Es gab eine andere Zahl, am Ende einer langen Datenkette angezeigt, die ihn gerade viel mehr interessierte: die Temperaturanzeige.

So viele Prozessoren, die alle gleichzeitig bei voller Leistung liefen … Das Netzwerk war im Grunde ein riesiger Ofen. Keven hatte alle Maßnahmen ergriffen, die ihm zur Verfügung standen, um eine Überhitzung zu verhindern. Darum hatte man die Droiden auch draußen aufgestellt, auf dem windigen und vergleichsweise kühlen Ankermond. Er hätte sein Netzwerk auch im All errichten können, aber es gab keine Wärmeableitung im Vakuum – das Problem wäre dort also noch größer gewesen.

Viele der Droiden verfügten außerdem über interne Kühleinheiten – daher stammte auch das Summen, das über das Plateau rollte. Es wurde immer lauter und drängender, und Keven musste nicht auf sein Datenpad sehen, um zu wissen, dass die Prozessortemperaturen rapide anstiegen.

Zum Glück waren die Anwesenden voll und ganz auf die Geschehnisse konzentriert, die sich auf dem Bildschirm abspielten: die heroische Rettung der Überlebenden der *Legacy Run*, die tragischen Tode, die Fluchtversuche in letzter Minute. Trotz seiner wachsenden Sorge um das Netzwerk nahm sich sogar Keven einen Moment, um zu bewundern, was die Jedi und die Helfer der Republik an jenem Tag geleistet hatten.

Eigentlich hätte das Hetzal-System vollständig zerstört werden sollen. Dass er noch immer hier war und auf der Oberfläche des unversehrten Ankermondes stand, war ein Wunder. Keven schüttelte den Kopf, als die Simulation das letzte Fragment auf seinem Weg zur Sonne zeigte – der Tank mit flüssigem Tibanna, der um ein Haar das gesamte System ausgelöscht hätte. Er hatte diese Sekunden nicht vergessen, diese Gewissheit, dass er in einer Minute tot sein würde … und dann hatte er doch überlebt.

Weil die Jedi ihre Bemühungen koordiniert hatten, um das riesige, widerwillige Stück Metall im richtigen Moment im richtigen Winkel von seinem Pfad zu stoßen. Obwohl sie Millionen Kilometer voneinander entfernt waren, hatten sie in perfektem Einklang zusammengearbeitet.

Es hätte unmöglich sein sollen, und doch hatten sie es irgendwie geschafft.

Keven sah nun eine Wiederholung jener Ereignisse. Das Fragment schlingerte zur Seite und raste knapp an der Sonne vorbei. Auf dem Bildschirm wirkte es so unspektakulär, so simpel, aber er wusste, dass es den Jedi alles abverlangt hatte. Einige von ihnen waren sogar während des Versuchs gestorben.

Doch letztlich hatten sie es geschafft. Wie auch Keven es schaffen musste.

Die Simulation des *Legacy-Run*-Desasters war nun abgeschlossen, und an seiner Stelle wurde der erste Hyperraumaustritt gezeigt; die sieben Fragmente, die im Ab-Dalis-System aufgetaucht waren, und der eine, der den Planeten getroffen hatte. Die Versammelten verfolgten das Geschehen in betroffenem Schweigen. Bei dieser Tragödie waren leider keine Jedi zugegen gewesen, um das Schlimmste abzuwenden.

Keven hatte sich bereits wieder abgewandt. Stattdessen hingen seine Augen gebannt an seinem Datenpad. Die Temperatur stieg schneller, als er erwartet hatte. Wenn sein Algorithmus funktionieren sollte, dann mussten die Systeme fortwährend replizieren, was geschehen war, jedes Detail, jedes Fragment, jeden Flugvektor – und zwar alles gleichzeitig. Mit jedem der Trümmer kam eine weitere Simulation hinzu, und die Datenlast wurde größer.

Er hatte das Gefühl, als würde die Hitze bereits zur Beobachtungsplattform hochsteigen, aber das war sicher nur seine Einbildung. Keven wischte sich mit dem Ärmel über die Stirn – sie war feucht.

Also doch keine Einbildung. Die Droiden liefen heiß, und sie mussten noch immer dreißig Austritte nachzeichnen.

Senator Noor verlagerte unbehaglich das Gewicht, dann drehte er sich zu seiner Beraterin um und deutete auf den Horizont über dem Droidenheer. Die Luft schimmerte dort leicht, als Hitzeverwirbelungen in den frühmorgendlichen Himmel hochstiegen.

»Wataro«, sagte er. »War das so geplant?«

»Ich ... ich bin mir nicht sicher«, erwiderte sie, während sie ein Stofftuch aus ihrer Tasche zog und sich die kleinen grünen Schweißtropfen von der Stirn tupfte.

Knoten fünf bereitete Keven besonderes Kopfzerbrechen. Minister Lorillia hatte sein Bestes getan, aber natürlich war nicht jeder bereit gewesen, sich von seinen besten, modernsten Navigationsdroiden zu trennen, ganz gleich, welchen noblen Zweck er damit auch unterstützte. Viele der Droiden in seinem Netzwerk waren ältere Modelle, einige sogar schon aus dem aktiven Dienst ausgemustert. Sie konnten die Berechnungen noch immer durchführen, aber sie waren nicht so effektiv oder so schnell wie der Rest.

Keven hatte versucht, diese veralteten Modelle gleichmäßig über das Netzwerk zu verteilen, um die Belastung auszubalancieren, aber natürlich gab es trotzdem Bereiche, wo mehr zweitklassige Maschinen aufgestellt waren als anderswo. Knoten fünf war ein solcher Bereich. Hier stieg die Hitze besorgniserregend schnell an. Nicht mehr lange, und ...

Ein Funkenregen sprühte von dem Netzwerk hoch, und Keven musste nicht hinsehen, um zu wissen, dass Knoten fünf der Ursprung war. Einer der alten Navigationsdroiden war gerade durchgebrannt. Die Hitze seiner Schaltkreise hatte seine Computermatrix förmlich in Schlacke verwandelt.

»Verdammt«, zischte Keven.

»Was geschieht da, Tarr?«, hörte er Senator Noor rufen.

Doch Keven antwortete nicht. Dafür hatte er keine Zeit. Falls Knoten fünf ausfiel, müssten sie die gesamte Simulation noch mal neu starten, und er bezweifelte, dass sie ihm eine zweite Chance geben würden. Es hieß, jetzt oder nie. Zum Glück hatte er dieses Problem vorhergesehen und sich darauf vorbereitet – so gut es eben ging.

Eine Phalanx aus Pillendroiden schwebte zu dieser Seite des Netzwerks hinüber. Sie waren mit Kühleinheiten ausgestattet, die winterkalte Luft versprühen konnten, wo immer es nötig war. Keven hatte sie bislang in Reserve gehalten, aber es war offensichtlich, dass sie jetzt gebraucht wurden.

Er gab einen Befehl auf seinem Datenpad ein, und mehrere der Pillendroiden verteilten sich über Knoten fünf. Frostige Luft zischte aus ihren Sprühaufsätzen, und die Temperatur begann augenblicklich zu sinken. Gut. Alles war wieder im grünen Bereich.

Zumindest bis den Pillendroiden das Kühlmittel ausging. Oder bis weitere Navigationsdroiden den Geist aufgaben. Es waren inzwischen nur noch 57 712 – und eigentlich bräuchte man mindestens fünfundsiebzigtausend Einheiten, um echte Erfolgschancen zu haben.

Knoten sieben begann sich zu erhitzen. Dort wurde gerade der neunzehnte Hyperraumaustritt simuliert, und die Belastung ließ fünfzig Droiden gleichzeitig ausfallen. Ebenso wie zuvor in Knoten fünf sprühten nun auch hier Funken. Vielleicht war es ein Verbindungsfehler, oder vielleicht war dieser Teil der Simulation besonders rechenintensiv.

»Nein!«, entfuhr es Keven.

Er war sich nur vage der Stimmen ringsum bewusst, die ihn mit Fragen attackierten, Mutmaßungen anstellten, Besorgnis äußerten ... Er konnte keine Zeit dafür erübrigen, nicht mal eine Sekunde. Falls die Störung von Knoten zu Knoten übersprang, würde das eine fatale Kettenreaktion auslösen.

Zwanzig Pillendroiden schnellten zu Knoten vierzehn hinüber. Damit war nun die Hälfte seiner Hilfseinheiten im Einsatz, und die Simulation war erst zu zwei Dritteln abgeschlossen.

Sie werden mir die Schuld geben, dachte er. *Sie werden sagen, es war mein Fehler. Ich wollte nur helfen. Ich habe mein Bestes getan. Ich ...*

Eine Hand berührte seinen Arm, und Keven zuckte zusammen. Es war die Jedi, Avar Kriss. Ein paar Schritte hinter ihr stand der andere, Elzar Mann – die beiden schienen nie von der Seite des anderen zu weichen.

»Bleiben Sie ruhig«, sagte Avar, und Keven beruhigte sich tatsächlich. Ihre bloße Nähe schien den Druck von ihm zu nehmen. »Was ist los?«, fragte sie anschließend.

»Das Netzwerk erzeugt zu viel Hitze, aber ich kann die Simulation jetzt nicht abbrechen. Entweder sie läuft bis zum Ende durch, oder alles war umsonst. Wir haben noch keine neuen Informationen erlangt. Wenn wir jetzt aufhören, haben wir nur Geld und Ressourcen verschwendet.«

Ein weiterer Funkenregen – Knoten elf. Dreihundertzweiundachtzig Droiden brannten durch, alle im selben Moment. Blieben noch 57 285.

Keven schickte den Rest der Pillendroiden los, um diesen Bereich zu kühlen. Das sollte die Lage dort entschärfen, aber ein Blick auf sein Datenpad zeigte ihm, dass mindestens vier weitere Knoten vor der Überhitzung standen.

Die Knoten drei und acht erlitten Ausfälle. Die Zahl der Prozessoren ging runter auf 53 412. Falls sie unter fünfzigtausend fielen, wäre alles vorbei. Dann würde die Rechenleistung nicht mehr ausreichen, ganz gleich, wie er die Belastung umverteilte.

Der Wind ebbte ab, und mit ihm das kleine bisschen natürlicher Kühlung. Es gab nichts, was Keven noch tun konnte. Es war vorbei.

Avar Kriss half dem jungen Mann mithilfe der Macht, seine Panik zu beherrschen, aber es war nicht einfach. Keven Tarr stand kurz vor einem Zusammenbruch. Er war voller Schuldgefühle, Scham, Frustration ... Er hatte nichts davon verdient, aber Emotionen waren nur selten logisch.

Sie blickte zu Elzar hinüber. »Irgendwelche Vorschläge?«

»Er muss alles abkühlen, ja?«

»Das hat er gesagt.«

»In Ordnung.« Elzars Ton wurde grüblerisch. »Ich habe da vielleicht eine Idee. Ich habe es noch nie versucht, aber theoretisch sollte es möglich sein. Du wirst spüren können, was ich tue. Falls du mich dabei irgendwie unterstützen kannst, nur zu. Ich bezweifle nämlich, dass ich es allein schaffen werde.«

Elzar setzte sich im Schneidersitz auf den Boden, dann hob er die Arme und schloss die Augen. Avar streckte ihre Sinne aus, ihm entgegen, und versuchte es ihm gleichzutun. Er beschwor die Macht ... aber wofür?

Sie vermutete, dass dies eins seiner ... Experimente war. Ihm fielen ständig neue Wege ein, wie die Macht genutzt werden könnte; neue Möglichkeiten, um die Helle Seite zu formen. Die meisten dieser Experimente scheiterten, aber sie fand seine unermüdliche Suche nach neuen Ideen inspirierend. Für Elzar

Mann ging es nicht darum, was die Jedi waren, sondern darum, was sie sein konnten.

Avar lauschte dem Lied der Macht … und dann begriff sie plötzlich, was er vorhatte.

Das ist unmöglich, rief sie ihm im Geiste zu. Die Botschaft war klar genug, um ihn durch die lose Machtverbindung zwischen ihnen zu erreichen.

Elzar lächelte, ohne die Augen zu öffnen.

Dann hilf mir, antwortete er ihr.

Elzar Mann kommunizierte mit der Luft. Hier auf der Beobachtungsplattform über den unermüdlich arbeitenden Droiden war sie heiß, aber weiter oben wurde sie kühler. Die heiße Luft stieg auf, wie es in ihrer Natur lag, aber sie war dabei nicht schnell genug.

Er bat die Macht, ein wenig nachzuhelfen, und sie reagierte, wenn auch nur langsam. Luft war schwerer, als sie aussah.

Dann wurde die Last plötzlich leichter, und er wusste, dass Avar bei ihm war. Gut. Mit ihr an seiner Seite war alles einfacher. Diesmal sogar im wörtlichen Sinne. Er öffnete die Augen kurz einen Spaltbreit und sah, dass sie ihm gegenüber kniete, die Unterarme auf den Schenkeln, die Handflächen nach oben gedreht, die Augen geschlossen, ihr Gesicht dem Himmel zugewandt.

Die Masse heißer Luft stieg höher, als beide Jedi Windströmungen erzeugten, um sie in den Himmel über dem Plateau hochzutreiben. Das allein würde die Navigationsdroiden natürlich nicht kühlen, aber darum ging es hier auch gar nicht.

Es ging darum, die heiße Luft in die kühleren Zonen weiter oben in der Atmosphäre zu drücken. Die erwärmte Luft trug Feuchtigkeit mit sich, die an der Oberfläche verdampft war. Nun sammelten sich diese winzigen Wassermoleküle, sie berührten einander, verbanden sich.

Elzar und Avar halfen der Luft, das zu tun, was sie ohnehin wollte, und zogen die individuellen Wassertröpfchen weiter zusammen. Eine Woge der Aufregung stieg dabei in Elzar hoch. Nicht Stolz – das war nicht der Weg der Jedi –, sondern Freude darüber, dass sie eine so schwierige Aufgabe meisterten, nur sie beide; zwei Wesen, auf einer so tiefen Ebene durch die Macht verbunden, dass keiner von ihnen sein Handeln erklären musste.

So war es immer zwischen ihnen gewesen, schon während ihrer Tage als Padawane. Diese Verbindung machte vieles einfacher, aber wenn Elzar ehrlich sein sollte … es machte einige Dinge auch schwerer.

Die beiden Jedi gaben alles. Erschöpfung machte sich in Elzars Geist und Körper breit. Sie mochten nur einen kleinen Bereich der Atmosphäre manipulieren, eine relativ geringe Menge an Luft – aber sie zu formen, zu lenken, sie an einen kritischen Punkt zu treiben, wo die Wettersysteme des Mondes den Rest erledigen würden, war dennoch unglaublich anstrengend. Schweiß strömte über seinen Körper, und er wusste, dass das nur teilweise an der Hitze lag, die von dem Droidenheer aufstieg. Jeder Atemzug kostete Kraft, und seine Brust fühlte sich an, als wäre sie in einen Schraubstock geklemmt – als würde die Luft geradewegs aus seiner Lunge gepresst.

Doch Elzar Mann hielt nicht inne, ebenso wenig wie Avar Kriss, und langsam begann sich etwas am Himmel über dem Plateau zu formen. Etwas Riesiges, das von Sekunde zu Sekunde dunkler wurde.

Eine Wolke.

Es waren noch 51 018 Navigationsdroiden übrig. Im Moment hielten sie die Simulation noch am Laufen – der Bildschirm zeigte gerade den einunddreißigsten Hyperraumaustritt, was bedeutete, dass sie in ein paar Minuten die Gegenwart eingeholt hätten und dazu übergehen würden, zukünftige Trümmeraustritte zu berechnen –, aber es war ausgeschlossen, dass das Netzwerk so lange stabil blieb. Jeder einzelne Droide da draußen, bis hin zu den modernsten Modellen, arbeitete im roten Bereich. Keven jagte die Pillen in ewigem Zickzack von einem Teil des Netzwerks zum nächsten, um alle Bereiche gleichzeitig zu kühlen, und bis zu einem gewissen Grad funktionierte es sogar. Es verschaffte ihnen jedenfalls wichtige Sekunden ... aber sein Datenpad zeigte ihm die Füllanzeige der Kühltanks, und die Prozentzahl war bei fast allen Einheiten in den einstelligen Bereich gefallen.

Wie die Sache stand, konnte er nur hoffen, dass die Droiden ein oder zwei zukünftige Austritte voraussagten, bevor alles zusammenbrach. Das würde immerhin helfen, ein paar Katastrophen zu verhindern. Aber nicht alle. Und den Flugschreiber der *Legacy Run* würden sie auch nicht finden. Das war ja das sekundäre Ziel dieser Operation gewesen. Der Flugschreiber könnte ihnen verraten, wie es zu dem Unglück gekommen war, und dann könnten sie Maßnahmen ergreifen, um eine Wiederholung zu verhindern.

Doch man musste sich auf das Positive konzentrieren, also trieb Keven die Knoten, die ihm noch zur Verfügung standen, weiter an ihrer Grenzen. Die nächste Hundertschaft von Navigationsdroiden verschmorte und starb.

Da traf ihn etwas im Nacken, weich und feucht. Vielleicht ein Insekt oder ...

Eine zweite Berührung, diesmal auf seinem Handrücken,

während er auf seinem Datenpad tippte. Und dann erkannte er schließlich, was geschah.

»Es … regnet«, hörte er Senator Noor staunen.

Und einen Moment später, begleitet von grollendem Donner, regnete es wirklich. Ein wahrer Wolkenbruch ergoss sich über das Droidennetzwerk. Die Navigationseinheiten waren für Arbeiten im Vakuum konzipiert – ein bisschen Wasser konnte ihnen nichts anhaben. Dampf zischte von ihren erhitzten Chassis hoch, und Keven musste mit der Hand über sein Datenpad wischen, damit er die Anzeigen wieder lesen konnte: Die Temperaturen sanken an allen Knoten.

Er wandte sich von den aufsteigenden Dampfschwaden ab und starrte die Jedi an. Avar Kriss und Elzar Mann saßen sich mit geschlossenen Augen und erhobenen Armen gegenüber und zitterten vor Anstrengung, während der Regen ihre Roben durchtränkte. Es sah aus, als würden sie versuchen, mit bloßen Händen ein Raumschiff hochzuheben. Hoch über dem Plateau schien noch immer die Sonne, und ihr Licht filterte durch den Regen, sodass ein schillerndes Farbenspiel die beiden Jedi umgab.

Hinter ihnen zeigte der große Bildschirm endlich etwas Neues an: eine Zone unbewohnten Raums, wo der vierunddreißigste Trümmerschauer aus dem Hyperraum brach.

Aber bislang hatte es nur dreiunddreißig Austritte gegeben.

Das System funktionierte! Es berechnete die Koordinaten, an denen Trümmer in Zukunft auftauchen würden, und solange der Regen anhielt, würde das Netzwerk stabil bleiben.

Keven erkannte, dass er es tatsächlich geschafft hatte. Er, Keven Tarr, Sohn eines Bauern von Hetzal Prime, hatte den Hyperraum gehackt.

Das Galaxis steckte wahrlich voller Wunder.

30

ELPHRONA

Porter Engle beugte sich zum Hals seines Reittiers vor und flüsterte ihm zu, während er die zitternden Muskeln des Steelees mit der Macht beschwichtigte.

»Du bist ein erleuchtetes Wesen«, sagte er. »Es gibt keinen Schmerz. Es gibt keine Erschöpfung. Es gibt keine Angst. Du bist Licht und Geschwindigkeit, und nichts auf der Welt ist schöner. Ich bin bei dir. Wir sind zusammen. Wir werden Großes erreichen. Wir werden diese Familie retten.«

Die Klinge seines Lichtschwerts summte, während er dahinpreschte, den Kerlen hinterher, die vier unschuldige Wesen aus ihrem Zuhause entführt hatten. Wie hatte Loden sie gleich noch genannt? Die Nihil.

Porter war nicht wütend. Er war seit beinahe dreihundert Jahren ein Jedi; und er wusste nur zu gut, wohin Wut führen konnte. Nein, er hatte einen besseren Weg gefunden, seine Emotionen in solchen Situationen auszudrücken. Er war nicht wütend.

Er war überzeugt.

Überzeugt, dass ein schreckliches Unrecht geschehen war.

Überzeugt, dass es korrigiert werden konnte.

Und wichtiger noch …

Er war vollkommen überzeugt, dass diese ... diese *Nihil* nie wieder ein solches Verbrechen begehen würden.

So oder so.

Porter hatte sich an die Spitze gesetzt und ritt ein Stück vor Loden Greatstorm und Bell Zettifar. Er mochte die beiden. Loden hatte einen herrlichen Sinn für Humor – eine willkommene Seltenheit unter den Jedi. Porter kannte zu viele Ordensmitglieder, die alles schrecklich ernst nahmen. Das Leben war lang, und die Macht hatte ihnen eine besondere Gabe geschenkt. Also, warum immer so stoisch sein? Ihr Eid verbat es ihnen nicht zu *leben*.

Und Bell ... Bell war ein großartiger junger Mann. Er war noch immer dabei, sich selbst zu entdecken, aber er war ja auch erst achtzehn. In diesem Alter wusste man noch nicht viel über sich. Aber eines Tages würde er die Art Jedi sein, die zukünftigen Generationen als Vorbild diente.

Vorausgesetzt, er überlebte Lodens Ausbildung.

Porters Gedanken kehrten ins Hier und Jetzt zurück. Kantige Eisensteinhänge erhoben sich zu beiden Seiten, und der Pfad voraus wurde schmaler. Die Jedi wurden deswegen nicht langsamer, aber sie lenkten ihre Steelees in einer Reihe, sodass sie hintereinander durch die Schlucht galoppierten.

Die Nihil und ihre Gefangenen waren noch immer ein gutes Stück vor ihnen, aber die Jedi kamen unermüdlich näher. Nicht mehr lange, und sie hätten sie eingeholt. Im Geiste ließ er vergangene Gefechte und Strategien bei Geiselnahmen Revue passieren. Die Nihil glaubten offensichtlich, dass die Familie ein saftiges Lösegeld wert war, sie würden sie also nicht unnötig verletzen wollen. Das verschaffte Porter und seinen Gefährten einen Vorteil. Trotzdem mussten sie schnell handeln. Die beste Vorgehensweise wäre vermutlich, wenn einer von ihnen – am besten Loden – die Macht einsetzte, um die Familie den Fängen der Nihil zu entreißen, während Porter und Bell die Entführer stellten.

Wahrscheinlich hatten diese Nihil noch nie gegen Jedi gekämpft – das hatten die wenigsten Bewohner des Äußeren Rands; die meisten kannten nur Geschichten über solche Gefechte, und Worte konnten einen nicht auf eine derartige Situation vorbereiten. Sie wussten also vermutlich nicht, wie sinnlos es war, ihre Gewehre einzusetzen. Wer auf einen Jedi feuerte, konnte den Blaster ebenso gut gleich umdrehen und sich selbst ins Knie schießen …

Porters mentaler Alarm schrillte los. Er war nicht sicher, ob die Macht ihm ein Signal gegeben hatte oder ob es einfach seine Instinkte waren, geschärft durch Dutzende Verfolgungsjagden in schmalen Schluchten. Als das Geräusch des Schusses ertönte, hatte er bereits sein Lichtschwert hochgerissen, um den Angriff abzuwehren – doch er galt nicht ihm.

Sein Steelee bäumte sich auf. Schmerz flutete sein Bewusstsein und strahlte in Porters Geist aus. Er unterbrach die Verbindung mit dem Tier und sprang aus dem Sattel, einen Moment, ehe es zusammenbrach und mit seinen metallischen Hufen Furchen über den harten Boden zog. Porter vollführte einen Salto und wehrte noch in der Luft eine Salve weiterer Schüsse ab. Die Nihil hatten sich entlang der Hänge versteckt und den Jedi einen Hinterhalt gelegt.

Porter landete.

»Feiglinge«, zischte er.

Weitere Blasterstrahlen regneten auf ihn herab. Sie kamen von beiden Seiten aber die Winkel und die Feuergeschwindigkeit verrieten ihm, dass es nur zwei Schützen waren.

»Reitet weiter!«, rief er Loden zu, der hinter ihm abgebremst hatte. »Lasst nicht zu, dass die Nihil die Familie auf ihr Schiff bringen. Ich kümmere mich um die Halunken hier und stoße wieder zu Euch, sobald ich kann.«

Loden nickte wortlos, und er und Bell galoppierten weiter, wobei sie mit ihren Lichtschwertern weiter Schüsse abwehrten.

Porter Engle stand nun allein am Grund der Schlucht, die Leiche seines toten Reittiers nicht weit hinter ihm – ein nobles Tier, das sein Bestes gegeben hatte.

»Ihr haltet euch für schlau, hm?«, rief er den Hang hoch. »Habt mir mein Steelee direkt unter dem Hintern weggeschossen.«

Auf den Felsen war Stille eingekehrt. Keine Schüsse, keine Bewegung. Vermutlich krochen sie gerade zu einer neuen Position, um ihn von dort aus ins Visier zu nehmen. Gar nicht so dumm. Aber das würde ihnen auch nicht helfen.

Erneut schrie er zu den dunklen Felsen hoch.

»Ich muss zugeben, bevor ihr mein Steelee getötet habt, war ich nicht sicher, wie ich mit euch verfahren soll. Alles war möglich, aber diese Kreatur hat im Licht gelebt, und ihr habt sie ausgelöscht. Dazu hattet ihr kein Recht. Danke, dass ihr mir gezeigt habt, was für Wesen ihr seid. Das macht mir die Entscheidung gleich viel leichter.«

Er drehte sich langsam im Kreis, das Lichtschwert erhoben, und betrachtete die Hänge. Er wusste, was als Nächstes geschehen würde. Wer lieber auf das Reittier eines Mannes schoss, anstatt sich ihm offen und ehrlich zu stellen, wer lieber aus dem Hinterhalt zuschlug, anstatt den direkten Kampf zu suchen, der würde …

Drei Blasterschüsse zuckten auf seinen Rücken zu. Natürlich.

Porter wirbelte herum, blockte den ersten und zweiten Strahl ab und lenkte den dritten in die Richtung zurück, aus der er gekommen war. Als der Schuss zwischen den Felsen einschlug, bewegte sich etwas ein Stück weiter oben. Porter sprang senkrecht in die Luft, höher, als diese Nihil-Feiglinge es wahrscheinlich für möglich gehalten hätten. Jetzt konnte er den Mann sehen, der auf ihn geschossen hatte. Er warf sein Lichtschwert, und es wirbelte unaufhaltsam auf sein Ziel zu.

Der Scharfschütze duckte sich hinter einen Eisensteinvorsprung; vermutlich wähnte er sich dort sicher. War er aber nicht. Die Klinge schnitt erst durch den Felsen, dann durch den Mann, und Porter schüttelte den Kopf. Es war eine Tragödie, dass ein lebendes, denkendes Wesen, ein Kind der Macht, einen Weg beschritten hatte, der auf diese Weise enden musste.

Der zweite Nihil schoss auf Porter, bevor er nach seinem hohen Sprung wieder auf dem Boden landete ... und bevor das Lichtschwert in seine Hand zurückflog. Das machte die Sache kniffliger – er war noch immer in der Luft und ohne seinen effektivsten Schutz –, aber jeder Jedi-Ritter verlor hin und wieder sein Lichtschwert, und wenn er seinen Titel verdient hatte, dann wusste er, wie man sich in so einer Situation auch ohne Waffe verteidigte.

Porter Engle stieß den Arm vor, die Handfläche nach außen, und beschwor die Macht. Der Blasterstrahl wurde zurückgeschleudert und verschwand jaulend zwischen den Felsen. Theoretisch hätte er den Schuss auch mit seinem Geist ablenken oder mitten in der Luft einfrieren können. Aber ihn fortzuwischen, als wäre es ein lästiges Insekt ... das war eine Geste mit Signalwirkung.

»Ich habe dich gesehen«, rief er, während er das Lichtschwert zu sich zurückrief. »Ich weiß, wo du dich versteckst.«

Der Schwertgriff klatschte in seine Handfläche – ein Geräusch, das er schon immer als ungemein befriedigend empfunden hatte –, und seine dicken Finger schlossen sich um die

Einbuchtungen, die Zehntausende Stunden des Trainings und des Kampfes dort hinterlassen hatten.

»Und gleich werde ich dich noch mal sehen«, schob er nach.

Dann sprintete er los, den Hang hinauf. Er bewegte sich so schnell, dass der Nihil ihm vermutlich nicht mal mit den Augen folgen konnte, sprang von einer Seite auf die andere, von Vorsprung zu Vorsprung. Diesmal schoss niemand auf ihn. Porter vermutete, dass der überlebende Schütze erkannt hatte, was für eine dumme Idee dieser Hinterhalt gewesen war; wahrscheinlich hatte er bereits die Beine in die Hand genommen.

Diese Vermutung wurde bestätigt, als er die Spitze des Hanges erreichte. Der Nihil versuchte gerade, mit einem Steelee auf der anderen Seite den Hügel hinabzureiten, wobei er unaufhörlich die Fersen in die Flanken des Tieres rammte. Er schrie das Tier nicht an – er war schlau genug, keinen unnötigen Lärm zu machen –, aber Porter war sicher, dass er das Steelee unter normalen Umständen mit jedem hässlichen Schimpfwort bedacht hätte, das er kannte.

»Ich wette, du bist derjenige, der mein Tier erschossen hat«, rief Porter.

Der Nihil wirbelte herum und eröffnete das Feuer. Danach konnte der Konflikt nur noch auf eine Weise enden.

Davon war Porter Engle überzeugt.

Er lenkte den Schuss zurück, und der Nihil kippte mit einem rauchenden Loch in seiner Maske aus dem Sattel.

Porter vergeudete keine weitere Zeit mit dem Kerl. Er deaktivierte sein Lichtschwert, hängte es an seinen Gürtel und ging mit ausgebreiteten Armen auf das traumatisierte Steelee zu.

»Schon gut, Kleiner«, sagte er. »Du bist ein erleuchtetes Wesen. Was hältst du davon, wenn wir beide den Tag retten, hm?«

Das Tier blickte ihn mit geweiteten Augen an, aber als Porter seine Schulter berührte, entspannte es sich sofort. Anschließend griff der Jedi nach dem Sattelknauf, um sich auf den Rücken des Tieres zu schwingen.

In diesem Moment setzte sich der Nihil mit dem Loch in der Maske plötzlich auf. Wenn er einen Kopftreffer überleben konnte, musste er zu einer Spezies gehören, deren Gehirn an einer anderen Stelle im Körper untergebracht war. Aber als Porter das erkannte, hatte der Plünderer bereits sein Blastergewehr hochgerissen. Und da Porters Hände auf dem Sattel und dem Rücken des Steelee lagen, war er vollkommen schutzlos.

Einen Herzschlag lang empfand er ein seltsames Bedauern – er hatte eines seiner Kuchenrezepte verfeinert, aber jetzt würde niemand es mehr kosten können –, und er bereitete seinen Geist darauf vor, eins mit der Macht zu werden.

Ein schwarz-grau-orangefarbener Schemen sprang von den Felsen auf den verletzten Nihil.

Ember, fuhr es Porter Engle durch den Kopf. Er hatte sie völlig vergessen.

Die Aschehündin riss das Maul auf und spie einen Ball aus gelbem Feuer, welcher den Nihil erfasste, bevor er abdrücken konnte. Ein verzerrter, hohler Schrei gellte unter seiner Maske hervor, während er sich auf dem Boden wälzte und versuchte, die Flammen zu ersticken, die seinen Körper verzehrten. Doch Ember setzte nach und spuckte weiter Feuer, bis die Schreie des Plünderers schließlich erstarben und er reglos auf dem Boden lag.

Erst dann klappte sie ihr Maul wieder zu und trottete zu Porter herüber. Der Ikkrukki kraulte sie dankbar hinter dem Ohr. Sie fühlte sich heiß an, wie sein Ofen im Außenposten. Aber das war wohl kein Wunder. Die Aschehündin musste ihnen den ganzen Weg von der zerstörten Heimstatt gefolgt sein, aber er und die anderen Jedi waren so auf die Verfolgung der Nihil konzentriert gewesen, dass keiner von ihnen diese Möglichkeit in Erwägung gezogen hatte.

»Gutes Mädchen«, lobte er. »Du bist ein gutes Mädchen.«

Er kletterte in den Sattel und ritt los, den Hügel hinab und hinter Bell, Loden und der Familie her, die sie retten mussten. Ember sprintete leichtfüßig neben ihm dahin.

Loden Greatstorm und Bell Zettifar hatten beständig aufgeholt, aber sie waren noch nicht bis auf Schlagdistanz an die Nihil heran, und nun kamen vor ihnen die Schiffe der Entführer in Sicht. Es waren zwei, abgestellt im rostfarbenen Sand knapp außerhalb der Flugverbotszone. Sie sahen aus, als hätte man sie aus Metallwürfeln und Stacheln zusammengeschweißt, und beide waren mit den drei Linien verziert, die sie schon an der Tür der Blythe-Heimstatt gesehen hatten. Die Nihil und ihre Gefangenen, die noch immer auf dem kleinen Repulsorwagen kauerten, näherten sich rasend schnell dem Landeplatz.

»Wir werden sie nicht rechtzeitig einholen«, sagte Bell.

»Ich weiß«, murmelte Loden.

Er ließ die Zügel seines Steelee los, aber das Tier wurde deshalb nicht langsamer; es galoppierte weiter, und bei jedem Schritt stoben Funken unter seinen Hufen hoch. Bell vermutete, dass sein Meister die Kreatur mit den Knien und der Macht weiter auf Kurs hielt. Anschließend holte Loden mit einer fließenden Bewegung die Metallröhre hinter seinem Rücken hervor – das Trümmerstück, das er aus dem zerstörten Vanguard gezogen hatte. Er lehnte es an seine Schulter, dann nahm er sein Lichtschwert zur Hand und drückte es gegen das Energiemodul in dem Gitterkorb am Ende der Röhre. Das Modul leuchtete auf, in derselben Farbe wie Lodens Klinge.

Jetzt erkannte Bell, was Greatstorm da aus dem Wrack geborgen hatte: die kyberaktivierte Luftabwehrkanone des Vanguard. Der Padawan hielt den Atem an. Er konnte nicht glauben, was gleich passieren würde.

Loden feuerte die Kanone ab, und ein Strahl goldenen Lichts zuckte aus dem Ende der Röhre, wie eine Lichtschwertklinge, aber dichter, konzentrierter. Wo eine Schwertklinge an den Rändern von einem intensiven weißen Glühen umgeben war, wurde dieser Strahl nach außen hin dunkler; er verfärbte sich zu einem Bernsteingelb, wie das erste Licht eines herbstlichen Morgens. Und dann das Geräusch ... Bell hörte es mit seinen Knochen, nicht mit seinen Ohren. In dem Moment, in dem die Kanone feuerte, schienen alle anderen Laute einfach zu verschwinden.

Bells Steelee bäumte sich auf, und er hatte alle Hände voll zu tun, das Tier wieder unter Kontrolle zu bekommen. Deswegen verpasste er auch den Einschlag des Laserschusses. Er hörte ihn aber: das einzigartige Geräusch, mit dem Metall überhitzte, um dann explosionsartig zu verdampfen, gefolgt von einem doppelten Donnergrollen.

Als das Steelee sich beruhigt hatte und wieder geradeaus ritt, hinter Loden und seinem Tier her – welches natürlich keinerlei Reaktion auf den Lärm gezeigt hatte –, sah Bell schließlich, was die Kanone angerichtet hatte. Eines der Nihil-Schiffe war in zwei Hälften geschnitten worden. Der Mittelteil hatte sich einfach ... aufgelöst, und die verbliebenen Randstücke waren seitlich voneinander weggekippt. Funken und Flammen züngelten von ihren rot glühenden Rändern.

»Oh, Mann«, entfuhr es ihm.

Er trieb sein Steelee zu größerer Eile an und rief Loden zu: »Zerstört auch das andere Schiff.«

»Geht nicht«, antwortete sein Meister. Er deutete mit der rauchenden Kanone nach vorne, dann warf er die Waffe zur Seite, sodass sie klappernd auf dem harten, metallischen Boden landete. Einen Moment später war sie bereits hinter ihnen außer Sicht verschwunden.

Bell spähte in die Richtung, die Loden angezeigt hatte, und alles wurde klar. Die Nihil hatten erkannt, dass sie jeden Moment ihr verbliebenes Schiff verlieren könnten, darum hatten sie sich neu positioniert. Nun befand sich der Wagen mit der entführten Familie direkt in Lodens Schusslinie. Die Kanone des Vanguard war keine Präzisionswaffe, jedenfalls nicht, wenn man sie von ihrer Halterung an dem Fahrzeug entfernte, und Greatstorm konnte es nicht riskieren, die Geiseln zu treffen.

»Ist vielleicht besser so«, sagte er. »Ich musste das Kühlmodul beim V-Rad lassen. Bei einem zweiten Schuss wäre mir die Kanone vermutlich auf der Schulter explodiert.«

»Was sollen wir jetzt tun, Meister?«, fragte Bell.

»Was immer in unserer Macht steht.«

Das stimmte ihn nicht gerade zuversichtlich. Wenn Loden Greatstorm die Ideen ausgingen, dann musste die Lage wirklich grimmig sein.

Nicht, dass er selbst einen Plan hatte. Je näher sie den Nihil kamen, desto unberechenbarer wurde die Situation. Bell blieb also nichts anderes übrig, als auf die Macht zu vertrauen und sich in seinen Entscheidungen von ihr lenken zu lassen.

Vor ihnen tat sich etwas. Bell und Loden hörten einen Blasterschuss, und einen Moment später fiel jemand von dem Repulsorwagen. Die Nihil preschten weiter und ließen die Gestalt auf dem harten Boden liegen.

»Das war kein Nihil«, rief Bell. »Haben sie eine der Geiseln getötet?«

Loden schwieg dazu.

Sie galoppierten auf die reglose Gestalt zu, und mit jedem Meter wurde das Bild klarer. Das Opfer war … die Mutter der Familie.

»Sie lebt noch«, stellte Bell fest. »Ich kann sie spüren.«

Wie um seine Worte zu bestätigen, hob die Frau den Arm – eine schwache, schmerzgeplagte Bewegung.

Ein Stück weiter vorne hatten die Nihil ihr Schiff beinahe schon erreicht.

Die Jedi brachten ihre Steelees neben der Frau zum Stehen und sprangen aus dem Sattel. Sie hatte ein rauchendes Loch in der Seite – die Wunde war vermutlich nicht tödlich, zumindest nicht sofort.

»Bitte«, ächzte sie mit brüchiger Stimme. »Meine Kinder, mein Mann. Bitte. Ihr müsst …«

»Natürlich«, sagte Loden in zuversichtlichem Tonfall, aber Bell war nicht sicher, ob diese Zuversicht echt war oder nur die Verwundete beruhigen sollte. »Wie heißen Sie?«

»Erika«, antwortete sie. »Erika Blythe.«

Loden legte die Hand auf ihre Blasterwunde.

»Erika, ich werde die Macht einsetzen, um Ihnen zu helfen. Ich kann Sie lang genug stabilisieren, um Sie zu unserem Außenposten zu bringen. Dort können wir Sie dann medizinisch behandeln.«

»Aber meine Familie«, protestierte sie. Ihre Stimme wurde kräftiger, als Loden ihre Schmerzen linderte.

»Wir werden sie retten«, versprach er erneut.

Von der anderen Seite der Ebene drang ein Geräusch an ihre Ohren – die aufheulenden Triebwerke des Nihil-Schiffes.

»Nein!«, schrie Erika Blythe und versuchte sich aufzurichten. Bell wusste nicht, was sie sich davon erhoffte, aber die Verzweiflung in ihrer Stimme war tiefer als jeder Schmerz, den sie gerade empfinden mochte.

Loden löste das Lichtschwert von seinem Gürtel.

»Was ist, Meister?«

Der Nihil-Transporter hob ab und stieg rasch vom Boden auf. Loden zündete seine Klinge.

Das Schiff drehte sich, dann kam es zurück. Direkt auf die Jedi zu.

»Wollen sie sie töten?«

»Nein«, erklärte Loden. »Sie war der Köder. Die Nihil wussten, dass wir stehen bleiben würden, um ihr zu helfen. *Wir* sind diejenigen, die sie töten wollen.«

Das Schiff donnerte heran, hässlich und barbarisch. Die drei Blitzlinien auf seiner Hülle glänzten im harschen Licht von Elphronas Sonne.

»Hinter mich, Padawan«, befahl Loden. »Schütze Erika.«

Wie?, wollte Bell fragen. *Das ist ein Raumschiff.*

Aber es war nicht so, als hätte er eine bessere Idee. Also kam er seiner Pflicht nach und baute sich zwischen den Nihil und der verwundeten Frau auf, die Hand auf dem Griff seines Lichtschwertes.

Loden änderte seine Stellung, sodass er nun seitlich zu dem näher kommenden Schiff stand, ein Knie leicht gebeugt, das Lichtschwert mit beiden Händen umschlossen. Er sah aus, als könnte ihn nichts bezwingen, so unerschütterlich wie eine Durastahlwand.

Aber das ist ein Raumschiff, wiederholte Bell in Gedanken.

Ein Hagel aus Blasterstrahlen zerfetzte die Luft, als die Nihil das Feuer eröffneten. Die meisten Schüsse gingen daneben – eine Person war ein verdammt kleines Ziel für ein Raumschiff –, aber eine Handvoll raste direkt auf ihr Ziel zu.

Loden Greatstorm stieß einen Schlachtschrei aus, der laut über die verlassene Einöde von Elphrona hinweghallte. Sein

Lichtschwert blitzte, zu schnell, als dass Bell seine Bewegungen verfolgen konnte, und die Laserstrahlen heulten davon. Jedes Mal, wenn Loden einen Schuss abwehrte, wirbelte rostfarbener Staub hoch, weil seine Füße ein paar Zentimeter über den Boden nach hinten rutschten, und er ächzte, als hätte man ihm eine Faust in den Magen gerammt.

Als das Nihil-Schiff über ihnen hinwegbrauste, ging er schließlich in die Knie, und das Lichtschwert in seiner Hand erlosch.

»Meister!«, rief Bell.

»Alles ... in Ordnung«, sagte Loden. »Aber ... nochmal schaffe ich das nicht.«

Bell blickte nach oben. Die Nihil wendeten, um zu einem zweiten Überflug anzusetzen.

Er aktivierte sein Lichtschwert, und die grüne Klinge erwachte zu flackerndem, surrendem Leben.

Das ist hoffnungslos, fuhr es ihm durch den Kopf. *Wenn sogar Loden es nur mit Müh und Not geschafft hat ...*

Es mochte keine Hoffnung geben. Aber es gab auch keine Alternative.

Bell griff in die Macht hinaus.

Von hoch oben zuckte Laserfeuer heran. Fünf Schüsse.

Er ging in Kampfstellung und richtete alle Sinne nach innen, nicht nach außen.

Ein neues Geräusch – eine Explosion, aber gedämpft, wie ein Husten.

War das ...?

Sein Kopf ruckte hoch, gerade als zwei Jedi-Vectors über dem Nihil-Schiff vorbeibrausten. Dessen linkes Triebwerk war plötzlich in dichten schwarzen Rauch gehüllt.

Die Sternjäger beschrieben eine unglaublich enge Kurve, und

weil sie sich dabei auf die Seite legten, konnte Bell sehen, dass nur eine der Maschinen einen Piloten hatte.

»Indeera«, sagte Loden. Mit schmerzverzerrtem Gesicht stemmte er sich auf die Beine hoch. »Beim Licht, sieh dir das an.«

Bells Ehrfurcht wuchs noch, als ihm klar wurde, dass Indeera *beide Vectors steuerte.* Einige Systeme des Sternjägers konnten mithilfe der Macht ferngesteuert werden – eine Sicherheitsvorkehrung für absolute Notfälle. Aber Instrumente zu kontrollieren, war eine Sache. Selbst am Steuerknüppel zu sitzen war eine andere. Und Indeera tat beides gleichzeitig. Sie ahmte die Manöver ihres eigenen Vectors perfekt mit der zweiten Maschine nach. Bell wollte sich gar nicht vorstellen, welches Maß an Konzentration für so eine Leistung nötig war.

Es war spektakulär.

Die Nihil wirkten eher entsetzt als beeindruckt. Ihr Schiff neigte sich nach oben, dem offenen Himmel entgegen, und beschleunigte langsam, wobei es einen Schweif aus Rauch hinter sich herzog.

Die beiden Vectors gingen derweil tiefer und setzten unweit von Bell, Loden und Erika auf. Die Landung verlief nicht ganz so reibungslos wie der Anflug; der zweite Jäger schlitterte ein paar Meter über den Boden, ehe er zum Stillstand kam. Doch nach dem, was Indeera hier geleistet hatte, wäre es Bell nie in den Sinn gekommen, sie zu kritisieren.

Beide Cockpithauben klappten hoch, und die Jedi stand von ihrem Platz auf.

»Kommt!«, rief sie. »Wir können sie einholen, bevor sie den nächsten Sprungpunkt erreichen und im Hyperraum verschwinden.«

Loden drehte sich zu Bell herum.

»Ich würde dich ja mitnehmen, mein Schüler, aber du musst Erika zum Außenposten begleiten. Du hast zwei Steelees. Wenn du dort bist, bring sie in die Krankenstation und …«

»Ich weiß, was ich tun muss, Meister«, versicherte Bell ihm. Er war nicht wirklich enttäuscht, aber er wusste, dass er mehr beitragen könnte, als Erika Blythe zu ihrem Außenposten zurückzubringen.

»Sie wird es nicht schaffen«, ertönte da eine Stimme.

Bell und Loden drehten sich um. Porter Engle war wie aus dem Nichts hinter ihnen aufgetaucht, Ember an seiner Seite – ein drittes Steelee stand ebenfalls in der Nähe. Der alte Jedi war neben Erika auf ein Knie gesunken, und seine Hand schwebte über ihrer Wunde.

»Das ist ernst. Sie muss unterwegs behandelt werden. Ich kümmere mich darum. Von uns vieren bin ich mit Abstand der beste Sanitäter.«

Loden vergeudete keine Zeit. Mit jeder Sekunde wuchs der Vorsprung der Nihil.

»Möge die Macht mit Euch sein, Porter«, rief er. »Bell, komm mit.«

Er rannte auf den wartenden Vector zu.

»Fliegen wir.«

31

IM TIEFEN RAUM, REPUBLIKANISCHER LANGTRÄGER *AURORA III*

Pikka Adren streckte die Arme, und ihre Muskeln entspannten sich ein wenig. Sie wollte Joss bitten, ihre Schultern zu massieren, aber laut der Berechnungen stand der neununddreißigste Hyperraumaustritt bevor, und wenn das geschah, sollte ihr Mann auf dem Pilotensessel sitzen. Ihnen blieben zwar noch ein paar Minuten, aber sie sah keinen Grund, ein Risiko einzugehen.

Joss konnte ihr auch später noch eine Massage verabreichen. Vorausgesetzt dass es ein Später gab. Irgendwie waren sie nach der *Legacy-Run*-Katastrophe in die weitergehenden Rettungsmaßnahmen eingebunden worden. Nicht dass sie ein Problem damit hätten; die Gefahrenzulage war saftig, und ganz nebenbei konnte man Gutes tun. Aber eigentlich sollten sie gerade im *Urlaub* sein. Sie hatte eine Kreuzfahrt nach Amfar gebucht, als ihre Zeit auf der Starlight-Station zu Ende gegangen war, aber das war inzwischen schon mehrere Wochen her. Sie hatte ihre Anzahlung verloren, sie wusste nicht, ob die Republik ihr die Kosten erstatten würde, und …

Hör auf. Sie war wütend auf sich selbst, weil sie an etwas so

Trivialem festhielt, obwohl sie und Joss gerade halfen, die Galaxis zu retten. Oder zumindest einen Teil davon.

Trotzdem … Sie sollte jetzt eigentlich in einem winzigen Badeanzug an einem Strand liegen und etwas Köstliches aus einem Strohhalm trinken, neben sich ihren hübschen Ehemann, er in einer winzigen Badehose, und anstatt über die Zukunft der Galaxis nachzudenken, sollten ihre Gedanken sich darum drehen, wie sie sich miteinander vergnügen würden, wenn sie wieder auf ihrem Zimmer waren und aus ihrer winzigen Badekleidung schlüpften.

»Bereit, Liebling?«, fragte Joss.

Er klang nicht so, als wollte er gerade an einem Strand liegen. Natürlich nicht. Er liebte die Aufregung.

Und du etwa nicht?, dachte sie.

Von einem Paar Mietpiloten zu den Rettern des Äußeren Rands aufzusteigen. Ja, das war gar nicht so übel.

»Bereit, Liebling«, antwortete sie, während sie die Hände wieder auf ihre Konsole legte.

»Ich habe gerade mit dem Rest der Truppe gesprochen«, erklärte Joss. »Was immer gleich hier auftaucht, wir werden damit fertig.«

Pikka murmelte etwas Zustimmendes, dann riss sie ihre Gedanken von Amfar los und konzentrierte sich wieder auf ihre Mission. Irgendwie hatte die Republik herausgefunden, wo die nächsten Hyperraumaustritte stattfinden würden – es kursierten Gerüchte über einen Megaprozessor, bestehend aus Zehntausenden Droiden, die mit der Macht verbunden waren und die Zukunft vorhersehen konnten, aber das war sicher nur dummes Gerede. In jedem Fall hatten sie drei Punkte ermittelt, an denen der Flugschreiber der *Legacy Run* in den Normalraum zurückfallen könnte, und sie hatten ein Team abgestellt, um von Punkt zu Punkt zu reisen und sich dort bereitzuhalten.

An weiteren potenziellen Austrittspunkten warteten natürlich ebenfalls Schiffe in Bereitschaft, um Trümmerschauer abzufangen und falls möglich Überlebende der *Legacy Run* zu retten. Obwohl seit der ursprünglichen Katastrophe Wochen vergangen waren, bestand noch immer die Möglichkeit, dass jemand in den Passagiermodulen durchgehalten hatte, und die Republik wollte alles tun, um sie sicher zu bergen. Diese Missionen waren offensichtlich sehr wichtig, aber noch wichtiger war die Suche nach dem Flugschreiber – er konnte Informationen über den Hergang des Unglücks liefern und eine Wiederholung verhindern.

Die Hyperraumblockade am Äußeren Rand war noch immer in Kraft, und Pikka wusste, dass viele Welten darunter litten. Sie hatte Gerüchte von Aufständen in den Grubenstädten von Utapau gehört, weil die Leute dort nichts mehr zu essen hatten – und das trotz der speziellen Hilfslieferungen, die Kanzlerin Soh genehmigt hatte. Und natürlich hatte man auch die Eröffnung der Starlight-Station verschoben, obwohl die Bauarbeiten inzwischen abgeschlossen waren. Das kratzte ein wenig an Pikkas professionellem Stolz. Nicht nur dass die Station eine wahre Pracht war und helfen würde, das Leben zahlloser Wesen besser zu machen; Pikka und Joss hatten dabei mitgeholfen, die Station fertigzustellen. Da wollte sie natürlich, dass Starlight pünktlich erstrahlen konnte.

Ihre Abfangmannschaft bestand aus vier Langträgern und zwei Jedi-Vectors, letztere bemannt von ihren alten Freunden Te'Ami und Mikkel Sutmani. Das war nur logisch, immerhin hatten sie vier die Methode entwickelt, die während der ursprünglichen Katastrophe im Hetzal-System die Zerstörung des Fruchtmondes verhindert hatte. Seitdem hatten sie weiter an dieser Technik gefeilt, und was immer sie hier erwarten mochte, sie waren bereit dafür.

Pikka war nicht sicher, ob hier überhaupt etwas auftauchen würde, und falls doch, würde es vermutlich nur Metallschrott sein. In dem Fall könnten sie es einfach vorbeiziehen lassen. Sie befanden sich hier in einem unbewohnten Abschnitt des Alls, weit entfernt von allem, was durch die Trümmerstücke eines früheren Schiffes Schaden nehmen konnte.

»Waffensysteme bereit«, sagte sie. »Und der Rest sieht auch gut aus – Magnetklammern, Treibstoff, Triebwerk.«

»Gut«, murmelte Joss. »Sobald wir hier fertig sind, müssen wir uns beeilen, um die nächsten Koordinaten zu erreichen. Das wird knapp.«

»Glaubst du wirklich, dass wir etwas finden werden?«, fragte sie.

»Mir macht eher Sorge, dass jemand anderes es glauben könnte. Vergiss nicht Eriadu. Irgendwer da draußen kann die Trümmeraustritte ebenfalls voraussagen. Halte also die Augen offen nach einer modifizierten Korvette mit dem Namen *New Elite.* Admiral Kronara hat es in der Missionsbesprechung erwähnt. Wir wissen nicht, was diese Kerle vorhaben, aber es wäre möglich, dass sie hier auftauchen. Wir müssen also auf alles vorbereitet sein. Auch auf einen Kampf.«

Sollte es wirklich so weit kommen, würde Pikka schön den Jedi den Vortritt lassen. Sie hatte kein Angst vor einem Gefecht, aber sie war im Grunde nur eine Mechanikerin. Sollten sich die speziell ausgebildeten Weltraummagier um das Kämpfen kümmern.

»Es ist so weit«, erklärte Joss. »Hyperraumaustritt neununddreißig wird erwartet in fünf, vier, drei …«

»… zwei, eins«, sagte Belial von seinem Posten an der Sensorstation. »Da ist es.«

»Scan es«, befahl Lourna Dee. »Sieht es wie ein Flugschreiber aus?«

Sie stand mit verschränkten Armen auf der Brücke ihres Flaggschiffs, der *Lourna Dee*, und betrachtete die kleine Flotte, die die Republik hergeschickt hatte. Ein Hurra auf Helden und Schwachköpfe.

Lourna liebte ihr Schiff, darum hatte sie es auch nach sich selbst benannt. Wer ein Problem damit hatte, konnte sie gern darauf ansprechen. Bislang hatte es aber noch keiner gewagt.

Jeder Orkan hatte sein eigenes Kriegsschiff, das seinen persönlichen Geschmack widerspiegelte und die Krönung dessen repräsentierte, was die Nihil als Organisation hervorbringen konnten. Wer hart arbeitete, fette Beute an Land zog und sich an die Regeln hielt, der konnte davon träumen, eines Tages selbst einen maßgeschneiderten Kampfkreuzer zu kommandieren. Kassavs *New Elite* sah zum Beispiel aus wie das Innere eines billigen Nachtclubs. Pan Eytas Schiff, die *Elegancia*, war wunderschön anzuschauen, mit weichem Leder und warmem Licht ausgestattet, was die geschmackvolle Ausstattung perfekt akzentuierte.

Die *Lourna Dee* war auf eine ganz andere Weise einmalig.

Der Kreuzer verfügte über eine Unzahl von Geräten und Schilden, die es so gut wie unmöglich machten, ihn mit herkömmlichen Scannern aufzuspüren: Wärmedämpfer, ableitende Hüllenplatten, doppelt versiegelte Triebwerke, die neunzig Prozent der Emissionen in die Hilfs- und Waffensysteme des Schiffes umleiteten … und das war nur die Spitze des Eisbergs. Es war beileibe nicht billig gewesen, aber es machte das Flaggschiff ihres Orkanzugs praktisch unsichtbar.

Ein Angriff der *Lourna Dee* lief in der Regel so ab: Der Feindpilot dachte: *Moment, wo kommt denn plötzlich dieses Schiff …* und dann wurde er in seine Atome aufgelöst.

Wie die Sache hier lief, musste sich erst noch zeigen. Der Kreuzer besaß genug Feuerkraft, um vier Langträger und ein paar kleine Vectors auszuschalten – vorausgesetzt Lourna überraschte den Feind und blieb in Bewegung. Doch dafür müsste sie ihr Schiff enttarnen, und das gehörte nicht zu ihrem Plan für diese Mission. Die Orkane waren nur selten einer Meinung, aber bei dieser Operation hatten sie alle übereingestimmt: Egal, was geschah, niemand durfte den Eindruck gewinnen, dass die Nihil etwas mit den Hyperraumaustritten oder der *Legacy Run* zu tun hatten.

Dafür gab es zwei Gründe. Zum einen natürlich das Debakel bei Eriadu. Kassavs dämlicher Versuch, den Planeten zu erpressen, war grandios gescheitert – ganz abgesehen davon, dass er offensichtlich vorgehabt hatte, das Lösegeld für sich zu behalten. Das hatte jede Menge unerwünschter Aufmerksamkeit auf die Organisation gelenkt. Die Eriaduaner hatten Kassavs Namen überall im HoloNetz herumposaunt. Es gab zwar keine direkte Verbindung zu den Nihil, aber es brachte sie trotzdem alle in Gefahr. Und danach hatte Kassav tatsächlich den Nerv gehabt, in die Große Halle zurückgekrochen zu kommen. Er hatte ihnen die dreißig Millionen Credits angeboten, die er bei Eriadu erbeutet hatte, und um Schutz gebeten.

Pan Eyta und Lourna Dee hatten ihn sofort aus der Halle werfen wollen – vorzugsweise durch eine Luftschleuse –, aber Marchion Ro hatte dafür gestimmt, ihn zu verschonen und ihm eine Chance zu geben, damit er diese Schweinerei wiedergutmachen konnte. Er hatte argumentiert, dass Kassavs Erfahrung ihnen noch nützlich sein könnte und dass sein Orkanzug loyal zu ihm stand. Vielleicht hatte er recht; vielleicht war dies wirklich kein guter Zeitpunkt für interne Unruhen. Aber hauptsächlich ging es ihm vermutlich darum, dass seine Stimme ohne Kassav gegen Lourna und Pan stehen würde, und die Stimme des Auges zählte nur bei einem Unentschieden doppelt. Folglich … wollte er Kassav in der Organisation behalten.

Der zweite Grund, warum sie vorsichtig sein mussten, war der, dass einer von Marchion Ros Spionen bei der Republik sie gewarnt hatte – es war die Beraterin dieses großspurigen Senators vom Äußeren Rand, Noor, der ständig im HoloNetz die Klappe aufriss. Falls diese Spionin die Wahrheit sagte, hatten die Ermittlungen der Republik erste Hinweise darauf geliefert, warum die *Legacy Run* im Hetzal-System explodiert war: weil sie einem Nihil-Schiff begegnet war, das auf seinem Weg durch die Pfade die Hyperraumroute gekreuzt hatte. Marchion hatte ein paar Berechnungen angestellt, und wie es schien, könnte es tatsächlich so gewesen sein. Eine überaus unangenehme Überraschung.

Darüber hinaus hatte die Republik eine Art Superdroiden gebaut, der in der Lage war, hochkomplexe Hyperraumanalysen durchzuführen. Somit konnten sie den Zeitpunkt und die Koordinaten aller weiteren Hyperraumaustritte ermitteln – einschließlich der wahrscheinlichsten Austrittspunkte des Flugschreibers. Falls die Ermittler der Republik diesen Flugschreiber fanden, könnten sie mit seiner Hilfe beweisen, dass es eine *direkte* Verbindung zwischen der Tragödie und den Nihil gab … und nicht nur der Tragödie bei Eriadu. Sicher, Kassav hatte Mist gebaut, aber man könnte argumentieren, dass sich die Katastrophe dort sowieso zugetragen hätte, ob nun mit oder ohne sein Zutun. Nein, wenn sie den Flugschreiber fanden, würde man den Nihil die Verantwortung für jeden Tod im Hetzal-System geben, für jeden Tod in Ab Dalis, für jeden Tod im Rest des Äußeren Rands. Und in Hetzal waren auch Jedi gestorben. Falls der Orden herausfand, dass die Nihil die Schuld an alldem trugen … Nun, Lourna Dee hatte nicht so große Angst vor dem Orden wie Marchion Ro, aber ihr wäre es auch lieber, die Jedi nicht auf den Fersen zu haben.

Kurzum, alles, was die Nihil erreicht hatten, stand auf dem Spiel. Die Republik durfte diesen Flugschreiber nicht in die Hände bekommen. Sie mussten ihn zerstören, und es gab nur einen Orkan, der dieser Aufgabe gewachsen war … Lourna Dee mit ihrem Tarnkreuzer.

Tja, und hier war sie nun, in dem System, zu dem Marchion Ro sie über die Pfade geschickt hatte, gut verborgen und abwartend. Gleich würde sich zeigen, ob der Hyperraum hier ihr Ziel ausspuckte oder ob sie zum nächsten Ort auf der Liste des Auges weiterziehen musste.

»Es ist nicht der Flugschreiber«, meldete Belial, die Augen auf seinen Schirm gerichtet.

Der Devaronianer war nur ein Brise, aber Lourna Dee hatte das sichere Gefühl, dass er bald zum Wind aufsteigen würde. Er war klug, fähig, emotionslos. Leute wie er passten perfekt in die Organisation.

»Scheint ein Passagiermodul zu sein.«

»Glaubt ihr, da drin lebt noch jemand?«, fragte einer der anderen Lieutenants, ein Mensch namens Attaman. »Das Ding fliegt doch schon seit Wochen durch den Hyperraum.«

Lourna Dee reagierte nicht darauf, sondern betrachtete das Flackern von Licht in der Ferne, als die republikanischen Schiffe in Aktion traten, zweifelsohne um eine heroische Rettungsmission zu starten.

Beinahe hätte sie den Befehl zum Feuern gegeben.

Eine gefächerte Raketensalve könnte die sechs Schiffe und das Passagiermodul der *Legacy Run* auf einen Streich ausschalten, so schnell, dass sie alle tot wären, bevor sie es überhaupt merkten.

Das wäre unglaublich befriedigend, aber es gab keine Garantie. Die Sache könnte auch schiefgehen, und sie hatten bereits genug Ärger. Marchion hatte sich in diesem Punkt unmissverständlich ausgedrückt – seine Worte hatten fast schon wie ein Befehl geklungen. »Lass sie nicht wissen, dass du da bist, es sei denn, der Flugschreiber taucht dort auf. Dann musst du eingreifen«, hatte er gesagt.

Irgendwann würde sie ihn dafür bestrafen. Glaubte er etwa, dass er über ihr stand? Lourna wünschte, sie könnte ihn einfach verschwinden lassen; müsste sie danach keinen Bruch mit Kassav und Pan Eyta befürchten, hätte sie es vermutlich schon längst getan. Und Marchion Ro könnte es ihr nicht mal verübeln. Das war schließlich der Weg der Nihil.

Vielleicht später, wenn sie diese *Legacy-Run*-Geschichte endlich hinter sich hatten.

»Gib die nächsten Koordinaten ein, und dann weg von hier«, sagte Lourna Dee.

Marchion Ro hatte ihnen für diese Mission mehrere Pfade zur Verfügung gestellt, sie würden den nächsten Austrittspunkt also lange vor den Schiffen der Republik erreichen. Und falls der Flugschreiber dort auftauchte …

Nun, dann würde sie heute vielleicht doch noch Gelegenheit bekommen, jemanden zu töten.

»Volltreffer«, tönte Joss Adrens Stimme aus dem Komm. »Die Sensoren bestätigen, dass der vierzigste Hyperraumaustritt den Brückenteil umfasst, auf dem der Flugschreiber eingebaut war. Ich weiß nicht, wie der Megadroide der Republik das gemacht hat, aber er hat goldrichtig gelegen. Alle Mann in Position. Ich weiß, wir haben jetzt einen Langträger weniger, aber ihr habt für diese Sache trainiert. Wir fahren mit Abfangplan vier fort – wenn ich mir die Flugbahn des Fragments so ansehe, sollte das die beste Taktik sein. Also, bleibt ruhig und spielt euren Part.«

Mikkel Sutmani drückte seinen Steuerknüppel nach vorne, und der Vektor raste los. Er spürte, dass Te'Ami, die irgendwo außer Sichtweite auf seiner Steuerbordseite flog, das Gleiche tat. Was er jedoch sehen konnte, waren die drei verbliebenen Langträger, die langsam in Position gingen.

Der vierte Langträger ihres Abfangverbands war am Ort des letzten Trümmeraustritts geblieben, um den Überlebenden der *Legacy Run* zu helfen. Die traumatisierten Siedler an Bord des Passagiermoduls benötigten medizinische und therapeutische Betreuung – ein paar von ihnen waren während der unvorstellbaren Reise gestorben, und der Schock dieser Erfahrung saß tief. Man würde sie zur *Panacea* bringen, die Hetzal inzwischen verlassen hatte und an einem Sammelpunkt nahe der Starlight-Station in Position gegangen war. Das medizinische Personal der Fregatte hatte inzwischen Erfahrung darin, sich um derartige Traumata zu kümmern, außerdem konnten die Überlebenden dort mit anderen Passagieren der *Legacy Run* in Kontakt treten. Sie hatten Schreckliches durchgemacht – aber immerhin lebten sie noch, und sie rasten nicht mehr unkontrolliert durchs All, einem langsamen, grausamen Tod entgegen.

Mikkel verdrängte den Gedanken an die Überlebenden und konzentrierte sich wieder auf seine Aufgabe. Die Rolle der Jedi war dieselbe wie schon während der ursprünglichen Katastrophe im Hetzal-System: Sie sollten das Wrackteil mithilfe der

Macht abbremsen, bis die Langträger ihre Magnetklammern einsetzen konnten, um es ganz zum Stillstand zu bringen. Das Fragment bewegte sich noch immer mit unvorstellbarer Geschwindigkeit, aber sie hatten dieses Manöver in der Zwischenzeit schon viele Male geübt. Was anfangs unmöglich erschienen war, war jetzt … nun, nicht wirklich Routine, aber auf jeden Fall machbar.

»Geben wir unser Bestes, Te'Ami«, sagte er, nachdem er auf den privaten Kanal der Jedi gewechselt hatte. Während er sprach, hörte er, wie das Übersetzermodul seine ithorianischen Worte in Basic umwandelte, damit Te'Ami ihn verstehen konnte. »Der Captain mag zuversichtlich sein, aber wir haben einen Langträger weniger als geplant. Diese Operation könnte durchaus herausfordernd werden.«

»Das sehe ich auch so«, stimmte Te'Ami zu.

Ihre Jäger neigten sich dem dahinwirbelnden Fragment entgegen, beide mit exakt derselben Neigung und exakt derselben Geschwindigkeit – als wären sie eins.

»Ich habe nachgedacht, Te'Ami«, sagte Mikkel. »Nach Eriadu scheint es offensichtlich, dass die Republik und die Jedi diesen Kassav zur Strecke bringen müssen. Ich glaube, ich werde mich freiwillig für diese Mission melden. Meine Fähigkeiten könnten dabei von großem Nutzen sein. Und ich hatte mich gefragt, ob Ihr Euch vielleicht auch melden wollt. Wir arbeiten gut zusammen, so viel ist klar, und Ihr seid eine bemerkenswerte Jedi. Ich wäre stolz, Euch als meinen Partner zu haben.«

»Aber, aber, Mikkel«, erwiderte eine amüsierte Te'Ami. »Habt Ihr etwa unsere Eide vergessen? Jedi sollen keine emotionalen Bindungen entwickeln.«

»Ich fühle mich nicht an Euch gebunden«, krächzte er. »Ich finde nur, dass wir effektiv zusammenarbeiten. Unsere Talente ergänzen sich. Warum das nicht nutzen, um ein wenig Licht in die Galaxis zu bringen?«

»Ich fürchte, ich muss Euch dem Rat melden«, erklärte sie.

»Was immer Ihr für angemessen haltet«, sagte er, und die Worte, die aus dem Übersetzer drangen, klangen ebenso steif wie seine eigenen.

Te'Ami lachte.

»Ich mache nur einen Scherz, Mikkel«, klärte sie ihn auf. »Es wäre mir eine Ehre, Euch auf einer weiteren Mission zu begleiten. Falls der Rat zustimmt, werden wir jeden dunklen Winkel der Galaxis absuchen, bis wir diesen …«

Die Alarme des Vectors schrillten los. Raketen! Sie kamen praktisch aus dem Nichts, mindestens ein Dutzend – und sie rasten direkt auf das Fragment mit dem Flugschreiber zu.

»Was geht hier vor?«, schnappte Mikkel.

»Sie zielen auf das Trümmerstück«, antwortete Te'Ami. »Irgendjemand möchte offenbar den Flugschreiber zerstören.«

»Hmm«, machte er. »Das könnte Kassav sein. Vielleicht werden wir diese gemeinsame Mission früher in Angriff nehmen, als wir erwartet haben.«

»Es sieht ganz so aus, Meister Sutmani.«

Mikkel nahm das Lichtschwert vom Gürtel und platzierte es auf dem Aktivierungsfeld seiner Instrumentenkonsole. Daraufhin wurden die Waffensysteme entsperrt, und ein neues Display erwachte zum Leben. Er leuchtete im selben Grün wie der Kristall in dem Schwertgriff, mit dem er verbunden war.

Auf den anderen Schirmen konnte er sehen, dass die Langträger die Bedrohung ebenfalls bemerkt hatten. Die drei Schiffe lösten sich aus ihrer Formation und gingen in Position, um die Raketen abzuschießen.

Mikkels Systeme verfolgten die Flugbahn der Geschosse zu

ihrem Ausgangspunkt zurück. Es war schon ein großes Schlachtschiff nötig, um so viele Raketen gleichzeitig abzufeuern ... aber sein Zielcomputer zeigte nichts an, nur leeren Raum.

Nun, die Identität der Angreifer konnte warten. Jetzt mussten sie erst einmal das Fragment beschützen.

Er eröffnete das Feuer, und Lichtblitze zuckten aus den Laserkanonen des Vectors. Die Langträger hatten inzwischen ebenfalls mit dem Beschuss begonnen, und neben ihren offensiven Lasern setzten sie auch ihre defensiven Systeme ein, um die Raketen, die sie nicht zerstören konnten, von ihrem Ziel fortzulocken. Mikkel war egal, was mit den Geschossen passierte, solange sie nur nicht den Flugschreiber erreichten.

Die erste dieser Defensivmaßnahmen zeigte bereits Wirkung: Eine Rakete wich von ihrem Kurs ab und hielt auf eine Wolke aus statisch aktivierten Metallplättchen zu, die einer der Langträger ausgestoßen hatte. Diese Täuschkörper gaukelten den Zielsystemen eines feindlichen Sprengkopfs ein neues, verlockendes Ziel vor, und sobald das Geschoss die Wolke berührte, explodierte er harmlos. Darum drehte sich der Langträger, der die Wolke ausgestoßen hatte, bereits dem nächsten Ziel zu, fort von der ersten Rakete. Doch die Waffe explodierte nicht, als sie zwischen die trudelnden, wirbelnden Plättchen raste. Mikkel spürte, was geschehen würde, aber er war zu weit entfernt. Es war nicht genug Zeit ... Bevor er die Macht beschwören konnte, brach die Rakete auf der anderen Seite aus der Wolke hervor und donnerte direkt in die Hülle des Langträgers.

Diesmal gab es eine Explosion.

»Verflucht!«, hallte Joss Adrens Stimme aus dem Komm.

Es war das einzige Wort, das gesprochen wurde. Die Jedi und die beiden verbliebenen Langträger setzten ihre Bemühungen fort. Sie wussten nicht, wo die Raketen herkamen, wussten nicht, ob sie die nächste Minute überleben würden ... aber sie gaben alles, was sie hatten.

Lourna Dee beobachtete, wie ihre Raketen abgeschossen oder von den Defensivmaßnahmen der Langträger getäuscht wurden. Eine nach der anderen explodierten sie, ohne irgendwelchen Schaden anzurichten. Aber noch waren fünf übrig, und es reichte ja schon, wenn ein Geschoss sein Ziel erreichte. Der Sieg war nur eine Frage der Zeit.

Lourna hatte noch jede Menge Raketen in Reserve, doch sie wollte keine weitere Salve abfeuern, sofern es sich vermeiden ließ. Ihr Schiff hatte seine Position sofort nach dem ersten Angriff verändert, aber die Republik wusste jetzt, dass sie irgendwo hier draußen waren. Falls sie zu schnell wieder feuerte, wäre es durchaus möglich, dass der Feind durch Glück die Signatur der *Lourna Dee* erfasste.

Und ihr Auftrag lautete schließlich nur, den Flugschreiber zu zerstören und wieder zu verschwinden. Mehr nicht.

Aber ... falls es nicht anders ginge, würde sie mit Vergnügen diese Schiffe auslöschen, bevor sie sich um den Flugschreiber kümmerte.

Mit Vergnügen.

Mikkel feuerte, und die Rakete, die er anvisiert hatte, explodierte – Sekunden bevor sie das Fragment erreichen konnte.

Erleichtert atmete er durch beide Münder aus.

Nur ein paar Raketen waren noch übrig, und keine von ihnen befand sich innerhalb seiner Reichweite. Jetzt lag alles bei seinen Verbündeten.

Er beobachtete, wie Joss und Pikka Adrens Langträger die

Magnetklammern abfeuerte, auf die sie so stolz waren – eine ganze Gruppe, vermutlich alle, die sie hatten –, und die geballte Anziehungskraft lockte eine Rakete von ihrem Kurs weg.

Wie einfallsreich.

Das Geschoss prallte gegen die Magnetklammern, die am Ende ihrer Kabel hingen, und zerfetzte sie in einer Explosion. Damit war nur ein Langträger übrig, der den Flugschreiber bergen konnte. Trotzdem: Es gab noch Hoffnung für ihre Mission.

Inzwischen war auch nur noch eine Rakete übrig, und Te'Ami ging auf Abfangkurs. Die Langträger und Mikkel waren nicht in Position, um das Geschoss aufzuhalten, aber die Jedi würde es sicher schaffen. Sie war eine hervorragende Schützin.

Eine Salve aus Laserfeuer zuckte aus dem Bug ihres Vectors. Sie ging daneben, aber jeder Schuss kam seinem Ziel ein wenig näher … und dann tauchte plötzlich eine weitere Rakete auf Mikkels Schirmen auf. Sie flog direkt auf Te'Ami zu! Sein Zielcomputer versuchte, die Position des Angreifers zu ermitteln, und kurz sah Mikkel einen vage, flackernden Umriss … der aber fast sofort wieder von dem Display verschwand. Wer immer sie da unter Beschuss nahm, er verfügte offensichtlich über eine Tarnvorrichtung. Aber das war im Augenblick zweitrangig.

»Te'Ami! Eine weitere Rakete! Ich kann sie nicht …«

»Ich sehe sie, Mikkel. Ruhig jetzt. Ich muss mich konzentrieren.«

Mikkel Sutmani konnte nichts anderes tun als zuzusehen. Er verspürte dieselbe Hilflosigkeit wie eben, als der Langträger zerstört worden war, nur um das Tausendfache verstärkt. Te'Ami beschleunigte ihren Vector in einem Versuch, der zweiten Rakete davonzurasen und gleichzeitig ihr ursprüngliches Ziel einzuholen, bevor dieses Projektil den Flugschreiber zerstörte.

Ihr Sternjäger tänzelte hin und her und feuerte verbissen weiter – aber noch immer kein Treffer. Es war nicht einfach, ein Ziel anzuvisieren, wenn man gleichzeitig selbst ein Ziel war.

Obwohl er wusste, dass er nicht rechtzeitig ankommen würde, jagte Mikkel seinen Vector nach vorne. Gleichzeitig griff er in die Macht hinaus. Alles war möglich. Wenn er die Rakete erfassen konnte, die Te'Amis Schiff verfolgte, dann konnte er sie auch von ihrem Kurs abbringen oder zerstören. Er spürte ihre Geschwindigkeit, ihre Form, das Metall ihrer Hülle, die supraerhitzten Gase, die sie antrieben, während sie Mikkels Ordensschwester jagte.

»Ich hab die erste Rakete erwischt«, meldete Te'Ami in zufriedenem Tonfall.

Und Mikkel hatte beinahe die zweite Rakete ... er konnte sie so deutlich fühlen, als würde er sie in den Händen halten. Er konnte sie zerstören. Die Macht war sein Verbündeter, und was für ein starker Verbündeter sie war. Er drückte zu ... und dann verging das Geschoss plötzlich in einem gewaltigen Feuerball. Doch nicht durch Mikkels Tun.

Die Rakete war verschwunden.

Und Te'Ami mit ihr.

Der Verlust traf ihn mit derselben Wucht wie die Schockwelle, die seine Ordensschwester ausgelöscht hatte. Er ballte die Fäuste und versuchte verzweifelt, seinen Geist zu beruhigen.

Daten leuchteten auf dem Schirm seines Zielcomputers auf – die Umrisse und die Position des Schiffes, das Te'Ami auf dem Gewissen hatte, dazu detaillierte Informationen über seine Bewaffnung und seine Verteidigungssysteme.

»Seht ihr das auch, Leute?«, erklang Joss Adrens Stimme. »Wir erfassen ein Ziel ... einen Schlachtkreuzer. Hässliches Ding! Aber es ist nicht die *New Elite*. Meister Sutmani, ich schlage vor, Euer Vector und unser Langträger kümmern sich um den Vogel, während Captain Meggal den Flugschreiber sichert.«

Mikkel antwortete nicht. Er fragte auch nicht, woher diese Informationen stammten. Er rammte einfach seine Steuerknüppel nach vorne, so weit es ging, und die Triebwerke des Vectors heulten auf.

Ich habe noch etwas zu erledigen, dachte er.

»Verdammt!«, schrie Lourna Dee mit mehr Emotion, als sie normalerweise zeigen wollte.

Der verfluchte Jedi hatte ihre letzte Rakete abgeschossen, bevor sie den Flugschreiber erreichen konnte. Ja, der Jedi war dabei gestorben, aber Lourna wäre es lieber gewesen, sie hätte ihre Mission beenden können. Insbesondere da sie offenbar ihre Position verraten hatten. Ein Langträger und ein zweiter Vector kamen jedenfalls geradewegs auf sie zu.

»Sollen wir weitere Raketen abfeuern?«, fragte Attaman.

»Ja«, entschied Lourna. »Alle, die wir haben. Wir erledigen diese Idioten, und dann zerstören wir das Fragment.«

Die *Lourna Dee* erzitterte leicht, als sie ihre verbliebenen Raketen abfeuerte – ein halbes Dutzend Geschosse, die einen Schweif aus Gasen hinter sich herzogen, während sie den zwei rasch größer werdenden Lichtpunkten in der Ferne entgegenrasten.

Der Jedi … dieser verfluchte Jedi in seinem verfluchten Vector … schoss vier der Raketen ab. Die beiden anderen hielten auf den Langträger zu, aber das größere Schiff schaltete eines der Projektile mit seinen Lasern aus und lenkte das andere mit einem Infrarot-Täuschkörper von sich fort.

»Wer sind diese Kerle?«, zischte Belial.

Er hatte Angst. Lourna konnte es deutlich hören. Und sie

hatte ebenfalls Angst. Ihr Flaggschiff war dazu entworfen, aus dem Verborgenen zuzuschlagen, ihr Ziel zu vernichten und wieder zu verschwinden – nicht für den direkten Schiffkampf. Dafür waren ihre Panzerung und ihre Schilde zu schwach, und es war nicht so, als hätte sie viele Laserkanonen.

Könnten ein Langträger und ein Vector ihre *Lourna Dee* bezwingen? Nur diese beiden, kleinen Schiffe?

Sie beschloss, es nicht darauf ankommen zu lassen.

Kassav oder Pan Eyta hätten es vielleicht riskiert und sich in eine aussichtslose Schlacht gestürzt, aber Lourna war schlauer als die beiden. Wenn sich die Situation änderte, dann musste man seine Optionen abwägen und die beste herauspicken. In diesem Fall bedeutete das:

»Spring auf den Pfad und bring uns von hier weg«, befahl sie. »Diesmal haben wir verloren.«

32
ÜBER ELPHRONA

Ultident Margrona – eigentlich nur Dent, und das schon, seit sie eine Jugendliche gewesen war (sie hasste den Namen Ultident; er klang schrecklich brav, wie sie fand) – riss sich den Helm vom Kopf und ließ ihn auf den Cockpitboden fallen. Es war ihr egal, ob die dummen Erzschürfer ihr Gesicht sahen. Sie musste atmen, brauchte Luft.

»Sie sind hinter uns, Dent!«, rief Buggo. »Und sie kommen schnell näher!«

Das wusste Dent bereits. Die Jedi hatten die Triebwerke mit einem Streifschuss erwischt, und jetzt schienen sie nicht mehr über achtzig Prozent ihrer Maximalgeschwindigkeit hinauszukommen. Sie hatten von Lourna Dee einen Pfad bekommen, der sie aus dem System bringen würde, aber der Sprung konnte erst ab einer bestimmten Position innerhalb von Elphronas Gravitationsfeld erfolgen – und sie würden diese Zone nicht erreichen, bevor die Jedi sie einholten. Dent hatte Geschichten darüber gehört, was diese Vectors auf dem Kasten hatten. Sie mochten dürr und mickrig aussehen, aber sie könnten den Transporter mühelos zerlegen, Stück für Stück, Schuss für Schuss. Wahrscheinlicher war aber, dass sie einfach die Triebwerke des Schiffes zerstören würden, um sie zur Landung zu zwingen. Dann würde sich ihre Flucht in ein Geiselszenario verwandeln … und wie würde das wohl ausgehen?

Du bist ein Wind, ermahnte sie sich. *Wind wird man nur, wenn man schlau ist. Du bist keine dumme Brise. Lass dir was einfallen. Reite den Sturm.*

Falls die Jedi ihr Schiff flugunfähig schossen, könnten sie sich Zeit erkaufen, indem sie drohten, die Kinder und den Vater zu töten. Gut, aber Zeit wofür? Die Jedi würden eine Gruppe von Nihil-Entführern nicht einfach so davonkommen lassen. Früher oder später würden sie das Schiff entern, und dann würden sie Dent und die anderen vermutlich an Ort und Stelle mit ihren Lichtschwertern töten. An der galaktischen Grenze nahm es niemand so genau mit den Gesetzen. Und selbst falls man sie nur gefangen nahm, würden sie danach in einem Gefängnis auf Elphrona versauern.

Keine der Optionen gefiel Dent. Was für ein Reinfall diese Sache war! Sie konnte sich schon vorstellen, was die anderen sagen würden: »Erinnert ihr euch noch an Dent? Sie hat die leichteste Mission aller Zeiten verbockt – eine Entführung auf einem Planeten mitten im Nirgendwo. Ihre Dummheit hat sie und ihr Team das Leben gekostet. Was für eine Idiotin.«

Sie gestattete sich einen Moment, um an die beiden Brisen zu denken, die sie auf der Oberfläche zurückgelassen hatten, Egga und Rel. Es war möglich, dass sie noch lebten und da unten kämpften, zwei loyale Brisen, die taten, was ihr Wind ihnen aufgetragen hatte … aber um ehrlich zu sein, hatte sie die beiden bereits abgeschrieben.

Sie waren so dumm – hatten einfach getan, was Dent ihnen sagte, obwohl es *offensichtlich* war, dass sie sie in den sicheren Tod schickte, ein Bauernopfer, damit sie mit Mack, Buggo und den Geiseln den Planeten verlassen konnte. Seitdem hatten die beiden sich nicht mehr gemeldet, und Dent war ziemlich sicher, dass sie um Abholung gebeten hätten, wäre es ihnen gelungen, die Jedi auszuschalten. Nein, nein, diese Trottel waren tot.

Sie stöhnte innerlich.

Das hätte ein Kinderspiel sein sollen. Sie war so stolz auf sich gewesen, als sie den Plan entwickelt hatte. Jemand hatte ihr von dieser Familie erzählt, die sich von ihren reichen Verwandten auf Alderaan abgewandt hatte, um am Äußeren Rand ein neues, »naturverbundenes« Leben zu beginnen. Sie hatten alles gehabt, diese Blythes, und sie hatten es weggeworfen, um im Dreck zu buddeln. Aber manche Leute hatten diese Wahl nicht – sie wurden im Dreck geboren, und sie starben im Dreck. Leute wie Dent. Zumindest, bis sie die Nihil getroffen hatte. Lourna Dee hatte sie mit einem Versprechen überzeugt: dass sie alle zusammengehörten, dass sie eine große Familie waren ... es hatte so gut geklungen. Und es war gut *gewesen.* Sie hatte es zum Wind gebracht, hatte vier eigene Brisen ausgewählt, die ihr folgten. Ihr Leben schien sich endlich zum Guten zu wenden.

Und dann hatte sie diese Idee gehabt, die Blythes zu entführen und ihre reichen Großeltern auf Alderaan zu erpressen. Sie war damit direkt zu Lourna Dee gegangen, und die war damit zu Marchion Ro gegangen, und ihm hatte der Plan ebenfalls gefallen. Man hatte ihr sogar einen Pfad gegeben, damit sie die Mission durchziehen konnte. Das hätte ihr großer Triumph sein sollen.

Aber dann ... Jedi.

»Boss! Was sollen wir tun? Boss?«

Buggo nervte, wie üblich. Warum hatte sie *ihn* nicht den Hügel hochgeschickt, um den Jedi einen Hinterhalt zu legen? Ganz einfach, weil er der Mann ihrer Cousine zweiten Grades war und für sie damit einer echten Familie am nächsten kam.

Laserblitze zuckten am Cockpit vorbei – Warnschüsse.

Mack war an den Kanonen und erwiderte das Feuer, aber Dent traute ihm nicht wirklich zu, dass er einen Vector abschießen konnte. Die Dinger bewegten sich wie Geister, sie wirbelten umher und überschlugen sich und vollführten die unmöglichsten Manöver. Wie die Jedi selbst.

Dent beugte sich vor und drückte ein paar Knöpfe auf ihrer Konsole. Während einer Mission sollte sie eigentlich keinen Kontakt herstellen – Signale konnten zurückverfolgt werden –, aber was hatte sie schon zu verlieren?

Eine Stimme meldete sich aus dem Kommlink: ihr Sturm, ein komischer, charmanter Ugnaught namens Zoovler Tom.

»Dent!«, rief er, offensichtlich froh, von ihr zu hören. »Wie sieht es auch? Habt ihr das Paket, das ihr abholen solltet?«

»Ja«, antwortete sie, wobei sie versuchte, sich ihre Panik nicht anmerken zu lassen. »Aber es gibt Probleme. Jedi. Sie verfolgen uns. Das Schiff ist beschädigt. Wir werden es nicht zum Transferpunkt schaffen. Wir brauchen einen neuen Pfad, und zwar jetzt gleich. Wir sind noch in der Atmosphäre, das macht die Sache also extra schwierig.«

»Jedi, hm?« Zoovler klang nicht länger fröhlich. »Ein Pfad bei so niedriger Höhe … Du verlangst eine ganze Menge, Ultident.«

Dent zog die Brauen zusammen. Sie hatte Zoovler bei einem der Gelage in einem Moment alkoholgetränkter Nähe ihren echten Namen verraten. Jetzt benutzte er ihn wie eine Waffe. Der kleine Mistkerl glaubte, er wäre was Besseres, weil man ihm zum Sturm gemacht hatte. Aber in Wirklichkeit war er nur ein Ugnaught. Falls sie diese Sache überlebte, würde sie bei der nächsten Feier seinen Drink vergiften und ihm ins Gesicht lachen, wenn dieses schwarz anlief.

»Schick mir eure Koordinaten. Ich werde sehen, was ich tun kann«, sagte Zoovler. »Benutz diesen Kanal nicht noch einmal. Entweder ich melde mich mit einem neuen Pfad bei dir … oder eben nicht.«

Die Verbindung wurde unterbrochen.

Denk nach, dachte sie.

Zoovler würde einige Minuten brauchen, um mit den anderen Stürmen zu sprechen, dann würden sie darüber abstimmen, ob sie Lourna Dee kontaktieren sollten, und Lourna schließlich würde entscheiden, ob sie das Auge um einen neuen Pfad bitten oder Dent und ihr Team einfach aufgeben sollte. Sie war nur ein Wind … ihre Chancen standen nicht gut. Aber sie wusste, dass die Blythes wertvoll waren, und falls sich diese Sache irgendwie noch herumreißen ließ, dann würden sie alle davon profitieren – einschließlich Zoovler. Einschließlich Lourna Dee. Einschließlich Marchion Ro.

So lief das bei den Nihil. Jeder tat, was er wollte, lebte, wie er wollte, nahm sich, was er wollte … und jeder bekam sein Stück vom Kuchen. Das war der Grund, warum das System überhaupt funktionierte.

Aber falls die Jedi sie einholten, bevor all dieses Besprechen und Abstimmen und Bitten zu einem Ergebnis führte, würde niemand irgendwas bekommen. Erst recht nicht Ultident Margrona.

»Mack«, rief sie.

»Ja?« Er feuerte noch immer auf die Jedi hinter ihnen, obwohl seine Schüsse nichts als leere Luft trafen.

»Nimm eins der Kinder«, befahl sie. »Das kleine Mädchen. Wirf sie aus der Luftschleuse.«

»Äh …«, machte Mack mit unsicherer Stimme.

»Was denn, ist dir plötzlich ein *Gewissen* gewachsen?«

»Nein«, erwiderte er. »Diese Leute interessieren mich nicht. Aber wir haben schon die Frau verloren. Wenn wir jetzt noch jemanden verlieren, kriegen wir nur die Hälfte von unserem Anteil.«

Du Idiot, wollte sie brüllen. *Wen interessiert das!? Keiner von uns kriegt irgendwas, wenn wir hier nicht rauskommen. Dann werden wir nämlich tot sein, du selten dämliche Brise!*

»Die Jedi werden versuchen, das Kind zu retten«, sagte sie, wobei sie sich zu einem geduldigen Ton zwang. »Sie sind dazu verpflichtet. Vielleicht haben wir so eine Chance zu entkommen.«

Mack brummte, aber sie hörte, wie er aufstand und in den hinteren Teil des Schiffs ging – dorthin, wo die drei verbliebenen Blythes im Frachtraum angekettet waren.

»Reite den Sturm, Dent«, wisperte sie sich zu. »Reite einfach den Sturm.«

33

DER ÄUSSERE RAND, *THIRD HORIZON*

»Das hat also all dieses Leid ausgelöst«, sagte Kanzlerin Lina Soh.

Sie saß in ihrem Büro auf Coruscant vor einem hochauflösenden Hologramm, das einer ihre Kommdroiden für sie projizierte, während Avar Kriss und die anderen Mitglieder des Krisenstabs einen Vidschirm im Besprechungsraum der *Third Horizon* betrachteten, aber die Bilder, die sie sahen, waren dieselben: die letzten Aufzeichnungen von der *Legacy Run*, bevor der Transporter auseinandergebrochen war.

Sie zeigten ein Schiff, klobig und hässlich, mit drei gezackten Streifen auf der Hülle – genauso, wie Serj Ukkarian es auf der *Panacea* beschrieben hatte. Wie Senator Noors Leute bestätigt hatten, waren diese drei Blitze das Zeichen einer Bande von Plünderern am Äußeren Rand, die sich die Nihil nannte. Das Schiff bewegte sich durch den Hyperraum, aber anders als jedes andere Schiff, das Avar Kriss in ihrem Leben gesehen hatte, folgte es dabei nicht dem Pfad des wirbelnden Tunnels. Stattdessen kreuzte es die Route der *Legacy Run* im rechten Winkel, wobei es eine Welle seltsamer rotgoldener Turbulenzen hinter sich herzog.

»Mir wurde gesagt, so etwas sei unmöglich«, fuhr Lina Soh fort. Ihre linke Hand streichelte abwesend eine ihrer riesigen Schoßkatzen. Avar kannte die Namen der Tiere, Matari und Voru – sie waren in der ganzen Republik bekannt –, aber sie wusste nicht, um welchen der beiden es sich handelte.

Aufgrund der Entfernung zwischen Coruscant und den Territorien am Äußeren Rand kamen die Worte der Kanzlerin mit einer leichten Verzögerung an. Es gab zwar eine Prioritätsverbindung für Senatsmitglieder, aber Parsec waren immer noch Parsec. Das würde sich hoffentlich bald ändern – der Ausbau des galaktischen Kommunikationsnetzwerks war eines der Ziele von Lina Sohs Großer Erneuerung –, aber erst einmal mussten sie das aktuelle Problem lösen.

»Es sollte auch unmöglich sein, Kanzlerin«, sagte Vellis San Tekka, und sein Partner, Marlowe, der neben ihm am Tisch saß, nickte zustimmend.

Avar spürte etwas zwischen den San Tekkas: eine wortlose Kommunikation, ein kurzes Zögern bei der Wahl ihrer Worte.

Vielleicht hatte Elzar recht, überlegte sie. *Vielleicht hätte ich ihnen genauer auf den Zahn fühlen sollen.*

Er schien es jedenfalls zu glauben. Elzar saß ihr direkt gegenüber, und als Vellis sprach, warf er ihr einen Blick zu. Ganz kurz nur, aber sie wusste genau, was er dachte, und sie musste dafür nicht mal die Macht zu Hilfe nehmen.

Sie zog unmerklich die Schultern hoch. Was immer die San Tekkas ihnen verschwiegen, ihre Hilfe war aufrichtig und von unschätzbarem Wert gewesen. Ohne sie wäre das Droidennetzwerk nicht rechtzeitig fertig geworden, das hatte Keven Tarr ihr selbst gestanden. Sie wusste natürlich nicht, ob das wirklich stimmte – der hetzalianische Ingenieur war offensichtlich ein Genie –, aber die San Tekkas hatten in jedem Fall geholfen, das

Projekt schneller zu vollenden, und das in einer Phase, in der Zeit der kritische Faktor gewesen war.

Keven selbst nahm nur in Hologrammform an der Besprechung teil; ein Holodroide projizierte sein Abbild an eine leere Wand. Er hatte beschlossen, auf dem Ankermond im Hetzal-System zu bleiben, wo er sein neues Netzwerk benutzen konnte, um die Daten vom Flugschreiber der *Legacy Run* auszuwerten. Das gigantische, aus Zehntausenden Prozessoren bestehende Computergehirn war nach seiner ersten Aktivierung vollständig repariert worden. Mehr noch, man hatte es sogar erweitert. Transportminister Lorillia hatte Befehl von Kanzlerin Soh, Keven Tarr so viele Navigationsdroiden zur Verfügung zu stellen, wie er brauchte. Falls er eine Million Einheiten mehr haben wollte, würde er sie bekommen, ungeachtet der Kosten.

»Kann jemand zusammenfassen, welche Schlüsse wir bislang ziehen können?«, bat Lina Soh.

Alle Blicke richteten sich auf Avar. Irgendwie war sie zum Kopf des Krisenstabs geworden, obwohl sie den Raum mit einem Admiral, einem Senator und diversen hochrangigen Würdenträgern teilte.

»Wir wissen, dass eine Gruppe, die sich selbst die Nihil nennt, direkt mit der Katastrophe im Hetzal-System und den darauffolgenden Hyperraumaustritten zu tun hat. Es handelt sich bei ihnen praktisch um Plünderer, die am Äußeren Rand operieren. Sie haben schreckliche Verbrechen begangen, aber sie sind ein regionales Problem, mit dem sich die planetaren Polizeidienste und Wachteams von Fall zu Fall befassen. So grausam sie sein mögen, sie stellen keine ernste Bedrohung dar.

Der nächste Teil ist Spekulation, beruht aber auf bestätigten Informationen. Die Nihil scheinen die Hyperraumaustritte voraussagen zu können, ähnlich wie Keven Tarrs Droidennetzwerk. Nach unserem Kenntnisstand haben sie diese Fähigkeit schon mindestens zweimal eingesetzt: erst bei Eriadu, als Teil eines fehlgeschlagenen Erpressungsversuches. Und dann beim vierzigsten Austritt, wo sie verhindern wollten, dass unsere Schiffe den Flugschreiber der *Legacy Run* bergen – vermutlich weil sie wissen, dass es sie mit der Katastrophe in Verbindung bringen würde.«

»Bei diesem Zwischenfall starben die Jedi-Ritterin Te'Ami und die beiden tapferen Piloten eines Langträgers – Marcus Augur und Beth Petters –, richtig?«

Avar bejahte die Frage mit einem Nicken. Die Kanzlerin überlegte kurz, und ihr Targon schnurrte zufrieden, als sie ihn dabei hinter dem Ohr kraulte.

»Glauben wir, dass diese Nihil die *Legacy-Run*-Katastrophe absichtlich ausgelöst haben?«

»Es sieht nicht danach aus«, sagte Elzar Mann.

Er deutete auf den Hauptschirm, wo das Nihil-Schiff in einer Dauerschleife die Hyperraumroute der *Legacy Run* kreuzte, wieder und immer wieder.

»Das ist eindeutig eines ihrer Schiffe, und es ist bewaffnet. Hätten sie die *Legacy Run* zerstören wollen, hätten sie ihre Waffen abfeuern können. Haben sie aber nicht. Der Transporter hat sich selbst auseinandergerissen, als der Kommandant versuchte, den Nihil auszuweichen. Und wie Meisterin Kriss bereits erwähnte: Das ist ein Haufen Plünderer vom Äußeren Rand. Opportunisten – keine Planer. Für mich sieht das alles nach einem schrecklichen Unfall aus.«

»Ein Unfall, aus dem sie bei Eriadu prompt Profit schlagen wollten.« Senator Noor schlug mit der Faust auf den Tisch. »Ein Unfall, der dem Äußeren Rand einen schrecklichen Preis abverlangt hat – an Leben, an Wirtschaftskraft und an Credits. Sie müssen dafür zur Verantwortung gezogen werden.«

Seine Beraterin hinter ihm nickte langsam. Sie war eine blauhäutige Chagrianerin, ihre Bewegungen waren ebenso präzise wie ihre Kleidung. Jeni Wataro, falls Avar sich nicht irrte.

»Das werden sie auch«, sagte Kanzlerin Soh, die Hand erhoben. »Aber erst müssen wir wissen, ob sich so ein Unglück wiederholen könnte. Dazu würde ich gern die Meinung der San Tekkas hören.«

Marlowe tauschte einen flüchtigen Blick mit Vellis, bevor er sprach.

»Wir glauben, es könnte ein tragischer Zufall gewesen sein. Es scheint kein tiefer greifendes Problem mit dem Hyperraum zu geben. Aber das hier« – er deutete zu dem brutal aussehenden Schiff und seinem rot-goldenen Schweif auf dem Vidschirm – »legt den Schluss nahe, dass die Nihil einzigartige und potenziell gefährliche Kenntnisse über den Hyperraum haben. Wir sollten dieser Sache schnellstmöglich auf den Grund gehen.«

»Da hören Sie es, Kanzlerin«, warf Senator Noor ein. »Der Hyperraum ist in Ordnung. Der Äußere Rand leidet – und ich weiß, dass Sie die Starlight-Station endlich einweihen wollen. Heben wir die Blockade auf.«

»Nicht so schnell, Senator«, entgegnete sie. »Wir wissen mehr oder weniger, was passiert ist, aber nur, weil es ein Unfall war, heißt das nicht, dass jemand es nicht vorsätzlich wiederholen könnte. Es ist kein großer Schritt vom Plünderer zum Terroristen. Wir müssen diese Bedrohung ausschalten.«

Senator Noor plusterte die Brust zu einem vehementen Protest auf.

»Genug, Noor«, sagte die Kanzlerin. »Meine Entscheidung steht fest. Ich weiß, Sie sind in Sorge um den Äußeren Rand. Mir geht es genauso … aber ich bin für die gesamte Galaxis verantwortlich, und nur für den Fall, dass sie es vergessen haben: Der Hyperraum verläuft überall. Falls die Nihil uns auf unseren Routen angreifen können, ist niemand irgendwo sicher.«

Sie drehte den Kopf zu Admiral Kronara herum, der am anderen Ende des Besprechungsraumes stand.

»Admiral, wir werden die Notstandsgesetze anwenden. Requirieren Sie eine Flotte von den Mitgliedswelten des RVK-Abkommens und machen Sie Jagd auf diese Nihil. Ich habe die Berichte gelesen – selbst falls keine weitere Gefahr für den Hyperraum bestünde, wären sie immer noch gefährliche Kriminelle, die nicht ungestraft mit ihren Taten davonkommen dürfen. Sie mögen ihre Überfälle auf den Äußeren Rand beschränken, aber wir gehören alle zur Republik.«

»Wie Sie wünschen, Kanzlerin«, bestätigte Kronara mit einem zufriedenen Nicken.

Aber er war ja auch ein Admiral.

»Haben wir irgendeine Vorstellung, wo sich die Basis der Nihil befindet?«, hakte Soh nach.

»Falls ich dürfte, Kanzlerin.« Keven Tarr hob die Hand. »Ich habe meine Droiden den wahrscheinlichsten Startpunkt des Nihil-Schiffes berechnen lassen. Laut diesen Daten sprang es nahe dem Kur-Nebel in den Hyperraum. Ich weiß nicht, ob sich dort auch ihre Basis befindet, aber es wäre ein guter Ausgangspunkt.«

»Sehr gut, Meister Tarr«, lobte Soh, dann ließ sie den Blick durch den Besprechungsraum der *Third Horizon* schweifen.

»Sie haben alle großartige Arbeit geleistet«, erklärte sie. »Sie haben herausgefunden, was die *Legacy-Run*-Tragödie auslöste. Jetzt müssen Sie dafür sorgen, dass sich so etwas niemals wiederholen kann. Egal, um welchen Preis.«

Sie beugte sich vor, und ihre beiden großen Katzen hoben die Köpfe, die Ohren drohend angelegt, als sie die emotionale Anspannung ihrer Herrin spürten. Trotz ihrer Ausbildung und Erfahrung war Avar plötzlich froh, dass sie eine halbe Galaxis von Kanzlerin Lina Soh entfernt war. Sie wollte nicht in der Haut der Nihil stecken, wenn sie ins Blickfeld dieser Frau gerieten – einer Frau, deren Wille stark genug war, um eine gesamte Galaxis umzuformen.

»Ich will, dass die Nihil ihrer gerechten Strafe zugeführt werden«, sagte Soh. »Jeder einzelne von ihnen.«

34

NIEMANDSRAUM, GROSSE HALLE DER NIHIL

Dies ist der Moment, dachte Marchion Ro. *Der Neubeginn.*

Er stand in der Mitte der großen Plattform, welche die Große Halle der Nihil darstellte, auf allen vier Seiten der Leere des Niemandsraums geöffnet. Unheimliche, vielfarbige Lichter schimmerten in weiter Ferne, unterbrochen nur von den Silhouetten der Schiffe, die Marchion und die drei Orkane an diesen entlegenen, leblosen Ort gebracht hatten. Heute war die Halle leer – nirgends waren lange Festtische aufgestellt, und die vier Personen standen sich allein und ohne ihre Masken gegenüber.

Marchion blickte von Kassav zu Pan Eyta, dann zu Lourna Dee. Sie hassten ihn, und sie hassten sich gegenseitig, und sie alle glaubten, dass sie die Nihil besser führen könnten als der Rest. Es gab keine Einheit. Das Einzige, was die Organisation unter ihrer Führung zusammenhielt, waren die Gier nach Profit und die Freude daran, andere auszurauben und dem System zu trotzen. Das musste sich ändern.

Jetzt.

»Meine Spionin in Senator Noors Büro hat mich kontaktiert«, erklärte Marchion. »Die Jedi und die Republik haben die Daten von dem Flugschreiber, den Lourna Dee nicht zerstören konnte.«

Lourna blinzelte, sagte aber nichts.

»Sie wissen, dass wir für den Untergang der *Legacy Run* verantwortlich sind«, fuhr Marchion fort. »Eines von Pan Eytas Teams nutzte auf dem Rückweg von einem Überfall die Pfade und wäre dabei um ein Haar mit der *Run* zusammengestoßen.«

»Das war nicht unser Fehler!«, knurrte Kassav. »Woher hätten wir wissen sollen ...«

»Niemand wird glauben, dass es nicht unser Fehler war – nicht nach Eriadu«, unterbrach ihn Marchion.

Ausnahmsweise machte Kassav den Mund zu.

»Was im Hetzal-System passiert ist, die anderen Trümmereinschläge, Kassavs idiotischer Reinfall bei Eriadu ... Lourna Dee hat praktisch bewiesen, dass wir etwas damit zu tun haben, als sie es nicht schaffte, den Flugschreiber zu vernichten«, sagte Pan Eyta. Seine Stimme klang, als würde Schotter einen Felshang hinabrollen. »Es sieht übel aus.«

»Was wird jetzt wohl passieren?«, fragte Lourna Dee.

»Sie werden Jagd auf uns machen«, erwiderte Pan. »Die Republik und die Jedi auch. Wir sind nicht länger nur eine regionale Bande. Wir sind jetzt eine galaxisweite Bedrohung. Unseretwegen wurde der Hyperraum gesperrt. Sie werden ein Exempel an uns statuieren wollen.«

»Na ja, wir hatten eine gute Zeit«, brummte Kassav. »Jeder hat einen Haufen Geld gemacht. Es ist nicht so, als müssten wir zusammenbleiben. Wir können einfach ... gehen. Untertauchen.«

»Und all die Stürme und Winde und Brisen in unseren Sturmzügen? Die uns folgen und an uns glauben. Was ist mit denen?«, schnappte Lourna Dee.

Kassav zuckte mit den Schultern. »Die können tun, was sie möchten. Wenn sie die Nihil fortführen und weiter den Sturm reiten wollen, ist das ihre Sache. Niemand sagt, dass wir uns nicht in den Ruhestand begeben können. Sollen wir etwa Orkane bleiben, bis wir tot umfallen? Nein. Wir haben es verdient, den Wohlstand zu genießen, den wir uns so hart erarbeitet haben.«

Pan Eyta schnaubte. »Ich bezweifle, dass sie das auch so sehen. Sie werden denken, wir würden den Schwanz einziehen und davonrennen.«

Erneut zog Kassav die Schultern hoch. »Bei den Nihil geht es doch um Freiheit, oder? Tun, was immer man will, wann immer man will. Nun, vielleicht möchte ich verdammt noch mal von hier verschwinden, bevor irgendein Jedi mir mit seinem Lichtschwert den Kopf abschneidet.«

»Hast du nicht mal gesagt, du willst gegen die Jedi kämpfen?«, fragte Marchion Ro, um einen sanften Tonfall bemüht. »Du meintest, das wäre eine Geschichte, mit der man richtig angeben könnte.«

Kassav sagte nichts dazu.

Das ist der Moment, dachte Marchion.

Er schlug Kassav mitten in sein dummes, gerissenes, brutales Gesicht. Seine Handschuhe waren mit Panzerplättchen und Beschleunigungskompensatoren verstärkt; damit konnte er ein Loch in eine Durastahlwand schlagen, ohne dass ihm auch nur die Knöchel wehtaten. Er hörte das Geräusch, mit dem seine Faust Kassavs dumme, gerissene, brutale Nase zertrümmerte, und bei den Pfaden, es fühlte sich *gut* an.

Pan Eyta und Lourna Dee blieben reglos stehen. Sie wirkten völlig fassungslos. So etwas hatten sie ihm wohl nicht zugetraut. Das Auge kämpfte nicht, schon gar nicht mit den Orkanen. Das Auge hatte keinen Orkanzug hinter sich. Das Auge bekam ein Drittel von der Beute und war zufrieden damit.

Veränderung kann schmerzhaft sein, dachte Marchion.

Kassav taumelte mit aufgerissenen Augen nach hinten, während Blut aus seiner Nase schoss. Aber er war Schmerzen gewohnt – und vermutlich auch überraschende Faustschläge ins Gesicht. Nachdem er den ersten Schrecken überwunden hatte, wurden seine Augen zu Schlitzen, und er schob die Hand unter seinen Umhang, wo er entgegen den Regeln der Großen Halle einen Blaster trug. Marchion wusste schon seit Jahren davon.

Er riss den Arm hoch und warf einen der Vibrosterne, die an der Innenseite seines Handgelenks verborgen waren. Das scharfkantige Wurfgeschoss schnitt durch Kassavs Hand und den Blastergriff, woraufhin abgetrennte Finger und Metall auf den Boden fielen.

Doch Kassav wollte noch immer nicht aufgeben. Obwohl Blut aus seiner Nase strömte und aus den Überresten seiner rechten Hand sprühte, sprang er vor und holte mit der Linken zu einem mächtigen Hieb aus.

Marchion fing den Hieb ab, dann wirbelte er Kassav herum und schleuderte ihn zu Boden, wo er mit einem dumpfen, feuchten Geräusch in einer Pfütze seines eigenen Bluts landete.

»Nngh!«, ächzte Kassav – das erste Geräusch, das er seit Beginn des Kampfes von sich gab. Es war wirklich zäh, das musste man ihm lassen.

Marchion stellte einen Stiefel auf die Brust des verwundeten Orkans und verlagerte sein ganzes Gewicht darauf, als wollte er Kassav geradewegs durch das Deck in die Leere des Alls drücken.

»Ich bin das Auge der Nihil, so wie mein Vater vor mir«, sagte er. »Wir haben diese Organisation zu dem gemacht, was sie heute ist, und ich werde nicht zulassen, dass du sie durch Egoismus, Furcht und Schwäche zerstörst. Du hast bei Eriadu einen Fehler gemacht, Kassav, und es hat uns deinen wahren Charakter gezeigt. Ich glaube, jemand muss dich daran erinnern, wie die Dinge hier laufen. Die Nihil müssen stark bleiben. Und weißt du, wie man stark bleibt?«

Er beugte sich vor, die Augen schmal, die Zähne gebleckt.

»Indem man alles Schwache wegschneidet.«

Er drückte fester mit seinem Stiefel zu.

»Ich habe einen Plan«, erklärte er. »Einen Plan, um alles wieder in Ordnung zu bringen. Möchtest du ihn hören?«

Er verlagerte noch ein wenig mehr Gewicht auf Kassavs Brust, und der Weequay keuchte. Aber erst als er mit verzerrtem Gesicht nickte, trat Marchion zurück und ließ ihn aufstehen.

»Ich verstehe, dass ihr besorgt seid. Die Situation ist verzwickt, und sie wird sich bald noch weiter verschlechtern. Aber hört euch bitte an, was ich zu sagen habe.«

Die Orkane blickten ihn an, misstrauisch, aber neugierig.

»Mein Plan wird uns die Republik vom Hals schaffen, und vielleicht können wir nebenbei sogar ein paar Jedi töten. Danach wird alles wieder so sein wie früher. Pfade und Beute. Die fetten Jahre werden weitergehen, und wir werden weiterwachsen.«

Das Misstrauen nahm ab, die Neugier zu, sogar bei Kassav. Marchion hatte gewusst, dass sie so reagieren würden. Keiner von ihnen wollte sich auf eigene Faust durchschlagen müssen, ohne die Pfade. Sie hatten durch die Nihil Berge an Credits angehäuft, aber sie gaben das Geld fast ebenso schnell wieder aus, wie es in ihre Taschen strömte, für neue Schiffe und Kleider und Gelage. Ihre Gier würde ihre Entscheidung bestimmen.

»Wir sind der Republik zehn Schritte voraus«, fuhr er fort. »Wir sind schlauer, wir sind schneller, und wir haben die Pfade. Wir können diese Sache wieder geradebiegen. Die Nihil sind mein Leben. Ich werde nicht einfach so kampflos aufgeben.«

»Ich höre«, sagte Pan Eyta.

»Gut. Wir können uns den Flugschreiber zurückholen. Ohne ihn wird die Republik uns niemals finden. Wir ziehen eine Weile den Kopf ein, organisieren uns neu ... Wer weiß, vielleicht ziehen wir sogar an den Mittleren Rand weiter. Durch die Pfade steht uns die gesamte Galaxis offen.«

Er deutete mit einer Hand auf Kassav, mit der anderen auf Lourna Dee.

»Ihr habt beide schwere Fehler begangen, vor den Augen eurer Mannschaften. So etwas spricht sich herum. Man hält euch für schwach. Sicher planen einige eurer Stürme bereits, euch die Macht zu entreißen. Aber das lässt sich noch korrigieren. Wenn ihr meinen Plan unterstützt, wird man euch schon bald als Helden des Sturms feiern.«

Er bedachte das Trio mit einem breiten, ermutigenden Lächeln. Sie wirkten noch immer skeptisch.

»Kassav, ich habe von meinen Quellen in der Republik erfahren, dass der Flugschreiber bei der Zerstörung der *Legacy Run* beschädigt wurde. Sie haben ein paar Daten retten können, aber nicht genug, um uns zu finden. Man schickt das Gerät darum zu einer speziellen Einrichtung, wo der Rest der Aufzeichnungen rekonstruiert werden soll. Du wirst sie abfangen und den Flugschreiber zerstören.

Lourna Dee, du fliegst nach Elphrona und hilfst deinen Leuten dort, die Entführung über die Bühne zu bringen. Wir werden Geld brauchen, und diese Operation ist bereits in Gange. Nebenbei wird das den Leuten zeigen, dass wir noch immer für sie sorgen. Wir müssen jetzt eine vereinte Front bilden. Wir müssen am selben Strang ziehen.

Ich werde euch die nötigen Pfade zur Verfügung stellen, damit ihr eure Aufgaben erfüllen könnt.«

Lourna Dee nickte. Einen Moment später tat Kassav es ihr gleich.

»Und ... was soll ich machen?«, fragte Pan Eyta.

Das war ungewöhnlich. Ein Orkan, der das Auge um Anweisungen bat ... Vor ein paar Minuten hätten sie noch über diese Vorstellung gelacht. Aber die Dynamik hatte sich verschoben, und sie alle spürten es. Sie hatten ihre Chance gehabt, einen Rückzieher zu machen und zu verschwinden, aber dieser Moment war verstrichen. Stattdessen hatten sie anerkannt, dass sie das Auge brauchten, wenn sie die Nihil bleiben und weiter reiche Beute machen wollten. Sie brauchten ihn, um sie vor sich selbst zu retten.

»Nichts, Pan«, sagte er. »Im Moment ist das alles.«

»Sollen wir abstimmen?«, fragte Lourna Dee.

»Sicher«, nickte Marchion Ro.

Die Entscheidung war einstimmig.

»Dann geht jetzt«, befahl das Auge. »Uns bleibt nicht viel Zeit. Rettet die Nihil.«

Die Orkane gingen davon, auf die Luftschleusen ihrer Schiffe zu.

Marchion ließ sie ein paar Schritte machen, dann sagte er: »Kassav.«

Der Weequay drehte sich herum.

Marchion deutete auf den Boden.

»Vergiss deine Finger nicht.«

35

ELPHRONA-SYSTEM

Bell konnte nicht glauben, was seine Augen ihm zeigten: Eine Luke an der Hülle des Nihil-Schiffes war aufgeglitten ... und nun wurde eine kleine Gestalt von Bord geworfen. Einfach ... hinausgeschleudert, als wäre es nichts.

Er sog den Atem ein. Vor ihm auf dem Pilotensitz zog Loden den Vector in seinen steilen Sinkflug.

»Padawan«, sagte er. »Du musst das Kind retten. Ich werde weiterfliegen und die anderen befreien. Hab keine Angst. Ich bin stolz, dein Lehrer zu sein. Ich glaube an dich.«

Dann schob sich die Cockpithaube des Vectors nach hinten, und der hereinbrausende Wind war so laut, dass jedes weitere Wort darin untergegangen wäre.

Nicht, dass es noch mehr zu sagen gab.

Bell löste seine Sicherheitsgurte und sprang aus der Maschine.

Sofort griff die Schwerkraft nach ihm, und er stürzte sich überschlagend in die Tiefe. Doch das war in Ordnung. Sie befanden sich zwei Kilometer über der Oberfläche von Elphrona, was bedeutete, dass er ein wenig Zeit hatte. Aber nicht viel. Wenn er das kleine Mädchen retten wollte – er war sicher, dass es ein kleines Mädchen war, ein *Kind*, das die Nihil wie Abfall über Bord geworfen hatten –, dann musste er sich konzentrieren.

Er achtete nicht weiter auf die Präsenz von Meister Loden, der in seinem Vector himmelwärts raste, um gemeinsam mit Indeera die Verfolgung fortzusetzen. Er achtete nicht auf den Boden oder den Himmel, nur auf die Macht, und er suchte in ihr nach einem kleinen Lichtpunkt, der Aura des Mädchens, das er retten musste.

Da.

Bell konnte wegen des peitschenden Windes kaum die Augen öffnen, und kurz wünschte er, er hätte eine Schutzbrille ... aber in Wirklichkeit brauchte er seine Augen nicht. Er hatte die Macht.

Der Padawan zog Arme und Beine an und neigte seinen Körper nach vorne. Jetzt, wo seine Form aerodynamischer war, spürte er sofort, wie er schneller wurde.

Er griff mit der Macht hinaus, bat sie, ihn noch schneller auf sein Ziel zuzutragen. Das kleine Mädchen ruderte mit den Armen und strampelte mit den Beinen, was einen gewissen Luftwiderstand erzeugte, trotzdem würden sie beide in Kürze eine kritische Fallgeschwindigkeit erreichen, und dann würde er sie nicht mehr einholen können. Sie war nur ein paar Sekunden im freien Fall gewesen, bevor Bell aus dem Vector gesprungen war, aber das machte einen großen Unterschied aus.

Zum Glück antwortete die Macht und ließ ihn schneller durch die Luft sausen. Seine enge Lederkleidung trug vielleicht auch ihren Teil dazu bei. Jedenfalls kam er dem Blythe-Mädchen näher. Ihre Panik loderte wie ein Feuer in seiner Wahrnehmung, heller und heller, als die Furcht sie übermannte.

Bell versuchte sich nicht davon anstecken zu lassen.

Während er näher kam, streckte er sich gleichzeitig in die

Macht aus und zog das Kind zu sich heran, bis er es schließlich in die Arme schließen konnte. Sie schlug um sich – aber wer hätte sich in so einer Situation nicht gewehrt?

Er schob einen Teil seiner Jacke über ihren Kopf, um sie zumindest teilweise vom Wind abzuschirmen, dann blickte er zu ihr hinab. Nie zuvor in seinem ganzen Leben hatte er ein so verängstigtes Gesicht gesehen.

Bell deutete auf das Jedi-Symbol an seiner Brust. Wie durch ein Wunder beruhigte sich das Kind. Sie wusste, wer er war, und vermutlich glaubte sie, dass sie bei ihm sicher wäre.

Wenn sie sich da mal nicht irrt, fuhr es ihm durch den Kopf.

Er zog sie näher zu sich heran, formte mit einer Hand einen Trichter zwischen seinem Mund und ihrem Ohr und brüllte: »Schließ die Augen. Du bist nicht allein. Ich bin bei dir.«

Bell hatte keine Ahnung, ob sie ihn verstand, aber das war alles, was er tun konnte, um sie zu beruhigen. Jetzt musste er sich auf die Landung konzentrieren.

Er blickte nach unten, die Augen gegen den Wind zusammengekniffen. Was er suchte, war eine geeignete Stelle – Wasser wäre am besten, aber ein sanfter Hügel, den sie hinunterrollen konnten, würde es auch tun … irgendetwas, was den Aufprall abfedern würde.

Doch da war nichts, nur die raue Felslandschaft des Planeten: die gekrümmten, magnetischen Gebirgszüge und die Rostebenen dazwischen. Elphrona war keine weiche Welt.

Und diesmal fiel er aus einer Höhe, die tausendmal höher war als während des Trainings. Nicht dass ihm während des Trainings je die Landung geglückt wäre … Einen Moment lang hoffte er, dass Porter Engle eingreifen und ihn mit der Macht auffangen würde. Aber der Ikkrukki war viele Meilen entfernt und mit einem anderen Mitglied der Blythe-Familie beschäftigt.

Niemand würde kommen, um ihn oder das Kind zu retten. Das musste er schon selbst tun. Er ganz allein.

Bell öffnete sich der Macht. Er dachte nicht länger an den Boden. Er dachte an das Mädchen in seinen Armen und daran, wie ungerecht es war, dass ihr diese schrecklichen Dinge widerfuhren.

Er wusste, dass er über die Kraft verfügte, sie zu retten, damit sie weiter im Licht leben könnte. Wozu hatte ihm die kosmische Macht seine Fähigkeiten geschenkt, wenn nicht genau für diese Aufgabe?

Der Wind war nicht sein Feind, ebenso wenig die Schwerkraft. Sie waren beide Teile der Macht, genauso wie das Kind. Falls er gegen sie ankämpfte, würde er gegen sich selbst kämpfen.

Nein, er musste versuchen, zu *verstehen.*

Bell Zettifar entspannte sich.

Ihm wurde etwas ungemein Tiefgründiges bewusst; etwas über die Macht oder vielleicht auch über ihn selbst. Später würde er sich nur noch vage daran erinnern können. Aber in diesem Moment zeigte es ihm, warum er bei seinen Sprüngen immer versagt hatte, ungeachtet der Lektionen und Bemühungen seines Meisters.

Für einen Jedi ging es nicht darum, sich selbst zu retten.

Es ging darum, andere zu retten.

Das Tosen des Windes um seine Ohren ließ nach, verwandelte sich in eine leichte Brise, und mit einem Mal konnte er das kleine Blythe-Mädchen hören. Sie betete oder sang etwas. Er konnte die Worte nicht verstehen, aber es war derselbe, kurze Satz, immer und immer wieder.

Dann verstummte der Wind ganz. Bell öffnete die Augen. Sie waren keine zehn Meter über dem Boden, und sie schwebten nach unten, sachte und langsam wie ein dahingleitendes Blatt.

Als seine Füße sanft auf dem schiefergrauen Boden aufsetzten, konnte er endlich verstehen, was das Mädchen sagte.

»Ich bin nicht allein. Ich bin nicht allein …«

Er beugte sich vor, um sie abzusetzen, aber sie klammerte sich an ihn.

»Es ist vorbei«, erklärte er. »Wie heißt du?«

Sie starrte aus großen Augen zu ihm hoch.

»Bee«, antwortete sie. »Aber so nennen mich alle nur. Mein richtiger Name ist Bailen.«

»Das klingt ja fast so wie mein Name«, lächelte er. »Ich bin Bell. Dir kann nichts mehr passieren, Bailen. Alles wird gut.«

Das Mädchen sah ihn skeptisch an – der typische Blick eines Kindes, wenn ein Erwachsener ihm etwas offensichtlich Unwahres erzählte, auch wenn es gern daran glauben würde. Dann entgleisten Bailens Züge, und sie brach in Tränen aus.

Während Bell sie in den Armen hielt, blickte er zum Himmel hoch und suchte nach den Vectors oder dem Schiff der Nihil, aber nicht mal Kondensstreifen waren zu sehen.

Alles wird gut?, dachte er.

Nein. Er glaubte auch nicht daran.

Intermezzo

DER RAT

Jora Malli stellte sich vor die Kommdroiden, die ihr Bild nach Coruscant übertragen würden, in den Saal an der Spitze des großen Tempels, wo der Jedi-Rat zu seinen Sitzungen zusammenkam. Sie selbst war an Bord der *Ataraxia*, einem wunderschönen, eleganten Schiff des Ordens, das beinahe ein Tempel sein könnte.

Sie waren nahe Felucia aus dem Hyperraum gekommen, nur damit Jora an dieser besonderen Besprechung teilnehmen konnte, und das mit einem möglichst stabilen und klaren Signal. Dies würde aller Wahrscheinlichkeit nach das letzte Mal sein, dass sie als Mitglied des Rates ihre Stimme abgab. Sobald die Starlight-Station in Betrieb genommen wurde – was hoffentlich nicht mehr lange dauern würde –, würde Jora offiziell von ihrem Sitz im Rat zurücktreten und eine neue Position übernehmen: als Leiterin des Jedi-Kontingents auf der gewaltigen Raumstation.

Jora Malli hatte in der Vergangenheit schon mehrere Abstimmungen verpasst. Sie nahm ihre Rolle im Rat zwar ernst, aber sie vertrat generell die Ansicht, dass sie dem Licht besser dienen konnte, wenn sie draußen in der Galaxis war, anstatt im Jedi-

Tempel zu sitzen. Die heutige Besprechung war jedoch von großer Wichtigkeit; so wichtig, dass der gesamte Rat zusammengetreten war, und wer nicht persönlich auf Coruscant sein konnte, so wie Jora, der war in Form einer Prioritäts-Holoübertragung zugeschaltet.

Die Kommdroiden projizierten ein Bild des Ratssaales für Jora. Der elegante, runde Raum mit den großen Fenstern bot einen Rundumblick auf die Stadtlandschaft Coruscants. Es war gerade Tag, und die einfallenden Sonnenstrahlen ließen das prachtvolle Mosaik glänzen, das in den Boden eingelassen war. Die Fenster hatten auch eine symbolische Funktion – sie zeigten, dass der Rat offen seinen Aufgaben nachging und nichts zu verbergen hatte.

In einem Kreis angeordnet standen dort zwölf Sessel, jeder dem Körper des jeweiligen Ratsmitglieds angepasst. Yarael Poof, Rano Kant, Oppo Rancisis, Keaton Murag und Ada-Li Carro waren persönlich vor Ort; sechs weitere Meister, einschließlich Jora, füllten ihre Plätze in Form von Hologrammen, welche ein weiterer Kommdroide in den Raum projizierte. Das machte insgesamt elf Ratsmitglieder – alle außer Meister Rosason, der gerade in wichtigen diplomatischen Verhandlungen steckte, von denen er keine Auszeit nehmen konnte.

Jora musste an ihren Padawan denken, Reath Silas.

Sie wünschte, er könnte jetzt bei ihr sein. Eine Ratssitzung zu beobachten war eine überaus lehrreiche Erfahrung. Aber wenn sie ehrlich sein sollte, vermisste sie den Jungen einfach.

Reath war siebzehn, ein guter Schüler, aber nicht wirklich erfreut, dass er seiner Meisterin zur Starlight-Station folgen sollte. Er liebte Coruscant, und die galaktische Grenze erschien ihm im Vergleich uninteressant. Aber das war nur normal. Wie gesagt, er war siebzehn. Keine Raumstation, ganz gleich, wie exotisch, konnte mit der größten Stadt in der Galaxis mithalten.

Sie hatte ihn zurückgelassen, um ihm ein paar letzte Tage auf Coruscant zu gönnen, bevor er zu ihr an den Äußeren Rand reiste – ein kleiner Gefallen, den sie ihm nur zu gern getan hatte. Doch seine Reise zur Starlight-Station war durch das *Legacy-Run*-Desaster unterbrochen worden, und jetzt ging er mit zwei erfahrenen Jedi, Cohmac Vitus und Orla Jareni, einer neuen Mission nach. Jora hatte ihre Vorbehalte, was Orla anging, aber Cohmac war ein vorbildlicher Jedi. Reath würde bei ihm sicher sein, auch wenn er sich sicherlich in den Kern zurückwünschte.

Aber so war nun einmal das Leben eines Jedi. Besser, er gewöhnte sich daran.

Sie blickte zu Sskeer hinüber, der auf der anderen Seite des Tisches saß und schweigsam wie eh und je das Hologramm betrachtete, seine klauenbewehrten Arme vor der Brust verschränkt. Er bot einen einschüchternden Anblick, ein Block aus Muskeln und Schuppen und scharfen Zähnen, dem man eine Jedi-Robe übergeworfen hatte. Es gab nicht viele trandoshanische Jedi; die Kultur ihres Heimatplaneten war von Machtstreben und Konkurrenzdenken geprägt – Eigenschaften, die in direktem Widerspruch zu den Prinzipien des Ordens standen. Selbst wenn trandoshanische Kinder eine ausgeprägte Machtempfänglichkeit an den Tag legten, schickte man sie nur höchst selten zur Ausbildung in einen Jedi-Tempel. Sskeer war die Ausnahme von dieser Regel. Er hatte es nicht nur nach Coruscant geschafft, sondern durch sein außergewöhnliches Talent sogar zum Jedi-Meister. Er war der lebende Beweis, dass nichts unmöglich war.

Jora bezweifelte, dass sie während der Ratssitzung seine Hilfe brauchen würde, und er wusste das natürlich ebenfalls, aber

Sskeer wich nie weit von ihrer Seite. Er hatte ihr bereits viermal das Leben gerettet, und oft erwies er sich genau dann als nützlich, wenn sie eigentlich glaubte, ihn nicht zu brauchen.

Die Sitzung begann – und ihr Thema hätte wichtiger nicht sein können. Die Kanzlerin der Republik, Lina Soh, hatte die Jedi gebeten, sich direkt an einer Mission der Republikanischen Verteidigungskoalition zu beteiligen. Das Ziel: Die Gruppe von Plünderern, die sich die Nihil nannte, am Äußeren Rand aufzuspüren und sie entweder gefangen zu nehmen oder auszuschal ten.

Diese Leute hatten die galaktischen Hyperraumrouten gestört, allem Anschein nach, um gewaltige Summen Geld von den betroffenen Sternensystemen zu erpressen. Das allein wäre schon schlimm genug, aber ihr Tun hatte außerdem den Tod von Milliarden Wesen herbeigeführt und einen großen Teil der Galaxis gelähmt.

Die Nihil mussten aufgehalten werden, so viel stand fest. Die einzige Frage lautete: Welche Rolle sollten die Jedi dabei spielen?

Jora lauschte den anderen Ratsmitgliedern, als sie ihre Argumente vorbrachten. Es ging hauptsächlich darum, wie der Wille der Macht interpretiert werden sollte, was die Stimme der Macht sagte und so weiter. Jora fand es ein wenig ermüdend, wenn sie ehrlich sein sollte. Ein philosophischer Strudel.

In ihren Augen war die Sache ganz einfach. Die Jedi waren tief in der Hellen Seite der Macht verwurzelt. Wenn ein Jedi also eine Entscheidung traf, dann spiegelte sie automatisch den Willen der Macht wider. Studium und Meditation erlaubten es ihnen, bessere Instrumente dieses Willens zu werden, auf dieselbe Weise, wie ein Lichtschwert zu einer effektiveren Waffe wurde, wenn man sich regelmäßig darum kümmerte – aber sich in einer endlosen Debatte über die Interpretation der Macht zu verheddern, brachte sie nicht weiter. Das war nur Zeitverschwendung.

»Wir sprechen hier über eine Militäroperation«, sagte Meisterin Adampo, wobei sie über die langen weißen Schnurrhaare strich, die von ihrem Kinn herabhingen. Ihre Stimme war kräftig und direkt. »Aber die Jedi sind keine militärische Einheit. Für mich ist die Sache eindeutig.«

»In der Vergangenheit haben wir durchaus als militärische Einheit fungiert«, widersprach Oppo Rancisis. »Vergesst nicht, unser Orden spielte eine entscheidende Rolle im Großen Sith-Krieg. Und in den Archiven finden sich zahllose weitere Präzedenzfälle.«

»Das stimmt, aber die Galaxis befindet sich nicht im Krieg. Im Gegenteil, wir waren nie weiter von einem entfernt«, warf Rana Kant ein.

»Nicht ganz«, korrigierte Yarael Poof. »Es gab Zeiten, da wurde der Orden auf eine Handvoll Mitglieder reduziert, weil es so wenig Verwendung für unsere Dienste gab.«

»Warum sprechen wir über die graue Vergangenheit?«, fragte Ephru Shinn, das jüngste Mitglied des Rates. Yoda persönlich hatte den Mon Calamari ausgewählt, seinen Platz auszufüllen, solange der große Meister eine spirituelle Pause von den Angelegenheiten des Rates machte. »Wir sollten uns auf das Hier und Jetzt konzentrieren, nicht auf alte Imperien oder Kriege. Welche Rolle spielt der Orden *heute* in der Republik?«

Jora hob die Hand.

»Ich finde, die Jedi sollten sich den Bürgern der Galaxis stets als Hüter des Friedens präsentieren. Wir müssen ihnen den Weg der Toleranz und Eintracht zeigen. Und im Augenblick ist die Republik diesem Weg gegenüber so aufgeschlossen wie nie zuvor.«

»Ja, aber wir sind gleichsam die Hüter eines anderen Ideals«, entgegnete Yarael Poof. »Neben dem Frieden müssen wir nämlich auch für Gerechtigkeit einstehen. Ein Friede ohne Gerechtigkeit ist bedeutungslos. Denn dieser Friede wird durch Tyrannei erreicht.«

»Jedes Mal, wenn die Jedi sich auf militärische Angelegenheiten eingelassen haben, endete es mit Kompromissen und offenen Fragen«, erklärte Ephru.

»Die Galaxis ist nun mal ein komplexer Ort, Meister Shinn«, konterte Großmeister Lahru. »Ein Weg ist nicht automatisch richtig, nur weil er für einen der einfachste ist.«

Und so ging es weiter. Jora hörte zu, enthielt sich aber eines weiteren Kommentars, während die anderen Ratsmitglieder ihre Ansichten deutlich machten. Am Ende sprachen sich fünf von ihnen dafür aus, der Bitte der Kanzlerin nachzukommen und die Jedi gegen die Nihil ins Feld zu führen – und fünf verwehrten sich dagegen.

Die entscheidende Stimme gehörte also Jora, was in gewisser Weise nur passend schien; schließlich würde es ihr Schiff sein, die *Ataraxia*, die die Truppen der Republik auf diesem Einsatz begleitete.

Die anderen Ratsmitglieder blickten sie erwartungsvoll an.

»Ihr wisst, ich bin kein Freund großer Worte«, sagte sie. »Ich ziehe Taten vor. Die Entscheidung ist meiner Meinung nach ganz einfach. Es geht um dieselbe Frage, die ich mir stelle, wenn ich zu einer Mission aufbreche.«

Jora wünschte wirklich, Reath wäre bei ihr. Er könnte hier eine wertvolle Lektion lernen. Nun, sie würde ihm wohl später davon erzählen müssen.

»Wird das, was ich tue, mehr Licht in die Galaxis bringen?«

Sie breitete die Arme aus.

»In diesem Fall ist die Antwort klar. Die Nihil haben zahllose Leben am Äußeren Rand ausgelöscht und endloses Leid verursacht. Wir müssen dafür sorgen, dass sie so etwas nie wieder tun. Also werde ich die *Ataraxia* nehmen und Admiral Kronaras Flotte begleiten.«

»Und was dann?«, fragte Oppo Rancisis. »Was werdet Ihr tun, wenn Ihr die Nihil gefunden habt?«

»Was immer die Macht entscheidet, Meister Rancisis«, erwiderte Jora.

TEIL III
DER STURM

36

ÄUSSERER RAND, KUR-NEBEL

Die *New Elite* verließ den Hyperraum in der Nähe eines hellgrünen Nebels, der die Brücke in seinen sumpfartigen Schein tauchte. Kassav hasste die Farbe. Er stammte von Sriluur im Hutt-Raum, einer trockenen Welt, wo das einzig Grüne Schimmel war. In seinen Augen war es unnatürlich, hässlich, ein böses Omen.

Von denen gab es auch so schon genug.

Stille herrschte auf der Brücke des Schiffes – keine Musik. Kassav war nicht danach. Er starrte auf die Überreste seiner Hand hinab, während der Medidroide das aufgeschlitzte Fleisch neu verband. Ihm standen nur zwei Optionen offen: Er behielt die Hand, denn ein paar Finger waren ja noch übrig, oder er ließ sie amputieren und durch eine Prothese ersetzen. Doch was immer er auch tat, seine Blasterhand würde nie wieder dieselbe sein; er musste wohl oder übel lernen, mit links zu schießen.

Marchion Ro, dachte er. *Sei verflucht.*

»Hat das Auge gesagt, wann die Schiffe der Republik hier auftauchen sollen?«, fragte der Nasse Dud. »Wir haben ziemlich viel Feuerkraft mitgebracht. Sollte ausreichen, um alles vom Himmel zu holen, was sie aufbieten. Wir jagen sie und den Flugschreiber in die Luft … und dann können wir wieder normal weitermachen, hat das Auge gesagt.«

Der Gungan grinste, und das unheimliche Licht des Nebels ließ seine großen, hässlichen Zähne schimmern wie Höhlenpilze.

»Ich habe inzwischen genug vom Warten«, fuhr Dud fort. »Wir sind schließlich die Nihil. Wir reiten den Sturm!«

Kassav blickte von den Überbleibseln seiner Blasterhand auf, um den Lieutenant zurechtzustutzen. »Du wirst so lange warten, wie ich es dir sage, ist das klar, du dummer Frosch? Mein Wort ist für dich Gesetz!«

Der Nasse Bob wich zurück und hob die Hände – zwei vollkommen gesunde Hände, so als wollte er Kassav verspotten. »Schon gut, Boss«, sagte er kleinlaut.

Der Gungan sah aus wie eine Leiche – eine verschimmelte, drei Wochen tote Leiche. Kassav sah sich auf der Brücke um. Der Rest seiner Mannschaft sah genauso aus. Dieser verfluchte Nebel.

Durch das Aussichtsfenster sah er, wie der Rest seiner Flotte in Position ging. Alles in allem waren es knapp hundert Schiffe, das meiste davon kleine Sternjäger und Sturmschiffe, aber da schwebten auch ein paar größere Frachter, die man zu Kampfschiffen umgebaut hatte.

Sie alle standen loyal zu ihm – ihm allein. Sie waren die Nihil, sicher, aber sie würden keine Befehle von Pan Eyta oder Lourna Dee entgegennehmen … und erst recht nicht von Marchion Ro.

Kassav betrachtete seine Flotte, ließ den Blick von einem Schiff zum nächsten schweifen. Abgesehen von ein paar Leuten, die andernorts Aufträge erfüllten, war sein gesamter Orkanzug versammelt. Es war vielleicht nicht die hübscheste Flotte in der Galaxis, aber sie war mächtig. Pan Eyta bevorzugte hochnäsige

Denker in seinem Zug, und Lourna Dee hatte eine Vorliebe für Lügner und Gauner. Kassav hingegen wählte ausschließlich Krieger. Er war sicher, sollte es zum Äußersten kommen, könnten seine Leute es mit Pan Eytas und Lourna Dees vereinten Sturmzügen aufnehmen. Ja, diese Leute waren Krieger, bis zum letzten Mann, und sie alle glaubten an dasselbe – eine Maxime, die Kassav ihnen von Beginn an eingebläut hatte. *In einer Schlacht darfst du niemals aufhören zu kämpfen. Es heißt, siegen oder sterben.*

Als er beobachtete, wie sein Orkanzug sich um die *New Elite* zusammenzog, kam ihm ein Gedanke, den er schon öfter gehabt hatte: Brauchte er die Nihil wirklich? Warum nahm er nicht einfach seine Leute und zog sein eigenes Ding auf? Der Rand war groß genug, da gab es viele Regionen, in denen sie operieren könnten. Die Pfade waren nützlich, ja, aber er brauchte sie nicht, und Marchion Ro brauchte er erst recht nicht. Er könnte seine eigenen Nihil gründen, irgendwo da draußen in der großen Galaxis. Er hatte hier alles gelernt, was dazu nötig war. Das ließ sich ganz einfach wiederholen.

Aber ohne dieses dämliche Gerede vom Sturm. Davon hatte er die Nase voll. Vielleicht lieber etwas mit ... Feuer. Das klang doch gut. Ganz unten die Funken, dann die Glut, die Flammen, die Infernos. Ja, das könnte klappen. Und er selbst an der Spitze, als die Sonne. Kassav, der große, mächtige Stern, um den sich alles andere drehte.

Perfekt. Es würde laufen wie am Schnürchen. Es gab immer Leute, die nach einem Weg suchten aufzusteigen. Und die Republik war reich und fett, bereit, ausgenommen zu werden. Die Jedi, vor denen Marchion solche Angst hatte, suchten nach den Nihil, nicht nach ihm speziell. Seit Eriadu kannten sie natürlich seinen Namen und sein Schiff, aber wer sagte denn, dass er seinen Namen nicht ändern und sein Schiff nicht wechseln konnte? Wenn Marchion Ro und die anderen Orkane die Organisation so liebten, dann sollten sie ruhig bleiben und sich mit all den Mächten herumschlagen, bei denen die Nihil jetzt auf der Abschussliste standen. Aber ohne Kassav.

Und wo er gerade darüber nachdachte: Warum bei den Sonnen saß er hier herum und wartete auf die Schiffe der Republik? Was hatte er davon, den Flugschreiber zu zerstören? Wäre es nicht besser, er überließ ihn den Jedi, damit sie Jagd auf Marchion Ro und den Rest der Nihil machten? Dadurch würde er zwei Probleme gleichzeitig aus der Welt schaffen. Sein Orkanzug war hier. Er musste ihnen nur den Befehl zum Abflug geben.

Kassav scheuchte den Medidroiden fort und griff nach den Kommkontrollen an seinem Kommandosessel. Mit der verletzten Hand dauerte es ein wenig länger, den Code für eine flottenweite Übertragung einzugeben.

Auf Wiedersehen, Sturm. Hallo, Feuer.

Da rief Dellex an der Sensorstation plötzlich: »Mehrere Schiffe kommen aus dem Hyperraum.«

Kassav blickte mit zusammengekniffenen Augen zu ihr hinüber. »Die Transporter der Republik?«

Sie beugte sich vor, als könnte sie nicht glauben, was die Schirme ihr zeigten.

»Es könnte die Republik sein, aber das sind nicht nur ein paar Schiffe«, sagte sie. Als sie wieder den Kopf hob, war ihr organisches Auge weit aufgerissen.

»Das … ist eine Kampfflotte.«

Admiral Kronara stand auf der Brücke der *Third Horizon* und analysierte das taktische Display, wo beständig aktualisierte Sensordaten über die feindlichen Truppen vorüberhuschten. Es sah aus, als hätte seine Koalition es mit einer ganzen Flotte der Nihil zu tun. Das war keine Bande desorganisierter Plünderer. Er sah Schiffe aller Größen, von Sternjägern bis hin zu einem zentralen Flaggschiff, einem hässlichen, stark modifizierten Ding von der Größe einer Korvette. Die Scans zeichneten bereits ein Bild von seinen militärischen Fähigkeiten – und die schienen wirklich beträchtlich zu sein. Dieses Schiff war keine leichte Beute. Und die anderen auch nicht. Jedes einzelne war bewaffnet, wobei ihr Arsenal von Laserkanonen bis hin zu Magnetmi nen reichte.

Das könnte eine Schlacht von einer Größenordnung werden, wie Kronara sie seit Jahrzehnten nicht mehr gesehen hatte – und er war ein ranghoher Militärkommandant der Republik. Das war das Problem mit Kanzlerin Soh; ihre Politik war zu effektiv. Die Hutts hielten die Köpfe unten, die Mandalorianer hatten seit ewigen Zeiten keinen Ärger mehr gemacht, und die Kampferfahrung der meisten Flottenoffiziere beschränkte sich auf kleine Scharmützel. Es gab ja nicht mal eine stehende Flotte, nur eine Handvoll Kreuzer der *Emissary*-Klasse, so wie die *Third Horizon*, und diverse kleinere Hilfs- und Aufklärungsschiffe.

Im Großen und Ganzen waren die Sektoren und Planeten selbst für ihre Sicherheit zuständig. Wenn sich doch mal eine ernsthafte Bedrohung abzeichnete – was nicht oft geschah –, dann traten die Verträge der Republikanischen Verteidigungskoalition in Kraft. Reiche Welten wie Chandrila und Alderaan stellten dann Schiffe und Gerät zur Verfügung, die für die Dauer der Krise von republikanischen Militäroffizieren kommandiert wurden, ehe sie wieder in den Besitz ihrer Heimatwelten übergingen. Mit seiner aktuellen Flotte verhielt es sich genauso. Auf Anweisung der Kanzlerin hatten die Koalitionsmitglieder einen recht ordentlichen Kampfverband zusammengestellt. Die meisten Welten liehen der Republik ihre Schiffe mit Freuden, denn sie alle brannten darauf, es den Nihil heimzuzahlen, diesen Kriminellen, die die gesamte Galaxis gelähmt hatten.

Unter Kronaras direktem Kommando standen neben der *Third Horizon* noch ihre Begleitschiffe, allesamt Langträger, und einige Geschwader Incom-Z-28-Skywings. Tatsächlich machten die Jäger in seinem Hangar mehr als die Hälfte der Division aus, die die Republik selbst unterhielt. Die restlichen Schiffe des Verbands gehörten den Mitgliedswelten der RVK: fünf Patrouillenkreuzer der *Pacifier*-Klasse, jeder mit hundert Mann Besatzung und mit eigenen Begleit-Langträgern und Jägerstaffeln. Ein weiterer Verband war ebenfalls auf dem Weg hierher. Dabei handelte es sich aber nicht um RVK-Mitglieder, und Kronara wäre es lieber gewesen, man hätte sie nicht auf diese Mission eingeladen, aber es war leider nicht so, als könnte man sie einfach außen vor lassen. Nicht nach allem, was sie seit der *Legacy-Run*-Katastrophe durchgemacht hatten.

Da war noch ein weiteres Schiff auf dem Display, außerhalb seines Kommandos, aber ganz klar ein Verbündeter: die *Ataraxia*, der einzige Großkreuzer des Jedi-Ordens. Das Schiff war wunderschön anzuschauen, mit schlankem Bug und geschwungenen weiß-goldenen Flügeln, die auf subtile Weise an das Symbol des Ordens erinnerten. Sobald die Starlight-Station ihren Betrieb aufnahm, würde die *Ataraxia* dauerhaft dort stationiert sein, aber heute war sie hier, um den RVK-Kampfverband zu unterstützen. Natürlich war das Schiff nur leicht bewaffnet, aber es hatte Platz für ein großes Kontingent von Vectors, und seine Hangars waren bis auf den letzten Platz gefüllt. Vor der Ankunft des Kreuzers war Kronara nicht sicher gewesen, ob der Orden sich überhaupt an der Operation beteiligen würde. Kanzlerin Soh hatte sie offiziell darum gebeten, aber obwohl es viele

Berührungspunkte zwischen der Republik und den Jedi gab, gingen sie ihren eigenen Weg. Wenn sie das Vorgehen der Regierung nicht guthießen, beteiligten sie sich nicht daran. In diesem Fall hatten sie sich aber entschieden, Soh zu unterstützen, und Kronara für seinen Teil war mehr als froh darüber. Es konnte nie schaden, Jedi in seinen Reihen zu haben.

Admiral Kronara wünschte sich keinen Krieg, aber ihm gefiel die Aussicht, den Verband der Koalition in eine echte Kampfsituation zu führen, umso mehr, da ihr Handeln in dieser Situation vollkommen gerechtfertigt war. Es gab keine moralische Grauzone – die Nihil waren eindeutig die Bösen. Gegen sie in die Schlacht zu ziehen, würde die Galaxis zu einem sichereren Ort machen. Was mehr konnte ein Kommandant sich wünschen?

Er widmete sich wieder dem Display und ging die Taktiken durch, die er anwenden wollte. Seine Streitkräfte waren grün markiert und in disziplinierten, gleichmäßigen Reihen angeordnet. Die Nihil hingegen waren ein wuselnder, chaotischer roter Farbfleck. Aber sie hatten viele Schiffe. Das machte es schwerer, den Kampfverlauf vorauszusagen. Kronara hatte alle verfügbaren Informationen studiert, die die Geheimdienste des Äußeren Rands über die Nihil gesammelt hatten. Es war nicht viel gewesen, aber genug, um zu erkennen, dass sie ein wirklich brutaler Haufen waren. Und wichtiger noch: Die Berichte legten den Schluss nahe, dass sie nach Belieben auftauchen und verschwinden konnten. Kronara war nicht sicher, was das bedeutete, aber er erwartete, dass er es mit einigen unorthodoxen Strategien zu tun bekommen würde.

Zum Glück hatte er seine eigenen Taktiken.

Sein Blick verharrte auf der Darstellung seiner eigenen, kleinen Flotte. Nicht gerade eine Armada, aber sie hatte jede Menge Feuerkraft.

Falls die Nihil einen Kampf wollten, konnten sie einen haben.

Kronara aktivierte das Kommlink und kontaktierte die *Ataraxia*, um Jora Malli, die Kommandantin des Jedi-Schiffs, über seine nächsten Schritte zu informieren. Er kannte sie inzwischen recht gut – für eine Jedi hatte sie eine scharfe, taktische Denkweise, und er wusste, dass sie eine führende Rolle auf der Starlight-Station spielen sollte. Aber da die Raumstation noch nicht eröffnet werden konnte, war sie hier, um stattdessen den Kreuzer der Jedi im Kampf gegen die Nihil zu leiten.

»Meisterin Malli«, sagte Kronara, »wir werden versuchen, das Kommandoschiff der Nihil zu kontaktieren. Wegen der Nähe des Nebels gibt es nur eine Handvoll Stellen, wo man hier in den Hyperraum springen kann, und die meisten davon haben wir blockiert. Der Großteil der Nihil-Schiffe ist außerdem zu klein, um Navigationscomputer an Bord zu haben, die einen anderen Ausweg berechnen könnten, jedenfalls nicht in kurzer Zeit. Sie haben also nur zwei Möglichkeiten: reden oder kämpfen. Davonlaufen können sie nicht. Seid Ihr bereit einzugreifen, falls sie sich für letztere Option entscheiden?«

»Natürlich, Admiral«, antwortete ihm die seidige Stimme von Jora Malli. »Ich glaube, ich werde selbst mit einem Vector starten, sollte es dazu kommen. Avar Kriss wird hier auf der *Ataraxia* bleiben; sie kann die Jedi miteinander verbinden, wie sie es schon im Hetzal-System getan hat.«

»Fantastisch«, brummte Kronara, und das meinte er auch so. Die Jedi waren immer beeindruckend, aber was er während der *Legacy-Run*-Katastrophe in Hetzal gesehen hatte, war ... *bemerkenswert* gewesen. Falls Avar Kriss sie in einer Schlacht mit denselben Fähigkeiten unterstützte, wäre das ein gewaltiger Vorteil.

Admiral Kronara verschränkte die Hände hinter dem Rücken,

und nach einem letzten Blick auf das taktische Display gab er den Befehl:

»Öffnen Sie den Kommkanal. Mal sehen, ob diese Kriminellen reden wollen.«

»Sie kontaktieren uns«, meldete Dellex.

»Nicht antworten«, schnappte Kassav.

»Hatte ich auch nicht vor«, schnappte sie zurück. »Aber wir müssen etwas tun. Der Staub des Nebels verhindert, dass wir einfach so abhauen können, und die Schiffe der Republik blockieren den nächstgelegenen freien Zugangspunkt zu den Hyperraumrouten. Mit einem Pfad könnten wir vielleicht hier entkommen, aber das Auge hat dir ja keinen gegeben.«

»Dann greifen wir an, oder?«, fragte Gravhan an der Waffenkonsole. »Kampfflotte hin oder her – wenn wir diese Kerle nicht ausschalten, sind die Nihil erledigt.«

»Gebt mir eine Sekunde, um nachzudenken, in Ordnung?«, grollte Kassav.

Er wandte sich wieder Dellex zu.

»Gibt es noch einen anderen freien Sprungpunkt, von dem wir ohne Pfad in den Hyperraum kommen?«

Die Frau konsultierte ihre Schirme.

»Ja. Nicht wirklich nahe, aber wenn wir Vollgas geben, können wir vermutlich dort sein, bevor die Republik uns einholt.«

»Gut«, brummte Kassav. »Dann gib den Befehl. Alle Schiffe sollen auf diesen Sprungpunkt zuhalten. Jeder springt an einen anderen Ort, und dort bleiben alle, bis sie von mir hören. Sie sollen nichts unternehmen, *nichts*, hörst du? Keine Überfälle, einfach nur den Kopf unten halten.«

Gravhan meldete sich zu Wort. »Ich will deinen Befehl ja nicht infrage stellen Boss, aber …«

»Dann lass es«, blaffte Kassav ihn mit einem finsteren Blick an.

Seine Hand tat weh. Sein Kopf tat weh. Alles tat weh. Er wollte einfach nur, dass endlich mal etwas *gut* lief. Aber Gravhan schien das nicht zu kapieren. Kassav schluckte. Seine Kehle fühlte sich staubtrocken an.

»Die Sache ist die ... Marchion Ro hat mir, dem Nassen Dud und Dellex von den Befehlen erzählt, die er dir gegeben hat, und er meinte, falls du nicht tust, was er will, dann ...«

»Was dann?«, brüllte Kassav. Mit der linken Hand riss er seinen Blaster aus dem Halfter und zielte auf seinen angeblich loyalen Sturm. Die anderen Nihil auf der Brücke erstarrten; sie wusste nicht, was sie tun sollten, also warteten sie darauf, wie sich die Lage entwickelte.

»Dann sollen wir dich töten«, antwortete der Nasse Dud. »Das war der Befehl des Auges, falls du nicht tust, was er sagt. Er meinte, was du bei Eriadu getan hast, hätte uns alle in Gefahr gebracht, und dies ist der einzige Weg, um die Organisation zu schützen. Der einzige Weg, um diese Sache hinter uns zu bringen.«

Was ich bei Eriadu getan habe, du verlogene Echse? Was ich *getan habe? Als hättest du nicht direkt neben mir gestanden und mir dabei geholfen,* dachte Kassav.

Vielleicht hätte er es mit allen dreien aufnehmen können ... aber nicht, wenn er mit links schießen musste. Sein Blaster blieb weiter auf Gravhan gerichtet, als er sprach, jedes Wort zwischen mahlenden Zähnen hervorgepresst.

»Glaubt ihr, Marchion Ro hat gewusst, dass wir es hier mit einer Kampfflotte der Republik zu tun bekommen würden? Wie ich das sehe, gibt es nur zwei Möglichkeiten: Erstens, er wusste es und hat uns hergeschickt, damit wir krepieren; oder er wusste es nicht, und in dem Fall würde er wollen, dass wir von hier verschwinden, damit wir weiter für die Nihil kämpfen können. So oder so, wir müssen hier weg. Wir werden schon eine andere Möglichkeit finden, uns um diesen dämlichen Flugschreiber zu kümmern.«

Er sah, wie seine drei Stürme darüber nachdachten.

»Nasser Dud, ans Komm. Versuch, das Auge zu erreichen. Sag ihm, wie die Lage hier ist, und bitte um einen Pfad.«

Der Gungan zögerte noch ein oder zwei Sekunden, dann wandte sich wieder der Kommkonsole zu.

»Dellex, du leitest meinen Befehl an den Rest der Flotte weiter. Sag ihnen, wir hauen ab. Sie sollen den Sprungpunkt ansteuern, so schnell sie nur können. Gravhan, halte du dich an der Waffenstation bereit; es könnte sein, dass diese Mistkerle von der Republik das Feuer eröffnen.«

»Keine Antwort von Marchion Ro«, meldete der Nasse Dud. »Aber der republikanische Kreuzer ruft uns schon wieder.«

Kassav warf seinen Lieutenants einen wissenden Blick zu.

Da seht ihr's, sagte dieser Blick. *Wir sind hier draußen auf uns allein gestellt.*

Ohne ein weiteres Wort machten sich auch Dellex und Gravhan an die Arbeit.

Kassav spürte, wie die Triebwerke der *New Elite* hochgefahren wurden. Gleich würden sie bereit sein, aus dieser Falle zu entfliehen, in die Marchion Ro sie hineingeführt hatte.

»Grr«, machte Dellex, ihre Stimme untypisch nervös.

»Was jetzt?«, schnaubte Kassav.

»Eine andere Flotte ist gerade ins System gesprungen. Bei dem anderen Zugangspunkt. Wir sitzen hier fest, Kassav.«

»Sag mir, dass es Nihil sind«, stöhnte er. »Sag mir, dass es Pan Eyta ist.«

»Nein. Die Kenncodes stammen alle von Eriadu.«

»Wo wir unseren Erpressungsversuch in den Schlamm gesetzt haben«, murmelte der Nasse Dud. »Wo der Mond ausgelöscht wurde.«

Als hätten sie eine Erklärung gebraucht. Jeder auf der Brücke wusste genau, was sie bei Eriadu getan hatten.

Was sie aber vielleicht nicht wussten, war, welchen Ruf die Bewohner von Eriadu genossen. Kassav aber schon. Er hatte nach seinem kleinen Besuch in ihrem System ein paar Nachforschungen angestellt, und was er herausgefunden hatte, hatte ihn eine Minute ohne Unterbrechung fluchen lassen. Wie es aussah, waren die Nihil nicht die einzigen harten Kerle in der Galaxis.

Eriadu war ein Kriegerplanet. Eine ganze Kultur, aufgebaut auf den Idealen von Rache und Gerechtigkeit, Blut und Ehre. Sie waren leicht aufzubringen und schwer zu beruhigen. Ihre Geschichte war voll von Duellen, vergiftetem Wein und Kämpfen bis zum Tod.

Doch nun schienen sie ihre internen Streitereien beigelegt zu haben, um stattdessen Jagd auf einen Feind von außen zu machen.

»Dann werden wir wohl nicht fliehen«, brummte Kassav. »Gib es an alle Schiffe weiter. Wir kämpfen. Schlachten wir sie alle ab.«

Alle Köpfe auf der Brücke ruckten wieder zu ihren Stationen herum, um den Kreuzer kampfbereit zu machen. Sie wirkten aufgeregt, sogar seine begriffsstutzigen Lieutenants, die es eigentlich besser wissen sollten.

Kassav tippte einen Knopf an seiner Armlehne an, und Musik ertönte. Mehr Trümmerpunk, donnernd und pulsierend und schrill. Er drehte die Lautstärke ganz auf.

»Für die Nihil!«, rief er, und um ein Haar hätte er seine verstümmelte Hand in die Höhe gereckt.

»Für den Sturm!«, ertönte die gebrüllte Antwort, erwartungsvoll und kampflustig.

Kassavs Blick schweifte über seine Mannschaft, von Gesicht zu Gesicht.

Im grünen Licht des Kur-Nebels, das noch immer durch die Aussichtsfenster hereinströmte, sahen sie alle aus wie drei Tage alte Leichen.

Für die Nihil, dachte er. *Für den Sturm.*

37

WELTRAUM, ELPHRONA-SYSTEM

Loden Greatstorm trieb seinen Vector bis an die Grenzen, während er dem verwundeten Nihil-Schiff durch das Vakuum nachsetzte und die eisen- und rostfarbene Kugel von Elphrona hinter ihm zusammenschrumpfte. Er konnte spüren, dass Indeera aus ihrem Jäger ebenfalls alles herausholte.

Nicht mehr lange. Er wusste, dass ein Schiff eine große Entfernung von Elphrona erreichen musste, bevor es in den Hyperraum springen konnte. Wie die Oberfläche des Planeten war nämlich auch der Raum ringsum eine wirbelnde Masse aus magnetischen Feldern und Gravitationsverzerrungen. Es war völlig ausgeschlossen, dass die Nihil entkamen, bevor er und Indeera sie eingeholt hätten.

Und dann … nun, die Macht würde ihn leiten. Er wollte die Entführer nicht umbringen müssen; er wollte niemanden sterben sehen, ganz gleich wen. Aber manchmal wählten Wesen ihr eigenes Ende, und es gab nichts, was er oder die Macht tun konnten, um sie davon abzubringen.

Natürlich würde er trotzdem versuchen, jedes Leben an Bord dieses Schiffes zu retten. Doch die Unschuldigen hatten dabei Vorrang, und in diesem Fall gab es eine klare Linie zwischen

Schuld und Unschuld; die Nihil hatten sie gezogen, als sie ein kleines Kind aus der Luftschleuse geworfen hatten.

Er aktivierte sein Komm. »Bell, hörst du mich?«

Die Antwort kam wie aus der Pistole geschossen. »Meister!«

»Hast du …?«

»Ja«, unterbrach Bell ihn. »Ich habe sie aufgefangen, und wir sind sicher gelandet. Ihr Name ist Bee. Sie hat Angst um ihren Bruder und ihren Vater, aber sie ist unversehrt.«

Loden lächelte.

»Ich wusste, du würdest es schaffen«, sagte er. »Ich bezweifle, dass sich der Rat irgendetwas für deine Prüfungen einfallen lassen könnte, was auch nur ansatzweise an das heranreicht, was du gerade geleistet hast. Ich werde empfehlen, dich zum Jedi-Ritter zu ernennen, sobald wir hier fertig sind.«

»Ist das Euer Ernst?«

»Allerdings. Und ich habe es vor Zeugen gesagt, stimmt es nicht, Indeera?«

»Ich hab's gehört«, bestätigte Indeera Stokes über das Komm.

»Siehst du, Bell? Ich *kann* gar keinen Rückzieher mehr machen. Aber zuerst musst du Bee zum Außenposten zurückbringen. Ihre Mutter ist dort, bei Porter Engle. Sag ihr, der Rest ihrer Familie wird auch bald wieder bei ihr sein. Porter soll ihr solange etwas von seinem Eintopf geben.«

»Und vielleicht kann sie auch ein bisschen mit Ember spielen«, schlug Bell vor.

»Perfekt. Ich mache jetzt Schluss, Bell. Indeera und ich sind hier noch nicht fertig. Aber ich freue mich schon, deine Ernennung zu feiern, Jedi-Ritter Zettifar.«

»Meister … danke.«

»Ich bin nicht länger dein Meister, Bell. Du bist jetzt ein Jedi-Ritter.«

»Erst wenn der Rat es offiziell gemacht hat, und ich möchte Euch gern dabeihaben, wenn das passiert. Möge die Macht mit Euch sein.«

»Das ist sie, Bell. Keine Sorge. Bis später.«

Loden schaltete das Komm aus und konzentrierte sich wieder auf das Schiff vor ihm. Sie waren inzwischen in Schussweite, und als hätten die Nihil seine Gedanken gelesen, zuckten mehrere Laserblitze aus der Heckkanone des Transporters.

Er und Indeera scherten zur Seite aus, ihr Manöver ein perfektes Spiegelbild seines eigenen. Das Komm knisterte, dann: »Wie sollen wir das angehen, Loden?«, fragte Indeera.

»Wir haben beide Platz für einen Passagier, und es sind noch zwei Blythes auf diesem Schiff. Ich bremse sie aus, du holst die erste Geisel, dann gehe ich rein und hole die zweite.«

»Das ist der ganze Plan?«

»Man muss nicht alles verkomplizieren.«

»Na schön. Ich folge Eurem Beispiel.«

Loden beschleunigte noch weiter, und binnen Sekunden hatte sein Vector das Nihil-Schiff eingeholt.

»Mach dich bereit«, sagte er, einerseits zu Indeera, aber in gewissem Maß auch zu sich selbst.

Er drückte die Steuerknüppel nach vorne und zur Seite, während er gleichzeitig mit der Macht nach den reaktiven Kontrolloberflächen des Vectors griff. Das erlaubte es ihm, ein Manöver durchzuführen, welches für einen normalen Piloten vollkommen unmöglich gewesen wäre. Über das Komm konnte er hören, wie Indeera den Atem einsog, und er konnte sich ein kleines Lächeln nicht verkneifen.

Der Vector drehte sich wie ein Bohrer um die eigene Längsachse, um dem Beschuss der Nihil auszuweichen, dann vollführte er einen halben Looping und verharrte über dem Transporter, sodass die beiden Schiffe nun parallel zueinander flogen, beide mit derselben Geschwindigkeit … nur, dass der Vector *auf dem Kopf* dahinraste. Er war so dicht über dem Transporter, dass die feindlichen Kanonen ihn hier nicht erfassen konnten.

Wichtiger noch war aber, dass er freie Sicht ins Cockpit unter sich hatte, wo eine sichtlich erschrockene Frau am Steuer saß und zu ihm hochstarrte. Sie war die erste Nihil, die er ohne Maske sah, und sie wirkte … erstaunlich normal. Eine junge Frau mit krausem, kurz geschnittenem Haar, ihr Gesicht nach der wilden Flucht auf der Oberfläche von Elphrona mit rotem Staub verschmiert. Zwei gezackte blaue Streifen waren auf ihre linke Wange gemalt. Ein Kind der Macht, wie alle anderen Wesen auch.

Aber die Macht traf keine Entscheidungen für einen; das tat man schon selbst. Und diese Frau hatte entschieden, schreckliche Dinge zu tun, wieder und wieder, sei es nun aus Notwendigkeit oder Gefallen.

Und das konnte nicht ungestraft bleiben.

Loden nahm eine Hand vom Steuerknüppel und bewegte sie langsam von einer Seite auf die andere, während er der Nihil tief in die Augen blickte und sagte: »Du wirst das Schiff abbremsen und die äußere Luftschleuse öffnen.«

Anschließend beobachtete er durch den Transparistahl der beiden Cockpitscheiben, wie die Frau die Worte wiederholte. Loden setzte die Gedankenberührung nur im äußersten Notfall ein – aber wie ließ sich die gegenwärtige Situation beschreiben, wenn nicht als Notfall? Die Nihil musste nicht mal hören, was er sagte; wie der Name der Technik schon andeutete, fand die Berührung auf rein mentaler Ebene statt.

Loden fixierte die Pilotin weiter mit seinen Augen und hielt die Verbindung aufrecht, für den Fall, dass er ihr noch einmal

Anweisungen geben musste. Seine tastenden Sinne spürten, wie das Nihil-Schiff langsamer wurde, wie Indeera sich mit ihrem Vector danebensetzte. Er wusste, dass sie durch die Leere des Alls springen musste, um in die Luftschleuse zu gelangen – aber sie wäre dem Vakuum nur ein paar Sekunden ausgesetzt, und der Jedi-Orden lehrte seine Mitglieder Überlebenstechniken, um den tödlichen Bedingungen des Raums länger zu widerstehen. Lange genug, um zu tun, was Indeera nun tun musste.

Und seine Verbindung mit der Macht verriet Loden, dass sie bereits damit begonnen hatte.

Kurz loderte Schrecken im Innern des Transporters auf, nur um danach genauso schnell wieder zu erlöschen. Greatstorm wusste nicht, ob Indeera ebenfalls eine Gedankenberührung angewandt hatte, oder ob sie gezwungen gewesen war, die anderen Nihil an Bord zu töten.

So oder so, diese Sache wird bald vorüber sein, dachte er.

Sobald Indeera die erste Geisel gerettet hatte, würde er selbst an Bord des Nihil-Schiffes springen und es flugunfähig machen, damit sich der Sicherheitsdienst von Elphrona oder ein Republikschiff um die überlebenden Plünderer kümmern konnte – so es denn Überlebende gab. Er selbst würde mit der zweiten Geisel von Bord gehen und sie auf die Oberfläche bringen, damit sie wieder mit ihrer Familie vereint werden konnte. Alles in allem hatten sie sich heute gut geschlagen …

Wie aus dem Nichts tauchten Schiffe um ihn herum auf. *Viele* Schiffe. Sie sprangen aus dem Hyperraum und umzingelten die beiden Vectors und den Nihil-Transporter. Das sollte eigentlich unmöglich sein; ein koordinierter Sprung mit so vielen Schiffen, und dann noch so nahe an der Atmosphäre eines Planeten … aber dennoch waren sie hier. Zu viele, um sie zu zählen, ein buntes Durcheinander von Bautypen. Im Zentrum dieses Schwarms flog ein Schiff, das größer als der Rest war: ein schlanker, bedrohlicher Kreuzer. Auf seiner Hülle und den Hüllen aller anderen Schiffe prangten drei glühende, gezackte Streifen. Das vertraute Blitzsymbol.

Die Nihil waren hier.

Die gesamte Vorderseite der *Lourna Dee* war ein riesiges Aussichtsfenster, bestehend aus dreifach verstärktem Transparistahl mit einer Diamantkern-Matrix.

Lourna Dee hatte also freie Sicht auf das ramponierte Nihil-Windschiff, mit dem Dent Margronas Mannschaft nach Elphrona gekommen war. Ihre Mission war es gewesen, eine Familie zu entführen, damit sie Lösegeld von deren reichen Verwandten auf Alderaan erpressen konnten. Zwei dieser lästigen Jedi-Schiffe, die sie Vectors nannten, waren ebenfalls zugegen.

Eines flog direkt vor dem Windschiff her, so nah, dass sie eigentlich miteinander kollidieren müssten, vor allem, weil der Sternjäger *auf dem Kopf* flog. Aber sie hatte ja gehört, dass Jedi-Piloten Unglaubliches vollbringen konnten.

Nicht dass es ihnen jetzt noch etwas bringen würde. Zwei Vectors hatten keine Chance gegen einen Nihil-Orkanzug, egal wer am Steuer saß.

Die vordere Maschine neigte sich vom Bug des Windschiffes fort, entweder um zu fliehen oder um eine Angriffsposition einzunehmen.

Lourna Dee schnaubte.

Ihr habt schon verloren, dachte sie.

38

IM TIEFEN RAUM, KUR-NEBEL

Kassav betrachtete das Kampfdisplay mit zusammengezogenen Brauen. Seinem Angriffsbefehl an den Orkanzug war postwendend eine Antwort der Republik gefolgt; ihre Kreuzer hatten einen endlosen Strom dieser pfeilförmigen Sternjäger – Skywings – und mehrere größere Mehrzweckschiffe vom Typ Langträger ausgespien.

Seine Leute schlugen sich wacker und teilten mindestens ebenso viel aus, wie sie einsteckten, aber den großen Kanonen des schweren republikanischen Kreuzers und seiner fünf kleineren Begleitschiffe hatten sie nichts entgegenzusetzen. Die Schilde der *New Elite* und der größeren Nihil-Schiffe waren stark genug, um diesen Schüssen standzuhalten – zumindest für eine Weile –, aber die kleineren Windschiffe? Sie platzten in Wolken aus Flammen und verdampftem Durastahl auseinander, wann immer die Schüsse aus diesen Kanonen ihr Ziel fanden.

Sie hatten noch immer die zahlenmäßige Überlegenheit, aber das würde nicht mehr lange so bleiben – und die Schiffe von Eriadu kamen mit jeder Sekunde näher wie unaufhaltsame Racheengel. Entweder, die Nihil schlugen eine Bresche in die republikanischen Reihen und flohen von dem dortigen Sprungpunkt, oder sie würden alle hier sterben.

Und dann war da noch ein anderes Schiff auf dem Display – der Jedi-Kreuzer. Bislang hatte er nicht in die Schlacht eingegriffen, aber Kassav zweifelte nicht daran, dass seine Hangars mit Vectors gefüllt waren … und das Letzte, was sie jetzt brauchten, waren mehr Sternjäger.

»Irgendwas Neues vom Auge?«, rief er.

»Noch immer keine Antwort, Boss«, antwortete der Nasse Dud.

Alles andere hätte Kassav auch überrascht. Diesmal würde niemand ihnen eine wundersame Fluchtroute in ihren Pfadantrieb hochladen. Falls er zu Marchion Ro zurückkehren und dem selbstgefälligen Mistkerl einen Dolch in sein schwarzes Herz rammen wollte, dann musste er schon selbst einen Weg finden.

Während er weiter das Display anstarrte, überlegte er, welchen Befehl er geben sollte. Die Republik war dabei, seinen Orkanzug zu dezimieren; ihre koordinierten Angriffe waren unglaublich effektiv gegen die ungeordneten Nihil, wo jeder Pilot sein eigener Meister war und kämpfte, wie immer es ihm gerade gefiel. Die meisten Nihil stürzten sich in Zweikämpfe mit Sternjägern – jeder von ihnen wollte ein Schiff der Republik abschießen, um sich einen Namen zu machen. Das war ihre Hauptmotivation: Sie wollten etwas, womit sie in der Großen Halle angeben konnten. Aber gegen ausgebildetes Militär …

Das ist es!

Er öffnete den flottenweiten Kommkanal.

»Meine Nihil, hier spricht euer Orkan. Ihr macht diesen Narren von der Republik wirklich die Hölle heiß! Ich bin beeindruckt. Aber wenn sie den Schwanz einziehen und davonhumpeln, sollen sie Todesangst davor haben, sich je wieder mit uns anzulegen. Also hört auf, nach ihren Regeln zu kämpfen. Lehrt sie eine Lektion.

Kämpft wie die Nihil«, dröhnte er. »Kämpft *frei*, kämpft *schmutzig*.«

Er grinste. »Zeigt ihnen, wer wir sind. Das ist ein Befehl.«

Es dauerte einen Moment, bis die Bedeutung dieser Worte durchsickerte, aber dann öffnete eines der größeren Schiffe – ein umgebauter Frachter, der nur unwesentlich kleiner war als die *New Elite* selbst – seine hinteren Frachttüren. Ein dickflüssiger grauer Schleim ergoss sich nach draußen, während das Schiff beschleunigte. Kassav wusste noch, dass es ein Gefahrenstofftransporter gewesen war, bevor die Nihil es gestohlen hatten, und die neue Mannschaft hatte sich offenbar nie die Mühe gemacht, den Frachtraum zu leeren. Bis jetzt.

Der Schleim breitete sich aus wie eine giftige Wolke, und die Sternjäger der Republik, die den Frachter verfolgt hatten, rasten geradewegs hinein. Zwei Skywings verloren die Kontrolle und kollidierten in einer Explosion ... woraufhin sich die gesamte Wolke entzündete. Flammen züngelten in alle Richtungen davon wie eine Sturmwelle, und jedes Republikschiff, das mit dem Schleim in Berührung gekommen war, wurde von dem Inferno erfasst. Sie explodierten ebenfalls, eins nach dem anderen, eine Kettenreaktion von grellen Feuerbällen. Kassav hatte selten so etwas Schönes gesehen.

Ja, so kämpfte man schmutzig.

Der Rest der Nihil sah es ebenfalls, und sie hörten auf, den direkten Zweikampf mit dem Feind zu suchen. Ein Schiff *landete* auf einem der größeren republikanischen Langträger, dann richtete es seine Steuerdüsen senkrecht nach unten und brannte sich durch die Hülle, bis zum Brückendeck hinab. Eine andere Nihil-Mannschaft benutzte den Harpunentrick, der bei Ab Dalis so gut funktioniert hatte, und riss einen der fünf Kreuzer auseinander.

Aber sie erlitten auch weiterhin Verluste. Eines ihrer größeren Schiffe, eine leichte Korvette, war von einer ganzen Gruppe von Langträgern attackiert worden, und jetzt erloschen ihre Triebwerke, sodass sie leblos dahinzudriften begann.

Verdammt, dachte Kassav. *Das Schiff hätte ich noch gebrauchen können.*

Mehrere Rettungskapseln schossen von der waidwunden Nihil-Korvette fort, und die Langträger brachen den Angriff sofort ab, um sie mit magnetischen Klammern einzufangen. Diese zogen sie auf den nächsten republikanischen Kreuzer zu und verschwanden mit den Kapseln im Schlepp in den Hangarbuchten des Großschiffes.

Kurz plagte Kassav die Sorge, dass diese Gefangenen der Republik alles über die Nihil und ihre Operationen verraten würden, aber dann erkannte er, dass es egal war. Ihre Lage konnte ohnehin nicht mehr schlimmer werden.

Da explodierte der Kreuzer plötzlich, eine gewaltige Explosion, die auch mehrere andere Schiffe in der Nähe zerfetzte. Fast gleichzeitig loderten die Triebwerke der vermeintlich flugunfähigen Nihil-Korvette wieder auf, und das Schiff schwenkte herum, um eine Staffel von Skywings unter Beschuss zu nehmen.

Kassav grinste, als er begriff. Die Rettungskapseln hatten keine Personen an Bord gehabt; nein, die Nihil hatten sie mit Sprengstoff vollgestopft, weil sie wussten, dass die Idioten von der Republik in ihrem törichten Großmut versuchen würden, Überlebende zu retten.

»Ha«, lachte er. »Wir gehören alle zur Republik.«

Anschließend aktivierte er wieder das Komm.

»Genau so! Schlagt ein Loch in ihre Phalanx! Gemeinsam schaffen wir es!«

Er hob die Hand, um an seinem Daumen zu nagen, wie immer, wenn er nervös war. Zu spät fiel ihm ein, dass er an dieser Hand keinen Daumen mehr hatte.

»Irgendwelche Neuigkeiten von Marchion Ro?«, fragte er den Nassen Dud.

Die langen, herabhängenden Ohren des Gungans schlackerten hin und her, als er den Kopf schüttelte.

Wie erwartet. Heute hieß es: Kassav gegen den Rest der Galaxis. Aber war es nicht immer so?

Admiral Kronara konnte kaum glauben, was er sah. Er hatte nicht erwartet, dass ein Haufen Krimineller, die sich nichts anderem als ihrem eigenen Vorteil verpflichtet fühlten, ehrenvoll kämpfen würde, aber das? Das war abscheulich.

Eines der größten Nihil-Schiffe hatte seine giftigen Reaktorabfälle ausgestoßen und sie in einem unsichtbaren, radioaktiven Schweif hinter sich hergezogen, welcher nicht nur die Sensoren störte, sondern auch alle Maschinen erfasste, die hindurchflogen. Damit verdammten die Nihil diese Piloten zu einem langsamen, qualvollen Tod, es sei denn, sie wurden sofort in medizinische Notfalleinrichtungen gebracht.

Und einige ihrer Schiffe wird es zwangsläufig auch erwischen, dachte Kronara. *Sie töten ihre eigenen Leute.*

Doch das schien den Nihil egal zu sein. Wie ihnen alles egal zu sein schien. Das Einzige, was sie interessierte, war, möglichst viel Schaden anzurichten.

Und diese Strategie machte sich für sie bezahlt. Kronara hatte zwei seiner *Pacifier*-Kreuzer verloren – die *Marillion* von Alderaan und die *Yekkabird* von Corellia mitsamt ihrer Mannschaft –, dazu mehrere Langträger und fast die Hälfte seiner Skywing-Sternjäger.

Es war nicht so, als würden die Nihil gewinnen. Sie kämpften vollkommen offensiv, ohne jedes defensives Verständnis, und folglich verloren sie beständig Schiffe … aber es war auch nicht so, als würden sie verlieren. Dieser Wahnsinn musste enden. Es war Zeit, schwere Geschütze aufzufahren.

Admiral Kronara warf einen Blick auf die Displays, um zu sehen, wie weit sich die kleine eriaduanische Flottille dem Schlachtfeld inzwischen genähert hatte.

Nicht nahe genug, dachte er.

»Ich will mit der *Ataraxia* sprechen«, rief er seinem Kommunikationsoffizier zu.

Ein paar Sekunden später füllte Meisterin Jora Mallis Stimme die Brücke. »Admiral, wie kann ich helfen?«

»Die Nihil setzen unorthodoxe Taktiken ein. Wirklich schmutzige Tricks. Wir können sie schlagen, aber die RVK-Piloten wurden nicht für solche Situationen ausgebildet. Die Schlacht wird sich hinziehen, und wir werden viele Verluste erleiden. Falls Ihr und Eure Mitstreiter …«

Die Jedi stimmte zu, noch bevor er den Satz beendet hatte. »Wir werden sehen, was wir tun können, Admiral. Die Macht ist in der Schlacht ein mächtiger Verbündeter.«

»Wir würden Eure Unterstützung wirklich zu schätzen wissen«, schob er nach.

»Natürlich.« Damit beendete sie die Übertragung.

Jora Malli schritt gemeinsam mit Sskeer durch den Haupthangar der *Ataraxia* und sprach in ihr Komm.

»Avar, wir werden mit ein paar Vector-Staffeln starten. Die Piloten der Republik brauchen unsere Hilfe, um die Nihil zu neutralisieren, bevor die Lage da draußen noch schlimmer wird. Könnt Ihr uns alle miteinander verbinden, um die Aufgabe einfacher zu machen?«

»Ja«, antwortete Avar Kriss. »Ich kann das Lied der Macht bereits hören.«

Jora wusste, dass Avar die Macht als Musik interpretierte. Für sie selbst war die Macht … einfach nur die Macht. Aber an der Effektivität von Meisterin Kriss' Fähigkeiten ließ sich nicht rütteln.

Um sie herum eilten zahlreiche weitere Jedi zu ihren Vectors, während der Teil der Mannschaft, der nicht zum Orden gehörte, die schlanken Sternjäger betankte und startklar machte. Jora sah Elzar Mann und seinen Freund Stellan Bios, Nib Assek und ihren Wookiee-Padawan Burryaga, den Ithorianer Mikkel Sutmani – der Teil jener unglückseligen Mission gewesen war, durch welche sie Te'Ami verloren hatten … Allesamt gute Piloten. Die würden sie auch brauchen. Jora hatte sich die taktischen Daten der Schlacht angesehen, und die Nihil-Schiffe schienen zu allem bereit, um ihre Feinde zu zerstören oder ihnen zu schaden.

»Seid Ihr bereit, alter Freund?«, fragte sie Sskeer, als sie sich ihren eigenen Vectors näherten.

»Ihr solltet auf der Starlight-Station sein«, zischte der trandoshanische Jedi. »Ihr solltet Euch um Lieferpläne und aufmüpfige Jünglinge kümmern, anstatt den Angriff auf eine Bande von Piraten anzuführen. Lasst mich allein gehen – es gibt keinen Grund, warum Ihr mitkommen müsstet.«

»Man kann im Bett ebenso sterben wie auf dem Schlachtfeld«, erklärte sie, während sie bereits ins Cockpit ihres Sternjägers kletterte.

»Das ist Unsinn«, protestierte Sskeer, bevor er eine Atemmaske über seine breite Schnauze stülpte und auf seinem Pilotensitz nach hinten rutschte. »Wie wäre es, wenn wir uns einfach beide darauf einigen, heute nicht zu sterben.«

»Abgemacht«, sagte sie noch, dann schloss sich die Cockpithaube.

Jora nahm ihr Lichtschwert – einen goldenen Zylinder mit gekrümmter Parierstange aus Platin, die sich wie zwei Flügel nach unten wölbte – und platzierte es auf dem Aktivierungsfeld der Instrumentenkonsole. Die Zielsysteme erstrahlten in hellem Weiß, der Farbe ihrer Klinge. Als sie den Kyberkristall aus einem Sith-Speer geborgen hatte, war er noch blutrot gewesen, aber dann hatte sie ihn von all dem Zorn und Schmerz gereinigt, welche der ursprüngliche Besitzer hineingegossen hatte. Das war für sie in erster Linie eine intellektuelle Herausforderung gewesen; sie hatte herausfinden wollen, wie so etwas funktionierte. Aber als sie mit dem Prozess fertig war, hatte sie eine enge Verbindung mit dem Kristall gespürt und beschlossen, ihn in ihre eigene Waffe einzusetzen.

Sie drückte die Steuerknüppel nach vorne und raste aus dem Hangar in den offenen Raum hinaus.

Rings um sie schossen weitere Vectors aus den Hangars der *Ataraxia.*

»Zu mir, Jedi«, sagte Jora Malli, und die Schiffe neigten sich ihr entgegen, um eine enge Formation zu bilden – so eng, wie nur Jedi-Schiffe dazu imstande waren.

Es war ein perfekter Schwarmflug, und das Einzige, was schöner war, als ihn zu bestaunen, war, ein aktiver Teil davon sein.

Die Schlacht wartete darauf, von ihnen entschieden zu werden.

Die eriaduanischen Schiffe waren langsam, aber stetig näher gekommen und jetzt soweit heran, dass man sie mit bloßem Auge sehen konnte. Das bedeutete, dass sie auch in Waffenreichweite waren, trotzdem hatten sie das Feuer noch nicht eröffnet. Kassav glaubte, den Grund dafür zu kennen. Die Jäger wollten ihre Beute in Angst versetzen, bevor sie sie töteten.

Die Schlacht war eine Sache, aber das Warten … das war pure Folter.

Die Schiffe der Eriaduaner waren alle lang und schlank wie eine Messerklinge, und genauso schnitten sie auch durch das Vakuum, während sie auf die Nihil zukamen.

»Ein Drittel unserer Schiffe soll sich um die Eriadu-Kreuzer kümmern«, lautete Kassavs gegrollter Befehl an den Nassen Dud. »Wir müssen sie schnellstmöglich ausschalten.«

»Alles klar, Boss«, nickte Dud.

Er klang unsicher, aber Kassav machte ihm keinen Vorwurf. Er war selbst unsicher. Sie hatten fast die Hälfte der Langträger und Sternjäger ausgeschaltet, aber nun griffen die Jedi in den Kampf ein, und sie entsandten ihre verfluchten kleinen Vectors zu Dutzenden. Aber sollten sie nur. Jedi konnten ebenso sterben wie alle anderen Wesen.

Leider gingen den Nihil allmählich die Tricks aus, und die Republik reagierte auf ihre schmutzigen Taktiken, indem sie den Schwerpunkt mehr und mehr auf ihre schweren Kanonen verlagerte. Es war Zeit zu verschwinden. Was Kassav jetzt wirklich brauchen könnte, wäre ein Pfad, aber das war leider …

»Kassav!«, rief der Nasse Dud, und eine ganz neue Emotion schwang in seinen Worten mit: Hoffnung. »Marchion Ro hat sich gemeldet.«

Und schon ertönte die Stimme des Auges in Kassavs Maske.

»Hallo, Kassav. Steckt ihr da draußen in Schwierigkeiten?«

Als ob du das nicht genau wüsstest, dachte Kassav.

»Ja«, sagte er. »Wir haben hier einen Kampfverband der Republik, einen Haufen Jedi und sogar mehrere Schiffe von Eriadu.

Als hätten sie uns einen Hinterhalt gelegt. Ich weiß, wir sollen diesen Flugschreiber zerstören, aber wir könnten jetzt wirklich einen Pfad gebrauchen, um von hier zu verschwinden. Die setzen uns schwer zu, Marchion. Mein ganzer Orkanzug ist in Gefahr.«

»Es sollten eigentlich nur ein paar Transporter sein«, erwiderte Marchion Ro. »Keine Ahnung, wie das passieren konnte. Aber ich werde euch einen Pfad schicken. Haltet einfach durch. Ich möchte auch ein paar Worte an deinen Orkanzug richten. Als ihr Auge.«

»Schön, schön, aber wie lange wird es dauern, bis du einen Pfad ...«

Die Verbindung wurde unterbrochen. Kassav wünschte, er könnte sich an dem Kommsignal entlanghangeln – nicht um von hier zu fliehen, sondern um Marchion Ro zu finden und ihn auf die brutalste Weise zu töten, die er sich nur erträumen konnte.

Der Nasse Dud hob den Kopf.

»Eine weitere Nachricht vom Auge«, meldete er. »Alle unsere Schiffe empfangen sie.«

»Stell sie durch«, befahl Kassav.

Der Trümmerpunk, der noch immer aus den Brückenlautsprechern schrillte, wurde automatisch leiser, als Marchion Ros Stimme durch die *New Elite* und die anderen Schiffe der Nihil-Flotte hallte.

»Ich bin das Auge der Nihil, und ich sehe die Schlacht, die ihr schlagt. Ich sehe die Republik, die uns unsere Freiheit rauben will, unsere hart verdienten Credits ... unsere Lebensart! Sie wollen euch tot sehen, nur weil ihr lebt. Nur weil ihr einen Pfad beschreitet, den sie nicht kontrollieren.

Wer sind sie, dass sie uns vorschreiben wollen, wie wir zu leben haben? Wer sind sie, dass sie in unser Territorium kommen und versuchen, uns auszulöschen? Die Republik. Die Jedi. Was gibt ihnen das *Recht* dazu?«

Kassav sah sich auf der Brücke um. Dellex, Gravhan, der Nasse Dud und die anderen – sie hatten alle in ihren Aufgaben innegehalten und saßen ganz still, während sie Marchion Ros Worten lauschten.

Mit einem Mal überkam ihn ein schlechtes Gefühl. Ein ganz schlechtes Gefühl.

»Ich werde nicht zulassen, dass sie Erfolg haben«, fuhr Marchion Ro fort. »Ich habe mich den Nihil verschrieben, und der Freiheit, an die wir alle glauben. Ich bin das Auge, und ich werde euch geben, was ihr braucht, um unsere Feinde zu zerschmettern. Hier sind die Kampfpfade, meine Freunde. Mit ihnen ...«

Es folgte eine Pause, in der alle den Atem anhielten. Kassav wusste, dass jeder seiner Leute verzweifelt auf Marchion Ros nächste Worte wartete.

»... könnt ihr nicht verlieren.«

Eine seltsame, neue Energie ließ die *New Elite* bis ins Innerste vibrieren.

»Kassav ... der Pfadantrieb ... irgendetwas passiert da!«

Sskeer flog in perfektem Einklang mit dem Schwarm. Was immer Avar Kriss an Bord der *Ataraxia* tat, es verstärkte seine Verbindung mit den anderen Jedi um ein Vielfaches. Und die stärkste Verbindung von allen war die mit Jora Malli. Sie flog auf seiner Steuerbordseite, so nahe, dass ihre Flügelspitzen sich beinahe berührten.

Die Vectors hatten den Feind noch nicht erreicht, und die Nihil kämpften noch immer gegen die Langträger und Skywings der Republik. Rings um sich herum spürte Sskeer erwartungsvolle Spannung, während sich die Jedi auf die Prüfungen der Schlacht vorbereiteten.

Sein eigenes Cockpit war in grünes Licht getaucht, die Farbe seiner Lichtschwertklinge. Alles war bereit. Er würde die Republik verteidigen, seine Gefährten schützen und der Gerechtigkeit Genüge tun. Er war ein Jedi und …

Irgendetwas passierte.

Die Nihil-Schiffe … bewegten sich. Alle. Gleichzeitig. Im einen Moment waren sie noch hier, und im nächsten waren sie dort. Ihre Bewegung war nicht synchron, sie verschwanden willkürlich und tauchten ebenso willkürlich wieder auf, jedes in einer anderen Entfernung von seiner ursprünglichen Position.

Dann passierte es noch einmal, und auch diesmal gab es kein Muster, keinen Sinn. Die Nihil hüpften einfach von einem Punkt zu einem anderen und …

Sskeer spürte etwas Großes, Solides, zu nahe, um ihm auszuweichen. Es materialisierte sich in der Mitte der Jedi-Formation und löste eine Explosion aus, so gewaltig, dass sie sich jeglichem Verständnis entzog. Ein titanischer Lichtblitz begleitete das schreckliche Gefühl, dass viele der Jedi um ihn herum nicht länger da waren. Dann donnerte etwas gegen seine Cockpithaube, nein, durch sie hindurch – ein scharfes Metallstück, das in seine Schulter schnitt, seinen Körper an den Sitz nagelte und ihm den Arm direkt am Gelenk abtrennte.

Trotz des Schocks glaubte Sskeer zu wissen, was gerade geschehen war. Irgendwie sprangen die Nihil in den Hyperraum, um sofort wieder daraus zurückzufallen, nur wenige Kilometer entfernt. Eines dieser Schiffe war mitten in der Formation der Vectors aufgetaucht, und die daraus resultierende Kollision hatte eine Kettenreaktion von Zerstörung und Chaos ausgelöst.

Sskeer brüllte, aber nicht wegen der Schmerzen oder weil er seinen Arm verloren hatte – er war ein Trandoshaner, also würde die Gliedmaße im Lauf der Zeit nachwachsen. Nein, er beklagte etwas noch viel Schlimmeres.

Einer der Jedi, die er nicht länger spüren konnte … war Jora Malli.

39

ELPHRONA, NIEDRIGER ORBIT

Loden riss seinen Vector nach oben, fort von dem flügellahmen Nihil-Schiff, und drückte sein Lichtschwert auf das Kontrollfeld, um die Waffensysteme zu aktivieren. Gleichzeitig fuhr er die Schilde hoch, auch wenn sie nur ein paar Treffer von dieser Armada aushalten würden, die da gerade aus dem Nichts aufgetaucht war.

Die beste Lösung war also, nicht getroffen zu werden.

»Indeera!«, rief er, die Augen auf das Display an seiner Konsole gerichtet, seine Sinne in die Macht ausgestreckt, um mehr über die Masse von Nihil-Schiffen vor ihm herauszufinden.

Einen kurzen Moment lang geschah nichts, als müsste die Flotte erst zu einer kollektiven Entscheidung gelangen ... dann eröffnete sie das Feuer. Von überall her zuckten Lichtblitze heran. Loden zog seine Maschine nach unten und ging in einen Spiralflug über, um ein möglichst schwer zu treffendes Ziel abzugeben. Doch bei dieser Kanonade war es unausweichlich, dass er früher oder später in einen Schuss hineinflog, wenn er versuchte, einem anderen auszuweichen. Die Nihil müssten nicht mal sonderlich gute Schützen sein.

Wenn man in einer Situation wie dieser zu viel nachdachte,

stand man sich nur selbst im Weg. Also leerte er seinen Geist und gab sich der Macht hin; sie würde nun seine Bewegungen steuern. Er war nicht sicher – niemand konnte je sicher sein –, aber er glaubte, dass seine Zeit zu sterben noch nicht gekommen war.

Aber dann traf ein Laserstrahl seine vorderen Schilde, und mit einem Mal war er sich nicht mehr so sicher.

»Ja, Loden«, meldete sich Indeera. »Was passiert da draußen?«

»Eine Nihil-Flotte ist gerade aus dem Hyperraum aufgetaucht, und sie machen keinen sonderlich fröhlichen Eindruck«, erklärte er.

»Hier? Das kann nicht sein.«

»Dann sagt ihnen das doch bitte.«

»Könnt Ihr durchhalten?«

»Fürs Erste. Ich konzentriere mich darauf, ihnen auszuweichen, aber das wird nicht mehr lange funktionieren. Wir müssen eine Lösung finden.«

Eine kurze Pause, dann: »Sie feuern nicht auf dieses Schiff. Oder auf meinen Vector.«

»Ich weiß. Sie wollen vermutlich sichergehen, dass ihren Geiseln nichts geschieht«, sagte Loden. Er feuerte selbst ein paar Schüsse ab, und ein kleiner Nihil-Sternjäger explodierte.

»Wer sind diese Blythes? Warum sind sie so wertvoll?«

»Macht das denn einen Unterschied?«

»Nein … aber ich kann nur einen von ihnen in meinem Vector mitnehmen, Loden. Der Vater will, dass ich seinen Sohn rette, aber selbst falls ich es mit ihm an Bord meines Vector schaffe … ich weiß nicht, wie wir an den Nihil vorbeikommen sollen.«

»Nimm den Sohn. Ich decke Euren Rückzug, dann hole ich den Vater und folge Euch zurück nach Elphrona. Der planetare

Sicherheitsdient kann vielleicht eine einzelne Plündererbande ignorieren, aber wenn eine ganze Invasionsflotte auftaucht, dann *müssen* sie etwas unternehmen.«

»In Ordnung … Aber Loden … wie wollt Ihr das anstellen?«

Er rollte seinen Jäger auf die Seite und feuerte erneut. Diesmal ging seine Salve daneben, aber zumindest lebte er noch, um einen weiteren Angriff zu planen.

»Ähm«, machte er. »Ich werde mich vermutlich einfach auf die Macht verlassen.«

Keine Reaktion von Indeera. Loden lachte.

»Mir passiert schon nichts. Oder vielleicht doch. Aber ich werde auf jeden Fall mein Bestes geben. Tut mir nur den Gefallen und lasst die Luftschleuse offen, wenn Ihr von Bord springt, Indeera.«

»Das klingt, als hättet Ihr doch einen Plan.«

»Ich würde es nicht einen Plan nennen. Mehr eine Aneinanderreihung von Dingen, die unmöglich funktionieren können. Mal sehen, wie weit ich damit komme.«

Er flog direkt auf die größte Nihil-Korvette zu und wich dabei dem Feuer der neun oder zehn kleineren Schiffe aus, die hinter ihm herjagten. Schon bald mussten sie ihren Beschuss einstellen, um nicht ihr eigenes Flaggschiff zu treffen. Natürlich eröffnete dafür die Korvette das Feuer, aber einem Feind konnte man leichter ausweichen als zehn.

»Mir läuft hier die Zeit davon, Indeera. Wir müssen uns beeilen. Seid Ihr bereit?«

»Bereit«, bestätigte sie.

»Dann los!«, rief Loden.

Er verlangsamte seine Atmung und griff in die Macht hinaus. Gleichzeitig löste er die Hände vom Steuerknüppel, bis nur noch seine Fingerspitzen auf dem Plastikret lagen. Die Steuerung eines Vectors reagierte generell schon auf die kleinste Berührung – und er hatte sein Schiff ganz besonders reaktionsempfindlich eingestellt. Wie nannte Bell den Vector gleich noch? Richtig, die *Nova*.

Loden hatte gehört, wie sein Padawan – nein, sein *früherer* Padawan; er würde schon bald ein Jedi-Ritter sein – Ember einmal von seinem geheimen Namen für den Sternjäger erzählt hatte. Vielleicht machte er ein Geheimnis daraus, weil er es für dumm oder kindisch hielt. Aber Loden gefiel es. Vermutlich hätte er es Bell sagen sollen. Nun, er würde es nachholen, sobald er hier fertig war.

Also gut, Nova, *Zeit, deinem Namen gerecht zu werden,* dachte er.

Er flog das Schiff mit den Händen und bediente die Waffen mit der Macht. Und während er das tat, bewegte er sich mit so halsbrecherischen Manövern durch das Schlachtfeld, dass kein Nihil seine nächste Kursänderung vorausahnen oder ihn anvisieren konnte – oder noch rechtzeitig ausweichen konnte, wenn er beschloss, seine Kanonen einzusetzen.

Die *Nova* war ein Blütenblatt aus Feuer und Laserstrahlen, die durch die Nihil-Flotte wirbelten. Jeder ihrer Schüsse fand ein Ziel, jede Bewegung schützte ihn vor feindlichem Feuer oder brachte ihn selbst in Schussposition.

Die Nihil zogen sich aus ihrer offensiven Aufstellung in eine erschrockene Defensivformation zurück. Der Ring aus Schiffen um Loden herum löste sich zusehends auf, einerseits weil sie auf Distanz zu ihm gingen, andererseits weil er weiterhin stetig Jäger und Transporter abschoss. Allein das Flaggschiff hielt seine Position; vermutlich wusste die Mannschaft, dass die Laser des Vectors ihren Schilden nichts anhaben konnten.

Vage nahm Loden wahr, dass Indeeras Maschine sich aus dem

Schatten des Geiselnehmerschiffes gelöst hatte und durch eine Lücke in dem feindlichen Sperrgürtel schlüpfte. Wie er erwartet hatte, nahm keiner der Nihil die Verfolgung auf. Sicher hatten sie den Kommspruch zwischen Loden und Indeera abgehört, oder sie hatten Zugriff auf die Bordkameras des beschädigten Transporters. In jedem Fall wussten sie, wen Indeera mitgenommen hatte: den Sohn.

Aber den wollten sie nicht. Sie wollten den Vater, aus welchem Grund auch immer.

Und es war Lodens Aufgabe, ihnen einen Strich durch die Rechnung zu machen.

Er wusste, wie er an Bord des Schiffes gelangen konnte, aber wie es danach weitergehen sollte ... da war er nicht so sicher. Selbst im besten Fall schien es unwahrscheinlich, dass er einen Ausweg aus dieser Situation fand.

Andererseits, wie wahrscheinlich war es gewesen, dass er mit einem einzelnen Vector eine ganze Flotte in Schach halten würde, bis seine Ordensschwester entkommen konnte? Und das hatte er schließlich auch geschafft.

Loden wendete seinen Jäger und raste dem beschädigten Nihil-Transporter entgegen, wo die letzte der Blythe-Geiseln wartete.

Sobald er nahe genug war, riss er die Steuerknüppel hart nach hinten, und die G-Kräfte zerrten an ihm, als das Schiff innerhalb eines Wimpernschlags fast vollständig zum Stillstand kam.

In einer Reihe fließender, durch die Macht beschleunigter Bewegungen nahm er sein Lichtschwert von der Konsole – es fühlte sich heiß in seiner Hand an – und löste sowohl seine Sicherheitsgurte als auch die Notverschlüsse der Cockpithaube, dann stieß er sich ab und schnellte aus dem Sternjäger in den leeren Raum hinaus.

Der Sprung war perfekt gezielt. Nun, beinahe perfekt ... Loden schaffte es in die offene Luftschleuse des ramponierten Nihil-Schiffes, aber er stieß mit dem Bein gegen den Rand der Luke, und so schnell, wie er sich bewegte, war es, als hätte jemand mit einem Vorschlaghammer auf sein Schienbein geschlagen. Der Knochen brach, und einen Moment lang spürte Loden gar nichts. Aber nur einen Moment lang.

Dann: weiß glühender Schmerz.

Er prallte gegen die innere Tür der Schleuse, aber zumindest diesen Aufprall hatte er vorhergesehen, und er rollte sich herum, um den Zusammenstoß mit seiner Schulter abzufedern. Danach schlug er auf die Kontrollkonsole an der Wand, und die äußere Luke schnappte nach unten. Eine Sekunde später füllte sich die winzige Kammer mit Sauerstoff.

Loden nahm sich einen Moment, um sein verletztes Bein zu betasten. Es war in einem bizarren Winkel abgeknickt, und der Knochen war sauber durchtrennt. Nicht gut.

Durch das kleine Bullauge der äußeren Luke sah er einen Lichtblitz, und er wusste, dass die Nihil gerade seinen Vector zerstört hatten.

Auf Wiedersehen, Nova, dachte er. *Du warst ein wunderbares Schiff.*

Aber damit war zu rechnen gewesen. Im Gegensatz zu seinem Bein. Das war ... nicht ideal.

Loden führte ein paar Atemübungen zur Schmerzbetäubung durch, und auch wenn ein Teil von ihm weiterhin spürte, dass sein Körper schreckliche Schmerzen litt, konnte er sich doch weitgehend von diesen Qualen abschotten. Ewig würde das natürlich nicht funktionieren, aber hoffentlich lange genug, bis diese Krise überstanden wäre.

Ein leises Summen zeigte an, dass die Atmosphäre in der

Schleuse an den Rest des Schiffes angeglichen war, und die innere Luke glitt nach oben. Loden stemmte sich auf die Beine und humpelte nach drinnen – keine Jedi-Übung war stark genug, dass er sein gebrochenes Bein voll belasten könnte.

Das Erste, was ihm auffiel, waren die Leichen. Mehrere Nihil, alle mit den unverkennbaren Spuren einer Lichtschwertklinge auf ihren Rüstungen, alle mit Blastern in den Händen. Sie hatten ihren Tod selbst heraufbeschworen. Indeera hatte nur sich und die Geiseln verteidigt. Unter den Toten erblickte er auch die Pilotin – die unmaskierte Frau, deren Geist er berührt hatte.

Das Zweite, was ihm auffiel, war ein Mann mit weiten Augen und einer Blasterpistole in den zitternden Fingern. Er sah nicht aus wie ein Nihil, eher wie ein Erzsucher. Das letzte Mitglied der Blythe-Familie.

»Ihr seid der andere Jedi«, sagte der Mann.

»Und Sie sind der Vater«, erwiderte Loden. Seine Stimme klang ein wenig zittrig.

»Ottoh Blythe«, stellte der Mann sich vor. »Danke, dass Ihr meine Familie gerettet habt. Falls ich je irgendetwas für Euch tun kann …«

»Um ehrlich zu sein, könnte ich jetzt gerade ein wenig Hilfe brauchen«, gestand Loden, wobei er auf sein Bein deutete.

Ottoh senkte den Blick, und als er erkannte, was geschehen war, schob er mit einem Nicken die Pistole unter seinen Gürtel und ging zu dem quadratischen Metallkasten hinüber, der an der Wand der Frachtkabine befestigt war. Als er ihn aufklappte, kam dahinter ein Notfall-Medipack zum Vorschein.

Blythe nahm einen Injektor heraus. »Das kann zwar kein gebrochenes Bein heilen, aber es hilft Euch zu vergessen, dass Ihr ein gebrochenes Bein habt. Zumindest eine Zeit lang.«

»Ja, bitte«, sagte Loden.

Er nahm den Injektor entgegen, presste ihn gegen sein Bein und drückte auf den Aktivator. Ein leises Zischen, und der Schmerz ließ augenblicklich nach. Jetzt konnte er seine Sinne aus der Macht zurückziehen und seine Kraftreserven für die Herausforderungen aufsparen, die noch vor ihnen lagen.

»Besser?«, fragte Ottoh.

»Gut genug, um diese Sache durchzustehen.«

»Sie haben Euer Schiff abgeschossen«, informierte Ottoh ihn. »Ich habe es durch das Bullauge gesehen. Wie sollen wir jetzt entkommen?«

»Wir sind doch auf einem Schiff, oder etwa nicht?« Loden lächelte. »Und sie schießen nicht darauf. Sie wollen ihre Geisel nicht umbringen, was bedeutet, dass wir einen Vorteil haben. Als Erstes sollten wir versuchen, zu verhandeln. Ich kenne da ein paar Tricks, die ich an ihrem Kommandanten ausprobieren kann, und falls sie funktionieren ...«

Ein markerschütternd lauter Knall hallte durch das Schiff, und dann tauchte plötzlich etwas Neues in dem Frachtabteil auf. Es war das vordere Ende eines Torpedos, mit scharfen Kanten versehen, damit er eine Schiffshülle durchstoßen konnte. Loden wollte ihn schon mit der Macht nach draußen ins All zurückstoßen, aber dann hielt er inne. Er war nicht sicher, ob das Schiff mit Schilden gegen das Vakuum geschützt war. Ein Problem zu lösen, könnte also ein neues auslösen. Nicht dass es einen Unterschied machen würde, wenn der Torpedo hochging. Wie hatte er sich nur so verschätzen können? Na ja, immerhin hatten sie drei der vier Familienmitglieder gerettet, und Indeera und Bell und Porter Engle waren auch in Sicherheit. Falls seine Zeit gekommen war ...

Mehrere Öffnungen an der Spitze des Torpedos schnappten auf, und Gas zischte heraus, blaugrau wie Rauch oder eine

Gewitterwolke. Einen Herzschlag später erfüllte es bereits das gesamte Frachtabteil. Jedi konnten extrem lange die Luft anhalten, aber das hier geschah so schnell, dass er keine Zeit mehr hatte, um Luft zu *holen.*

Loden sah, wie Ottoh Blythe auf die Knie sank. Seine Augen rollten nach oben, dann kippte er vornüber auf das Deck. Und Lodens Sicht begann auch schon zu verschwimmen.

Er griff in die Macht hinaus. Falls er den Torpedo fortstieß, würde das Gift vielleicht aus dem Innenraum entweichen. Sicher, jeglicher Sauerstoff würde ebenfalls entweichen, und er und Ottoh Blythe würden sich im Vakuum wiederfinden, aber ein Problem nach dem anderen.

Er schaffte es nicht, sich zu konzentrieren. Die Macht entglitt seinen Sinnen.

Loden fiel auf die Seite. Der auflodernde Schmerz in seinem Bein half, seinen Geist zumindest einen Moment lang zu klären, aber er konnte noch immer nicht denken; alles, was er tun konnte, war, sich dumm vorzukommen.

Die Luftschleuse öffnete sich, und ein Windhauch fegte durch den Frachtraum, als Luft nach draußen gesaugt wurde, aber nicht genug, um die Gaswolke aufzulösen. Sie lichtete sich nur ein wenig um die Schleuse herum, sodass Loden Greatstorm die Monster erkennen konnte, die an Bord kamen.

Die Nihil.

Lourna Dee betrat den Frachtraum, gefolgt von einer Handvoll ihrer besten Stürme. Alle trugen ihre Masken, die in dieser Situation nicht nur ihre Identität verbargen und Furcht einflößten, sondern auch das Nervengift ausfilterten. Das Zeug war eine spezielle Mischung, von der ihr ein Sträfling auf Nar Shaddaa erzählt hatte. Lourna hatte die Rezeptur nie mit den anderen

Orkanen geteilt – schließlich brauchte jedes Mädchen ein paar Geheimnisse, oder?

Der graue Nebel wogte und wirbelte, lichtete und verdichtete sich, aber sie konnte erkennen, wo der Jedi und Blythe bewusstlos auf dem Deck zusammengebrochen waren.

Das sollte reichen, um von Marchion Ros Abschussliste zu kommen, dachte sie. *Mission erfüllt.*

Sie fragte sich, wie es wohl Kassav bei seiner Mission erging. Würde er es ebenfalls schaffen, sich zu rehabilitieren.

Hoffentlich nicht.

»Nehmt sie beide mit«, sagte Lourna Dee.

40

IM TIEFEN RAUM, KUR-NEBEL

»Wie machen sie das?«, rief Admiral Kronara, als die grünen Lichter, die seine Sternjäger darstellten, überall auf dem taktischen Display erloschen – die Zahl der blauen Lichter, die die Jedi darstellten, nahm ebenfalls rapide ab.

Die Nihil-Schiffe – mit Ausnahme des Großkampfschiffes – taten etwas … Unerklärliches. Sie verschwanden vom Schlachtfeld und tauchten einen Moment später an einer anderen Stelle wieder auf, als würden sie sich hin und her teleportieren. Die Piloten der Republik kamen da nicht mit, und die Nihil nutzten diesen Vorteil, um die Langträger und Skywings einen nach dem anderen auszuschalten.

Doch die Bewegungen des Feindes schienen nicht wirklich kontrolliert zu sein. Oft genug tauchten sie direkt im Flugvektor von republikanischen oder Jedi-Maschinen auf … oder gar auf dem ihrer eigenen Schiffe. Das Resultat war völliges Chaos. Explosives, mörderisches Chaos.

»Tarnfelder?«, fragte Kronara.

»Unwahrscheinlich, Admiral«, antwortete einer seiner Brückenoffiziere. »Laut den Scans springen sie durch den Hyperraum. Winzig kleine Sprünge, manchmal nur ein oder zwei Kilometer.«

»Aber das ist unmöglich«, protestierte er.

Der Offizier war schlau genug, nichts darauf zu erwidern. Offensichtlich *war* es möglich – die verdammten Plünderer taten es ja gerade, direkt vor ihren Augen.

Der nächste Langträger explodierte, und mit ihm starben drei weitere gute Männer und Frauen, wenn nicht sogar mehr – ein paar dieser Schiffe hatten bis zu vierundzwanzig Wesen an Bord.

Wie konnten sie so kämpfen? Es war, als würde Kronaras Flotte dem Chaos selbst gegenüberstehen. Als müssten sie es … mit einem Sturm aufnehmen.

Avar Kriss schwebte auf der Brücke der *Ataraxia* in der Luft und lauschte dem Lied der Macht. Sie versuchte, sich nur auf die Noten der Nihil zu konzentrieren, während sie in den Hyperraum und wieder daraus hervorsprangen – eine bizarre Taktik, welche die Plünderer mit tödlicher Wirkung anwandten. Dennoch waren sie nur eine Stimme in der großen Melodie der Schlacht, und es war schwer, diese Stimme – ein abgehacktes Stakkato, das wieder und wieder einsetzte und abbrach – zu isolieren.

Avar zog die Brauen zusammen.

Die Tatsache, dass das Echo der verlorenen Jedi durch ihren Geist hallte, machte die Aufgabe nicht leichter. Die große Jora Malli war fort, und viele andere mit ihr. Es war augenscheinlich ein Unfall gewesen, unmöglich vorherzusehen, aber das machte es nicht weniger tragisch.

Da.

Jetzt hatte sie es. Die Macht zeigte ihr das Lied der Nihil: wie sie flogen, wie sie kämpften. Sie konnte es deutlich hören, und es verriet ihr nicht nur, was gerade geschah – es deutete auch an, was noch geschehen würde.

Avar rief den Jedi in den Vectors zu, die durch ihr mentales Netzwerk mit ihr und miteinander verbunden waren. Sie half ihnen zu hören, was sie selbst gehört hatte, damit auch sie voraussagen konnten, wo die Schiffe der Nihil auftauchen würden. Es war Zeit, diesen Kampf ein für alle Mal zu beenden.

Elzar Mann wirbelte mit seinem Vector durch die Schlacht, von einem Ziel zum nächsten, und wann immer möglich brachte er ein paar Schüsse an. Der Schwarmflug der Jedi hatte sich nach der Kollision mit dem Nihil-Schiff aufgelöst. Mehr als zehn ihrer Sternjäger waren zerstört worden, und nun wählte jeder Jedi seinen eigenen Pfad durch den Kampf.

Zum Glück war Avar noch da, eine leise Stimme in ihrem Hinterkopf, die sie zusammenhielt, ihnen half und sie führte. Elzar verstand nicht wirklich, was sie tat – die Informationen, die sie mit ihm teilte, waren zu diffus, als dass er sie bewusst erfassen konnte –, aber es wirkte. Jeder Laserstrahl aus seinen Kanonen traf ein Nihil-Schiff, oft noch im selben Moment, als es aus dem Hyperraum zurückfiel.

Abgesehen davon gefiel es ihm, Avar in seinem Kopf zu haben, ganz egal, was sie tat.

Die Nihil waren eine deutlich unangenehmere Präsenz; sie schienen ganz aus Zorn und Furcht zu bestehen. Wenn die Macht ein Meer war, in dem alles Leben schwamm, dann waren sie bizarre Kreaturen, die sich am schlammigen Grund festklammerten. Das machte sie gefährlich … aber es machte sie auch schwach.

Elzar feuerte erneut, und ein weiteres Nihil-Schiff explodierte. Dann raste er durch die Trümmerwolke, um sich ein neues Ziel zu suchen.

»Gewinnen wir?«, fragte Dellex, die an ihrer Station saß und versuchte, bei all der chaotischen Aktivität rings um die *New Elite* den Überblick zu behalten.

Kassav hatte keine Ahnung, wie er diese Frage beantworten sollte. Marchion Ros Kampfpfade – was immer das sein sollte – schienen von den Pfadantrieben seines Orkanzugs Besitz ergriffen zu haben. Sie wirbelten die Schiffe von einem Ende des Schlachtfeldes zum anderen, und alle paar Sekunden folgte ein neuer Sprung. Das machte es der Republik fast unmöglich, sie zu treffen, aber Kassav hatte keine Ahnung, ob es seinen Leuten wirklich einen Vorteil verschaffte. Die paar Kommsprüche, die sie von Stürmen und Winden erhalten hatten, spiegelten hauptsächlich Verwirrung wider, bisweilen sogar Grauen.

»Das Auge meldet sich wieder«, rief der Nasse Dud. »Auf deinem privaten Kanal.«

Marchion Ro, dachte Kassav. *Wenn ich dich in die Finger kriege ...*

Er aktivierte sein Komm, und bevor Marchion irgendetwas sagen konnte, blaffte er: »Was passiert hier?«

»Wir gewinnen«, antwortete das Auge. »Ein überfälliger Sieg. Der erste von vielen.«

»Was zur Hölle soll das bedeuten?«

»Du hast meinen Vater umgebracht, nicht wahr?«

Kassav zögerte. Nicht lange, aber vermutlich lange genug.

»Wovon redest du da, Marchion? Wir stecken hier mitten in einer Schlacht!«

»Ich kann nicht beweisen, dass du es warst«, fuhr das Auge der Nihil fort, »aber ich habe einen Verdacht. Und wenn du es nicht warst ... Nun, Lourna Dees Zeit wird noch kommen. Und Pan Eytas ebenfalls. Auf Wiedersehen, Kassav, und danke. Du und dein Orkanzug, ihr werdet die Nihil retten. Wir danken euch für euer Opfer.«

Die Verbindung wurde beendet, und Kassav blickte durch das Aussichtsfenster nach draußen. Er sah, was passierte, ebenso wie alle anderen auf der Brücke.

»Was ... tun sie da?«, stammelte Gravhan.

Die Schiffe von Kassavs Orkanzug hatten einmal mehr ihre Taktik geändert. Sie sprangen nicht länger willkürlich durch den Hyperraum, von einer Stelle zur nächsten; sie sprangen jetzt gezielt auf die Schiffe der Republik zu. Nein, nicht auf sie zu ... *in sie hinein.* Sie tauchten an denselben Koordinaten auf, wo sich gerade der Feind befand. Die Kollisionen rissen die Sternjäger und Langträger der Republik in Fetzen, und wenn die Nihil hinter den Schilden der größeren Kreuzer auftauchten, rasten sie direkt in ihre Rümpfe hinein, begleitet von einer Explosion aus Feuer und Trümmern.

»Kappt die Energieversorgung der Pfadantriebe!«, brüllte Kassav. »Sofort!«

Die *Third Horizon* erzitterte, als ein weiteres Nihil-Schiff an seiner Außenhülle zerschellte.

»Schadensbericht!«, schnappte Admiral Kronara.

Dieser Angreifer hatte denselben Trick angewandt wie schon drei weitere vor ihm; er war innerhalb der Schilde aus der Lichtgeschwindigkeit zurückgefallen.

»Hüllenschäden auf den Decks drei und vier, aber es wurden keine essenziellen Bereiche getroffen. Notfallmannschaften sind auf dem Weg.«

Er hatte noch nie von etwas Derartigem gehört. Soweit er wusste, waren die Nihil keine Fanatiker, sondern Plünderer. Was war plötzlich in sie gefahren, dass sie sich selbst auf so brutale

Weise opferten? Ihnen musste doch klar sein, dass die Republik sie schlimmstenfalls gefangen nehmen würde. Keiner von ihnen musste sterben.

»Versuchen Sie noch mal, das Flaggschiff zu kontaktieren«, befahl er. »Sagen Sie ihnen, dass wir ihre Kapitulation akzeptieren werden und dass man sie anständig behandeln wird. Es gibt keinen Grund für diesen Wahnsinn.«

Kronara war nicht sicher, wie er sich diese Schlacht vorgestellt hatte – aber ganz sicher nicht *so*. Das war ein … ein Blutbad.

Das Lied der Macht nahm einen traurigen Klang an, und Avar Kriss wollte ihm nicht länger lauschen. Nach dem, was sie fühlte, waren die Nihil zu kleinen, panischen Kreaturen geworden, eingesperrt in kleinen Käfigen, aus denen sie verzweifelt entkommen wollten. Dafür würden sie alles tun, auch wenn es ihnen schadete.

Auch wenn es sie umbrachte.

Was für eine schreckliche Verschwendung.

Sie sind wahnsinnig geworden, dachte Kronara.

Ungeachtet seines Berufs betrachtete er sich als einen Mann des Friedens. Das Klischee eines fanatischen Militärs mochte in vielen Fällen zutreffen, aber nicht auf ihn. Manchmal gab es keine Alternative zu Gewalt, sicher, aber Kronara fand, dass man die Kampfhandlungen so kurz wie möglich halten musste, mit einem Mindestmaß an Zerstörung und Tod.

Doch die Nihil … sie kämpften, obwohl sie nicht mussten. Sie starben, obwohl sie nicht mussten. Kronara hatte keine Ahnung, was ein Wesen zu solchen Selbstmordattacken treiben konnte. Verglichen mit ihrer ursprünglichen Größe waren beide Flotten inzwischen stark dezimiert, und er hatte den Großteil seiner verbliebenen Jagdmaschinen zu den Kreuzern zurückgerufen. Jetzt flogen dort draußen nur noch die Vectors der Jedi herum. Sie allein waren wendig und reaktionsschnell genug, um den Mikrosprüngen der Nihil auszuweichen.

Der Bereich vor dem Kur-Nebel hatte sich in eine langsam wachsende Trümmerwolke verwandelt – einen Friedhof. Das einzige größere Schiff, das der Feind noch hatte, war die Korvette; bislang hatte sie keine Anstalten gemacht, die selbstmörderischen Rammmanöver ihrer kleineren Mitstreiter nachzuahmen.

Jemand muss diese verrückten Monster unschädlich machen.

Kronara hasste den Gedanken, aber das änderte nichts daran, dass es stimmte.

Als wäre das ein Stichwort gewesen, ertönte eine Übertragung aus den Brückenlautsprechern der *Third Horizon*. Die Stimme war kalt, aber nicht emotionslos – nein, da loderte kontrollierter Zorn hinter ihren Worten, scharf und hart wie ein Diamantbohrer.

Es war die Kommandantin der eriaduanischen Phalanx, Gouverneurin Mural Veen.

»Admiral Kronara«, sagte sie, »wir erkennen an, dass die Republik diese Operation leitet, aber wir bitten Sie, uns das Flaggschiff der Nihil zu überlassen. Das ist eine angemessene Forderung, wenn man bedenkt, welche Verbrechen diese Kreaturen in unserem System begangen haben.«

»Na schön, Gouverneurin«, brummte Kronara. »Wie Sie wünschen.«

Er sah keinen Grund, lange darüber nachzudenken. Wenn die Eriaduaner das Schiff der Nihil entern wollten, nachdem sie gesehen hatten, wozu dieser Feind in der Lage war, dann würde er ihnen nicht im Weg stehen. Vermutlich hofften sie, dadurch so etwas wie Genugtuung zu finden.

Und sobald das Schiff gesichert war, würden sie dort hoffentlich ein paar Antworten finden. Irgendjemand an Bord musste schließlich das Sagen haben. Es gab noch so viel, was die Republik nicht über ihre Gruppe wusste, aber dringend in Erfahrung bringen musste.

Die Eriaduaner zögerten nicht. Kaum dass er ihnen die Erlaubnis erteilt hatte, schnellten ihre Schiffe wie Speere auf die Korvette der Nihil zu.

Auf Ylesia hatte Kronara einmal gesehen, wie Raubkatzen einen Reek erlegten. Was er nun miterlebte, war dem gar nicht so unähnlich. Es war keine große, klaffende Wunde, die das riesige Biest getötet hatte, sondern viele, kleine Angriffe, durch die es mehr und mehr Blut verloren hatte, bis es schließlich einfach zusammengebrochen und verendet war.

Jede Attacke der Eriaduaner zerstörte ein weiteres System der Nihil. Triebwerke, Waffen, Schilde ... eins nach dem anderen fielen sie. Zu guter Letzt war das Schiff vollkommen flugunfähig, ein dahintreibender Klumpen Metall in der Leere.

Kronara beobachtete, wie der größte der eriaduanischen Kreuzer auf die Korvette zuflog, um anzudocken.

Er beneidete die Nihil an Bord des Schiffes nicht, die bislang überlebt hatten. Er beneidete sie ganz und gar nicht.

Kassav saß im Kommandosessel auf der Brücke seines einst prächtigen Schiffes. Die Musik war verstimmt, nur Statik rauschte noch aus dem Lautsprechersystem. Der Qualm durchgebrannter Systeme hing über den Konsolen, aber seine Maske filterte den Rauch aus der Luft und ließ ihn weiterhin klar sehen.

Beispielsweise sah er das Kampfdisplay, auf dem vorhin noch

seine starke, mächtige Flotte angezeigt worden war. Jetzt waren fast alle Schiffe zerstört. Die wenigen Überlebenden kämpften zwar tapfer weiter ... aber sie hatten keine Chance. Sein Orkanzug war Geschichte. Jeder Wind hatte mehr Leute, als ihm jetzt noch blieben.

Marchion Ro und sein Vater hatten den Nihil die Pfade geschenkt. Jedes Schiff wurde seitdem mit einem Pfadantrieb ausgestattet, der direkt an den Hyperantrieb und dessen Kontrollsysteme angeschlossen war. Diese Maschine ermöglichte ihnen unglaubliche Dinge – verborgene Wege durch das Geflecht der Raumzeit zu finden, Wege zu beschreiten, auf denen kein anderes Schiff ihnen folgen konnte.

Die Pfade hatten die Nihil stark gemacht. Aber die Pfadantriebe hatten sie schwach gemacht, und Kassav wünschte, er hätte das früher erkannt. Marchion hatte einfach so die Kontrolle übernehmen und die Schiffe dorthin lenken können, wo es ihm gerade passte. Wieso? Das wusste Kassav nicht. Rache spielte sicher eine Rolle, außerdem vielleicht ein Griff nach der Macht, aber das konnte nicht alles sein. Da musste es noch etwas geben, was sich ihm entzog. Doch ganz ehrlich, was machte das jetzt noch für einen Unterschied?

Er hörte Kampfgeräusche hinter sich, und als sie verstummten, wusste er, dass auch der letzte der tausend Narren, die auf seine Führung vertraut hatten, tot war. Seine Stürme, Gravhan, Dellex und der Nasse Dud ... alle.

Kassav entschied, dass er den Eriaduanern alles erzählen würde. Vielleicht konnte er ja ein Geschäft mit ihnen machen. Darin war er gut. Es gab so viel, was er wusste – über Marchion Ro, über die Nihil. Dinge, die die Republik sicher interessierte.

Er schwenkte seinen Sessel herum und blickte zu den Eriaduanern auf. Die Mitglieder der Entermannschaft trugen alle

Kampfrüstung und standen kerzengerade vor ihm. Einmal mehr wünschte er sich, dass er einen anderen Planeten um fünfzig Millionen Credits erpresst hätte.

»Sind Sie der Kommandant dieses Schiffes?«

Ganz vorne stand eine grauhaarige, gertenschlanke Frau, und als sie zu ihm sprach, wusste Kassav, dass er diese Sache nicht überleben würde. Nicht, weil sie eine sonderlich imposante Erscheinung abgegeben hätte, oder wegen des Blasters in ihrer Hand oder wegen des Bluts, das ihre Rüstung besudelte.

Nein. Er wusste es, weil er ihre Stimme wiedererkannte. Mit ihr würde kein Geschäft zu machen sein. Trotzdem musste er es zumindest versuchen.

»Ich kann euch helfen«, sagte er. »Wir sollten reden. Wirklich. Ich bin sicher, wir kommen ins Geschäft.«

»Ich weiß, was Ihre Geschäfte wert sind, Kassav Milliko«, erwiderte Mural Veen, die Gouverneurin von Eriadu – die Frau, der er versprochen hatte, dass er ihr System retten würde, falls sie seine Forderungen erfüllte …

Und dann erschoss sie ihn.

Admiral Kronara stand wortlos auf der Brücke der *Third Horizon.* Die anderen Mannschaftsmitglieder waren ebenfalls in Schweigen verfallen.

Sie alle beobachteten das letzte Nihil-Schiff, ein kleines Angriffsvehikel, das aussah, als hätte man es aus den Überresten mehrerer Frachter zusammengeschweißt. Es war zu winzig, als dass es einem republikanischen Kreuzer der *Emissary*-Klasse irgendwelchen Schaden zufügen könnte – und doch flog es direkt in den Pfad der *Third Horizon*, woraufhin es von deren Laserbatterien ausgelöscht wurde.

Das grüne Licht des Kur-Nebels erhellte eine Szene völliger

Verwüstung. Schiffstrümmer trieben frei durch das Schlachtfeld; viele davon stammten von den Nihil, aber der RVK-Kampfverband hatte ebenfalls verheerende Verluste erlitten, vor allem da sie eigentlich nur ein kleines Scharmützel mit einem undisziplinierten Haufen von Plünderern erwartet hatten. Die Wracks von zwei *Pacifier*-Kreuzern trudelten dort draußen, ebenso die Überreste Dutzender Langträger, Skywings und Vectors – und natürlich die ihrer Piloten und Mannschaften.

Falls es irgendeinen Trost gab – und es war ein verdammt kleiner Trost –, dann, dass die Bedrohung durch die Nihil zu Ende war. Daran hatte Kronara nicht den geringsten Zweifel, während er sich umblickte.

Was immer die Nihil hier getrieben hatten, was immer ihre Ziele gewesen waren ... damit war es jetzt vorbei.

41

NIEMANDSRAUM, *GAZE ELECTRIC*

Lourna Dee betrachtete das Lichtschwert des Jedi. Es war hübsch, aber es machte sie nervös, das Ding in der Hand zu halten. Die Leute behaupteten, es hätte magische Kräfte.

Wenn mir heute Morgen jemand gesagt hätte, dass ich ein magisches Schwert in den Fingern haben würde ... dachte sie.

»Gib es mir«, sagte Marchion Ro, die Hand ausgestreckt.

Sie kam der Aufforderung bereitwillig nach, froh, das Ding wieder los zu sein. Marchion musterte den Schwertgriff, dann tippte er damit gegen das Auge in der Mitte seiner Maske.

Klack.

Klack.

»Bist du sicher, dass das eine gute Idee ist?«, fragte Lourna. »Falls das Ding losgeht ...«

»Wird es nicht.«

Klack.

Sie standen im Frachtraum der *Gaze Electric*, wo Lourna die letzte der Blythe-Geiseln und ihren gefangenen Jedi abgeliefert hatte. Die beiden waren noch immer bewusstlos, was aber nicht weiter überraschte. Sie hatte keine Lust gehabt, sich mit Jedi-Magie herumzuschlagen, darum hatte sie den beiden auf dem

Rückflug von Elphrona noch mal eine Dosis ihres Spezialgases verpasst.

»*So* geht es an«, erklärte Marchion, wobei er den Schwertgriff von sich forthielt.

Sein Finger zuckte, und die Klinge stach in die Luft hinaus. Alles um sie herum wurde in goldenes Licht getaucht.

Er schwang die Waffe ein paarmal probeweise hin und her, als wollte er herausfinden, wie sie in der Hand lag, den Kopf schräg gelegt, um dem leisen Summen zu lauschen.

»Ich denke, ich werde es behalten«, sagte er.

Lourna Dee machte vorsichtshalber einen Schritt nach hinten, auch wenn sie sich dafür hasste. Aber Marchion Ro war kein Jedi. Sie war nicht mehr sicher, was er überhaupt war. Er hatte schon immer etwas Dunkles an sich gehabt, aber er hatte gewusst, wo sein Platz war, und er hatte sich damit begnügt. Er war das Auge gewesen, nichts weiter.

Aber jetzt ... jetzt war alles anders. Er wirkte ... selbstsicherer, auf eine neue und zutiefst beunruhigende Weise. Als wäre er gewachsen. Als hätte er sich in etwas Größeres verwandelt.

Oder – und das war die Theorie, die sie persönlich vertrat – er war schon immer so gewesen und hatte den anderen Orkanen nur etwas vorgespielt. Irgendwie hatte sie es immer schon geahnt, auf einer instinktiven, unterbewussten Ebene.

Marchion Ro war ein Raubtier.

Er wirbelte herum und schwang das Lichtschwert in schnelleren, weiteren, tödlicheren Bögen. Lorna machte noch einen Schritt zurück. Ihr war es egal, ob er sie für einen Feigling hielt. Falls ihm die Waffe aus der Hand rutschte, könnte die Klinge sie mühelos in zwei Hälften schneiden.

»Kassavs Orkanzug ist in eine Falle der Republik geraten, Lourna Dee«, erklärte Marchion Ro. »Sie haben eine große

Flotte geschickt. Wirklich tragisch. Es gab keine Überlebenden auf unserer Seite. Was sagst du dazu?«

»Kassav ist tot?«

»Ja.«

Das Lichtschwert schwang hin und her.

Es dauerte mehrere Sekunden, bis Lourna Dee schließlich antwortete.

»Ich glaube, du hast Kassav zu diesen Koordinaten geschickt, weil du wusstest, dass dort eine Flotte warten würde. Ich glaube, dein Spion in Senator Noors Büro hat es dir erzählt, und du hast Kassavs Orkanzug ins offene Messer laufen lassen, um ihn loszuwerden. Ich glaube ... du hast absichtlich ein Drittel der Nihil ausgelöscht.«

Marchion Ros Schwertarm erstarrte. Die Klingenspitze zeigte genau auf Lourna.

»Sieh einer an«, sagte er. »Du bist schlauer, als ich dir zugetraut hätte. Die Frage ist ... was wirst du jetzt tun?«

Lourna Dees Aufmerksamkeit galt ganz dem Lichtschwert, dessen Klinge nur ein paar Zentimeter vor ihrem Gesicht summte und knisterte.

»Ich schätze, du könntest davonfliegen«, fuhr Marchion fort. »Aber die Republik weiß, wie dein hübsches Schiff aussieht. Sie kennen sogar das Transpondersignal und deine Tarnsysteme. Du müsstest es also zurücklassen – ich bin sicher, das würde wehtun. Immerhin hast du es nach dir selbst benannt.«

Es dauerte einen Moment, ehe sie die wahre Bedeutung seiner Worte erkannte. Ihr Blick wanderte zu seiner Maske hoch, zu dem wirbelnden Sturm, dort, wo sein Gesicht war. Sie wusste, dass er lächelte; man konnte es deutlich in seiner Stimme hören.

»Die Flugschreiber-Mission«, murmelte sie. »Du hast der Republik die Informationen über mein Schiff verraten. So konnten sie mich aufspüren. So konnten sie mich angreifen.«

»Rein technisch hat Jeni Wataro es ihnen verraten – aber ja, die Informationen stammten von mir.«

»Du wolltest, dass ich versage. Warum, Marchion?«

»Die Republik brauchte den Flugschreiber, um herauszufinden, wo sie mit ihrer Flotte nach uns suchen soll. Wie sonst hätte ich Kassavs Orkanzug opfern können? Jetzt glauben sie, dass sie uns vernichtet haben. Sie werden die Jagd auf uns einstellen und sich wieder anderen Dingen zuwenden.«

Dass Kassav tot war, interessierte Lourna Dee nicht. Nicht im Geringsten. Aber die Unverfrorenheit von Marchion Ros Plan, die Gleichgültigkeit, mit der er ein Drittel seiner Gruppe in den sicheren Tod geschickt hatte ... wer war dieser Mann?

»Und du glaubst, das funktioniert?«, fragte sie, wobei sich ihre Augen wieder auf die Lichtschwertklinge richteten. Wenn sie nach hinten sprang, könnte sie vielleicht rechtzeitig ihren Blaster ziehen. Vielleicht.

»Es wird funktionieren, Lourna Dee. Ich habe alles sorgfältig geplant.«

Er deaktivierte das Lichtschwert, und sie sandte ein stilles Gebet der Erleichterung zu den Sonnen. Natürlich könnte er die Waffe einfach wieder aktivieren. Sie war noch immer in Gefahr, und sie wusste es. Aber sie hatte erkannt, was sie für Marchion Ro gewesen war, und für seinen Vater, von dem Moment an, als sie zu den Nihil gekommen waren.

»Wir gehören alle zur Republik.« Er spuckte die Worte förmlich aus. »Ob es uns gefällt oder nicht.«

Das Auge seiner Maske schien zu glühen, als er sie anstarrte.

»Ich habe dir nie viel über meine Familie erzählt, und das wird sich vermutlich auch nicht ändern – aber es gibt etwas in meiner Vergangenheit, dem ich entkommen möchte. Dieses Schiff hier war ein Teil dieses alten Lebens, bevor es den Bach runterging. Mein Vater und ich konnten entkommen. Wir arbeiteten hart, entwickelten einen Plan … für die Pfade, für die Nihil … für alles Mögliche.«

Er deutete auf seine Maske.

»*Das hier* war der Plan. Ich dachte, ich wäre meiner Vergangenheit entkommen. Aber man kann seine Vergangenheit nicht hinter sich lassen. Nicht wirklich.«

Lourna Dee schüttelte den Kopf.

»Ich verstehe einfach nicht, warum du mich auf den Flugschreiber angesetzt hast, Marchion. Wenn du wolltest, dass die Republik ihn ohnehin bekommt, warum musste ich dann dem verfluchten Ding hinterherjagen?«

»Damit dein Orkanzug dich scheitern sieht, Lourna Dee. Damit er anfängt, über einen neuen Anführer nachzudenken. Und damit du nirgendwo sonst hinkannst. Ich werde dich nämlich brauchen.«

»Wofür?«

Marchion Ro neigte den Kopf, und sie wusste, dass er erneut lächelte.

»Das wirst du schon noch rausfinden«, sagte er.

Sie musste nachdenken. Es fühlte sich an, als hätte Marchion sie in eine kleine Kiste gesperrt, und sie wusste nicht mal, wie viel Platz darin war. Es war wie mit der Großen Halle – die Wände waren unsichtbar, aber das hieß nicht, dass sie nicht da waren.

»Hör zu, Marchion«, sagte sie. »Ich werde jetzt zu meinen Leuten zurückgehen. Sie hatten einige Fragen – zum Beispiel, warum du meinen gesamten Orkanzug losgeschickt hast, um ein paar Brisen und einen Wind zu retten. Das war ziemlich übertrieben.«

Sie deutete mit dem Daumen auf den Erzschürfer, den Mann, den Dents Gruppe entführt hatte – die einzige Geisel, die von der Familie übrig geblieben war. Er war noch immer bewusstlos, gefesselt an Handgelenken und Knöcheln, und lehnte schlaff an einer der Kisten im Frachtraum.

»Mein Bauch sagt, es hat etwas mit diesem Kerl zu tun. Aber was soll's … Du musst mir nicht verraten, warum er so wertvoll ist. Du kannst sogar meinen Teil des Lösegelds haben. Die Regel der Drei ist mir schnurz. Aber vielleicht könntest du wenigstens den Anteil abgeben, der meinen Leuten zusteht, damit ich ihn an sie verteilen kann.«

Marchion Ro durchquerte den Frachtraum, und das Geräusch seiner Schritte hallte von den Durastahlwänden wider.

»Der hier?«, fragte er, als er vor Ottoh Blythe stehen geblieben war.

Dann hob er das Lichtschwert, aktivierte es und ließ es noch in derselben Bewegung nach unten sausen. Ein goldener Blitz, der die Brust der Geisel spaltete und sie auf der Stelle tötete.

Ein unangenehmer Geruch erfüllte den Raum, und Lourna Dee wollte ihm entkommen, so schnell sie nur konnte – aber sie war wie erstarrt.

Marchion hat den Verstand verloren, dachte sie. *Er ist wahnsinnig.*

»Der Kerl hat mich nie interessiert«, sagte er gerade.

Anschließend deutete er mit der Klinge des Lichtschwerts nach links, zu der anderen Person, die Lourna Dee über Elphrona aus dem Schiff geborgen hatte – den Besitzer der Waffe, mit welcher Marchion Ro gerade einen kaltblütigen Mord begangen hatte.

Der dunkelhäutige Twi'lek-Jedi.

Er war ebenfalls gefesselt, aber gründlicher als Blythe: jeweils drei Handschellen an Handgelenken und Füßen, dazu Ketten, Betäubungsschlingen und ein Knebel. Lourna Dee war froh über diese Vorsichtsmaßnahmen, denn die Augen des Mannes waren alles andere als freundlich. Sie kannte die Geschichten über die Jedi – jeder kannte sie. Und auch wenn sie nicht wusste, was davon stimmte, konnte sie nun doch zumindest sagen, dass eine Sache *nicht* stimmte. Die Jedi konnten keine Todesstrahlen aus ihren Augen abschießen, denn andernfalls wäre Marchion Ro inzwischen mausetot.

Sie konnte noch immer nicht glauben, dass er die Waffe des Mannes benutzt hatte, um vor seinen Augen jemanden zu töten. Sicher, der Jedi war eng verschnürt, trotzdem fühlte es sich an, als würde Marchion das Schicksal herausfordern. Diesen Weltraummagiern war schließlich alles zuzutrauen.

»Ich habe deinen Leuten die Pfade nach Elphrona nicht gegeben, damit sie mir eine Familie von Erzschürfern bringen, Lourna Dee«, erklärte das Auge. »Sondern weil es auf diesem Planeten einen Jedi-Außenposten gibt. Es bestand zumindest die Chance, dass sie einen Jedi anlocken würden, also, warum es nicht versuchen? Und siehe da, jetzt habe ich einen. Was gut ist, denn ein Jedi …«

Er deaktivierte das Lichtschwert und hängte es demonstrativ an seinen Gürtel.

»… ist genau das, was ich brauche.«

42

CORUSCANT

Kanzlerin Lina Soh überlegte, ob sie das Richtige tat. Nach dem, was sie alle während der letzten Wochen erfahren und verloren hatten, war sie sich da nicht mehr so sicher. Sie saß in ihrem Büro auf Coruscant, mit Matari und Voru an ihrer Seite, und sie blickten alle drei durch das große Fenster hinter ihrem Schreibtisch auf die endlose Stadtlandschaft in der Tiefe hinab. Sie hatte in der Skyline von Coruscant schon immer eine Miniaturversion der Republik gesehen. Ein tiefes und seltsames und endloses Labyrinth, das ständig in Bewegung war, sich ständig veränderte und entwickelte. Die Sonne ging gerade unter, und die Lichter in den Gebäuden erstrahlten wie Sterne am Himmel. Wie die Welten in der Republik.

Ja. Sie tat das Richtige.

Lina wandte sich von der Stadtwelt ab und blickte wieder zu der kleinen Gruppe, die sie in ihr Büro gerufen hatte; dieselbe Gruppe, mit der sie sich zu Beginn dieser Krise auf dem Monumentenplatz getroffen hatte. Ein Senator, ein Admiral, ein Minister und natürlich die Jedi. Die Jedi waren immer eine Hilfe – egal, welches Problem man ihnen vorsetzte, sie fanden eine Lösung dafür. Ohne ihre Unterstützung wäre das Rätsel um die *Legacy Run* niemals so schnell und so entschlossen geklärt worden. Viele von ihnen waren gestorben, um der Republik zu helfen, einschließlich Meisterin Jora Malli, die eigentlich den Außenposten des Tempels auf der Starlight-Station hatte leiten sollen. Sie hatten viel geopfert, hatten hart gekämpft, und am Ende hatten sie gesiegt, wie fast immer. Lina liebte die Jedi.

Aber manchmal fragte sie sich, ob sie vielleicht *zu* hilfreich waren.

»Wir öffnen den Hyperraum am Äußeren Rand wieder«, sagte Kanzlerin Soh.

Sie deutete auf ihren Berater, Norel Quo, dessen bleiche Haut durch den Sonnenuntergang in einen warmen Orangeton getaucht wurde.

»Verfasse eine dahingehende Erklärung. Der Hyperraumverkehr in diesen Territorien ist mit sofortiger Wirkung wieder erlaubt. Ich werde außerdem Verfügungen erlassen, um die Besteuerung dieser Handelsrouten vorübergehend auszusetzen – das wird helfen, den wirtschaftlichen Schaden zu reparieren, der durch die Blockade entstanden ist. Nur für einen Monat oder so, aber es sollte Händlern genug Anreiz geben, ihre Güter schnellstmöglich wieder an den Rand zu liefern. Die Versorgungslage sollte sich danach schnell wieder entspannen.«

Sie blickte zu ihrem Transportminister hinüber.

»Oder sehen Sie irgendwelche Probleme, Minister Lorillia?«

»Nein«, antwortete er. »Das Einzige, was den Frachtverkehr zurückhalten könnte, ist der Mangel an Navigationsdroiden, nachdem wir so viele für Keven Tarrs Projekt im Hetzal-System requiriert haben. Aber ich denke, wir sind uns alle einig, dass es den Aufwand wert war. Ich habe den Herstellern bereits gesagt, dass sie die Produktion steigern sollen. Vermutlich wäre ein kleiner Anreiz nicht verkehrt – ein Zuschuss vielleicht –, bis wieder genug Einheiten verfügbar sind.«

»Wir finden schon eine Lösung. Aber das sind gute Neuigkeiten. Wo wir gerade von Tarr sprechen: Bevor er seine neue Position bei den San Tekkas angenommen hat, hat er einen Bericht über weitere potenzielle Einsatzgebiete für sein Droidennetzwerk eingereicht. Haben Sie diesen Bericht gelesen?«

»Ja, Kanzlerin. Da sind einige brillante Ideen dabei. Es könnte den Hyperraumverkehr revolutionieren, und es gibt sogar Anwendungsmöglichkeiten im Normalraum – falls wir einen Weg finden, diese Ideen umzusetzen, ohne dass wir jedes Mal Zehntausende teurer, seltener Droiden brauchen.«

»Halten Sie mich auf dem Laufenden darüber, Jeffo. Das könnte eines Tages eine weitere Große Erneuerung werden. Und natürlich müssen wir uns bei Keven Tarr erkenntlich zeigen. Wie wäre es mit einer Medaille? Oder besser noch, einem Lehrauftrag an einer Elite-Universität der Republik? Eine Stellung, in der er sich gefordert fühlt. Ich möchte einen so brillanten Geist nur ungern an die Privatwirtschaft verlieren, wenn es in der Republik noch so viel zu tun gibt.«

»Ich lasse mir etwas einfallen«, versprach der Minister.

Als Nächstes richtete Lina ihrer Aufmerksamkeit auf Senator Noor. Sein Gesicht wirkte viel fröhlicher, seit sie erklärt hatte, dass sie die Hyperraumrouten am Äußeren Rand wieder öffnen würde; während ihrer gesamten Unterhaltung mit Minister Lorillia hatte er nicht aufgehört zu lächeln.

»Izzet, wenn ich kurz persönlich werden darf«, sagte Lina. »Ich weiß, wie schwer die letzten Wochen für die Welten waren, die Sie vertreten, und ich danke Ihnen für Ihre Geduld. Ich hoffe, Sie sehen, dass wir all diese Schritte nur zum Wohl und der Sicherheit der Republik ergriffen haben.«

Er vollführte eine würdevolle Verbeugung. »Natürlich, Kanzlerin. Daran habe ich nie gezweifelt.«

Lina Soh hatte schon vor Jahrzehnten gelernt, ihre Emotionen von ihrem Gesicht zu verbannen – so war das eben, wenn man in einer Politikerfamilie aufgewachsen ist. Innerlich verdrehte sie aber die Augen so weit, dass sie dem coruscantischen Sonnenuntergang hinter ihr zugewandt waren.

Noor drehte sich zu seiner Beraterin um, die mit einem Datenpad hinter seinem Stuhl stand.

»Ich werde eine Ansprache halten, Wataro. Wir müssen den Welten für ihre Geduld danken und sie wissen lassen, dass die Gefahr durch die Nihil vorüber ist. Am besten planen wir gleich eine ganze Reihe von öffentlichen Auftritten. Wir fangen auf Hetzal an, dann Ab Dalis, dann Eriadu – du weißt schon, die Welten, die durch die Krise am schwersten in Mitleidenschaft gezogen wurden. Von dort geht es dann weiter nach ...«

»Senator, falls ich dürfte.«

Admiral Kronara hatte die Hand gehoben. Noor starrte ihn an, sichtlich empört, dass ein Mitglied des Militärs ihn unterbrochen hatte.

»Admiral«, sagte er.

»Wir wissen nicht, ob die Nihil besiegt sind.«

»Ich habe Ihren Bericht gelesen, Kronara. Ihr Kampfverband hat in dieser Schlacht Hunderte Schiffe zerstört. Sie haben ihre gesamte Flotte gefunden und ausgelöscht. Es hat seitdem keinen einzigen Überfall mehr gegeben. Wenn das nicht Beweis genug ist, dann weiß ich auch nicht.«

»Senator, bei allem Respekt, ich glaube, Sie haben in dem Bericht gesehen, was sie sehen *wollten*. Ich kann bestätigen, dass wir eine große Nihil-Streitmacht zerstört haben. Aber wir haben noch immer zu wenige Informationen über ihre Organisation.

Wir wissen nicht, wie sie den Hyperraum auf diese Weise nutzen können, wie viele von ihnen es gibt, wo sie ihre Basis haben, ob sie noch andere Ziele verfolgen, die über einfaches Plündern und Rauben hinausgehen …«

Er zog die Schultern hoch.

»Sie können in Ihrer Ansprache natürlich sagen, was immer Sie möchten. Aber falls die Nihil noch da draußen sind und wieder anfangen, Planeten am Äußeren Rand zu überfallen, dann werden Sie vor Ihren Wählern wie ein Narr aussehen, wenn Sie ihnen jetzt versichern, dass sie nichts mehr zu befürchten haben.«

Kanzlerin Soh musste zugeben, dass sie diesen Wortwechsel genoss. Im Gegensatz zu Senator Noor. Er knirschte mit den Zähnen, dann wandte er sich wieder seiner Beraterin zu.

»Ich glaube, wir müssen das nochmal überarbeiten. Wir sagen einfach, dass wir große Schritte gemacht haben, um die Territorien am Äußeren Rand wieder sicher zu machen, und dass wir uns auf Monate und Jahre des Friedens und des Wohlstands freuen können.«

»Wissen Sie, was Sie noch erwähnen sollten?«, warf Kanzlerin Soh ein.

Senator Noor zog die Augenbraue hoch.

»Die Starlight-Station. Sie wird schon bald den Betrieb aufnehmen. Ich habe gerade einen Bericht von Shai Tennem erhalten. Falls die Nihil noch nicht zerschlagen sind – oder falls sich irgendeine andere Gefahr in der Region abzeichnet –, wird die Starlight-Station eine tragende Rolle bei der Lösung dieser Probleme spielen.«

Außerdem wird diese direkte Präsenz der Republik es viel leichter machen, einen Frieden zwischen den Quarren und den Mon Calamari auszuhandeln, fügte sie in Gedanken hinzu. *Ganz zu schweigen davon, dass die Station als Kommunikationsrelais fungieren wird, was Übertragungen in die Region viel verlässlicher machen dürfte.* Und *sie wird der Knotenpunkt des zukünftigen Starlight-Netzwerks sein – wenn die Leute erst sehen, wie effektiv sie ist, wird es nämlich ein Kinderspiel sein, im Senat die Genehmigung für weitere Raumstationen durchzuboxen.*

Ihre Große Erneuerung würde endlich Fahrt aufnehmen.

Die Republik war kein Monolith. Sie bestand aus vielen Welten, jede von ihnen auf ihre eigene Weise einzigartig. Wenn man ein Problem löste, ergab sich daraus unweigerlich ein Neues. Es gab hartnäckige kulturelle, historische, wirtschaftliche und militärische Konflikte zwischen diesen Welten und oft genug auch zwischen den Bewohnern dieser Welten. Es gab Kriegsfürsten und Aufrührer, Rebellen und andere Gefahren, die weniger fassbar waren – Krankheiten und Seuchen, aber auch Fraktionen auf verborgenen Planeten, die sich dazu bestimmt fühlten, die Galaxis zu erobern … oder den Hyperraum.

Aber letztlich lief alles auf eine Sache hinaus – eine Sache, an die Kanzlerin Soh mit ganzem Herzen glaubte; eine Sache, die sie zum Fundament ihrer Politik gemacht hatte: Man konnte diese Probleme nicht individuell lösen. Es auch nur zu versuchen, war lächerlich. Stattdessen musste man die diversen Völker und Spezies in dieser Blütezeit der Galaktischen Republik dazu bringen, einander als *Personen* wahrzunehmen. Als Brüder und Schwestern, als Cousins und Freunde oder zumindest als Mitstreiter in ihrem gemeinsamen Streben, eine bessere Galaxis zu schaffen. Eine Galaxis, in der jeder willkommen war, in der jeder eine Stimme hatte, in der jeder sein Bestes tat, um anderen nicht zu schaden.

Wenn sie das erreichte, dann musste sie keine Lösungen mehr suchen. Dann würden sich die meisten Probleme von selbst lösen, weil die Leute mehr an die Republik glaubten als an ihre eigenen Ziele. Weil sie diesem magischen Wort gegenüber aufgeschlossen wären, das da lautete: *Kompromiss.*

Dieser wundervolle Tag lag noch in der Zukunft, und es war möglich, dass er nie kommen würde. Aber Lina Soh würde jede Stunde und jeden Tag in ihrem Amt darauf hinarbeiten. Im Grunde war alles, was sie wollte, dass man sich nach ihrer Kanzlerschaft und nach ihrem Leben an fünf Worte erinnerte. Die Worte, die bereits symbolisch für ihre Große Erneuerung standen. Jedes Mal, wenn sie sie hörte, schlug ihr Herz höher. Das war das Ziel. Ein Gedanke. Ein Gefühl.

Sie konnte es schaffen. Sie alle konnten es schaffen.

Kanzlerin Soh war ganz sicher.

Fünf Worte.

Wir gehören alle zur Republik.

43

NIEMANDSRAUM, GROSSE HALLE DER NIHIL

Die Nihil hatten sich versammelt, eine Menge von mehreren Tausend, alle mit ihren furchterregenden Masken, alle stumm nach oben blickend.

Die Decke der Großen Halle bestand aus einem kuppelförmigen Energieschild, der die Plattform vor dem Vakuum des Niemandsraumes abschirmte. Normalerweise war dieser Schild unsichtbar, aber jetzt diente er als Leinwand für die Bilder, die schwebende Kommdroiden darauf projizierten.

»Für die Nihil!«, ertönte Kassavs Stimme, laut und wild, und dann kam die Antwort aus den Kehlen von tausend Kriegern, die inzwischen alle tot waren: *»Für den Sturm!«*

Die Schlacht von Kur begann, visualisiert durch die Anzeigen taktischer Displays, die Aufnahmen von Bordkameras und einige Simulationen, die die Prozessoren der Kommdroiden errechnet hatten. Die Nihil beobachteten das Geschehen, ebenso wie Marchion Ro, der mit Lourna Dee und Pan Eyta an dem erhöhten Tisch am Kopfende der Halle saß. Der vierte Platz an dem Tisch war leer.

Das Auge und die Orkane trugen ihre Masken, aber die von Marchion Ro war neu. Stark verziert, mit Zacken wie von einer

Krone und einem rot glühenden Kreis um das Symbol des Supersturms herum. Ros Kleidung hatte sich ebenfalls verändert. Er trug jetzt einen schweren Pelzmantel, der an mehreren Stellen abgewetzt und fransig war. Diese Abnutzung vermittelte den Eindruck, dass das Kleidungsstück schon viele Schlachten und Triumphe erlebt hatte. Und das stimmte auch – denn es war der Mantel von Asgar Ro.

»Kassav führte seine Mannschaften in den Kampf, um uns alle zu retten, um uns zu schützen, um zu verhindern, dass die Republik uns unsere Geheimnisse entreißt«, verkündete das Auge der Nihil. »Es war eine Falle, eine Lüge. Ihr seht es ja selbst. Die Republik und die Jedi zerquetschten Kassavs Orkanzug, als wären sie Ungeziefer.«

Leises Gemurmel breitete sich durch die Reihen der Nihil aus, als Schiff um Schiff von den republikanischen Angreifern zerstört wurde. Auf ihren Masken, Kleidern und Körpern prangte dasselbe Symbol wie auf diesen explodierenden, ausbrennenden, zerfetzten Schiffen.

»Aber seht.« Marchion Ro deutete auf die Schlacht, die über ihnen tobte. »Seht, was Kassav und seine Leute getan haben.«

»Zeigt ihnen, wer wir sind!«, erschallte Kassavs Stimme, und die nächste Phase der Schlacht begann, als die Nihil ihre neuen, aggressiven Taktiken einsetzten – als sie Giftmüll und radioaktive Abgase und explosive Rettungskapseln einsetzten.

»Unsere Brüder und Schwestern weigerten sich, so zu kämpfen, wie die Republik es wollte«, fuhr Marchion Ro fort. »Nein, sie kämpften wie *Nihil.*«

Zustimmendes Gebrüll aus der Menge. Nicht laut genug, um die Große Halle erbeben zu lassen – dafür herrschte noch immer zu viel Verunsicherung –, aber es war ein Anfang.

Jetzt schalteten sich die Jedi in den Kampf ein, und einmal

mehr wendete sich das Blatt gegen die Nihil, während Vectors in wildem Zickzack über das Schlachtfeld rasten und ihre Kanonen abfeuerten.

Eine weitere Stimme hallte durch die Große Halle. Diesmal war es die von Marchion Ro.

»Ich bin das Auge, und ich werde euch geben, was ihr braucht, um unsere Feinde zu zerschmettern. Hier sind die Kampfpfade, meine Freunde. Mit ihnen ... könnt ihr nicht verlieren.«

Noch einmal änderte sich die Dynamik der Schlacht. Die Schiffe von Kassavs Orkanzug begannen, von einem Ort zum nächsten zu springen. Es war dem Feind unmöglich, sie zu treffen, wohingegen sie selbst weiter Skywings und Langträger und Vectors vom Himmel holten. Freudige Aufregung schwappte über die versammelten Nihil hinweg. Das hier war etwas Neues. Etwas Mächtiges.

»Ja«, sagte Marchion Ro. »Die Pfade machen uns stark – aber Kassav hatte nicht genug Leute. Er konnte nicht gewinnen – nicht einmal mit dem Geschenk, das ich ihm machte. Aber schaut, wie er dieses Geschenk nutzte. *Schaut, was Kassav und seine Leute taten.*«

Die Nihil begannen, die Schiffe der Republik zu rammen. Die Explosionen beendeten ihr eigenes Leben, fügten dem Feind aber brutale Schäden zu. Jetzt machte sich Nervosität unter den Zuschauern breit.

»Ich habe nicht mit so etwas gerechnet«, erklärte Marchion Ro. »Ich weiß nicht, ob Kassav den Befehl zu diesen Manövern gab, oder ob eure Brüder und Schwestern selbst entschieden, dass sie genug von der Republik hatten. Genug davon, dass sie ihnen ihre Freiheit raubt. Dass sie uns Vorschriften macht und unsere Planeten kontrolliert und unsere Leute tötet.«

Er deutete auf die Holoprojektion.

»Es gibt einen Punkt, wo jedes Wesen zerbricht, und in diesem Moment gibt es nur noch eine Entscheidung: Freiheit oder Tyrannei. Kassavs Leute wählten die Freiheit. Für sich selbst. Füreinander. Und für uns.«

Die Menge war in tiefes Schweigen verfallen. Marchion machte eine weitere Handbewegung, und die Droiden froren das Bild ein.

»Wir sind die Nihil«, sagte er.

Vereinzelter, leiser Jubel ertönte, der aber rasch wieder verstummte.

»Ich bin das Auge, Marchion Ro«, sprach er weiter. »Ich gehörte zu den Nihil. Ebenso …« Er breitete die Arme aus. »… wie ihr alle.«

Das ist der Moment, dachte er. *Der nächste Schritt auf dem Pfad.*

»Kassav und seine Leute starben, damit wir frei bleiben können. Aber der Kampf ist noch nicht vorbei. Die Republik wird weiter Jagd auf uns machen. Ebenso wie die Jedi. Wir sind jetzt nicht länger Brisen und Winde und Stürme und Orkane. Wir sind alle eins.«

Marchion Ro nahm seine Maske ab. Mehrere Sekunden blieb er so stehen und blickte auf die Tausenden Gesichter vor ihm hinab. Seine Werkzeuge. Seine Waffen. Seine *Armee.*

»Wir gehören alle zu den Nihil«, rief er.

Überall in der Halle nahmen sie ihre Masken ab. Erst nur ein paar hier und ein paar da, aber dann wurden es immer mehr, und das Klirren, mit dem die Masken auf dem Boden landeten, erfüllte die Große Halle.

Erneut ließ Marchion Ro den Blick über sie schweifen, und diesmal konnte er den Eifer in ihren Augen sehen.

Er wandte sich zu Pan Eyta und Lourna Dee um; sie trugen noch immer ihre Masken

»Jetzt«, sagte er leise.

Die beiden verbliebenen Orkane erhoben sich langsam und entblößten ihre Gesichter. Pan Eyta stand steif da, seine hauerbewehrten Züge absolut reglos – nicht dass Marchion Erfahrung darin hatte, die Mimik von Dowutini zu interpretieren. Lourna Dee für ihren Teil täuschte Nonchalance vor, während sie ihre Lekku frei schüttelte.

Nun drehte Marchion Ro sich wieder zu der wartenden Menge um und reckte in einer dramatischen Bewegung seine Maske in die Luft hoch.

»Für Kassav!«, brüllte er, und diesmal fand sein Ruf ein Echo – ein donnerndes Grölen, in dem sich all die Anspannung und Nervosität der versammelten Nihil entluden. Sie glaubten, dass diese Sache ein gutes Ende haben würde.

Keiner von ihnen hatte je sein Gesicht gesehen. Und es war unwichtig, dass sie es jetzt sahen, denn niemand hier wusste, wer er war. Sie hielten ihn für Marchion Ro, aber sein richtiger Name … war unwichtig. Seine Vergangenheit hatte keine Bedeutung mehr für ihn, abgesehen davon, dass er ihr einige wichtige Lektionen verdankte – und einige nützliche Werkzeuge, die er vor seinem Verschwinden gestohlen hatte.

Marchion Ro senkte die Maske wieder. Gleichzeitig schwebte eine Gruppe kleiner Servodroiden hinter der Bühne hervor, jeder mit einer Metallschale in seinen Werkzeugarmen.

Sie verteilten sich in der Großen Halle, bis auf einen, der neben Marchion innehielt.

»Kassav und sein Orkanzug haben sich geopfert, damit wir weiter als Nihil leben können«, erklärte Marchion. »Sie haben uns den Weg gezeigt. Alles, was wir bislang erreicht haben – unser Reichtum, unsere Macht … das war nur der Anfang. Wisst ihr, warum? Lasst es mich euch zeigen.«

Er tippte eine Fernbedienung an seinem Gürtel an, und das Bild, das von den Kommdroiden an die Decke projiziert wurde, veränderte sich. Die eingefrorene Szene aus den letzten Minuten der Schlacht von Kur machte einer wunderschönen, komplexen Karte der Galaxis Platz, eingefangen in all ihrer Weite und Pracht: eine langsam rotierende Spirale mit ungezählten Welten, ungezählten Schätzen, ungezählten Möglichkeiten.

»Die Galaxis. Wenn ich sie betrachte, sehe ich nicht nur Sterne und Planeten. Ich sehe ... einen Sturm.«

Das Bild begann sich schneller zu drehen, und jetzt sah es tatsächlich aus wie ein riesiges Wettersystem. Ein Wirbelsturm mit einem zentralen Auge.

»Wir gehören alle zu den Nihil ... wir reiten nicht nur den Sturm. Wir sind der Sturm.«

Jetzt machte sich Erkenntnis auf den Gesichtern vor ihm breit. In vielen Fällen sogar Ehrfurcht.

»Wir werden die Meister des Sturms sein«, donnerte Marchion. »Wir haben uns bislang mit dem Äußeren Rand begnügt, weil wir nicht zu viel Aufmerksamkeit erregen wollten. Weil wir nicht aufs Spiel setzen wollten, was wir hatten. Aber damit ist es jetzt vorbei. Wir werden uns nicht länger zurückhalten. Wir werden uns nehmen, *was immer wir wollen.*«

Er deutete zu dem wirbelnden Sturm über ihren Köpfen hoch.

»Die *gesamte Galaxis* wird vor den Nihil zittern.«

Diesmal jubelten sie ohne zu zögern.

Marchion Ro begann, am vorderen Rand der Bühne auf und ab zu gehen. Dabei deutete er auf einzelne Nihil in der Menge, und er beobachtete, wie sie grinsten, wie die Umstehenden eifersüchtig die Gesichter verzerrten.

»Ich habe ein Archiv von Pfaden, die uns an jeden Ort in der Galaxis bringen können«, verkündete er. »Wir können jedes Ziel ausrauben, das wir wollen. Lina Soh und ihre Republik und die Jedi wollten uns zerstören, aber Kassavs Opfer hat uns Zeit verschafft. Zeit, um etwas Neues aufzubauen, Zeit, um Pläne zu machen, Zeit, um neue Mitglieder zu rekrutieren. Nicht mehr lange, und wir werden der Republik zeigen, dass man uns nicht zerstören kann. Sie werden die Nihil fürchten. Und falls sie je wieder versuchen, uns unsere Freiheit zu nehmen, dann werden wir sie in Fetzen reißen.«

Marchion winkte den Servodroiden heran, der neben ihm schwebte, und tauchte seine Hand in die Metallschale. Als er sie wieder hob, glänzten seine Finger rot.

»Beim Blut des Helden, der alles für uns gegeben hat … Kassav.«

Er spreizte drei Finger und strich mit ihnen über sein Gesicht, sodass drei gezackte Linien zurückblieben. Blitze aus Blut.

Die Servodroiden schwebten durch die Menge, und jeder Nihil, an dem sie vorbeikamen, wiederholte das Ritual: Sie tunkten die Finger in das Blut und malten drei Blitze auf ihr Gesicht.

Vermutlich fragten sich ein paar von ihnen, wie eine Person so viel Blut haben konnte – oder woher Marchion dieses Blut hatte, da Kassav doch irgendwo weit entfernt im All gestorben war. Aber das war unwichtig. Wichtig war allein, dass sie diese Fragen nie laut aussprechen würden, denn Zweifel konnten leicht als Schwäche interpretiert werden, und die Nihil blieben stark, indem sie alles Schwache wegschnitten.

Ein perfektes System, dachte er, während er zu der Galaxis … nein, dem Sturm über ihm hochstarrte.

»Geht jetzt«, rief er. »Bringt mir mehr Nihil. So viele wie möglich …«

Er grinste.

»… und wir werden alles erreichen können.«

Mari San Tekka schlief. Sie sah friedlich aus, eingehüllt in ihren Kokon aus Kabeln, Injektorarmen und Beobachtungssystemen – all die Gerätschaften, die der Meditank brauchte, um die uralte Frau am Leben zu halten.

»Erhol dich, meine Liebe«, sagte Marchion Ro, wobei er die Hand auf die Kapsel legte. Er konnte die Wärme spüren, die von der Maschine ausging. »Du hast noch viel vor dir.«

Sie lag in Embryonalhaltung auf der Seite, die Hände an die Brust gezogen. In gewisser Weise war die Kapsel hier das exakte Gegenteil eines Mutterleibs, denn Marchion konnte sich keinen Menschen in der Galaxis vorstellten, der weiter vom Mutterleib entfernt war als Mari San Tekka mit ihrem weißen Haar und ihrer faltigen Haut.

Was er den Nihil gesagt hatte, war die Wahrheit. Er *hatte* ein Archiv mit Tausenden Pfaden. Mari hatte gewissenhaft über Jahrzehnte hinweg verborgene Routen quer durch die Galaxis ausgelotet. Diese waren alle in einer Datenbank abgespeichert, sodass er jederzeit ungehinderten Zugriff darauf hatte, wenn es nötig war. Die Nihil konnten überall auftauchen, wo Marchion Ro es wollte, sogar im Palast von Kanzlerin Soh.

Er war nicht sicher, wie viel Zeit Mari noch hatte, aber er würde alles tun, damit sie lange genug durchhielt. Er hatte einen Händler gefunden, der dieses neue Wundermittel verkaufte, Bacta. Das würde sicherlich helfen. Es stammte von einer Welt im Hetzal-System, was Marchion ein Lachen abgerungen hatte, als er zum ersten Mal davon hörte. Dieser Planet wäre seinetwegen beinahe zerstört worden.

Er wandte sich von der schlafenden Mari San Tekka ab und verließ den Raum, dann stieg er drei Decks nach unten, durch die wunderschönen, bogenförmigen Korridore seines Flaggschiffs. Sein Weg führte ihn durch große Galerien, wo Familien einst Psalme aufgesagt und auf etwas hingearbeitet hatten, was sie als besseres Leben betrachteten.

Doch diese Pläne hatten ein abruptes Ende gefunden.

Jetzt war die *Gaze Electric* leer. Verlassen.

Es dauerte eine ganze Weile, das mächtige Schiff zu durchqueren, aber schließlich erreichte Marchion Ro eine neue Sektion. Die Atmosphäre hier unterschied sich grundsätzlich von dem friedlichen, diffus beleuchteten Bereich, wo Mari San Tekka ihr künstlich verlängertes Dasein fristete.

Hier waren die Lichter hell, die Kanten scharf, die Oberflächen glatt und hart. Niemand würde hier Frieden finden, nicht mal wenn er die Augen schloss, dafür sorgte die grelle Beleuchtung.

Die Wände bestanden aus Metall, ebenso das Deck. Es gab acht Zellen. Sieben von ihnen enthielten Gefangene, die Pan Eyta ihm gebracht hatte – bedeutungslose Wesen, entführt von einem Passagierflug nach Travnin. Keines von ihnen verdiente es, auf dem Flaggschiff des Auges der Nihil eingesperrt zu sein.

Aber wer bekam im Leben schon, was er verdiente?

Sieben der acht Zellen waren direkt mit dem Energiesystem des Schiffes verbunden und so programmiert, dass in willkürlichen Intervallen Stromstöße durch die Wände und den Boden geleitet wurden. Die Stärke dieser Stromstöße variierte ebenfalls, mal stärker, mal schwächer. Gemeinsam mit dem gnadenlosen weißen Licht machten sie jeden Gedanken an Schlaf unmöglich. Wer auf dem Gefängnisdeck der *Gaze Electric* in einer Zelle saß, der lebte in einer Welt aus Zorn, Schmerz Furcht und – früher oder später – Wahnsinn.

Und all das hatte Marchion Ro nur arrangiert, um den Mann in der achten Zelle zu quälen.

Den Jedi.

Marchion Ro ging den Gang hinab, vorbei an den armen Teufeln in ihren Folterzellen, bis er schließlich die letzte erreichte. Der Jedi hob den Kopf, sein Gesicht ruhig – aber seine Augen wirkten müde. Er konnte Gelassenheit vortäuschen, aber das emotionale Leid, das von den anderen Gefangenen auf ihn einströmte, hatte ganz offensichtlich den gewünschten Effekt. Außerdem litt er sicher seine eigenen Schmerzen: Sein Bein war gebrochen, und Marchion Ro hatte nichts unternommen, um ihm zu helfen, obwohl nur ein paar Decks über ihnen modernste medizinische Ausrüstung schlummerte.

Der Twi'lek hob eine Hand, zwei Finger ausgestreckt, und sprach einen einzigen Satz.

»Sie werden uns alle freilassen.«

Marchion spürte den Druck, den die Worte auf seinen Geist ausübten. Er *wollte* tun, worum der Jedi ihn bat. Warum auch nicht?

Nun, weil er Marchion Ro war.

Er lächelte.

»Das könnt Ihr vergessen, Jedi«, sagte er. »Meine Familie kannte sich gut mit Euresgleichen aus. Sie hat mir erzählt, was Ihr könnt und wie man sich dagegen zur Wehr setzt.«

Er deutete in Richtung der anderen Zellen.

»Und die kommen hier auch nicht raus. Wenn sie sterben, werde ich einfach Nachschub finden. Es wird hier immer genug Leute geben, um das gesamte Deck mit Schmerz und Wut und Angst zu füllen. Das macht es Euch schwer, klar zu denken, nicht wahr? Oder richtig mit der Macht zu kommunizieren.«

Marchion lehnte sich an die Wand gegenüber der Zelle und verschränkte die Arme.

»Meine Großmutter hat mir diesen Trick beigebracht, und sie kannte ihn von *ihrer* Großmutter. Man kann Jedi nicht hinter

Gittern einsperren. Aber man kann sie mit Schmerz einsperren. Ich hatte noch nie Gelegenheit, es zu testen – aber es scheint ja ganz gut zu funktionieren.«

Eine der anderen Gefangenen ächzte – offenbar hatte sie nicht mal mehr genug Energie für einen Schrei. Der Jedi rührte sich nicht. Seine Augen blieben auf Marchion Ros Gesicht fixiert.

»Wie heißt Ihr?«, fragte das Auge der Nihil. »Ich will Euch nicht ständig Jedi nennen müssen.«

»Loden Greatstorm«, antwortete der Twi'lek.

Marchions Augen wurden groß, und er stieß sich von der Wand ab.

»Loden … *Greatstorm*?«, wiederholte er. »Bei den Pfaden, das ist wirklich perfekt. Ich freue mich, Euch kennenzulernen, mein Freund. Wir werden gemeinsam wunderbare Dinge erreichen.«

»Was für Dinge?«, wollte Loden wissen. »Warum tun Sie das alles?«

Marchion lachte.

»Ihr wollt, dass ich Euch von meinem großen Plan erzähle, Jedi? Nicht doch. Pläne können scheitern. Ich habe ein *Ziel*, und Ziele lassen sich auf unterschiedlichste Weise erreichen. Solange man am Ende dort steht, wohin man gewollt hat, ist der Weg dahin unbedeutend. Es ist alles Teil desselben Pfades.«

»Dann eben Ihr Ziel«, sagte der Jedi.

Marchion überlegte einen Moment.

»Als mein Vater starb, erbte ich einen unorganisierten, unnützen Haufen von Plünderern. Die Nihil waren stark, aber sie verbrachten den Großteil ihrer Zeit mit internen Rivalitäten. Allein hätten sie nie ihr volles Potenzial entfalten können – aber das mussten sie, um zu der Waffe zu werden, die ich brauche. Mein Vater versuchte, die Dinge zu ändern, aber er scheiterte, und dann hat man ihn ermordet.«

Ein weiteres Stöhnen aus einer der Folterzellen. Marchion vermutete, dass der nächste Zyklus von Stromstößen begonnen hatte.

»Anfangs wollte ich es nicht mal versuchen. Ich füllte einfach dieselbe Rolle aus, die mein Vater vor mir gespielt hatte: das Auge der Nihil, Hüter der Pfade. Es hat mir viel Geld eingebracht. Ich hätte bequem so weitermachen können. Und dann ... kamt Ihr.«

Er lachte, als der Jedi die Augen zusammenkniff.

»Oh, nein, nicht Ihr persönlich, Loden Greatstorm. Ich meine die Republik. Sie stolzierte einfach so in mein Territorium, um eine Raumstation zu bauen, und im Schlepptau hatte sie all ihre Regeln und Gesetze und diese spezielle Form von Freiheit, die niemandem wirklich Freiheit gewährt. Ihr Jedi kamt direkt hinterherstolziert, überzeugt, dass alles, was Ihr tut, richtig und gut ist. Aber meine Familie lernte schon vor langer Zeit den Preis Eurer Güte.«

»Wir sind uns schon einmal begegnet«, sagte der Jedi plötzlich. »Auf gewisse Weise jedenfalls.«

Sein Gesicht wirkte kalt, als würde die dunkelgrüne Haut die hellen Lichter des Gefängnisdecks absorbieren.

»Ich erkenne Ihre Stimme«, erklärte er.

Marchion grinste. »Da ist eine Familie, dreißig Kilometer südlich der Stadt«, sagte er, wobei er seine Stimme zittrig und erschrocken klingen ließ. »Mann, Frau, zwei Kinder. Ihr müsst ihnen helfen, Jedi, Ihr müsst ganz einfach!«

Er wurde nach hinten geschleudert und prallte hart mit dem Kopf gegen die Wand. Sein Schädel knirschte. Nichts hatte ihn berührt ... aber er war sicher, dass es der Jedi gewesen war.

In seiner Zelle sank Loden in sich zusammen – der Machtstoß hatte ihn vollkommen ausgelaugt.

»Nicht fest genug«, brummte Marchion, während er vorsichtig seinen Hinterkopf betastete. »Versucht das noch mal, und ich werde einen der Gefangenen töten.«

Der Jedi reagierte nicht.

»Wie ich schon sagte, viele Pfade, ein Ziel. Hetzal war ein Schritt auf dem Weg dahin. Ich schickte eines meiner Schiffe, um die *Legacy Run* abzufangen. Sie hatten keine Ahnung. Ich brauchte nur einen Unfall, eine Katastrophe … irgendetwas, was die Republik auf die Nihil aufmerksam machen würde.«

»Warum wollten Sie das tun?«, fragte Loden.

»Weil alles und jeder ein Werkzeug ist«, erwiderte Marchion Ro. »Und ich werde sie einsetzen, wie immer es mir beliebt.«

Er lächelte – das Lächeln eines Raubtiers. Aber der Jedi war immer noch gefährlich, das durfte er nicht vergessen. Seine Familie hatte einmal den Fehler begangen, den Jedi zu vertrauen, und es hatte sie alles gekostet.

»Mein Orden wird kommen und mich suchen«, erklärte Loden Greatstorm. »Und falls ich tot bin …«

Er legte den Kopf schief, und ein Schmunzeln umspielte seine Mundwinkel.

»… dann werden die Jedi Sie holen kommen.«

Marchion Ro griff unter seinen Mantel und zog ein Objekt aus Stein und Metall hervor, einen Stab, drei Handbreiten lang, mit eingeritzten Symbolen verziert: schreiende Gesichter, Ketten, Flammen. Der Stab sah aus, als hätte man ihn einst geschmolzen und dann neu geschmiedet. Dort, wo Marchions Finger ihn berührten, begann er zu glühen, ein schwaches violettes Schimmern, das aber irgendwie selbst die grelle Beleuchtung des Gefängnisdecks zu überstrahlen schien.

Dieses Objekt war schuld an fast allem, was mit seinen Vorfahren geschehen war. Hätten die Jedi … Aber das war eine alte

Geschichte, und dies war ein neuer Tag. Wo sie gescheitert waren, würde er triumphieren.

Der Stab wurde in seiner Hand wärmer. Er fühlte sich beinahe lebendig an, so, als würde er atmen. Marchion hielt ihn Loden hin, und die Augen des Jedi wurden noch schmaler. Das violette Licht des Objekts tauchte sein Gesicht in einen seltsamen Schein. Er sah aus wie eine Leiche.

»Ich habe keine Angst vor Eurem Orden. Wenn sie glauben, sie können mich holen ...«

Er lächelte auf Loden Greatstorm hinab, diesen tapferen, makellosen Jedi-Ritter. Wie furchtlos er doch war.

»... dann sollen sie es nur versuchen.«

44

STARLIGHT-STATION

Die Station war ein strahlendes Wunder in der Leere, ein kunstvoller Edelstein, der den Raum erhellte, und eine der größten Konstruktionen, die man je im All errichtet hatte. Der Bau war selbst für die Republik mit ihren grenzenlosen Ressourcen eine Herausforderung gewesen, aber genau darum ging es ja: zu zeigen, dass der Äußere Rand das Beste verdiente, was die Republik zu bieten hatte.

Wir gehören alle zur Republik.

Dies war die Starlight-Station, und nun war sie zu guter Letzt vollendet. Keinen Tag zu früh, keinen Tag zu spät. Sie war entworfen, um eine Vielzahl von Aufgaben zu erfüllen und den vielfältigen Anforderungen derer zu entsprechen, die in diesem Teil der Republik lebten.

Wenn zwei Kulturen einen neutralen Ort brauchten, um einen Disput zu klären, würden sie diesen Ort auf der Station finden. Wenn sich Worte in Gewalt verwandelten und ein Krieg drohte, dann konnte die Station als Militärbasis fungieren, ausgestattet mit einem großen Kontingent von Friedenshütern, das im Rotationsprinzip aus Vertretern der RVK-Mitgliedswelten zusammengesetzt war. Die Außenhülle bestand zu 19 Prozent aus Tri-Azurit, einem seltenen Mineral, das Übertragungssignale verstärkte; das machte die Station zu einem gigantischen Relaispunkt, der eine bessere und schnellere Kommunikation zwischen den Wesen des Äußeren Rands ermöglichte. Sie war ein Krankenhaus, sie war ein Observatorium, sie war eine Forschungsstation, und sie war ein Marktplatz, auf dem Waren vom Rand und aus anderen Teilen der Galaxis gehandelt wurden.

Die Starlight-Station stand allen Bürgern offen; mehr noch, sie war konzipiert, Besucher zu empfangen und ihnen die Vielfältigkeit der Republik zu zeigen – sei es nun in Form von Chadra-Fan-Meistern, die Wisperfaser-Konzerte gaben, durch Meerestänze der Mon Calamari oder durch Module, in denen die Flora und Fauna verschiedener Welten veranschaulicht wurden, von Kashyyyk bis Koorvia. Dies *war* die Republik, und das kulturelle Angebot würde regelmäßig wechseln und überarbeitet werden, um ein wahrlich repräsentatives Bild zu zeichnen.

Und natürlich konnte es keine Republik ohne Jedi geben. Die Starlight-Station beherbergte den größten Tempel außerhalb von Coruscant, der als Angelpunkt für alle Aktivitäten des Ordens am Äußeren Rand und darüber hinaus fungieren würde. Entworfen vom berühmten Jedi-Architekten Palo Hidalla, bot er alles, was Jünglinge, Padawane, Jedi-Ritter und Jedi-Meister benötigten, um zu trainieren, zu meditieren und den Einheimischen durch die Macht zu helfen. Einige der erfahrensten Ordensmitglieder würden den Starlight-Tempel zukünftig ihr Zuhause nennen.

Nach dem tragischen Verlust von Meisterin Jora Malli während der Schlacht gegen die Nihil hatte der Tempel jedoch kein Oberhaupt mehr ... zumindest, bis ein neues ernannt wurde.

Würdenträger aus allen Teilen der Galaxis waren gekommen, um der Eröffnung der Station beizuwohnen. Die *Third Horizon*, die in letzter Zeit an so vielen Ereignissen von galaktischer Bedeutung beteiligt gewesen war, hatte bereits angedockt. Und da war auch der Jedi-Kreuzer *Ataraxia*, der hier stationiert bleiben würde, um dem Orden als Haupttransportmittel zwischen Coruscant und der Starlight-Station zu dienen. Er hatte zahlreiche Jedi hergebracht, damit sie Zeuge dieses großen Moments sein konnten, der die Galaxis für immer verändern würde.

Alle Besucher waren dem Anlass entsprechend festlich gekleidet. Die Jedi trugen tiefblaue, zinnoberrote und violette Schärpen über dem Gold und Weiß ihrer Roben, alle verziert mit dem Symbol ihres Ordens – dem aufblühenden Licht der Macht. Die Diplomaten und Krieger der Republik und die Industriellen und Künstler trugen deutlich dicker auf und präsentierten ein buntes Farbenspiel mit viel Pomp.

Die Besatzung der Station führte sie in kleinen Gruppen herum, um ihnen die vielen Besonderheiten zu zeigen, und Besucher wie Führer hatten dabei einen Ausdruck von Stolz und Optimismus auf den Gesichtern.

Bell Zettifar war gemeinsam mit Indeera Stokes und Porter Engle von Elphrona hergekommen. Die überlebenden Mitglieder der Blythe-Familie waren ebenfalls zu der Zeremonie eingeladen worden, aber sie hatten abgelehnt und waren stattdessen zu ihren Verwandten nach Alderaan zurückgekehrt.

Bell fühlte sich vollkommen ziellos. Er verstand nicht, was mit seinem Meister geschehen war; wie er in einem Moment noch da sein konnte, und dann plötzlich … nicht mehr. Er weigerte sich zu glauben, dass Loden tot war – im Gegensatz zu Indeera. Sie hatte Bell vorübergehend als ihren Padawan angenommen, bis weitere Arrangements getroffen wurden. Technisch gesehen hätte er nach Coruscant zurückkehren können, um sein Gelübde als Ritter abzulegen, aber er wollte nicht. Wenn er ein vollwertiger Jedi wurde, dann sollte Loden Greatstorm bei der Zeremonie zugegen sein, so wie es sich gehörte. Aber jetzt ...?

Ember trippelte neben Bell dahin. Das war unorthodox, aber niemand wollte, dass der Padawan sich noch einsamer fühlte.

Porter Engle schien die Wunder der Starlight-Station kaum zur Kenntnis zu nehmen, während er schweigend der Gruppe folgte. Die jüngsten Ereignisse hatten ihn daran erinnert, wie es sich anfühlte, die Klinge von Bardotta zu sein – und warum er entschieden hatte, nie wieder diese Person sein zu wollen.

Indeera ließ derweil alle Entscheidungen Revue passieren, die sie während der Rettungsmission auf Elphrona getroffen hatte, und sie fragte sich, ob sie wohl mehr hätte tun können, um Loden und Ottoh Blythe zu retten. Sie fand keine Antwort darauf, und sie würde auch nie eine finden.

Avar Kriss, Elzar Mann und Stellan Gios wurden derweil von einem anderen Mannschaftsmitglied durch die hellen Korridore der Station geführt. Sie genossen es, Zeit miteinander zu verbringen, wann immer ihre Aufgaben im Namen des Ordens es zuließen, darum hatten sie sich derselben Gruppe angeschlossen. Es gab Gerüchte darüber, wer das Jedi-Kontingent der Station führen würde, jetzt, wo Meisterin Malli nicht mehr da war, aber die drei ergingen sich nicht in solchem Tratsch. Sie waren Jedi. Und inzwischen auch alle Meister. Der Rat hatte nämlich erklärt, dass er Elzar Mann endlich sein Gelübde abnehmen würde; dann würde ihn nichts mehr davon abhalten, noch tiefer in das bodenlose Meer der Macht vorzudringen.

Sie gingen an dem trandoshanischen Jedi Sskeer vorbei, der während der Konstruktion viel Zeit auf der Station verbracht hatte und deswegen nicht mehr herumgeführt werden musste. Er stand an einem Aussichtsfenster und starrte ins All hinaus. Avar grüßte ihn, aber Sskeer zeigte keine Reaktion. Er hatte die Schlacht von

Kur überlebt, und sein abgetrennter Arm wuchs allmählich nach, aber die Wunde, die der Verlust von Meisterin Jora Malli in seinem Herzen gerissen hatte, würde nicht so leicht heilen.

In der großen Versammlungshalle im Herzen der Starlight-Station beobachteten Nib Assek und Burryaga, wie Kanzlerin Lina Soh zu der Plattform in der Mitte des Raums hochstieg. Neben ihr ging Yarael Poof, ein Meister des Jedi-Rates. Fast alle hochrangigen Ordensmitglieder waren an diesem Tag auf der Station, sogar Yoda, was viele überraschte. Normalerweise mied der uralte Meister soziale Anlässe, wann immer möglich, aber hier war er nun, mit einer Gruppe von Jünglingen, die er während der letzten Monate unter seine Fittiche genommen hatte. Warum er entschieden hatte, der Einweihung der Starlight-Station beizuwohnen, blieb sein Geheimnis. Yoda war niemandem Rechenschaft schuldig.

Zahlreiche Besucher hatten sich bereits in der Halle versammelt, und es wurden noch mehr, als die Führungen durch die Station endeten und die Gruppen hierher zurückkehrten, um am Hauptereignis des Tages teilzunehmen. Schließlich waren alle da. Mikkel Sutmani. Joss und Pikka Adren. Keven Tarr und Admiral Kronara. Sogar Chief Innamin und Lieutenant Peeples. Das Jedi-Wunderkind Vernestra Roh und ihr neuer Padawan, Imri Cantaros, die erst jüngst von ihrer eigenen Begegnung mit den Nihil bei Wevo zurückgekehrt waren. Senatoren und Minister und Präsidenten. Hohe Würdenträger und einfache Zivilisten. Tausende Wesen hatten alles in ihrer Macht Stehende getan, um diesen Augenblick Realität werden zu lassen, und man hatte möglichst viele von ihnen auf die Station eingeladen. Wer nicht hier sein konnte oder wollte, der hatte Zugang zu einem gesicherten Holokanal bekommen, damit er den Geschehnissen in Echtzeit beiwohnen konnte.

Kanzlerin Soh hatte die Plattform inzwischen erreicht. Kameradroiden schwirrten umher, um ihre Ansprache aufzuzeichnen.

»Sie wissen, dass ich von einer Großen Erneuerung in unserer Galaxis träume. Eine Galaxis, in der alle Bürger von Frieden umgeben und beseelt sind. Ich glaube, dass dieser Traum Wirklichkeit werden kann, aber nicht meinetwegen oder wegen irgendeiner speziellen Fähigkeit, die ich besitze. Es ist *unseretwegen* möglich. Weil wir zusammenarbeiten können und werden, um unser Ziel zu erreichen. Wir – wir alle – sind Erneuerer. Schaffen wir eine Galaxis, in der die Stärken des einen die Schwächen des anderen aufwiegen und umgekehrt. Wo wir die Unterschiede zwischen uns verstehen und feiern und sie als wertvoll achten. Wir sind eine Republik, in der jede Stimme zählt, egal ob im Kern oder auf dem entlegensten Planeten am Äußeren Rand.«

Sie sprach über die Opfer, die erbracht worden waren, um dem Äußeren Rand Sicherheit zu bringen und die Fertigstellung der Station zu ermöglichen. Sie erwähnte den Tod von Hedda Casset, Loden Greatstorm – bei seiner Erwähnung musste Bell Zettifar hart schlucken –, Merven Getter, Vel Borta, Captain Finial Bright und vielen anderen, und sie schlug ein Denkmal vor, um sie und alle anderen zu ehren, die durch die *Legacy-Run*-Katastrophe und die darauffolgenden Trümmerschauer ihr Leben verloren hatten. Es sollte eine mehrteilige Skulptur werden, versehen mit den Namen aller Opfer, und die Teile sollten im Hetzal-System, auf Eriadu und Ab Dalis aufgestellt werden.

Lina Sohs Rede hatte genau die richtige Länge, und sie endete mit den Worten:

»Diese Station wird hier am Äußeren Rand ein Symbol der Republik sein. Ein Ort, an dem wir unsere Einheit zelebrieren und einander helfen zu wachsen. Sie wird ein Zeichen setzen, das jeder in diesem Sektor sehen kann. Wie ein Leuchtfeuer. Das Leuchtfeuer der Republik. Die Flamme …«

An dieser Stelle machte sie eine Pause, und die Kameradroiden fingen den Optimismus auf ihren Zügen ein. Dies war keine Politikerin. Dies war eine Frau, die jedes Wort glaubte, das sie sagte.

»… der Hoffnung.«

Auf der anderen Seite des Atriums wurden Lichtschwerter entzündet. Hunderte von ihnen, in allen Farben des Jedi-Ordens, reckten sich vor dem Hintergrund der Sterne in die Höhe. Ein Salut.

Jeder, der gerade in Sichtweite der Station war, konnte nun ein helles Strahlen sehen, das sich vom Herzen der Station nach außen ausbreitete und die Dunkelheit zurückdrängte.

Das Licht der Jedi.

Das Leuchtfeuer war aktiviert. Und mit ihm ein Signal, ein Geräusch, ein Klang, den man sogar mit dem primitivsten Kommgerät empfangen konnte, selbst in einer Entfernung von hundert Parsec rings um die Station. All jene dort draußen, die in Furcht und Verwirrung und Hoffnungslosigkeit lebten, konnten diesem Signal lauschen, und es würde ihnen helfen, den Weg zu finden.

Den Weg zur Starlight-Station. Der ersten von vielen.

Alles war gut.

Epilog

DER FEIND

»Was für ein wunderschöner Ort«, sagte Elzar Mann.

Avar Kriss schritt neben ihm dahin; Stellan Gios war in der Versammlungshalle geblieben, um sich mit ein paar Ratsmitgliedern zu unterhalten. Sie durchquerten gerade eines der Gartenmodule der Starlight-Station, eine riesige Transparistahlblase, durch die sich ein langer, spiralförmiger Laufsteg zog. Der untere Teil der Sphäre war mit Erde gefüllt, importiert von Qualai, einer kleinen Welt mit niedriger Schwerkraft, irgendwo weit draußen am Äußeren Rand.

Aus dieser Erde wuchsen Bäume, dünn und elegant und hoch – sie reckten sich fast dreihundert Meter bis zur Decke des Moduls empor. An ihren leuchtend blauen Ästen hingen Ranken herab, die von den Wipfeln bis fast zum Boden reichten. Ihre Farbe änderte sich stufenweise, von Rot ganz oben bis zu diversen Orangetönen. Künstlicher Wind blies durch die Ranken, sodass sie leicht hin und her schwangen und ihren an Weihrauch erinnernden Geruch verbreiteten.

Der Spiralpfad führte direkt durch diese Ranken hindurch, während sie sich wiegten und teilten. Winzige Insekten und Vögel mit biolumineszentem Gefieder flatterten dazwischen umher wie kleine Funken. Jeder Baum war sein eigenes Ökosystem.

Im Zentrum des Gartens, wo man auf allen Seiten das All jenseits des Transparistahls sehen konnte, fühlte es sich an, als würde man in einem Lagerfeuer stehen und in die Nacht hinausblicken.

»Ja, das ist es«, nickte Avar.

»Und wir haben ihn ganz für uns«, sagte Elzar. »Niemand sonst scheint ihn bislang entdeckt zu haben.«

»Das wird nicht lange so bleiben«, erwiderte sie. »Ich bin sicher, bald werden mehr Leute die Feier verlassen und ihren Weg hierher finden. Vermutlich Pärchen, die ungestört sein wollen.«

»Dann sollten wir die Ruhe genießen, solange sie anhält.«

Sie stiegen weiter nach oben, eingehüllt in das Geräusch der Feuerranken.

»Seht uns nur an. Zwei Jedi-Meister, die gemeinsam einen stillen Moment genießen. Ich dachte schon, ich würde ewig ein Ritter bleiben.«

Avar lächelte ihm zu.

»Ich wusste, dass der Rat Euch früher oder später befördern würde«, sagte sie. »Daran bestand nie ein Zweifel.«

»Ihr habt gut reden. Ihr seid schon seit Jahren Meister.«

»Nun, der Rat erkennt Talent eben, wenn er es sieht. Wann ist es so weit?«

»Bald. Ich wurde nach Coruscant eingeladen, um mit dem Rat zu sprechen. Aber es fühlt sich nach einer reinen Formsache an. Ich kann mir nicht vorstellen, dass sich mein Leben ebenso stark verändert wie nach meiner Ernennung zum Ritter.«

»Das stimmt. Der Schritt vom Padawan zum Jedi-Ritter … das ist der große Sprung. Da merkt man …« Sie brach ab.

Elzar vermutete, dass sie beide denselben Gedanken hatten. Der Orden zeigte Toleranz und Verständnis für geteilte Momente zwischen Padawanen – aber es wurde erwartet, dass sie das hinter sich ließen, wenn sie zu erwachsenen Ordensmitgliedern aufstiegen.

Sie hatten schon seit vielen Jahren nicht mehr über diese geteilten Momente gesprochen, und selbst dann nur in vagen Andeutungen. Trotzdem waren diese Erinnerungen nie weit entfernt, vor allem wenn sie zusammen eine Mission durchführten.

Jetzt fühlten sich jene Tage vor all den Jahren ganz besonders präsent an.

Avar blieb stehen. Elzar machte noch einen weiteren Schritt, dann drehte er sich zu ihr herum.

Er zog eine Augenbraue nach oben.

Sie streckte ihm die Hand hin.

Elzar nahm sie, blickte erst auf sie hinab, dann zu Avar Kriss, seiner Freundin, hoch.

Ihre Augen waren wie das Meer der Macht, das er in sich selbst fand – unergründlich und faszinierend.

Er hatte das Gefühl, als würde er darin ertrinken.

»Wir sind Jedi«, sagte er.

»Ja.« Sie wandte den Blick ab und zog ihre Hand zurück. Jetzt war er nicht mehr in Gefahr zu ertrinken, aber ein Teil von ihm wünschte, er wäre es noch.

Sie gingen weiter.

»Sie haben mir die Station übergeben«, sagte Avar.

»Was?«

»Ich werde das Jedi-Kontingent auf der Starlight-Station leiten. Nach Meisterin Joras Tod hat der Rat mich gebeten, diese Aufgabe zu übernehmen. Ich schätze, sie waren beeindruckt von meiner Leistung in Hetzal und …«

»Natürlich. Ihr seid auch beeindruckend«, sagte Elzar mit leiser Stimme.

Die nächste Windung des Laufstegs führte sie durch weitere Feuerranken.

»Ich werde fürs Erste auf Coruscant bleiben«, erklärte Elzar. »Ich will Nachforschungen in den Archiven anstellen. Was wir im Hetzal-System erreicht haben, hat mich auf allerlei neue Ideen gebracht, wie man mit der Hellen Seite in Kontakt treten könnte. Ich weiß, der Rat versteht nicht immer, was ich tue, aber wenn ich ein Meister bin, muss er mich gewähren lassen. Ich glaube, das ist meine Chance, um zu zeigen, wie nützlich ich dem Orden sein kann.«

»Ja«, nickte Avar. Ihre Stimme war ebenfalls gedämpft.

»Wir werden einander also nicht mehr so oft sehen«, fuhr Elzar fort. »Glaubt Ihr, wir haben uns zu sehr daran gewöhnt, Zeit miteinander zu verbringen? War das ein Fehler?«

»Nein«, antwortete sie mit absoluter Sicherheit.

»Ich glaube es auch nicht. Wir ... können ja weiterhin in Kontakt bleiben.«

»Ja. Wir können uns unterhalten, wann immer wir wollen. Kanzlerin Sohs Kommprojekt wird die Kommunikation mit dem Äußeren Rand einfacher machen als je zuvor.«

»Richtig«, murmelte er.

Sie hatten das obere Ende des spiralförmigen Laufstegs erreicht, wo ein Ausgang zurück zur Station führte. Jenseits der Tür waren die Feierlichkeiten zu hören, dumpf, aber einladend.

»Klingt, als wäre der offizielle Teil vorbei. Wie wäre es mit einem Gläschen von ... nun, was immer sie hier eben ausschenken? Ich hätte auch nichts gegen einen Tanz. Möchtet Ihr tanzen, Jedi-Meister Elzar Mann?«

Er fragte sich, was sie in diesem Moment wohl in seinen Augen sah. Ertrank sie grade auch ein bisschen?

»Ich komme gleich nach«, sagte er. »Es ist hübsch hier, und ich weiß nicht, wann ich diesen Ort wieder besuchen werde.«

»Natürlich«, sagte Avar.

Sie zögerte kurz, dann lächelte sie, ein breites, offenes Lächeln, und ging davon.

Elzar blickte ihr nach, dann drehte er sich wieder herum. Unter ihm raschelten und schaukelten die Feuerranken – es sah aus, als würde er über einem flammenden Inferno stehen. Sein Blick galt jedoch den Sternen über ihm, der Leere des Raums – dem tiefsten aller Meere. Er ließ seine Gedanken suchend in diese Schwärze hinausschweifen …

Die Macht sprang ihn an.

Grässliche Visionen huschten vor seinen Augen vorbei; Dinge, die er nicht begreifen konnte, gebadet in ein helles violettes Glühen. Er sah Jedi – viele von ihnen bekannte Gesichter; Freunde und Kameraden –, die grässlich verstümmelt waren oder in Schlachten kämpften, die sie nicht gewinnen konnten. Schlachten gegen schreckliche Dinge, die in der Dunkelheit lebten … in der Tiefe.

Die Jedi, die überlebten, flohen. Sie zogen sich nicht zurück – sie flohen.

Die Visionen stachen in seinen Geist. Es war, als würde die Macht ihm eine kreischende Warnung entgegenschleudern, eine Prophezeiung, die sein Bewusstsein zerfetzte und einfach nicht aufhören wollte.

Elzar fiel auf die Knie. Blut tropfte aus seiner Nase. Dies fühlte sich nicht an wie eine vage, vermeidbare Vision der Zukunft.

Das hier war unausweichlich. Gewiss.

Etwas Böses, Grauenhaftes brandete wie eine Sturmwoge durch die Galaxis.

Er sah die Jedi schreien und sterben, und dann, zu guter Letzt, sah er sich selbst, wie er vergebens versuchte, dem Unausweichlichen zu entkommen.

Quälend langsam verblasste die Vision. Elzar kehrte in die

Gegenwart zurück, und noch mehr Blut tropfte auf das Deck, als er keuchend den Atem einsog.

Was hatte er da gerade gesehen? Was war das gewesen?

Was ihn am meisten erschütterte, waren nicht das Chaos und die Schlachten und der Schmerz; nicht mal das unbekannte, monströse Übel, das aus der Dunkelheit aufstieg. Es war der Ausdruck, den er auf dem Gesicht jedes einzelnen Jedi gesehen hatte.

Der größte Feind von allen.

Furcht.

Danksagung

Star-Wars-Projekte, egal welcher Art, entstehen immer in Teamarbeit – von den Filmen über die Videospiele und Action-Figuren bis hin zu diesem Roman ... Man braucht dafür eine ganze Galaxis von Leuten. Im Falle von *Das Licht der Jedi* ist das ganz besonders wahr, denn in diesem Buch steckt die jahrelange Arbeit einer Gruppe von Individuen. Vorgestellt wurden sie der Welt erstmals als Kollektiv aus fünf Autoren, die am mysteriösen Project Luminous arbeiten. Ich kannte keinen der anderen persönlich, als dieses Projekt begann, das sich schlussendlich zur Hohen Republik entwickeln sollte – aber ich kannte ihre Arbeit. Heute hingegen vergeht kaum ein Tag, an dem ich nicht mit dieser unglaublich talentierten Gruppe von Autoren spreche: Claudia Gray, Justina Ireland, Daniel José Older und Cavan Scott. Anfangs waren sie meine Kollegen, dann wurden sie meine Freunde, und ohne ihre Unterstützung, ihre Tipps und ihre wundervollen Ideen würde dieses Buch nicht existieren.

Dann ist da natürlich der Maestro, der Project Luminous ins Leben gerufen hat. Er hat diese kleine Gruppe von Schreiberlingen vor all den Stürmen abgeschirmt und uns angespornt, seit die ersten E-Mails über die Zukunft von Luminious unter uns zu zirkulieren begannen: Michael Siglain, Creative Director von Lucasfilm Publishing. Er ist der Beste, und ich bin sicher, jeder, der ihm mal begegnet ist, wird genauso von ihm schwärmen. Er hat mich auf diese Achterbahnfahrt eingeladen – uns alle –, und ich könnte ihm nicht dankbarer dafür sein.

Die Truppe der Lucasfilm Story Group hat uns all die Zeit und Aufmerksamkeit geschenkt, die wir brauchten, als wir die Hohe Republik erschufen, und ich möchte insbesondere Pablo Hidalgo erwähnen, dessen Notizen immer etwas Neues beitrugen – und oft mit lehrreichen Diagrammen über die mysteriöse Natur des Hyperraums versehen waren. Ich danke James Waugh für seine beständige und unermüdliche Unterstützung. Matt Martin und Robert Simpson, Brett Rector, Jen Heddle, Troy Alders … die Liste ist lang. Wie ich eingangs schon erwähnte, *Star Wars* ist eine Galaxis, und jeder trägt seinen Teil bei. Eine wunderbare Erfahrung.

Ich danke Elizabeth Schaefer bei Del Rey für ihr editorisches Genie und einige wirklich nette Tweets, nachdem sie einen frühen Entwurf des Romans gelesen hatte; und meinem Agenten, Seth Fishman, für den kein Deal unmöglich ist; Jordan D. White von Marvel Comics, der mir als Erster die Gelegenheit gegeben hat, etwas für *Star Wars* zu schreiben – mit ihm hat alles angefangen; Shawn Pasquale, immer einer meiner ersten Leser; und Tommy Stella, meinem ständigen Assistenten.

Dank auch an George Lucas und die vielen, vielen brillanten Köpfe, die *Star Wars* zum Leben erweckt haben. Keiner von uns könnte das hier tun, hätten sie nicht den Weg geebnet.

Natürlich danke ich meiner Familie: Rosemary und Amy, Hannah, Sam und Chris, Jay und Ann, Mary und Jim.

Und zu guter Letzt, danke ich dir. Ich hoffe, die Geschichte hat dir gefallen.

Wir gehören alle zur Republik.

Charles Soule
Sommer 2020